HEYNE<

Das Buch
Die Psychiaterin Irene Cogan soll feststellen, ob es sich bei dem kürzlich verhafteten Serienkiller, der seit Jahren von dem FBI-Agenten Ed Pender gejagt wurde, tatsächlich um eine multiple Persönlichkeit handelt. Sie gelangt rasch zu einem positiven Urteil, doch sie erfährt die schreckliche Ursache dieser Spaltung auf albtraumhafte Weise: Dem Mörder gelingt es zu flüchten, und er nimmt Irene Cogan als Geisel mit auf einen Horrortrip, auf dem sie nur eine Chance hat: Sie muss mit ihrem Kidnapper den Kontakt halten und ihm zu verstehen geben, dass sie ihn – trotz seiner schlimmen Taten – heilen will.

Der Autor
Jonathan Nasaw lebt in Pacific Grove, Kalifornien. Das vorliegende Buch ist sein erster Roman.

JONATHAN NASAW

Die Geduld der Spinne

Roman

Aus dem Amerikanischen
von Sepp Leeb

**WILHELM HEYNE VERLAG
MÜNCHEN**

Die Originalausgabe
THE GIRLS HE ADORED
erschien 2001 bei Pocket Books, New York

Umwelthinweis:
Dieses Buch wurde auf
chlor- und säurefreiem Papier gedruckt.

5. Auflage
Redaktion: Jochen Stremmel
Deutsche Erstausgabe 06/2003
Copyright © 2001 by Jonathan Nasaw
Copyright © der deutschsprachigen Ausgabe 2003
by Wilhelm Heyne Verlag, München,
in der Verlagsgruppe Random House GmbH
Printed in Germany 2004
Umschlagillustration und Umschlaggestaltung:
Hauptmann und Kampa Werbeagentur, München-Zürich
Satz: Buch-Werkstatt GmbH, Bad Aibling
Gestzt aus der NewBaskerville
Druck und Bindung: Bercker, Kevelaer
http://www.heyne.de

ISBN: 3-453-87008-5

Für Susan

1

»Ich werde Ihnen etwas Zeit sparen«, sagte der Häftling im orangefarbenen Overall, als er in Fußfesseln und Handschellen, die Handgelenke an einen mit einem Vorhängeschloss versehenen Gürtel gekettet und einen finster dreinblickenden Deputy an seiner Seite, in den Vernehmungsraum schlurfte. »Ich bin im Vollbesitz meiner geistigen Kräfte, meine Gemütsverfassung und meine Affekte sind den Umständen entsprechend.«

»Wie ich sehe, sind Sie mit dem Ablauf vertraut.« Die Psychiaterin, eine schlanke blonde Frau Anfang vierzig, blickte von einem Metallschreibtisch auf, der bis auf ein Diktaphon, einen Notizblock und einen braunen Ordner leer war. »Nehmen Sie Platz.«

»Wäre es vielleicht möglich, die Dinger da abzunehmen?« Der Häftling rasselte theatralisch mit seinen Ketten. Er war zierlich und relativ klein und sah aus wie Ende zwanzig.

Die Psychiaterin sah den Deputy an, der den Kopf schüttelte. »Nicht, wenn Sie wollen, dass ich Sie allein mit ihm lasse.«

»Vorerst will ich das«, sagte die Psychiaterin. »Könnte allerdings sein, dass er später für ein paar der standardisierten Tests eine Hand frei braucht.«

»Dann muss ich aber dabei sein. Sie brauchen nur den Hörer abzunehmen, wenn es so weit ist.« An der Wand hinter der Psychiaterin war ein schwarzes Telefon befestigt. Daneben befand sich ein unauffälliger Alarmknopf; ein ähnlicher Knopf war auf der Seite des Schreibtisches verborgen, auf der die Psychiaterin saß. »Und du, hinsetzen.«

Achselzuckend ließ sich der Häftling auf den Holzstuhl nieder und zog mit seinen angeketteten Händen am Zwickel seines Overalls, als wäre er ihm hochgerutscht. Sein herzförmiges Gesicht war nicht unattraktiv, mit langwimprigen Augen und Lippen wie ein Botticelli-Engel. Er schien von einer Locke nussbraunen Haars gestört, die ihm jungenhaft über die Stirn und in ein Auge gefallen war. Deshalb langte die Psychiaterin über den Schreibtisch, als der Wärter den Raum verließ, und strich sie ihm mit den Fingern zurück.

»Danke«, sagte der Häftling und blickte sie unter gesenkten Lidern hervor an. Das Blitzen boshaften, selbstgefälligen Vergnügens war aus seinen goldgesprenkelten Augen verschwunden – aber nur einen Moment. »Wirklich eine nette Geste. Sind Sie eine Hure der Verteidigung oder eine Hure der Anklage?«

»Weder noch.« Die Psychiaterin ignorierte die Beleidigung. Er stellte sie auf die Probe, sagte sie sich. Er versuchte, die Interaktion unter seine Kontrolle zu bekommen, indem er eine aggressive Reaktion provozierte.

»Jetzt sagen Sie schon! Was von beidem? Entweder hat Sie mein Anwalt angeheuert, damit Sie sagen, ich bin verrückt, oder der DA hat Sie angeheuert, dass Sie sagen, ich bin's nicht. Oder sollen Sie im Auftrag des Gerichts feststellen, ob ich verhandlungsfähig bin? Sollte Letzteres der Fall sein, kann ich Ihnen versichern, dass ich vollkommen in der Lage bin, die gegen mich erhobenen Anklagepunkte zu verstehen und mich so zu verhalten, dass es meiner Verteidigung förderlich ist. Das sind doch die Kriterien, oder nicht?«

»Mehr oder weniger.«

»Sie haben meine Frage immer noch nicht beantwortet. Wenn Sie möchten, formuliere ich sie noch mal neu. Sind Sie im Auftrag der Verteidigung, der Anklage oder des Gerichts hier?«

»Hätte das denn Einfluss darauf, wie Sie auf meine Fragen antworten?«

Die Haltung des Häftlings änderte sich abrupt. Er ließ die

Schultern hängen, krümmte den Hals und legte den Kopf auf die Seite. Er artikulierte die nächsten Wörter vorsichtig, fast prüde ganz vorn in seinem Mund und sagte mit einem leichten Lispeln: »*Hätte dass denn Ein-flusss darauf, wie Ssie auf meine Fragen ant-worten?*«

Das war eine erstaunlich zutreffende Nachahmung ihrer Haltung und Sprechweise, stellte die Psychiaterin fest. Er hatte sie durchschaut, sogar bis auf den Anflug des Lispelns, der nach jahrelanger Sprachtherapie alles war, was von einem ehemals starken, zischenden Sprachfehler übrig geblieben war, mit dem sie Daffy Duck hätte synchronisieren können. Doch die Parodie war mehr liebevoll als gemein, als würde er sie seit Jahren kennen und sympathisch finden.

»Natürlich hätte das Einfluss darauf«, fuhr er mit seiner eigenen Stimme fort. »Machen Sie mir doch nichts vor.«

»Wahrscheinlich haben Sie Recht.« Die Psychiaterin ließ sich in ihren Stuhl zurücksinken und versuchte trotz der auf ihren Wangen erblühenden Röte den Anschein professioneller Sachlichkeit zu wahren. »Das war übrigens eine hervorragende Imitation.«

»Danke!« Trotz Gefängniskleidung, Ketten und Umständen brachte das Grinsen des Häftlings den Raum zum Leuchten. »Möchten Sie mal meinen Jack Nicholson sehen?«

»Vielleicht ein andermal«, antwortete sie und klang zu ihrem Ärger genauso prüde wie seine Imitation von ihr. Sie ertappte sich dabei, wie sie mit flatternden Fingerspitzen nach den obersten Knöpfen ihrer beigen Bluse tastete, wie ein Schulmädchen, das gemerkt hatte, dass ihr Verehrer verstohlen auf ihre Brust schielte. »Wir haben heute noch ein umfangreiches Arbeitspensum vor uns.«

»Oh! Na dann aber, packen wir's an.« Der Häftling schlenkerte mit seinen gefesselten Handgelenken, als verscheuchte er Tauben; seine Ketten klimperten melodiös.

»Danke.« Sie beugte sich vor und drückte den Netzschalter des stimmaktivierten Diktaphons. »Ich bin übrigens Dr. Cogan.«

Die Psychiaterin hatte gehofft, er würde in ähnlicher Weise reagieren – bisher hatte sich der Häftling geweigert, den Behörden seinen Namen zu nennen. Doch alles, was sie von ihm zu hören bekam, war ein gut gelauntes »Sehr erfreut« und ein beiläufiges, wenn auch eingeschränktes Winken seiner angeketteten rechten Hand.

Sie versuchte es noch einmal, diesmal direkter. »Und Sie heißen ...?«

»Nennen Sie mich Max.«

»Ich muss feststellen, dass Sie meine Frage nicht ganz beantwortet haben.«

»Ich muss feststellen, dass Sie *meine* nicht ganz beantwortet haben. Wer hat Sie angeheuert?«

Sie hatte gehofft, er würde nicht darauf zurückkommen; jetzt musste sie antworten, oder sie lief Gefahr, sich seine Kooperation zu verspielen. »Das Gericht, indirekt. Ich wurde von einer Firma engagiert, die ihre Dienste dem County zur Verfügung stellt.«

Er nickte, als hätte sie etwas bestätigt, was er bereits wusste. Sie wartete einen Moment, bevor sie ihm auf die Sprünge half. »Und Sie heißen?«

»Wie gesagt, nennen Sie mich Max.« Er blickte auf. Mehr kann ich wirklich nicht für Sie tun, sagte sein verlegenes Grinsen; ich gewinne, sagten seine Augen.

Die Psychiaterin machte weiter. »Freut mich, Max. Wie Sie vermutlich wissen, gibt es verschiedene Standardtests, die wir machen müssen –«

»MMPI, Rorschach, thematische Apperzeption, vielleicht sogar eine Satzvervollständigung, wenn Sie wirklich versuchen, Ihre Stunden optimal –«

»– aber vielleicht sollten wir uns erst ein paar Minuten unterhalten.«

»Falls Sie mit ›sich unterhalten‹ ein klinisches Gespräch meinen, das mit einer Frage beginnt, die dem Patienten bei der Beantwortung viel Spielraum lässt und darauf abzielt, ihm seine persönliche Ansicht über das Problem« – er musste kurz innehalten, um Atem zu holen – »oder die Schwierigkeit zu entlocken, die ihn oder sie dazu veranlasst hat, sich in Behandlung zu begeben, dann lassen Sie mich Ihnen etwas Zeit ersparen: Meine Diagnose lautet dissoziative Amnesie, möglicherweise ein dissoziativer Fuguezustand.«

Dann befindest du dich wohl doch nicht im Vollbesitz deiner geistigen Kräfte, dachte Dr. Cogan und beendete den Blickkontakt, um den Inhalt des braunen Ordners durchzusehen. »Ich bin schon richtig gespannt, Max. Sie scheinen bestens vertraut mit psychologischen Fachbegriffen und Verfahren. Waren Sie denn mal im psychologisch-psychiatrischen Bereich tätig?«

»Könnte sein.« Dann, nachdenklich: »Könnte natürlich aber auch sein, dass ich Patient in einer geschlossenen Anstalt war. Ich meine, in Anbetracht der Umstände, unter denen ich gefunden wurde.«

»Das klingt doch schon mal wie ein guter Anfang. Erzählen Sie mir, unter welchen Umständen Sie gefunden wurden.«

»Also, Dr. Cogan, das war folgendermaßen.« Der Häftling beugte sich auf seinem Stuhl vor. Sein Atem ging jetzt flacher, und das Funkeln in seinen Augen war dunkler und ausgeprägter. Die Psychiaterin hatte den Eindruck, dass er zum ersten Mal, seit er den Raum betreten hatte, voll bei der Sache war. »Das Erste, woran ich mich erinnere, ist, dass ich in einem Auto saß, und zwar neben der Leiche einer jungen Frau, die kurz zuvor aufgeschlitzt worden war.«

Aufgeschlitzt. Irene Cogan fand es seltsam, wie ein einfaches Wort so viel aussagekräftiger sein konnte als der dreiseitige Bericht eines Gerichtsmediziners, in dem mit klinischer Akribie eine halbkreisförmige Inzision in der Bauchdecke beschrieben wurde, »die eineinhalb Zentimeter über dem rechten Darmbeinkamm beginnt, sich bis auf drei Zentimeter über der Schambeinsymphyse nach unten zieht, dann wieder einen nach oben gerichteten Bogen bis zur Spitze des linken

Darmbeinkamms beschreibt, was das Austreten von Dick- und Dünndarm zur Folge hat ...«

Sie blickte von dem braunen Ordner auf. Mit einem erwartungsvollen Lächeln und leuchtenden Augen wartete der Häftling auf ihre nächste Frage und sah dabei für alle Welt aus wie jemand, der eine tolle erste Verabredung in vollen Zügen genoss. Vorübergehend aus ihrer professionellen Neutralität gerissen, schaltete Dr. Cogan auf Autopilot und lobbte ihrem Gegenüber in Ermangelung einer richtigen Frage zwei seiner letzten Wörter zurück. »Kurz zuvor? Könnten Sie das etwas spezifizieren?«

Der Häftling hob lässig die Schultern – beziehungsweise so lässig, wie es seine Ketten erlaubten. »Keine Ahnung, dreißig, vierzig Sekunden vielleicht. Sie saß noch aufrecht.«

2 Das FBI legte Wert darauf, dass seine Agenten jung und fit waren, in konservativen Anzügen auftraten und ihre Dienstwaffe in einem über den Nieren sitzenden Holster trugen. Special Agent E. L. Pender stand mit fünfundfünfzig zwei Jahre vor seiner Pensionierung, war übergewichtig und außer Form und trug unter einem karierten Sportsakko, das sein Chef einmal als so knallig bezeichnet hatte, dass es ein blindes Pferd zum Scheuen brächte, eine SIG Sauer P226 9mm-Halbautomatik in einem weichen Schulterholster aus Kalbsleder.

»Angenehmen Aufenthalt in San José, Agent Pender«, sagte die junge Flugbegleiterin bei der obligatorischen Verabschiedung am Ausgang. Angesichts der unzähligen Formulare, die es auszufüllen galt, um eine Waffe an Bord eines Passagierflugzeugs mitnehmen zu dürfen, war es für einen bewaffneten

FBI-Agenten dieser Tage unmöglich, incognito zu reisen. »Danke, dass Sie mit United geflogen sind.«

»*Ich* habe zu danken.« Pender tippte an seinen schmalkrempigen, grün-schwarzen Pepitahut mit der winzigen Feder im Band, der sein Markenzeichen war. Darunter war er so kahl wie eine Melone. »Wissen Sie, es gab mal Zeiten, da hätte ich ein hübsches Mädchen wie Sie nach seiner Telefonnummer gefragt.«

»Das kann ich mir denken.« Die Stewardess lächelte höflich.

»Hätte ich sie bekommen?«

Das Lächeln geriet keinen Moment ins Wanken. »Mit sieben haben mich meine Eltern noch nicht ausgehen lassen, Agent Pender, egal mit wem.«

Am Mietwagenschalter hatte Pender nicht viel mehr Glück. Die Angestellte wusste nichts von der mittelgroßen Limousine, die für ihn hätte reserviert werden sollen, weshalb er gezwungen war, seine auf einen Meter dreiundneunzig verteilten einhundertzehn Kilo hinter das Steuer eines Toyota Corolla zu zwängen.

Wenigstens hatte der Wagen eine Klima- und eine passable Stereoanlage. Pender drehte Temperatur- und Lautstärkeregler voll auf, suchte einen Oldies-Sender und sang beim Fahren in einem warmen, beseelten Tenor mit. Es dauerte eine geschlagene Stunde, bis ein Song kam, dessen Text er nicht vollständig kannte.

Eigentlich hätte Pender laut dienstlicher Etikette die lokale FBI-Dienststelle benachrichtigen sollen, bevor er in Salinas aufkreuzte, um einen im dortigen Bezirksgefängnis einsitzenden Mordverdächtigen zu vernehmen. Aber soviel er gehört hatte, waren sie dort immer noch ziemlich sauer, seit ihnen die Dienststelle San Francisco letzten Sommer ein paar Agenten runtergeschickt hatte, um in einem wichtigen Entführungsfall die Ermittlungen zu übernehmen – es war also nicht damit zu rechnen, dass sie einen Einmischer wie Pender mit offenen Armen empfangen würden.

Genau genommen hätte sich Pender außerdem unverzüglich beim Monterey County Sheriff's Department melden müssen. Aber bevor er einen Antrag stellte, den Gefangenen verhören zu dürfen, wollte er erst mit dem Polizisten sprechen, der die Verhaftung vorgenommen hatte, und Lokalpolizisten neigten gegenüber Kollegen bekanntlich zu übertriebener Fürsorge.

Den Informationen zufolge, die Pender von einem der überarbeiteten Angestellten der Abteilung Liaison Support erhalten hatte, wohnte Deputy Terry Jervis in einem Ort namens Prunedale. Dieser Ortsname hatte in Washington für einige Lacher gesorgt. »Prunedale, die Heimat ganz normaler Menschen« und sonst noch Einiges in diesem Stil.

Er fand die Adresse ohne Probleme – ein Gutes hatte es, für den Staat zu arbeiten: Man bekam immer eine gescheite Landkarte. Es war ein kleines, gepflegtes Ranchhaus mit Sprühputzmauern und dem einen oder anderen dazwischengeflickten Rundbogen, um das Ganze als Missionsstil bezeichnen zu können. An den Hang eines Hügels geschmiegt, lag es in der Art von halb-ländlicher Umgebung, in der die Hälfte der Behausungen Wohnwagen waren und die Hälfte der Wohnwagen wahrscheinlich illegale Schnapsbrennereien. Mitten auf dem steinigen, aber sauber gemähten Rasen stand ein mickriger, an einem Pfahl festgebundener Zitronenbaum; den kurzen Weg von der Einfahrt zur Haustür säumten gepflegte Blumenbeete.

Pender klingelte und trat dann von der niedrigen Eingangsstufe zurück, damit seine Größe nicht einschüchternd wirkte. Die Frau, die die Tür so weit öffnete, wie es die Kette zuließ, war schwarz, massiv und fast so breit wie hoch. Penders erster Gedanke war, dass möglicherweise sie selbst Deputy Jervis war – sie hatte den breiten Arsch eines Cops, und das Festnahmeprotokoll hatte keine Hinweise auf das Geschlecht des die Festnahme vornehmenden Deputy enthalten.

»Ja?«

»Special Agent Pender, FBI. Könnte ich Deputy Jervis sprechen.«

»Terry ruht sich gerade etwas aus. Könnte ich bitte Ihr Schild sehen?«

Wenn schon nicht der Cop, dann die Frau des Cops – nur eine Polizistenfrau würde »Schild« statt »Dienstmarke« sagen. Pender klappte seine Brieftasche auf, um ihr seine alte Marke des Department of Justice zu zeigen, die mit dem Adler oben drauf und der Frauengestalt mit den verbundenen Augen und dem Pagenschnitt, die in einer Hand die Waagschale der Gerechtigkeit und in der andern ein Schwert hält.

»Haben Sie einen Lichtbildausweis?«

»Hier.«

Sie blickte von dem Foto auf der laminierten Karte zu seinem Gesicht und wieder zurück, dann schloss sie die Tür. Die Kette klimperte; die Tür ging weiter auf. »Kommen Sie rein.«

Pender nahm seinen Hut ab, als er durch die Tür trat. »Danke, Mrs. Jervis.«

Die Frau runzelte die Stirn. »Ich bin Aletha Winkle.«

Pender zuckte übertrieben zusammen. »Entschuldigung. Das ist mein Job – vorschnelle Schlüsse zu ziehen.«

Sie ignorierte die Entschuldigung und rief über ihre Schulter. »Terry, da ist ein Typ vom FBI, der dich sprechen will.«

Die Antwort war ein gedämpftes »Okay«. Pender folgte Winkle an einem kleinen, vorwiegend mit Korbmöbeln eingerichteten Wohnzimmer vorbei einen kurzen Flur hinunter in ein ganz in Weiß und Rosa gehaltenes Schlafzimmer – alles, von der Bettwäsche bis zur Kommode, vom Teppich bis zur Deckenlampe war entweder weiß oder rosa.

Pender blieb wie angewurzelt in der Tür stehen – die blasse Frau, die im Bett saß, richtete eine halbautomatische Pistole auf seinen Bauch. Er riss die Hände hoch. »FBI – immer mit der Ruhe, Deputy.«

»Entschuldigung«, zischte Terry Jervis mit zusammengebissenen Zähnen und ließ die Waffe sinken. »Aber man hat mir gesagt, der Kerl hätte Drohungen ausgesprochen – deshalb machen wir uns etwas Sorgen, er könnte jemand schicken, der sie in die Tat umsetzt.«

Deputy Jervis hatte stachliges blondes Haar und müde blaue Augen. Ihre untere Gesichtshälfte war dick bandagiert, ihr Unterkiefer wurde von Drähten zusammengehalten. Sie trug einen Nadelstreifenpyjama, schwarz auf rosa.

»Verstehe.« Pender ließ die Hände sinken. »Bereitet Ihnen das Sprechen Schmerzen?«

»Ziemlich.«

»Ich entschuldige mich schon im Voraus – ich wäre nicht hier, wenn es nicht wichtig wäre. Ich bin Ihnen für alles dankbar, was Sie mir erzählen können.«

»Dann werde ich mich besser mal verdrücken«, sagte Aletha Winkle. »Ruf einfach, wenn du mich brauchst, Schatz.« Sie bückte sich, schüttelte die Kissen der kleineren Frau auf und küsste sie oben auf die Stirn. Auf dem Weg nach draußen wackelte sie mit ihrem Zeigefinger in Penders Richtung. »Dass Sie sie mir bloß nicht überanstrengen!«

»Pfadfinderehrenwort«, erwiderte Pender.

Jervis lächelte verhalten. »Aletha ist ein bisschen überfürsorglich.«

»Das habe ich schon gemerkt – aber möge Gott sie dafür segnen.« Pender hatte die Erfahrung gemacht, dass manche lesbischen Frauen, wie die Angehörigen der meisten Minderheiten, dazu neigten, selbst einen freundlich neutralen Ton als kaum verhohlene Missbilligung zu deuten. Doch Pender war ein Befürworter der so genannten affektiven Vernehmungsmethode, weshalb er einen Extraschuss Wärme in seine Stimme legte, als er das Grinsen erwiderte.

»Pflanzen Sie sich hin.« Deputy Jervis deutete auf den kleinen, rosa gepolsterten Stuhl vor dem rosa-weißen Schminktisch, bevor sie die Pistole vorsichtig auf den Nachttisch legte, neben ein gerahmtes Foto von sich und Winkle, auf dem sie, die Arme um ihre Taillen gelegt, vor dem Haus standen.

Wahrscheinlich war es am Tag ihres Einzugs aufgenommen – neben einem grünen Volvo-Kombi stand ein gelber Drive-Yr-Self-Umzugslaster in der Einfahrt.

»Brauchen Sie die wirklich?« Pender deutete mit dem Kopf auf die Waffe. Er kannte das Modell gut – .40er Glocks waren mittlerweile die Standardwaffen der Rekruten in der FBI-Akademie.

Jervis nickte verlegen. »Ich weiß, es ist idiotisch. Ich weiß, er ist hinter Gittern, aber ich habe trotzdem Angst vor ihm. Wenn Sie diesen Wichser nie gesehen haben, machen Sie sich auch keine Vorstellung, wie schnell der Wichser ist.«

»Wahrscheinlich nicht.« Pender nahm den zerbrechlich aussehenden Stuhl, stellte ihn im 45-Grad-Winkel etwa einen Meter neben das Bett – die empfohlene Vernehmungsposition – und setzte sich mit dem Hut im Schoß vorsichtig darauf.

»Haben Ihre Leute schon was Neues über diesen Hurensohn rausgefunden?«

Pender schüttelte den Kopf. »Fehlanzeige. Er hatte keinerlei Ausweise bei sich – keine Brieftasche, nur ein paar Geldscheine –, und das Auto gehörte dem Opfer. Mit seinen Fingerabdrücken lässt sich auch nichts anfangen, alte Transplantate auf den Innenflächen beider Hände. Bisher keine Übereinstimmungen – im Labor arbeiten sie an einer Rekonstruktion.« Pender rutschte mit dem Stuhl etwas näher ans Bett – das war für den Vernommenen das Zeichen, dass es Zeit wurde, zur Sache zu kommen. »Erzählen Sie mir von der Festnahme – wie haben Sie ihn geschnappt?«

»Routinemäßige Verkehrskontrolle. Brauner Chevy Celebrity mit kalifornischem Kennzeichen. Überfährt bei Laguna Seca auf dem Highway achtundsechzig Richtung Osten eine rote Ampel. Fahrer männlich, Beifahrer weiblich. Ich mache das Blaulicht an, er steigt aufs Gas. Ich gebe die Verfolgung über Funk durch; aber schon ein paar Sekunden später fährt er an den Straßenrand. Als ich mich dem Fahrzeug nähere, sehe ich, wie sich der Fahrer zu seiner Mitfahrerin hinüberbeugt –

ich denke, er legt ihr den Sicherheitsgurt an. Dann wendet er sich mir zu, mit einem strahlenden Lächeln, was gibt's, Officer? An diesem Punkt hatte ich noch nicht mal mein Holster aufgemacht. Ganz gewöhnliche Verkehrsübertretung, vielleicht eine Verwarnung wegen des Sicherheitsgurts.

Aber als ich in den Wagen schaue, sehe ich dieses blonde Mädchen, kann nicht älter als achtzehn gewesen sein, sie sitzt kerzengerade da und hält sich mit beiden Händen den Bauch. Sie hatte einen weißen Pullover an, der aussah, als wäre er unten in überlappenden Streifen rot gefärbt, und sie hatte einen total eigenartigen Gesichtsausdruck. Einfach, wissen Sie, *verblüfft* – ich werde diesen Ausdruck nie vergessen. Ich frage sie, ob alles in Ordnung ist, sie hebt mit beiden Händen ihren Pullover hoch, und ihre Eingeweide rutschen in ihren Schoß.«

Jervis schloss die Augen, als wollte sie die Erinnerung ausblenden. Das ließ Pender nicht zu. »Was geschah dann?«

»Er hat das Messer in der linken Hand – bevor ich reagieren kann, reißt er es blitzschnell hoch und rammt es mir so fest rein, dass ich zuerst dachte, er hat auf mich geschossen. Es war, als würde mein Mund explodieren – ich falle hintenüber, spucke Blut und Zähne, versuche meine Waffe zu ziehen. Aber er ist bereits über mir, bevor ich auf dem Boden lande. Ich kriege meine Waffe nicht raus, aber ich klammere mich an das Holster, als hinge mein Leben daran.«

Wieder zuckte Jervis zusammen; ihre Hand fuhr an ihren Unterkiefer. »An mehr kann ich mich nicht erinnern – sie sagen, er hat versucht, meinen Gürtel abzureißen, als ein Wagen zu meiner Unterstützung ankam, und ich habe mich so fest ans Holster geklammert, dass sie meine Finger einzeln von ihm lösen mussten.«

»Aber Sie gelten offiziell als die Festnahme vornehmender Officer.«

Ein bitteres Lachen. »Ein Akt der Wohltätigkeit. Es war ein dreißig Zentimeter langes Bowiemesser – ein Souvenir aus Alamo, hab ich gehört. Hat mir rechts alle unteren Backenzähne rausgehauen, links alle oberen. Hat meine Zunge nur ganz knapp verfehlt. Sonst könnte ich jetzt nicht mit Ihnen reden.«

Ihr fahles Gesicht wurde kreidebleich; ihr Blick streunte zu der Flasche Vicodin auf dem weißen Korbnachttisch.

»Und ich habe Miss Winkle eben noch versprochen, Sie nicht zu stark zu beanspruchen.« Pender wusste, ihm blieb nicht mehr viel Zeit; er kam abrupt zu der Frage, die er dem einzigen Menschen, der das Opfer lebendig gesehen hatte, stellen musste. »Nur noch eine Frage, dann lasse ich Sie in Ruhe. Sie betrifft das Mädchen. Sie sagen, sie war blond?«

»Ja, Sir.«

»Könnten Sie das etwas spezifizieren – war ihr Haar wasserstoffblond, aschblond, was genau?« Er suggerierte ihr ganz bewusst nicht, was er hoffte, dass sie sagen würde.

Und tatsächlich sagte sie es: »Nein, Sir, es war eher so ein rötliches Blond.«

»Was man manchmal auch als erdbeerblond bezeichnet?«

»Ja, Sir, das trifft es ziemlich gut.« Es war nicht zu übersehen, dass ihr jedes Wort Schmerzen bereitete.

Pender tätschelte die blasse sommersprossige Hand, die auf dem rosa Deckbett lag. »Das war sehr gut, meine Liebe. Wirklich sehr gut. Sie haben mir sehr geholfen – Sie brauchen kein Wort mehr zu sagen.«

Aletha Winkle bedachte Pender mit einem finsteren Blick, als sie geschäftig hereingerauscht kam.

»Ich finde allein raus«, sagte Pender.

»Und rufen Sie nächstes Mal vorher an.«

»Ja, Ma'am, werde ich auf jeden Fall«, erwiderte Pender lammfromm.

Penders Zerknirschung war nicht von langer Dauer. Im Gegenteil, schon als er den blumengesäumten Weg zur Einfahrt entlangschritt, tam-ta-tammte er »And the Band Played On«, ein Stück, das 1899 von Charles B. Ward und John F. Palmer geschrieben worden war, aber fast ein Jahrhundert später immer noch so bekannt war, dass bei der 1997 stattfindenden Antrittsbesprechung des Teams, das damit beauftragt worden war, über das Verschwinden von neun Frauen aus neun weit auseinander liegenden Regionen im Lauf der letzten neun Jahre Ermittlungen anzustellen, der Chef der Abteilung Liaison Support des FBI, Steven P. McDougal, die ersten paar Zeilen des Refrains auswendig aufsagen konnte und dabei davon ausging, dass jeder der anwesenden Agenten sie kannte:

Casey would waltz with a strawberry blond
And the band played on.
He'd glide 'cross the floor with the girl he adored
And the band played on.
(Casey tanzte mit einer Erdbeerblonden,
und die Kapelle spielte weiter.
Er schwebte mit seiner Angebeteten über den Tanzboden,
und die Kapelle spielte weiter.)

Deshalb gab McDougal dem Phantom-Kidnapper nach der einzigen Gemeinsamkeit der vermissten Frauen, ihrer Haarfarbe, den Spitznamen Casey. Aber dann sang Ed Pender in seinem hellen Tenor die nächsten zwei Zeilen des Lieds:

His brain was so loaded it nearly exploded
The poor girl would shake with alarm.
(Sein Hirn war so geladen, dass es fast explodierte,
das arme Mädchen zitterte vor Angst.)

Im Raum wurde es totenstill; es war McDougal, der schließlich das Schweigen brach.

»Ed hat kein gutes Gefühl bei der Sache, Jungs und Mädels«, verkündete er, lehnte sich in den Ledersessel am Kopfende des Konferenztisches zurück und linste professorenhaft über seine Lesebrille. »Helfen wir ihm doch, es loszuwerden.«

Seit dieser Antrittsbesprechung waren zwei weitere rotblonde Frauen unter verdächtigen Umständen als vermisst gemeldet worden, aber das FBI hatte die Öffentlichkeit weiterhin nicht über seine Ermittlungen informiert, hauptsächlich deshalb, weil nicht eine einzige Leiche aufgetaucht war. Dann führte im Juni 1999 Monterey County Sheriff's Deputy Terry Jervis eine, wie sie dachte, Routineverkehrskontrolle durch, und damit wurde schlagartig alles anders.

Casey, du Hurensohn, dachte Pender, als er sich wieder in den blauen Corolla zwängte. Jetzt haben wir dich, du Hurensohn.

3

Auf einem Bergkamm, hoch oben in den Cascade Mountains des südlichen Oregon, steht eine rotblonde Frau Anfang fünfzig in einem hochgeschlossenen grünen Seidengewand und einer gleichfarbigen Operationsmaske auf einem Hühnerhof und verteilt Futter an eine Schar goldgefiederter Buff Orpingtons.

Ihre Bewegungen sind ungelenk – sie beugt und dreht sich steif aus der Hüfte heraus –, und die aus den langen Ärmeln ihres Gewands hervorstehenden Hände haben etwas grotesk Skelettartiges, glatte glänzende Haut, die sich straff über fleischlose Knochen spannt. Sie verschüttet fast so viel Futter, wie sie aussät. Sie schilt die Hühner liebevoll, die sich um ihre Füße drängen und unter ihr Gewand huschen, um heruntergefallene Körner aufzupicken.

»Aber Kinder, es ist doch genug für alle da.« Ihre Stimme wird durch die grüne Seidenmaske gedämpft und hat ein eigenartiges Timbre, dünn und resonanzlos – das Gegenteil von nasal. »Vivian, benimm dich – nicht drängeln. Und du, Freddie – beherrsch dich ein wenig. Denk an deine Stellung.«

Freddie Mercury ist der einzige Hahn auf dem Hühnerhof,

ein stolzierender Dandy mit wallendem Gefieder aus patiniertem Gold und stolz geschwollenem rotem Kamm. Als die Frau geduckt den dunklen Hühnerstall betritt, folgt er ihr und gluckt der dort brütenden Henne beruhigend zu, dass ihrem Ei keine Gefahr droht.

Und tatsächlich pflücken die knochigen Finger der Frau nur die unbeaufsichtigten Eier, alle braun, einige noch warm, aus dem schmutzigen Stroh der Gelege und legen sie behutsam, vorsichtig, in den flachen Korb, der an ihrem Unterarm hängt. Als sie fertig ist, begleitet sie der Hahn zum Tor und steht Wache, damit sich keine seiner drallen goldenen Ehefrauen oder gelbbraunen Küken mit ihr davonmacht.

Vom Hühnerhof führt sie ein Fußmarsch von wenigen hundert Metern durch ein schattiges Gehölz mit altem Douglasfichtenbestand zu den Hundezwingern mit dem Laubengang davor, wo sie ein halbes Dutzend bernsteinäugiger schwarzgefleckter Rottweiler mit walzenförmigen Rümpfen, kräftigen, breiten, abgeflachten Köpfen und mächtigen Kiefern, die einen Schafskopf oder ein Fahrrad mit gleicher Mühelosigkeit zerbeißen können, lautlos begrüßen, indem sie mit ihren Stummelschwänzen wedeln und mit den breiten Hinterteilen wackeln.

Gespenstisch lautlos, gespenstisch geduldig, stehen die Hunde zitternd still, während die Frau eine Holzkiste mit einem 20-Kilo-Sack Hundefutter öffnet, das Trockenfutter in sechs Schüsseln schaufelt, von denen jede ein Etikett mit dem Namen ihres Besitzers trägt – Jack, Lizzie, Bundy, Piper, Kiss und Dr. Cream –, und ein frisches Ei in jede Schüssel schlägt. Erst als sie das letzte Ei in die letzte Schüssel geschlagen und den Hunden einen von einem Handzeichen begleiteten mündlichen Befehl gegeben hat, stürzen sie los, um mit dem Fressen zu beginnen.

Als sie fertig sind, lässt die Frau die Hunde über den Laubengang durch das Haupttor nach draußen. Sie verteilen sich in sechs verschiede Richtungen, um ihr Geschäft möglichst weit von einander und von den Zwingern entfernt zu verrichten, und kehren in wenigen Minuten zurück, ohne gerufen werden zu müssen.

»Brave Hunde«, sagt die Frau. Sie schließt das Haupttor hinter ihnen und führt sie in den Zwinger zurück, wobei sie die Tür zwischen Zwinger und Laubengang offen lässt. »Und jetzt kommt mal und gebt mir meine Liebies.«

Als sie sich steif auf die Knie niederlässt, reihen sich die Hunde wie artige Schulkinder vor ihr auf und treten einer nach dem anderen vor, um sich von ihren skelettartigen Fingern tätscheln und durch ihre seidene Gesichtsmaske küssen zu lassen, bis der Frau leichter ums Herz ist und ihre Angst vor dem Verlassenwerden vorübergehend nachlässt.

Jetzt bleibt nur noch eines zu tun, das Unangenehmste: ein Besuch im Trockenschuppen. Sie beschließt, ihn bis nach dem Mittagessen aufzuschieben.

4

Dr. Irene Cogan hatte bisher erst mit zwei vollständig angeketteten Häftlingen gesprochen. Der erste, Paul Silberman, war ein Neunzehnjähriger gewesen, der oben in Woodside seine Mutter in der Badewanne in Stücke gehackt hatte. Die Zeitungen hatten es den *Psycho*-Mord genannt, obwohl Mrs. Silberman gebadet und nicht geduscht hatte. Paul behauptete, er habe nicht gewusst, dass das alles tatsächlich passiert sei; es sei ihm so eigenartig und verzerrt erschienen, dass er geglaubt habe, er träume. Er behauptete, er sei genauso machtlos gewesen, sich davon abzuhalten, wie er es in einem Traum gewesen wäre.

Irene, Spezialistin für dissoziative Störungen, war von der Verteidigung hinzugezogen worden, um zu bezeugen, dass

Paul an einer Depersonalisierungs/Derealisierungs-Störung litt. Ihr Gutachten hatte den gewünschten Erfolg gehabt – der Junge war wegen Unzurechnungsfähigkeit für nicht schuldig befunden worden und befand sich jetzt in einer privaten geschlossenen Anstalt in Palo Alto in Behandlung.

Aber Irene Cogan war weder blauäugig noch eine Hure der Verteidigung. Als ein des Mordes angeklagter Pädophiler namens David Douglas Winslow behauptete, an einer dissoziativen Identitätsstörung zu leiden, hatte Irene als Gutachterin der Anklage ausgesagt, dass sowohl die auffallende Übereinstimmung des optischen Funktionierens von Winslows angeblichen anderen Persönlichkeiten sowie ihre fast identischen GHRs – galvanische Hautreaktionen – darauf hindeuteten, dass er DIS simulierte.

Winslows neue Adresse war der Todestrakt in San Quentin. Obwohl Dr. Cogan gegen die Todesstrafe war, würde sie ihm keine Träne nachweinen, wenn auch sein letztes Gnadengesuche abgelehnt wurde – sie hatte schon alle für seine kleinen Opfer vergossen.

Dr. Cogan war jedoch keine Gerichtspsychiaterin – zu dem gegenwärtigen Fall war sie nur deshalb als Gutachterin hinzugezogen worden, weil der Häftling behauptete, an dissoziativer Amnesie zu leiden. Um definitiv sagen zu können, ob er simulierte, war es noch zu früh, aber sie vermutete es. Die an dissoziativer Amnesie leidenden Patienten, die sie bisher behandelt hatte, hatten gänzlich andere Affekte gezeigt als dieser Häftling; man brauchte nicht Medizin studiert zu haben, um die tiefe Verwirrung und Unsicherheit in ihren Augen erkennen zu können.

Aber warum sollte er ausgerechnet Amnesie simulieren? Für jemanden, der so intelligent und so gut in Psychologie bewandert war, wie es der Häftling zu sein schien, wäre zum Beispiel paranoide Schizophrenie eine wesentlich leichter vorzutäuschende Symptomatik gewesen – und eine aussichtsreichere Verteidigungsstrategie ebenfalls.

Plötzlich merkte sie, dass der Häftling sie etwas gefragt hatte. »Wie bitte?«

»Nicht ganz bei der Sache, wie?« Der Häftling lachte leise. »Ich habe Sie gefragt, ob Sie mir die Haare noch mal so wie vorhin aus dem Gesicht streichen könnten.«

»Wieso? Sie fallen Ihnen doch gar nicht in die Augen.«

Er sah sie frech an – Irene fragte sich, ob diese leicht belustigten goldgesprenkelten Augen das Letzte gewesen waren, was das arme aufgeschlitzte Mädchen auf Erden gesehen hatte. »Nur wegen der Berührung.«

Einen Moment war sie baff. Es hatte etwas erstaunlich Intimes, wie er das Wort *Berührung* verwendete. »Tut mir Leid, aber das halte ich für nicht ganz angebracht«, brachte sie schließlich hervor.

»Bitte. Es ist wichtig.«

»Warum? Warum ist es wichtig?«

»Einfach so. Bitte, glauben Sie mir. Ich werde Ihnen nichts tun – ich gebe Ihnen mein Wort.«

Eine schwere Entscheidung. An sich war es eine harmlose Bitte, aber es galt sowohl die konkrete Gefahr, die damit verbunden war, zu berücksichtigen als auch die potenzielle Beeinträchtigung des Arzt-Patient-Verhältnisses. Anderseits bot er ihr, indem er sie um ihr Vertrauen bat, letzten Endes seines an. Und sein Vertrauen war etwas, was sie brauchte, wenn sie eine zutreffende Evaluation abgeben wollte.

Zumindest sagte sie sich das, als sie sich über den Schreibtisch beugte. Zaghaft strich sie das Komma aus Haar aus seiner Stirn, um dann rasch die Hand zurückzuziehen, als sich seine Augen nach rechts oben verdrehten und seine Lider zu flattern begannen.

Bis sich Irene in ihren Sessel zurückgesetzt hatte, waren die Großspurigkeit des Häftlings, seine Selbstsicherheit, das Blitzen in seinen Augen und der energische Zug um sein Kinn verschwunden, und vor ihr saß eine zusammengesunkene jämmerliche kleine Gestalt, die wie ein Kind weinte, die Knie an die Brust hochgezogen, die Schultern so heftig zuckend, dass die Ketten klirrten.

Da haben wir es, dachte Irene. Jetzt ändert er tatsächlich seine Symptomatik. Aber nicht in Richtung Schizophrenie. Um ihren Verdacht zu verbergen, setzte sie eine neutrale Miene auf und wartete geduldig, dass das Weinen aufhörte.

Und tatsächlich war der Häftling, als er aufblickte, auch äußerlich ein anderer Mensch. Nachdem sich seine Kieferpartie entspannt hatte, war sein herzförmiges Gesicht ovaler geworden. Seine Augen waren größer, runder, heller. Und seine Stimme war zittrig und eine Oktave höher, als er sich entschuldigte.

»Entschulligung.«

War es also doch DIS. Eine dissoziative Identitätsstörung, früher unter der Bezeichnung multiple Persönlichkeitsstörung bekannt. Und sie musste zugeben: Wenn er es simulierte, machte er es wirklich gut. Besser als gut, auf jeden Fall besser als der schreckliche David Douglas Winslow.

Aber vielleicht war das angesichts der offenkundigen psychologischen Vorbildung und des schauspielerischen Talents des Häftlings zu erwarten. Er wusste, dass unwillkürliche Augenbewegungen der klassische Hinweis auf einen so genannten Switch, einen Wechsel zwischen verschiedenen Persönlichkeiten oder – wie sie im Fachjargon hießen – »alters« waren. Daher die verdrehten Augen und die flatternden Lider. Er wusste, dass zwischen den einzelnen alters extreme faziale und stimmliche Veränderungen erwartet würden und dass viele alters Jugendliche waren, weshalb er die Stimme höher, seine Wangen schlaffer und seine Augen größer gemacht hatte, um mehr Licht aufzunehmen.

Wenn er DIS allerdings nicht vortäuschte, wurde Irene klar, konnte dies unter Umständen der wichtigste Fall ihrer Karriere werden. Fürs Erste beschloss sie, so weiterzumachen, als wäre die DIS echt. Falls er simulierte, käme sie der Wahrheit nicht ganz so rasch auf den Grund, aber wenn er sie nicht vortäuschte, würde sie mit diesem Vorgehen den geringsten Schaden anrichten.

»Hallo«, sagte sie leise. »Wie heißt du?«

Panik, Verwirrung. Die Augen verdrehten sich, die Lider flatterten – und das Kind war weg.

»Wie bitte?« Wieder das erste alter. Ein rasches, argwöhnisches Um-sich-Blicken; die angeketteten Hände des Häftlings tätschelten nervös seine Oberschenkel. Sowohl in dem Um-sich-Blicken wie in der Selbstberührung erkannte Irene typische Erdungsmechanismen wieder, der Orientierung dienende Gesten, die man nach einem Switch normalerweise beobachten konnte.

Und tatsächlich schien sich der Häftling nicht bewusst zu sein, dass sein Gesicht trotz des dunklen Teints aschfahl war, und tränenüberströmt, mit einer Rotzblase in einem Nasenloch – er schien überrascht, als Irene ein Papiertaschentuch aus ihrer Handtasche nahm und ihm reichte.

Doch er erfasste die Situation rasch. »Da ist mir wohl ein kleiner Ausrutscher passiert.«

Er zog seine Knie hoch, krümmte den Rücken unter dem orangen Overall und zog den Kopf zwischen die Schultern, um sich die Nase zu putzen. Als er sich aufrichtete, hatte sich seine Stimme erneut verändert – das schien eine dritte Persönlichkeit zu sein, Alter und Aussehen etwa identisch mit dem der ersten, aber verletzlicher, mit weniger Power. »Ganz schön stressig, ständig die Fassade wahren zu müssen.«

Irene wartete, ohne sich in irgendeiner Richtung dazu zu äußern.

»Bei denen darf man nie eine Schwäche zeigen, wissen Sie. Wenn sie eine Schwäche spüren, machen sie einen fertig. Sogar die Wärter.« Er ließ das Taschentuch in seinen Schoß fallen. »Ganz besonders die Wärter. Aber, was haben Sie gleich noch mal gefragt?«

»Ich habe Sie nach Ihrem Namen gefragt.« Diesmal waren das Augenverdrehen und das Flattern so rasch und kurz, dass es nur ein Therapeut mit viel Erfahrung in der Behandlung von DIS-Patienten bemerkt hätte.

»Wie schnell Sie vergessen«, sagte der Häftling mit seiner ursprünglichen Stimme. »Sie haben nicht zufällig eine Zigarette?«

Irene verzichtete darauf, ihn noch einmal nach seinem Namen zu fragen – das war eindeutig wieder Nennen-Sie-mich-Max. »Ich glaube, Rauchen ist im ganzen Gebäude verboten.«

Der Häftling lachte locker. »Jetzt mal realistisch betrachtet, was können sie uns schlimmstenfalls schon tun, wenn sie uns erwischen? Ich meine, wir riskieren jedes Mal, wenn wir uns eine anstecken, die Todesstrafe.«

»Da haben Sie allerdings Recht.« Irene war fasziniert – und ermutigt. Ob der Patient – der *Häftling* – seine DIS nun simulierte oder nicht, die Verwendung der ersten Person Plural war ebenso ein gutes Zeichen wie die offensichtliche Wärme, mit der er ihr begegnete. Anscheinend waren sie bereits dabei, ein persönliches Verhältnis aufzubauen, was sonst wesentlich länger dauerte – das wollte sie auf alle Fälle unterstützen.

Und offen gesagt, im Moment hätte auch sie eine Zigarette vertragen können. Irene kramte in ihrer Tasche nach der Packung Benson and Hedges und ihrem Feuerzeug, dann durchsuchte sie die Schreibtischschubladen nach einem Aschenbecher. Als sie keinen fand, fischte sie eine leere Sprite-Dose aus dem Abfallkorb, stellte sie vor dem Häftling auf den Tisch, steckte sich zwei Zigaretten zwischen die Lippen, zündete beide an und gab eine davon ihm, wobei sie sich, noch während sie das tat, bewusst war, dass das eine unangemessen intime Geste war.

Der Häftling inhalierte tief und blinzelte den Rauch aus seinen Augen. »Jetzt geht es mir schon besser.«

Das traf auch auf Irene zu; sie lehnte sich in ihren Sessel zurück und nahm einen tiefen Zug von der Zigarette, sog den Rauch sogar genießerisch durch die Nase ein. Es war ein köstlich verbotenes und rückständiges Gefühl, wieder einmal mit einem Patienten zu rauchen. Als sie sich vorbeugte, um die Asche in die Sprite-Dose zu stippen, ertappte sie den Häftling dabei, wie er sie bewundernd musterte.

Irene setzte sich auf, zog die Aufschläge ihrer Kostümjacke über der Brust zusammen und ihren Rock über die Knie, obwohl ihre Beine unter dem Schreibtisch gar nicht zu sehen waren. Sie spürte, dass ihr das Gespräch aus der Hand glitt.

»Also, ich habe Ihnen vertraut«, sagte sie. Das stimmaktivierte Diktaphon auf dem Tisch begann wieder leise zu surren. »Werden Sie jetzt auch mir vertrauen?«

»In welcher Hinsicht?« Zusammen mit den Wörtern kam ein dünner blauer Rauchstrahl aus seinem Mund.

»Indem Sie mir die Wahrheit sagen.«

»Was wollen Sie wissen?«

»Zuallererst, haben Sie manchmal das Gefühl, mehr als nur eine Person zu sein?«

»Sie sagen, Sie möchten die Wahrheit wissen?«

»Ja, natürlich.«

Um die Zigarette aus dem Mund zu nehmen, beugte er den Kopf bis zu seinen Händen hinab, dann brachte er ihn mit einem irren Grinsen wieder hoch. »Aber Sie werden die Wahrheit nicht verkraften!«, erklärte er in übertrieben ausdruckslosem Tonfall, die Augenbrauen zu teuflischen Spitzen hochgezogen.

Irene stieß ein erschrockenes Lachen aus. »Haben Sie Ihren Jack Nicholson doch noch angebracht.«

»Ziemlich gut, nicht? Möchten Sie meinen …«

»Nein!« Sie schnitt ihm streng das Wort ab; Zeit, zur Sache zu kommen. »Als ich Sie vorher nach Ihrem Namen fragte, sagten Sie, ich soll Sie Max nennen. Ist Max Ihr Name?«

»Das hängt davon ab«, antwortete er freundlich.

»Wovon?«

»Das kann ich Ihnen nicht sagen.«

»Warum nicht?«

»Das kann ich Ihnen auch nicht sagen.«

Irene versuchte es auf eine andere Tour. »Als Sie heute Morgen in diesen Raum gekommen sind, sagten Sie, Ihre Gemütsverfassung sei den Umständen entsprechend. Ein junges Mädchen ist auf entsetzliche Weise ums Leben gekommen, offensichtlich von Ihrer Hand. Wie fühlen Sie sich bei diesem Gedanken?«

Er zog erneut den Kopf ein; mit der Zigarette zwischen den Lippen kam er wieder hoch. Im Neonlicht hatte sein Gesicht einen leichten Blaustich.

»Verloren«, sagte er leise. Irene hatte den Eindruck, dass er wieder die Persönlichkeiten gewechselt hatte – als er unten gewesen war und sie das Augenverdrehen nicht hatte sehen können. Jetzt war wieder das dritte alter an der Reihe, der gut aussehende, verletzliche junge Mann. »Verloren und verängstigt. Und allein – zumindest bis heute Vormittag.«

»Was ist heute Vormittag passiert?«

»Ich habe Sie kennen gelernt.«

Seine Zigarette war fast bis auf den Filter heruntergebrannt. Als Irene die Hand ausstreckte, um sie ihm aus dem Mund zu nehmen, spürte sie seine Lippen so zart wie Schmetterlingsflügel über ihre Fingerrücken streifen. So leicht und flüchtig war seine Berührung, dass Irene nicht einmal ganz sicher war, ob tatsächlich eine Berührung stattgefunden hatte, und noch weniger, ob es ein Kuss gewesen war.

Aber in ihrem Innersten wusste sie, dass es so war. Sie spürte einen Stich der Erregung, nicht weit von Angst entfernt, aber so rasch und heftig, dass er fast sexuell war – und auf jeden Fall unangebracht. Irene wurde klar, dass sie bei der nächsten Sitzung mit *ihrer* Therapeutin etwas Pikanteres zu besprechen hätte, als dies seit Wochen der Fall gewesen war. Seit Monaten. Jahren. Sie sog heftig an ihrer Zigarette und inhalierte einen Mund voll brennenden Filters.

5

»Pender, Sie haben mehr Cojones als Hoover Stöckelschuhe hatte«, sagte Aurelio Bustamante. Der langjährige Sheriff von Monterey County saß an einem gigantischen Schreibtisch, der mit Auszeichnungen und Andenken übersät war. »Zuerst verhören Sie –«
»Befragen.« Pender ließ sich in seinem Stuhl zusammensinken, um nicht ganz so hoch über dem Sheriff aufzuragen, einem kleinen rundlichen Mann in einem braunen Westernanzug und einem sonnig weißen Stetson. Pender war schon dabei gewesen, seinen eigenen Hut abzunehmen – er trug ihn selten in einem Raum –, überlegte es sich aber anders: Wenn in Kalifornien …

»Sie *verhören* ohne mein Wissen oder meine Erlaubnis einen meiner Officer, einen verletzten Officer noch dazu. Und jetzt wollen Sie einen meiner Häftlinge verhören, aber zugleich wollen Sie uns nicht sagen, was Sie an Informationen haben? Ah-ah, so nicht. Wenn Sie mich schon von hinten ficken wollen, mein Freund, dann möchte ich auch was davon haben.«

Bei Begegnungen mit Vertretern örtlicher Polizeibehörden mussten FBI-Agenten je nach dem, wie viel diese schon mit dem FBI zu tun gehabt hatten, mit den unterschiedlichsten Reaktionen rechnen, die von Heldenverehrung bis zu heftiger Abneigung reichten. Bustamante, schon um die sechzig, war eindeutig keine Jungfrau mehr.

Ebensowenig wie Pender – er überlegte, ob er sich die Feindseligkeit des Sheriffs zunutze machen könnte.

»Glauben Sie mir, Sheriff, ich kann Sie sehr gut verstehen. Ich habe im Staat New York als Sheriff's Deputy angefangen. Und wenn *ich Sie* ficke, dann ist das eine regelrechte Hinterlader-Kette, weil mein Boss mir so tief im Arsch steckt, dass er einen dieser Grubenhelme mit einer Lampe oben drauf tragen muss.«

Angesichts dieses pikanten Bilds vertieften sich die Krähenfüße um Bustamantes Augen fast unmerklich.

Pender redete weiter auf ihn ein. »Sheriff Bustamante, wenn Sie glauben, das FBI ist zu Ihnen und Ihresgleichen beschissen herablassend, dann sollten Sie erst mal sehen, wie es seine eigenen Leute behandelt – ganz besonders alte Haudegen wie mich. Ich stehe zwei Jahre vor der Pensionierung, sie versuchen mich frühzeitig loszuwerden, in meiner letzten Fitness-Beurteilung wurde ich als der schlechtestgekleidete Agent in der Geschichte des FBI bezeichnet, meine Personalakte ist so mit geringfügigen bürokratischen Verstößen gespickt, dass sie sich wie eine Verbrecherkartei liest, und wenn ich mir eine gerichtliche Anordnung besorgen muss, um mit Ihrem Häftling sprechen zu können, wird sein Anwalt an ihm kleben wie der Gestank an der Scheiße, und ich kann mit leeren Händen wieder nach Hause fahren.«

»Jetzt soll ich also Mitleid mit Ihnen haben, weil Sie ein Versager sind?« Bustamante machte ein finsteres Gesicht. »Wenn ich Sie zu diesem Kerl reinlasse, ohne dass sein Anwalt dabei ist, und er deswegen freikommt, kann ich das Ganze ausbaden.«

»Sheriff, ich gebe Ihnen mein Wort, ich werde ihn kein Wort über den anstehenden Fall fragen.«

»Dann bekommen Sie auch nichts aus ihm raus – er behauptet nämlich, er hat *Amnesiiie*.« Bustamante befrachtete das Wort mit Verachtung.

»Geben Sie mir eine Chance, mehr verlange ich ja gar nicht.«

»Und was tun Sie für mich, wenn ich das für Sie tue?« Bustamante breitete mit nach oben gewandten Handflächen die Hände aus und schlackerte in der universell verständlichen Lass-mal-rüberwachsen-Geste mit den Fingern.

Pender nahm ein dreißig Zentimeter langes Namensschild aus Messing – AURELIO BUSTAMANTE, SHERIFF – und stellte es so auf den Schreibtisch, dass es dem Sheriff zugewandt war. Dann stellte er hinter das Namensschild in einem Halbkreis ein Füller-und-Bleistift-Set in einem Marmorhalter, in den »Kiwanis Club – Mann des Jahres« graviert war; einen Baseball mit den Autogrammen der letzten Mannschaft der inzwischen aufgelösten Salinas Peppers; ein goldgerahmtes Foto, auf dem der Sheriff und Mrs. Bustamante, eine lächelnde, mexikanisch aussehende Frau mit hochfrisiertem weißem Haar, hinter einer Schar von Kindern und Enkelkindern standen; und eine silberne Dienstmarke mit der Aufschrift GRAND MARSHALL, SALINAS RODEO, die an einer zehn Zentimeter hohen Holzplakette mit angewinkelten Ständer befestigt war.

»Das sind Sie bei Ihrer nächsten Pressekonferenz.« Pender tippte zuerst auf das Namensschild und dann der Reihe nach auf die anderen Gegenstände. »Und hier ist Ihr tapferer Deputy Jervis, hier sind der Bürgermeister und der Bezirksstaatsanwalt und jeder aus Ihrem Department, den Sie mit ein paar Minuten im Rampenlicht belohnen möchten, hier ist Ihre Frau und Ihre Familie, und hier ist der in Monterey stationierte FBI-Agent in seinem dunklen Anzug und seiner konservativen Krawatte.«

»Meine Damen und Herren ...« Pender hob und senkte das Namensschild mit jeder Silbe, als handelte es sich dabei um eine Handpuppe. »Ich bin Sheriff Aurelio Bustamante und ich habe diese Pressekonferenz einberufen, um Ihnen mitzuteilen, dass dem Monterey County Sheriff's Department die Festnahme eines der gefährlichsten und meistgesuchten Serienmörder in der Geschichte der Polizei gelungen ist.«

Bustamante langte über den Schreibtisch und kippte die Grand Marshall-Plakette, die für das FBI stand, um. Dann lehnte er sich zurück und bildete mit den Fingern ein Zelt über seinem runden Bauch. »Wenn er es tatsächlich ist, habe ich ihn bereits – was brauche ich Sie da noch?«

»Weil es sonst so kommt ...« Pender kippte das Namensschild um und stellte die Plakette vor die restliche Gruppe. »Meine Damen und Herren, ich bin Special Agent Publicitygeil vom Federal Bureau of Investigation. Vor wenigen Wochen wurde eine junge Frau unter den Augen eines MONTEREY COUNTY SHERIFF'S DEPUTY brutal erstochen, und dann ließ sich dieser Sheriff's Deputy vom Täter überrumpeln und aufspießen wie so ein verdammtes Schischkebab. Der Verdächtige wurde dann doch noch festgenommen, aber leider hatte das MONTEREY COUNTY SHERIFF'S DEPARTMENT nicht die leiseste Ahnung, wen es da in seinem Gewahrsam hatte. Zum Glück war jedoch das FBI dank seiner eigenen Ressourcen in der Lage festzustellen, dass ...«

Bustamante unterbrach ihn. »Stellen Sie alles an seinen Platz zurück und warten Sie draußen.«

Hastig räumte Pender den Schreibtisch wieder auf; als er den Raum verließ, sah er den Sheriff nach dem Telefon greifen. Dann hatte er draußen auf dem Flur fünfundvierzig Minuten lang Gelegenheit, sich auf einem harten Holzstuhl wieder abzuregen. Als ihn die Sekretärin des Sheriffs in das Büro zurückholte, saß Bustamante, die in Cowboystiefeln steckenden Füße auf dem Schreibtisch, weit zurückgelehnt in seinem Ledersessel.

»Ich habe gerade mit dem Bezirksstaatsanwalt telefoniert. Solange es sich nicht nachteilig auf die Ermittlungen auswirkt, sind unsere beiden Behörden bereit, uneingeschränkt mit dem FBI zusammenzuarbeiten. Allerdings, sagt er, kann er Ihnen auf gar keinen Fall gestatten, den Häftling zu vernehmen, ohne dass sein Anwalt anwesend ist.«

»Das ist ...«

»Lassen Sie mich ausreden. Wir können Sie den Mann nicht ohne seinen Anwalt *vernehmen* lassen, aber da der Supreme Court verfügt hat, dass ein Häftling im Gefängnis mit Ausnahme von Besprechungen mit seinem Anwalt kein Anrecht auf Privatsphäre hat, verbietet uns nichts, dass wir einen V-Mann zu ihm in die Zelle schleusen, damit er, ich zitiere jetzt den Bezirksstaatsanwalt, ›Nachforschungen über Vergehen anstellt, die in keinem Zusammenhang mit denen stehen, deretwegen der Häftling gegenwärtig angeklagt ist‹.«

»Ich muss das aber selbst machen.« Pender begann mit der Aufzählung seiner Argumente. »Es würde Tage dauern, einen Ihrer —«

»Sie werden es selbst machen.«

»– Leute so weit mit den Hinter– Oh. Klasse. Danke. Wann?«

»Morgen Nachmittag. Wir können Sie unmöglich hier mit ihm zusammenstecken. Zu gefährlich. Und außerdem ist er schon einen Monat in Einzelhaft – er würde merken, dass irgendwas im Busch ist, wenn wir ihm plötzlich einen Zellengenossen zuteilen. Aber morgen hat er vor Gericht eine Anhörung. Das alte Gefängnis neben dem Gerichtsgebäude ist seit einundsiebzig geschlossen, aber den Ostflügel benutzen wir immer noch, um während Gerichtsterminen Häftlinge unterzubringen. Wir können Sie ohne großes Risiko in eine Arrestzelle mit ihm stecken – er wird angekettet sein. Sie natürlich auch, aber das lässt sich nicht ändern. Wir stecken Sie da rein, dann bringen wir ihn ein bisschen früher vorbei – auf diese Weise sind Sie eine Weile allein mit ihm.«

»Ich kann Ihnen gar nicht sagen, wie sehr ich –«, begann Pender.

Der Sheriff schnitt ihm das Wort ab. »Bevor Sie mir danken, möchte ich, dass Sie etwas lesen.«

Bustamante nahm seine Füße vom Schreibtisch, beugte sich vor und schob Pender ein fotokopiertes Dokument über den Schreibtisch zu. Es war ein ärztlicher Untersuchungsbericht, in dem die Verletzungen aufgeführt waren, die ein gewisser Refugio Cortes, ein früherer Zellengenosse des Häftlings im Bezirksgefängnis, am ersten Hafttag des Häftlings von diesem zugefügt bekommen hatte.

Pender überflog ihn: Impressionsfrakturen der Augenhöhlen, Nasenbeinbruch, Rippenbrüche, Unterleibsquetschungen. Den Penis zu retten war den Ärzten zwar gelungen, auch wenn er nur noch als Abflussrohr für Urin funktionieren würde; die Hoden jedoch waren unwiederbringlich verloren, zusammen mit dem restlichen Inhalt des Hodensacks.

»Nur schade, dass ich keine Fotos zur Veranschaulichung habe, mein Freund«, sagte Bustamante. »Nur damit Sie wissen, worauf Sie sich da einlassen.«

6 Irene Cogan hatte den Rest des Vormittags damit verbracht, neben Rorschach- und thematischem Apperzeptionstest auch die hundert Fragen umfassende Dissociative Experiences Scale zu machen; den MMPI sparte sie sich für die Nachmittagssitzung auf – die meisten Leute brauchten ein paar Stunden, um alle 567 Fragen des vollständigen MMPI-2 zu schaffen. Doch das klinische Gespräch war so unbefriedigend verlaufen, dass Irene nach der Mittagspause – der Häftling wurde in seine Zelle zurückgebracht; sie selbst stocherte lustlos in einem dubiosen Salat, den sie an einem Schnellimbiss in der Natividad Road nicht weit vom Gefängnis gekauft hatte – beschloss, einen zweiten Versuch zu unternehmen, bevor sie zum nächsten Punkt überging.

»Was ist das Letzte, woran Sie sich erinnern können, *bevor* Sie im Auto neben der –« Sie zensierte sich mitten im Satz selbst. Sie hatte »tote Frau« sagen wollen, aber sie wollte nicht riskieren, ihn mit befrachteten Wörtern aus der Fassung zu bringen. »Bevor Sie im Auto zu sich gekommen sind?«

»Sie geliebt zu haben.« Das schien wieder das dritte alter zu sein, das verletzliche.

Sie geliebt zu haben. Irene fragte sich, ob diese Wörter in diesem leblosen Raum mit der grellen Neonbeleuchtung jemals zuvor gesprochen worden waren. »Ja, und weiter?«

»Auf dem Rücksitz. In einem Redwoodwald. Das Sonnenlicht fällt in langen, schmalen Säulen durch die Bäume. Sie kniet –« Seine Augen nehmen einen verträumten Ausdruck an. »Sie kniet auf dem Rücksitz und stützt sich auf die Ablage unter dem Rückfenster. Ich bin hinter ihr. Als sie sich vorbeugt, fällt ein Strahl Sonnenlicht auf ihr Haar. Sie hat so wunderschönes rotblondes Haar. Ich teile es am Hinterkopf und küsse jedes Mal ihren Nacken, wenn ich –« Seine Augen schlossen sich; seine Bauchmuskeln spannten sich an, und sein Unterleib zuckte in einer stoßartigen Bewegung nach vorn. »Und jedes Mal, wenn ich sie küsse, sagt sie meinen Namen.«

»Was sagt sie?« Diese Gelegenheit konnte sich Irene nicht entgehen lassen. »Wie nennt sie Sie?«

Die Augen des Häftlings öffneten sich; der verträumte Blick war verflogen, verdrängt von kalt funkelnder Intelligenz. »Sagen Sie mal«, sagte die Persönlichkeit, die sich Max nannte. »Ich habe schon eine Weile nicht mehr in den Spiegel gesehen – habe ich vielleicht ›dumm‹ auf die Stirn tätowiert oder was?«

Mist. »Entschuldigung – fahren Sie bitte fort.«

»Danke, ich verzichte.«

»Nein, wirklich. Ich möchte mich entschuldigen – ich hätte Sie nicht unterbrechen sollen.«

»Dafür ist es jetzt zu spät«, sagte er kalt. Aber gerade als Irene sich Vorhaltungen machte, dass möglicherweise sie diejenige war, die *dumm* auf die Stirn tätowiert haben sollte, überlegte es sich der Häftling anders.

»Christopher«, flüsterte er und beugte sich so weit zu ihr vor, wie es seine Fesseln zuließen. »*Sie* nannte mich Christopher.«

»Verstehe. Ist das dann also Ihr Name?«

»Das sollen Sie rausfinden.« Eine gebräuchliche Erwiderung, wenn jemand ein Geheimnis nicht preisgeben will. Aber irgendetwas an der unaggressiven Art, in der er es sagte, an dem steten, amüsierten Ausdruck seiner Augen legte Irene noch etwas anderes nahe. Eine Herausforderung vielleicht – oder ein Angebot, oder eine Gelegenheit.

Um das Minnesota Multiphasic Personality Inventory, kurz MMPI, machen zu können, brauchte Max/Christopher eine freie Hand, um einen Bleistift halten zu können. Widerstrebend erklärte sich der Wärter bereit, die Handschellen von der Kette um seine Hüfte zu lösen. Seine Handgelenke ließ er jedoch weiter mit Handschellen aneinandergekettet, und er bestand auch darauf, mit seiner Dose Pfefferspray und seinem Knüppel im Raum zu bleiben.

»Dieser Test enthält fünfhundertsiebenundsechzig Statements«, erklärte Irene. »Sie sollen jetzt –«

»Wie Sie bereits festgestellt haben, weiß ich, wie es geht«, unterbrach er sie.

»Ich muss sicher gehen, dass –«

»Beleidigen Sie nicht meine Intelligenz, Doktor«, sagte er, jedes Wort sorgfältig abgemessen. »Beleidigen Sie *nie* meine Intelligenz.«

Irene reichte ihm den stumpfen, weichen Bleistift und sah bei dieser Gelegenheit zum ersten Mal, dass die Innenflächen seiner aneinander geketteten Hände von Narben überzogen waren. Als er merkte, dass sie seine Hände betrachtete, begann er sie zu Fäusten zu ballen, überlegte es sich dann aber anders und öffnete sie für sie, mit den Handflächen nach oben. Sie schaffte es, nicht zusammenzuzucken. Seine Fingerspitzen waren knochig, fast skelettartig – unter dem glänzenden Narbengewebe war die langgezogene Sanduhrform der distalen Fingerglieder zu erkennen, und über die Handflächen spannten sich straff grell weiße Flecken faltenloser Haut.

»Wie ist das passiert?«, fragte sie ihn.

»Ich hatte die glorreiche Idee, ein Feuer mit bloßen Händen löschen zu wollen.«

»Sind das Transplantate?«

»Von den Pobacken.« Er lachte bitter. »Wahrscheinlich sollte ich froh sein, dass ich keinen haarigen Hintern habe.«

»Wie alt waren Sie damals?«

»Alt genug, um es besser zu wissen.«

»Das muss schrecklich schmerzhaft gewesen sein.«

»Ich war froh über die Schmerzen.«

»Oh?«

»Schuldgefühle, wissen Sie. Brennen stärker als Feuer.« Und als er Irenes neugierigen Blick bemerkte: »Und das ist alles, was ich zu diesem Thema zu sagen habe.« Er nahm den Bleistift in die linke Hand. »Wenn Sie so weit wären, Doktor Cogan; ich bin bereit.«

»Gut … Fangen Sie an.«

Irene sah auf die Uhr und notierte sich die Zeit – 13 Uhr 04.

Sie hielt auch ein weiteres Augenverdrehen und Liderflattern fest – anscheinend würde eine der anderen Persönlichkeiten den Test machen. Oder zumindest wollte er sie das glauben machen.

In der Annahme, der MMPI würde mindestens zwei Stunden dauern, hatte sie mehrere Zeitschriften mitgenommen, aber sie hatte kaum das letzte Heft des *American Journal of Psychiatry* durch, als der Häftling verkündete, er sei fertig.

Irene sah auf die Uhr – es war 14 Uhr 02 – und schüttelte ungläubig den Kopf. »Ihnen ist hoffentlich klar, dass es sich in den Ergebnissen widerspiegelt, wenn Sie einfach aufs Geratewohl antworten.«

»Das war, glaube ich, die F-Scale.« Er grinste stolz. »Geben Sie mir noch einen.«

»Wie bitte?«

»Lassen Sie mich einen anderen MMPI machen – haben Sie noch einen dabei?«

»Ja, aber –«

»Lassen Sie mich noch einen machen.«

»Aber warum?«

Er beugte sich vor; der Wärter, der schräg hinter ihm saß, erhob sich halb von seinem Stuhl.

»Das werden Sie gleich herausfinden«, flüsterte der Häftling. Und dann, für den Fall, dass sie die Anspielung nicht verstanden hatte, flüsterte er die Wörter noch einmal. »Das werden … Sie … gleich … herausfinden.«

Wie in: *Das sollen* Sie *herausfinden.* Irene griff in ihren Aktenkoffer und nahm einen anderen Fragebogen heraus.

Der Häftling schaffte den zweiten MMPI in etwas mehr als einer Stunde. Wieder hatte er vor und nach dem Test die Persönlichkeiten gewechselt, behielt aber zwischen den Persönlichkeitswechseln den Kopf hartnäckig unten, sodass Irene nicht mitbekam, was in ihm vorging.

»Wie lang wird es dauern, bis Sie die Ergebnisse zurückbekommen?«, fragte er, als der Wärter seine Handgelenke wieder an der Kette um seine Taille befestigte und dann mit seinem Klappstuhl den Raum verließ.

»Bis ich sie zurückbekomme?«

»Ja. Sie schicken die Fragebogen doch ein, oder nicht? Um sie auswerten zu lassen? Oder machen Sie das selbst?«

Irene wich der Frage aus. »Warum fragen Sie?«

»Ich habe mich nur gefragt, wann unsere nächste Sitzung sein wird.«

»Im Moment kann ich Ihnen nicht einmal sagen, ob es überhaupt eine nächste Sitzung geben wird. Möglicherweise muss ich Sie gar nicht mehr sehen, um mein Gutachten zu machen – das hängt hauptsächlich von den Testergebnissen ab.«

»Was das angeht, mache ich mir keine Sorgen«, erwiderte er zuversichtlich. »Sobald Sie die Ergebnisse zurückbekommen, werden Sie noch mal mit mir sprechen wollen – das garantiere ich Ihnen.«

»Was Sie nicht sagen. Und warum?«

»Weil Ihnen sowas wie ich noch nie untergekommen ist.«

»Wenn das so ist, werde ich Ihnen mit Sicherheit ganz besondere Aufmerksamkeit schenken.«

»*Werde ich Ihnen gaanz be-ssonnn-de-re Aufmerk-ssam-keit schenken.*« Wieder eine vernichtend exakte Imitation, diesmal mit einem Hauch von Verdrießlichkeit. Dann, mit seiner eigenen Stimme: »Behandeln Sie mich nicht so gönnerhaft, Dr. Cogan. Ich habe nichts getan, womit ich diesen Ton verdient hätte.«

»Sie haben Recht, und ich entschuldige mich«, sagte Irene prompt. »Ich werde die Tests heute Abend auswerten – falls ein zweites Gespräch nötig ist, wird es wahrscheinlich innerhalb der nächsten zwei Tage stattfinden.«

»Ich freue mich schon darauf«, sagte der Häftling.

Als Irene den Hörer des schwarzen Telefons an der Wand abnahm, kehrte sie ihm zum ersten Mal an diesem Tag den Rücken zu.

»Wir sind hier jetzt fertig«, sagte sie der Wärterin, die sich am anderen Ende der Leitung meldete. Die Frau sagte, es werde sofort jemand kommen. Als Irene sich darauf wieder umdrehte, hatte sie den Eindruck, es mit einer vierten Persönlichkeit zu tun zu haben – er war vollkommen in sich zusammengesunken, als wäre er plötzlich sehr erschöpft, und an seinem rechten Auge hatte er einen leichten Tick.

»Da ih-ih-ist noch eine Sache«, sagte er. Das Stottern auf den Anfangsvokalen war neu. »Wenn es möglich wäre, uh-uh-unter anderen Umständen sozusagen, könnten Sie sich da vorstellen, uh-uh-uns als Patienten zu nehmen?«

»Ich habe nicht viel übrig für hypothetische Annahmen.« Irenes Argwohn verschärfte sich – drei Multiple, die ihr ganzes Leben lang versucht hatten, ihre dissoziierten Identitäten zu tarnen, verwendeten, wenn überhaupt, nur äußerst selten schon vor einer mehrmonatigen Therapie die erste Person Plural. Sie wuchtete ihren Lederkoffer auf den Schreibtisch und begann, ihre Sachen einzupacken. »Auf jeden Fall könnte ich dazu keine definitive Aussage abgeben, solange ich noch keine Arbeitsdiagnose gestellt habe. Ich habe eine kleine, ziemlich spezialisierte Praxis, und ich könnte Ihnen an diesem Punkt noch nicht sagen, ob Sie die Parameter erfüllen. Eines *kann* ich Ihnen allerdings schon sagen – ich könnte keinen Patienten behandeln, der mir nicht einmal so viel vertraut, dass er mir seinen Namen sagt.«

»Da haben Sie ah-ah-allerdings Recht«, antwortete der Häftling. Ein weiteres Augenverdrehen, ein weiterer Persönlichkeitswechsel, als der Wärter hinter ihm den Raum betrat. Dann, geflüstert: »Übrigens, bei der nächsten Sitzung, wenn es irgendwie geht, könnten Sie da vorher vielleicht eine Packung Camels besorgen. In diesen Benson and Hedges ist nicht genug Nikotin, um eine Laborratte zu beruhigen.«

»Vielleicht«, sagte Irene. »Wenn es zu einem nächsten Mal kommt.«

»Danke«, sagte er hastig, als ihm der Wärter auf die Schulter tippte.

»Aufstehen, los – gehen wir.«

»Aber klar doch, Sie sind hier der Boss. Sie haben schließlich das Betäubungsgas.«

»Wiedersehen, Christopher«, sagte Irene und ließ ihren Aktenkoffer zuschnappen. Sie wollte sehen, wie er auf den Namen reagierte.

»Nennen Sie mich Max«, sagte er zwinkernd und schlurfte an der Seite des Wärters auf die Tür zu.

»Wiedersehen, Max.« Irene war sich nicht sicher, was sie, wenn überhaupt etwas, aus dem letzten Schachzug gelernt hatte.

Der Häftling drehte sich um und zwinkerte ihr noch einmal zu, diesmal mit einem breiteren Grinsen. »Gute Nacht, Irene«, rief er in Anlehnung an den alten Schlager, als ihn der Wärter zur Tür hinaus schob. »Bis gleich in meinen Träumen.«

7

Einmal von Bustamantes Warnung abgesehen, wusste Special Agent E. L. Pender besser als die meisten, worauf er sich da einließ. (E. L. stand für Edgar Lee, aber kein FBI-Mann, der Edgar hieß, benutzte seinen Vornamen längere Zeit dienstlich.) Er war 1972 im Alter von 28 Jahren zum FBI gekommen, nachdem er zuvor sechs Jahre als Sheriff's Deputy des Cortland County gearbeitet und in seiner Freizeit einen Abschluss in Kriminologie erworben hatte.

Danach musste er sich erst einmal fünf Jahre lang bei der Dienststelle in Arkansas den Wind um die Nase pfeifen lassen, bevor er nach New York versetzt wurde. Auch seiner Frau Pam pfiff der Wind um die Nase, als sie versuchte, in New York mit demselben Gehalt über die Runden zu kommen, das er in Arkansas verdient hatte – damals gab es für FBI-Agenten noch keine Ausgleichszulage.

Ende der siebziger Jahre war Pender nach Washington versetzt worden, um Steve McDougal, seinem alten Zimmergenossen von der FBI-Academy, bei der Bildung einer Einheit zu helfen, welche die Ermittlungen zu Serienmorden koordinieren sollte, die sich auf mehrere Zuständigkeitsbereiche erstreckten. Nie wieder, so hoffte man, sollte ein Serienmörder einen Vorteil daraus ziehen können, dass er von einem Zuständigkeitsbereich in einen anderen überwechselte.

Und in den darauf folgenden zehn Jahren war Pender einer der Stars des FBI geworden. Er hatte im ganzen Land Serienmörder gejagt, war von einer Sondereinheit zur anderen gekommen, war immer dort gewesen, wo seine Erfahrung gerade gefragt war, und hatte in seiner Freizeit für die VICAP-Archive – Violent Criminal Apprehension Program, Programm zur Ergreifung von Gewaltverbrechern – inhaftierte Serienmörder befragt.

Als jedoch die neunziger Jahre ins Land zogen, ging es sowohl mit Penders Karriere als auch mit seiner Ehe immer stärker bergab. Zu viele Dienstreisen, zu viele Affären auf beiden Seiten und zu viel Alkohol. Hätte nicht Steve McDougal seinen beachtlichen Einfluss in die Waagschale geworfen, hätte Pender außer seiner Frau ziemlich sicher auch seinen Job und seine Rente verloren.

Was sein Leben anging, hatte Pender zwar gerade noch die Kurve gekriegt, aber seine Ehe und seine Karriere sollten sich nicht mehr erholen. Nach der Scheidung und einer Entziehungskur verbrachte er den größten Teil seiner Zeit am Schreibtisch, wo er Verbrechensdatenbanken nach Mustern durchforstete, die darauf hindeuteten, dass irgendwo ein Serienmörder sein Unwesen trieb.

Gelegentlich schickte ihn McDougal auch los, um einen inhaftierten Straftäter zu vernehmen, der verdächtigt wurde, in mehreren Zuständigkeitsbereichen Verbrechen begangen zu haben, aber es war allen Verantwortlichen klar, dass Ed Pender nie mehr einen Fall als Außendienstermittler übernehmen würde, nicht nach dem Fiasko von 1994. Er konnte sogar von Glück reden, dass er nach allem, was er sich damals geleistet hatte, seinen Job nicht verloren hatte. Obwohl ihm der SAC, der zuständige Special Agent, ausdrücklich untersagt hatte, die Öffentlichkeit über den Fall zu informieren, hatte er in Reeford, Pennsylvania, eine Pressekonferenz abgehalten.

Die vermisste Frau sei über achtzehn, hatte die Argumentation des SAC gelautet, sie habe einen schwärmerischen Brief des Inhalts hinterlassen, dass sie mit dem Mann ihrer Träume durchgebrannt sei, und es gebe keinerlei Anzeichen einer gewaltsamen Entführung: kurzum nichts, was gerechtfertigt hätte, die Öffentlichkeit zu warnen, dass ein neuer Serienmörder frei herumlief.

Doch Pender hatte den SAC darauf hingewiesen, dass die vermisste Gloria Whitworth, soweit er dies nach Durchsicht der NCIC-Vermisstendateien feststellen könne, zufällig mindestens die sechste rotblonde Frau sei, die in den letzten sechs Jahren mit dem Mann ihrer Träume durchgebrannt und dann spurlos verschwunden sei.

»Die ganze Geschichte stinkt zum Himmel«, hatte Pender argumentiert. »Wir haben diese ganzen Frauen. Ihr Aussehen lässt sich als bestenfalls hausbacken bis hin zu schlichtweg unansehnlich bezeichnen – bis auf ihr Haar; sie haben alle auffallend schönes rotblondes Haar. Keine von ihnen hat viele menschliche Kontakte – keine Liebhaber.

Dann verlieben sie sich plötzlich in einen geheimnisvollen Unbekannten. Er achtet peinlichst darauf, dass ihn keine Freunde oder Angehörige der Frau zu Gesicht bekommen. Hinterlässt keine Fotos und keine Fingerabdrücke, aber die Personenbeschreibungen stimmen mit den Sichtungen überein, die wir haben – klein, zierlich, gut aussehend, dunkle Augen, das Haar entweder dunkel oder gebleicht.

Und eine Woche, nachdem sie diesen geheimnisvollen Unbekannten kennen gelernt haben – allerhöchstens nach zwei Wochen –, brennen sie mit ihm durch und werden nie wieder gesehen. Mein Gott, Mann, was wollen Sie mehr?«

»Wie wär's zum Beispiel mit einer Leiche?«, hatte ihm der SAC entgegengehalten. »Oder mit einem Hinweis auf eine gewaltsame Entführung? Oder etwas mehr als nur eine äußerst vage und oberflächliche Personenbeschreibung, damit wir wenigstens schon mal Gewissheit hätten, dass es sich hier auch wirklich um denselben Kerl handelt? Ein einziges Beweisstück, das darauf hindeutet, dass eine der Frauen getötet oder auch nur verletzt wurde? Das FBI jagt Serienmörder, keine Serienverführer.«

Pender war lang genug beim FBI gewesen, um die Entscheidung des SAC verstehen zu können. Das FBI war seit jeher eine re-aktive Behörde gewesen, keine pro-aktive. Ein ehrgeiziger Abteilungsleiter kam vor allem dann voran, wenn er seine Statistiken streckte, die verfügbaren Mittel für Ermittlungen mit quantifizierbaren Ergebnissen wie zum Beispiel staatsübergreifende Autodiebstähle zur Verfügung stellte und die undankbaren Fälle den lokalen Polizeibehörden überließ.

Doch sein Riecher sagte ihm – und Pender hatte schon damals fast zwanzig Jahre lang Serienmörder gejagt –, dass er keinen größeren Schaden anrichten könnte, als Menschenleben zu retten, wenn er an die Öffentlichkeit ging, um alle Mädchen mit rotblonden Locken zu warnen, sich vor kleinen, dunkeläugigen Charmebolzen in Acht zu nehmen.

Deshalb tat er das auch, SAC hin oder her. Und keine Stunde nach dieser ersten und letzten Pressekonferenz, die nur von einem lokalen Fernsehsender ausgestrahlt wurde, bevor das FBI einschritt, wurde Pender nach Washington zurückbeordert, wo ihm seitens des OPR, des Office for Professional Responsibility, des Amts für Verantwortlichkeit im Dienst, disziplinarische Maßnahmen drohten. McDougal schaffte es auch diesmal wieder, ihn rauszuhauen, aber Pender verbrachte die nächste Phase seiner beruflichen Laufbahn damit, Routineüberprüfungen angehender Angehöriger von Bundesbehörden vorzunehmen – die typische FBI-Strafversetzung.

In den Jahren nach Reeford verschwanden einige weitere rotblonde Frauen, aber inzwischen hatte in keinem der fraglichen Fälle mehr jemand den geheimnisvollen Verführer auch nur ansatzweise zu Gesicht bekommen. Auf lange Sicht hatte Penders Pressekonferenz also zu nichts anderem geführt, als dass der ohnehin schon sehr vorsichtige Casey noch mehr im Verborgenen agierte – und das schmerzte Ed Pender erheblich mehr als die offiziellen Rüffel.

Erst als McDougal schließlich an dem Punkt ankam, dass er die Casey-Sondereinheit ins Leben rief (beziehungsweise einen Untersuchungsausschuss, wie er es lieber bezeichnete – auch McDougal wusste sich abzusichern; man brachte es beim FBI nicht so weit wie er, wenn man sich darauf nicht bestens verstand), wurde Pender wieder aus der Versenkung gezogen. Und als Anerkennung dafür, dass er, was Caseys Existenz anging, offenbar von Anfang an Recht gehabt hatte, ließ ihn McDougal sogar wieder mit am Tisch sitzen.

Als jedoch auch mit fortschreitender Zeit keine Leichen auftauchten, wurde Penders Ansicht erneut infrage gestellt, sodass sich die Sondereinheit mehr und mehr zu einem Ein-Mann-Kreuzzug entwickelte. Mindestens einmal die Woche durchforstete Pender die NCIC-Datenbank für Vermisste und ein halbes Dutzend andere Systeme nach Hinweisen, dass weitere Frauen mit rotblondem Haar vermisst gemeldet worden waren.

Als im Juni 1998 Donna Hughes' Name in der NCIC-Datenbank auftauchte, war Penders erster Gedanke, sie sei zu alt, zu attraktiv und zu verheiratet, um in das Opferprofil zu passen. Aber je genauer er die von der Dienststelle Dallas zur Verfügung gestellte Akte studierte, desto mehr gelangte er zu der Überzeugung, dass Casey wieder zugeschlagen hatte. Obwohl er McDougal nicht überreden konnte, ihn nach Texas zu schicken, konnte er zumindest als Teilerfolg verbuchen, dass Mrs.

Hughes in die Liste von Caseys möglichen Opfern aufgenommen wurde.

Jetzt war auch noch Paula Ann Wisniewski hinzugekommen, die junge Frau aus Santa Barbara, deren Tod seit Aufnahme der Ermittlungen zum ersten vernünftigen Casey-Verdächtigen geführt hatte. Nur ein Besessener wie Pender konnte auf die Idee kommen, Thom Davies, einen FBI-Datenbankenspezialisten, wöchentlich Listen aller Vermissten und Mordopfer zusammenstellen zu lassen, bei denen es sich um Frauen mit rotem oder blondem Haar handelte, und nur jemand wie Pender hätte bei der Sichtung dieses Materials die Abweichung zwischen der im Polizeibericht angegebenen Haarfarbe – blond – und der im Obduktionsbefund – rot – festgestellt.

Pender hatte sich die Post-mortem-Fotos sofort in Farbe faxen lassen. Aber so drastisch die Blitzlicht-Polaroidaufnahmen des Gerichtsmediziners auch gewesen sein mochten, waren sie, zumindest unter farblichen Gesichtspunkten, keine große Hilfe. Weil jedoch die Beschreibung des Verdächtigen in den ersten sieben mutmaßlichen Casey-Entführungen auf den in Haft genommenen Mann passte und weil dieser ein in Texas erworbenes Messer verwendet hatte, also in dem Staat, in dem die letzte Casey-Entführung stattgefunden hatte, und weil schließlich, was das Wichtigste war, McDougal sonst niemand zur Verfügung stand, hatte er sich widerstrebend bereit erklärt, Pender nach Kalifornien zu schicken, um den Verdächtigen zu vernehmen.

Und nach dem Gespräch mit Deputy Jervis war sich Pender so sicher, dass es sich bei dem Inhaftierten um Casey handelte, dass er, wäre er sich ebenso sicher gewesen, dass es nicht auch noch Opfer gab, von denen sie nichts wussten, nie sein Leben aufs Spiel gesetzt hätte, um zu versuchen, ihm die anderen Vergehen anzuhängen.

Stattdessen wäre er erst nach dem Prozess gegen das Monster wieder nach Kalifornien geflogen, um ein VICAP-Gespräch mit ihm zu führen, hätte so viel wie möglich aus ihm herauszukitzeln versucht, wäre dann nach Washington zurückgekehrt, um zur Erleichterung des FBI endlich in Pension zu gehen und Casey den Leuten in Kalifornien zu überlassen. Inzwischen hatten sie im Golden State die Todesspritze; viel zu gut für solchen Abschaum, aber was konnte man da schon machen?

Doch abgesehen davon, dass die Zahl von Caseys Opfern vermutlich höher war als bisher angenommen, galt es noch einen weiteren Punkt zu berücksichtigen: die Möglichkeit, dass eine oder mehrere der rotblonden Frauen noch am Leben waren. So weit hergeholt sich das zugegebenermaßen anhören mochte, war es dennoch ein Wunschtraum Penders, den er nie laut äußerte, ja sogar sich selbst gegenüber kaum eingestand außer in Form einer vagen bildlichen Vorstellung: Er würde eine Kellertür öffnen, und dort wären sie dann alle, Gloria, Donna, Dolores und die anderen, und würden ihm aus dem Dunkel entgegenblicken, ziemlich mitgenommen zwar, aber lebendig. Lebendig.

Diese Vorstellung war es – und die Autopsiefotos –, die ihm schließlich die Entscheidung abnahm. Zum Glück hatte Pender genug Berufserfahrung, um die wichtigste Regel zu kennen, die es zu befolgen galt, wenn man in einem bürokratischen Apparat etwas erreichen wollte: Besser, man hoffte auf Vergebung als auf eine Genehmigung. Als er daher an diesem Nachmittag, nachdem er sich im Travel Inn in Salinas ein Zimmer genommen hatte, in seiner Dienststelle anrief, meldete er nur, dass er für Mittwoch, den 7. Juli, den Nachmittag des kommenden Tages, einen Termin für eine Vernehmung im Gefängnis habe und spätestens am Freitag zurückkommen werde.

Dann hängte er das »Nicht stören«-Schild an die Türklinke, duschte und stieg, bis auf seine Schlafmaske und das Ohropax splitternackt, ins Bett, um den Schlaf nachzuholen, der ihm letzte Nacht entgangen war.

Doch Pender hatte kaum die Augen geschlossen, als Gesichter durch das tiefe Schwarz unter seiner Augenbinde zu schweben begannen. Die arme, fassungslose Paula Wisniewski, die ihre eigenen Eingeweide in ihren Schoß quellen sah. Terry Jervis, die mit einem Souvenirmesser beide Backen durchstochen bekommen hatte. Gloria Whitworth und die anderen rotblonden Frauen, Gesichter, die er nur von Schnappschüssen, Jahrbüchern oder gerahmten Fotos auf den Kaminsimsen ihrer Eltern kannte, die aber jetzt von seiner Fantasie zum Leben erweckt wurden und ihn aus dem Dunkel anflehten: Vergiss uns nicht, vergiss uns nicht, vergiss uns nicht.

Und was das Beunruhigendste war: Pender sah das ruinierte Gesicht von Refugio Cortes vor sich, der immer noch mit zertrümmerter Nase im Gefängnistrakt des Natividad Hospital lag und sich fragte, wie es wäre, mit einem leeren Hodensack und einem Pimmel wie eine zertrampelte Bockwurst durchs Leben zu gehen.

8

Jeder kannte das Lied »Goodnight Irene«. Irene Cogans Vater Ed McMullen (Easy Eddy, wie er in der Feuerwache und bei den Hibernians hieß) hatte sie damit in den Schlaf gesungen, wenn er keinen Nachtdienst hatte.

Deshalb war Irene nicht besonders überrascht gewesen, als der Häftling gesagt hatte, er würde sie, wie es in diesem alten Schlager hieß, in seinen Träumen wiedersehen. Sie war schon bei ihrem Wagen, als ihr plötzlich etwas anderes bewusst wurde: Sie hatte ihm nie ihren Vornamen gesagt. Bestürzt eilte sie ins Gefängnis zurück und sagte dem Deputy am Empfang, sie müsse noch einmal mit dem Häftling sprechen.

»Bedaure – er ist schon in seine Zelle zurückgebracht worden.«

»Es ist wichtig.«

»Das glaube ich Ihnen gern. Aber wir haben nicht das nötige Personal, um Häftlinge nach Bedarf hin und her zu schaffen.«

»Dann lassen Sie mich zu ihm rein. Ich mache ein gerichtliches Gutachten und –«

»Das geht auf gar keinen Fall. Sie müssten Sie durchsuchen, Sie bräuchten einen Begleiter, und wir haben einfach nicht –«

»Das Personal – ich weiß.«

»Egal, wie wichtig es ist, Sie werden damit bis morgen warten müssen. Melden Sie sich morgen früh wieder.«

Der endgültige Ton, in dem der Deputy das sagte, unterband jede weitere Diskussion; Irene fügte sich in das Unvermeidliche. Aber sie wurde das ungute Gefühl, das sich ihrer bemächtigt hatte, nicht mehr los. Dieses Rätsel ging ihr die ganze Heimfahrt über nicht mehr aus dem Kopf. Zuerst holte sie das Diktaphon aus ihrem Aktenkoffer, spulte das Band an den Anfang zurück und spielte die ersten paar Minuten ab, um sich zu vergewissern, dass sie ihren Vornamen nicht genannt hatte, als sie sich vorgestellt hatte. Hatte sie nicht.

Dann hielt sie auf dem Highway 68 am Straßenrand an und ging mit dem Aktenkoffer im Schoß alles durch, was der Häftling gesehen haben könnte – die Tests, die Unterlagen, die Rückseiten der Rorschach- und der TAT-Karten. Aber auch dort stand nirgendwo ihr Name.

Irene wohnte in einem zweigeschossigen Holzhaus in Pacific Grove, einem kleinen kalifornischen Küstenort fünfzig Kilometer westlich von Salinas und direkt unterhalb von Monterey. Wegen der dort überwinternden Chrysippusfalter auch als Butterfly Town, USA, bekannt und wegen der heimeligen Atmosphäre als Last Home Town, war Pacific Grove die Sorte Ort, die man entweder liebte oder hasste. Irene liebte und hasste es gleichzeitig, und beides aus dem gleichen Grund – zu viele Erinnerungen. Aber sie brachte es nicht über sich, das Haus aufzugeben, in dem sie und Frank Cogan zu kurz zu glücklich gelebt hatten.

Irene stellte ihr Mustang-Cabrio in den Carport. Ursprünglich hatte sie den Wagen Frank zum vierzigsten Geburtstag geschenkt.

»Genau das Richtige für deine Midlifecrisis«, hatte sie dazu bemerkt.

»Na klasse«, hatte er gesagt. »Und wo ist die neunzehnjährige Blondine auf dem Beifahrersitz?«

»Und wo ist mein blonder Jüngling?«

Der Briefkasten war voll, doch als Irene auf dem Weg ins Haus die Werbesendungen durchging, hielt sie vergeblich nach persönlicher Post Ausschau – Dienstag war Reklametag.

Sie warf die Post in die Mülltonne hinter dem Haus, ging durch den Hintereingang in ihr Arbeitszimmer, hängte ihre Kostümjacke über die Sessellehne, startete das Psychometrics Software-Programm, das die MMPIs auswerten und interpretieren würde, und scannte schließlich die Antworten des Häftlings in ihren PC ein, bevor sie in die Küche ging.

Sie schenkte sich ein Glas Chablis ein und machte sich einen Salat mit Tomaten und Avocados, den sie am Schreibtisch essen wollte. Während ihr Computer den zweiten MMPI scannte und auswertete, sah sie sich den ersten an.

»Ich glaub, mich ...«, murmelte sie, obwohl die Ergebnisse nicht ganz unerwartet waren. Als sie den Rorschach und den TAT mit dem Häftling gemacht hatte, war ihr aufgefallen, dass seine Antworten so normal und unauffällig waren, dass sie schon fast als belanglos gelten konnten. In den Tintenklecksen hatte er keine Ungeheuer gesehen, und die Geschichten, die er sich nach dem Betrachten der TAT-Karten ausgedacht hatte, enthielten keinerlei Hinweise auf einen gestörten Verstand.

Allerdings war es für einen Patienten mit soziopathischen Tendenzen einfacher, bei den projektiven Tests zu schwindeln als beim MMPI, für den es verschiedene Validitätsskalen gab, mit deren Hilfe sich Simulationsversuche erkennen ließen. Doch als sie die Simulationsskalen auf dem MMPI-Diagramm studierte, deutete nichts darauf hin, dass er seine Antworten in irgendeiner Weise manipuliert hatte.

Was die diagnostischen Skalen anging, wies keine auf Anzeichen einer Geistesstörung hin. Die Paranoia-Werte waren für jemanden mit der offensichtlichen Intelligenz des Häftlings niedrig, und auch bei psychopathischen Abweichungen, Schizophrenie, Hypomanie, Depressionen, Hysterie, Männlichkeit/Weiblichkeit, Psychasthenie oder sozialer Introversion hatte er keine hohen Werte. Einen kleinen Ausschlag hatte er in der Hypochondrie-Kurve – aber wer hatte den nicht?

Das Problem war, das Psychogramm war in großen Teilen nicht nur unvereinbar mit den 90 Punkten des Häftlings beim DES und mit dem Standard-DIS-Psychogramm (das in einem typischen Fall eine so hohe F-Kurve aufwies, dass die Ergebnisse technisch gesehen ungültig waren, und darüber hinaus extreme Depressivität und einen polysymptomatischen Wert mit einer erhöhten Schizophrenie-Kurve anzeigte), sondern auch mit dem Wenigen, was sie über die Vorgeschichte des Mannes wusste. Irene war der Ansicht, dass jemand, der in einer dissoziativen Fugue eine junge Frau aufgeschlitzt und eine Polizistin aufgespießt hatte, *irgendwelche* Anzeichen einer Geistesstörung aufweisen müsste. Aber dieser Computeranalyse zufolge war Max/Christopher geistig so gesund wie nur irgend jemand.

Bevor sie die Ergebnisse des zweiten MMPI durchging, bootete Irene ihr RORSCAN-Programm und lud die Reaktionen des Häftlings auf den Rorschach-Test darauf. Dann trug sie ihren Teller in die Küche, spülte ihn ab und ging nach oben ins Bad, um zu duschen. Als sie im Bademantel, mit einem Handtuch um ihr feuchtes Haar, wieder nach unten kam, nahm sie gespannt den mehrseitigen RORSCAN-Ausdruck aus dem Drucker, um freilich lesen zu müssen, dass der nicht identifizierte Mörder, mit dem sie den Tag verbracht hatte, allem Anschein nach ein völlig normales Individuum mit deutlichen altruistischen Tendenzen und einer ausgeprägten Fähigkeit war, sich in andere hineinzuversetzen. Nicht die geringsten Anzeichen der diversifizierten Bewegungsreaktionen oder der labilen und widersprüchlichen Farbreaktionen, wie sie für DIS-Patienten typisch sind.

Unter normalen Umständen wäre der Fall für Irene an diesem Punkt erledigt gewesen. Eine klare Sache: Ja, Euer Ehren, der Angeklagte ist nicht nur vollkommen in der Lage, die gegen ihn erhobenen Anklagepunkte zu verstehen und zu seiner Verteidigung beizutragen, sondern mit etwas Nachhilfe in juristischen Fragen würde er, glaube ich, seine Sache vor Gericht besser machen als der überarbeitete Pflichtverteidiger, der ihn vertritt. Macht achtzehnhundert Dollar, war nett, für Sie arbeiten zu dürfen.

Doch dann griff sie nach dem Ausdruck des zweiten MMPI und, *peng*, schlagartig sah alles ganz anders aus. Der Ausschlag der PA-Kurve, die psychopathische Abweichungen anzeigte, überragte die Hügel der anderen Kurven wie ein einsamer Everest. »Schlechte Triebkontrolle ... aggressiv ... leicht erregbar ... gewalttätig ... fühlt sich ausgenutzt ... verlangt sofortige Befriedigung ... unfähig, aus Erfahrungen zu lernen ... bei Stress kommen psychopathische Eigenschaften zum Vorschein ...«

Mit anderen Worten, ein typischer Cluster-B-Soziopath. Abgesehen davon, dass die Ergebnisse der zwei MMPIs von zwei verschiedenen Individuen zu stammen schienen, hatten diese beiden Individuen auch etwa so viel miteinander gemein wie Mutter Teresa und Jack the Ripper.

DIS? Höchstwahrscheinlich. Doch wenn dem so war, hatte sie es hier mit einer neuen Ausprägung der Störung zu tun, bei der die Identitätsdissoziation so gravierend und die Spaltung so deutlich war, dass zumindest eine Persönlichkeit bei einem Test im Bereich des Normalen abschnitt, während eine oder mehrere der abgespaltenen Persönlichkeiten, der alters, die ganze Palette der Psychopathologie in sich bargen.

Irenes Herz begann schneller zu schlagen. In Fachkreisen hatte sie sich bereits einen Namen auf ihrem Gebiet gemacht. Doch gleich von Anfang an bei einem so ungewöhnlichen und potenziell medienwirksamen Fall dabei zu sein war vielleicht die Art von Gelegenheit, die einen Psychiater auf die nächsthöhere Ebene befördern konnte.

Etwas beschämt, sich so von ihren Fantasien mitreißen zu lassen, holte sich Irene wieder auf den Boden der Tatsachen zurück. Es war noch ein weiter Weg bis zu dem Punkt, an dem sie sich ihrer Diagnose auch nur halbwegs sicher sein konnte. Und sicher musste sie sein; in jüngster Vergangenheit hatte es viel zu viele Fälle von iatrogenem DIS gegeben, bei denen die Störung entweder fälschlicherweise diagnostiziert oder den Betroffenen von Scharlatanen und inkompetenten Therapeuten eingeimpft worden war. Das wiederum hatte einerseits zu einer regelrechten Epidemie des False-memory-Syndroms geführt und zugleich seriöse DIS-Spezialisten wie sie selbst in Verruf gebracht.

Jedenfalls hatte der Häftling in zwei Punkten Recht gehabt: So jemanden wie ihn hatte Dr. Cogan tatsächlich noch nie gesehen, und sie würde ihn bald wieder besuchen.

Und als sie sich ein weiteres Glas Wein einschenkte und eine Benson and Hedges anzündete, wurde ihr klar, dass dieser Fall, dieser Mann, einen gravierenden Einschnitt in ihrem Leben bedeutete. Ohne zu wissen, woher sie es wusste, wusste sie, dass für sie beide nichts mehr so sein würde wie bisher, wenn diese Sache, und zwar unabhängig von ihrem Ausgang, geklärt wäre.

9 Als Max am Abend in der Isolationszelle lag, war er äußerst zufrieden mit dem Verlauf des Tages. Bis auf einen kleinen Ausrutscher, bei dem kurz diese blöde kleine Heulsuse, die sich Lyssy nannte, den Körper unter seine Kontrolle gebracht hatte, war alles so gelaufen, wie Max es wollte.

Christopher hatte einen Flirt mit der Psychiaterin angezettelt. Und nachdem Max den Dissociative-Experiences-Test selbst gemacht hatte, die nächsten drei Tests Ish hatte machen lassen und schließlich für den zweiten MMPI Kinch vorgeschickt hatte, war er sicher, Dr. Cogan mit Erfolg eine DIS-Diagnose nahe gelegt zu haben – eine Diagnose, zu der sie ihrer Ansicht nach von selbst gekommen sein dürfte.

Und wenn er wollte, konnte er sie genauso einfach dazu bringen, ihn für vorübergehend verhandlungsunfähig, für permanent verhandlungsunfähig oder für verhandlungsfähig, aber wegen Geistesgestörtheit nicht schuldfähig zu erklären.

Aber das System aus Persönlichkeiten, das in seiner Gesamtheit als Ulysses Christopher Maxwell Jr. bekannt war, hatte nicht die Absicht, so lange in Monterey County zu bleiben, bis ihm der Prozess gemacht wurde. Dafür warteten in Scorned Ridge zu viele dringende Aufgaben auf ihn. Trotzdem, bis Max einen Fluchtversuch unternehmen konnte, würde er die Gelegenheit nutzen, um sich von einer bekannten und attraktiven Psychiaterin besuchen zu lassen, die sich vermutlich immer noch den Kopf zerbrach, wie er ihren Vornamen herausbekommen hatte.

Er machte es ihr nicht zum Vorwurf, dass sie sich von einem Häftling nicht mit dem Vornamen ansprechen lassen wollte. Das würde er auch nicht wollen, wenn er die halbwegs berühmte Dr. Irene Cogan wäre, Expertin für dissoziative Störungen und Autorin von »Derealisationsstörungen bei postadoleszenten Männern«, *Journal of Abnormal Psychology*, 1993; »Glossolalie: Dissoziative Trancestörung und Pfingsterfahrung«, *Psychology Today*, 1995; »Dissoziatives Identitätssyndrom, echt oder simuliert?« *Journal of Nervous and Mental Diseases*, 1997. Um nur ein paar zu nennen.

Mose, der mnemotechnische Experte (MTE) des Persönlichkeitssystems, hatte sie nicht sofort erkannt (sie hatte sich ziemlich verändert gegenüber dem kleinen Schwarzweißfoto in der Autorenspalte von *Psychology Today*), aber Max hatte sofort geschaltet, als sie sich vorgestellt hatte.

Ein paar Jahre älter, das Haar etwas länger, immer noch attraktiv. Wer hätte gedacht, dass sie unter diesem seriösen blonden Äußeren auch leidenschaftlich wäre – Max hatte sie nach ihren Knöpfen fummeln lassen, ohne dass er seinen Blick tiefer als bis zu ihrem Hals gesenkt hätte, und bei Christophers Handkuss war sie unten fast feucht geworden.

Aber dieses Silberblond! Nein, nein, nein – Miss Miller hätte das auf keinen Fall gutgeheißen. Dieser Prinzessin-Di-Ton passte überhaupt nicht zu ihrem Teint. Max wäre jede Wette eingegangen, dass ihr natürlicher Haarton mehr in Richtung rotblond ging. Um ihn zurückzubekommen, wäre nichts weiter als ein Spritzer Rot nötig, um etwas mehr Röte auf ihre Wangen zu zaubern, bis ihre natürliche Farbe wieder nachwuchs. Sie konnte sich immer noch sehen lassen, zumindest genauso wie Donna Hughes.

Mit fünfundvierzig war Donna, die Christopher vor einem Jahr einem reichen und untreuen Mann in Plano, Texas, ausgespannt hatte, die älteste der rotblonden Frauen gewesen. Paula Ann Wisniewski war eine der jüngsten gewesen.

Bei dem Gedanken an sie musste Max seufzen. Paula Ann Wisniewski. Dumm wie Bohnenstroh, hässlich wie die Nacht – bis auf ihr Haar natürlich. Zunächst war es optimal gelaufen. Sie anzumachen war einfach gewesen – sie war Kellnerin in einem Carrow's in Santa Barbara. Einsam, hausbacken, bereit, sich besinnungslos zu verlieben. Sie war zwar keine Jungfrau mehr, aber trotzdem hatte niemand ihren Körper sexuell in dem Maß verehrt, wie Christopher das konnte, und bestimmt war nie ein Mann so auf sie abgefahren wie Christopher.

Aber es war Max, der sich eine neue Story hatte einfallen lassen, warum ihre Beziehung ein Geheimnis bleiben musste: Er war ein so genannter »Mystery Diner«, ein verdeckter Tester der Carrow's Kette, und wenn herauskam, dass er etwas mit einer Bedienung hatte, würde sie das beide ihren Job kosten.

Nach drei Tagen war Paula Ann bereit, Christopher überallhin zu folgen – kein Rekord, aber ziemlich gut. Wie üblich hatte Maxwell Vorräte für einen Monat in Scorned Ridge deponiert, weshalb er beschloss, sich auf dem Weg nach Norden kurze Flitterwochen zu gönnen und die Route entlang der Küste zu nehmen.

Doch dann begann fast sofort alles schief zu laufen. Sie waren noch nicht mal bis Pismo Beach gekommen, als Paula Ann Heimweh bekam und die ganze Strecke bis Cambria nicht mehr zu flennen aufhörte. Ein Stück vor Lucia verließen sie deshalb schließlich den Highway und fuhren auf einem Forstweg in östlicher Richtung durch einen Redwoodwald, bis sie nach ein paar hundert Metern eine an einem Bach gelegene Lichtung erreichten.

Dort umgarnte Christopher Paula Ann, wie nur er das konnte. Es schien wieder alles in Butter, doch dann, als er gerade voll in Fahrt kam, wollte die blöde Kuh auf einmal nicht mehr. Er dachte, sie würde einen auf kokett machen, weil sie in Wirklichkeit wollte, dass er sie noch mehr rannahm. Aber dann drehte sie vollends durch. Dumm für sie – mit Angst konnte Christopher nämlich nicht umgehen. Max dagegen schon – Max stand auf Angst. Das machte ihn sogar richtig an. Und wenn Max mal in Fahrt war, dann war er höchstens noch durch Impotenz oder einen vorzeitigen Samenerguss zu stoppen. Als es vorbei war, führte sie sich auf, als hätte er sie vergewaltigt.

Wenn ich dich vergewaltige, wollte Max schon erwidern, wirst du es schon merken. Am liebsten hätte er sie auf der Stelle umgebracht, aber er hatte es sich zum Prinzip gemacht, nie eine Leiche zurückzulassen. Deshalb setzte er sie auf den Vordersitz und überließ es auf den nächsten hundert Kilometern Ish, dem internen Selbsthelfer des Systems, sich mit seinem enormen therapeutischen Geschick um das hysterische Mädchen zu kümmern.

Hätte er genug Zeit gehabt, wäre es Ish möglicherweise gelungen, Paula Ann zumindest lang genug zu beruhigen, um sie nach Scorned Ridge bringen zu können. An eine gemütliche Flitterwochenfahrt war allerdings nicht mehr zu denken – Ish nahm den Highway 68 nach Osten, um in Salinas auf den 101 zu wechseln und dann auf dem 152 zur Interstate 5 zu fahren: ein schnellerer und direkterer Weg nach Oregon. Während Ish beim Fahren Paula klar zu machen versuchte, Max' Fehlverhalten sei sowohl harmlos wie verständlich gewesen, achtete er dummerweise einen Moment nicht auf die Straße und überfuhr bei Laguna Seca diese rote Ampel.

Als die Sirene losging und der dreifarbige Lichtbalken auf dem weißen Wagen des Sheriff's Department im Rückspiegel aufzuleuchten begann, übernahm Max sowohl den Körper wie das Steuer. Anstatt jedoch sofort anzuhalten, stieg er zuerst aufs Gas, um etwas Abstand zwischen sich und den Streifenwagen zu bringen. Max hatte nie den Versuch unternehmen wollen, den leistungsstarken Crown Victoria mit seinem mickrigen Chevy Celebrity abzuhängen – er wollte nur etwas Zeit gewinnen, damit Kinch sie zum Schweigen bringen konnte. (Das hätte Max auch selbst tun können, aber warum Kinch um sein einziges wirkliches Vergnügen bringen?)

Ein letztes Wort von Paula, als ihr Kinch das Bowiemesser, das Max ihm ein Jahr zuvor im Souvenirshop von Alamo gekauft hatte, rechts unten in den Bauch stieß und dann in einem zuerst nach unten, dann nach oben gerichteten Bogen zu sich heranzog. Ein Wort – »Oh!« –, dann Stille.

Zuerst dachte Kinch, er hätte es geschafft – als die Polizistin mit dem Gesicht auf Armeslänge an ihn herankam, waren keine anderen Cops zu sehen –, aber als er rasch ausstieg, um ihr den Rest zu geben, klammerte sie sich mit aller Kraft an ihm fest und ließ ihn trotz des riesigen Messers, das sie von Wange zu Wange durchbohrte, nicht mehr los.

Als der zweite Streifenwagen eintraf, übergab Kinch das Kommando Max, der rasch merkte, dass keine Aussicht auf sofortiges Entkommen bestand. Deshalb konzentrierte er nun alle Energien darauf, seine spätere Flucht vorzubereiten – bevor sie sich auf ihn stürzten, gelang es ihm noch, den Schlüsselbund der Polizistin aufzubekommen und die Schlüssel in alle Richtungen zu verstreuen, um dadurch zu verschleiern, dass er ihren zweieinhalb Zentimeter langen, hohlen, einfach geflanschten Handschellenschlüssel verschluckt hatte.

Später, im Gefängnis, wurde der arme Max von drei Deputies eine halbe Stunde lang verprügelt. Zwei hielten ihn fest, während ihm der dritte mit einem Knüppel in den Bauch drosch. *Wamm* – »Das ist für Terry.« *Wamm* – »Das ist für Terry.« *Wamm* – »Das ist für Terry.«

»Wer zum Teufel ist Terry?«, fragte er, als sie ihm den Gummiknebel aus dem Mund nahmen.

Wie sich herausstellte, war es die aufdringliche Polizistin, der er den ganzen Ärger zu verdanken hatte. Als man ihm sagte, sie sei noch am Leben, sagte er, das sei eine verdammte Schande und ein Versäumnis, um das er sich eines Tages kümmern werde. Das war nicht bloß zur Schau getragenes Draufgängertum – es war mehr ein Versprechen.

Der Körper hatte zwei Tage gebraucht, um den Schlüssel auszuscheißen – zum Glück befand sich Max bereits in Einzelhaft; sonst wäre es etwas peinlich gewesen, seine eigene Scheiße zu durchwühlen. Alles, was er jetzt noch brauchte, war eine Gelegenheit, ihn zu benutzen. Er vermutete, diese Gelegenheit käme am folgenden Tag, auf dem Weg zu seinem Gerichtstermin oder auf dem Rückweg.

Und als er sich, die Arme hinter dem Kopf verschränkt, zurücklegte und auf die Unterseite der Pritsche über ihm blickte, kam Max zum ersten Mal der Gedanke, dass er sich nicht weiter in Gefahr zu bringen brauchte, um nach einer rotblonden Frau zu suchen, die er nach Scorned Ridge mitnehmen konnte.

Er hatte bereits einen Ersatz für Donna gefunden – einen Ersatz, der nicht nur Miss Millers ziemlich ausgefallenen Ansprüchen genügen würde, sondern auch denen des Systems. Manchmal hatte man einfach Glück.

10 Irene Cogan nahm ihre Arbeit oft ins Bett mit. Dort gab es jede Menge Platz: Die andere Seite des großen BeautyRest war leer – unfassbar leer –, seit Frank vor drei Jahren gestorben war. Einen warmen Männerkörper zu finden, der das Bett füllte, wäre nicht schwer gewesen – mit einundvierzig war Irene eine attraktive Frau –, aber einen Mann zu finden, schien inzwischen schon fast unmöglich. Einen Mann wie Frank Cogan jedenfalls.

Sie und Frank hatten beide ein Stipendium für Stanford gehabt. Er war ein großer, kräftiger Typ – über eins neunzig, mit herrlichem blond gewelltem Haar und athletischer Figur. Sie hatten auf dem College geheiratet; er hatte seinen Traum, Maler zu werden, aufgegeben und ein Jahr vor dem Abschluss sein Studium geschmissen, um für sie beide aufzukommen. Er hatte auf dem Bau angefangen und sich vom Handlanger zum Besitzer einer eigenen Baufirma in Sand City hochgearbeitet. Weder seine Haare noch seine Figur waren ihm geblieben – dafür hatte Frank zu sehr auf Bier und Pizza gestanden –, aber seinen Humor hatte er nicht verloren, und sein scharfer Verstand, wenn auch nach Irenes Maßstäben nicht geschult, konnte sich allemal sehen lassen.

Selbst drei Jahre nach seinem Tod war es Irene noch möglich, so zu tun, als wäre er nur im Bad, um sich fürs Bett fertig zu machen, als würde jeden Moment die Badezimmertür aufgehen und er käme heraus, in diesem lächerlichen Schlafanzug, den sie ihm aus Jux gekauft hatte, als –

Sie pfiff sich zurück. An Frank denken und einschlafen waren zwei Aktivitäten, die sich gegenseitig ausschlossen. Einen Moment loderte heftige Wut in Irene auf – auf Frank, dass er gestorben war; auf sich selbst, dass er ihr immer noch so sehr fehlte; auf Gott, dass die Welt so ein Chaos war. Aber sie war rasch wieder verflogen. Irene griff nach der Akte des Häftlings und ging sie noch einmal durch, von der ersten Seite, einer Kopie des Festnahmeprotokolls, bis zur letzten, einer Kopie des Berichts über den Angriff auf Cortes.

Irene versuchte sich vorzustellen, wie der zierliche, jungenhafte Mann, mit dem sie gesprochen hatte, die Grausamkeiten beging, die ihm in dem Bericht zugeschrieben wurden, aber es gelang ihr nicht. Hatte die Belastung, bedroht zu werden, Max' mörderisches alter zum Vorschein gebracht, die Persönlichkeit, die den zweiten MMPI ausgefüllt hatte? Wenn ja, bestand dann vielleicht eine Möglichkeit, dieses andere alter heraufzubeschwören, indem sie Max bedrohte oder sonst eine Form von Belastungsreaktion auslöste? Solange der Häftling angekettet war, war es vielleicht einen Versuch wert.

Schließlich schlief Irene ein, was nicht heißt, dass sie viel Ruhe fand. Ihr erster Traum spielte in dem Kellerraum, in dem die Begegnung mit dem Häftling stattgefunden hatte. Max wurde in Fußfesseln und Handschellen hereingeführt. Erst als der Wärter gegangen war, merkte Irene, dass sie beide nackt waren. Max erklärte ihr, das sei eine neue Therapiemethode. Sie sagte, sie sei der Arzt und über die Behandlungsmethode zu entscheiden sei ihre Aufgabe.

Nicht mehr, sagte Max, der mittlerweile um den Schreibtisch herumkam; er hielt die Hände, mit den Handflächen nach unten, vor seinem Oberkörper, die Daumen stießen in der klassischen Würgehaltung aneinander.

Irene blickte nach unten und stellte fest, dass sie mit Handschellen an ihren Stuhl gekettet war. Sie öffnete den Mund, um zu schreien, aber statt sie zu würgen, kniete er nieder und öffnete, ohne einen Schlüssel, ihre Handschellen. Er half ihr auf die Beine; nackt, Brust an Brust, umarmten sie sich.

Dann hörte sie den Applaus. Zum ersten Mal blickte sie auf und sah, dass sie sich in einem dicht besetzten Operationssaal befand – umringt von Sitzreihen Beifall klatschender anonymer Gestalten in Gesichtsmasken und Arztkitteln. Max – oder war es inzwischen Christopher? – kniete wieder nieder und begann, ihren Bauch zu küssen, dann arbeitete er sich weiter nach unten vor, genau so, wie sie es mochte, genau so, wie Frank es immer gemacht hatte. Der Applaus wurde lauter und schwoll zu einem ohrenbetäubenden Tosen an, als die Wellen eines Orgasmus sie zu erfassen begannen ...

Einem Artikel zufolge, den Irene im *Journal of Human Sexuality* gelesen hatte, waren sexuelle Träume bei Frauen zwar nichts Ungewöhnliches, aber nur ein relativ geringer Prozentsatz von Frauen konnte bestätigen, im Traum tatsächlich zum Höhepunkt gekommen zu sein. Aber es war nicht so sehr der Orgasmus, der Irene Sorgen machte, die in den letzten drei Jahren weder im Wachzustand noch im Schlaf einen gehabt hatte, sondern der Partner, den ihr Unterbewusstsein ausgesucht hatte.

Zum Glück war sie am nächsten Morgen um sieben Uhr früh mit ihrer Therapeutin Barbara Klopfman zum Joggen verabredet (dass Barbara auch ihre besten Freundin war, war eine Konstellation, die die American Psychiatric Association auf keinen Fall gutgeheißen hätte, aber bei ihnen klappte es). Sie schafften es immer, beim Laufen ein wenig Tratsch oder ein wenig Therapie einzuflechten – nächsten Morgen würde es ein wenig von beidem werden.

11

Nach dem Abendessen (Buff Orpingtons sind abgesehen davon, dass sie ein prächtiges Gefieder haben und im Winter sehr gut legen, erstklassige Speisevögel, mit weißer Haut, üppiger Brust und saftigem Fleisch) macht es sich die Frau im Wohnzimmer mit ihrem Nähkorb im Myrtenholzschaukelstuhl bequem und arbeitet am Westfenster, bis das Licht zu schwach wird.

Das Stück, an dem die Frau diesen Abend arbeitet, ist fast fertig. Dreißig- bis vierzigtausend rotblonde Haare, jedes von

Hand mit einer wie ein Angelhaken gekrümmten winzigen Nadel einzeln an einem feinmaschigen Geflecht festgeknüpft. Doch die Hände, die am Morgen die gold gefiederten Hühner gefüttert, die Eier gesammelt und die Rottweiler getätschelt haben, sind kaum mehr als transplantierte Haut auf blankem Knochen – die Frau kann jeden Abend nur ein paar hundert Haare knüpfen, bevor sie einen Krampf in den Fingern bekommt.

Dennoch wären ihre Ärzte erstaunt gewesen zu erfahren, dass diese Hände überhaupt zu so diffizilen Verrichtungen imstande sind. Obwohl die interossären Muskeln der Handfläche noch hinreichend greiffähig geblieben sind, um ein Messer (oder einen Eispickel) zu halten, waren stundenlange wiederherstellungschirurgische Eingriffe erforderlich gewesen, um die komplexen Mittelhandmuskeln so weit zu reparieren, dass sich der Daumen und die ersten drei Fingerspitzen jeder Hand treffen und sogar eine winzige Nadel halten konnten.

Aber trotz der Schmerzen macht der Frau die Arbeit Spaß. Sie ist entspannend, erholsam, sogar meditativ. Und sie erfordert mehr Kreativität, als man meinen möchte – nicht nur müssen die einzelnen Haare der Länge nach sortiert werden, auch die Farbabstufungen müssen entsprechend aufeinander abgestimmt werden, um die natürliche Wirkung zu erzielen, die enorm wichtig ist.

Außerdem lenkt die Arbeit die Frau von ihren Problemen ab. Inzwischen ist der Junge fast fünf Wochen weg. Dabei hat selbst die Reise nach Texas, die er zur Beschaffung des Rohmaterials für das Teil, das sie gerade vernäht, unternahm, weniger als einen Monat gedauert. Und wenn ihm etwas zugestoßen ist? Wenn er überhaupt nicht mehr zurückkehrt? Was wird dann aus dem Leben, das sie sich selbst geschaffen haben, ganz allein auf einem Bergkamm, ohne Nachbarn, ohne Telefon, weit weg von allem aufdringlichem Geglotze und von allen mitleidigen – oder entsetzten – Blicken? Sie weiß, dass sie hier oben nicht allein überleben kann. Und obwohl sie wohlhabend genug ist, um Hauspersonal einzustellen oder sich in einem erstklassigen Altenheim zur Ruhe zu setzen, weiß sie auch, dass nicht einmal alles Geld der Welt reichen würde, um sich *sämtliche* Dienstleistungen zu erkaufen, die ihr der Junge bietet, jedenfalls nicht für eine Frau in ihrem Zustand.

Und da gibt es natürlich noch andere Probleme, denkt die Frau. Der Trockenschuppen, um nur ein Beispiel zu nennen.

Der Trockenschuppen! »Mist«, entfährt es ihr laut – sie hat ihn völlig vergessen. Doch das ist nicht weiter tragisch – mal einen Tag auszusetzen, ist kein Beinbruch, sagt sie sich, während sie ein weiteres rotgoldenes Haar aus ihrem Nähkorb pflückt und im schwindenden Licht hochhält. Doch es entgleitet ihren schmerzenden Fingern und schlängelt sich wie die Kobra eines Schlangenbeschwörers in einem rückwärts laufenden Film in den Korb zurück. Es ist Zeit, Schluss zu machen.

Zu ihrem Schlafzimmer im Obergeschoss führt eine steile, schmale Treppe hinauf. Sie zieht sich aus, hängt das grüne Gewand auf – sie hat zwei grüne und zwei schwarze Gewänder, die sie der Reihe nach anzieht und von Hand wäscht. Als Letztes nimmt sie die Maske ab, im Bad; dort gibt es keine Spiegel. Sie wäscht sie im Waschbecken und hängt sie zum Trocknen auf den Handtuchhalter, dann putzt sie sich die Zähne. Das geht schnell – es ist einfach, sich die Zähne zu putzen, wenn die Lippen bis aufs Zahnfleisch weggebrannt sind. An diesem Abend kein Bad – niemand da, für den sie baden könnte. Sie spritzt sich warmes Wasser in die Achselhöhlen und zwischen die Beine, dann schlüpft sie in ein hauchdünnes Seidennachthemd. Sie erträgt nur die Berührung von Seide auf ihrer Haut – oder besser: ihrem Narbengewebe.

Deshalb sind auch die Laken und die Decke auf ihrem Doppelbett aus Seide. Sie setzt sich auf die Bettkante und nimmt eine kleine Ampulle Morphinsulfat, das sie am Morgen aus dem Kühlschrank geholt hat, aus der Nachttischschublade. Sie hebt ihr rechtes Bein, bis ihre Ferse auf dem Bett zu liegen kommt, zieht ihr Nachthemd über ihr angewinkeltes Knie und lässt es nach unten gleiten, bis ihr Bein entblößt ist, dann stößt sie die Nadel in die Rückseite des rechten Oberschenkels – dort gibt es gute Haut und jede Menge Muskelgewebe. Für diese Prozedur benötigt sie beide Hände: Eine skelettartige Hand hält die Ampulle, die andere drückt den Kolben nieder.

Sie bekommt davon keinen großen Kick – bei intramuskulärer Injektion wirkt das Mittel langsam. Mit einem Wattebausch tupft sie einen Blutfleck von ihrem Schenkel, bevor sie das Nachthemd wieder nach unten zieht. Dann knipst sie mit einem wohligen Seufzer die Nachttischlampe aus, schlüpft ins Bett und zieht die seidene Zudecke bis an ihr Kinn hoch. Sie hat einen weiteren Tag ohne ihn überstanden, aber es war nicht einfach – er fehlt ihr genauso, wie ihr ihre eigenen Brüste fehlen.

12

Die linke Hand hatte der Häftling am Stuhl festgekettet, die rechte streckte er ihr über den Tisch entgegen. Ohne zu überlegen, schüttelte Irene sie. Doch als sie versuchte, ihre Hand zurückzuziehen, schloss sich die des Häftlings fester um sie. Sie hatte gerade genug Zeit, um zu denken, dass der zierliche Mann doch wesentlich stärker war, als es den Anschein hatte, bevor er sie losließ.

»Ich hab's geschafft«, sagte er.
»Was haben Sie geschafft?«
»Sie in meinen Träumen zu sehen.«

Es gab Dutzende von Möglichkeiten, mit der aggressiven Übertragung eines Patienten umzugehen; aus irgendeinem Grund fiel Irene keine davon ein. Stattdessen hörte sie sich zu ihrem Entsetzen fragen: »Was hatte ich an?«

»Nicht viel«, antwortete der Häftling und öffnete den Mund, um zu lachen. Sein Unterkiefer senkte sich und senkte sich immer weiter, sein Gesicht wurde unglaublich lang, und als er seine Zähne bleckte, fiel ihr zum ersten Mal auf, dass sie etwas Unmenschliches hatten. Zu klein, zu scharf, zu zahlreich. In einem Anfall von Panik tastete sie unter dem Schreibtisch herum – dort hätte ein Alarmknopf sein sollen –, berührte aber stattdessen seinen Fuß. Er hatte ihn unter den Schreibtisch gestreckt und schob ihn zwischen ihre Schenkel.

Sie packte ihn, um ihn wegzustoßen; in ihrer Hand blieb ein weicher schwarzer Slipper, und sie merkte, dass der Fuß, der ihre Schenkel auseinanderstupste, hart war, gespalten und behaart – ein Huf. Sie schrie auf und riss die Hand zurück; ihr Handrücken stieß gegen den Alarmknopf. In der Ferne ertönte ein Summton. Zuerst konnte sie ihn kaum hören, so schallend lachte der Häftling, aber er wurde lauter und lauter …

Irene öffnete die Augen und stellte fest, es war ihr Wecker, der so viel Lärm machte. Sie tappte ins Bad, unterzog sich einer verkürzten Morgentoilette, streifte eine Trainingshose und ein Stanford-Sweatshirt über ihren Sport-BH und ihren Slip, schnürte ihre neuen Reeboks und machte sich zu Fuß auf den Weg zum Lovers Point.

Lovers Point, früher Lovers of Jesus Point, ist eine felsige, von einem sorgfältig gepflegten Rasen gekrönte Landzunge, auf deren einer Seite sich eine flache Badebucht befindet, während auf der anderen ein riesiger Haufen Felsbrocken in die Monterey Bay hinabpurzelt. Barbara Klopfman war bereits unten beim Hafendamm und machte ihre Dehnübungen. Hinter ihr ragten hochgeworfene Felsen wie Rohmaterial für Osterinsel-Statuen aus dem Wasser; hinter den Felsen trieb ein Otter auf dem Rücken im Seetang und machte sich mit geschickten, kinderähnlichen Pfoten an einer auf seiner Brust balancierenden Abalone-Muschel zu schaffen.

»Ich habe eigentlich nicht damit gerechnet, dass du es

schaffen würdest«, rief Barbara. Und dann, nach einem prüfenden Blick auf ihre näher kommende Freundin: »Hast du denn letzte Nacht *überhaupt* geschlafen?«

»Nicht viel.« Irene machte sich noch ein paar Minuten mit ihrer kleineren, dunkleren, rundlicheren und erheblich jüdischeren Freundin warm, bevor sie am Meer entlangzulaufen begannen. War der Weg breit genug, trabten sie nebeneinander her, wurde er schmaler, übernahm Irene die Führung. Auf der anderen Seite der Bucht ging über Moss Landing die Sonne auf; das Licht auf dem Wasser war blendend hell.

»Ich habe eine Evaluation des Mannes gemacht, der neulich in seinem Auto dieses Mädchen umgebracht hat«, begann Irene. Rechts unter ihnen war der Wasserstand so niedrig, dass das dunkelgrüne Moos auf dem von Tümpeln überzogenen Felsenuntergrund freigelegt war. Weiße Möwen kreisten und kreischten; fette Hafenseehunde, braun und graugefleckt, kletterten auf die Felsen vor der Küste, um sich den lieben langen Tag in der Sonne zu aalen.

»Und das hat dich um den Schlaf gebracht?« Barbara atmete bereits schwer. Keine von beiden lief schon lange; angesichts von Barbaras Gewichtsproblemen und Irenes Zigarettenkonsum legten sie gezwungenermaßen ein gemäßigtes Tempo vor.

»Mehr oder weniger. Ich hatte ständig diese erotischen Träume von ihm.«

»Los, erzähl.«

Bis Irene fertig erzählt hatte, hatten die zwei Frauen Point Pinos umrundet, den Felsvorsprung, an dem zwei Jahre zuvor John Denvers Flugzeug abgestürzt war, und saßen inzwischen ausgepumpt auf einer Betonbank.

»Und, wie lautet das Urteil?«, fragte Irene, als sie wieder zu Atem gekommen war. An den Felsen unter ihnen zerstoben die Pazifikwellen zu dunstiger Gischt; ein Schwarm Pelikane flog in einer geraden Linie vor der Sonne vorbei.

»Urteil?«, stieß Barbara zwischen keuchenden Atemzügen

hervor. »Eigenartige … Wortwahl. Fühlst du dich … wegen etwas … schuldig?«

»Nur eine Redewendung.«

»Natürlich, Irene – und eine Zigarre ist nur was zum Rauchen.« Barbara wischte sich mit dem Saum ihres überdimensionierten T-Shirts die Stirn. »Aber ich kann dich beruhigen, meine Liebe, es fällt keineswegs so schlecht aus.«

»Dann fang erst mit den guten Seiten an.«

»Offensichtlich bist du gerade dabei, deine Sexualität wieder zu entdecken. Und nicht eine Minute zu früh, wenn du mich fragst. Wie lang ist das jetzt schon her, drei Jahre?«

»Dreieinhalb. Aber warum ausgerechnet er?«

»Weil er zum einen eine starke sexuelle Ausstrahlung hat – verbunden mit einem Hauch von Gefahr – und weil er zum anderen ein Patient *und* hinter Gittern ist, womit es relativ ungefährlich ist, von ihm zu träumen.«

»Wo ist dann das Problem?«

»Das Problem ist, dass es *nicht* ungefährlich ist, von ihm zu träumen. So, wie du ihn mir beschrieben hast, hört er sich nach einem charmanten, attraktiven, intelligenten und *extrem* raffinierten Soziopathen an, der sich in dein Herz zu schleichen versucht. Was ihm auch bestens zu gelingen scheint.«

»Was soll ich also deiner Meinung nach tun?«

Barbara tätschelte Irenes Knie. »Fahr deinen Psycho-Schutzschild hoch, bring diese Evaluation so schnell wie möglich hinter dich und dann lass mich für dich *Schadchen* spielen und dir einen Kerl zuführen, der kein Patient ist, nicht für den Rest seines Lebens hinter Gittern verbringen wird und hoffentlich auch kein psychopathischer Multipler ist.«

»Und wo bleibt der Spaß bei dem Ganzen?«, fragte Irene – aber sie fühlte sich schon besser. Irgendwie ging es ihr immer besser, wenn sie mit Barbara redete.

Als der Sheriff's Deputy Irene gegen elf Uhr durch den Besuchereingang in den Vernehmungsraum brachte, war das Erste, was sie sich ansah, der Schreibtisch. Zu ihrer Erleichterung hatte er tatsächlich, wie sie vage in Erinnerung gehabt hatte, eine durchgehende Front – wenigstens müsste sie sich nicht das ganze Gespräch über Sorgen machen, Max könnte mit seinem gespaltenen Huf unter dem Tisch mit ihr füßeln.

Wenige Minuten später wurde der Gefangene durch den Häftlingseingang hereingeführt, und sie tauschten einen förmlichen Gruß aus. Sobald der Deputy den Raum verlassen hatte, holte Irene die Packung Camel heraus, die sie für den Häftling gekauft hatte, schlitzte mit einem manikürten Daumennagel das Zellophan auf, schüttelte eine Zigarette heraus, klopfte das eine Ende fachmännisch fest, steckte sie ihm zwischen die wartenden Lippen und zündete sie mit dem Feuerzeug aus Jade und Silber an, das Frank ihr zu ihrem letzten Hochzeitstag geschenkt hatte.

»Versuchen Sie auch eine«, drängte er sie. Sein Gesicht war rauchumhüllt, als sie einen batteriebetriebenen Rauchsauger-Aschenbecher aus braunem Plastik vor ihn hinstellte. »Damit Sie mal sehen, wie eine richtige Zigarette schmeckt.«

»Ein andermal. Ich habe noch ein paar nachträgliche Fragen, die ich Ihnen stellen möchte.«

»Hab ich mir schon gedacht.« Er behielt die Camel im Mundwinkel, als er aus dem anderen mit der Zungenspitze einen Tabakkrümel entfernte. Seine Zungenspitze war ungewöhnlich spitz und, wie seine Lippen, von einem überraschend kräftigen Rot.

»Zunächst: Woher wussten Sie meinen Vornamen?«

»Ein bisschen Glück und gut geraten. Das Monogramm auf ihrem Aktenkoffer. Wie viele Frauennamen beginnen schon mit I?« Und dann, mit übertriebenem irischem Akzent: »Noch dazu von Mädchen, denen unübersehbar die Landkarte von Eire ins liebliche Gesicht geschrieben ist.«

Irene rief sich den Ablauf ihres Gesprächs noch einmal in Erinnerung – es stimmte, er hatte sie erst mit dem Vornamen angesprochen, nachdem sie am Ende der Sitzung ihre Sachen zusammengepackt und den Aktenkoffer auf den Tisch gestellt hatte. Und ihre irische Abstammung war ihr so deutlich anzusehen wie nur irgendwas.

Ein wenig erleichtert nahm sie das Diktaphon aus ihrem Aktenkoffer, legte es auf den Schreibtisch und machte es an. Statt ihn ganz direkt zu fragen, ob er DIS hatte, versuchte sie es indirekt. »Nächste Frage: Gestern haben Sie mir erzählt, im Auto neben der Leiche der jungen Frau wieder zu sich gekommen zu sein. Ist Ihnen das schon öfter passiert?« Wiederkehrende Fuguezustände und ein vorübergehender Verlust des Zeitgefühls waren typische Anzeichen von DIS.

Amüsiert legte Max den Kopf auf die Seite. »Nein.«

Dann also ein Soziopath mit einer überdurchschnittlichen Fähigkeit, standardisierte psychologische Tests zu manipulieren. Seltsamerweise war Irene enttäuscht. »Aha.«

»Das heißt, nein, ich bin nie im Auto neben der Leiche einer jungen Frau zu mir gekommen. Ich bitte Sie, Irene, Sie hatten fast vierundzwanzig Stunden Zeit, sich diese Frage auszudenken, und das ist alles, was Ihnen eingefallen ist?«

Der Tabakkrümel klebte immer noch in seinem Mundwinkel – als er die Zunge herausstreckte, um ihn abzulecken, schob er ihn versehentlich weiter auf seine Wange hinaus, wo er nicht mehr an ihn herankam. Irene fand ein Papiertaschentuch in ihrer Handtasche, langte über den Schreibtisch (diesmal trug sie unter einem marineblauen Blazer einen sommerlichen Baumwollpulli mit Rollkragen) und wischte ihn weg. Er dankte ihr mit einem einnehmenden Lächeln; sie gewann den Eindruck, dass es ihm, wie seine letzte Bemerkung gezeigt hatte, nicht nur sehr wichtig war, sich geistig überlegen zu fühlen, sondern dass er sich auch gern bemuttern ließ.

»Dann werde ich die Frage neu formulieren. Haben Sie ...«

»Die Antwort ist ja.«

»Verstehe. Haben Sie jemals Stimmen gehört?«

Wieder dieses amüsierte Neigen des Kopfs. »Sie meinen, andere als etwa Ihre gerade?«

»Ich formuliere die Frage neu: Ich meine Stimmen, die sonst niemand hören kann; Stimmen, die von irgendwo innerhalb oder außerhalb Ihres Kopfs kommen.«

»Ja – von innen. Aber wissen Sie, was sogar noch beängstigender ist, als jemand anders in seinem Kopf sprechen zu hören?« Das hatte er, die Augen wegen des Rauchs zusammengekniffen, aus dem Mundwinkel gesagt; jetzt beugte er sich vor und legte die Zigarette mit dem Mund vorsichtig in den Aschenbecher.

»Was?«

»Das Gefühl, dass es noch jemanden gibt, der *zuhört*.«

13

Pender hatte keine Probleme, das Gericht des Monterey County in der West Alisal Street in Salinas zu finden. Drei Gebäude umschlossen einen Innenhof mit verschlungenen Wegen und einem hüfthohen Heckenlabyrinth. Im ersten Stock verbanden auf Portiken ruhende verglaste Stege die beiden älteren Seitenflügel mit dem hässlichen Betonkasten des Nordflügels. Von den Simsen der Außenmauern blickten die steinernen Köpfe von Gestalten der kalifornischen Geschichte herab – Konquistadoren mit Helmen, Indianer mit Pagenkopffrisuren, Siedlerfrauen mit Häubchen, Rancher mit schmalkrempigen Hüten –, und die Fenster aller drei Gebäude waren in überraschend prunkvollem Aztekenblau eingefasst. In der Mitte des Hofs befand sich eine Blumeninsel mit hohen roten Rudbeckien und orangefarbenen Strelitzien.

Neben dem Gerichtsgebäude befand sich, vom Westflügel durch einen schmalen Durchgang getrennt, das alte Gefängnis, eine verfallende dreigeschossige, gelb-beige Festung mit vergitterten Bogenfenstern und einer falschen Brüstung. Die dicken Mauern und die glatte Fassade des Gebäudes erinnerten Pender an Alamo, aber die prunkvollen dunkelgrünen Gusseisengitter vor den Fenstern und die Wandleuchter bargen Anklänge an das alte New Orleans.

Pender stellte den Toyota auf dem Parkplatz hinter dem Gefängnis ab und legte die Papierplakette, die er im Sheriff's Department bekommen hatte, unter die Windschutzscheibe. Er sah auf die Uhr und merkte, dass er bis zu dem Treffen mit Lieutenant Gonzalez, der ihm als Verbindungsmann zugeteilt worden war, noch ein paar Stunden totzuschlagen hatte. Dann fiel ihm ein, wie ihn seine Mutter immer verbessert hatte, wenn er davon gesprochen hatte, Zeit totschlagen zu müssen. Schlag sie nicht tot, sagte sie dann immer, nutze sie!

Ganz recht, Mom. Pender machte sich daran, den Gerichtskomplex zu erkunden. Das Erste, was ihm auffiel, war die eklatant lasch gehandhabte Sicherheit. Es gab keine Metalldetektoren – er konnte mit einer Selbstladepistole in seinem Schulterholster ungehindert durch den ganzen Gebäudekomplex spazieren.

Ebenso wenig wurde er zur Rede gestellt, als er sich im Durchgang postierte, um zu beobachten, wie angekettete Häftlinge in roten, orangefarbenen und grünen Overalls zwischen den weißen GMC-Vans mit der Aufschrift »Wir erhalten seit 1850 den Frieden« und den Arrestzellen hin und her verfrachtet oder, für die Allgemeinheit deutlich sichtbar und zugänglich, über den Hof zwischen den Arrestzellen und dem Gerichtsgebäude geführt wurden.

Mit einem traurigen Kopfschütteln – der Ort lud förmlich zu einem Fiasko ein – kehrte Pender in den Westflügel zurück und fuhr mit dem Lift zu der Snackbar im ersten Stock hinauf.

An der Registrierkasse kam es zu einer peinlichen Verzögerung – Pender brauchte einen Moment, bis er merkte, dass der Kassierer blind war.

»Ich habe ein Thunfisch-Sandwich und eine Tasse Kaffee«,

sagte er und reichte dem Mann einen Fünfdollarschein. Eine weitere Pause. »Es ist ein Fünfer.«

»Sie sind wohl aus dem Osten«, sagte der Kassierer, als er Pender herausgab.

»Aus dem Staat New York«, antwortete Pender. Dabei fragte er sich, wie viele Gäste täglich dem Mann einen Eindollarschein gaben und ihm sagten, es sei ein Fünfer – oder ein Zehner oder Zwanziger. »Woran haben Sie das gemerkt?«

»Sie haben Thun*fisch* gesagt. Wir hier draußen gehen davon aus, dass ein *tuna* nur ein Fisch sein kann.«

Pender saß allein an einem Ecktisch. Für jemanden, der darauf wartete, mit einem Mörder in eine Zelle gesperrt zu werden, war er erstaunlich gelassen. Es war Jahre her, dass Pender eine verdeckte Vernehmung durchgeführt hatte – während er, an seinem schwarzen Kaffee nippend, auf den schönen Innenhof hinausblickte, überlegte er sich seine Taktik.

Das Beste wäre, wenn der Häftling von sich aus ein Gespräch begann. Wenn nicht, wollte Pender entweder damit anfangen, dass er über seinen Anwalt lästerte – jeder Häftling in jeder amerikanischen Gefängniszelle hat einen Strauß mit seinem Anwalt auszufechten – oder von seinen Reisen erzählte; es war völlig unverfänglich, über Orte zu quatschen, an denen man gewesen war. Er würde eine ganze Reihe von Ortsnamen fallen lassen, ein, zwei wichtige Städte einflechten – Plano, Texas; Sandusky, Ohio; San Antonio, wo das Messer gekauft worden war – und sehen, ob einer von ihnen eine Reaktion hervorrief.

Sobald er den Häftling eingelullt hatte, würde er das Gespräch behutsam auf das Thema Sex lenken, eine Vergewaltigung oder ein paar etwas zu harte Nummern zugeben und sehen, ob er den Mann aus der Reserve locken konnte. An diesem Punkt würde er zwar noch kein Geständnis und auch keine aufregenden Details erwarten, aber trotzdem konnte so eine Runde ordentlicher Knastprahlerei erstaunlich aufschlussreich sein, und es war keineswegs auszuschließen, dass

Casey, wenn es Casey war, das eine oder andere belastende Detail herausrückte.

Plötzlich merkte Pender, dass er sich nicht so gründlich auf das Gespräch vorbereitet hatte, wie er das hätte tun sollen; er hatte es versäumt, mit dem Menschen zu sprechen, der seit dem unglücklichen Refugio Cortes mehr Kontakt mit dem Häftling gehabt hatte als sonst irgendjemand: die Psychiaterin, die ihn begutachtet hatte.

Aber wie könnte er sie erreichen? Er wusste nicht einmal ihren Namen. Er rückte seinen Stuhl näher ans Fenster – Pender hatte diesen Handys noch nie getraut – und rief Lieutenant Gonzalez an, der jedoch nicht in seinem Büro war. Deshalb wurde der Anruf automatisch wieder in die Zentrale zurückgestellt, wo man ihn mit der Besucherrezeption des Gefängnisses in der Natividad Road verband.

»Hier ist Special Agent Pender vom FBI. Ich versuche den Namen der Psychiaterin rauszubekommen, die –« Er wollte schon Casey sagen. »– diesen Typen da besucht hat. Häftling Nummer ...« Er schlug sein Notizbuch auf und las sie ab.

»Tut mir Leid, diese Auskunft darf ich Ihnen am Telefon nicht geben«, antwortete die Polizistin, die Pender am Apparat hatte. Doch bevor er dazu kam, sich einen kleinen Bluff auszudenken, fügte sie zu seiner Überraschung hinzu: »Aber meinem Buch zufolge ist sie gerade drinnen und hat ein Gespräch mit dem Häftling. Sie muss sich austragen, wenn sie fertig ist – ich könnte ihr Ihre Nummer geben und ihr sagen, sie soll Sie anrufen.«

»Ohhhhkey-doke.« Obwohl er nicht abergläubisch war, wusste Pender aus Erfahrung, dass Glück oder Pech in Strähnen kam – vielleicht hatte er gerade eine Glückssträhne.

14

»Also gut, mein Schatz, wir gehen weiter zurück. Es ist wieder dein Geburtstag – hast du einen Kuchen?«

Sie hatten bereits zehn Minuten Altersregression hinter sich. Bei der Hypnose war alles glatt gegangen – wie die meisten Multiplen hatte sich Max/Christopher sehr empfänglich dafür gezeigt. Nach einer kurzen Entspannungsübung (nicht gerade einfach mit einem sitzenden, angeketteten Häftling in einem kalten, ziemlich kahlen, hell beleuchteten Raum, in dem es nur harte Oberflächen und rechte Winkel gab) hatte ihn Irene so weit, dass er sich auf einen schwarzen Punkt konzentrierte, den sie auf ein Blatt Papier gezeichnet hatte. Gleichzeitig erklärte sie ihm mit ruhiger, tiefer Stimme, dass er immer müder würde und seine Augenlider immer schwerer, und schickte ihn an seinen sichersten Ort. Dann setzte sie ihm ein Codewort ein, mit dem sie ihn später aufwecken würde. Das war so ziemlich alles, was nötig war – Standardhypnose, ohne großes Drumherum.

Als er sich in tiefer Versenkung befand, begann sie ihn zu regredieren, ihn von Geburtstag zu Geburtstag zurückzuführen. Als sie beim fünften ankamen, merkte sie, wie sich seine Augen unter den geschlossenen flatternden Lidern nach oben verdrehten – es war sein erster Persönlichkeitswechsel während der Sitzung.

»Lokoladekuchen. Lokoladeguss. Mmmmm, lecker.« Seine Stimme war fiepsig, seine Körpersprache zappelig.

»Sind Kerzen drauf?«

»Aber sicher – ist doch ein *Geburtstags*kuchen, weißt du das denn nicht?«

»Kannst du die Kerzen zählen?«

»Fünf Kerzen, eins zwei drei vier fünf.«

»Kannst du die Schrift lesen?«

»Mein Name – das ist mein Name – Lyssy, el ypsilon ess ess ypsilon.«

»Alles Gute zum Geburtstag, Lyssy. Fünf Jahre alt, schon so

ein großer Junge. Hast du deine Geschenke schon ausgepackt?«

»Erst nach dem Kuchen – weißt du denn nicht, dass man die Geschenke erst nach dem Kuchen aufmacht?«

»Was hast du denn von deiner Mommy und deinem Daddy geschenkt bekommen?«

»Ich hab ein Fahrrad gekriegt. In meinem Zimmer, als ich aufgewacht bin. Es ist ein rotes Schwinn, so eins, wie Walter von gegenüber eins hat, nur rot. Daddy hat gesagt, ich bin schon viel zu alt für mein Dreirad. Und keine Stützräder – Daddy sagt, nur Schlappschwänze, weißt du, brauchen Stützräder.«

»Erzähl mir von deiner Mommy und deinem Daddy. Machen sie manchmal Dinge, die du nicht magst? Tun Sie dir weh oder fassen sie dich irgendwie komisch an?« Leitende Fragen, hart an der Grenze zur Suggestion. Doch Irene verfügte nur über begrenzte Zeit mit dem Patienten. Hier ging es um eine Diagnose, nicht um eine Therapie, und in der Vergangenheit jedes verifizierten DIS-Patienten in der wissenschaftlichen Literatur gab es Formen frühen, brutalen Missbrauchs – nicht nur mal im Vorbeigehen ein Klaps auf den Hintern, sondern richtig schlimme Sachen.

»Daddy manchmal – aber vielleicht hab ich das auch nur geträumt. Mommy sagt, das träum ich nur.«

»Was träumst du? Erzähl mir, was Daddy gemacht hat, wenn Mommy dann gesagt hat, es war nur ein Traum.«

»Also, das erste Mal lag ich schön eingepackt im Bett und schaute auf die Tapete. Ich hab in meinem Zimmer eine Tapete mit lauter Luftballons drauf – rosa und blaue Luftballons, weil sie nämlich nicht wussten, ob ich ein Junge oder ein Mädchen werde. Und auf einmal kann ich durch die Wand in ihr Zimmer durchsehen, in Mommys und Daddys Zimmer. Sie sitzen im Bett und sehen wie üblich fern, Mommy im Nachthemd, Daddy im T-Shirt.

Nur ihre Gesichter sind anders: Sie sehen wie die Monster in *Wo die wilden Kerle wohnen* aus. Daddy hat ein Gesicht wie ein

Löwe, und Mommys Gesicht ist ganz gruselig und voller Haare und spitz wie das von einem Fuchs. Und ihre richtigen Gesichter, ihre Menschengesichter liegen neben ihnen auf dem Bett. Sie sind leer und wie aus Gummi und faltig, als ob diese Monstergesichter ihre richtigen Gesichter wären und die normalen Gesichter bloß Masken, die sie am Tag aufsetzen.«
»Aber das hört sich doch an wie ein Traum, oder nicht?«
»Ich weiß. Ich hab sogar geträumt, dass ich aufgewacht bin. Und als ich dann wieder auf die Tapete schaue, kann ich nicht mehr durch sie durchsehen. Aber Angst habe ich immer noch. Ich will nach Mommy rufen. Aber auch davor habe ich Angst. Denn was ist, wenn das, was ich gesehen habe, echt war? Sie bräuchten ja bloß ihre Menschenmasken aufsetzen – wie soll ich das wissen?

Ich steige also aus dem Bett, psst, ganz leise, und öffne die Tür. Im Haus ist es dunkel, weil alle im Bett sind, nur im Flur brennt das Nachtlicht, du weißt schon, wenn ich mal raus muss, Pipi machen. Auf Zehenspitzen schleiche ich den Gang runter. Durch den Spalt unten an ihrer Tür kann ich Licht sehen. Eigentlich soll ich klopfen, immer klopfen, bevor du zu Mommy und Daddy ins Schlafzimmer kommst, aber diesmal denke ich mir, dass sie dann noch schnell ihre Menschenmasken aufsetzen könnten. Deshalb versuche ich die Tür aufzumachen und drehe am Türknauf. Aber sie ist abgeschlossen. Aber ich weiß, wie ich sie aufkriegen kann, weil sich Walter mal im Bad eingeschlossen hat, und dann hat Mommy den Eispickel aus der Schublade geholt und in das kleine Loch im Türknauf gesteckt, und dann ist sie aufgegangen.

Ich bin also in die Küche und hab den Eispickel aus der Schublade geholt und bin damit zu Mommys und Daddys Schlafzimmer zurückgegangen und hab ihn reingesteckt. Und dann hat es *klack!* gemacht und der Knauf hat sich drehen lassen, und ich mache die Tür auf und da sind Mommy und Daddy mit ihren normalen Gesichtern auf. Bloß schauen sie nicht Fernsehen. Mommy sitzt in einem Sessel, sie ist ganz nackig und überall gefesselt und Daddy steht über ihr, er ist auch nackig und sein Pipimann ist ganz rot und steht so komisch in die Höhe, und er hat eine rote Kerze in der Hand und lässt sie auf Mommy tröpfeln, ich kann die roten Tropfen auf ihren Titties sehen.

Dann sieht sie mich und sagt: ›O Scheiße, Schatz, der Junge.‹ Und er dreht sich um – sein Pipimann zeigt auf mich, und ich kann mich nicht rühren und ich kann nicht schreien, genau wie in einem Traum, bloß dass es echt ist. Und dann kommt er auf mich zu. Er zieht den Eispickel aus dem Türknauf und sieht auf ihn hinab, wie er ihn in seiner Hand hält, und ich weiß, ich *weiß* einfach, er wird in mir, *wamm!*, einfach von oben in den Kopf rammen, bloß dass er mich stattdessen hochhebt und mich zum Bett trägt und mich draufwirft und mir die Schlafanzughose runterzieht, und jetzt will ich nicht mehr drüber reden, da kannst du machen, was du willst.«

Irene hatte nicht die Absicht, ihn zu zwingen. Selbst die Maßnahme, bei der DIS-Therapie schon so früh auf Hypnose zurückzugreifen, war ungewöhnlich – an diesem Punkt Druck auf ihn auszuüben konnte verheerende Folgen haben.

»Lyssy, Liebling«, sagte sie besänftigend. »Du darfst auf keinen Fall denken, du müsstest über irgendetwas reden, solange du nicht dazu bereit bist. Wenn du allerdings bereit *bist*, solltest du dir darüber im Klaren sein, dass du mir unbesorgt alles erzählen kannst – nichts, was du mir erzählst, kann auf dich zurückfallen und dir schaden. Doch jetzt zurück: Deine Mommy hat gesagt, das war alles nur ein Traum?«

»Ja, ein böser Traum – am nächsten Morgen hat sie gesagt, ich hab einen bösen Traum gehabt. Ich hab sie gefragt, woher willst *du* das wissen, und dann hat sie gesagt, ich hab im Schlaf geschrien. Dann hat sie gesagt, ich soll ihr erzählen, was ich geträumt hab. Sie hat gesagt, das muss ich, sonst geht der Traum nie weg.

Und dann hab ich ihr erzählt, ich hab durch die Wand gesehen, und du und Daddy, ihr habt eure Gesichter abgenommen und ihr wart beide Monster, und da bin ich aufgewacht und bin in euer Zimmer gegangen, weil ich sehen wollte, ob das stimmt, und er hat dir wehgetan und dann hat er mir die Hose runtergezogen und hat mir wehgetan.

Und sie hat gesagt, siehst du, daran merkt man, dass es nur ein böser Traum war, weil uns Daddy nie wehtun würde. Sie hat drei Finger aufs Herz gelegt und geschworen, dass das die Wahrheit ist. Aber mein Hintern hat trotzdem noch wehgetan, und soll ich dir mal sagen, was ich glaube?«

»Was, Lyssy?«

»Ich glaube, entweder beide Träume müssen Wirklichkeit gewesen sein, der, wo ich die Tiergesichter durch die Wände sehen kann, und der andere, wo ich in ihr Schlafzimmer gehe, oder beide müssen Träume sein. Und manchmal denke ich, was ist, wenn alle eine Menschenmaske tragen? Was ist, wenn alle ein Tiergesicht unter ihrer Haut haben? Und manchmal stehe ich im Badezimmer auf meinem alten Hocker, auf den ich mich immer gestellt habe, als ich klein war, und schaue ganz fest in den Spiegel, ob ich sehen kann, was für ein Tier ich unter *meiner* Haut habe.«

Er begann wieder, in Erregung zu geraten. Irene blickte auf ihre Uhr. Es war kurz nach zwölf Uhr vierzig. Sie hatte nur bis eins mit dem Gefangenen Zeit, und es war wichtig, dass am Ende einer Hypnotherapie-Sitzung noch mindestens fünfzehn Minuten Zeit blieben, in denen sich der Patient wieder in der Realität zurechtfinden konnte.

»In Ordnung, Lyssy. Ich verstehe. Danke, dass du mich daran hast teilhaben lassen.«

»Teilen ist gut. Man soll mit anderen teilen.«

»Ja, das soll man, mein Schatz. Das hast du wirklich ganz prima gemacht. Jetzt möchte ich, dass du an deinen sichersten Ort denkst, den Ort auf der Welt – er muss nicht real sein, du kannst ihn dir ausdenken –, an dem du dich am wohlsten und sichersten fühlst. Und ich möchte, dass du dort für mich hingehst ... an den sichersten Ort ... bist du schon da ...?

Braver Junge. Okay, dann los. Fünf, vier, drei, zwei, eins ... *Apfelmus!*«

Wieder einmal bemerkte Irene eine radikale Veränderung in der Körpersprache des Häftlings. Das Gezapple und Hin- und-her-Gerutsche nahm ein Ende. Jetzt hatte eine angespannte Regungslosigkeit Besitz von ihm ergriffen. Sein Hals wurde steif. Seine vernarbten Hände, die er als Lyssy, soweit es seine Fesseln zuließen, so ausdrucksstark eingesetzt hatte, ballten sich zu schützenden Fäusten. Als er die Augen öffnete, zuckte sein Blick kurz nervös durch den Raum, bevor er sich argwöhnisch auf Irene heftete.

»Was ist passiert?« Um sich wieder zu erden, rieb er seine Fäuste am groben orangefarbenen Stoff seines Overalls.

»Es ist alles in Ordnung. Sie sind gerade aus einer Hypnose erwacht.«

Er stöhnte. »Mit wem haben Sie gesprochen?«

Jetzt war Irene an der Reihe, still und aufmerksam zu sein. Es war ein entscheidender Moment in ihrer Beziehung – so nahe war Max, als Max, noch nie daran gewesen, die Natur seiner Störung zuzugeben. »Ich weiß nicht, ob ich Ihre Frage richtig verstanden habe.«

»Lassen Sie diesen Scheiß, Irene.« Seine Hände bäumten sich unter den Ketten auf. »Wir wissen beide, dass ich ein Multipler bin – und jetzt, verdammte Scheiße noch mal, mit wem haben Sie gesprochen?« Es war, soviel sie sich erinnern konnte, das erste Mal, dass sie ihn fluchen hörte; sein Gesicht hatte sich vor Wut gerötet.

Als sie einsah, dass es ein Fehler gewesen war, seine Frage zu missverstehen, versuchte sie ihn gutzumachen. »Mit einem kleinen Jungen, der Lyssy hieß.«

»Mit diesem tittennuckelnden Muttersöhnchen? Was hat er Ihnen erzählt?«

Irene musste alle ihre Selbstbeherrschung aufbringen, um nicht zurückzuweichen – sie konnte sich nicht erinnern, jemals einen so durch und durch mörderischen Gesichtsausdruck gesehen zu haben. »Er hat mir erzählt, wie er zum ersten Mal von seinem Vater missbraucht wurde.«

»Aber wie er ihn dazu provoziert hat, hat er Ihnen sicher nicht erzählt, oder? Oder hat er Ihnen erzählt, dass das Ganze seine eigene Schuld war?«

»Nein, diesen Eindruck hatte er nicht. Erinnern Sie sich an den Vorfall?«

»Nein, ich erinnere mich *nicht* daran.« Er spuckte die Wörter mit unverhohlener Verachtung aus. »Ich war nicht dabei. Aber ich weiß davon. Dieser kleine Wichser ist in das Schlafzimmer seiner Eltern eingebrochen, als sie es gerade miteinander trieben – was hat er da anderes erwartet?«

»Schon gut, schon gut, ich kann verstehen, dass Sie wütend sind. Ich fände es gut, wenn wir uns jetzt gleich damit auseinander setzen könnten, aber unsere Zeit ist fast um. Darum lassen Sie mich Ihnen etwas zum Nachdenken mitgeben – etwas, womit Sie sich bis zu unserer nächsten Sitzung beschäftigen können. Ihre Wut auf Lyssy – glauben Sie, es besteht die Möglichkeit, dass sie fehlgeleitet ist? Dass Sie die Wut, die Sie auf Ihren Vater haben, gegen sich selbst gerichtet haben, weil es nicht ungefährlich ist, auf seinen eigenen Vater wütend zu sein, Max?«

Der Häftling drehte den Kopf auf die Seite und spuckte heftig auf den Linoleumboden des Vernehmungsraums. Als er sich wieder Irene zuwandte, war er wieder ruhig, oder zumindest hatte er sich unter Kontrolle, und als er zu sprechen begann, war seine Stimme sachlich, neutral.

»Etwas zum Nachdenken, wie? Dann werde ich Ihnen jetzt etwas zum Nachdenken geben, Dr. Cogan. Erstens: Ich bin nicht Lyssy und Lyssy ist nicht ich. Zweitens: Ich *habe* keinen Vater und habe nie einen gehabt. Und drittens: Sie sind nicht meine Therapeutin. Das ist eine gerichtlich angeordnete Evaluation – und Sie wissen nicht mal, ob es eine zweite *Sitzung* geben wird. Wenn Sie mich also nicht behandeln werden, Dr. Cogan, wäre ich Ihnen sehr dankbar, wenn Sie nicht in meinem Kopf rumpfuschen würden. Es ist nicht Ihre Aufgabe, in meinem Kopf rumzupfuschen.«

Irene hatte keine Probleme damit, sich bei einem Patienten zu entschuldigen – der Umgang mit Multiplen war etwas, bei dem man nur durch Ausprobieren vorankam. »Sie haben Recht. Es tut mir Leid. Ich hatte nicht die Absicht, in Ihrem Kopf herumzupfuschen.«

Er hatte den Blick gesenkt und nickte skeptisch, ohne den Kopf zu heben.

»Aber was den dritten Punkt angeht.« Irene versuchte angestrengt, den Eifer in ihrer Stimme zu unterdrücken. »Wenn es sich machen ließe, würden Sie denn *wollen*, dass ich Sie behandle, dass ich Ihre Therapeutin werde?«

»Das fände ih-ih-ich ganz toll«, sagte der Häftling leise. Als er den Kopf hob, sah Irene, dass er einen weiteren Switch vollzogen hatte – das war jetzt die erschöpfte, gebrochene Persönlichkeit mit den hängenden Schultern, der Vokalstotterer mit dem Tic am rechten Auge. »Aber das wird eh-eh-er nie zulassen.«

»Wer? Wer wird es nie zulassen?«

»Max.«

»Und wenn wir Max davon überzeugen könnten, dass eine Therapie auch zu seinem Besten wäre?«

»Das könnten Sie nicht – das würde eh-eh-er nicht tun.«

»Warum nicht?«

»Weil ... eh-eh-er ...« Irene beobachtete staunend, wie sich die Persönlichkeit, die ihr gegenüber am Tisch saß, aufzulösen begann. Der Tic verschlimmerte sich, bis beide Augen heftig zuckten; das Gesicht zog sich zusammen wie zu einer Faust; der Kopf begann heftig zu zittern, als er sich mühte, die Wörter herauszubekommen. »... ein Dämon ih-ih-ih-ist. Eh-eh-er heißt Car ...«

Der Häftling wurde schlaff; er sackte auf dem Holzstuhl zusammen, dann kippte er vornüber und schlug im Fallen mit dem Kopf gegen die Schreibtischkante. Irene sprang auf, wollte ihm zu Hilfe eilen, besann sich dann aber eines Besseren und griff stattdessen nach dem Telefon an der Wand.

15

Pender war bei seiner zweiten Tasse Kaffee, als das Handy in seiner Tasche zu trällern begann. »Pender.«

»Hier Dr. Cogan. Irene Cogan. Sie wollten mich sprechen?«

»Sind Sie die Psychiaterin, die den Typ begutachtet, der im Juni diese junge Frau erstochen hat?«

»Richtig. Was kann ich für Sie tun?«

»Ich ermittle in einer Reihe von Entführungsfällen, und da die Beschreibungen der entführten Frauen auf das gegenwärtige Opfer zutreffen, wäre ich an allem interessiert, was Sie mir über den Verdächtigen sagen können.«

»Selbst wenn ich die Zeit hätte, Agent Pender, glaube ich nicht, dass es für mich ethisch vertretbar wäre …«

Pender unterbrach sie mit erzwungener Ruhe. »Doktor Cogan, dieser Mann ist der Hauptverdächtige in einem Dutzend ungelöster Entführungen. Ich soll in weniger als einer halben Stunde in eine Zelle mit ihm gesperrt werden. Ich nehme mal an, Sie wissen, was er mit Refugio Cortes angestellt hat.«

Eine kurze Pause. »Ja.«

»Deshalb, alles, was Sie mir erzählen können und was mir zu näheren Aufschlüssen über ihn verhilft, könnte mir unter Umständen ein ähnliches Schicksal ersparen.«

Pender konnte fast hören, wie sie darüber nachdachte. Er überkreuzte seine dicken Finger und trug noch dicker auf. »Ich gebe Ihnen mein Wort, dass ich alles, was Sie mir erzählen, streng vertraulich behandle – er wird nie erfahren, dass wir auch nur miteinander gesprochen haben.«

Ein paar weitere Sekunden verstrichen. »Agent Pender, sagt Ihnen der Begriff dissoziatives Identitätssyndrom etwas?«
»Ich glaube nicht.«
»Und multiple Persönlichkeitsstörung?«
»Ach so, klar. Wie in *Sybil* oder *Eva mit den drei Gesichtern*.«
»Genau. Das heißt, nicht genau – vergessen Sie lieber schnell wieder, was Sie in diesen Filmen gesehen haben. Denn in Berücksichtigung der Tatsache, dass die abgespaltenen Identitäten – wir nennen sie alters – nicht wirklich separate Persönlichkeiten sind, sondern Aspekte derselben dissoziierten Identität, wurde die Störung vor einigen Jahren sogar neu benannt.«
»Wie muss man sich das genau vorstellen?«
»Jeder Fall ist natürlich anders. Aber allen gemeinsam ist eine Vorgeschichte massivsten Missbrauchs, der in die frühe Kindheit zurückreicht – in manchen Fällen bis ins Kleinkindalter – und sich über Jahre hingezogen hat.«
»Sexueller Missbrauch?«
»Sexuell, physisch, emotional, sogar satanisch – alles, was Sie sich denken können.« Irene, die über diese Störung seit 1989 Artikel verfasste und Vorträge hielt, begann ihren Standardspruch herunterzubeten. »In Ermangelung einer Möglichkeit, sich dem Missbrauch zu entziehen, dissoziiert sich das Bewusstsein des Kindes zu seinem Selbstschutz und schafft ein mehr oder weniger kohärentes System aus verschiedenen Identitäten oder alters, um dem Kind zu helfen, das Trauma zu verarbeiten.

Den Begriff *System* verwenden wir nun aus folgendem Grund: Obwohl nach außen hin der Eindruck von totalem Chaos entsteht, ergänzen sich die alters intern ganz hervorragend, um dem Kind – und später dem Erwachsenen – zu helfen, in seiner Welt zurechtzukommen. Im Lauf der Jahre ist es uns gelungen, Dutzende verschiedener Klassen von alters zu identifizieren. Da gibt es zum Beispiel das Gastgeber-alter, nicht zu verwechseln mit der ursprünglichen Identität. Der

Gastgeber ist diejenige Persönlichkeit, die das System zusammenzuhalten versucht. Es gibt auch Kind-alters, die in jeweils dem Alter stehen bleiben, in dem sie entstanden sind, und die Erinnerungen und Affekte der ursprünglichen Traumata festhalten.

Eins der besten Beispiele dafür, wie die alters zusammenarbeiten, ist die Interaktion zwischen Anklägern oder suizidalen alters, die das Individuum zur Linderung von Schuldgefühlen zu bestrafen versuchen, und den Beschützer-alters, deren Aufgabe darin besteht, den Körper vor schädigenden oder vernachlässigenden alters zu schützen – sie schreiten in der Regel ein, um zu verhindern, dass die Ankläger zu weit gehen. So kann es zum Beispiel vorkommen, dass ein suizidales oder Drogen missbrauchendes alter eine Überdosis nimmt und das Beschützer-alter einen Krankenwagen ruft.

Es gibt auch so genannte ISHs – interne Selbsthelfer –, die wie interne Therapeuten sind, Orientierungshilfen bieten und Ratschläge erteilen, und MTEs – mnemotechnische Experten –, die eine kohärente Erinnerung an die Lebensgeschichte des Patienten aufrechterhalten, und zwar unabhängig davon, welches alter zu einem bestimmten Zeitpunkt die Kontrolle über das System hatte.

Dann gibt es geschlechtsübergreifende und/oder promiskuitive Persönlichkeiten, um widersprüchliche sexuelle Bedürfnisse ausleben zu können, sowie Verwalter und zwangsneurotische alters, die in Erscheinung treten, um arbeitsbezogene Aufgaben zu erfüllen. Es gibt autistische und behinderte alters, die sich in extremen Stresssituationen zeigen; alters mit künstlerischen Fähigkeiten; Analgetiker, die keinen Schmerz spüren; Imitatoren, die nicht nur andere Personen, sondern auch andere alters nachahmen können; Drogenabhängige, die versuchen, den Schmerz selbst zu behandeln und abzuschwächen. Manche alters halten sich für Dämonen oder Geister.

Im Lauf eines Tages kann der Patient hunderte Male, dutzende Male oder überhaupt nicht zwischen alters mit unterschiedlichen Stimmen, Körperhaltungen und Affekten wechseln. Und dabei sollte man sich unbedingt im Klaren darüber sein, dass sich das äußere Erscheinungsbild des Patienten je nach alter tatsächlich ändert. Wenn sich ein männlicher Patient unter der Kontrolle eines weiblichen alter befindet, sieht er sich tatsächlich als Frau, und ein Kind-alter sieht sich als Kind, egal, welches chronologische Alter der Patient hat. Und er *sieht* sich nicht nur so – einmal habe ich ein sechzehnjähriges magersüchtiges Mädchen mit einem älteren männlichen alter behandelt, das in Erscheinung trat, als sie ins Krankenhaus eingeliefert wurde, um künstlich ernährt zu werden. Es waren drei kräftige Pfleger nötig, um ihn – sie – zu bändigen.«

»Wollen Sie damit sagen, sie hatte tatsächlich die *Kraft* eines erwachsenen Mannes?«

»Das ist keineswegs so ungewöhnlich.«

»Diese ganzen alters – wissen sie voneinander?«

»Das ist unterschiedlich. Jedes System hat seine eigenen Regeln und Funktionsweisen. Einige Systeme haben Subsysteme von alters, die Erinnerung und Bewusstsein teilen, und andere, die isoliert sind. Bei der Therapie sehen wir es als eine unserer ersten Aufgaben an, mit Hilfe des Patienten eine Bestandsaufnahme der verschiedenen Systeme und Subsysteme zu machen.«

»Hört sich ziemlich kompliziert an.«

»Ist es auch.«

»Was können Sie mir über dieses spezielle Individuum erzählen?«

»Als Erstes müssen Sie erkennen lernen, wie sich bei ihm ein Wechsel zwischen zwei Persönlichkeiten manifestiert. Wenn er vor einem Wechsel steht, werden Sie feststellen, dass sich seine Augen nach rechts oben verdrehen und die Augenlider zu flattern beginnen. Manchmal blickt sich das alter, das gerade die Kontrolle übernommen hat, im Raum um, reibt sich vielleicht auch die Oberschenkel – das nennt man Erdungsverhalten. Was die einzelnen alters selbst angeht – die

Identität, die den Körper die meiste Zeit unter ihrer Kontrolle zu haben scheint, nennt sich Max.«

»Ist Max der – wie haben Sie es gleich wieder genannt? – der Gastgeber?«

»Da bin ich im Moment noch nicht sicher. Max' Affekthaltung passt eigentlich nicht ins Bild. Die meisten Gastgeber sind depressiv und ängstlich. Ich habe ein anderes alter kennen gelernt, das in dieses Schema gepasst hätte – er bat mich sogar um Hilfe. Aber er hatte eindeutig nichts zu sagen – er bezeichnete Max als einen Dämon, und ich glaube, Max hat ihn dafür bestraft, dass er rauskam, um mit mir zu sprechen. Seinen Namen weiß ich nicht – wenn Sie es mit ihm zu tun bekommen, werden Sie ihn an seinem Stottern und an dem Tic an seinem rechten Auge erkennen. Außerdem gibt es ein Kind-alter, das Lyssy heißt – ich buchstabiere: L *Y* S S Y –, und eine sexuell verführerische Identität, die sich Christopher nennt. Ich glaube, Christopher könnte das alter gewesen sein, das das Wisniewski-Mädchen entführt hat.«

»Wie erkenne ich Christopher?«

»Da gibt es nichts Auffälliges. Etwas mehr Blickkontakt vielleicht – nicht so aggressiv wie Max. Aber das kann auch daran gelegen haben, dass ich eine Frau bin. *Sie* lernen Christopher möglicherweise gar nicht kennen – es sei denn natürlich, er ist bisexuell. Oder es könnte auch ein weibliches alter geben, oder ein alter mit einer homosexuellen Ausrichtung.«

»Was haben wir dann also? Max, den Gastgeber mit dem Tic, Lyssy und Christopher? Nur diese vier?«

»Das sind alle, die ich bisher kennen gelernt habe. Ich glaube, zwei weitere haben gestern die standardisierten Tests gemacht. Einer war unglaublich angepasst – sein Testergebnis fiel normaler aus als meines. Das könnte der ISH sein. Ein anderer ist dem Test zufolge ein typischer Soziopath – er ist wahrscheinlich derjenige, vor dem man auf der Hut sein muss, derjenige, der den Mord begangen hat. Es kann allerdings auch sein, dass Sie es mit einer völlig anderen Gruppe von alters zu tun bekommen als ich – es würde mich nicht wundern, wenn die Dynamik in einer stressintensiveren Umgebung eine ganz andere wäre.«

Pender sah auf die Uhr – 1 Uhr 50. »Danke, Doktor Cogan – Sie haben mir sehr geholfen. Kann ich Sie nach meinem Gespräch mit ihm noch mal anrufen, wenn ich weitere Fragen habe?«

»Sicher – rufen Sie einfach in meiner Praxis an.« Sie gab ihm die Nummer; er schrieb sie in sein Notizbuch. »Wenn ich nicht da bin, können Sie bei meinem Auftragsdienst eine Nummer hinterlassen – die wissen, wie sie mich erreichen können.«

»Sehr gut. Und nochmals vielen Dank, Doktor Cogan.«

»Keine Ursache. Ach – noch eins, Agent Pender. An Ihrer Stelle wäre ich auf jeden Fall sehr, sehr vorsichtig. Denn das Einzige, was ich Ihnen über die alters dieses Individuums mit Sicherheit sagen kann, ist, dass eins von ihnen extrem gefährlich ist. *Mindestens* eins von ihnen.«

16

Im Bezirksgefängnis in der Natividad Road lag der Körper von Ulysses Maxwell mit einem Eisbeutel auf der Stirn reglos auf seiner Pritsche. Die Haut war nirgendwo aufgeplatzt, die Schwellung war zurückgegangen, und die Gefängniskrankenschwester hatte bereits zusammen mit Dr. Cogan festgestellt, dass Maxwell keine Gehirnerschütterung hatte, weshalb er nicht ins Bezirkskrankenhaus ein Stück die Straße hinauf verlegt worden war. Der Körper lag deshalb wie bewusstlos da, weil im Augenblick niemand das Kommando über ihn hatte.

Im Innern des Kopfes herrschte jedoch alles andere als

Ruhe. Max schimpfte wütend auf Verräter, auf Verräter, die verbrannt werden sollten, auf Verräter, die verstoßen oder für immer in das Dunkel der Nicht-Existenz verbannt werden sollten, während der Schlappschwanz Lyssy wimmerte, es sei nicht seine Schuld, er sei doch nur deshalb rausgekommen, weil ihn die Ärztin dazu gebracht habe, und Ulysses, das entthronte Gastgeber-alter, das die anderen in Verballhornung seines Namens Useless, Nutzlos, nannten, flehte um seine nackte Existenz – wenn er zwischendurch kurz zu Wort kommen konnte.

Es war schließlich Ish, der im System wieder Frieden stiftete, indem er darauf hinwies, das Debakel im Vernehmungszimmer sei mindestens zum Teil Max' Schuld gewesen, da er in dem Irrglauben, die Situation weiter fest im Griff zu haben, der Psychiaterin die Erlaubnis erteilt hatte, sie zu hypnotisieren.

Ish war das einzige alter, das Max kritisieren – oder zumindest manche seiner Handlungen oder Entscheidungen in Frage stellen durfte. Er führte sehr diplomatisch an, auch wenn ihr System eine neue und höhere Gattung von multipler Persönlichkeit darstelle, sei DIS nach wie vor DIS, und jede der ineinander übergreifenden Persönlichkeiten, sogar Max, der wie alle anderen auch nur ein alter sei, sei von Natur aus extrem leicht beeinflussbar.

Das wirst du doch in Zukunft sicher berücksichtigen, schlug Ish zur Beruhigung vor. *Im Augenblick sollten wir allerdings, statt uns gegenseitig Vorwürfe zu machen, unsere Zeit nutzbringender anwenden, indem wir uns schon mal Gedanken machen würden, wie sich der Schaden begrenzen lässt.*

Friss Scheiße und verrecke, erwiderte Max. Er wusste bereits, wie sich der Schaden begrenzen ließ.

Einen Augenblick später machte der reanimierte Körper einen tiefen, beruhigenden Atemzug, und die langwimprigen Augen gingen flatternd auf. Max nahm den Eisbeutel von der Stirn und setzte sich langsam auf. Er konnte einen Wärter auf seinem Rundgang hören; er wartete, bis die Schritte an seiner Zelle vorbei waren, bevor er sich den Ärmel hochrollte und in die uringefüllte Kloschüssel neben der Pritsche langte. Kloschüssel und Waschbecken waren eine Einheit aus Edelstahl, Waschbecken oben, Kloschüssel unten. Max tastete auf dem Boden der Kloschüssel herum, nahm den zweieinhalb Zentimeter langen Handschellenschlüssel heraus, wusch ihn im Waschbecken ab, trocknete ihn mit seinem briefmarkengroßen Gefängniswaschlappen ab und steckte ihn sich in den Mund.

Max war schon vor Gericht gewesen – er kannte den Ablauf, wie Dr. Cogan es ausgedrückt hatte. Es gab keinen Metalldetektor für Häftlinge, die das neue Gefängnis in der Natividad Road verließen, keine Untersuchungen der Körperöffnungen für Häftlinge auf dem Weg zum und vom Gerichtsgebäude und überhaupt keinen Metalldetektor im alten Gefängnis in der West Alisal.

Häftlinge, die in das neue Gefängnis zurückkehrten, mussten durch einen hochempfindlichen, auf dem neuesten Stand der Technik befindlichen Metalldetektor. Max hatte jedoch nicht die Absicht, in die Natividad Road zurückzukehren, ob nun mit oder ohne Deputy Terry Jervis' Handschellenschlüssel, den er ihr baldmöglichst persönlich zurückgeben wollte.

17 Mittwochnachmittag, kurz nach zwei Uhr, traf sich Lieutenant Rigoberto Gonzalez vom Monterey County Sheriff's Department – Anfang vierzig, perfekt gebügelte Uniform, sorgfältig gestutzter schwarzer Schnurrbart – mit Pender im Durchgang neben dem alten Gefängnis, das inzwischen bis auf den Zellenblock im Erdgeschoss des Ostflügels unbenutzt war, und führte ihn aus der Helligkeit des sonnigen Salinas-Nachmittags in das düstere Zwielicht des Gefängnisses. Als die beiden

Männer eine Gitterschiebetür erreichten, wandte sich Gonzalez nach rechts, und Pender folgte ihm in einen unordentlichen, vollgerümpelten, klaustrophobisch kleinen Raum, der mehr wie das Büro einer altmodischen Zwei-Zapfsäulen-Tankstelle auf dem Land aussah als wie die Kommandozentrale eines städtischen Gefängnisses.

»Tragen Sie eine Waffe?«, fragte Gonzalez, während er seine eigene Waffe abnahm, eine .40er Glock, die gängige Dienstwaffe im Monterey Sheriff's Department. Pender reichte Gonzalez seine SIG Sauer mit dem Kolben zuerst; der Polizist sah sie an. »Ich dachte, ihr beim FBI hättet inzwischen auch Glocks.«

»Mir ist die SIG lieber.«

»Die Neuner hat nicht so viel Aufhaltekraft wie die Vierziger.«

»Dafür ist die Double Action schneller. Ich gehe davon aus, dass ich immer zweimal zum Schuss komme.« Pender hatte zwar seit seiner Zeit beim Cortland County Sheriff's Department keinen Schuss mehr im Affekt abgegeben, aber auf dem Schießstand erfüllte er die Anforderungen noch immer, und zwar sowohl mit der Pistole wie mit der Flinte.

Nachdem Gonzalez die zwei Schusswaffen eingeschlossen und Pender mit Frank Twombley und Deena Knapp, den zwei Dienst habenden Deputies, bekannt gemacht hatte, führte er ihn durch das Büro – sie waren jetzt auf der anderen Seite der Gittertür – und dann nach links einen schmalen Flur entlang zum alten Besuchsraum des Gefängnisses, der bis auf eine wie ein Regalbord an der Wand aufgehängte Metallbank leer war. Die Fenster, die einmal die Insassen von ihren Angehörigen getrennt hatten, waren jetzt mit Brettern vernagelt und die Telefone entfernt; nur noch die Leitungen standen im Abstand von einem Meter aus der Wand.

»Hier können Sie sich umziehen.« Gonzalez gab Pender eine Papiertüte mit einem orangefarbenen Overall, einem grauen T-Shirt, weißen Socken und Gummischlappen.

Pender fragte Gonzalez, ob die unterschiedlichen Farben der Overalls, die er die Häftlinge hatte tragen sehen, irgendetwas zu bedeuten hätten.

»Orange ist für die gewalttätigen Schwerverbrecher, rot für die nicht-gewalttätigen Schwerverbrecher, grün für normale Vergehen.«

»Dann bin ich also ein gewalttätiger Schwerverbrecher?«

»Das müssen Sie sein, damit wir Sie mit dem Ripper zusammenstecken können. Wir halten die Häftlinge in den Zellen streng getrennt.«

»Sie nennen ihn den Ripper?« Pender entfaltete den Overall und sah nach der Größe. XXL – müsste passen.

»Haben Sie gesehen, was er mit diesem Mädchen angestellt hat?«

»Leider ja – ich habe die Fotos im Obduktionsbericht gesehen.«

Gonzalez ließ Pender im Besuchsraum zurück und kam ein paar Minuten später mit einem vollständigen Satz Handschellen, Fußeisen, Ketten und einem Gürtel mit Vorhängeschloss zurück, der das ganze Ensemble zusammenhielt. Als er Pender fertig angekettet hatte, trat er zurück und nickte zufrieden. Glatzköpfig, finster dreinblickend, riesig, hätte der FBI-Mann ohne weiteres der Anführer einer in die Jahre gekommenen Rockerbande sein können.

»Sie könnten neue Maßstäbe der Gemeinheit setzen, Agent Pender. Weswegen wollen Sie einsitzen?«

»Wonach sehe ich denn aus?«

Gonzalez sah ihn mit zusammengekniffenen Augen prüfend an. »Nichts für ungut, aber wie wär's mit Vergewaltigung?«

»Schon gut, aber wer würde jemand mit *meinem* Gesicht abnehmen, er könnte Probleme haben, eine Frau zu kriegen?«

Der Lieutenant grinste. »Bei einem Gesicht wie Ihrem sollten wir Sie vielleicht zum Serientäter erklären.«

Die Arrestzellen waren am anderen Ende des Flurs. Gonzalez öffnete den Metallschrank neben dem Eingang zum Zellenblock, in dem sich die Bedienelemente für die Tür befanden. Über einem Stahlrad mit 45 cm Durchmesser waren vier vertikale Schiebeschalter angebracht. Alle vier waren unten im roten – geschlossenen – Bereich; Gonzalez schob den vierten so weit nach oben, bis er auf Gelb stand, dann drehte er das große Rad im Uhrzeigersinn.

Bereit? artikulierte Gonzalez stumm.

Pender nickte.

»DANN MAL REIN MIT DIR, PENDEJO!«

Gonzalez stellte sich hinter Pender und schob ihn durch das Portal in das Dunkel. Pender machte ein paar stolpernde Schritte und ging den dunklen Korridor hinunter. Links von ihm ragte eine hohe fensterlose Wand auf. Rechts sah er aus dem Augenwinkel Dutzende schemenhafter Gestalten, die sich hinter vom Boden bis zur Decke reichenden Gittern unruhig wälzten, nur als Silhouetten und Bewegungen erkennbar, wie Nachttiere im Zoo, wenn die Infrarotlichter ausgeschaltet sind. Dann, bevor Penders Augen dazu kamen, sich an die Dunkelheit zu gewöhnen, schob Gonzalez die letzte Tür auf und stieß Pender hinein. Jetzt war er einer von ihnen.

18

Fünfundvierzig Minuten nachdem die Zellentür hinter Pender scheppernd ins Schloss gefallen war, ging sie wieder auf. Max schlurfte herein und setzte sich so weit wie möglich von seinem vorübergehenden Zellengenossen entfernt auf die an der Wand aufgehängte Metallpritsche. Als sich seine Pupillen an das schwache Licht gewöhnt hatten – hinter einem dichten Drahtgeflecht flackerten an der Decke schwache Neonröhren –, sah er, dass der andere Mann in der Zelle wieder so ein idiotischer Gorilla war, keinen Deut kleiner als der fast verstorbene Refugio Cortes und genauso brutal aussehend.

Max spürte, wie Alicea ihn drängte, einen Switch zu machen. *Kommt überhaupt nicht in Frage,* machte ihr Max klar. *Nicht schon wieder dieses Theater.*

Ish hätte nachgegeben, wäre er gefragt worden. Es war Ish, der nach dem ersten Mal den Teufelskreislauf analysiert hatte. Als er sich von dem brutalen Cortes sexuell bedroht fühlte, hatte Max Alicea vorgeschickt, um mit ihm fertig zu werden. Doch Aliceas weibliche Reize hatten nur Cortes' Gelüste geweckt, der wegen Besitzes von Metamphetamin bereits drei Monate im Gefängnis gesessen hatte. Cortes hatte schließlich mit seinem reizenden Pachuco-Akzent zu Alicea gesagt: »Geh lieber sparsam mit deiner Spucke um, *puto,* oder willst du vielleicht eine trockene *verga* in dein *culo?«*

Als Cortes jedoch nach dem Lichterlöschen (eigentlich wurde die Beleuchtung nur gedimmt) angeschlichen kam, wartete nicht Alicea auf ihn, sondern Lee. Lee war das alter, das Karate und Kung Fu gelernt, in der Highschool in der 58-Kilo-Klasse gerungen und in der Jugendbesserungsanstalt geboxt hatte. Wenn Lee allerdings in den Spiegel schaute, sah er keineswegs einen zierlichen Juniorleichtgewichtler, sondern einen Halbschwergewichtler mit 50 cm Halsumfang und Brustmuskeln wie Batman. Und da ihn jeder von außen als kleinen Knilch sah, verhalf ihm das zu einem gewaltigen Vorteil, wenn er sich mit jemandem in seiner »eigenen« Größe anlegte.

Wenn Lee es mit einem Koloss wie Cortes aufnahm, waren seine Schnelligkeit und Beweglichkeit sogar noch wertvoller als seine Kraft. Was ihn aber wirklich gefährlich machte, war ein Trick, den ihm sein bester Freund Buckley beigebracht hatte, um die Kämpfe zu überleben, bei denen alles erlaubt war und die zu den beliebtesten Formen der Abendunterhaltung in der Umpqua County Juvenile Ranch gezählt hatten.

Er war eigentlich ganz simpel, dieser Buckley-Trick, aber er erforderte ein beängstigendes Maß an Willenskraft und

Übung. Du entscheidest, wie du deinen Angriff beginnst, dann fängst du an, rückwärts von zehn bis eins zu zählen. Der Trick bei der Sache ist, dass man zum Angriff übergeht, bevor man bei eins angekommen ist.

Drei, fünf, sogar neun – die Zahl spielt keine Rolle, solange sie nicht vorher festgelegt ist. So sieht der Gegner nie eins der üblichen Warnsignale, die normalerweise einem Angriff vorausgehen: kein Anspannen der Muskeln, keine Verlagerung des Blicks. Das macht dieses Manöver besonders wirksam gegen erfahrene Kämpfer, gegen Männer, die Übung darin haben, auf genau solche Hinweise zu achten.

Hier also kommt der stinkende Cortes mit schlenkerndem Pimmel im Dunkeln näher. Und obwohl Lee ein solches Verhalten persönlich abstoßend fand, verkörperte er Alicea lang genug, um Cortes in Sicherheit zu wiegen ... *zehn* ... kniete vor dem großen Mann nieder ... *neun* ... streichelte ihn, bis er steif war ... *acht* ... begann ihn mit beiden Händen zu bearbeiten ... *sieben* ... tat so, als wolle er gleich zu oralem Sex übergehen. *Sechs* ... *fünf* ...

Bei vier schlug er zu und knickte Cortes' Penis in der Mitte ab, als bräche er eine Selleriestange mittendurch. Einen Moment war Cortes von dem vermutlich ungeheuren Schmerz wie gelähmt. Das ließ Lee genug Zeit, um sich aufzurichten, Cortes mit der linken Handkante einen Schlag gegen den Adamsapfel und mit der rechten Handkante einen weiteren auf die Nase zu verpassen.

Cortes war bewusstlos, bevor er auf dem Boden landete, was Lee nicht davon abhielt, auf seinem Brustkasten herumzuspringen, ihm dann seinen Overall nach unten zu ziehen, ihn herumzudrehen, seine Beine zu spreizen, bis seine Geschlechtsteile auf dem Boden lagen, und sie dann mit seinem Absatz zu zerquetschen, als träte er eine Zigarettenkippe aus.

Die für den Zellenblock zuständigen Wärter reagierten schnell, aber dennoch war es bereits zu spät, um mehr zu retten als Cortes' Leben – die ganze Episode (von der Suppe bis zu den Nüssen, wie Max es humorvoll formulierte) hatte nicht länger als drei Minuten gedauert. Und diesmal war es Lee, der die Prügel von den Wärtern einsteckte. Lee machten Schmerzen nichts aus – sie machten ihn nur stärker.

Am Ende nahm aber die Begegnung mit Cortes doch noch einen zufrieden stellenden Ausgang für Maxwell. Sie hatte zur Folge, dass er den Rest seines Aufenthalts allein untergebracht wurde, und verlieh ihm sowohl bei Wärtern wie Mitgefangenen eine Art Gütesiegel. Aber mit einer zweiten solchen Episode war nichts zu gewinnen. Zum einen hatte Max im Lauf der Jahre gelernt, dass man zwischen den richtig großen Kicks immer etwas Zeit verstreichen lassen musste, wenn man nicht abstumpfen wollte. Zum andern ließen es einem die Wärter vielleicht durchgehen, dass man einen Zellengenossen fertig machte, aber wenn man es zweimal machte, würden sie verschärfte Sicherheitsvorkehrungen einführen, und das war das Letzte, was er wollte.

Deshalb hielt er Alicea diesmal streng unter Verschluss. *Wenn du auch nur den Versuch unternimmst rauszukommen,* machte ihr Max klar, *zerschneide ich dieses Gesicht, bis es so scheußlich ist, dass uns nicht mal mehr Miss Miller ansehen mag.*

Dann rief er Mose, den MTE, der gewissermaßen das Gedächtnis des Systems war, zu sich ins Bewusstsein, kniff die Augen zusammen, bis sie fast, aber nicht ganz geschlossen waren, damit er mitbekäme, wenn ihn dieser neue Kleiderschrank trotz seiner Fesseln anzufallen versuchte, und ließ sich von Mose Molly Blooms Monolog am Ende von *Ulysses* zitieren, während er darauf wartete, aus der Zelle ins Gerichtsgebäude gebracht zu werden, wo er die besten Fluchtchancen zu haben glaubte.

Ulysses war ihrer aller Lieblingsbuch. Max konnte sich noch an das erste Mal erinnern, als sie es gesehen hatten. »Schau!«, hatte der Neunjährige gerufen, als er es im Bücherregal von Miss Millers Wohnzimmer entdeckt hatte. »Schau, ein Buch über mich!«

Ein paar Stunden später hatte ihm – oder genauer, Christopher – Miss Miller, nachdem sie sich wie Molly die Brüste parfümiert hatte, das letzte Kapitel im Bett laut vorgelesen. Und obwohl er zu jung war, um viel davon zu verstehen, hatte Christophers Herz, wie das Leopold Blooms, wie verrückt geschlagen, und ja hatte er mit ihr zusammen gesagt, ja ich will. Ja.

19

Zur Kunst der affektiven Vernehmung, wie Ed Pender sie praktizierte, gehörte manchmal, dass man die Körpersprache des Vernommenen widerspiegelte. In diesem Fall, wo beide Männer angekettet und in Handschellen auf einer harten Stahlbank saßen, war das bereits gewährleistet.

Das Schwierigste war für Pender, seine Erregung darüber im Zaum zu halten, dass er nach all den Jahren plötzlich keine zwei Meter mehr von Casey entfernt war. Unglaublich. Aber er wusste, er durfte nichts überstürzen, musste sich ganz langsam vorantasten. Im Idealfall würde er warten, bis sein Zellengenosse ein Gespräch begann, aber an der Art, wie sich Casey in sich selbst verkrochen hatte, merkte Pender rasch, dass er sich darauf nicht verlassen konnte.

»Hey«, sagte er, nachdem gute fünf Minuten vergangen waren.

Keine Antwort.

»Hey, du – ich rede mit dir.«

»Du redest mit *mir*?« Casey blickte langsam auf. Seine Augenlider waren schläfrig gesenkt, seine Augenbrauen zogen sich zusammen. Und noch einmal: »Du redest mit *mir*?«

Ein perfekter Travis Bickle. Penders Lachen hörte sich ganz locker an. »Nicht übel.«

»Nicht übel?«, sagte Casey. »Hast du vielleicht mal einen besseren gesehen?«

Imitatoren von Prominenten – man konnte vorher nie wissen, was sich einem als Anknüpfungspunkt bot. Pender nahm den Ball an und spielte ihn in die Richtung, in der er ihn haben wollte – Ortsnamen. »In Vegas hab ich Rich Little mal De Niro machen sehen … also, wenn du's genau wissen willst, du bist ungefähr genauso gut wie er. Aber Fred Travelena habe ich ihn mal in Dallas machen sehen – also, *der* Typ ist echt ein Genie.«

»Mein Nicholson ist besser«, sagte Casey.

»Lass mal sehen.«

Die Augenbrauen stellten sich spitz auf, die Lippen weiteten sich zu einem Grinsen. »*Hiiier ist Johnny!*«

»*Shining*, oder?«

»Genau. Ich kann auch Christopher Walken: … *und ich versteckte diesen Metallhaufen zwei Jahre lang in meinem Arsch.*«

»Mann, du bist echt gut.« Pender rutschte etwas näher an Casey heran. »Ich bin Parker.«

»Was du nicht sagst«, antwortete Casey.

Pender hatte nicht wirklich erwartet, der Mann würde seinen richtigen Namen sagen, aber enttäuscht war er trotzdem – selbst ein falscher Name hätte ihm weiterhelfen können. Er schlug es sich aus dem Kopf. Zurück an die Arbeit. »Hast du so was mal professionell gemacht? Solltest du jedenfalls unbedingt probieren.«

»Ach, Quatsch.«

Aber Pender konnte sehen, dass Casey gebauchpinselt war. Auch etwas weniger misstrauisch – die angeketteten Hände, zuerst zu Fäusten geballt, hatten sich entspannt. »Doch, wirklich. Du solltest zu einer von diesen Veranstaltungen gehen, wo jeder aus dem Publikum mal auf die Bühne darf. So was hatten sie in einem Club in Dallas. Das heißt, es war, glaube ich, in Plano. Warst du mal in Plano?«

Casey zuckte die Achseln; Pender, der einen Doktor in Achselzucken hatte, deutete es als bejahende Reaktion: kein *Scheiße, nein*, sondern ein *Klar, und wenn schon.*

Oho, dachte Pender. Oho hieß bei ihm Volltreffer! oder Heureka! oder Hab ich dich! Weiter zu Punkt zwei. »Also, wenn du mich fragst, ist das eine richtige Scheißstadt. Nichts als total verklemmte Weiber. Ich kann dir sagen, in Plano hab ich's ums Verrecken nicht geschafft, eine abzuschleppen.«

»Du konntest in Plano bei keiner landen? Da kann ich nur sagen, Mann, in Plano hatte ich mehr Muschis als der Tierschutzverein. Natürlich seh ich auch besser aus als du. Ich kriege überall eine Frau, egal wo. Scheiße, ich kann sogar im Knast eine kriegen. Da haben sie mir eben erst diese Psychotante geschickt, damit sie mich abcheckt – die Alte ist schon total auf mich abgefahren. Wir haben im Vernehmungszimmer ein bisschen rumgemacht – haben davon geredet, uns zusammenzutun, wenn ich rauskomme.«

Oho. Obwohl er nur aufs Geratewohl gebohrt hatte, war Pender auf eine Quelle gestoßen. Casey sprach jetzt frei von der Leber weg, nahm kein Blatt vor den Mund. Als Casey etwas näher rückte, nahm Pender eine empfängliche Haltung ein, die Hände so weit auseinander, wie es die Ketten erlaubten, die Schultern entspannt, die Brust offen, aber nicht nach vorn gereckt. Jetzt waren sie nur noch einen Meter voneinander entfernt.

»Natürlich, wenn man so aussieht wie du, was *du* tun könntest, wenn du wieder mal in diese Gegend kommst und spitz bist, in Dallas gibt es da ein Motel, das Sleep-Tite. Vietnamesische Nutten. Frag nach Anh Tranh. Das strammste kleine Ding, das ich je hatte. Alles, was du tun musst, du rufst an der Rezeption an, sagst dem Typen, du willst Eins-A-Mädchen, bumm-bumm machen.«

Pender beschloss, das Blickfeld etwas einzuengen. »Haben sie dort auch weiße Mädchen?«

»Nur Vietnamesinnen.«

Und noch etwas enger. »Nee, ich stehe auf weiße Mädchen.

Blonde oder rothaarige – es geht nichts über eine hellhaarige Möse.«

»Du spinnst doch – Möse ist Möse«, sagte Casey rasch. Dann machte er dicht, zack, wie ein Asbestfeuervorhang, der mitten in einer Theatervorführung runterkam.

Möse ist Möse. Max merkte sofort, dass er zu weit gegangen war. Dieses blöde Geprahle mit Irene Cogan. Und warum hatte er Parker unbedingt vom Sleep-Tite erzählen müssen? Er wusste, was Ish sagen würde: Es hatte etwas mit seinem Bedürfnis nach der Anerkennung älterer Männer zu tun, und offensichtlich tat es dafür jeder ältere Mann. Beziehungsweise, es ging ihm nicht so sehr um Anerkennung als darum, akzeptiert zu werden – er wollte als Mann akzeptiert werden, von Männern. Er vermutete auch, dass sein zwanghafter Hang zu sexueller Prahlerei mindestens genauso viel mit Mr. Kronk zu tun hatte wie mit Ulysses Maxwell senior. Es wäre bestimmt interessant, was Dr. Cogan dazu sagte, wenn er sie nach Scorned Ridge mitnahm und sie richtig mit der Therapie beganne.

Die Entführung Dr. Irene Cogans: *Das* wäre eine Aufgabe, die Max' würdig wäre. Dass er es versuchen würde, hatte er von dem Augenblick an gewusst, als er an besagtem Nachmittag aus seiner Hypnosetrance erwacht war – er war sich hundertprozentig sicher gewesen, dass sie es nie schaffen würde, ihn zu hypnotisieren. Aber sie hatte ihn nicht nur hypnotisiert, sondern auch noch mit dem kleinen Lyssy Kontakt aufgenommen.

Lyssy, der Schlappschwanz, seine – ihre – ursprüngliche Persönlichkeit, war das einzige alter, mit dem Max nicht die Erinnerung teilte, weshalb er keine Möglichkeit hatte festzustellen, ob das kleine Klatschmaul irgendeinen Hinweis auf ihre Identität oder die Lage von Scorned Ridge hatte fallen lassen. Jedenfalls war das ein Punkt, in dem er nicht das geringste Risiko eingehen wollte.

Selbsterhaltung war jedoch nur einer von zwei Gründen,

warum Max beschlossen hatte, Irene mitzunehmen. Der andere hing mit seiner zugegebenermaßen einzigartigen psychischen Struktur zusammen. Obwohl ihm klar war, dass DIS für den Rest der Welt eine psychische Störung war, betrachtete er persönlich es lieber als eine neue und überlegene Gattung. Trotz allem war es eine große Belastung für Max, der nach Useless' Verdrängung de facto das Gastgeber-alter war, also diejenige Persönlichkeit, die hauptsächlich mit der Außenwelt zu tun hatte und dafür verantwortlich war, das komplexe und widersprüchliche Konglomerat aus Persönlichkeiten zusammenzuhalten, das in seiner Gesamtheit als Ulysses Maxwell bekannt war.

Das war der Grund, weshalb Max sich sieben Jahre zuvor dem Studium der Psychiatrie zugewandt hatte. Angesichts der vielfältigen Ressourcen des Systems war natürlich keine formelle Ausbildung nötig gewesen. Er hatte sich unten in Medford lediglich eine kleine Bibliothek von Psychologiebüchern gekauft, dazu jedes Buch über MPS oder DIS, das er bekommen konnte, und er hatte jede Zeitschrift abonniert, von der er gehört hatte. Max las sie, Mose prägte sie sich ein und Ish, der in dieser Phase entstanden war, integrierte die neu gewonnenen Erkenntnisse in das System.

In letzter Zeit gelangte Max jedoch mehr und mehr zu der Überzeugung, dass sie mit ihrer Therapie an einen Punkt gekommen waren, an dem es ohne fremde Hilfe nicht mehr weiterging. Und da Dr. Cogan eine Spezialistin – eine attraktive Spezialistin – für dissoziative Störungen war und er sie zu seinem eigenen Schutz baldmöglichst aus der Bevölkerung entfernen musste, warum sollte er sie dann nicht nach Scorned Ridge mitnehmen, um dort mit seiner Therapie fortzufahren?

Max war klar, dass das auf den ersten Blick eine vollkommen verrückte Idee war. Aber nachdem Paula Ann Wisniewski tot und Irene Cogan rotblond war – beziehungsweise wieder werden konnte –, schlüge er zwei Fliegen mit einer Klappe.

Rotblonde Frauen! Plötzlich kam es ihm. Parkers Gequatsche, dass er auf Blonde und Rothaarige stand – was sollte dieser Scheiß? Und überhaupt, dass er ausgerechnet Plano erwähnt hatte. Max versuchte sich zu erinnern – gab es in Plano irgendwelche Clubs, in denen Komiker auftraten? Überhaupt irgendwelche Clubs? Mose konnte es ihm nicht sagen – Mose registrierte nur, was andere alters beobachteten, lasen oder hörten. Aber Plano war, auch wenn die örtliche Handelskammer sich gegen diese Einstufung verwehren würde, in Wirklichkeit eher eine gutsituierte Schlafstadt, ein besserer Vorort von Dallas. Die Nightclubs waren alle in Dallas.

War das Ganze also eine Falle? War Parker ein Cop? Mal abgesehen von seinem Dumpfbackengehabe – irgendetwas kam ihm jedenfalls an dem Mann bekannt vor. Max kam aber nicht drauf, was es war. Deshalb beauftragte er Mose, die Archive zu sichten und sich zu melden, falls er fündig wurde.

Wenige Sekunden später spürte Max die Aufregung des MTE, und als er darauf Mose rasch zu sich ins Bewusstsein hochholte, wurde er prompt mit einer lebhaften Erinnerung daran belohnt, wie er 1994 in einem Hotelzimmer in Williamsport, Pennsylvania, im Fernsehen eine Pressekonferenz mitverfolgt hatte, in der Special Agent E. L. Pender im nahen Reeford die Öffentlichkeit um ihre Mithilfe bei der Suche nach einer gewissen Gloria Whitworth, einer Studentin am Reeford College, bat und speziell alle rotblonden Frauen ausdrücklich darum ersuchte, verdächtige Begegnungen mit Fremden zu melden.

Die liebe Gloria. Welch treffender Name – obwohl Miss Whitworth sonst nichts zu bieten gehabt hatte, was der Rede wert wäre, war ihr hüftlanges rotblondes Haar ohne Übertreibung glorios gewesen. Es war ihr ganzer Stolz und ihre ganze Freude gewesen – wie sie geweint hatte, als es zum ersten Mal geerntet wurde.

Und jetzt hatte dieser Pender einen Zusammenhang hergestellt, nicht nur zwischen ihm und Gloria, sondern auch zu Donna Hughes in Plano. Dieser verfluchte Scheißkerl. Langsam wurde es wirklich Zeit, dass er hier rauskam. Und er würde mit seinem Fluchtversuch auch nicht mehr warten, bis er ins Gerichtsgebäude gebracht wurde – mit Lees Hilfe würde er noch hier, in dieser Zelle, zur Tat schreiten.

Pender wusste, er hatte es versiebt. Er spürte, wie Casey ihm gegenüber dicht machte. Der Erwähnung von Plano auch noch die Blondinen nachzuschieben – zu viel, zu früh. Er tat, was er konnte, um den Schaden zu beheben. »Da hast du allerdings Recht. Möse ist Möse.«

Aber Casey schenkte ihm keine Beachtung. Er hatte Pender den Rücken zugekehrt, stocherte in seinen Zähnen und fummelte an seinen Ketten herum, aber er war nicht weiter von ihm fortgerückt. Gerade als Pender dachte, dass das ein gutes Zeichen war, hörte er das unverkennbare Klicken aufschnappender Handschellen.

Und dann, bevor Pender einen Laut hervorbringen konnte, wirbelte Casey mit einer Handschelle in seiner linken Faust herum, und Pender wurde mit entsetztem Staunen klar, was genau Deputy Jervis gemeint hatte, als sie sagte, wenn man es nicht selbst gesehen hätte, könnte man sich nicht vorstellen, wie schnell sich dieser Scheißkerl bewegen konnte.

20

Sheriff's Deputy Frank Twombley war ein alleinstehender Mann; Sheriff's Deputy Deena Knapp war eine alleinstehende Frau. Und da das nun mal so war, sah Twombley nicht ein, warum sie nichts von ihm wissen wollte.

Das war ziemlich hart für einen Mann, der den ganzen Tag so eng mit einer Frau zusammenarbeitete, die so zierlich und unter ihrer knackigen braunen Uniformbluse gleichzeitig so jugendlich und fest bestückt war, dass die männlichen Deputies, selbstverständlich außer ihrer Hörweite, behaupteten, sie sei auf dem Rücken liegend größer als im Stehen.

»Komm schon, nur auf einen Drink, um nach dem Dienst besser abschalten zu können«, bettelte er am Mittwochnachmittag zum letzten Mal. »Was soll schon dabei sein, wenn zwei«, – er suchte nach dem Wort – »*Kollegen* nach der Arbeit zusammen einen trinken gehen?«

»Jetzt hör doch endlich mal auf mit diesem Quatsch, Frank.« Knapp saß mit dem Rücken zum Raum an ihrem Schreibtisch und büffelte für ihre Abschlussprüfung in Kriminologie. »Ich trinke nicht, und ich gehe nicht mit … *Kollegen* aus.«

»Aber dass man es versucht, kannst du einem doch nicht zum Vorwurf machen.«

»Einmal nicht. Aber beim hundertsten Mal begibst du dich auf dünnes Eis, belästigungsmäßig.«

»Oh, ich bitte vielmals um Entschuldigung.«

»Spar dir diesen Scheiß, Frank. Ich versuche hier zu lernen und –«

»DEPUTY! ENTSCHULDIGUNG, DEPUTY!«, rief jemand aus dem Zellenblock.

»Hört sich an wie unser FBI-Mann«, bemerkte Knapp.

»MIR GEHT'S NICHT SO GUT. KÖNNTEN SIE MICH RAUSLASSEN? ICH HABE ALLES, WAS ICH BRAUCHE.«

»Noch dilettantischer geht's wohl nicht«, sagte Twombley. »Ich hole ihn mal besser raus.« Er schob den vierten Knopf der Türöffneranlage nach oben und drehte am Rad, dann betrat er den Zellenblock. Er eilte an den ersten zwei Zellen vorbei, eine voller Gefangener in roten Overalls, die andere voller Gefangener in orangen Overalls, dann vorbei an der dritten, die sie leer gelassen hatten, um eine Pufferzone für Penders Vernehmung zu schaffen. Als er in die vierte Zelle spähte, lag Pender mit dem Rücken zum Gitter seitlich auf dem Boden.

»Ich weiß nicht, erst hat er gesagt, er hat Kopfschmerzen.« Der Mann, den die Deputies den Ripper nannten, hob die Schultern. Er saß auf der Bank, die Knie so weit hochgezogen, wie es seine Ketten gestatteten. »Dann ist er plötzlich umgekippt und hat sich den Kopf auf dem Beton aufgeschlagen.«

Twombley schob die Tür auf und betrat die Zelle. »Du bleibst schön, wo du bist«, warnte er den Ripper.

»Wo soll ich damit schon groß hin«, antwortete der Mann und klirrte zur Unterstreichung des Gesagten mit den Ketten.

Twombley kniete neben Pender nieder, sah die Blutlache um Penders Kopf, die in dem schwachen Licht so schwarz wie Getriebeöl war. Penders Augenlider flatterten – sein Mund ging auf und zu, aber kein Laut kam heraus.

»Nur keine Aufregung«, sagte Twombley. »Das wird schon –«

Das letzte Wort hätte *wieder* sein sollen, aber Twombley bekam es nicht heraus. Die Kette schlang sich von hinten um seinen Hals; tief gruben sich die Glieder in seine Kehle, schnitten ihm die Luft ab. Seine Ohren begannen fürchterlich zu brausen; dann, als er nach seinem Pfefferspray zu greifen versuchte, hörte er ein Knacken, wie das Schnalzen von Fingergelenken, nur hundertmal lauter.

Und als im selben Moment sein Körper unter ihm zusammensackte wie eine Marionette, deren Fäden gekappt wurden, begriff er, es war das Geräusch seines eigenen Halses, der ihm gebrochen worden war; und als er sterbend auf dem Boden lag, merkte er, dass kleine Regenbogen in der schwarzen Pfütze von Penders Blut schwammen.

Auch Deputy Deena Knapp dachte an Blut, oder genauer, an Blutspritzer.

»Wenn ein Blutfleck auf ebenem Untergrund 4 mm breit und 11 mm lang ist, wie groß ist dann der Aufprallwinkel?«, lautete die Frage in ihrem Probeprüfungsbogen.

Sie tippte vier geteilt durch elf in ihren Taschenrechner ein, erhielt 0,363636 und machte sich gerade daran, das in eine Sinusfunktion umzuwandeln, als sie Frank Twombleys Anwesenheit hinter sich spürte. Sie fand es eigenartig, dass sie ihn nicht aus dem Zellenblock hatte zurückkommen hören – normalerweise trieb sie das Geklimper von Twombleys Schlüsseln im Verlauf einer Schicht an den Rand des Wahnsinns.

»Halt, Frank«, sagte sie, ohne sich umzudrehen. »Du dringst in meine Privatsphäre ein.«

Stattdessen packte er sie an den Haaren, riss ihr den Kopf nach hinten und sprühte ihr aus nächster Nähe eine Ladung Pfefferspray ins Gesicht. Ihr Stuhl kippte um, und ihr Hinterkopf schlug mit beängstigender Wucht auf das Linoleum. Sie sah einen roten Blitz auf schwarzem Grund, und dann, als er sie an den Haaren packte und ihren Kopf auf den Boden drosch, noch einen.

Geblendet, erstickend, von Schmerzen überwältigt, wehrte sie sich, so lang und heftig sie konnte. In der Hoffnung, ihn wenigstens zu kratzen, krallte sie mit den Nägeln nach seinem Gesicht. Sein Gewicht verlagerte sich auf sie. Er saß jetzt rittlings auf ihrem Oberkörper, drückte ihre Arme mit den Knien auf den Boden. Sie zwang sich, die Augen zu öffnen, sah verschwommenes Orange durch die Tränen und merkte, es war gar nicht Frank, sondern einer der Häftlinge. Sie versuchte zu schreien; er sprühte eine weitere Ladung Pfefferspray direkt in ihren offenen Mund.

Diese zweite Ladung versetzte sie in heftige Zuckungen. Ihre Augen verdrehten sich nach oben, bis nur noch das Weiße von ihnen zu sehen war; rosa Schaum blubberte aus ihrem Mund. Und obwohl Max, sobald sie das Bewusstsein verloren hatte, sofort von ihr gestiegen war und in den Zellenblock zurückeilte, schlug Deputy Knapps Körper noch fünf Minuten lang heftig zuckend um sich, als versuchte sie ihn immer noch abzuschütteln.

21

In den anderen Arrestzellen herrschte heller Aufruhr, als Max in den Zellenblock zurückrannte und im Laufen seinen Overall aufknöpfte. Lee hatte seine Aufgabe erfüllt und glitt in das Dunkel ihres kollektiven Bewusstseins zurück – jetzt lag es an Max, sie in Sicherheit zu bringen.

»Haltet die Klappe«, fauchte er die Häftlinge in den roten und orangefarbenen Overalls atemlos an, als er über Twombleys Leiche sprang, die quer über Pender lag und den Eingang der Zelle blockierte. »Ich öffne euch die Türen schon, aber ihr müsst leise sein.« Das letzte Mal, als er hier gewesen war, hatte er, die Sekunden im Kopf zählend, geschätzt, dass niemals mehr als fünfzehn Minuten zwischen der Ankunft oder Abfahrt von zwei Häftlingskonvois mit bewaffneten Wärtern vergingen. Das hieß, ihm blieben nur fünf Minuten, allerhöchstens zehn, um zu entkommen.

Er war nur noch in seiner Gefängnisunterwäsche, als er Twombleys Leiche von Pender wälzte und den Deputy auszuziehen begann. Gleichzeitig dachte er fieberhaft nach. Ein gewöhnlicher Mann, wusste er, wäre einfach durch die Bürotür aus dem Gefängnis gegangen. In diesem Fall hätte sich dieser hypothetische gewöhnliche Mann, wenn die Alarmanlagen und die Sirenen loszulegen begannen, innerhalb Rufweite von Gefängnis, Gericht, Rathaus und Hauptquartier der Salinas Municipal Police befunden.

Und was hätte der gewöhnliche Mann dann noch für Möglichkeiten gehabt? Einfach weglaufen? Versuchen, sich durch den Sicherheitskordon zu bluffen, der sicher sofort gebildet würde? Sich auf eine Deputy-Uniform als Tarnung verlassen, obwohl sie bereits sein Gesicht kannten und bald merken würden, dass Twombleys Uniform fehlte? In einem Gebiet, in dem es nur so wimmelte von Polizisten, ein Auto knacken oder entführen?

Es war überhaupt keine Frage, dachte Max, als er Twombley den schweren Gürtel abnahm und um seine schmale Taille schnallte: Ein gewöhnlicher Mann, selbst wenn er es geschafft hätte, aus dem Gefängnis zu entkommen, wäre ziemlich sicher schon nach wenigen Minuten gefasst worden.

Aber Max war kein gewöhnlicher Mann. Er war *außer*gewöhnlich und besaß sowohl die Voraussicht, sich eine außergewöhnliche Lösung einfallen zu lassen, als auch den Mut, seine Idee in die Tat umzusetzen. Die Zeit war allerdings knapp. Um nicht in die größer werdende Blutlache um Penders Kopf zu treten und blutige Fußabdrücke zu hinterlassen, machte Max einen weiten Bogen um den FBI-Mann, als er aus der Zelle eilte.

Die anderen Häftlinge drängten sich an den Gittern ihrer Zellen und riefen ihm englische und spanische Worte zu. Auf dem Weg zurück ins Büro warf Max Deputy Twombleys Handschellenschlüssel in die erste Arrestzelle, dann suchte er unter den restlichen Schlüsseln den für den Waffenschrank. Er schnappte sich eine Glock, in der bereits ein Magazin steckte, schob sie in Twombleys Holster, schloss den Schrank wieder ab und sah sich nach einem Telefonbuch um. Er entdeckte eines auf dem Schreibtisch; als er die zwei Adressen darin nachschlug, die er brauchte, bekam er plötzlich das Gefühl, etwas vergessen zu haben, etwas, das er unbedingt hätte tun sollen.

Dummerweise reichte die Zeit nicht, um Mose zu Rate zu ziehen. Aber irgendwann würde es einem von ihnen schon wieder einfallen – das war immer so, sagte sich Max, als er die Schieber entdeckte, mit denen sich die Zellentüren bedienen ließen. Er schob auch die anderen drei Knöpfe in den gelben Bereich und drehte am Rad, sodass die Türen der restlichen Arrestzellen aufgingen. Ein Dutzend oder mehr Häftlinge, hauptsächlich Schwerverbrecher in orangen Overalls, entschieden sich sofort für eine frühzeitige Haftentlassung und machten sich, genau wie Max es geplant hatte, auf den Straßen von West Alisal aus dem Staub.

Aber Max war nicht unter ihnen. Stattdessen kehrte er ins Gefängnis zurück und schloss mit einem von Twombleys Schlüsseln die Eisentür auf, die aus dem Zellenblock in das schon seit langem aufgelassene Innere des Gefängnisses führte.

Dort war es so dunkel wie in einer mondlosen Nacht. Max schloss die Tür hinter sich wieder ab, dann bahnte er sich mit Twombleys großer Taschenlampe einen Weg durch den Hinderniskurs aus losen Drähten und Kabeln, scharfkantigen Wasser- und Abflussrohren, großen Trümmern eingestürzten Mauerwerks, umgeworfenen Möbeln, zerbrochenem Glas, verrosteten Zellentüren, die schief an einer einzigen Angel hingen oder ganz herausgebrochen waren und die schmalen Gänge blockierten.

Als er sich zu der Treppe vorarbeitete, die in die zwei oberen Etagen hinaufführte, konnte Max ringsum Sirenen ertönen hören. Er war gerade dabei, sich zu seiner klugen Entscheidung zu gratulieren, als ihm einfiel, was er vergessen hatte: Pender, den FBI-Mann – vor lauter Hektik und Aufregung hatte er vergessen, Pender den Rest zu geben.

Es hätte nur ein paar Momente gedauert, merkte Max und schlug sich mit den Fingerknöcheln gegen die Stirn, so wie Miss Miller es immer getan hatte, wenn er Mist gebaut hatte: *Hallo? Ist da drinnen jemand?* Er hätte Pender tottreten, ihn lautlos strangulieren, ihn ersticken können – Scheiße, er hätte sich auf Penders Kehle stellen können, während er mit Twombley die Kleider tauschte, und hätte nicht mal eine einzige bescheuerte Sekunde verloren. Maxwells Adrenalin begann wieder zu fließen – er brach in Schweiß aus.

Ruhig – immer schön mit der Ruhe. Jetzt nicht in Panik geraten. Max atmete langsamer, beruhigte sich und begann über das Problem nachzudenken. Erstens wusste er ja gar nicht sicher, ob Pender überhaupt noch lebte. Max konnte sich nicht erinnern, ihn atmen gesehen zu haben – und bewegt hatte er sich todsicher nicht mehr.

Zweitens, selbst wenn Pender überlebt hatte, war sein Hirn nach drei Schlägen auf den Kopf – drei Schlägen von Lee – wahrscheinlich dermaßen im Eimer, dass er froh sein konnte, wenn er sich noch an seinen eigenen Namen erinnern konnte.

Und drittens, selbst wenn Pender noch am Leben und bei Verstand war, gab es beim FBI keine Einzelkämpfer. Alles, was Pender wusste, wussten mit ziemlicher Sicherheit auch andere Agenten – und hätte für sie irgendein Anlass bestanden, ihn mit Scorned Ridge in Verbindung zu bringen, hätten sie dort schon längst rumgeschnüffelt.

Kein Schaden, kein Fehler, versicherte sich Max – er hatte das System durch sein Versäumnis, Pender zu erledigen, nicht in Gefahr gebracht. Und das hieß, er brauchte jetzt nichts weiter zu tun, als im Gefängnis einen sicheren Ort zu finden, an dem er sich verkriechen konnte, bis sich die ganze Aufregung um seine Person gelegt hatte.

Deshalb begnügte er sich vorerst damit, sich lediglich darauf zu konzentrieren, in Twombleys lederbesohlten Polizistenschuhen, die ihm zwei Nummern zu groß waren, möglichst leise zu gehen, als er in den ersten Stock hinaufstieg, wo die Zellen vom Boden bis zur Decke mit Pappschachteln voll gestellt waren, in denen sich Gerichtsakten befanden. Beunruhigenderweise waren die Ecken der untersten Schachteln von Ratten angefressen.

Schaudernd wich Max zurück – vor Nagetieren grauste ihm. Endlich fand er tief im Innern des Gebäudes eine fensterlose Isolationszelle. Die Tür war ausgehängt worden und lehnte an der Wand; gleich hinter der Öffnung fiel der Strahl seiner Taschenlampe auf das Skelett einer Taube, die, von Nagetieren unangetastet, im Staub lag. Kopf und Brustkorb waren noch intakt, die langen Knochen der Flügel, noch mit allen Federn dran, zu perfekten Deltas aufgefächert.

Die Zelle war für seine Zwecke ideal – wenn hier keine Ratten hereinkamen, um eine tote Taube zu fressen, würden sie einen lebendigen Menschen erst recht in Ruhe lassen. Auf der Straße unter ihm konnte er Sirenen, trampelnde Schritte, aufgeregte Stimmen hören. Eine chinesische Feuerwehrübung, dachte er schmunzelnd. Sie suchen ihn hier, sie suchen ihn dort.

Enorm zufrieden mit sich, knipste er die Taschenlampe aus und machte es sich, mit dem Rücken an der Wand, bequem, um zu warten. Es war stockdunkel; er konnte buchstäblich die eigene Hand nicht vor den Augen sehen. Das machte Max nichts aus – er hatte keine Angst vor der Dunkelheit. Aber er wusste, wer welche hatte, und dabei kam Max die Idee, dass vielleicht der Zeitpunkt gekommen war, diesem Schlappschwanz Lyssy eine Lektion zu erteilen, und zwar eine, die sich gewaschen hatte.

22

Dreimal sauste die Handschelle in Maxwells Faust mit voller Wucht auf Penders Schädel nieder. Aber er spürte nur den ersten Schlag, der begleitet wurde von einem Gefühl, das ihm durch und durch ging, gefolgt von einer Übelkeit, bei der einem wie nach einem Tritt in die Eier die Luft wegblieb.

Benommen, fast gelähmt, sah er, wie sich die Hand des Häftlings hob und senkte, hob und senkte. Aber er konnte sich auf das, was er sah, keinen Reim machen. Konnte auch nichts hören, bis er die Augen schloss und durch das Dunkel zu fallen begann. Und während er immer tiefer und tiefer stürzte, brandeten all die hohlen, fernen Geräusche des Gefängnisses – Fetzen Spanisch aus den anderen Zellen, eine Klospülung, das Schlittenglockengeklingel von Ketten und Fußfesseln – wie brechende Wellen am Strand über ihn hinweg.

Er öffnete die Augen. Das Brandungsrauschen verstummte abrupt – die Welt war ohne jeden Laut. Er sah die Gitterstangen der Zelle, unerklärlicherweise waagerecht – erst als der Deputy vor ihm auftauchte, begriff Pender, dass er seitlich auf dem Zellenboden lag. Ihm wurde schwindlig bei dem Versuch, das Gesicht, das sein Blickfeld füllte, scharf zu bekommen – es war in der Längsachse verzerrt, wie durch ein Fischaugenobjektiv betrachtet. Dann verschwand es. Pender verspürte das, nicht in Worte gefasste, Bedürfnis, sich bei jemandem für etwas zu entschuldigen, und als er die Augen schloss und sich der Dunkelheit überließ, wurde er von tiefem Bedauern überwältigt.

Zeit war vergangen – wie viel, konnte Pender nicht sagen. Seit der Schmerz in seinem Kopf war, war sein Verstand paradoxerweise klar. Twombley lag, nur in Unterwäsche, etwa einen Meter von ihm entfernt. Dem Winkel nach zu schließen, in dem sein Kopf vom Oberkörper abstand, kam für ihn jede Hilfe zu spät.

McDougal wird ganz schön sauer sein, dachte Pender. Muss helfen. Mir helfen, das zu tun.

Das Letzte war ein Gebet – und Pender war niemand, der viel betete. Aber die Folgen überraschten ihn. Die Zeit verging langsamer. Trotz der Schmerzen gelang es ihm, sich mit hängendem Kopf auf Hände und Knie aufzurichten; er konnte das Blut von seinem Kopf auf den Betonboden fallen sehen, Tropfen für Tropfen. Manchmal waren gleichzeitig drei oder vier Tropfen in der Luft, wie schwarze Rubine an einer unsichtbaren Kette.

Mit der Klarheit des Blicks ging eine zunehmende Klarheit des Verstands einher. Transparent und gewichtslos huschten die Gedanken vorbei. Habe ich was rausgefunden, das ihnen weiterhelfen könnte? Das Motel in Dallas? Die Nutte? Alte Neuigkeiten. Was ist aktuell? Die Psychotante – er hat was davon gesagt, dass er sich mit der Psychotante zusammentun will. Wie hieß sie gleich wieder? Hogan? Nein, Cogan.

Schwankend, die linke Hand auf die tropfenden Kopfwunden gepresst, um den Blutfluss einzudämmen, tauchte er den rechten Zeigefinger in die warme Pfütze, in der sein Kopf gelegen hatte, und schrieb mit seinem Blut auf den Betonboden:

Kogen Kommplisin?

Am Ende verließen Pender die Kräfte. Das Fragezeichen machte er auf dem Bauch liegend. Dass er phonetisch buchstabierte, war keine Absicht. Die Schaltkreise seines Gehirns, die für diese spezielle Funktion zuständig waren, waren offensichtlich gestört – ihm fiel seine eigenartige Rechtschreibung gar nicht auf, und dann hatte er plötzlich den Eindruck, von irgendwo in Höhe der Decke nach unten zu blicken. Von diesem erhöhten Blickpunkt sah er unter sich die zwei Körper, seinen eigenen und den des Deputy, die Blutlache und das unbeholfene Geschmiere. Dann verschwanden die Wände und Gitterstangen – er war von Dunkelheit umgeben, und es kam eine winzige Gestalt auf ihn zu, hinter der Licht hervorströmte.

Ich glaube nicht an diesen Scheiß, dachte er, als er der Gestalt entgegeneilte. Es ist ein Traum – nur ein letzter Traum.

Aber was für ein Traum. Die Gestalt wurde größer. Es war Penders Vater, nicht so, wie er am Ende gewesen war, vom Krebs zerfressen, nein, kräftig und groß und breitschultrig in der ordenbehängten blauen Paradeuniform, die er in Cortland jedes Jahr beim Umzug am Veteran's Day getragen hatte. Als Junge hatte Ed genau gewusst, wofür die einzelnen Medaillen und Bänder standen, welche das Purple Heart war und welche der Silver Star. Sie hatten seinen Vater damit begraben.

»Daddy?«

»Elvis bin ich jedenfalls nicht, Junge«, sagte First Sergeant Robert Lee Pender, USMC, i.R. »Bist du bereit?«

»Ich weiß nicht.«

»Was soll das heißen, du weißt es nicht? Gibt es noch etwas, was du erledigen musst?«

»Der Typ, der mich umgebracht hat – er ist entkommen.«

»Der Kerl, der diese ganzen Frauen umgebracht hat?«
»Ja, der.«

Sein Vater lachte. »Na, so was Dummes, mein Junge, er hat dich noch nicht umgebracht. Ruf mich, wenn er es tut, dann komme ich dich abholen. Und vergiss nicht, wer aufgibt, kann nicht gewinnen, und ein Pender gibt nicht auf.«

Und damit machte Sergeant R. L. Pender eine tadellose Kehrtwendung, ging wieder den Hang hinauf und ließ Ed wieder allein. Er blickte nach unten und sah seinen auf dem Bauch liegenden Körper mit dem ausgestreckten rechten Arm, der auf die Wörter zu deuten schien, die er mit seinem Blut auf den Zellenboden geschmiert hatte. Er blutete noch, atmete noch – und im nächsten Moment war er wieder in ihm.

Ich glaube trotzdem nicht an diesen Scheiß, dachte Pender. Dann überwältigten ihn die Schmerzen, und er verlor wieder das Bewusstsein.

23

Lyssy der Schlappschwanz hatte Angst. Er mochte die Dunkelheit nicht. Und das Dunkel hier war noch schlimmer als in dem Schrank, in den ihn sein Vater immer gesperrt hatte. Denn in diesem Schrank, auch wenn man nicht rauskonnte, hatte man wenigstens gewusst, dass auch nichts von draußen reinkonnte.

Das Dunkel hier war mehr wie im Keller. Im Keller passierten schlimme Dinge – es war der schlimmste Ort, den er kannte.

Er hatte zwar eine Uhr, eine Erwachsenenuhr, aber weil er die Uhr noch nicht lesen konnte, hatte er keine Ahnung, wie lange er schon an diesem Ort war. Er wusste nur, es war verboten zu weinen, und es war verboten, die Taschenlampe zu benutzen. Aber seine Angst war stärker. Er machte am Schalter herum – mit seinen kleinen Fingern war er schwer zu bewegen. Schließlich gelang es ihm mit beiden Daumen, die Lampe anzumachen. Aber er bereute es sofort.

Auf dem staubigen grauen Boden, nur etwa einen Meter von ihm entfernt, lag das Skelett eines toten Vogels. Der Anblick der leeren Augenhöhlen und des hungrigen Schnabels war schlimmer als die Dunkelheit. Lyssy versuchte, die Lampe auszumachen, aber der Schalter ließ sich nicht bewegen. Er versuchte, das Licht mit der Hand zuzudecken. Seine Finger glühten rot – er konnte durch sie hindurchsehen, er konnte seine Knochen sehen.

Bitte, sagte er, mit lautlos sich bewegenden Lippen. *Bitte hilf mir.*

Dann hörte er die Stimme wieder.
Lyssy?
Ja?
Soll ich dir helfen?
Ja.
Du weißt, du warst ein böser Junge. Das war keine Frage.
Ja.
Wenn ich dir helfe, wirst du dann von jetzt an tun, was ich dir sage?
Ja.
Nicht mehr mit der netten Ärztin sprechen, außer ich erlaube es?
Okay.
Grundsätzlich mit niemand mehr sprechen, außer ich erlaube es?
Okay.
Versprochen?
Versprochen.
Drei Finger aufs Herz?
Drei Finger aufs Herz.
Du musst auch versprechen, mir alles zu erzählen, was du weißt.
Okay.
Dann erzähl mir, was du heute Nachmittag der Ärztin erzählt hast.

Ich hab ihr von dem Traum erzählt – von dem Traum mit den Masken. Und was Daddy getan hat.
Hast du ihr was von den anderen Leuten erzählt? Oder wo wir jetzt wohnen?
Nein.
Von mir?
Nein.
Drei Finger ...?
... aufs Herz.
Braver Junge.
Kann ich jetzt gehen? Kann ich mich schlafen legen?
Ja. Aber vergiss nicht, worüber wir gesprochen haben, wenn du aufwachst. Und vergiss nicht, was du mir versprochen hast. Weißt du, was passiert, wenn du dein Versprechen brichst?
Darüber möchte ich nicht reden.
Ich stecke dich in die Dunkelheit zurück, und der tote Vogel wird zum Leben erwachen und dir die Augen auspicken. Oder ich verbrenne dich – weißt du noch, wie weh das letztes Mal getan hat?
Du bist böse. Du machst mir Angst und du bist böse.
Was du nicht sagst, kleiner Mann. Ich bin böse. Und ich mache dir Angst. Aber das alles ist nichts im Vergleich zu dem, was ich mit dir anstellen werde, wenn du dein Versprechen brichst.
Das werde ich nicht. Ich habe gesagt, dass ich es nicht tun werde, und dann tue ich es auch nicht.
Na schön. Dann kannst du jetzt gehen.

Max öffnete die Augen. Der Körper war immer noch mit Adrenalin voll gepumpt – um ihn zu beruhigen und den in seinen Ohren pochenden Puls zu drosseln, machte er ein paar tiefe Atemzüge. Dann machte er die Taschenlampe aus und lauschte in das Dunkel. Keine Sirenen, keine Geräusche von unten – nichts als der schwache Verkehr draußen auf der Alisal Street. Er drückte auf den Beleuchtungsknopf von Twombleys Indiglo-Uhr. 21 Uhr. Vollkommen dunkel. Plötzlich war Max ungeheuer hungrig. Hungrig und geil. Er gähnte, reckte sich, stand auf. Zeit, sich von hier zu verziehen. Er musste verschiedene Orte aufsuchen, Leute treffen.

Beim Verlassen der Zelle wollte Max schon einen weiten Bogen um die tote Taube machen. Doch als er merkte, dass sein Ekel ein Relikt von Lyssys langem Aufenthalt im Körper war, versetzte er ihr mit der Spitze von Twombleys Schuh einen kräftigen Stoß. Das Skelett löste sich in seine Bestandteile auf, als es über den Boden schlitterte; bis es gegen die Wand schlug, war es nur noch ein Haufen Knochen und Federn.

24

Irene Cogans Badewanne war groß genug für zwei – darauf hatten sie und Frank großen Wert gelegt – und brauchte eine Ewigkeit, bis sie eingelaufen war. Während Irene wartete, zupfte sie sich die Augenbrauen, dann die fast unsichtbaren Hexenhaare um die Mundwinkel. Einmal von den Hexenhaaren abgesehen, fand sie, behauptete sich ihr Gesicht recht gut gegen die Unbilden eines Alters über vierzig, vor allem dank einer guten garboesken Knochenstruktur – der jüngeren Garbo von *Königin Christine*.

Bevor sie in die Wanne stieg, steckte Irene ihr schulterlanges Haar hoch, legte das Diktaphon auf den Klodeckel, spulte das Band im Schnellvorlauf etwa dreißig Sekunden vor, drückte die Abspieltaste und stellte die Lautstärke ein. Als sie in das dampfende Wasser glitt, hörte sie Max' Stimme.

»Aber wissen Sie, was sogar noch beängstigender ist, als jemand anders in seinem Kopf sprechen zu hören? Das Gefühl, dass es noch jemanden gibt, der *zuhört*.«

Bei dem klassischen Bild nickte Irene beifällig, hob die Hand aus dem Wasser, trocknete die Finger am Badetuch und spulte das Band mit dem Schnellvorlauf durch die Entspannungsübung und den größten Teil der Regression, bevor sie wieder den Abspielknopf drückte – »fünf Kerzen, eins zwei drei vier fünf« –, ins Wasser zurückglitt und die Augen schloss.

Zwanzig Minuten später hörte sie ihre eigene Stimme. » ... solltest du dir darüber im Klaren sein, dass du mir unbesorgt alles erzählen kannst – nichts, was du mir erzählst, kann auf dich zurückfallen und dir schaden.«

Irene setzte sich fröstelnd auf, machte das Diktaphon aus, ließ etwas von dem abgekühlten Wasser ablaufen und frisches heißes nachlaufen und dachte dabei die ganze Zeit an den kleinen Lyssy. Sie stellte ihn sich etwa fünf Jahre alt vor – süßes kleines herzförmiges Gesicht, große gold gesprenkelte braune Augen, das Haar in die Stirn fallend. Wenn sie nur in der Zeit zurückgehen könnte. Wie gern sie dieses arme Kind in die Arme genommen und ihm gesagt hätte, es wäre alles gut und, was passiert war, sei nicht seine Schuld und es brauche sich keine Vorwürfe zu machen.

Aber natürlich konnte man nicht in der Zeit zurückgehen, und es war *nicht* alles gut – der kleine Junge war zu einem Mörder herangewachsen. Dann merkte Irene, dass das nicht ganz zutraf. Wenn Lyssy an DIS litt, war nur ein *Teil* von ihm zu einem Mörder herangewachsen, als unterbewusste Reaktion auf unerträgliche psychische Belastungen.

Seufzend ließ sich Irene tiefer in die Wanne sinken, bis das heiße Wasser an ihr Kinn reichte. Vielleicht, dachte sie, konnte sie diesem kleinen Jungen trotzdem noch helfen, das Tier unter seiner Haut auszutreiben – das hieß, falls ihn der wundervolle Sonnenstaat Kalifornien nicht vorher umbrachte.

Nachdem sie sich in der Badewanne das Lyssy-Band angehört hatte, beschloss Irene, sich den Rest des Abends frei zu nehmen. Gelänge ihr das nicht, wäre das ein Eingeständnis, dass sie wieder in ihr altes Workaholic-Fahrwasser geriet – Barbara Klopfman würde ihr die Hölle heiß machen.

Wenn das Fernsehen grundsätzlich eine einzige Wüstenei war, dann war der Mittwochabend sein Death Valley, weshalb Irene den Laptop ins Bett mitnahm und ihre Notizen zu den letzten Sitzungen mit Donald Barber und Lily DeVries durchsah, den zwei Patienten, die sie am nächsten Tag erwartete.

Gegen halb zwölf ging Irene nach unten, um den Kühlschrank zu plündern. Sie machte eine Tasse Sleepytime-Tee, schnitt sich ein daumendickes Stück Karottenkuchen ab und aß es vor dem Fernseher, während sie zwischen *Letterman*, *Leno* und *Politically Incorrect* hin und her schaltete.

Etwa an dem Punkt, an dem Irene zu dem zugegebenermaßen paranoiden Schluss gelangte, alle drei Sender hätten ihre Werbepausen synchron geschaltet, bildete sie sich ein, draußen auf dem Weg, der um das Haus führte, Schritte zu hören – von jemandem, der Schuhe mit Ledersohlen trug.

Apropos paranoid ... Hastig machte sie den Ton aus. Es bestand überhaupt kein Zweifel – hinter dem Haus waren Schritte zu hören. Hätte sie an diesem Abend Nachrichten gesehen, wäre sie sogar noch hellhöriger geworden; aber auch so schnürte sich ihr die Kehle zusammen, und ihr Herz begann schneller zu schlagen. Irene hatte sich in ihrem bisherigen Leben nur wenige Male physisch bedroht gefühlt, und seit sie vor sieben Jahren nach Pacific Grove gezogen war, überhaupt nicht mehr. Das Telefon – wo hatte sie das schnurlose Telefon gelassen?

Im Büro. Wenn allerdings jemand vorhatte, bei ihr einzubrechen, käme er durch die Hintertür, die Bürotür, ins Haus. Was nun?

Plötzlich begann die Türglocke die ersten dreizehn Töne von »The Caissons Go Rolling Along« zu schlagen.

Over hill, over dale ... Die Melodie war das Vermächtnis des Vorbesitzers des Hauses, eines pensionierten Infanterieoffiziers aus Fort Ord. Irene fand sie grauenhaft, aber Frank hatte sie gefallen, und nach seinem Tod brachte sie es nicht über sich, sie ändern zu lassen. Irene eilte an die Tür, und als sie durch den Spion spähte, sah sie einen Mann in der Uniform eines Sheriff's Deputy nervös vor dem Eingang stehen.

»Alles in Ordnung, Dr. Cogan?«

»Sicher. Was –«

»Könnten Sie uns bitte die Tür öffnen?«

Irene zog ihren Bademantel enger um ihr Seidennachthemd, schloss die Tür auf und öffnete sie.

»Würden Sie bitte auf die Veranda rauskommen?«

»Ich würde lieber – was machen Sie da?« Denn der Mann hatte sie grob am Ellbogen gepackt und aus dem Weg gezogen, als zwei Männer von der TAC-Einheit des Sheriff's Department mit gezogener Waffe an ihr vorbei ins Haus stürmten. Beide trugen sperrige kugelsichere Westen und Helme mit getönten Visieren.

Der Deputy führte Irene die Verandatreppe hinunter und auf den Rasen hinaus. Sie hörte Rufe, polternde Schritte, auffliegende Türen, quäkende Polizeifunkgeräte, quietschende Reifen, zugeschlagene Autotüren, ferne Sirenen und schließlich das rhythmische Wop-wop-wop eines Hubschraubers. Im selben Moment verwandelte ein blendend helles Licht am Himmel direkt über ihr die Nacht zum grellweißen Tag.

»Kann mir vielleicht jemand erklären, was das soll?«, schrie sie den Polizisten an, doch der schenkte ihr keine Beachtung. Als sie sich zur Wehr zu setzen begann und sich von ihm loszureißen versuchte, drehte er ihr den Arm auf den Rücken und zwang sie niederzuknien. Ihr Nachthemd und ihr Bademantel wurden ihren Rücken hinaufgeschoben, und das Gras unter ihren nackten Knien war feucht.

Emotionen stiegen in ihr auf – Wut, Hilflosigkeit, Scham. Als sie den Kopf senkte, fiel ihr Blick auf ein Paar spitzer schwarzer Cowboystiefel, die so blank poliert waren, dass sie die Spiegelungen der Suchscheinwerfer wie weiße Mini-Sonnen darauf herumzucken sehen konnte.

»Danke, Jerry, um alles weitere kümmere ich mich.« In Irenes Nase drang ein Hauch Eau de Cologne, als ihr der Träger der Stiefel, ein älterer Latino mit einem weißen Cowboyhut, auf die Beine half.

»Ich möchte endlich wissen, was das alles soll.« Irene krümmte die Schultern, zupfte an ihrem Nachthemd, zog ihren Bademantel zurecht.

»Ich bin Sheriff Bustamante.«

»Ich weiß, wer Sie sind – ich habe bei den letzten Wahlen für Sie gestimmt.«

»Vielen Dank. Wo ist mein Häftling?«

Der Schock war zwar immer noch nicht abgeklungen, aber dennoch war Irene nicht überrascht. »In Ihrem Gefängnis, soviel ich weiß. Ich habe ihn seit heute Nachmittag nicht mehr gesehen. Aber könnten Sie mir jetzt vielleicht endlich erklären, warum Sie in mein Haus einbrechen?«

Bustamante reichte ihr ein Blatt Papier. »Hier ist der Durchsuchungsbefehl. Er ist heute Nachmittag aus der Haft entflohen.«

»Hier ist er jedenfalls nicht. Warum müssen Sie mich also zu Tode erschrecken und mich wie eine Verbrecherin nur im Bademantel aus meinem Haus holen?«

»Weil wir Grund zu der Annahme hatten, er könnte auf dem Weg hierher sein.«

»Aus welchem Grund ...«

»Bei seiner Flucht hat der Häftling einen als Mitgefangenen getarnten FBI-Agenten angegriffen, der mit ihm in seiner Zelle war.«

»Pender!«, entfuhr es Irene. »Ich habe heute Nachmittag mit ihm telefoniert.«

»Bevor er das Bewusstsein verlor, schrieb Agent Pender mit seinem Blut die Wörter *Cogan* und *Komplizin* auf den Zellenboden. Dass sich hinter dem zweiten Wort ein Fragezeichen befunden hatte, erwähnte Bustamante ebenso wenig wie den Umstand, dass die Ermittler wegen der fehlerhaften Rechtschreibung mehrere Stunden gebraucht hatten, um herauszufinden, was ihnen der inzwischen komatöse Pender mitzuteilen versucht hatte. »Wieso könnte er so etwas geschrieben haben?«

»Keine Ahnung.« Mit weichen Knien versuchte sich Irene die Szene vorzustellen. *Komplizin* war ein langes Wort – es musste viel Blut geflossen sein.

»Im Haus alles klar, Sheriff«, rief einer der TAC-Ninjas aus der offenen Eingangstür.

»Danke. Pfeifen Sie Ihre Männer zurück. Ich komme gleich zu Ihnen.«

Bustamante wandte sich wieder Irene zu, taxierte sie kurz und fällte eines dieser Blitzurteile, von denen das Leben von Gesetzeshütern Tag für Tag aufs Neue abhängt. »Entschuldigen Sie bitte die Störung, Dr. Cogan. Vielleicht handelt es sich um ein Missverständnis. Für alle Fälle würde ich aber gerne, natürlich nur mit Ihrem Einverständnis, eine Fangschaltungsvorrichtung in Ihr Telefon einbauen und ein paar meiner Leute hier lassen, die für den Fall, dass er Ihnen doch noch einen Besuch abstattet, Ihr Haus bewachen.«

»Also, was das Anzapfen meines Telefonanschlusses angeht, weiß ich nicht recht –«

»Das kann ich auch ohne Ihre Erlaubnis tun; so ist es nur einfacher und höflicher.«

Irenes irische Ader machte sich noch immer bemerkbar. »Oh, wenn das so ist, dann fangen wir doch mal an, höflich zu sein.«

»Ich bin höflich gewesen, Dr. Cogan. Sehen Sie den Mann dort drüben? Den Burschen im Jogginganzug, der gerade mit einem Handy telefoniert? Er ist vom U.S. Marshal's Service. Hätte er diesen Einsatz geleitet, hätten sie Ihnen die Haustür eingeschlagen, statt zu klingeln – ich habe es ihm ausgeredet.«

Irene wollte weiter Zoff machen, merkte aber, dass sie überreagierte, und versuchte stattdessen, sich wieder in den Griff zu bekommen. Außerdem hatte sie zu zittern begonnen – nicht nur wegen der Kälte. Deshalb sagte sie hastig: »Danke,

Sheriff. Tun Sie einfach, was Sie für nötig halten. Darf ich jetzt wieder nach drinnen gehen?«

»Ja, natürlich. Ich werde meine Leuten anweisen, so unauffällig wie möglich zu sein.«

»Das wäre nett«, sagte Irene mit so viel Würde, wie sie aufbringen konnte. Doch sobald sie im Haus war, schloss sie nicht nur Vorder- und Hintertür ab, sondern legte auch die Riegel vor, die nicht mehr vorgelegt worden waren, seit sie und Frank in das fast kriminalitätsfreie Pacific Grove gezogen waren, und vergewisserte sich, dass die Fenster, selbst die im ersten Stock, geschlossen waren.

Nicht, dass Grund zu der Annahme bestand, Max könnte es auf *sie* abgesehen haben. Sie war vermutlich das Letzte, was ihn interessierte, versuchte sich Irene einzureden, als sie sich ins Bett legte und die Decke über den Kopf zog.

25 Durch das kleine Ranchhaus in Prunedale hallte das Geläut der Türglocke. Sheriff's Deputy Terry Jervis, gut sediert, nuschelte mit verdrahtetem Kiefer: »Was gibt's?«

»Schschsch, schon gut. Schlaf ruhig weiter. Ich gehe nachsehen.« Aletha Winkle zog sich einen Cordbademantel über ihr T-Shirt und tappte schläfrig zum Eingang. Sie vergewisserte sich, dass die Kette vorgelegt war, bevor sie die Tür einen Spalt öffnete.

Davor stand, das Gesicht im Schatten seines Mützenschilds, ein Deputy, den sie noch nie gesehen hatte. Ein harmlos aussehender Weißer in einer schlecht sitzenden Uniform, soweit sie sehen konnte.

»Was gibt's?«

»Entschuldigen Sie die Störung – hat Sie schon jemand benachrichtigt?«

»Weswegen?«

»Wegen diesem Unbekannten, den Terry zuletzt festgenommen hat. Haben Sie denn keine Nachrichten geschaut?«

»Um ganz ehrlich zu sein, wir haben *Die Simpsons* gesehen.«

»Er ist heute Nachmittag aus dem Gefängnis ausgebrochen. Der Sheriff meint, es wäre nicht auszuschließen, dass er hierher kommt. Hat man Sie nicht angerufen?«

»Nein. Niemand hat angerufen.«

»Das ist ja wieder mal typisch. Aber Sie haben keine verdächtigen Geräusche gehört? Nichts Ungewöhnliches?«

»Nein, es war alles still.«

»Dann war's vermutlich ein Fehlalarm. Ist Terry da?«

»Sie ist ziemlich hinüber, von den ganzen Schlaftabletten und Schmerzmitteln.«

»Das ist gut – es heißt ja, Ruhe ist das Beste. Wie geht's ihr?«

»Von Tag zu Tag besser.«

»Das freut mich. Hören Sie, wenn sie aufwacht, sagen Sie ihr einen schönen Gruß von Frank Twombley und gute Besserung.«

»Mach ich.«

Der Deputy wandte sich zum Gehen, drehte sich aber wieder um. »Wissen Sie was? Wo ich schon mal hier bin, schaue ich mich vielleicht mal kurz um, nur zur Sicherheit. Haben Sie Hunde?«

»Nein.«

»Sehr vernünftig. Ich sehe mich nur kurz um, ob auch alles in Ordnung ist. Aber dann werde ich Sie nicht mehr länger stören.«

»Es kann wohl nichts schaden, vorsichtig zu sein.«

Durch den Türspalt beobachtete Aletha, wie der Deputy um die Ecke verschwand. Wenige Sekunden später hörte sie auf der Rückseite des Hauses ein leises Klopfen. Sie eilte in die Küche und spähte durch das mit einem Vorhang verhängte

Fenster der Hintertür. Deputy Twombley ging in die Hocke und untersuchte im gelben Schein der Insektenlampe den Rahmen des Fliegengitters.

»Was ist?«

»Hier unten sind ein paar Kratzer am Rahmen – als ob jemand versucht hätte, die Tür aufzubrechen. Könnten Sie sich die mal ansehen, ob sie frisch sind?«

Aletha öffnete die Hintertür und trat auf den betonierten Weg hinaus. »Wo?«

»Hier unten, an der unteren Angel.« Er richtete sich auf und trat zurück, um ihr Platz zu machen. Sie bückte sich, um besser sehen zu können. Der erste Schlag mit dem Knüppel traf sie im Nacken und ließ sie in die Knie gehen; der zweite, genauso rasch, genauso stark, krachte mit solcher Wucht auf ihren Hinterkopf, dass er eine strahlenförmige Fraktur des Hinterhauptbeins verursachte, das zu den stärksten Knochen des menschlichen Körpers gehörte.

Und in dem kurzen Augenblick zwischen dem Aufblühen tausender Sterne und dem Ansturm tiefer Dunkelheit hatte Aletha Winkle noch Zeit für einen letzten Gedanken: *Verzeih mir, Terry.*

»Mamma mia, bist du aber schwer!«

Ächzend schleppte Max Aletha Winkle über die Türschwelle in die Küche. Obwohl er in Kleidern zierlich wirkte, hatte er in Wirklichkeit so viel Kraft, wie ein Mann mit sechzig Kilo nur haben konnte, ohne etwas an Schnelligkeit und Wendigkeit einzubüßen. Aber 110 Kilo tote Masse – halbtote, um genau zu sein – vom Fleck zu bewegen erforderte jedes Gramm Kraft, Schweiß und Hebelwirkung, das er aufbringen konnte; bis er es geschafft hatte, war er ziemlich außer Atem.

Noch war den Bösen jedoch keine Ruhe gegönnt – bevor es zum vergnüglichen Teil des Abends ging, musste Max erst noch die Autos tauschen. An einem Nagel in der Küche fand er einen Satz Schlüssel. Eine Tür führte vom Wohnzimmer direkt in die Garage, wo er zwischen zwei Autos wählen konnte, einem alten schwarzen Honda Civic und einem gleich alten Volvo-Kombi, der in einem unmöglichen Avocadogrün lackiert war. Er öffnete das Garagentor, stieß mit dem Volvo rückwärts nach draußen, fuhr den Plymouth in die Garage und schloss das Tor hinter sich ab.

Zurück im Haus, machte Max zuerst das Küchenlicht aus, dann schlich er auf Zehenspitzen den Gang zum Schlafzimmer hinunter. Die Tür war offen; im Raum war es dunkel. Er presste sich an die Wand und hielt den Atem an, um zu lauschen. Er hörte regelmäßige Atemzüge, hin und wieder von einem nasalen Schnauben unterbrochen. Er nahm die Dose Pfefferspray vom Gürtel und spähte um den Türrahmen. Die verbundene Gestalt, die auf der ihm zugewandten Seite des Himmelbetts auf dem Rücken lag, bewegte sich nicht. Entweder schlief Terry Jervis oder sie war eine hervorragende Schauspielerin.

Um zu verhindern, dass Deputy Twombleys Handschellen klimperten, nahm Max sie fest in die Hand und entfernte sie vom Gürtel, als er auf das Bett zuging. Es war fast zu einfach. Max konnte Kinch nach ihrem Blut lechzen spüren. Aber ein frisches Opfer, dessen Geist noch nicht gebrochen war? Dieses Spielzeug war zu neu und unbenutzt (stundenlanger Indoor-Fun!, dachte er), um Kinch jetzt schon damit spielen zu lassen.

Später, vertröstete ihn Max. *Am Schluss kriegst du sie. Wie gehabt.* Er knipste die Nachttischlampe an und klimperte mit den Handschellen. »Aufwachen.«

Ihre Augen, hellblau hinter dem geisterhaft weißen Verband, gingen flatternd auf. Max wartete, bis sich der Schock des Wiedererkennens ihrer bemächtigte. Er schlürfte ihr Entsetzen. Es war köstlich, unbeschreiblich, berauschend – Kinch hätte das nie zu schätzen gewusst. Dann, als ihre Hand unters Kopfkissen fuhr, um nach der Pistole zu greifen, sprühte er ihr ins Gesicht.

Im Lauf der langen Nacht kamen sie alle an die Reihe. Max war ein Sadist und Widerling, Christopher ein phantasievoller Genießer, und Kinch ... tja, Kinch war ein Metzger.

Christopher kam als Erster dran – er hatte bereits das Kommando übernommen, als Terry Jervis sich von dem Pfefferspray erholte. Er badete behutsam ihre Augen und nahm ihr den Kieferverband ab. Er holte Kerzen und Aromatherapie-Öllampen und Duftöle aus dem Bad und liebte sie in ihrem flackernden Schein zärtlich. Er bekleidete und halbbekleidete und entkleidete sie mit Sachen aus ihrer Unterwäscheschublade und dem hinteren Teil ihres Kleiderschranks; eine Hure in einem Rüschenunterrock, eine Farmerstochter im Overall, ein Deputy nur im Uniformhemd, jemandes Heimchen am Herd in einem Nachthemd, ein junges Früchtchen in einem kurzen Babydoll, ein kleines Mädchen in einem Flanellpyjama. Er legte sie auf den Rücken, auf die Seite, auf den Bauch, stützte sie mit Kissen, seitlich am Bett kniend, auf dem Teppich liegend, über einen Stuhl gebeugt, auf ihren rosa-weißen Schminktisch gestützt und gegen den Schminktischspiegel gepresst.

Aber egal, in welche Stellung er sie brachte, behandelte er sie immer so behutsam und zärtlich, dass allmählich ein Funke Hoffnung, er könne sie am Leben lassen, in ihrer Brust aufzuglimmen begann.

An diesem Punkt übernahm Max. Ganz bewusst. Entsetzen war nicht halb so schmackhaft, wenn es nicht von Hoffnung gewürzt wurde. Die brennende Kerze und das heiße Lampenöl fanden bald einen völlig anderen Verwendungszweck, die Duftöle und Gleitmittel kamen zum Einsatz, um ihm das Eindringen zu erleichtern, und nicht mehr, um ihr Wohlbefinden zu steigern. Im Gegensatz zu dem priapeischen Christopher litt Max an gelegentlichen Erektionsstörungen und frühzeitigem Samenerguss, was ihn zwang, ausgiebigen Gebrauch von dem Sexspielzeug aus Terrys und Alethas Nachttischschublade zu machen.

Als Max schließlich mit Terry fertig war, war sie zwar noch am Leben, aber ein zerschundenes, zitterndes Wrack, mit dem weder Max noch Christopher mehr etwas anfangen konnten. Aletha Winkle jedoch, obwohl sie nie mehr das Bewusstsein wiedererlangt hatte, war ebenfalls noch am Leben und bis auf die Wunde am Hinterkopf unversehrt. Mit *ihr* konnte Max nichts anfangen – ein bewusstloses Opfer kann man weder in Angst und Schrecken versetzen noch quälen –, aber Christopher wollte sie, und deshalb überließ Max sie ihm.

Aletha von der Stelle zu bewegen war nicht ganz einfach. Sobald Christopher sie deshalb aufs Bett geschafft hatte, blieb sie dort auch. Sogar sie an- und auszuziehen war mit enormem Kraftaufwand verbunden; um seine Kräfte zu schonen, schlitzte Christopher die Sachen, die er ihr anziehen wollte, am Rücken auf (oder vorne, je nach dem), bevor er sie ihr anlegte. Er versuchte Terry zu überreden, auch mitzumachen, aber es hatte keinen Sinn – sie war bereits zu weit hinüber. Schließlich begnügte er sich damit, beide Frauen zu entkleiden und zu einem Tableau zu arrangieren; der Kontrast zwischen Alethas massivem, schlaffem braunem Körper und Terrys straffer, zitternder heller Haut war sowohl ästhetisch reizvoll als auch sexuell erregend.

Aber alle guten Dinge müssen einmal ein Ende haben. Bei Tagesanbruch war Christopher befriedigt und Max gelangweilt; dann kam Kinch an die Reihe.

Erschöpft und verschwitzt von der langen, ereignisreichen Nacht, gönnte sich Max eine lange heiße Dusche. Als er danach über einem herzhaften Frühstück saß, klingelte das Telefon. Er meldete sich mit Terrys Stimme – höherer Ton, zusammengebissene Zähne.

»Hallo?«

»Oh – hi Terry. Hier ist Mary Ann von der El Sausal Middle. Eine Lehrerin für die vierte Klasse ist ausgefallen. Möchte Aletha vielleicht heute einspringen?«

»Sie ist krank. Erkältet.«

»Okay, dann zum nächsten Opfer.«

Du sagst es, Schwester, dachte Max, als er auflegte. Plötzlich wurde ihm klar, dass das die Sache in einem völlig neuen Licht erscheinen ließ. Nachdem keine der beiden Frauen irgendwo erwartet wurde, der Plymouth in der Garage versteckt war und kein Grund bestand, weshalb jemand hier nach ihm suchen sollte, fielen ihm plötzlich verschiedene Gründe ein, warum es besser für ihn sein könnte, sich hier ein paar Tage zu verkriechen.

Zum einen war es draußen bereits hell – es war nicht auszuschließen, dass ihn einer der Nachbarn sah, wenn er im Volvo wegfuhr. Zum anderen hätten die Cops ihre Straßensperren, falls sie am Abend zuvor welche errichtet hatten, bis morgen Abend wahrscheinlich wieder abgebaut.

Schließlich musste er sich unbedingt noch verkleiden, und wenn er eine Weile hier blieb, konnte er in aller Ruhe sein Aussehen verändern. Und wenn er sich auch noch nicht müde fühlte, wusste er, dass er es bald sein würde: Mit achtundzwanzig konnte er nicht mehr ungestraft eine Nacht durchmachen. Dazu kam noch, dass sich der nächste Schritt seines Plans möglicherweise als nicht ganz einfach erweisen würde; wenn er sich jetzt gut ausruhte, würde ihm das später sicher helfen, einen kühlen Kopf zu bewahren.

Aber zuerst sein Haar. »Das war vielleicht eine Nacht, was, Mädels?«, sagte er zu den zwei Frauen, als er auf dem Weg ins Bad, wo Terry Bleichmittel, Fixierer und Haarfärbemittel aufbewahrte, durchs Schlafzimmer ging.

Keine Antwort – nicht, dass er eine erwartet hätte.

26 Straßensperren, Hubschrauber, ein Sonderaufgebot von dienstfreien Officers des Sheriff's Department und des Salinas Police Department, lückenlose Hausdurchsuchungen in der näheren Umgebung des Gerichts, ein intensiv verbreiteter BOLO-Suchbefehl (Be On the Lookout For – Halten Sie Ausschau nach) mit einer Beschreibung des flüchtigen Häftlings und des Plymouth, der vom Parkplatz des Gerichtsgebäudes gestohlen worden war: Nichts davon führte zur Ergreifung des Rippers. Bis Donnerstagmorgen konnten zwar bis auf zwei alle anderen geflohenen Häftlinge gefasst werden, aber der Mann, der sie freigelassen hatte, war durch den Sicherheitskordon geschlüpft.

Natürlich wurde weiter nach dem Flüchtigen gefahndet – aber von jetzt an war das Sache des FBI, das sich darauf berief, der entsprungene Häftling werde mit hoher Wahrscheinlichkeit in einen anderen Bundesstaat fliehen. Sheriff Bustamante war das nur recht. Er hatte nicht deshalb drei Wahlen gewonnen, weil er sich Fälle mit potenziell katastrophalem Ausgang wie diesen hier auf den Teller lud. Eine Bürgerin unter den Augen von Deputy Jervis aufgeschlitzt; die Deputies Jervis und Knapp sowie der FBI-Agent, den Bustamante persönlich in die Zelle des Häftlings gelassen hatte, schwer verletzt; Deputy Twombley tot. Und was, unter dem Gesichtspunkt der Verantwortlichkeit betrachtet, das Schlimmste war: Zu allem Überfluss war es auch noch zu einem Massenausbruch aus dem alten Gefängnis gekommen, dessen Schließung eine Grand Jury des Monterey County schon vor mehr als einem Jahr empfohlen hatte.

Donnerstagmorgen um zehn Uhr wurden die Sheriff's Deputies vor und hinter Irene Cogans Haus von einem unscheinbaren, aber bestens ausgerüsteten FBI-Observierungswagen mit der Aufschrift »Coast Heating & Cooling« aus San José abgelöst. Irene, die an diesem Tag zwei Patienten bei sich zu Hause erwartete, war froh über das unauffälligere Auftreten des FBI; die Anwesenheit von bewaffneten Polizisten wäre für die vertrauensvolle und entspannte Atmosphäre, die für Hypnotherapie-Sitzungen erforderlich war, nicht sonderlich zuträglich gewesen.

Ihr erster Patient war ein Bauingenieur aus Santa Cruz, der eines Morgens in Reno aufgewacht war und sich nicht mehr erinnern konnte, wie er dorthin gelangt war. Dabei handelte es sich um einen klassischen Fall von dissoziativem Fuguezustand, zu dem häufig sowohl eine physische wie eine mentale und emotionale Flucht (lateinisch *fuga*) vor einer unerträglichen Verquickung von Umständen gehörten.

Im Fall Donald Barbers, eines bis dahin vorsichtigen Spielers und treuen Ehemanns, sah das so aus: Nachdem ihm an seinem Arbeitsplatz die Scheidungsdokumente überbracht worden waren, verließ er, ohne seiner Sekretärin ein Wort zu sagen, sein Büro und kam drei Tage später in einer Luxussuite des Silver Legacy neben einer Nutte wieder zu sich.

Um die Überraschung perfekt zu machen, war er fünfzehntausend Dollar reicher. Irene spielte mit dem Gedanken, dem Artikel, den sie an das *Journal of American Clinical Psychology* einzureichen vorhatte, einen witzigen Untertitel zu geben – »Die Kunst der Fugue«.

Dagegen konnte Irene ihrer Nachmittagspatientin gar keine witzigen Seiten abgewinnen. Lily DeVries war ein fünfzehnjähriges Mädchen, das als Kleinkind von beiden Eltern auf unvorstellbare Weise missbraucht worden war. Und anders als bei den meisten solcher Fälle war dieser Missbrauch umfassend dokumentiert – im Internet und in den Archiven Pädophiler tauchten noch immer Fotos von Lilys über zehn Jahre zurückliegenden Sexfoltern auf.

Als Lily endlich der Obhut ihrer Großeltern väterlicherseits in Pebble Beach übergeben wurde, war ihre Persönlichkeit längst fragmentiert – bisher hatte Irene siebenunddreißig verschiedene alters identifiziert. Die Sitzungen mit Lily waren immer interessant, wenn auch anstrengend.

Wenn sie das Mädchen zu Beginn einer Sitzung hypnotisiert hatte, beriet sich Irene zunächst mit Queenie, Lilys Gastgeberpersönlichkeit, welche alters sie aufrufen sollten. Dieses Vorgehen war zwar unkonventionell, aber Irene war der Auffassung, dass viele Therapeuten den extrem leicht beeinflussbaren Patienten mehr schadeten, als dass sie ihnen halfen, weil sie ihnen häufig mit überforscher Hypnotherapie falsche Erinnerungen einpflanzten oder, wie unfähige Exorzisten, bösartige alters bestärkten, indem sie sie zu oft aufriefen. Eine Möglichkeit, diesen Fehler zu vermeiden, bestand darin, das Gastgeber-alter des Patienten zu Rate zu ziehen.

Der darauf folgende Aufmarsch von alters erforderte Irenes ganzes Einfühlungsvermögen und Können: Manche waren Kinder, manche männlich, manche bipolar, manche schizoaffektiv. Doch unabhängig davon, mit wem sie es im Verlauf einer Sitzung zu tun hatte, versuchte Irene jede Sitzung damit zu beenden, dass sie mit Lily sprach, der ursprünglichen Persönlichkeit, die so lang verschüttet gewesen war. Das gelang ihr nicht immer – Lily war ein scheues Pflänzchen von einer Dreijährigen –, aber am Donnerstagnachmittag kam sie heraus und durchlebte zum ersten Mal als Lily ihre frühesten Erinnerungen an den Missbrauch direkt, ohne dass Irene auf die Split-screen-distancing-Technik zurückgreifen musste.

Für die Patientin bedeutete es einen Durchbruch, aber die Therapeutin war hinterher allein wegen der Menge der grauenhaften Details vollkommen fertig. Nach der Sitzung rief Irene ihre Freundin Barbara an, um sich bei den Klopfmans für ein bisschen Gemütlichkeitstherapie selbst zum Abendessen einzuladen.

»Aber du musst dich mit dem zufrieden geben, was es gibt«, hatte Barbara sie gewarnt. »Und bei Tisch keine Fachgespräche.«

Was das anging, bestand keine große Gefahr – wie immer beherrschten Barbaras Mann und ihre zwei halbwüchsigen Söhne die Unterhaltung mit ihren Baseballgesprächen. Anscheinend hielten die Giants, mit einem Spiel Vorsprung auf ein Team, das sich Arizona Diamondbacks nannte, die Tabellenspitze – das überraschte Irene, die nicht einmal gewusst hatte, dass es in Arizona überhaupt eine Mannschaft gab. Aber das Essen – wie sich herausstellte, gab es Schmorbraten – und die banale Normalität von Sam Klopfman und den Jungen waren genau das, was sie brauchte.

Als Barbara und die Jungen nach dem Essen den Abwasch machten, zogen sich Sam und Irene auf die Veranda zurück. Der Abendnebel, der von der Bucht hereingezogen war, tauchte den gemütlichen kleinen Küstenort in weiches graurosa Licht. Sam Klopfman, mit seiner Brille und einem Bauch wie ein Teletubby, zündete sich eine zwanzig Jahre alte, wunderschön gemaserte Kaywoodie-Bruyèrepfeife an, die er mit einer Rum-Vanille-Mischung aus dem Tabakladen des alten Mr. Hellam in Monterey gestopft hatte.

»Mmm, das duftet«, sagte Irene und kramte in ihrer Handtasche nach ihren Zigaretten. »Das erinnert mich immer an meinen Großvater.«

Sam lachte leise. »Ich habe festgestellt, Frauen haben eine Zwei-Phasen-Einstellung zu Pfeifenrauchern. In der ersten Phase, wenn man miteinander geht, heißt es: ›Das riecht aber gut.‹ Und in der zweiten Phase, wenn man verheiratet ist: ›Nicht in meinem Haus, Freundchen!‹«

Statt ihrer Benson and Hedges kramte Irene die Camel-Packung heraus, die sie für den Häftling gekauft hatte. Als sie sie sah, schüttelte sie wehmütig den Kopf. »Ich glaube trotzdem noch, dass ich ihm hätte helfen können.«

»Wirklich?«, fragte Sam, um sie zum Reden zu bringen. Er war Anwalt, war sich aber ebenso deutlich wie seine Frau bewusst, dass Irene über einige der Themen, die sie beim Essen ausgespart hatten, dringend sprechen musste.

»Ja, auf jeden Fall.« Abwesend zündete sich Irene eine Camel an, um dann aber überrascht auf sie hinabzublicken, als der toastige Rauch Geschmacksknospen öffnete, die nach jahrelan-

gem Konsum von Benson and Hedges Light verkümmert waren. »Vielleicht keine Integration, aber zumindest eine Fusion.«
»Wo ist da der Unterschied?«
»Eine Integration erfordert einen vollständigen und endgültigen psychischen Wiederaufbau. Eine Fusion dagegen ist mehr oder weniger nur eine Konsolidierung – man kartographiert die alters, bringt sie dazu, miteinander zu kommunizieren und zu kooperieren, konsolidiert einige der Subsysteme und bringt den extremeren Persönlichkeiten mithilfe der anderen alters weniger extreme Verhaltensformen bei. Das ist keiner dieser spektakulären Heilerfolge, wie man sie im Kino sieht. Es ist vielmehr so, wie Dr. Caul, einer der Pioniere der DIS-Therapie, immer gesagt hat: Was man mit der Behandlung erreichen will, ist ein reibungsloses Funktionieren, und zwar ganz egal, ob es sich um einen Großkonzern, eine Gesellschaft mit beschränkter Haftung oder einen Ein-Mann-Betrieb handelt.«
»Damit wir einen noch effizienteren Psychokiller bekommen?«, sagte Sam. »Na super. Wie es aussieht, funktioniert dieser Typ doch jetzt schon besser als unser Sheriff's Department. Wenn du übrigens diese Idioten wegen gestern Abend anzeigen willst, brauchst du es mir nur zu sagen. Diesen Fall würde ich umsonst übernehmen – bloß um es dem alten Bustamante mal ordentlich zu zeigen.«
Irene dachte kurz nach, bevor sie den Kopf schüttelte. »Das ist zwar sehr nett, Sam, aber am liebsten würde ich die ganze Geschichte nur möglichst schnell hinter mich bringen.«

Bis Freitagmorgen schien Irene ihrem Ziel, die ganze Geschichte hinter sich zu bringen, etwas näher gekommen zu sein. Als sie aufwachte, war der Überwachungswagen des FBI vor ihrem Haus verschwunden. Special Agent Thomas Pastor, der von der Dienststelle in San Francisco hergeschickt worden war, um die vermasselte Aktion zu übernehmen, war wie Bustamante zu der Überzeugung gelangt, dass Irene trotz der beiden Wörter, die Pender mit seinem Blut auf den Boden der

Zelle geschrieben hatte, weder eine Komplizin noch ein potenzielles Opfer war. Im Moment standen die Ansichten des verletzten Agenten bei den zuständigen Ermittlungsbehörden nicht sehr hoch im Kurs.

Allerdings rief Pastor Irene um zehn Uhr an, um für den Nachmittag einen Termin mit ihr zu vereinbaren. Außerdem bat er sie, ihm ihre Notizen zu dem Fall aufzuschreiben. Anscheinend wusste er nicht, dass die Sitzungen auf Band aufgenommen worden waren – und sie hatte nicht die Absicht, es ihm zu erzählen.

Gegen halb zwölf hatte Irene ihre Notizen in den Computer eingegeben, aber als sie das Ganze ausdrucken wollte, stellte sie fest, dass die Kartusche ihres HP knochentrocken war. Um vor ihrer Joggingverabredung mit Barbara eine neue zu besorgen, reichte die Zeit nicht, weshalb sie nicht zu Fuß zum Lovers Point ging, sondern das Auto nahm. Sie hatte vor, nach dem Joggen im Office Depot in Sand City vorbeizufahren.

Es war wieder ein herrlicher Tag in der Last Home Town. Nicht mehr lange und der Sommernebel würde vom Meer hereinziehen, um den Ort Tag und Nacht zu verschlingen, aber vorerst herrschte noch Strandwetter. Irene fuhr mit dem roten Cabrio auf den Parkplatz am Lovers Point. Die zwanghaft pünktliche Dr. Klopfman wartete bereits unten an der Hafenmauer auf sie.

Fünf Minuten später, als sie mit den Dehnübungen fertig waren, liefen Irene und Barbara auf dem Joggingpfad los, der sich durch das schimmernde lavendelblaue Eiskraut schlängelte, das die langgezogene Krümmung des Küstenparks im Ortszentrum wie ein Teppich überzog.

»Das erinnert mich immer an das Mohnblumenfeld in *Der Zauber von Oz*«, sagte Irene. Sie trug ein überdimensionales Tanktop und weiße Shorts. Barbara hatte dunkelgrüne Shorts und ein »Freunde der Seeotter«-T-Shirt an.

»Eiskraut ist keine heimische Pflanze«, sagte Barbara missbilligend.

»Aber schön ist es doch.«

»Da muss ich dir Recht geben. Hast du heute schon Zeitung gelesen?«

»Nein.«

»Dein Freund Max macht ja richtig Schlagzeilen. Das FBI denkt, er könnte ein Serienmörder sein, hinter dem sie schon Jahre her sind.«

»Das überrascht mich nicht im Geringsten«, sagte Irene. »Aber weißt du, ich glaube immer noch, was ich gestern zu Sam gesagt habe. Er zeigt wirklich gute Ansätze. Drei der alters hatten was richtig Sympathisches – der kleine Lyssy, Christopher und dieser arme Gastgebertyp.«

»Zu blöd, dass es keine Möglichkeit gibt, nur die bösen alters einzusperren.«

»Böse? Du weißt genauso gut wie ich, dass böse ebenso wenig mehr ein psychologisches Beurteilungskriterium ist wie gut. Es gibt nur gesund und ungesund, und beides sind nur relative Punkte eines Kontinuums. Mit so etwas begibst du dich auf gefährliches Terrain – sobald du anfängst, Leute mit Geistesstörungen als böse abzustempeln, ist es nicht mehr weit bis zu der Feststellung, sie würden keine Pflege oder Behandlung verdienen.«

»Bloß weil etwas kein psychologisches Kriterium ist, heißt das noch lange nicht, dass es nicht existiert, meine Liebe«, erwiderte Barbara. Seit sich der Joggingpfad zu einem schmalen, von Eiskraut gesäumten Band verengt hatte, lief sie hinter Irene.

Wenig später bot sich ihnen ein Anblick, so jämmerlich, dass es fast komisch war – ein blonder Mann in einem pinkfarbenen Igganzug und vollkommen unpassenden schwarzen Schnürschuhen, der trotz einer schlimmen Lähmung oder Chorea zu joggen versuchte. Unten an den Füßen waren seine Beine weit gespreizt, an den Knien eng aneinander gepresst, den Hintern hatte er nach hinten gestreckt, den Kopf seitwärts auf die rechte Schulter gelegt und den linken Arm in den Gummizug seiner pinkfarbenen Hose gesteckt, während der rechte, die Hand tuntig schlenkernd, schlapp durch die Luft wedelte. Als sich ihm die zwei Frauen von hinten näherten, wich er abrupt zur Seite aus, damit sie ihm nicht hinterherlaufen müssten, bis der Weg wieder breiter wurde. Sie bedankten sich, als sie ihn, ohne sich nach ihm umzublicken, überholten.

Von der Sonne gewärmt, vom Rauschen der Wellen beruhigt und mit einem erneuerten Gefühl der Dankbarkeit, nicht behindert zu sein, liefen Irene und Barbara über Point Pinos hinaus und begannen die Folgen zu spüren, als sie den bedauernswerten Mann auf dem Rückweg erneut sahen. Er war nicht weit von der Stelle, wo sie ihn überholt hatten, und kämpfte sich durch das knöchelhohe Eiskraut auf die Straße zu, die parallel zum Joggingpfad an der Küste entlang lief. Als sie etwa auf gleicher Höhe mit ihm waren, fiel, oder besser: sank er erschöpft in eine halb kauernde Haltung nieder. Ohne zu zögern, verließen die beiden Frauen den Pfad und wateten durch das niedrige Gestrüpp, das an ihren Socken zerrte und ihre Knöchel zerkratzte. Barbara fragte den Mann, ob er Hilfe brauche.

»Daaan-käää.« Seine Stimme war ein gequältes Heulen, sein Kopf war, halb in seiner rechten Achselhöhle vergraben, seitlich nach unten verdreht und seine rechte Hand steckte immer noch in seinem Hosenbund, gerade so, als sollte sie daran gehindert werden, unkontrolliert nach oben zu zucken. Jede der beiden Frauen nahm ihn an einem Ellbogen, um ihm aufzuhelfen und ihn auf den letzten Metern zur Straße zu stützen.

»Daaas iiist maaaiiinnn Au-tooo«, brachte er mühsam hervor, als sie den grünen Volvo-Kombi erreichten, der am Straßenrand stand.

»Sie können Auto fahren?«, fragte Irene überrascht. Kaum waren die unbedachten Worte aus ihrem Mund, wünschte sie sich, sie zurücknehmen zu können, doch bevor sie eine Entschuldigung stammeln konnte, richtete sich der Mann auf und verwandelte sich in Max. Die Transformation geschah blitzschnell, wie eine Materialisation von Siegfried und Roy. Eben noch war Max nicht da gewesen, und plötzlich war er da. Fehlten nur noch eine Rauchwolke und ein Fanfarenstoß. Stattdessen zog er einen kurzläufigen Revolver aus dem Hosenbund und stieß ihn Barbara in die Seite.

»Zeit, sich zu entscheiden, meine Damen«, sagte er und rückte ganz dicht an Barbara heran, sodass der Revolver den Blicken der Passanten entzogen blieb. »Wer möchte am Leben bleiben?«

27

»Wenn Sie mich da noch mal anfassen, müssen Sie mich heiraten. Oder zumindest küssen.«

Schwesternhelferin Rosa Beltran, die den komatösen Patienten in Zimmer 375 wusch, sprang vom Bett zurück und schüttete die Schüssel mit warmem Seifenwasser über Patient, Bett und sich selbst. »*Muy gracioso.*« Das war Grenzgebietslang für »sehr witzig«. Sie lief die zuständige Schwester holen, die sofort die Dienst habende Assistenzärztin anpagte.

»Wie spät ist es?«, war Penders erste Frage, als die Assistenzärztin, eine Bengalin, halb so alt wie er, seine Pupillen untersuchte. Rosa machte währenddessen das Bett neu.

»Ein Uhr«, sagte die Ärztin mit einem melodischen indischen Akzent.

»Ich frage das nur sehr ungern, aber welcher Tag?«

»Freitag – Sie waren seit Mittwochnachmittag ohne Bewusstsein. Wie fühlen Sie sich?«

»Als ob ich gerade den Guinness-Rekord für den gigantischsten Kater aller Zeiten aufgestellt hätte.«

»Kein Wunder – außer der Gehirnerschütterung, die Sie erlitten haben, waren zwanzig Stiche nötig, um Ihre Kopfhautverletzungen zu nähen. Zum Glück ist nichts gebrochen.«
»Meine Ex hat immer gesagt, ich hätte einen Dickschädel. Könnte ich vielleicht was gegen die Schmerzen kriegen?«
»Haben Sie noch ein paar Minuten Geduld, bitte. Erst muss Sie der Neurologe untersuchen.«
Inzwischen hatte Pender seine letzten Erinnerungslücken aufgefüllt. »Haben sie ihn erwischt?«, fragte er.
»Wie bitte?«
»Casey – haben sie ihn erwischt?«
»Das können Sie gleich alles Ihren Freund fragen.«
Pender konnte nicht sagen, ob aus dem Blick, mit dem ihn die junge Ärztin beim Verlassen des Zimmers bedachte, Mitleid oder Anteilnahme sprach. Beides wäre angebracht gewesen: Special Agent Thomas Pastor, in einem FBI-tauglichen blauen Anzug, einer konservativen Krawatte und blitzblanken Florsheim-Schnürschuhen, betrat den Raum mit einem Gesichtsausdruck, der eher in einem Fischladen angebracht gewesen wäre – in einem Fischladen mit mangelhafter Kühlung, dachte Pender.
»Nur um gleich ein paar Dinge klarzustellen«, begann er, nachdem er sich Pender vorgestellt hatte. »Wie ich die Sache sehe, haben Sie sich, als Sie mit dem Häftling in der Zelle waren, nicht nur als FBI-Agent zu erkennen gegeben, wodurch Sie den Gefangenen dazu provoziert haben, Sie niederzuschlagen, was wiederum nicht nur zur Flucht des Häftlings geführt hat, sondern auch zum Tod eines Deputy sowie zur schweren Verwundung eines weiteren ...«
»Was reden Sie da? Ich habe nie ...«
Pastor, der neben dem Bett stand, zog sein Notizbuch heraus.
»Der Aussage von Deputy Knapp zufolge haben Sie nach Deputy Twombley gerufen, er solle Sie aus der Zelle lassen, weil Sie alles hätten, was Sie bräuchten.«

»Ich war bereits bewusstlos. Das muss Casey gewesen sein – er kann sehr gut Leute nachmachen.«

»Das kann ich mir denken«, sagte Pastor trocken. »Außerdem ist diese Frage sowieso unerheblich. Laut Auskunft Steve Maheus« – Maheu, in der Abteilung Liaison Support auch als Steve Two bekannt, war Steve McDougals Stellvertreter – »waren Sie nicht mal ermächtigt, überhaupt in dieser Zelle zu sein.«

»Quatsch. Sheriff Bustamante hat gesagt –«

»Es interessiert mich einen feuchten Scheißdreck, was Sheriff Bustamante zu Ihnen gesagt hat – niemand beim FBI hat jemals einen notorischen Versager wie E. L. Pender dazu ermächtigt, getarnt einen Häftling auszuhorchen. Wenn Sie also jemandem Rauch in den Arsch blasen wollen, sparen Sie sich das für die OPR-Typen auf – die haben Filter in ihren Arschlöchern. Alles, was *ich* von Ihnen hören will, ist, ob Sie irgendetwas aus Casey rausgekriegt haben, das uns helfen könnte, ihn in Haft zu nehmen – ihn *wieder* in Haft zu nehmen.«

Pender befiel heftige Übelkeit. Er schloss die Augen und kämpfte gegen das lästige Pochen in seinem Kopf an. Trotz aller Benommenheit wurde ihm jetzt dennoch klar, woher der Wind wehte. Das FBI gab selten einen Fehler zu – wenn doch, konnte man Gift darauf nehmen, dass sie bereits einen Sündenbock an der Hand hatten.

Das hieß, wurde Pender klar, dass er von Glück reden konnte, wenn er im Austausch gegen seine Dienstmarke seine Pension angeboten bekam. Unter anderen Umständen wäre dieser Tausch akzeptabel, sogar willkommen gewesen – zumindest hätte er die Chance, beim Golfen endlich ein respektables Handicap unter zwanzig zu erspielen. Aber seit den letzten achtundvierzig Stunden sah die Sache plötzlich vollkommen anders aus. Jetzt war er mehr denn je für Casey verantwortlich – und wenn das Monster, wie kaum anders zu erwarten, mit einer weiteren rotblonden Frau anbändelte, wäre er auch für sie verantwortlich. Und auch für die nächste und die nächste und die nächste.

Plötzlich wurde Pender klar, dass es nichts gab, was er nicht tun, nichts, was er, seine Pension eingeschlossen, nicht aufs Spiel setzen würde. Außerdem, dachte er, vorsichtig seinen verbundenen Kopf betastend, hatte die Sache zwischen ihm und Casey jetzt was Persönliches.

»Pastor«, sagte er zerknirscht. Er öffnete die Augen, ließ den Tränen hilflos freien Lauf.

»Was?«

»Er hat mir rein gar nichts gesagt.«

»Warum überrascht mich das wohl nicht?« Pastor steckte sein Notizbuch ein, reichte Pender seine Visitenkarte. »Schreiben Sie es trotzdem auf, und schicken Sie den Bericht an mich. Am liebsten aus einem anderen Bundesstaat.«

Der am schlechtesten gekleidete Agent in der Geschichte des FBI verließ das Natividad Hospital gegen den Rat seiner Ärztin, aber mit einem kleineren Kopfverband und einer Flasche Vicodin in der Tasche. Er trug dasselbe knallige Sportsakko, dieselbe braune Sansabelt Hose, dasselbe irisierende graue Banlon Polohemd und denselben schmalkrempigen Pepitahut, den er am Mittwochnachmittag auf dem Weg ins Gefängnis getragen hatte. Zwei Tage in einer Papiertüte hatten den Zustand der Sachen nicht verbessert; der Hut saß schief auf seinem frisch verbundenen Kopf.

Pender nahm sich ein Taxi in die Alisal Street, und nachdem er aus dem Gefängnisbüro seine Waffe und vom Parkplatz seinen Leihwagen geholt hatte, fuhr er zum nächsten McDonald's (abgesehen von dem intravenösen Tropf hatte er seit dem Sandwich im Gerichtsgebäude am Mittwochnachmittag keine Nahrung mehr zu sich genommen), bestellte sich ein Nr. 1 Spezialmenü zum Mitnehmen und kehrte damit in sein Zimmer im Travel Inn zurück, wo er über seine weiteren Schritte nachdachte.

Das größte Problem wäre, von offiziellen Quellen Auskünfte zu erhalten, dachte er, als er das zweite Vicodin des Nachmittags mit einer extragroßen Cola hinunterspülte. Er hatte zwar eine Schattendruckkopie der ganzen Casey-Akte bei sich (er kannte sie mehr oder weniger auswendig), aber kaum Daten über Paula Ann Wisniewski, die junge Frau, die Casey aufgeschlitzt hatte. Die waren vermutlich noch nicht mal im NCIC-Computer – also musste er sie sich von jemand besorgen lassen, der Zugang zu den Akten des Sheriff's Department hatte.

Aber wer kam dafür in Frage? Beim Sheriff's Department war Pender keinen Deut besser angeschrieben als beim FBI. Dann kam ihm die Idee, Terry Jervis anzurufen. Er schätzte seine Erfolgsaussichten zwar nicht sehr hoch ein – zumal es auch noch an der imposanten Ms. Winkle vorbeizukommen galt –, aber wenn jemand Casey noch mehr ans Leder wollte als er selbst, dann entweder Deputy Jervis oder Deputy Knapp, die, massiv sediert, auf der Intensivstation des Natividad Hospital lag.

In dem kleinen Ranchhaus in Pruncdale ging jedoch niemand ans Telefon – stattdessen hörte Pender nach dem sechsten Läuten eine Anrufbeantworternachricht mit Jervis' Kiefernsperrenstimme:

»Wir sind nicht zu Hause. Wir machen in Reno ein bisschen Urlaub. Hinterlassen Sie nach dem Pfeifton eine Nachricht. Wir rufen Sie zurück, wenn wir wieder hier sind.«

Pender hängte auf. Irgendwas stimmte da nicht. Und zwar ganz und gar nicht. Erstens wäre die Frau, mit der er am Dienstagmorgen gesprochen hatte, drei Tage später auf keinen Fall schon in der Verfassung für eine Urlaubsreise gewesen. Zweitens würde kein Cop eine solche Nachricht auf seinem Anrufbeantworter hinterlassen. Drittens, und am verräterischsten: Selbst wenn sie schon fit genug gewesen wäre, um Urlaub zu machen, und blöd genug, um potenzielle Einbrecher wissen zu lassen, dass das Haus unbewohnt sein würde – warum sollte Terry Jervis die Nachricht auf Band gesprochen haben, obwohl ihr mit ihrem verdrahteten Kiefer jedes einzelne Wort beim Sprechen Schmerzen bereitete?

Sein Polizistenradar ging los wie eine Autoalarmanlage; die Frage, was er als Nächstes tun sollte, war geklärt. Pender schlang seinen Big Mac hinunter und duschte kurz mit einem Plastikwäschesack auf dem Kopf, damit sein Verband nicht nass wurde. Beim Verlassen des Zimmers stopfte er sich den Pappbehälter mit Pommes in die geräumige Seitentasche seines karierten Sakkos, um sie während der Fahrt zu verdrücken.

Zwei Zeitungen auf dem Rasen. Der Briefkasten voll. Die bunten Blumen wegen Wassermangels mit hängenden Köpfen. Pender fasste unter sein Sakko und öffnete die Lederklappe seines Holsters – die zwei Frauen, die ihr Haus so gut in Schuss hielten, wären nicht in Urlaub gefahren, ohne den Zeitungsjungen oder das Postamt zu verständigen oder einen Nachbarn zu beauftragen, sich um die Post zu kümmern und die Blumen zu gießen.

An diesem Punkt hätte Pender laut Vorschrift Verstärkung anfordern müssen. Natürlich hätte er laut Vorschrift gar nicht erst hier sein dürfen. Es brachte nichts, erst lang herumzuschnüffeln – wenn er von drinnen beobachtet wurde, würde das nur seinen Argwohn signalisieren. Deshalb stapfte er schnurstracks auf die Eingangstür zu und drückte, um keine Fingerabdrücke zu verschmieren, mit der Spitze seines Kugelschreibers auf den Klingelknopf. Keine Reaktion.

»Terry, hier ist Agent Pender«, rief er leise – schreien hätte ihm zu wehgetan. »Ich hätte da noch ein paar Fragen an Sie.«

Noch immer keine Antwort. Er legte das Ohr an die Tür – aus dem Innern des Hauses kam kein Laut. Er ging auf die Rückseite, sah auf dem Boden vor der aufgehakten Fliegengittertür etwas, das aussah wie ein paar getrocknete Blutstropfen, und auf der Türschwelle einen breiteren, verwischten Fleck. Pender kniete nieder, um die Blutspritzer wie ein Fährtenleser zu untersuchen. Wie Fährten erzählten sie eine Geschichte.

Er schob die Fliegengittertür weiter auf und spähte, rittlings über dem Fleck stehend, durch das Fenster in der Küchentür.

Durch den Spalt in den Ginganvorhängen auf der anderen Seite der Scheibe konnte er lediglich einen langen rötlich braunen Streifen auf dem Linoleumboden der Küche erkennen. Sah nach mehr Blut aus; sah nach Schleifspuren aus.

Jetzt wusste Pender, was ihn im Haus erwartete; für jemand anderen als einen abgebrühten alten Ermittler wäre seine Reaktion schwer zu verstehen gewesen. Neben einem Anflug von Angst spürte er ein Gefühl von Ehrfurcht, so tief, dass sie fast religiöse Züge annahm. Da drinnen, auf der anderen Seite dieser dünnen Tür, befand sich ein jungfräulicher Tatort.

Jungfräulich – konnte *irgend*jemand nachvollziehen, was das für Pender bedeutete? Selbst Außendienstagenten des FBI treffen selten als Erste am Schauplatz eines Mordes ein – sie werden fast immer von den örtlichen Polizeibehörden gerufen. Und was die reisende Feuerwehr wie die so genannten Profiler von der Abteilung Verhaltensforschung oder die Agenten von Investigative Support oder Liaison Support anging, von denen Pender einer war, konnten sie von Glück reden, wenn sie überhaupt mal an einen Tatort gerufen wurden.

Und wenn es, was selten der Fall war, trotzdem einmal dazu kam, dann hatten die Blindgänger von der Ortspolizei bereits Rasenflächen und Teppiche niedergetrampelt, wichtige Beweise eingepackt, statt sie an Ort und Stelle zu lassen, Gegenstände weggenommen und *fast* an die gleiche Stelle zurückgestellt, Leichen umgedreht, bevor sie fotografiert worden waren, und was es da sonst noch alles für Möglichkeiten gab.

Dagegen studierte ein guter Ermittler einen Tatort so, als handelte es sich dabei um ein Kunstwerk. Das beschränkte sich nicht nur darauf, nach Fingerabdrücken zu suchen und die Wahlwiederholung des Telefons zu prüfen. Alles an einem Gemälde, vom einzelnen Pinselstrich bis zum Gesamteindruck, verriet etwas über den Maler. Und in diesem Haus befand sich Caseys jüngstes Meisterwerk – unter diesen Umständen sofort Verstärkung anzufordern, wäre Pender nicht im Traum eingefallen.

Er sah sich die ganze Hintertür genau an, spähte noch einmal zwischen den Vorhängen hindurch – kein Riegel. Nur das Türschloss – ein Druckknopf mit einem Schlüsselloch. Er hatte einen Dietrich, den er schon fast dreißig Jahre in seiner Brieftasche mit sich herumtrug und zwanzig nicht mehr benutzt hatte, aber er wollte nicht anfangen, die Eintrittsoberflächen zu versauen, bevor die Fingerabdrücke abgenommen worden waren.

Halbherzig versuchte er den Türknopf, indem er den Zeigefinger um die Basis hakte, wo höchstwahrscheinlich keine Fingerabdrücke gefunden würden, und drehte; zu seiner Überraschung ließ er sich bewegen, und er hörte ein Klicken. Die Tür sprang auf – sie war gar nicht abgeschlossen gewesen. Pender betrat das Haus und schloss die Tür hinter sich.

Er hatte bereits eine Idee, wie Casey ins Haus gekommen sein könnte. Die Blutflecken vor der Hintertür waren wenige und rund, und sie befanden sich dicht beieinander. Sie mussten von einem Opfer dicht über dem Boden stammen, sonst wären sie weiter voneinander entfernt und langgezogener gewesen. Aber die an der Tür beginnenden und sich über den Küchenboden ziehenden Schleifspuren waren breit und blutig; ein Fersenabdruck auf dem Linoleum zeigte, dass sich Casey kräftig eingestemmt hatte, um eine schwere Last zu bewegen.

Deshalb war es wahrscheinlich Aletha gewesen, vermutete Pender. (Wenn er an einem Fall arbeitete, dachte er an die Opfer immer mit ihrem Vornamen.) Irgendwie hatte Casey sie nach draußen gelockt, oder sie hatte etwas Verdächtiges gehört und war nach draußen gegangen, um nachzusehen. Casey schlug sie von hinten nieder – sie fing erst zu bluten an, als sie auf dem Boden lag. Er musste einen Prügel benutzt haben, vermutlich Twombleys Schlagstock, da es für ein Messer nicht genug Blut gab, und einen Schuss dürfte er kaum riskiert haben. Sie ging mit dem Gesicht voran zu Boden; Casey begann, sie nach drinnen zu ziehen, merkte, dass ein Körper mit dem

Gesicht nach unten schwerer zu ziehen ist, weshalb er sie umdrehte, um sie durch die Tür zu bekommen.

Am Ende der Schleifspur befand sich eine Blutlache, getrocknet und rissig wie Schlamm – hier hatte Casey sie liegen gelassen. Aber wie lange? Pender war klar, dass das Geschirr in der Spüle, die schmutzigen Töpfe auf dem Herd und die leeren Milch- und Eierkartons auf der Arbeitsplatte nicht von einer der ordentlichen Hausfrauen stammten, die hier wohnten, sondern von Casey. Trotzdem schenkte ihnen Pender vorerst keine Beachtung – sie gehörten chronologisch woandershin. Casey war nicht zum Essen hierher gekommen.

Warum war er dann gekommen? Wegen Terry. Um sich zu rächen. Aletha war Casey scheißegal. Deshalb hatte er sie vor der Tür niedergeschlagen und in der Küche liegen gelassen. Aber irgendwann musste er dabei in das Blut getreten sein – seine Spuren führten aus der Küche ins Wohnzimmer, wo sie schwächer wurden, bevor sie an der Tür zur Garage ganz verschwanden.

In der Garage standen ein alter Honda und ein klappriger Plymouth. Pender sah sich beide Autos genau an. Unter dem Armaturenbrett des Plymouth hingen die Zündkabel hervor – vermutlich war das der Wagen, den Casey auf dem Parkplatz hinter dem Gefängnis geklaut hatte. Von dem grünen Volvo, den Pender am Dienstag auf dem Foto auf Terrys Nachttisch gesehen hatte, fehlte jede Spur. Arbeitshypothese: Casey kam mit dem Plymouth, blieb lange genug, um mehrere Mahlzeiten zu essen, und machte sich mit dem Volvo aus dem Staub.

Als Pender ins Haus zurückkehrte und zum Schlafzimmer ging, wo er drei Tage zuvor mit Terry gesprochen hatte, wurde seine Erregung, an einem jungfräulichen Tatort zu sein, von der Erwartung dessen getrübt, was er hinter der halb offenen Schlafzimmertür vorfinden würde. Wenn er diesen Raum betrat, würde alles anders: Dann wäre er nicht mehr länger allein.

Du bist eine Kamera, schärfte sich Pender ein, als er sich

seitlich durch die Tür schob. Du bist ein ermittlungstechnisches Instrument. Du vertrittst den Mörder. Versetz dich in den Mörder hinein, nicht in das Opfer.

Kurzum, er sagte sich alles, was er sich in solchen Momenten zu sagen gelernt hatte, aber es half ihm absolut nichts, als er die Tür öffnete und die zwei Leichen sah, die, gegen das Kopfteil gelehnt, nebeneinander im Bett saßen.

28

»Entschuldigung?« Es war das erste Mal, dass Irene nach fast einer Stunde etwas sagte. »Der Tank wird langsam leer.«
Sie waren immer noch auf dem Highway 1, unmittelbar südlich von Big Sur. Barbara drückte sich in die linke Ecke des Rücksitzes. Ihre Haut stand wie unter Strom, als sie vergeblich vor der Spitze des unangenehm aussehenden Messers ihres Entführers mit seiner gekrümmten, rasiermesserscharfen, 23 cm langen Klinge zurückzuweichen versuchte. Max hatte den Saum von Barbaras T-Shirt hochgezogen und zeichnete wie nebenbei eine Acht auf ihren Rettungsring. Er spürte, wie Kinch in den Startlöchern hockte.

Du kommst schon noch dran, sagte ihm Max. *Oder bist du schon mal nicht auf deine Kosten gekommen?*

Er hatte noch immer keine Entscheidung getroffen, was er mit Barbara tun sollte. Einfach laufen lassen konnte er sie auf keinen Fall, aber wenn er sie von Kinch zerstückeln ließ, wäre es Irene vielleicht unmöglich, sich für Max zu erwärmen. Irgendwie erschien ihm das ungerecht – aber ihm würde schon eine Lösung einfallen. »Was zeigt die Tankuhr an?«, fragte er Irene.

»Noch etwa ein Achtel voll.«

»Wie viel war im Tank, als wir losgefahren sind?«

»Ich habe nicht darauf geachtet.«

»Das war ein Fehler«, sagte er ruhig. »Unterlassungssünden werden genauso bestraft wie Begehungssünden. Klar?«

»Klar.« Um ihn zu beruhigen, wiederholte sie seine Worte. »Was soll ich jetzt tun?«

Maxwell blickte aus dem Fenster und sah auf der linken Seite das Eingangstor zur Henry Miller Library. Er schloss die Augen und aktivierte Moses außergewöhnliches Gedächtnis. »Die nächste Tankstelle ist unten in Lucia. Tanken Sie dort den Wagen selbst voll. Nehmen Sie diese Kreditkarte.« Er griff in die Reisetasche, die er aus Terrys und Alethas Haus mitgenommen hatte, und gab Irene Terrys Visa-Karte – er hatte sowieso eine nach Süden weisende Fährte hinterlassen wollen.

Die Küstenstrecke zwischen Big Sur und Lucia ist landschaftlich eine der spektakulärsten Straßen der Welt. Die steilen, zerklüfteten Felswände, die donnernde Brandung hunderte von Metern unter ihnen, der schieferblaue, sich endlos zum weiten, gekrümmten Horizont erstreckende Pazifik, das goldene und silberne Spiel des Lichts auf dem Wasser – niemand in dem Volvo schenkte irgendetwas davon auch nur die geringste Beachtung. Irene fuhr, finster entschlossen, beide Hände am Lenkrad; Barbara drückte sich zitternd, mit geschlossenen Augen, gegen die linke hintere Tür; Max war ganz mit seinen Plänen und Vorkehrungen für Notfälle beschäftigt.

Als sie sechs Kilometer vor Lucia über die Big Creek Bridge fuhren, beugte sich Max vor und sagte Irene gerade so laut, dass Barbara es hören konnte, vertraulich ins Ohr: »Wissen Sie, was Paula Ann gesagt hat, als sie starb?«

Irene zwang sich, immer erst scharf nachzudenken – sie konnte es sich nicht mehr leisten, spontan zu reagieren. Deshalb: Was genau war gefragt worden? Was war eine angemessene Antwort, eine, die ihn weder ermutigen noch wütend machen würde?

»Nein, das weiß ich nicht.«

»Sie sagte ›Oh‹. Nur ›Oh‹. Ist das nicht erbärmlich. Wenn Sie mal denken, was sie alles hätte sagen können.«

»Wahrscheinlich stand sie unter Schock.«

»Tja, meine Liebe, können Sie ihr das etwa verdenken?«

Sarkastisch, dachte Irene – er ulkte herum. Wollte er, dass sie darauf einstieg? Sie beschloss, ihn lieber beim Wort zu nehmen – kein so großes Risiko, ihn zu provozieren. »Nein, kann ich nicht.«

»Ich auch nicht. Da erwarte ich mir von Barbara schon etwas mehr, falls ich sie umbringen muss. Das heißt, falls Sie auf der Tankstelle auch nur ansatzweise auf dumme Gedanken kommen sollten. Sie wissen schon, jemandem ein Zeichen geben oder eine Nachricht hinterlassen.«

»Das werde ich nicht – Ehrenwort.«

»Denken Sie immer dran, Irene, ich habe nichts zu verlieren. Wenn sie mich kriegen, richten sie mich schon wegen Paula Ann hin. Was wollen sie also groß tun, mir *zwei* Todesspritzen verpassen? In jeden Arm eine? Wohl kaum.«

Max setzte sich zurück, lehnte sich noch weiter zu Barbara hinüber. »Vielleicht möchten Sie sich ja schon ein paar letzte Worte zurechtlegen – nur für den Fall, dass Irene irgendwelche Dummheiten macht. Aber lassen Sie sich was Besseres einfallen als ›Oh‹.«

Er streichelte mit der Breitseite der Klinge ihre Seite. »Sie könnten zum Beispiel was richtig Schönes sagen – wo es einem kalt den Rücken runterläuft. Wissen Sie, was ich persönlich für die besten letzten Worte halte?«

Keine der beiden Frauen antwortete.

»Sie stammen von einem Mädchen, das vor zwanzig Jahren von einem Grizzly aus ihrem Zelt gezerrt wurde. Es stand in der Zeitung – als kleiner Junge war ich von so was total fasziniert. Ihre letzten Worte, als der Bär sie ins Gebüsch schleppte, waren: ›Ich bin tot‹. Nicht ›Hilfe‹ oder ›Aua‹, nur ›Ich bin tot‹. Das hat doch was, finden Sie nicht auch?«

Wieder keine Reaktion. Er piekste Barbara mit der Messerspitze, gerade so fest, dass ihre Haut nicht durchbohrt wurde. »Ich sagte, das hat was, finden Sie nicht auch, Babs?«

»Das hat was«, antwortete Irene hastig für ihre Freundin, die unter Schock zu stehen schien.

Der Boxenstop verlief ohne Zwischenfall. Maxwell lag auf dem Rücksitz, den Kopf in Barbaras Schoß, das Messer zwischen ihren Beinen. Beim Tanken bezahlte Irene mit Terrys Kreditkarte. Es gingen keine Alarmglocken oder Sirenen los, aber Max wusste, die Zahlung würde im Visa-Computer registriert.

Aber er brauchte noch einen Punkt, den die Cops verbinden konnten, einen weiteren Hinweis, der nach Süden zeigte, fort von Scorned Ridge. Als Barbara, nachdem sie von der Tankstelle losgefahren waren, wieder zu jammern anfing, beschloss er, zwei Fliegen mit einer Klappe zu schlagen. Er würde die überflüssige Brünette einfach zurücklassen. An einem Ort, wo sie gefunden würde – aber nicht sofort.

Max versuchte sich zu erinnern. Da zuerst Christopher und dann Ish gefahren waren, hatte er die Strecke nur vage in Erinnerung. Er schloss die Augen und holte Mose zu sich ins Bewusstsein. Gemeinsam studierten sie die Landschaft entlang der Straße, wie Mose sie in Erinnerung hatte, als sie einen Monat zuvor mit Paula Ann Wisniewski nach Norden gefahren waren.

Die Abzweigung. Woran ist sie zu erkennen?

Ein Schild: eine Flamme mit einem schrägen Balken.

Aber wir kommen aus der anderen Richtung. Was ist nördlich von der Abzweigung?

Mose schilderte Max die Szene. *Mädchen auf dem Vordersitz weint. Ish fährt. Zum Highway. Wartet an der Einmündung, bis ein weißer Lieferwagen vorbei ist, biegt dann hinter ihm auf die Straße. Auf der rechten Seite Erdrutsch weggeräumt – Bulldozerspuren. Rechts steil abfallende Kreidefelsen. Links gegenüber ein Caltrans-Baustellenklo.*

Sehr gut, Mose. Das genügt. Max öffnete die Augen, beugte sich vor. »Wenn Sie auf der rechten Seite ein gelbes Dixie-Klo sehen, Irene, gehen Sie vom Gas und machen sich bereit, links abzubiegen.«

29

»Hier ist Special Agent Pender. Könnte ich bitte mit – ja, ich weiß sehr wohl, dass jeder einschließlich seiner Großmutter nach mir sucht. Wer ist von der Casey-Sondereinheit gerade greifbar? ... Okay, dann geben Sie mir Special Agent Walters ... Walters, hier Pender ... Ja, ich weiß – ich kriege das schon hin. Hören Sie, Sie haben doch einen BOLO für Casey rausgegeben, oder? Okay, er fährt wahrscheinlich einen grünen Volvo-Kombi mit kalifornischem Kennzeichen. Ich habe zwar die Autonummer nicht, aber wenn sie in der Zulassungsstelle einen Volvo haben, der entweder auf Aletha Winkle, W I N K L E, angemeldet ist oder auf Terry Jervis, dann ist das das Fahrzeug, mit dem er unterwegs ist. Außerdem hat er eine neue Haarfarbe – er ist jetzt blond ... Ja, ich warte, während Sie das rausgeben.«

Wenn das System so funktionierte, wie es sollte, hätte binnen weniger Minuten jeder Polizeibeamte in Kalifornien Zugang zu dem BOLO; er würde sogar auf den Bordcomputerbildschirmen der Streifenwagen der California Highway Patrol erscheinen.

»Ja, ich bin noch hier. Dann gleich das Nächste: Haben Sie das ERT noch hier unten?« Damit war das Spurensicherungsteam gemeint. »Wer ist der Kriminologe? ... Taugt sie was? Weil ich hier am Tatort eines Doppelmordes bin, deshalb. Jervis ist die Polizistin, die Casey festgenommen hat – wie es aussieht, hat er sowohl sie als auch ihre Mitbewohnerin Aletha Winkle umgebracht. ... Ja ... Nein, ich bin allein am Tatort. Er ist extra-jungfräulich – ich dachte, wir könnten zur Abwechslung mal unsere Leute als Erste anrücken lassen ... Machen Sie sich wegen der Zuständigkeit keine Gedanken ... Hören Sie, wollen Sie jetzt oder nicht ...? Na, sehen Sie. Aber geben Sie es um Himmels willen nicht über Funk raus, sonst trampelt uns gleich jeder dämliche Streifenpolizist im ganzen County auf unserem taufrischen Tatort rum ... Ja, ich werde hier sein. Keine zehn Pferde bekämen mich von hier weg.«

Nachdem er Agent Walters die Adresse gegeben hatte, drückte Pender auf die Trenntaste und dann auf eine gespeicherte Nummer – Steve McDougals Durchwahl im FBI-Hauptquartier. Er bekam McDougals grimmige und treue Sekretärin dran.

»Hi, Cynthia. Hier Ed. Ist Steve grade in der Nähe? Ja, *extrem* dringend ... Hallo, Steve, ich bin's, Ed. Kannst du mir alle vom Hals halten? Ich will an diesem Fall dranbleiben ... Lach nicht, das ist mein voller Ernst. Ich habe hier zwei weitere Tote – die Polizistin, die ihn festgenommen hat, und ihre, äh, Lebensabschnittsgefährtin. Sexfolter. Inzwischen bringt er schon Cops und ihre Angehörigen um – wir *müssen* diese Type aus dem Verkehr ziehen ...

Na ja, Pastor ist ein Arschloch. Ich weiß, das geht auf meine Kappe – deshalb will ich den Fall ja auch behalten. Außerdem, wie ich den Kerl inzwischen kenne, wäre er früher oder später sowieso rausgekommen – er hatte einen Handschellenschlüssel – und dieses Gefängnis hat mehr Löcher als ein verdammtes Sieb. An sich hätten sie es schon vor Jahren schließen sollen ...

Steve ... Steve ... Steve, ich – Ja, aber – Okay, bist du jetzt endlich fertig? Sehr gut. Dann hör mir mal zu: Ich *mache* diesen Fall. Ich schwöre dir, es wird mein letzter sein – ich schicke dir einen nicht datierten Kündigungsbrief; in den kannst du dann selbst das Datum eintragen, wenn alles vorbei ist. Aber bis dahin fordere ich alles ein, was ich noch irgendwo guthabe – und damit meine ich *alles*, einschließlich der Tatsache, dass wir schon Gott weiß wie viele Jahre nach diesem Casey fahnden, ohne auch nur versucht zu haben, die Bevölkerung zu warnen – Und ob ich ...

Erpressung ist ein hässliches Wort, Steve. Und du weißt ganz genau, ich würde nie absichtlich etwas tun, was dir *oder* dem FBI schaden könnte. Außer natürlich, ich stünde mit dem Rücken zur Wand ... Es tut mir Leid, dass du es so siehst. Aber das sollte dir schon mal als Hinweis dienen, wie gottverdammt ernst es mir ist. Kannst du mir also Pastor vom Hals halten und mir dieses letzte eine Mal beim OPR Rückendeckung geben? Ich sollte eigentlich sagen, *wirst* du – ich weiß nämlich bereits, dass du es kannst.

Hervorragend. Steven P. McDougal, du bist der Allergrößte. Ich halte dich auf dem Laufenden.«

Pender klappte sein Handy zusammen und steckte es in seine Tasche zurück. Nachdem er eine Stunde im Haus verbracht hatte, hatte er eine ungefähre Vorstellung, was die Frauen durchgemacht hatten, bevor sie gestorben waren. Casey hatte eine wilde Party veranstaltet. Ein Kostümfest: Reizwäsche in den Größen beider Frauen, Negligés, BHs, Slips, vieles davon voller Blut- und/oder Spermaflecken, über das ganze Schlafzimmer verstreut.

Den Fesselungsspuren an Terrys Hand- und Fußgelenken nach zu schließen, war sie mehrere Male in verschiedenen Positionen gefesselt, angekettet und angeschnallt worden. Aletha nicht – aufgrund des Fehlens von Fesselungsspuren, der Blutmenge in der Küche und der Schwere der Verletzung an Alethas Hinterkopf bezweifelte Pender, dass sie überhaupt wieder zu Bewusstsein gekommen war.

Nicht, dass ihr deswegen Caseys Aufmerksamkeiten erspart geblieben wären – soweit Pender, ohne die Lage der Leichen zu verändern, feststellen konnte, hatte er beide Frauen wiederholte Male missbraucht und sich dabei in einen regelrechten Rausch hineingesteigert, in dessen Verlauf er zum Teil ihr eigenes Sexspielzeug benutzt hatte – einiges davon lag ebenfalls im Schlafzimmer herum.

Ebenso wenig war ihnen die letzte Demütigung erspart geblieben, das Tableau, zu dem Casey ihre Leichen angeordnet hatte, das Arrangement, in dem sie entdeckt werden sollten. Die Decke bis zur Taille hochgezogen, saßen sie nackt im Bett, so aneinander gelehnt, dass sie einen Arm kameradschaftlich um die Schulter der Partnerin gelegt hatten, die Gesichter wie zu einem letzten, nie endenden Kuss einander zugewandt.

Es hatte ihm nicht genügt, sie zu Lebzeiten zu quälen, dachte Pender wütend – er hatte sie auch noch im Tod erniedrigen müssen.

Dafür kaufe ich mir den Kerl, Mädels, sagte Pender zu sich selbst, als er die ersten FBI-Autos vor dem Haus anhalten hörte. Ich schwöre bei allem, was heilig ist: Ich kriege ihn.

30

In der Lichtung unter den Redwoods ein weicher Teppich aus abgefallenen Nadeln. Darüber ein filigranes Muster aus grünen Zweigen und blauem Himmel. Das muntere, menschlich klingende Geplapper eines nahen, von den Regenfällen des Spätfrühlings aufgefrischten Bachs. In der Ferne das Geräusch sich an der Felsenküste brechender Wellen.

Irene und Barbara lagen nebeneinander auf dem Rücken. Nachdem er eine Autodecke über sie gebreitet hatte, um zu verbergen, dass Irenes linkes Fußgelenk mit Handschellen an Barbaras rechtes gekettet war, hatte Maxwell ein Stück Boden von Redwoodnadeln gesäubert. Dort saß er nun auf der nackten Erde und wartete, bis Mose sich die AAA-Karten des mittleren und nördlichen Kaliforniens einprägt hatte, die er im Handschuhfach des Volvo gefunden hatte. Als er damit fertig war, verbrannte er sie.

»Wie geht's dir?«, flüsterte Irene ihrer Freundin zu. Maxwell hatte ihnen eine Flasche Quellwasser und zwei Äpfel gegeben, dann hatte er ihnen erlaubt, im niedrigen Gebüsch relativ unbeobachtet zu urinieren.

»›Ich bin tot‹«, flüsterte Barbara in einer Anwandlung von schwarzem Humor. Ihre Panik hatte sich gelegt. Solange sie nur dieses Messer nicht zu sehen bekam – und solange sie nicht an Sam und die Jungs dachte –, glaubte sie, noch eine Weile durchhalten zu können.

»Nicht unbedingt.« Auch Irene fühlte sich besser – sie begann sogar wieder Hoffnung zu schöpfen. »Überleg doch mal – er hat dieses Mädchen erst umgebracht, als er festgenommen zu werden drohte. Und warum sollte er sich die ganze Mühe gemacht haben, uns zu entführen, wenn er uns nicht lebend haben wollte?«

»Dich, nicht uns. Es geht ihm nur um dich. Ich bin nur Ballast für ihn.«

»Das kann sich zu deinen Gunsten auswirken. Ich werde ihm klipp und klar sagen: Egal, was er von mir will, er wird es auf keinen Fall bekommen, wenn er dir etwas zuleide tut.«

Barbara versuchte sich auf die Seite zu wälzen, aber die Handschelle schloss sich zu fest um ihr Fußgelenk; stattdessen drehte sie den Kopf und flüsterte Irene ins Ohr: »Ich habe das Gefühl, er nimmt sich einfach, was er will.«

»Ich glaube, dieses alter ist intelligent und vernünftig genug, um zu begreifen, dass es bestimmte Dinge gibt, die man sich nicht einfach nehmen kann. Wenn er uns beide umbringen will, gibt es nicht viel, was wir dagegen tun können, aber wenn ihm etwas an meiner Kooperation liegt, muss er erst dich freilassen.«

»Ich gehe nicht ohne dich – ich lasse dich nicht mit ihm allein.«

»Und ob du das tust. Und wenn du nach Hause kommst, gibst du Sam und den Jungen einen dicken Kuss von mir. Mir passiert schon nichts – er hat sich diese ganze Mühe nicht gemacht, bloß um mich umzubringen.«

»Aber warum *hat* er sich so viel Mühe gemacht? Was, glaubst du, will er von dir?«

Irene drehte den Kopf und sah Barbara in die Augen, die so dunkel waren, dass sie im gesprenkelten Schatten unter den Bäumen fast schwarz wirkten. »Hilfe«, sagte sie leise. »Ich glaube, er will Hilfe.«

»Und wenn du dich täuschst?«

»Dann kannst du das Kiddusch für mich sprechen.«

»Du meinst wohl das Kaddisch.« Unwillkürlich musste Barbara lächeln. »Das Kiddusch ist das Segnen des Weins.«

»Ich bin eben eine Schickse«, sagte Irene. »Was willst du da schon groß erwarten?«

Es war nicht einfach, sich Landkarten einzuprägen. Sie nur anzusehen brachte nichts – Mose konnte später nicht visualisieren, was jetzt nicht visuell aufgenommen wurde. Er musste die großen Karten langsam erst von links nach rechts, dann von oben nach unten scannen. Als er mit einer Karte fertig war, musste er sich selbst auf die Probe stellen, bevor er sie verbrannte und sich die nächste vornahm – sobald die Daten jedoch in Moses Gedächtnis gespeichert waren, wären sie immer verfügbar.

Als die letzte Karte nur noch ein Häufchen Asche war und die Asche in den Boden getreten und die Redwoodnadeln wieder über die Asche gebreitet, übernahm wieder Max das Kommando und dachte über sein nächstes Problem nach: Wie konnte er Barbara loswerden, ohne Irene gegen sich aufzubringen.

Er wog das Für und Wider ab, Barbara am Leben zu lassen. Für: Irene wäre nicht nur dankbar, sondern auch stärker motiviert, künftig mit ihm zusammenzuarbeiten. Wider: Barbara könnte den Cops von dem rosa Jogginganzug, dem blonden Haar und dem grünen Volvo erzählen.

Aber ob nun tot oder lebendig, würde sie die Cops auf jeden Fall in Richtung Süden weisen. Und sobald die Leichen in Prunedale entdeckt und das Haus durchsucht wurde, müsste er den Wagen sowieso stehen lassen. Warum sollte er das also nicht lieber früher als später tun? Es brachte nichts, unnötige Risiken einzugehen. Was die Kleider anging – und eine Kopfbedeckung, um das Haar zu verstecken –, würde er sie sich zusammen mit seinem nächsten Auto besorgen. Sobald er wieder nach Norden fuhr, musste er ohnehin unauffälliger sein.

Er spürte, dass er dazu neigte, die mollige Brünette am Leben zu lassen. Der einzige Haken an der Sache war Kinch. Er wäre stinksauer – vielleicht sogar so sehr, dass er versuchen würde, selbst die Kontrolle zu übernehmen. Und wenn Kinch mal in Fahrt war, war er nicht mehr zu bremsen – dann verlor Max außer Barbara vielleicht auch noch Irene.

Wen sollte er also hofieren, Kinch oder Irene?

Manchmal war es echt ganz schön ätzend, eine dissoziierte Identität zu haben.

31

Nachmittag in den Lower Cascades. Der Himmel über der Hügelkette ist hoch und strahlend blau und die Luft so sauber und klar, dass man sie wie Wasser aus einer Gebirgsquelle schlürfen will.

Für die Frau in dem grünen Kittel und der grünen Gesichtsmaske sind die Sommernachmittage in dreihundertfünfzig Metern Meereshöhe eine Spur zu warm. In ihrem Fall ist das empfindliche Wärmegleichgewicht des warmblütigen Säugetiers durch den Verlust von grob einem Drittel der zwei bis drei Millionen exokrinen Schweißdrüsen gestört: Sie kann es sich nicht leisten, in Hitze zu geraten.

Nachdem sie also die Hunde und die Hühner gefüttert (sie schätzt, das Futter für die Tiere reicht nicht einmal mehr eine Woche; danach könnte sie noch etwas Zeit gewinnen, indem sie die Hühner an die Hunde verfüttert) und eine Stunde im Garten herumgewerkelt hat, zieht sich die Frau in ihr klimatisiertes Schlafzimmer zurück, um sich ein wenig hinzulegen.

Doch statt der Tröstungen des Schlafs überkommen sie beunruhigende Visionen. Die fast leeren Futterbehälter. Der Trockenschuppen, den sie seit Tagen nicht mehr aufgesucht hat. Und was das Wichtigste ist, die sechs Morphiumampullen im Gemüsefach des Kühlschranks. Obwohl die Percodans, die sie gegen die Schmerzen nimmt, tagsüber ausreichen, glaubt sie nicht, dass sie die Nächte ohne ihr Morphium überstehen wird. Das heißt, sie muss spätestens in einer Woche etwas unternehmen.

Die Frau geht ihre Möglichkeiten durch. Es gibt kein Telefon auf dem Hügel. In der Scheune gibt es ein halbes Dutzend Fahrzeuge, aber nur zwei von ihnen, Donna Hughes' Lexus und ihr eigener Grand Cherokee, sind fahrtüchtig. Letzteren kann sie nicht fahren und Ersteren will sie aus Angst vor Entdeckung nicht benutzen. Bleibt nur noch was? Der Briefkasten am Fuß des Hügels. Es ist ein langer Fußmarsch den Hügel hinunter, aber sie traut ihn sich zu, zumindest in der Kühle des Abends. Dann ein Brief an ihren Anwalt. Bei dem Honorar, das er verlangt, wäre er bestimmt entzückt, alles zu erledigen, was sie für nötig hält.

Nötig – das ist das entscheidende Wort. Sobald sie um Hilfe bittet, wird eine Kette von Ereignissen ausgelöst. Ihre friedvolle Einsamkeit wird ein Ende finden, und zum ersten Mal, seit sie den Jungen aus der Juvenile Hall freibekommen hat, werden Fremde auf den Hügel kommen. Fremde mit glotzenden Blicken, mitleidigen Blicken, neugierigen Blicken. Fremde, die vom Trockenschuppen und vom Keller fern gehalten werden müssen. *Diese* schlafenden Hunde will sie lieber nicht wecken.

Folglich ist das richtige Timing von entscheidender Bedeutung. Sie sieht auf den Reklamekalender der Old Umpqua Apotheke, der an der Wand hinter ihrem Schreibtisch hängt. Heute ist Freitag. Das Wochenende gibt sie ihm noch, aber wenn er bis Montag nicht aufgetaucht ist, wird sie einen Brief an ihren Anwalt in Umpqua City aufgeben. Den wird er Dienstag haben; Mittwoch ist dann Hilfe unterwegs.

Aber, einmal geweckt, würden die Hunde nicht wieder einschlafen.

Dieser vermaledeite Junge – wo mag er nur stecken?

32

Als Michael Klopfman um halb drei nicht von seiner Mutter vom Pacific Grove Golfplatz abgeholt wurde, um zu einem Spiel der Pony League gefahren zu werden, pagte er seinen älteren Bruder Doug an, der gerade mit ein paar Freunden zum Strand wollte, um die Flut zu erwischen.

Mürrisch erklärte sich Doug bereit, seinen Bruder zum Jack's Field in Monterey zu bringen und sich danach in Asilomar mit seinen Freunden zu treffen. Auf der Rückfahrt von Monterey fuhr er zu Hause vorbei, um sein Surfbrett und den Neoprenanzug zu holen. Das Auto seiner Mutter stand noch in der Einfahrt; ihre Handtasche war auf dem Tisch an der Eingangstür.

Beunruhigt sah er im Schlafzimmer nach, ob sie vielleicht krank war; dann rief er seinen Vater in der Firma an. Sam, der von der Verabredung zum Joggen wusste, rief Irene an. Als sich weder auf ihrem Privat- noch auf ihrem Büroanschluss jemand meldete, hinterließ er auf ihrem Anrufbeantworter eine Nachricht und rief dann bei der Polizei von Pacific Grove an.

Auf die Mitteilung hin, dass Barbara Klopfman mit der eben erst zu Berühmtheit gelangten Dr. Irene Cogan joggen gewesen war und dass beide Frauen vermisst wurden, verständigte die Polizei unverzüglich das Sheriff's Department und das FBI. Binnen weniger Minuten wurde ein auf den neuesten Stand gebrachter BOLO ausgegeben, und bis vier Uhr nachmittags war die Fahndung nach dem entflohenen Häftling zu einer potenziellen Entführung/Geiselnahme hochgestuft worden.

Als Officer Fred Otto von der California Highway Patrol zwei Stunden später mit seinem Motorrad auf dem Highway 1 in Richtung Norden fuhr, sah er an der Einmündung eines der in die Lucia Mountains führenden Forstwege eine wie eine Mumie bandagierte menschliche Gestalt auf der Erde liegen.

Als er anhielt, um der Sache auf den Grund zu gehen, sah Officer Otto zu seiner Überraschung, dass die auf dem Rücken liegende Mumie die Knie anzog, die Fersen in den Boden stemmte und sich etwa einen halben Meter näher an den Highway heranschob. Er gab über Funk seinen Standort durch und forderte einen Krankenwagen an, dann eilte er auf die Gestalt zu.

»Halten Sie durch.« Er kniete neben der Mumie nieder, die von Kopf bis Fuß in einen Kokon aus schmutzigen Mullbinden und Klebeband gewickelt war, aus dem nur vorne am Kopf eine fleischige Nase herausstand und oben ein Schopf dunklen Haars; die Beine waren aneinander, die Arme an den Oberkörper gebunden. »Halten Sie durch, ich mache Sie gleich los.«

Mit seinem Taschenmesser schnitt er die Lage Klebeband durch, mit der der Verband befestigt war, dann legte er den Kopf der Mumie in seine linke Armbeuge und machte sich daran, den Verband abzunehmen. Ein dunkelbraunes Augenpaar öffnete sich, schloss sich wegen der Helligkeit, öffnete sich vorsichtig wieder.

»Ich habe es geschafft«, stieß sie hervor, als er ihren Mund freigelegt hatte – das war ebensosehr eine Frage wie eine Feststellung.

»Haben Sie unter Ihrem Verband irgendwelche Verletzungen?«

»Ich glaube nicht. Mir tut nur alles weh – ich bin stundenlang gekrochen.«

»Was ist passiert?«

»Ich bin von dem Mann entführt worden, der in Salinas aus dem Gefängnis ausgebrochen ist. Er hat meine Freundin Irene in seiner Gewalt.«

Otto hatte den letzten BOLO über Funk reinbekommen. »Sind sie noch in dem grünen Volvo unterwegs?«

»Als sie mich zurückgelassen haben, hatten sie ihn jedenfalls noch.«

»Lassen Sie mich das gleich mal durchgeben, dann binde ich Sie los. Es ist bereits ein Krankenwagen unterwegs.«

»Sagen Sie ihnen, sie sollen meinen Mann anrufen.«

»Natürlich.«

Und so wurde der BOLO erneut aktualisiert: ein blonder Mann in einem rosa Jogginganzug und eine blonde Frau in einem weißen Tank-Top und einer Turnhose, die in einem grünen Volvo-Kombi nach Süden unterwegs waren.

Leider traf der berichtigte BOLO bereits in fast jedem Punkt nicht mehr zu.

33 »Bill, ich werde Ihnen jetzt ein paar Fragen stellen«, sagte Max zu dem älteren Mann. Er war in der Kochnische eines extrabreiten Wohnwagens, der in den Hügeln von Big Sur am Ende einer steilen Einfahrt stand, an einen Holzstuhl gefesselt. Fast eine Stunde lang war Max mit Irene durch Seitenstraßen gefahren, um nach einem geeigneten Ort zu suchen – einer abgelegenen Einfahrt mit nur einem Briefkasten. »Ihr Leben hängt davon ab, dass Sie wahrheitsgemäß antworten. Würdest du nicht auch sagen, Schatz?«

Irene stand in der Tür des Wohnwagens und behielt, wie aufgefordert, die Einfahrt im Auge. Als sie sich kurz umdrehte, sah sie, wie sie der Mann über seinen Knebel hinweg flehentlich anblickte.

»Doch, schon«, sagte sie. Es war allerdings nicht ganz wahr – nachdem sie ihn dazu hatte überreden können, Barbara freizulassen, neigte Irene zu der Ansicht, dass Max, obwohl extrem gestört, nicht das mörderische alter war. Fast *musste* sie das glauben.

Sie war mit den Nerven am Ende, aber sie war sich instinktiv im Klaren darüber, dass sie verloren war, wenn sie ihrer Angst auch nur einen Moment nachgab. Es war ein emotionaler Balanceakt, und wenn sie dabei abstürzte, könnte sie nicht mehr auf das Hochseil zurückklettern.

»Okay, dann kommen wir gleich zur ersten Frage, Bill«, sagte Max. »Erwarten Sie jemand zu Besuch?« Er hatte den Volvo in die Anbaugarage mit dem gewellten grünen Plastikdach gefahren und Bills klapprigen weißen Dodge Tradesman so ans Ende der Einfahrt gestellt, dass er jeden Moment losfahren konnte.

Bill schüttelte den Kopf.

»Lebt sonst noch jemand hier?«

Ein Kopfschütteln.

»*Hat* mal jemand hier gelebt?«

Noch ein Kopfschütteln.

»Das ist gelogen, Billie-Boy. Diese Vorhänge haben doch nicht *Sie* aufgehängt.«

Irene blickte sich um und stellte fest, dass die Vorhänge weiß und feminin waren, mit Volants und kleinen blauen Windmühlen drauf. Ein aufmerksamer Beobachter, dieser Max.

»Du solltest doch die Einfahrt im Auge behalten, Schatz.«

Rasch drehte sie sich wieder um. Indem sie mit Max kooperierte, hoffte sie zur Reduzierung seines Stressniveaus beizutragen und ihm dabei zu helfen, dass er die Vorherrschaft über die anderen Persönlichkeiten beibehielt.

»Also, Bill, ich gebe Ihnen ausnahmsweise noch eine zweite Chance«, sagte Max leise, fast freundlich. »Nur, dass Sie's wissen, wir haben oben in Carmel gerade eine Bank überfallen. Wir wollen Ihnen nichts tun – wir wollen nur von hier weg. Aber die Lage spitzt sich ziemlich rasant zu. Was ich von Ihnen will, ist erstens die Wahrheit und zweitens Ihren Lieferwagen. Als Gegenleistung lasse ich Ihnen die Schlüssel des Volvo hier – das ist ein Tausch, bei dem Sie bestimmt nicht schlecht wegkommen, und außerdem kriegen Sie den Van sowieso wieder zurück, sobald wir ihn nicht mehr brauchen. Sind wir uns also einig?«

Bill nickte.

»Prima. Wer hat die Vorhänge aufgehängt?«

»Meine Frau – sie ist letztes Jahr gestorben. An Krebs.«

»Also, tut mir aufrichtig Leid, das zu hören, Bill. Waren Sie beide lang verheiratet?«

»Dreißig Jahre.«

»Das Leben kann echt grausam sein.« Max tz-tzte. »Dann will ich Ihnen mal sagen, was ich machen werde. Ich werde Sie einfach ein paar Stunden gefesselt hier lassen, solange wir uns Ihren Van borgen. Wenn Sie schon vorher ans Telefon rankommen, umso besser für Sie – wenn nicht, sagen wir jemand Bescheid, dass er Sie losbindet. Haben Sie irgendwelche Verwandte in der Nähe? Irgendwelche Nachbarn, zu denen Sie ein engeres Verhältnis haben?«

Bill schüttelte den Kopf. Seine Tochter lebte in der Nähe – sie arbeitete in einem Restaurant unten am Highway –, aber er müsste schön blöd sein, wenn er diesen zwei Typen ihren Namen nannte.

»Soll ich dann vielleicht irgendein Geschäft in der Nähe anrufen? Dass ich nicht gerade die Polizei anrufen möchte, werden Sie ja sicher verstehen.«

»Das Nepenthe – rufen Sie im Nepenthe an. Das Restaurant – die haben bestimmt offen.«

»Im Nepenthe also. Dann mal los, Schatz.«

Max folgte Irene aus dem Wohnwagen und half ihr in einer Anwandlung von übertriebener Galanterie auf den Beifahrersitz des Lieferwagens. Dann schlug er sich gegen die Stirn. »Fast hätte ich's vergessen, wir brauchen ja noch Kleider und Proviant. Bin gleich wieder zurück.«

Er kettete ihr linkes Handgelenk mit einer Handschelle ans Lenkrad. Es machte Irene weniger aus, als sie gedacht hatte. In gewisser Weise war sie sogar erleichtert, nicht entscheiden zu müssen, ob sie einen Fluchtversuch riskieren sollte oder nicht. Sie beobachtete im Rückspiegel, wie er, immer noch in diesem grotesken rosa Trainingsanzug, den Wohnwagen betrat und ein paar Minuten später in einer Jeans und einem blauen Flanellhemd wieder zum Vorschein kam. Er hatte sich eine schwarze Strickmütze über sein blondes Haar gezogen und trug eine Schachtel, die er hinten in den Lieferwagen stellte.

»Da sind Kleider drin.« Er stieg ein und machte Irene los. »Sie sehen aus, als könnten sie Ihnen passen. Aber selbst wenn nicht, müssen Sie sich umziehen. Es ist auch eine Perücke für Sie dabei – Mrs. Bill müssen die Haare ausgegangen sein, bevor sie starb.«

Die Perücke einer Toten – Irene spürte, wie sich ihre Kopfhaut unwillkürlich zusammenzog. »Muss das sein?«

»Sie müssen alles tun, was ich Ihnen sage. Anders geht es nun mal nicht.«

Als der Wagen die lange, steile Einfahrt hinunterholperte, kletterte Irene nach hinten und sah in die Schachtel. Sie enthielt Essen – Erdnussbutter, Marmelade, Salami, Weißbrot, Apfelsaft – und Kleider – eine preiselbeerfarbene Kunstfaserhose und eine malvenfarbene Kunstfaserbluse mit Knebelknöpfen aus Plastik. Mrs. Bill musste mal ein richtig heißer Feger gewesen sein.

Irene setzte sich auf den gerippten Stahlboden des Lieferwagens und streifte sich die Bluse über ihr Tank-Top und die Hose über die Shorts, dann nahm sie die Perücke aus der Schachtel. Sie war knallrot. Sie biss die Zähne zusammen und kämpfte gegen einen heftigen Brechreiz an. Als sie die Perücke aufsetzte und ringsum ihr Haar darunterversteckte, schmeckte sie Galle in ihrem Mund.

»Irene?«

»Ja, Max?«

»In der Schachtel ist auch eine Stange Camels. Bringen Sie mir doch bitte ein Päckchen.«

Das sagte er ganz locker, beiläufig. Irene griff seinen Ton auf. »Was für ein Glück, dass er Ihre Marke raucht. Sie haben ihm doch hoffentlich ein Päckchen dagelassen?«

Stille. Lange Stille. Irene, die auf dem Boden des Van hockte, merkte, dass sie vielleicht zu weit gegangen war, einen zu schnodderigen Ton angeschlagen hatte. Ihr wurde plötzlich schwindlig, und sie merkte, dass sie die Luft anhielt.

»Nein, habe ich nicht«, sagte Max schließlich; zu Irenes Erleichterung klang es eher erheitert als verärgert. »Das war nicht nötig – zufällig weiß ich, dass der Alte gerade mit dem Rauchen aufgehört hat.«

34

Kurz nachdem Harriet Weldon, die FBI-Kriminologin, das Laken, das die Frauen bis zur Taille bedeckte, nach unten gezogen hatte, um eine letzte grausige Überraschung zum Vorschein zu bringen, die Casey den Ermittlern bereitet hatte, verließ Pender das Schlafzimmer. Unterhalb der Gürtellinie waren beide Frauen fast bis zur Unkenntlichkeit zerhackt worden – nach unzähligen Stichwunden war ihr Unterleib nur noch eine matschige Masse aus Blut und gesplitterten Knochen.

Kurz nach Sonnenuntergang, nachdem die Leichen zusammen mit den meisten FBI-Agenten (einschließlich eines extrem aufgebrachten Thomas Pastor, der sich geweigert hatte, mit Pender zu sprechen oder ihn auch nur anzusehen) das Haus verlassen und den Tatort dem MoCo Sheriff's Department überlassen hatten, fand Weldon Pender im Garten hinter dem Haus.

»Da ist etwas, was ich Ihnen gern zeigen möchte.« Sie führte ihn in das dunkle Schlafzimmer, schloss die Tür und steckte den tragbaren Schwarzlichtlaser ein. »Ein richtiger Sexprotz, Ihr Casey.«

»Wahnsinn«, entfuhr es Pender. Auf dem Bett, auf dem Teppich, auf dem Polster des Frisiertischstuhls, auf verschiedenen über den Boden verstreuten Reizwäschestücken und sogar an einer Wand prangten wie ferne Sterne geisterhaft weiße Flecken. »Schwer zu glauben, dass das alles von einem einzigen Mann stammt.«

Denn jeder Stern stand fast sicher für eine Ejakulation – unter UV-Licht leuchtet Samenflüssigkeit weiß. Später würde ein saurer Phosphatasetest bestätigen, dass es sich tatsächlich um Sperma handelte, aber unter den gegebenen Umständen konnten die Ermittler bereits jetzt mit ziemlicher Sicherheit davon ausgehen, dass die Flecken davon herrührten.

»Ob alles von Casey ist, werden wir erst mit Sicherheit sagen können, wenn die DNS zurückkommt«, sagte Weldon, eine kleine, auf angenehme Art hausbackene Frau, die mit ihrer dunkel gerahmten Brille, ihrer Knollennase und den buschigen Augenbrauen aussah, als trüge sie eine Groucho-Maske. »Alles andere deutet allerdings auf einen einzigen Täter hin. Wenn also nicht gerade eins der Opfer einen Freund hatte, der zu Besuch war, nachdem die Laken zum letzten Mal in der Wäsche waren, würde ich meinen Monatslohn darauf setzen. Aber eins muss ich Ihnen trotzdem sagen – so was habe ich noch nie gesehen.«

Pender stimmte ihr zu. »Grundsätzlich lässt sich sagen, die meisten Serienmörder vergewaltigen nicht, weil sie auf Sex stehen, sondern weil sie Frauen hassen. Rein, raus, und das war's dann auch schon, wenn sie überhaupt einen hochkriegen.«

»Ich würde nicht gerade sagen, dass der hier besonders viel für Frauen übrig hatte.« Weldon machte die Zimmerbeleuchtung wieder an und kniete nieder, um das Schwarzlicht auszumachen.

Als sie den Raum verließen, blickte sich Pender ein letztes Mal darin um. Kreidemarkierungen, Maße, Tatort-Absperrungsband, Fingerabdruckpulver – er dachte fast wehmütig an die berauschenden Momente zurück, als er ganz allein im Haus gewesen war. »Ich nehme mal an, Sie haben noch nichts, was uns verrät, woher er kam oder wohin er mit Dr. Cogan unterwegs ist.«

»Schön wär's.«

»Und was ist mit dem Chevy, in dem er gefasst wurde?« Sie gingen in die Küche zurück, wo sich Casey offensichtlich mehrere Mahlzeiten gemacht hatte, die er, wahrscheinlich fernsehend, im Wohnzimmer zu sich genommen hatte. Er hatte auch auf der Couch geschlafen.

»Der Celebrity? Bisher Fehlanzeige. Genau wie mit seinem Koffer und seiner Knete. Ich werde mir im Labor noch mal alles auf Spuren ansehen, aber bis dahin ist er ein unbeschriebenes Blatt.«

»Passt.«

»Inwiefern?«

»Eine der Theorien, die wir gleich zu Beginn aufgestellt haben, war, dass Casey ein Chamäleon ist. Was sich mit Dr. Cogans DIS-Diagnose deckt. Wenn er loszieht, um nach einer seiner rotblonden Frauen zu jagen, gibt er mehr oder weniger seine Identität auf – er wird, was sie gern möchten, dass er ist, damit er sie dazu bringen kann, sich in ihn zu verlieben – und nicht nur, sich in ihn zu verlieben, sondern auch mit ihm durchzubrennen und ihr Zuhause, Mann, Mama, was auch immer, zurückzulassen.«

»Der vollendete Verführer. Aber wie passt« – sie waren im Garten hinter dem Haus; Weldon blickte auf das Fenster des Schlafzimmers, aus dem sie gerade kamen – »wie passt dieses *Gemetzel* in das Bild?«

»Rache. Deputy Jervis war die Polizistin, die ihn verhaftet hat. Ich kann mir vorstellen, dass er bis zu dem Punkt, als sie ihn angehalten hat, nicht nur dachte, er wäre allen anderen haushoch überlegen, sondern praktisch auch unsterblich. Er musste sie dafür bestrafen, dass sie die Angst in sein Leben eingeführt, dass sie ihn auf eine Ebene mit uns heruntergezogen hat.«

»Aber die andere Frau? Und der ganze Sex?«

»Ich glaube, er hat sich einfach die Gelegenheit zunutze gemacht.«

»Allerdings. Man kann wohl ohne Übertreibung behaupten, er hat das Beste daraus gemacht.«

»Ich schätze, das tut er immer.« Pender gab ihr seine Visitenkarte. »Dürfte ich Sie um einen Gefallen bitten? Rufen Sie mich an, falls irgendwelche Beweisspuren auftauchen. Rufen Sie mich als Ersten an – auch wenn Sie jemand anweist, es nicht zu tun.«

»Ich habe schon gehört, dass Sie ziemlich in der Scheiße stecken«, sagte Weldon. »Ich wusste nicht, wie tief.«

»In der Scheiße stecke ich weiß Gott, aber den Fall habe ich noch.«

»Also ...« Sie nahm die Karte. »Ich schätze, ich bin Ihnen was schuldig. Das war der frischeste Tatort, an den ich je gerufen wurde.« Dann, mit einem Blick auf die Visitenkarte: »Die Handynummer?«

»Der Pager – er vibriert.« Als Pender den Pager in seiner Innentasche tätschelte, ging dieser los und erschreckte ihn. »Wenn man vom Teufel spricht ...« Er wackelte mit seinen dicken Fingern – ein beunruhigtes Flattern à la W. C. Fields oder Oliver Hardy. Dann erwiderte er den Anruf mit seinem Handy vom Garten aus.

»Pender. ... Danke – bin schon unterwegs.« Er drückte auf die Trenntaste und klappte das Handy zusammen.

»Kann mir jemand sagen, wie ich nach Pacific Grove komme?«, rief er den Deputies zu, die am Hintereingang standen.

»Ja«, sagte einer von ihnen, ein Schwarzer. »Zunächst mal müssen Sie reich und weiß sein.«

»Das ist Carmel«, sagte ein anderer.

»Nee«, konterte der erste Deputy. »In Carmel, da muss man geboren sein.«

35

Während der Fahrt vom Leuchtturm Point Sur zum Highway 156 in Castroville, der selbst ernannten Artischockenhauptstadt der Welt, vom Highway 156 zum 101 in Prunedale, dann auf dem 101 in nördlicher Richtung an Gilroy vorbei, der selbst ernannten Knoblauchhauptstadt, schaffte es Irene, eine Fassade relativer Gelassenheit zu wahren. Sie saß auf dem Beifahrersitz, rauchte eine Camel nach der anderen, fütterte den Fahrer mit Erdnussbutter- und Marmelade-Sandwiches und zündete ihm die Zigaretten an. Doch je mehr sie sich San José näherten, desto aufgeregter wurde sie, bis sie schließlich so heftig zitterte, als litte sie an Unterkühlung.

Das bekam Max notgedrungen mit. Wenn eine Entführte beruhigt werden musste, hatte er es sich zur Gewohnheit gemacht, Ish hervorzuholen, um die Situation zu retten. Er wartete, bis ein überschaubares Straßenstück kam, auf dem wenig Verkehr herrschte, dann machte er den Switch. Vorübergehend führerlos, zog der Van nach links, bevor Ish das Lenkrad packte und wieder einscherte.

»Was haben Sie denn, Irene?«, fragte er ruhig.

Irene, den zitternden Kopf in den Händen vergraben, hatte den Wechsel überhaupt nicht mitbekommen; ebenso wenig war sie in der Verfassung, die Unterschiede in Stimme und Verhalten der zwei Persönlichkeiten zu bemerken. In der irrigen Annahme, es mit Max zu tun zu haben, beschloss sie, ihm ein paar persönliche Dinge über sich zu erzählen; sie hoffte, das könnte dazu beitragen, dass er sie als Person zu sehen begann und nicht als Objekt oder Opfer.

»Wir sind nicht mehr weit von meiner Heimatstadt.« Es bereitete ihr Mühe, ihre Stimme unter Kontrolle zu bekommen.

»San José?«

»Ja, dort bin ich geboren und aufgewachsen.«

»Haben Sie dort noch Verwandte?«

»Mein älterer Bruder. Mein jüngerer Bruder lebt oben in Campbell. Sie sind beide bei der Feuerwehr, wie mein Vater.«

»Leben Ihre Eltern noch?«

»Meine Mutter ist vor fünf Jahren gestorben. Mein Vater hat wieder geheiratet. Er lebt mit seiner zweiten Frau oben in Sebastopol – sie ist ein Jahr jünger als ich.«

»Wie ist das für Sie?«

»Es hat mich sehr für ihn gefreut – ich finde es nur schade, dass wir nicht näher beisammen wohnen.«

»Fehlt Ihnen Ihre Mutter?«

»Sehr.«

»Enger Familienzusammenhalt?«

»Ich glaube schon. Wir haben zwar viel gestritten, meine Brüder und ich, aber ich wusste, sie wären immer für mich da. Sie sind beide ganz schöne Brocken – auf der Highschool hat mich jedenfalls niemand dumm angemacht, kann ich Ihnen sagen.«

»Klingt ja richtig idyllisch«, sagte Ish wehmütig.

An dieser Stelle kam Irene zum ersten Mal der Gedanke, sie könnte es mit einer der anderen Persönlichkeiten des Multiplen zu tun haben. Nicht so misstrauisch und vorsichtig wie Max, wäre diese Persönlichkeit vielleicht auch entgegenkommender. »Erzählen Sie mir doch von *Ihrer* Familie. Geschwister?«

Die eines kompetenten Psychologen würdige Antwort – »Wir sind nicht hier, um über *meine* Familie zu sprechen, Irene« – war für Irene der erste Hinweis, dass sie es möglicherweise mit einem internen Selbsthelfer zu tun hatte. Deshalb beschloss sie, es darauf ankommen zu lassen – ISHs waren selten, wenn überhaupt, gewalttätig – und zu sehen, ob sie nicht irgendeine Art von emotionaler Beziehung zu ihm herstellen könnte. Als sie langsam wieder einen klaren Kopf zu bekommen begann, gelangte sie zu der Ansicht, ihre Überlebenschancen stünden vielleicht am besten, wenn sie wieder die Rolle der Therapeutin einnahm. Auf jeden Fall erschien sie ihr erstrebenswerter als die des angehenden Opfers.

Irene blickte aus dem Fenster. Sie fuhren durch das Herz des Silicon Valley – sie konnte sich noch erinnern, wie hier weit und breit nichts als Obstgärten gewesen waren. Jetzt wurde hier nur noch Geld gemacht.

»Spreche ich immer noch mit Max?«, fragte sie, so beiläufig sie konnte.

»Nein«, antwortete Ish fast automatisch, gewissermaßen aus funktionsbedingtem Entgegenkommen.

Durch diese Reaktion ermutigt, versuchte Irene eine weitere Frage. »Und wie heißen *Sie*?«

Es wäre fast die letzte Frage geworden, die sie jemals stellte.

36 Niemand entkam den Klauen Klopfmanscher Gastfreundschaft. Nach einer echten Massenverarschung von behördenübergreifender Besprechung im Hauptquartier der Polizei von Pacific Grove, an der Vertreter der Polizei von Pacific Grove, der Staatspolizei und der California Highway Patrol, der California DOJ, des Monterey County Sheriff's Department und natürlich Agent Pastor vom FBI (er tat sein Bestes, Penders Anwesenheit zu ignorieren) teilnahmen und bei der Fragen der Rechtszuständigkeit besprochen, Stimmen erhoben und mit Fingern gezeigt wurde, tauchte Pender gegen elf Uhr an Sam und Barbaras Tür auf, um sich ein Gespräch zu erschleichen.

Barbara hatte zwar bereits zwei Valium genommen und war zu Bett gegangen, aber als Sam Klopfman erfuhr, dass Pender die letzten zwei Nächte im Krankenhaus verbracht hatte, bestand er darauf, dass er in ihrem Gästezimmer übernachtete.

Um nicht den ganzen Weg zum Travel Inn in Salinas fahren und am nächsten Morgen wieder zurückkommen zu müssen, nahm Pender, erschöpft und schmerzgeplagt, die Einladung an. In der Annahme, dass er in den nächsten sechs Stunden keinerlei schweres Gerät mehr bedienen müsste, nahm er zwei weitere Vicodin-Tabletten – trotz der Dosierungsanleitung auf dem Etikett nicht übertrieben für einen Mann seiner Größe, fand er – und war nach wenigen Minuten eingeschlafen. Irgendwann später wachte er mit beängstigend und zugleich angenehm leerem Kopf im Dunkeln auf. Jemand klopfte leise an die Tür – aber an welche Tür, welchen Zimmers?

Es kam alles wieder zurück, als er die Nachttischlampe anmachte und Lampe, Bettwäsche, Figuren, Gemälde und Nippes des Klopfmanschen Gästezimmers sah, das ganz unter dem Motto Kuh stand. Dann hörte er das Klopfen wieder.

»Ja?«

Die Tür ging auf; eine rundliche, dunkeläugige, dunkelhaarige Frau mit einem Doppelkinn erschien in der Tür. »Agent Pender?«

»Dr. Klopfman?«

»Darf ich reinkommen?«

»Aber sicher.«

Barbara Klopfman schloss die Tür hinter sich und schlich auf Zehenspitzen in das Zimmer. Über einem kuscheligen Nachthemd aus dickem Baumwollstoff trug sie einen über den Boden schleifenden Männerbademantel. »Ich konnte nicht schlafen – Sam hat mir erzählt, dass Sie hier sind und so bald wie möglich mit mir sprechen wollten.«

»Je früher, desto besser«, sagte Pender skeptisch, als er sich aufsetzte und das Laken auf seinen Bauch hinabzog. Er fühlte sich warm, behaglich, zutraulich und benebelt. Als er auf die Wanduhr blickte und nicht ohne gewisse Erheiterung feststellte, dass die kleine Kuh auf der Eins und die große auf der Sechs stand, fiel ihm ein, dass er die Schmerztabletten genommen hatte. Halb zwei Uhr nachts, mit Vicodin zugeknallt.

Zum Glück befand sich auch Dr. Klopfman unter dem Einfluss eines Medikaments und merkte es entweder nicht oder kümmerte sich nicht darum. Es dauerte nicht lange, dass sie sich mit Ed und Barbara ansprachen und auf eine unschuldige Art miteinander flirteten, während sie ihm alles erzählte.

Pender hatte noch nie kräftig zugedröhnt in Unterwäsche im Bett gesessen, wenn er eine Vernehmung durchführte, aber es schien seiner Kompetenz keinen Abbruch zu tun. Barbara empfand die Anwesenheit des großen Mannes als beruhigend. Er half ihr behutsam auf die Sprünge, entlockte ihr Details, von denen sie gar nicht wusste, dass sie sie sich gemerkt hatte, und hielt ihr in den beängstigendsten Phasen sogar die Hand.

Als sie fertig war, fragte Pender sie, ob sie es für möglich hielt, dass Casey DIS simulierte.

»Das bezweifle ich«, antwortete Barbara ohne Zögern. »Mir könnte er zwar schon etwas vormachen, aber Irene ist, was dissoziative Störungen angeht, eine absolute Koryphäe – sie hinters Licht zu führen, dürfte ziemlich schwer sein. Sie hat eine ganze Reihe von Tests mit ihm gemacht, ein klinisches Gespräch mit ihm geführt – sogar hypnotisiert hat sie ihn.«

»Sie können mir glauben, dass ich da gern Mäuschen gespielt hätte.«

»Sie können sich ja zumindest die Bandaufnahme anhören.«

Pender sah sie erstaunt an. »Sie hat die Sitzungen auf Band aufgenommen?«

»Natürlich.«

»Das ist ja ein Ding.« Auf die Nachricht von Dr. Cogans Entführung hin hatte sich das FBI Zugang zu ihrem Büro verschafft, ohne jedoch eine Spur von den Aufzeichnungen zu finden, die sie ihnen ins Reine zu schreiben versprochen hatte. Agent Pastor hatte ihren PC konfisziert und einen FBI-Computerspezialisten aus San José angefordert, um ihr Passwort zu knacken. Aber das würde mindestens noch einen Tag dauern. Wieder einmal war Pender bei den Ermittlungen einen Schritt voraus.

»Wo könnte sie die Kassetten aufbewahrt haben?«, fragte er Barbara.

»In ihrem Büro, würde ich sagen. Ich weiß, wo sie den Zweitschlüssel hat – ich könnte Sie morgen früh gleich hinfahren.«

»Was heißt hier morgen früh?« Pender war schon dabei, die Bettdecke zurückzuschlagen, als ihm einfiel, dass er in Unterwäsche war. »Hat Ihnen noch niemand gesagt, das FBI schläft nie?«

»Das FBI vielleicht nicht, aber ich schon«, erwiderte Barbara.

»Irene nicht«, sagte Pender – damit war der Fall klar.

37 Damit das System sich besser schützen konnte, hatte Max mit Ishs Hilfe vor Jahren etwas installiert, was man am ehesten als eine Art Schutzreflex in Notfällen bezeichnen könnte. Wenn eine andere Persönlichkeit als Max nach ihrem Namen gefragt wurde, ging sofort ein Alarm los; auf eine solche Frage durfte nur Max antworten.

Leider hatte Max bei diesen Vorkehrungen nicht für den Fall vorgesorgt, dass diese Frage in einem Moment gestellt wurde, in dem eine andere Persönlichkeit auf einem stark befahrenen Highway bei hoher Geschwindigkeit am Steuer eines Autos saß. Obwohl die Augen des Fahrers die Straße nur wenige Sekunden lang nicht im Blick hatten, scherte der Lieferwagen wieder scharf nach links aus – anscheinend hatte es der alte Bill nicht für nötig gehalten, allzu viel Geld für die Wartung des Wagens auszugeben. Und dann riss Max, als er die Kontrolle übernahm, in einer übertriebenen Gegenreaktion das Steuer nach rechts, worauf der Wagen so abrupt herumschwenkte, dass er einen Moment nur auf zwei Rädern balancierte.

Irene schrie auf und schloss die Augen. Als sie sie wieder öffnete, war der Lieferwagen wieder auf der Mittelspur. Ringsum ertönte wildes Hupen, und ihr Entführer hatte zum ersten Mal, seit er den alten Mann damit bedroht hatte, den kurzläufigen Revolver wieder aus dem Hosenbund genommen.

»Irene, Irene, was habe ich Ihnen getan, um mit solcher Respektlosigkeit behandelt zu werden?«

Die Stimme war ein heiseres Flüstern, der Akzent italienisch oder spanisch. Eine zweite Welle der Angst, kälter, intensiver und irgendwie sogar noch beängstigender als das nackte Entsetzen angesichts des Fast-Unfalls, drohte auch den letzten Rest Vernunft in Irene auszulöschen. War das die mörderische Persönlichkeit, vor der sie sich schon die ganze Zeit fürchtete? Ihr Körper wurde von Adrenalin durchströmt, und über ihren Gaumen legte sich ein kupfriger Geschmack, als sie ihre heftig scheuenden Emotionen in den Griff zu bekommen versuchte. Sie wusste, ihr Überleben hing von ihrem Verstand, von ihrer psychiatrischen Ausbildung ab. Er ist geisteskrank, sagte sie sich, und du bist Psychiaterin. Setze das ein, Herrgott noch mal: Mach es dir zunutze.

Und als ihre Panik niedergerungen oder zumindest vorübergehend eingedämmt war, kam ihr des Rätsels Lösung – sie hatte es keineswegs mit einer anderen Persönlichkeit zu tun gehabt, sondern mit einer seiner Imitationen. »*Der Pate*, stimmt's?«, sagte sie mit zittriger Stimme.

Max nickte und steckte die Waffe in den Bund seiner Jeans zurück. »Bevor wir noch im Straßengraben landen, sollte ich Ihnen lieber was erklären, Irene. Als ich zum ersten Mal auf den Plan trat, war Ulysses Christopher Maxwell Jr. zu nichts zu gebrauchen. Chaos – ein einziges Chaos. Die Persönlichkeiten kamen völlig willkürlich hoch, immer im falschen Moment und meistens, ohne sich abzusprechen. Sie haben gesagt, Lyssy hätte Ihnen erzählt, wie er zum ersten Mal missbraucht wurde. Mein Gott, dabei kann er sich an das erste Mal gar nicht erinnern – zu dem Zeitpunkt, den er für das erste Mal hält, war er schon jahrelang missbraucht worden. Und abgesehen davon – was in dieser Nacht passierte, war nichts gegen die früheren Vorfälle – als er fünf Jahre alt war, hatte er bereits ein halbes Dutzend Persönlichkeiten abgespalten, um das alles verarbeiten zu können.

Und Ulysses, der so genannte Gastgeber, war ein Totalausfall – Useless, Nutzlos, nenne ich ihn deshalb immer. Vollkommen hilflos – er wusste nicht mal, dass er Teil eines Multiplen war. Dieses System war auf dem besten Weg in die Klapsmühle, Irene – wenn es überhaupt so lang überlebt hätte.

Auftritt Max. Ich stellte wieder Ordnung her, sorgte für eine funktionierende Kommunikation, stellte ein paar einfache Verhaltensregeln auf, von denen eine ist, dass ich die einzige Persönlichkeit bin, die Fragen über unsere Identität beantworten darf. Deshalb, von jetzt an keine Fragen nach irgendwelchen Namen, kein Rumgeschnüffle mehr, solange kein mehr oder weniger förmlicher therapeutischer Rahmen gegeben ist.«

Ein therapeutischer Rahmen, dachte Irene. Hatte sie also Recht gehabt, als sie Barbara gegenüber äußerte, dass er Hilfe suchte. Doch ihre Erleichterung darüber, sich in diesem Punkt nicht getäuscht zu haben, wurde von einem beängstigenden Gedanken gedämpft: Er hatte ihr seinen Namen gesagt. Das hieß, er hatte nicht die Absicht, sie jemals freizulassen.

Sie konnte spüren, wie sie erneut eine Welle eiskalten Entsetzens zu erfassen drohte. Natürlich hatte er nicht die Absicht, sie laufen zu lassen – sie hielt sich vor Augen, dass sie das auf einer bestimmten Ebene schon immer gewusst hatte. Aber es kam dennoch keinem Todesurteil gleich. Flucht, Rettung – das waren sehr realistische Möglichkeiten. Solange sie es schaffte, am Leben zu bleiben. Indem sie ihren Verstand benutzte. Ihre Ausbildung. Mach sie dir zunutze, rief sie sich in Erinnerung. Hör zu.

»Sobald wir allerdings mit unserer Therapie anfangen«, fuhr Max fort, »habe ich nichts dagegen, wenn Sie sprechen, mit wem Sie wollen. Natürlich nur, solange Sie es sich nicht zunutze zu machen versuchen. Denken Sie immer daran – ich werde dasein, ich werde zuhören, ich werde alles wissen, was Ihnen irgendeiner von ihnen erzählt, und ich werde alles hören, was Sie ihnen erzählen.«

Nicht allen, dachte Irene. Sie wusste noch genau, wie verwirrt Max nach der Hypnotherapie-Sitzung gewesen war. Nicht Lyssy.

»Und wenn Sie versuchen, einen von ihnen zu überreden, etwas zu tun, was den Interessen des Systems zuwiderläuft, werde ich die Therapie mit dem denkbar größten Schaden abbrechen. Sagt Ihnen dieser Begriff etwas?«

»Eigentlich nicht.«

»Ich habe ihn aus *Apocalypse Now*. Es ist ein Euphemismus.

Ein Abbruch mit dem denkbar größten Schaden nimmt unweigerlich einen tödlichen Ausgang.«

»Ich werd's mir merken«, sagte Irene. »Aber darf ich ganz offen etwas sagen?«

»Jederzeit.«

»Wenn das System Ihrer Meinung nach so reibungslos funktioniert, warum wollen Sie dann eine Therapie machen?«

Er blickte abrupt zu ihr hinüber, wandte sich aber sofort wieder der Straße zu. Der Verkehr war schwächer geworden. Sie fuhren mit neunzig Stundenkilometern, der Höchstgeschwindigkeit des Lieferwagens. Deshalb blieb Maxwell auch auf dem 101, statt die Interstate zu nehmen: Wenn er auf der Route 5 mit neunzig dahinschlich, riskierte er, wegen Verkehrsbehinderung angehalten zu werden.

»Das war doch nicht etwa sarkastisch gemeint, Irene?«

»Nein – ich finde, es ist eine legitime Frage.«

»Dann werde ich Ihnen eine legitime Antwort geben. Es ist kein Zuckerlecken, ein Multipler zu sein. Man ist immer nur einen Ausrutscher von einer Blamage entfernt. Es ist schwer, einen Job zu behalten. Und was eine Beziehung angeht, völlig ausgeschlossen – wer möchte schon eine Beziehung zu einer ganzen Theatertruppe? Man wüsste nie, mit wem man gerade schläft.«

Irene verzichtete auf den Hinweis, dass die DIS-Literatur voll von Beispielen multipler Ehepartner (normalerweise männlicher Partner multipler Frauen) war, die sämtliche Therapieversuche aktiv unterminierten, weil mit einer Multiplen verheiratet zu sein etwa so war, als hätte man seinen eigenen imaginären Harem.

»Da ist nur noch eines, was ich nicht recht verstehe«, sagte sie stattdessen. »Sie sagen, Sie haben im System wieder für Ordnung gesorgt. Warum behalten Sie dann nicht selbst das Kommando?«

»Das würde ich ja gern. Aber es geht leider nicht. Die einzige Möglichkeit, das Kommando zu behalten, besteht darin, die anderen auch an die Reihe kommen zu lassen. Wenn ich das nicht tue, besteht die Möglichkeit, dass sie sich mit Gewalt zu ihrem Recht verhelfen. Manchmal tun sie das sowieso – auf diese Weise haben Sie zum Beispiel neulich Useless' Bekanntschaft gemacht.«

Irene erinnerte sich, was der arme Gastgeber gesagt hatte – dass Max sich nicht zu einer Therapie bereit erklären würde. Jetzt begann sie langsam zu verstehen. »Was Sie damit also sagen, ist: Sie wollen keine Therapie machen, um eine Integration zu erreichen, sondern um die anderen Persönlichkeiten besser unter Kontrolle halten zu können. Ich weiß nicht, wie weit wir unter diesen Voraussetzungen vorankommen werden.«

»Ein bisschen mehr Feinabstimmung, für ein besser funktionierendes System? Eine Lehrbuchfusion, Irene – eine therapeutische Lösung nach Lehrbuch. Ich halte das für machbar, und ich glaube, es ist einen Versuch wert. Was denken Sie?«

Irene war klug genug, ihn nicht zu fragen, was Ihre Alternativen waren. Ein Schaudern unterdrückend, konzentrierte sie sich auf ihre bevorstehende Aufgabe. Eine Fusion war selbst unter optimalen Voraussetzungen schwer herbeizuführen – und zeitaufwändig; mindestens drei Jahre. Aber wer konnte das schon mit Sicherheit sagen? Dieser Multiple war anders als alle anderen, die sie bisher behandelt hatte – mit einem durchsetzungsfähigen alter wie Max statt dem üblichen unfähigen Gastgeber war eine frühe Auflösung vielleicht gar nicht so aussichtslos.

Auf jeden Fall war es besser als ein Abbruch mit dem denkbar größten Schaden. Deshalb: beginne mit der Therapie, halte Max bei Laune, halte Ausschau nach einem Riss oder einer Schwäche des Systems, die du dir vielleicht zunutze machen kannst – und, was das Wichtigste ist, bleib am Leben.

»Also, was mich angeht, ich bin dabei«, sagte sie deshalb. Dann drehte sie sich nach links, streckte den Arm aus, strich ihm diese widerspenstige Haarsträhne, inzwischen blond, aus der Stirn und steckte sie unter seine Mütze zurück.

38 Ed Pender hatte schon jede Menge Häuser durchsucht, und dabei war ihm aufgefallen, dass man Dinge, die versteckt worden waren, oft leichter fand, als solche, die es nicht waren. Wie Einbrecher kannten Polizisten alle Verstecke – Matratzen und Schubladenböden, Kühltruhen und Spülkästen, Wandsafes und Kriechkeller.

Aber Irene Cogan hatte ihr Diktaphon nicht zu verstecken versucht, und das hieß, es konnte überall sein. Nach einer gründlichen Durchsuchung ihres Büros und dann des Wohnzimmers, der Küche, des Bads und des Schlafzimmers, hatte Pender fast genauso viel über Dr. Cogan erfahren, als wenn er ihr persönlich begegnet wäre – und mit Sicherheit mehr, als sie ihm freiwillig anvertraut hätte.

Er wusste, dass ihr verstorbener Ehemann Frank geheißen hatte und Bauunternehmer, Golfer und Amateurmaler gewesen war. Er wusste, dass sie und Frank entweder keine Kinder hatten bekommen können oder keine gewollt hatten – obwohl sie offensichtlich nicht zu wenig Geld gehabt hatten, hatten sie sich ein kleines Haus mit nur einem Schlafzimmer gekauft.

Er sah, dass sie eine ordentliche, aber keine penible Hausfrau war und dass sie sich konservativ kleidete und lieber in Kaufhäusern als bei Couturiers einkaufte. Er wusste, dass sie schlank war, mit kleinem Busen und langen Beinen, und dass sie sich die Haare beim Friseur färben ließ und gelegentlich mit L'Oreal nachbesserte. Ihr Duft war Rain, ihre Lieblingsfarbe Blau, und wahrscheinlich war sie stolz auf ihre langen Beine – sie hatte mehr Kleider als Hosenanzüge, mehr Röcke und Shorts als Hosen, und obwohl sie schlichte weiße Baumwollslips von Olga trug, gab sie nicht gerade wenig für exklusive Strumpfhosen und Strümpfe aus und wusste hohe Absätze zu schätzen.

Aus den psychologischen Fachzeitschriften und Büchern in sämtlichen Räumen des Hauses und aus der geringen Zahl von Romanen in den Bücherregalen, von Videos im TV-Rack und von nicht fachbezogenen Publikationen in der Toilette schloss er, dass sie ein Workaholic war. Außerdem wusste er, dass sie Benson and Hedges rauchte, vor kurzem mit dem Joggen begonnen hatte, sich hauptsächlich von Salaten ernährte und wahrscheinlich nichts von Schokolade hielt.

Auch was Dr. Cogans sexuelle Gewohnheiten anging, konnte Pender einige fundierte Vermutungen anstellen. Es gab keinerlei Hinweise, dass sie in jüngster Vergangenheit jemanden über Nacht zu Besuch gehabt, geschweige denn eine längere Beziehung hatte. Nur eine Zahnbürste im Bad und ein zierlicher Silk Effects-Rasierer neben der Badewanne. Kein Mann hatte seinen Schlafanzug in einer Schublade liegend oder in ihrem Kleiderschrank hängend zurückgelassen – es deutete auch nichts darauf hin, dass in den letzten Monaten jemand anders als sie im Schlafzimmer gewesen war. Keine gewagten Dessous in ihrer Unterwäscheschublade – nur die Olga-Slips und ein praktisch aussehender beiger Strapsgürtel für ihre geliebten Strümpfe – und das sexy Satinnachthemd im Schrank war so lange nicht getragen worden, dass der Kleiderbügel tiefe Abdrücke in den Schultern hinterlassen hatte.

Und was am verräterischsten war: Es gab kein Diaphragma, kein Spermizidgel, keinen Kontrazeptivschaum und keine Pille im Bad, und keine Kondome, Öle oder Gleitmittel in der Nachttischschublade – nicht einmal ein Vibrator kam zum Vorschein. All das deutete in Special Agent Penders Augen nachdrücklich darauf hin, dass es Dr. Irene Cogan (um es rüde zu formulieren) in letzter Zeit nicht besorgt bekommen hatte.

Ach, und noch etwas. Von dem Hochzeitsfoto der Cogans auf dem Sims über dem kleinen Kamin im Wohnzimmer wusste Pender, dass Dr. Irene Cogan rotblond gewesen war, bevor sie sich die Haare zu färben begonnen hatte. Er hoffte, Casey wüsste das nicht.

Aber trotz allem, was er über Dr. Cogan erfahren hatte, hatte Pender noch immer nicht die leiseste Ahnung, wo sie ihr Diktaphon haben könnte, und nach zweistündiger Suche machten ihm seine Kopfschmerzen schwer zu schaffen.

Mach lieber mal Schluss jetzt, sagte er sich, als er zum zweiten Mal an diesem Abend die Toilette im Obergeschoss betrat. Diesmal suchte er dort nichts als Erleichterung für seine Blase. Als er sich wegen seines pochenden Schädels vorsichtig nach vorn beugte, um den Klodeckel hochzuheben, fiel ihm auf, dass das dekorative Gästehandtuch, das an der Stange an der Wand hinter dem Klo hing, so weit nach unten gezogen worden war, dass es den Spülkasten berührte, und zwar die *Vorder*kante des Spülkastens – es hing nicht parallel zur Wand.

Und jetzt wusste er es – wusste es fast schon, bevor er das Handtuch hochklappte. Seit dreißig Jahren Ermittler, Rekonstrukteur von Ereignissen, neigte Pender dazu, in rückwärts laufenden Abfolgen zu denken. Diktaphon auf dem Spülkasten, vom Handtuch versteckt. Nicht versteckt – geschützt. Wovor? Vor Nässe – es befindet sich in einem Badezimmer.

Aber warum in einem Badezimmer? Natürlich: Dr. Cogan war ein Workaholic. Dass sie beim Essen arbeitete, wusste Pender bereits. Warum nicht auch beim Baden? Klar. Deshalb stellte sie ihr teures Diktaphon auf den Klodeckel, wo sie es erreichen konnte, ohne dass Gefahr bestand, dass es in die Badewanne fiel.

Sobald er einmal an dem Punkt war, dass Dr. Cogan in der Badewanne das auf dem Klodeckel abgestellte Diktaphon anhörte, arbeitete sich Pender wieder vorwärts vor. Plitsch, platsch steigt sie aus der Wanne. Wickelt sich ein Badetuch um den Körper – nicht das Gästehandtuch – und vielleicht ein zweites wie einen Turban um die Haare. Aber sie muss sich setzen, um ihre Zehen zu trocknen oder sonst was. Stellt das Diktaphon auf den Spülkasten. Zieht das Handtuch an der Stange nach unten, um zu verhindern, dass das Gerät nass wird, wenn sie den Turban abnimmt.

Das alles sah Pender in den Sekunden vor sich, in denen er

den dekorativ eingefassten unteren Saum des Handtuchs hob, sodass dahinter ein modernes perlgraues Diktaphon von der Größe eines Taschenbuchs und eine winzige Tonbandkassette zum Vorschein kamen; eine weitere Kassette war in das Diktaphon eingelegt. Gleichzeitig wurde ihm jedoch auch bewusst, dass er es trotz seiner Erfahrung in solchen Dingen nie entdeckt hätte, wenn er nicht hätte pinkeln müssen.

Besser, Glück zu haben als Verstand, rief sich Ed Pender nicht zum ersten Mal in seiner langen beruflichen Laufbahn in Erinnerung.

39

Blitzende Lichter im Beifahrerrückspiegel. Bitte, ich will am Leben bleiben, dachte Irene. Maxwell fuhr auf den Seitenstreifen des Highway. Seine rechte Hand blieb am Steuer des Van, während er mit der linken schräg über seinen Körper langte, um Terry Jervis' kurzläufigen .38er aus dem Bund von Bills Jeans zu ziehen.

»Was wird jetzt passieren?«, fragte Irene.

Sein Blick blieb auf den Rückspiegel geheftet, während er den Revolver zwischen Sitzkante und Tür verschwinden ließ. Er wusste, was er zu tun hatte – er wusste auch, es wäre besser für sein Verhältnis zu Irene, wenn er den Anschein erweckte, als hätte es eins der anderen alters getan. Zum Glück konnte er sie alle nachmachen.

Zuerst musste er jedoch einen Switch vortäuschen. »Ich … ich weiß nicht«, stotterte er, als wäre er dabei, sich wegen der starken nervlichen Belastung abzumelden. Dann schloss er die Augen und blinzelte mehrmals heftig, bevor er mit Kinchs derber, mürrischer Stimme fortfuhr: »Weiß ich doch nicht.

Wahrscheinlich gibt er als Erstes die Autonummer durch. Wenn sie nach diesem Lieferwagen suchen, bleibt er in seinem Wagen sitzen, fordert uns über Lautsprecher auf, die Hände hochzunehmen, damit er sie sehen kann.

Wenn das passiert, halte ich dir entweder die Knarre an den Kopf – sehen, wie viel Spielraum du mir als Geisel verschaffst, oder ich schieße ihm die Windschutzscheibe kaputt und fahre ihm davon.«

»Und wenn er Ihnen nur einen Strafzettel verpassen will?«

»Wenn er meinen Führerschein sehen will, muss ich ihn töten. Zwing mich nicht, dich auch zu töten – ich möchte nicht, dass Max mit einer anderen Therapeutin noch mal ganz von vorn anfangen muss.«

Die nächsten paar Sekunden drehten sich Irenes Gedanken im Leerlauf. Wenn der CHP-Officer aus seinem Auto stieg, würde dieses neue alter ihn töten. Wenn der Polizist nicht aus seinem Auto stieg, würde das alter sie töten. Letzteres hoffte sie ebenso wenig wie Ersteres. Doch als sie die Tür des Streifenwagens aufgehen hörte, war ihre erste Reaktion pure Erleichterung, rasch gefolgt von Scham und einer Vorahnung drohenden Grauens. Sie schloss die Augen.

Schritte auf Kies, dann Maxwells Stimme – seine neue Stimme:

»Was gibt's, Officer?«

»Wussten Sie, dass eins Ihrer Rücklichter nicht geht?«

Er hörte sich jung an. Irene behielt die Augen fest geschlossen – sie wollte sein Gesicht nicht sehen.

»Nein, wusste ich nicht. Ich lasse es in der nächsten größeren Ortschaft reparieren. Ich –«

»Könnte ich bitte Ihren Führerschein und die Zulassungspapiere sehen?«

»Aber sicher.«

Die Pistole krachte dreimal. In der Enge des Wageninnern war der Lärm unerträglich. Irene hielt sich die Ohren zu. Maxwell öffnete die Tür, stieg aus. Ein weiterer Schuss. Irene vergrub ihr Gesicht in den Händen und begann zu schluchzen.

»Jetzt lass doch diesen Scheiß.« Maxwell warf die Tür zu und scherte aus. Er lenkte den Wagen über den grasbewachsenen, tiefer liegenden Mittelstreifen und wendete in weitem Bogen; dann brausten sie auf dem 101 in Richtung Süden los, vorbei an dem verwaisten Streifenwagen mit seinem blitzenden Lichtbalken und dem krächzenden Funk. Der linke Ärmel von Max' blauem Flanellhemd war von Spritzern übersät – Blut und zähflüssige beige Gehirnmasse von dem Fangschuss aus nächster Nähe.

Er nahm den Revolver in die rechte Hand, beugte sich zu ihr hinüber und drückte ihr die Mündung des kurzen Laufs an den Hals; der Stahl war noch heiß. »Beruhig dich auf der Stelle oder ich knall dich ab, und zwar sofort, gleich hier.«

»Okay«, brachte sie hervor. »Okay, okay ...«

Okay, okay, okay ... mit den Seiten ihrer Fäuste schlug sie im selben Rhythmus auf ihre Oberschenkel. *Okay, okay, okay ...*

Als sie aufhörte, taten ihr die Beine weh, aber der Panikanfall war vorüber.

An seine Stelle trat eine köstliche geistige und emotionale Abgestumpftheit. Irene setzte sich auf, blickte sich um – sie waren nicht mehr auf dem Highway, sondern fuhren in östlicher Richtung eine steile Bergstraße hinauf. »Ich bin wieder okay«, versicherte sie ihm.

»Das habe ich gehört.« Er war vornüber gebeugt, konzentrierte sich ganz auf die Straße.

»Wissen Sie, wohin Sie fahren?«

»Ich glaube schon. Wenn nicht, finde ich schon jemand, der es weiß.«

»Und bringen ihn dann um?«

»Wenn ich ihn nicht mehr brauche.«

»Bringen Sie mich auch um, wenn Sie mich nicht mehr brauchen?«

Max bedachte sie mit seinem besten Kinch-Blick – wenn

eine Frau ihn zu sehen bekam, war es in der Regel das Letzte, was sie auf der Welt zu sehen bekam.

»Wenn du's genau wissen willst, brauche *ich* dich jetzt schon nicht mehr.«

Max hatte dringendere Probleme, als sich um eine hysterische Frau zu kümmern – obwohl er von einer Psychiaterin eindeutig mehr erwartet hatte. Er wusste, es würde nicht lang dauern, bis die California Highway Patrol merkte, dass sie einen ihrer Beamten verloren hatten. Er brauchte ein neues Fahrzeug, und zwar schnell – er schätzte, ihm blieben nicht mehr als fünfzehn Minuten, um vom Highway zu kommen und dann eine Straße nach Norden zu finden, ohne in eine der Straßensperren zu geraten, die die CHP auf dem 101 errichten würde.

Es dauerte sogar weniger als zehn Minuten, bis ein Autofahrer, der anscheinend schon einige Krimis im Fernsehen gesehen hatte, Officer Trudells Leiche vor dem verlassenen Streifenwagen liegen sah, anhielt und den Vorfall über Trudells Funk meldete.

»Officer niedergeschossen«, rief er wichtigtuerisch in das Mikrophon im Armaturenbrett. »Officer niedergeschossen!«

Da Trudell vorschriftsgemäß bereits eine Beschreibung und das Kennzeichen des angehaltenen Fahrzeugs durchgegeben hatte, schickte die Telefonzentrale der CHP einen 10-28er raus – eine Bitte um Kfz-Identifizierung seitens der Zulassungsstelle Kalifornien – und hatte schon nach wenigen Minuten die Bestätigung vorliegen, dass es sich bei fraglichem Fahrzeug um einen weißen Dodge Baujahr 72 handelte, dessen Halter ein William Stieglitz aus Big Sur war. Mittlerweile waren auf dem 101 bereits in beiden Richtungen Straßensperren errichtet und ein Flugzeug der CHP in der Luft; gleichzeitig hatte das Monterey County Sheriff's Department einen Deputy zu Stieglitz' Wohnsitz in Big Sur losgeschickt.

Deputy Gerald Burrell war vielleicht nicht die größte Leuchte in Aurelio Bustamantes Behörde. Als es ihm schließlich gelungen war, die Einfahrt zu finden, jagte er seinen Streifenwagen mit schleuderndem Heck und einer gewaltigen Staubwolke im Schlepptau den steilen Hügel hinauf.

»Hier ist kein Lieferwagen«, gab er an die Zentrale durch. »Nur ein grüner Volvo-Kombi.«

»Ist doch klar, dass dort kein Lieferwagen ist«, erwiderte der Officer in der Zentrale, dem Burrells lange Leitung nicht neu war. »Der war doch vor zwei Stunden noch nördlich von Uk – Hey, was war das gleich noch mal für ein Fahrzeug vor dem Haus?«

»Volvo-Kombi, grün, Kennzeichen drei neun neun –«

Der Officer wartete nicht, bis Burrell zu Ende gesprochen hatte. »Das ist der Typ, der aus dem Gefängnis ausgebrochen ist – Mann, Gerry, liest du eigentlich keine BOLOs?«

Ein paar Minuten später fand Burrell Bill Stieglitz auf dem Boden des Wohnwagens, sein Kopf von dem in seiner Kehle steckenden Hackbeil fast abgetrennt, sein bereits erstarrter Körper gegen die Seile ankämpfend, die ihn gefesselt hatten, als er noch lebte.

Wenige Minuten nach Deputy Burrells Entdeckung wurde der BOLO um den Lieferwagen ergänzt, und der Fahndung nach Casey, die unverzüglich weiter nördlich nach Mendocino County verlagert wurde, wurde die Suche nach Officer Trudells Mörder angegliedert.

Inzwischen hatte Max jedoch den Highway 101 verlassen und war in Richtung Osten, nach Covelo, unterwegs. Als er im Westen die Flugzeuge brummen und die Hubschrauber knattern hörte, bog er von der Hauptstraße nach Covelo ab, nahm etwa einen Kilometer lang eine kurvenreiche zweispurige Landstraße durch die Berge und stellte den Dodge schließlich in einer Baumgruppe am Straßenrand ab, wo er mit ein bisschen Glück zumindest bis Tagesanbruch nicht entdeckt würde.

Irene war infolge der Ermordung des Polizisten und ihrer daraus resultierenden Panik noch immer nicht ganz da. Sie ließ sich von Max – es schien wieder Max zu sein – aus dem Lieferwagen ziehen und den Hügel hinaufführen, wo sie sich, wie es schien, eine Ewigkeit fügsam in das dichte Gebüsch neben der Straße legte, während er wartete, dass ein geeignetes Fahrzeug vorbeikam. Es dämmerte schon fast, als er sie endlich in den Armen hochhob und auf die Straße hinaustrat, um einen blauen Cadillac anzuhalten.

Als die Fahrerin aus dem Wagen ausstieg und auf sie zurannte, sah Irene, dass sie noch ein Mädchen war, eine schöne junge Indianerin. Genug ist genug, dachte Irene – nicht gerade der nobelste Gedanke, für den jemals ein Mensch sein Leben zu opfern beschlossen hatte.

Und als Irene zu schreien und sich zu wehren begann, um das Mädchen, notfalls um den Preis ihres eigenen Lebens, zu warnen, erfüllte sie keineswegs der Gedanke, dass sie nun sterben müsste, mit dem größten Bedauern, sondern dass sie den Mut zu kämpfen nicht schon früher aufgebracht hatte, um den Officer der Highway Patrol rechtzeitig zu warnen. Wenigstens hätte ihr Tod dann dem Morden ein Ende gemacht.

Bernadette Sandoval, eine dreiundzwanzigjährige Pomo-Indianerin, fuhr ein taubenblaues 78er Coupe de Ville, das ihre Mutter nach einem alten Rock-and-Roll-Song aus den 50er Jahren Maybelline getauft hatte. Acht Zylinder, fünfeinhalb Meter lang und vorn und hinten durchgehende Sitzbänke, breit genug, um bequem darauf vögeln zu können. Letzteres war wichtig, weil Bernadette mit ihrer Mutter und Großmutter in Willits wohnte, während ihr Verlobter Ernie im Moment in den Hügeln östlich von Covelo bei seinem Vater wohnte.

Seit sie volljährig war, arbeitete Bernadette im Pomo-Casino des Reservats Round Valley nördlich von Covelo nachts als Bedienung. Als ihre Schicht am Samstagmorgen, dem 10. Juli, vorbei war, fuhr sie einen kleinen Umweg zum Haus von Ernies Vater, bog in die Einfahrt, machte den Motor und die Lichter aus und rollte im Dunkeln zum Haus hinunter, wo Ernie auf der Eingangstreppe auf sie wartete. Sie schoben auf Maybellines geräumigem Rücksitz erst eine schnelle, dann eine langsame Nummer.

Kurz vor Morgengrauen riss sich Bernadette von ihrem Lover los und war nicht mehr weit von der Hauptstraße nach Covelo, als sie einen Mann mit einer Frau in den Armen aus dem Gebüsch wanken sah. Sie stieg auf die Bremse und fuhr so weit an den Rand der schmalen Straße, wie es ging, machte die Warnblinkanlage an, griff sich ihr Autotelefon und lief den Hügel hinunter, um den beiden zu helfen.

Ihr erster Gedanke war, dass das Paar von der Straße abgekommen war – wenn man nicht mit dem Streckenverlauf vertraut war, konnte sie ganz schön tückisch sein –, doch im Näherkommen sah sie, dass die Sache etwas komplizierter war, als sie gedacht hatte. Die Frau setzte sich zur Wehr; ihre rote Perücke war verrutscht, und der Mann hielt ihr die Hand auf den Mund.

Bevor Bernadette überlegen konnte, was sie tun sollte, ließ der Mann die Frau neben der Straße auf die Erde fallen und zog einen kurzläufigen Revolver aus dem Bund seiner Jeans.

»Danke fürs Anhalten«, sagte er im Konversationston, als richtete er keine Schusswaffe auf Bernadettes Brust. »Das machen heutzutage nicht mehr allzu viele.«

40 Pender brauchte nicht lang, um zu merken, dass er von den Ermittlungen ausgeschlossen werden sollte. Zum einen hatte ihm niemand etwas davon gesagt, dass ein Officer der Highway Patrol ermordet worden und dass sich die Fahndung nach Norden verlagert hatte. Er bekam das alles zufällig mit, als er am frühen Samstagmorgen bei strahlendem Sonnenschein in der FBI-Dienststelle am Stadtrand von Monterey aufkreuzte, um Dr. Cogans Tonbandaufnahmen für die Verbreitung transkribieren, kopieren und an die Psycholinguistik-Expertin der Abteilung Verhaltensforschung in Maryland schicken zu lassen, damit sie sie weiter auswertete.

Den nächsten Hinweis bekam er, als er sich nach einem Platz in der FBI-Maschine nach Mendocino erkundigte, die in einer Stunde starten sollte, und von Agent Pastor mitgeteilt bekam, sie sei voll.

»Na schön, meinetwegen, und wie wär's mit einem Wagen?«

»Tut mir Leid, Pender, ich kann keinen erübrigen«, sagte Pastor schroff.

»Was ist hier eigentlich los?«, wollte Pender wissen.

»Genau das frage ich mich auch. Sie kommen hier aus Washington angewalzt, ohne es für nötig zu halten, sich beim Resident Agent zu melden. Sie düpieren die Lokalpolizei und verschulden den Ausbruch eines Häftlings sowie die Ermordung eines Sheriff's Deputy. Sie trampeln an einem Tatort rum, an dem Sie nichts zu suchen haben, und sehen sich dort erst mal in aller Ruhe um, bevor Sie den BOLO durchgeben, womit Sie unserem entflohenen Häftling zu einer weiteren Stunde Vorsprung verhelfen – und dadurch möglicherweise auch zur Ermordung eines Officers der California Highway Patrol beitragen.«

Pastor hielt inne, um Luft zu holen; für Pender hörte es sich an, als verläse er eine Liste mit Anklagepunkten, die er bereits eingereicht hatte.

»Aber als der SAC gestern McDougal anruft, damit der Sie auf schnellstem Weg nach Washington zurückbeordert, sagt ihm McDougal, dass er Ihnen irgendwas zu tun geben soll, statt Sie sofort an das OPR zu überstellen. Und jetzt wollen *Sie* von *mir* wissen, was hier eigentlich los ist. Haben Sie Fotos von McDougal und vom Direktor, wie sie eine tote Hure verschwinden lassen, oder was?

Wenn ich mir's genauer überlege – sagen Sie's mir lieber nicht. Alles, was ich von Ihnen will, ist ein vollständiger Bericht, auf der Stelle, pronto, immediamente, sofort, und zwar über alles, was Casey gesagt und getan hat, als Sie zusammen waren, und vor allem möchte ich eine detaillierte Schilderung jeglicher Vorkommnisse, die zu seiner erfolgreichen Flucht geführt haben, und zwar bis heute Abend. Und das ist *alles*, was ich von Ihnen will. Es ist mir völlig egal, was McDougal sagt – Sie lassen verdammt noch mal die Pfoten von meinen Ermittlungen.«

Beim Betreten des Büros hatte Pender den Hut abgenommen; als er den Blick senkte, sah er, dass er ihn wie ein nervöser Bittsteller in seinen Händen drehte.

Ich bin LMA, dachte er. Das brauche ich mir nicht gefallen zu lassen. LMA war FBI-Slang für einen Agenten, der bereits seine Pensionsberechtigung in der Tasche hatte; die Abkürzung stand für Leck mich am Arsch. Er richtete sich zu voller Größe auf, sodass er den jüngeren Mann, der unwillkürlich zurückwich, um einiges überragte.

»Sie können mich mal«, sagte Pender mit einem, hoffte er, gewissen Maß an Würde. »Und weil wir schon mal dabei sind – der RA, der SAC und die Lokalen können mich genauso.«

Dann reichte er Pastor, der bisher nicht einmal gewusst hatte, dass sie überhaupt existierten, die zwei Minikassetten Dr. Cogans, setzte seinen zerknautschten Hut wieder auf, brachte Krempe und Kniff, so gut es ohne Spiegel ging, wieder in Form und kehrte Pastor und dem FBI den Rücken.

41

Mit Bernadette am Steuer des blauen Cadillac, Irene rechts neben ihr und Max, der Irene die Pistole an den Kopf hielt, auf dem Rücksitz, navigierte der alte Straßenkreuzer durch die Nebenstraßen des Round Valley, eine flache Schüssel mit 35 km Durchmesser, umgeben von einem Ring aus Bergen. Dann durchquerte er eine Ecke des Mendocino National Forest und arbeitete sich beharrlich durch das Trinity County voran, während die kreisenden Suchflugzeuge immer näher kamen.

Bei Max begann sich die zunehmende Belastung bemerkbar zu machen. Er musste nicht nur auf die Flugzeuge und Irene achten, sondern auch auf Bernadette, die ihm zwar versprochen hatte, einen Fluchtweg über nicht in der Karte eingetragene Straßen einzuschlagen, aber trotzdem jederzeit irgendeinen faulen Trick versuchen konnte. Und als ob das nicht schon genug Stress wäre, musste er bei dem Ganzen auch noch auf das wilde Gerangel in seinem Innern achten. Das System befand sich in einem fast nicht mehr zu bewältigenden Panikzustand, und da seine Aufmerksamkeit in immer mehr Richtungen aufgesplittert war, wusste Max nicht, ob er seine Herrschaft über die anderen noch viel länger aufrechterhalten könnte.

Dann kam ihm ein Gedanke, wie er zwei Fliegen mit einer Klappe schlagen und die Belastung des Systems reduzieren könnte, während sie sich vor der Suche aus der Luft versteckten. Er befahl Bernadette, von der Landstraße in einen verlassenen, unbefestigten Forstweg zu biegen. Obwohl Maybellines Unterboden gelegentlich über den Boden schleifte, fuhren sie immer weiter bergauf, bis der Forstweg tief im Wald am Rand einer mit niedrigen Zwergkiefern bestandenen Neupflanzung endete.

Max befahl Bernadette, den Cadillac im Schutz der Bäume abzustellen und auszusteigen.

Irene wollte ebenfalls aussteigen.

»Sie bleiben hier.« Mit einer Hand hielt Max Irene den Revolver an den Kopf, mit der anderen nahm er ein Paar Handschellen aus Terry Jervis' Reisetasche.

»Was wollen Sie mit ihr machen?«

»Das geht Sie nichts – halt, nein, wahrscheinlich geht es Sie doch was an.«

Plötzlich merkte Max, dass er sogar drei Fliegen mit einer Klappe schlagen konnte: sich vor den Suchflugzeugen verstecken, die Belastung des Systems verringern und auch noch Irene zu einem richtig guten Motiv verhelfen, die Therapie fortzuführen. Er beugte sich durch die offene Fahrertür ins Wageninnere. »Hier drinnen herrscht ziemliches Chaos«, flüsterte er und tippte mit der Mündung des .38er an seine Schläfe. »Langsam verliere ich die Kontrolle über den wilden Haufen. Wenn ich ihnen nicht gebe, was sie wollen, kann ich nicht für ihre oder Ihre Sicherheit garantieren.«

»Nein!«, stieß Irene hervor. »Das ist nicht der richtige Weg, Max.«

»Natürlich nicht«, stimmte er ihr leise zu und kettete ihr linkes Handgelenk ans Lenkrad. »Sie kennen den richtigen Weg. Therapie. Fusion. Nur haben wir dafür im Moment leider keine Zeit.«

Bernadette Sandovals schwarzes Haar glänzte in der durch die Kiefern fallenden Morgensonne, als sie zitternd neben dem Auto stand. Der Grund ihres Zitterns war nicht so sehr Angst als gespannte Erwartung: Sie hatte sich bereits dazu entschlossen, bei der ersten sich bietenden Gelegenheit zu versuchen, die Waffe in ihren Besitz zu bringen. Wenn dieser Widerling Max sie umbrachte, dann brachte er sie eben um, aber vergewaltigen lassen würde sie sich auf gar keinen Fall – und er wäre nicht der Erste gewesen, der das versuchte. Sie hatte einen Onkel, der an seiner Schläfe immer noch eine Narbe von ihrer Nagelfeile hatte.

»Such dir einen Platz aus und leg dich hin.« Mit dem Revolver fuchtelnd, beschrieb Max auf dem Teppich aus Kiefernnadeln rechts vom Auto grob den Bereich, den er meinte.

Bernadette kam seiner Aufforderung nach – sie konnte die Waffe erst an sich bringen, wenn sie sich in ihrer Reichweite befand.

»Zieh deinen Slip aus und zeig mir dein bestes Stück.«

Wenn es weiter nichts ist, dachte Bernadette; das ist doch Kinderkram. Sie hoffte, er würde sie nicht zwingen, sich ganz auszuziehen, bevor er mit der Waffe nahe genug herangekommen war. Gleichzeitig redete sie sich gut zu, dass sie notfalls auch das tun könnte.

»Jetzt knöpf deine Bluse auf, Bernadette, und lass mal sehen –«

Die Autotür ging auf. Mit der Waffe in der Hand wirbelte Max herum. Bernadette versuchte wegzulaufen, während er ihr den Rücken zugekehrt hatte, aber ihr Slip war unten an ihren Fußgelenken. Sie fiel hin, versuchte wegzukriechen. Das Krachen eines Schusses. Eine Kugel pfiff über ihren Kopf hinweg und schlug in einen Baumstamm, sodass Rindenstücke davonstoben. Bernadette fiel aufs Gesicht und hielt die Arme über ihren Kopf, als könnte sie ihn damit vor der Kugel schützen, die, wusste sie, jeden Moment kommen musste.

Als die Kugel nicht kam, drehte sich Bernadette auf den Rücken und sah Max den Revolver auf sie richten. Hinter ihm lehnte sich Irene, so weit es ihre Handschellen zuließen, aus Maybellines offener Tür. Ihr Mund bewegte sich; Bernadettes Hirn brauchte ein paar Sekunden, um die Wörter zu verarbeiten.

»– nehmen Sie mich, nicht sie. Wenn Sie meine Hilfe wollen, müssen Sie alle mitmachen. Lassen Sie das Mädchen in Ruhe, oder so wahr mir Gott helfe, Sie müssen uns beide umbringen.«

Bernadette hatte Angst, wieder zu Max aufzublicken. Sie hielt ihren Blick auf das Gesicht der anderen Frau gerichtet. Normalerweise konnte sie Weiße sehr gut durchschauen – im

Gegensatz zu Indianern zeigte sich alles, was sie dachten oder fühlten in ihren Gesichtern. Aber diese Irene war ganz schön abgebrüht, ohne Scheiß. Sie hatte schon einiges erlebt. Bernadette nahm ihr ab, was sie gesagt hatte. Wieder bereitete sie sich aufs Sterben vor.

Zum Glück nahm es ihr auch Max ab. »Was soll's, im Sturm tut's jeder Hafen«, brummte er, ebenso an die anderen gewandt wie an sich selbst. Dann bedeutete er Bernadette mit dem Revolverlauf aufzustehen.

42

Penders Entschlossenheit hielt gute fünfundvierzig Sekunden an – er war noch im Lift, als der Diavortrag begann. Er sah Aletha Winkle und Terry Jervis, als sie noch am Leben waren; er sah sie auf dem Bett, gedemütigt und abgeschlachtet, dann zu einem erniedrigenden Tableau angeordnet. Er sah die Gesichter der rotblonden Frauen. Er sah das Gesicht seiner Mutter – wie stolz war sie auf ihn gewesen, als er zum FBI gegangen war. Ein Foto ihres Eddie, wie er von Judge Sessions eine Belobigung erhielt, hatte sie in das Altersheim begleitet, in dem sie gestorben war.

Und zum Schluss sah er seinen Vater in der blauen Paradeuniform mit den blitzenden Orden auf ihn zukommen. *Wer aufgibt, kann nicht gewinnen, und ein Pender gibt nicht auf.* Dann ging die Lifttür auf, und Pender sah einen riesigen glatzköpfigen Kerl in einem knalligen Sportsakko und einem zerknautschten Hut in den Glastüren des Gebäudes gespiegelt.

»Special Agent E. L. Pender meldet sich zum Dienst, Sir«, sagte er laut, bevor er der Witzfigur im Glas genauso salutierte, wie es ihm sein Vater beigebracht hatte – die Hand so gerade wie eine Messerklinge, der Oberarm parallel zum Boden, und *wegschnappen* lassen, Junge, *wegschnappen*.

Wohin?

Das war die erste Frage für Pender. Nachdem er in Monterey nicht mehr erwünscht war, spielte er mit dem Gedanken, in seinen Leihwagen zu springen und nach Mendocino hochzufahren. Aber dort konnte er nichts tun, was nicht bereits getan war. Das Gleiche galt für Santa Barbara, die Heimatstadt von Paula Ann Wisniewski, der letzten Rotblonden – in Santa Barbara würde es wimmeln von Agenten der Außenstelle L.A.

Folglich lautete seine nächste Frage: Was weiß ich, was sonst niemand weiß? Was kann *ich* zu der Party mitbringen?

Nach dem Abhören der Tonbänder wusste er, dass der Mörder mehrere abgespaltene Persönlichkeiten hatte, dass er die Namen Max, Christopher und Lyssy benutzte und dass er als Kind missbraucht worden war. Allerdings stünden schon in wenigen Stunden jedem Ermittler Transkripte der Bänder zur Verfügung, und das FBI würde damit beginnen, sämtliche DIS-Patienten, Krankenhausunterlagen und DIS-Selbsthilfegruppen zu überprüfen und die Verbrechens-Datenbanken nach Namensübereinstimmungen abzufragen. (Pender wurde klar, dass Pastor die Entdeckung der Tonbänder höchstwahrscheinlich als sein Verdienst hinstellen würde; zu seiner Überraschung stellte er jedoch fest, dass ihn das nicht groß juckte.)

Was hatte er sonst noch für Informationen? Welche markanten Fakten wären in den Bericht eingeflossen, den Agent Pastor angefordert hatte, aber jetzt genauso wenig bekäme, wie ihm der Generalstaatsanwalt einen blasen würde?

Ganz einfach: Dallas. Das Sleep-Tite Motel, wo man sich ein Klassemädchen zum Bumm-bumm-Machen kommen lassen konnte. Ein Klassemädchen namens … wie hatte sie gleich wieder geheißen … denk zurück … nein, *geh* zurück … *Möse ist Möse ... ruf an der Rezeption an ... das strammste kleine Ding, das ich ... Ann Soundso ... Ann Tran!*

Wohin? Plötzlich hatte Pender die Antwort auf seine erste Frage.

43

Sowohl für ihr Alter als auch für ihren Beruf und für den Teil der Welt, in dem sie lebte, waren Irene Cogans Erfahrungen auf sexuellem Gebiet eher begrenzt. Sie wusste zwar alles, was Menschen taten, hatte allerdings selbst nicht viel davon getan. Und das Wenige, was sie getan hatte, hatte sie mit Frank getan – sie war bis kurz nach ihrer Verlobung Jungfrau geblieben. Ihr Liebesleben war befriedigend, wenn auch nicht abenteuerlich gewesen – eine Beschreibung, die auch auf den Rest ihrer Ehe zutraf. Das letzte Mal, dass sie sich geliebt hatten, war in der Nacht vor Franks Tod gewesen. Es war sehr schön gewesen; am nächsten Morgen hatte er kalt neben ihr gelegen. Seitdem hatte sie, außer in ihren Träumen, mit keinem Mann mehr geschlafen.

Und jetzt das. Während Max Bernadette mit den Handschellen am Lenkrad festkettete, nahm Irene eine Decke aus dem Kofferraum, breitete sie auf den Kiefernnadeln aus und stellte sich daneben – aus irgendeinem Grund schien es ihr wichtig, dass sie nicht im Liegen auf ihn wartete. Dann stand er vor ihr und sah sie an, und es war, als befände sie sich wieder in diesem Traum, in dem sie nackt in einem Operationssaal gewesen waren und er sich niedergekniet und sie zum Höhepunkt geküsst hatte.

Wenn er jetzt vor mir niederkniet, kriege ich zu viel, dachte sie. Stattdessen nahm er ihr die rote Perücke ab und warf sie ins Gebüsch, bevor er sich vorbeugte und sie küsste. Sie merkte, er wollte, dass sie den Mund öffnete und seinen Kuss erwiderte. Und das hätte sie auch tun sollen, sie wusste, sie hätte es tun sollen – zwei Menschenleben standen auf dem Spiel –, aber sie brachte es einfach nicht über sich. Sie wandte das Gesicht ab; oder genauer, ihr Kopf drehte sich von selbst von ihm fort – das entsprach mehr ihrem Eindruck davon.

»Noch besser«, flüsterte er in ihr linkes Ohr, das sie ihm unbewusst zugewandt hatte – bei so geringem Abstand stellte sich zwangsläufig ein hohes Maß an Intimität ein. Er hob die Hand, legte seine glatten, knochigen Finger gespreizt an ihre linke Wange und drückte behutsam dagegen, sodass sie sich langsam so weit um ihre Achse drehte, bis sie ihm den Rücken zukehrte. Einer seiner Arme war um ihre Brust gelegt, den anderen konnte sie hinter sich herumfummeln spüren; sie hörte einen Reißverschluss.

Er drückte sich mit dem ganzen Körper an sie; wenn er eine Erektion hatte, konnte sie es nicht spüren. Er griff in den Bund ihrer Hose und ihrer Turnhose und zog ihr die zwei Hosen, immer noch fest an sie gepresst, nach unten.

Mit den Hosen um die Knie, stolperte sie vorwärts; der starke Arm um ihre Brust hielt sie, ließ sie behutsam zu Boden. Dann war sie auf allen vieren, und sein Gewicht war auf ihr, seine Arme um sie geschlungen. Er schob seine Hände unter Mrs. Bills Polyesterbluse und zog ihren Sport-BH hoch, um ihre Brüste zu streicheln. Sie konnte spüren, wie sich sein Penis gegen ihren Slip presste, den schlichten weißen Olga-Slip. Er begann sich rasch hin und her zu bewegen, rieb seinen immer noch schlaffen Penis an ihren Pobacken, machte aber keine Anstalten, ihr den Slip herunterzuziehen oder in sie einzudringen. Dann nahm er die Hände von ihren Brüsten und begann ihr auf Schultern und Hinterkopf zu klatschen.

Es dauerte nicht lange, eine Minute vielleicht, allerhöchstens zwei. Er stöhnte; sein Gewicht löste sich von ihr. Als sie auf allen vieren an den Rand der Decke krabbelte, hörte sie ihn leise fluchen. Als er ihr nicht folgte, stand sie auf, zog die Shorts und die lange Hose über ihren Slip hoch, zupfte ihren BH zurecht, begann sich umzudrehen. Sein Gesicht war rot; er wischte sich an der Jeans die Hände ab.

Frühzeitiger Samenerguss, dachte Irene und wandte sich rasch wieder ab, bevor er merkte, dass sie ihn beobachtete. Friktionismus. Erektionsstörung. Zu ihrem Selbstschutz war ihre innere Stimme klinisch nüchtern.

»Ich hab's mir anders überlegt«, sagte Max, nachdem eine weitere Minute vergangen war. »Das würde wahrscheinlich unsere therapeutische Beziehung stören, glauben Sie nicht auch?«

Und das war's dann – es war vorbei. Natürlich würde es nie *wirklich* vorbei sein. Irenes Hals und Schultern brannten immer noch von den Schlägen, und ihre Brüste behielten die sensorische Erinnerung an diese schlüpfrig-glatten Fingerspitzen. Aber sie hatte sich auf etwas viel Schlimmeres gefasst gemacht, deshalb verspürte sie neben Scham und Wut auch enorme Erleichterung. Und er war nicht in sie eingedrungen, war nie in ihr gewesen – aus irgendeinem Grund machte das einen größeren Unterschied aus, als sie sich jemals hätte vorstellen können.

Ein weiterer Grund zur Erleichterung: Danach schaffte es Irene, Max dazu zu überreden, Bernadette zurückzulassen, die Arme zwar am Rücken mit Handschellen aneinandergekettet, die Fußgelenke gefesselt, aber ansonsten unverletzt. Er hatte Irene sogar dabei geholfen, es dem Mädchen so bequem wie möglich zu machen; damit sie weich lag, hatte er mit den Armen Kiefernnadeln zusammengerafft und eine Decke über sie gebreitet.

»Ich verspreche Ihnen, sobald wir Maybelline nicht mehr brauchen, rufen wir sofort jemand an, der Sie holen kommt«, sagte Irene laut zu Bernadette, als Maxwell zum Auto zurückging, um eine zweite Decke aus dem Kofferraum zu holen. Und flüsternd fügte sie hinzu: »Hier sind Sie sicherer.«

»Machen Sie sich meinetwegen keine Sorgen – ich komme schon frei. Ich weiß, dass ich das schaffe. Ich habe im Kino gesehen, wie man das macht – man bringt seine Hände hinter seinen Rücken und unter seine Beine. Ich kann zur Landstraße zurückgehen, dort kommt dann schon jemand vorbei. Außerdem kann ich mir gut vorstellen, dass meine Mom mich bereits vermisst gemeldet hat und dass sie schon nach dem Auto suchen. Ich drücke Ihnen die Daumen.«

»Ich Ihnen auch.«

»Danke für das, was Sie da vorhin getan haben – das werde ich Ihnen nie vergessen.«

»Schon gut. Es tut mir bloß Leid –«

Inzwischen war Max zurückgekommen. »Steigen Sie ein, Irene. Ich will nach diesen Handschellen sehen und unserer Bernie einen guten Rat geben.«

Was jetzt kam, war nicht ganz einfach. Theoretisch wusste Max zwar, wie der Bukareststoß ging – er musste hinter Bernadette zu stehen kommen und die Messerklinge zwischen ihren ersten und zweiten Nackenwirbel stechen –, aber er hatte ihn selbst noch nie versucht. Auch von den anderen alters hatte ihn noch keines probiert. Außerdem musste er das Ganze perfekt timen – er musste es tun, während ihnen Irene den Rücken zukehrte. Und auf keinen Fall durfte er es Kinch überlassen – Finesse gehörte nicht zu Kinchs Stärken.

Wenn Max es allerdings richtig hinbekam, würde Irene nichts merken, und Bernadette würde das Messer kaum spüren. Und selbst wenn sie etwas spürte, hätte sie weder die Zeit noch die neuralen Verbindungen, um einen Schrei auszustoßen.

»Ich will dir nur kurz helfen, eine bequeme Stellung zu finden.« Damit kniete er hinter dem Mädchen nieder und drückte ihr den Kopf nach vorn, um die Wirbel auseinanderzuziehen.

»Danke.«

»Keine Ursache.«

44 Ausnahmsweise war das Glück des Reisenden auf Penders Seite. Nicht viel Samstagsverkehr von Monterey nach San José, Oldies im Radio, am Flughafen keine Probleme bei der Rückgabe des Toyota, in der Southwest-Maschine massenhaft Plätze frei, jede Menge Zeit zum Ausfüllen der Formulare, die nötig waren, um seine Waffe mit an Bord nehmen zu dürfen. Und auf dem Anschlussflug nach Love Field in Dallas hatte Pender sogar genug Platz, um sich für ein dringend benötigtes Nickerchen auszustrecken – er hatte in den letzten vierundzwanzig höchstens zwei, drei Stunden geschlafen.

Love Field. War es für einen Mann in Penders Alter möglich, bei diesem Namen nicht an John F. Kennedy zu denken? Zum Zeitpunkt des Attentats war Pender neunzehn gewesen. In seinem ersten Jahr am College. Er hatte noch zu Hause gewohnt, noch den 53er Plymouth gefahren, den ihm seine Eltern zum Highschool-Abschluss geschenkt hatten (ein anderes Auto konnten sie sich nicht leisten), sich mit zwei Jobs gleichzeitig über Wasser zu halten versucht (als Tellerwäscher in Dan's Deluxe Diner und als Tankwart in der Flying A) und an chronischem Schlaf-, Zeit- und Geldmangel gelitten. Und doch musste er feststellen, dass er voll Wehmut an diese Zeit zurückdachte.

Die Vergangenheit war wie eine alte Hure, hatte er mal wo gelesen – je weiter man sich von ihr entfernte, desto besser sah sie aus.

Am Enterprise-Schalter mietete Pender einen weiteren Corolla – so ziemlich das Einzige, was an einem Samstagabend noch zu haben war. Er fragte die Angestellte, ob sie mal was vom Sleep-Tite Motel gehört hätte. Hatte sie nicht, sah es aber im Stadtplan für ihn nach, um ihm dann widerstrebend den Weg zu beschreiben – anscheinend lag es in keiner sehr guten Gegend.

Pender genehmigte sich in einem Restaurant mit Stierhörnern über dem Eingang ein Steak zum Abendessen und hatte kurz nach neun das Sleep-Tite ausfindig gemacht. Der Laden hatte eindeutig schon bessere Zeiten gesehen. Zwanzig schäbige Zimmer, in einem verblichenen Rosa gestrichen, zwei Flügel mit jeweils zehn Zimmern und dazwischen die Rezeption. IMMER FREI, IMMER FREI, IMMER FREI blinkte das Neonschild, ein rostiges, raffiniert abgeschrägtes Post-Deco-Ding, das aussah, als hätte es besser in den 50er Jahren das Vordach eines Drive-in geziert. IMMER kosteten 26 Dollar die Nacht. Zweifellos gab es auch Stundentarife.

Pender stellte den Corolla vor dem Bürofenster ab, wo der Portier ihn mit Sicherheit sehen würde. Dank der Carjacking-Epidemie, die Anfang der 90er Jahre ausgebrochen war, waren Mietwagen nicht mehr als solche gekennzeichnet, aber jeder, der auf so etwas achtete, wusste genau, woher ein sauberer, weißer, relativ neuer Toyota kam.

Alleinstehender Typ spätabends in einem Flughafen-Leihwagen ist gleich Handlungsreisender – genau die Rolle, die Pender zu spielen vorhatte.

Anscheinend taten der idiotische Hut und das zerknitterte karierte Sakko der Verkleidung keinen Abbruch – der Asiate, der hinter dem Schreibtisch saß, grüßte Pender ohne Interesse oder Argwohn.

»Wah-s kann ich füh Sie tun hoite Ah-bänd, gute Zimma sechsundzwazig Dolla, Felnsehen, keine Kabel, Oltsgespläch flei.« Alles in einem Singsang-Atemzug – hörte sich wie ein chinesischer Akzent für Pender an.

»Die Sache ist die, Chef.« Pender stützte die Ellbogen auf den hohen Schalter und beugte sich dem Mann vertraulich entgegen. »Ich hab da zu Hause einen Freund, der hat mir erzählt, er hat letzten Juni im Sleep-Tite Motel in Dallas von so einer Vietnamesin das beste Flötensolo seines Lebens geblasen gekriegt – und du kannst mir glauben, das ist jemand, der sich mit so was auskennt. Deshalb dachte ich mir, wenn ich schon mal in der Gegend bin ...«

»Ein Jah viel Zeit. Gloße Fluktuasion. Die Name?«

»Da bin ich nicht sicher. Er könnte sich Max genannt haben oder Christopher oder –«

»Nicht *seine* Name, *ihle* Name.« Der Portier verdrehte die Augen.

»Ann Tran oder so ähnlich.«

»Ich nicht kennen. Ich flagen Mädels, sehen, was können tun. Sechsundzwazig Dolla fü Zimmel. In volaus.«

»Ich zahle bar – aber sieh zu, dass es dasselbe Mädchen ist, das es meinem Freund besorgt hat – sonst verschwendest du bloß ihre Zeit.«

»Abel sichel, selbe Mädchen«, sagte der Mann teilnahmslos. Aber in seinem Blick war eine Wachsamkeit, die vorher nicht dort gewesen war.

Anh Tranh, eins achtundfünfzig groß, achtunddreißig, allerhöchstens vierzig Kilo, dick geschminkt, in einem pfirsichfarbenen Halter-Top und einem kurzen, engen, limonengrünen, nach Vinyl aussehenden Rock, kam in Zimmer 17 des Sleep-Tite Motel gerauscht und schnatterte sofort los wie eine Saigoner Straßenhure.

»Hey, GI, jede Freun', dein Freun', Freun' von mir. Ich dir geben extra Spessialnumma von Leckie-leckie, genau wie ihn, fuffzig Dolla', gaaanz lang, hundat Dolla' bumm-bumm, was meinst du, GI?«

Pender schloss die Tür hinter ihr, griff nach seiner Brieftasche, klappte seine Dienstmarke auf.

»Setz dich«, sagte er und wies mit einem Kopfnicken auf das Bett.

»Jetzt mach aber 'n Punkt«, erwiderte das Mädchen in akzentfreiem Texas-Slang. »Wo ist das Problem, hat Wong diesen Monat vergessen, die Sitte zu schmieren? Oder willst du eine Gratisnummer rausschinden?«

»Ich bin nicht von der Sitte, sondern vom FBI, und ich brauche deine Hilfe.« Er hatte eine Kopie von Caseys Karteifoto in seiner Brieftasche; er zeigte es ihr.

»Christy«, sagte sie, ohne zu zögern, obwohl sie ihn über ein Jahr lang nicht mehr gesehen hatte. Sie setzte sich aufs Bett. »Was hat er angestellt, jemand umgebracht?« Mehr fasziniert als nachtragend.

»Jede Menge.« Plötzlich war sichtbar geworden, dass Anh Tranh unter dem kurzen Rock einen durchsichtigen Slip trug. Pender, der monatelang keinen Sex mehr gehabt hatte, musste gewaltsam den Blick davon losreißen. Er ließ ihn ihren nackten Bauch hochwandern, über die kleinen Brüste unter ihrem Top zu ihrem Gesicht, das süß und rund war wie ein Lollipop. Hübsches kleines Ding, wenn man ihr die Hälfte von dem ganzen Kleister vom Gesicht kratzte. »Was soll dieses ganze Fickie-leckie-Gequatsche?«

»Ziemlich gut, hm? Dabei bin ich nicht mal aus Vietnam – ich bin aus Kambodscha. Aber wir kriegen eine Menge Typen in deinem Alter, weißt du, Vietnamveteranen, die fahren total ab auf diesen Quatsch, kommen deshalb ständig wieder. Irgendso nostalgische Anwandlungen. Weißt du übrigens, dass du am Kopf blutest?«

Pender fasste sich an den Kopf – er hatte beim Betreten des Zimmers den Hut abgenommen – und betastete vorsichtig den Verband. Er war feucht, und als er auf seine Fingerspitzen sah, war Blut an ihnen. »Mist.«

»War das Christy?«

»Mit einem Paar Handschellen.« Pender mimte eine steifarmige Stechbewegung.

»Au, Maaann«, sagte Anh Tranh – sie schien beeindruckt.

45 Als Max den Berg wieder hinunterfuhr, streifte der Auspuff des taubenblauen Coupe de Ville einige Male die Kuppe in der Mitte des Forstwegs. Auch der nächste Streckenabschnitt mit seinen schmalen, kurvenreichen Landstraßen kam Maybellines Fahrgestell nicht gerade entgegen, aber auf der Interstate 5 war sie dann in ihrem Element. Sie machte ordentlich Tempo und überquerte kurz nach sieben Uhr abends den zweiundvierzigsten Breitengrad nach Oregon.

Nicht, dass Irene etwas von Breitengraden oder Grenzen mitbekam – Maxwell hatte sie, kurz bevor sie in Redding auf die Interstate gefahren waren, in den Kofferraum gesperrt. Er ließ sie nur einmal zum Pinkeln raus, an einer Tankstelle bei Weed, deren Toilette weit genug im Hintergrund lag. Die restliche Zeit befand sie sich in einem Dunkel, das nur sporadisch vom weißen Aufleuchten der Bremslichter durchbrochen wurde und später, nach Einbruch der Dunkelheit, vom höllenhaft roten Schein der Hecklichter.

Seltsamerweise war Irene fast froh über die schlechtesten Streckenabschnitte, über die steilsten Steigungen und die schärfsten Kurven. Die ständige Wachsamkeit und die körperliche Anstrengung, die nötig waren, um nicht wie ein loses Gepäckstück im Kofferraum herumgeschleudert zu werden, hielten sie davon ab, sich zwanghaft mit den Schrecken und Demütigungen der jüngsten Vergangenheit oder, sogar noch grauenhafter, der absehbaren Zukunft zu befassen.

Nach ein paar Stunden auf der Interstate, fünfundvierzig Minuten auf sanft gewundenen Highways und schließlich einem holprigen Straßenstück mit halsbrecherischen Serpentinen, S-Kurven und Auf und Abs hielt Maybelline endlich an. Maxwell stieg aus, ließ den Motor aber laufen. Irene hörte das Knarren eines sich öffnenden Tores und begriff mit einer Mischung aus Erleichterung und Angst, dass die Reise unmittelbar vor ihrem Ende stand.

Doch vorher hatte Maybelline noch eine letzte Steigung zu

erklimmen, so steil, dass Irene sich mit beiden Händen abstützen musste, um nicht gegen das hintere Ende des Kofferraums geschleudert zu werden. Dann hielt der Wagen wieder an, und der Kofferraum ging auf. Das Gesicht von den Rücklichtern von unten gespenstisch beleuchtet, stand Maxwell über Irene und fragte sie, wie es ihr ginge. Ihr fiel keine Antwort ein – es wollten keine Wörter kommen.

Max half ihr aus dem Kofferraum. Sie fühlte sich schwach und steif und ihr war leicht übel. Aber die frische Luft war ein Wunder, köstlich und berauschend; gegen den Wagen gelehnt, bis sie allein stehen zu können glaubte, sog sie sie gierig in ihre Lungen.

Als sie jedoch zu gehen versuchte, versagten ihr die Beine den Dienst. Max legte den Arm um sie und trug sie halb zur Beifahrertür, half ihr beim Einsteigen und schloss die Tür hinter ihr. Als sie darauf benommen durch die Windschutzscheibe blickte, sah sie im Licht von Maybellines Scheinwerfern einen seltsamen Maschendrahttunnel. Er war etwa vier Meter hoch und sechs Meter lang, von Ranken und Kletterrosen überwuchert und an beiden Enden mit einem Tor abgeschlossen. Zu beiden Seiten dieses Laubengangs erstreckte sich, so weit sie sehen konnte, ein hoher, unter Strom stehender Maschendrahtzaun in die Dunkelheit.

»Warten Sie hier«, rief Max und trat in das grelle Licht der Scheinwerfer. »Und auf keinen Fall die Tür öffnen oder das Fenster runterkurbeln.« Als er das Tor aufschloss, wurde er sofort von einer Meute untersetzter, schwarz-brauner Wachhunde angefallen. Irene stieß einen erschrockenen Schrei aus und schloss die Augen, fest überzeugt, Maxwell würde jeden Moment in Stücke gerissen.

Als sie die Augen wieder öffnete, lag Maxwell auf dem Boden, und die nach ihm schnappenden Hunde sprangen knurrend vor und zurück. Dann hörte sie Max in der Mitte des Gewühls lachen und merkte, dass das Ganze nur ein Spiel war.

Nachdem er sich ein paar Minuten mit den Hunden gebalgt hatte, scheuchte er sie in den Zwinger zurück, schloss das Innentor auf, kehrte zum Auto zurück, fuhr durch den Laubengang und schloss beide Tore hinter sich ab.

»Sollten Sie das Gelände mal fluchtartig verlassen wollen, wäre das hier der denkbar schlechteste Ausgang«, gab er Irene beim Losfahren diplomatisch zu verstehen.

Auf der anderen Seite des Zauns gabelte sich die asphaltierte Straße. Maxwell nahm die linke Abzweigung, die schon nach wenigen Metern am Waldrand endete, wo sich eine weite Wiese zu einer dunklen Schlucht hinabsenkte.

»Oh«, entfuhr es Irene, als Max die Lichter ausmachte. Hinter der Wiese, auf der anderen Seite der Schlucht, zerklüftete eine gezackte, zweigeteilte Bergspitze den Horizont. Darüber war der spektakulärste Nachthimmel, den Irene je gesehen hatte, ein Staubsturm silberner Sterne, die über einen Hintergrund aus undurchdringlichem Schwarz gestreut waren. Als ihr Blick sich auf das Schwarz konzentrierte, glitzerten und pulsierten die Sterne wie ein lebendiges Meer. Konzentrierte sie sich auf die Sterne, wich das Schwindel erregende Schwarz scheinbar zurück und ließ sie wankend am Rand des Universums zurück.

Maxwell machte den Motor aus, und eine Weile saßen er und Irene nur schweigend da. Die Stille wurde durch das Klicken des sich abkühlenden Auspuffrohrs und das Zirpen der Zikaden eher noch verstärkt als gestört. Dann startete er den Motor wieder, machte die Lichter an, legte den Rückwärtsgang ein und stieß langsam zurück, bis sie die Gabelung erreichten. Und diesmal nahm er die rechte Abzweigung, die sich am Kamm des bewaldeten Hügels entlang nach Norden schlängelte.

»Da wären wir«, verkündete er, als die Scheinwerfer ein langes, schmales, dreigeschossiges Haus am Waldrand erfassten. »Willkommen in Ihrem neuen Zuhause, Irene.«

Zuhause. Bei dem Wort lief es Irene kalt den Rücken hinunter. Es hörte sich so endgültig an. Wie sehr sie sich wünschte, er hätte ein anderes Wort benutzt. *Haus, Zimmer* – alles, nur nicht *Zuhause*.

46 Anh Tranh bestand darauf, Penders Verletzung zu untersuchen. Sie forderte ihn auf, sich auf die Bettkante zu setzen. Er konnte die von ihr ausgehende Wärme spüren, als sie sich über ihn beugte und behutsam das Heftpflaster von seiner Kopfhaut löste, bevor sie die Wunde mit einem feuchten Waschlappen sauber tupfte.

»Sieht doch nicht so schlimm aus, wie ich dachte«, berichtete sie. »Einer der Stiche ist aufgegangen, sieht aber nicht entzündet aus. Warte, ich bin gleich wieder da.«

Sie kam mit dem Erste-Hilfe-Koffer aus dem Büro zurück, strich etwas, das er für eine antibiotische Salbe hielt, auf die Wunde, befestigte ein kleines Wundnahtpflaster über der Stelle, wo sich der Faden gelöst hatte, und verband dann alles gekonnt wieder.

Erst als sie das Pflaster festdrückte, bemerkte Pender die kleine runde Blechdose mit den chinesischen Schriftzeichen auf dem Nachttisch.

»Was ist das?«, fragte er besorgt. »Was hast du mir da grade draufgemacht?«

»Nur keine Aufregung – das ist dieses irre chinesische Zeug, das Wong immer nimmt. Du kannst es mitnehmen. Trag jeden Tag ein bisschen was davon auf.«

»Und du bist sicher, dass das Zeug nicht schädlich ist?«

»Meine Freundin wurde letztes Jahr von einem Freier halb in Stücke gehackt. Wong ließ sie sich jeden Tag mit dem Zeug einschmieren – nach einem halben Jahr war kaum mehr was von den Schnitten zu sehen.«

Anh trat zurück, um ihr Werk zu begutachten, dann begann sie ihren Rock auszuziehen.

»O Mann«, sagte Pender.

»Davon kommt mein Arsch immer ins Schwitzen. Und du möchtest doch sicher, dass ich es bequem habe, oder etwa nicht?«

Und ob er das wollte. Was sie vorhatten, unterschied sich nicht groß von einer Therapiesitzung: Er würde versuchen, sie diesen Abend vor über einem Jahr noch einmal durchleben zu lassen. Aber obwohl Pender wollte, dass sie es bequem hatte, wollte er sich auch auf sein Vorhaben konzentrieren können, weshalb er einen Kompromiss vorschlug, auf den sie bereitwillig einging.

Und so kam es, dass Special Agent E. L. Pender auf dem Bett eines billigen Motel/Puffs in Dallas eine affektive Vernehmung einer Prostituierten durchführte, die über ihrem Halter-Top und einem durchsichtigen Slip eins seiner langärmeligen weißen Hemden trug. Aber da er schon am Abend zuvor im Bett und in Unterwäsche ein Gespräch geführt hatte, hatte er damit weniger Probleme als erwartet.

Außerdem war er diesmal zumindest angezogen; er hatte eine Sansabelt-Kunstfaserhose und ein braunes Banlon-Hemd an und nur seinen inzwischen blutbefleckten Hut, sein Sakko und seine Hush Puppies abgelegt. In einer Hand hielt er seinen Notizblock, in der anderen einen Stift. »Ist das jetzt bequem genug?«, fragte er Anh.

»Ich glaube schon.«

»Also dann, ich will dich an den Abend mit Case– ich meine mit Christy zurückführen.«

»Das war vielleicht ein durchgeknallter Typ, kann ich dir sagen. Du weißt schon, einer von diesen Freiern, die einen nicht bloß vögeln wollen … es war fast, als ob er wollte, dass ich mich auch noch in ihn verliebe, wenn du weißt, was ich meine. Er –«

»Moment mal, Annie. Wenn ich sage, ich führe dich an diesen Abend zurück, dann meine ich genau das. Dazu musst du wissen, dass der Teil deines Gehirns, der Vorgänge begreift und Urteile fällt und Dinge mit anderen Dingen vergleicht, dass das ein völlig anderer Teil deines Gehirns ist als der, der die Erinnerungen selbst speichert. Und das ist der Teil, in den wir heute Abend kommen wollen – das ist der Bereich, in dem die Details gespeichert sind. Und du kennst ja vielleicht diesen Spruch, der Teufel liegt im Detail. Von jetzt an führe ich dich also. Welches Zimmer war es – dieses hier?«

»Nh-nh. Nee. Zwanzig. Auf der anderen Seite, ganz am Ende.«

»Okay, du gehst auf die Tür zu. Sie ist zu. Sie ist direkt vor dir. Stell dir die Ziffern auf der Tür vor. Eine Zwei und eine Null. Du klopfst. Er sagt ...«

»*Es ist offen*. Er sagt: ›Es ist offen ...‹«

»Manchmal hat man es mit einem Freier zu tun, da denkt man, was will *der* denn hier, wieso bezahlt der dafür. Der ist doch richtig süß, er ist jung, er riecht gut, frisch, wie Limonen, wenn man sie gerade aufgeschnitten hat. Und ich spüre, er hat schon einen Steifen, bevor er überhaupt die Knete hat rüberwachsen lassen. Manche Typen, die stellen sich ein bisschen an bei der Geschichte mit dem Geld, aber dieser Typ, bei dem war's, als wäre es Teil des ganzen Spaßes.

Beim zweiten Mal – und ich hab grade mal Zeit gehabt, Luft zu holen, ist vielleicht grade mal eine Minute vergangen, ohne Scheiß – beim zweiten Mal, da will er, dass ich so tue, als ob ich sein kleines Mädchen wäre. Das wollten auch schon andere von mir, ziemlich oft sogar, wahrscheinlich weil ich so klein bin. Und hier auch klein, weißt du. Ich sage ihm, das zweite Mal kostet extra, und so tun als ob kostet doppelt extra, und schlagen lasse ich mich von *niemand*. Darauf er: Stell den Zähler an, mein Liebling. Ich werde alles Mögliche genannt – aber ›mein Liebling‹ gehört normalerweise nicht dazu.

Das Irre ist, beim zweiten Mal, da ist es, als wäre er ein völlig anderer Mensch. Bewegt sich anders, redet anders, fickt sogar anders ...«

Natürlich brauchte Pender nicht wirklich *alle* Details. Das Problem war, man wusste erst, welche man brauchte, wenn man alle hatte. Casey war priapisch, ein Chamäleon, spielte gern Spielchen, hatte einen Haufen Geld einstecken. Nichts davon war neu; bei seiner Verhaftung hatten sich über zweitausend Dollar – in Zwanziger eingeschlagene Hunderter – in seinem Besitz befunden.

Der dritte Akt des Dramas war aufschlussreicher: Diesmal war Casey der unartige kleine Junge und Anh die Lehrerin ...

»Ich hab keine Ahnung, wozu ich ihm den Hintern versohlen soll, aber *er* bestimmt. ›Es tut mir Leid, es tut mir Leid, es tut mir Leid.‹ Er liegt auf dem Bauch, und ich dresche ganz schön auf ihn ein, und dann packt er mich, dreht mich rum und fickt mich wie ein Tier. Damit meine ich nicht bloß, wie 'n Hund von hinten, sondern so, dass du ihn nicht mal mit einem Eimer kaltes Wasser von mir runtergekriegt hättest, da hättest du ihn schon mindestens mit einem Feuerwehrschlauch abspritzen müssen. Aber es hat nichts Persönliches – es ist, als ob ich gar nicht da wäre. Er fängt damit an, dass er sich bei seiner Lehrerin entschuldigt, dann bumst er mich wie blöd, dann will er mich in den Arsch ficken, was bei mir nicht drin ist, tut mir wirklich Leid, aber das interessiert ihn alles nicht, weil es ja nicht ich bin, ich bin diese Lehrerin. Er schlägt mich nieder, er steckt ihn rein, er sagt etwas in der Richtung wie: ›Jetzt kannst du mal Max kennen lernen, wie findest du Max‹, irgend so eine Scheiße.

Nun mag ja der alte Wong nicht gerade der Hellste sein, aber auf uns aufzupassen versucht er schon. Und als ich zu schreien anfange, schickt er Big Nig – eigentlich heißt er Ng, aber alle nennen ihn Big Nig –, um nach mir zu sehen. Nig schließt mit dem Hauptschlüssel die Tür auf, und was dann kommt, hättest du mal sehen sollen.

Und Big Nig, nur damit du's weißt, seine Mama wurde von einem schwarzen GI vergewaltigt, deshalb ist er halb Vietnamese, halb schwarz und total angefressen. Außerdem ist er doppelt so groß wie Christy, und Karate soll er auch ganz toll können und so. Jedenfalls, er kommt ins Zimmer geplatzt, um zu sehen, ob der Freier mich umbringen will oder was. Zwei Sekunden später liegt Big Nig auf dem Rücken, und Christy hockt auf ihm und drischt ihm den Kopf auf den Boden. Ich meine, Scheiße, wenn der Teppich hier auch nur ein bisschen dünner wäre, wäre Nigs Hirn schon überall drüber verteilt gewesen, bis Wong mit seinem Cowboyrevolver auftaucht.

Christy hört, wie Wong den Hahn des riesigen alten Colt spannt, und steigt von Nig runter. Sagt, wir hatten da ein kleines Missverständnis. Ich sage, also, das finde ich nicht. Darauf nimmt er seine Hose vom Stuhl, zieht seine Geldrolle raus, fängt an, Franklins abzuzählen – als er bei fünf ist, sage ich, okay, jetzt sehe ich da auch ein Missverständnis.

Aber jetzt kommt der Teil, bei dem ich echt abgeschnallt habe. Während er sich anzieht, fangen er und Nig an sich zu unterhalten, Nig will wissen, was war 'n das für 'n irrer Griff, Mann, ich hab einen schwarzen Gürtel und hab überhaupt nichts mitgekriegt. Sie fangen zu quatschen an, und als Nächstes, ich glaub, ich krieg zu viel, gehen die zwei einen trinken, als ob sie die besten Freunde wären oder was. Und *ich* bin diejenige, die sich nicht mehr hinsetzen kann, wenn du weißt, was ich meine.«

»Und ob!«, sagte Pender mit abwesendem Enthusiasmus, nachdem seine Aufmerksamkeit kurz abgeschweift war – in Gedanken plante er bereits sein nächstes Gespräch.

Anh Tranh kicherte wie das Schulmädchen, das sie hätte sein sollen. »Also wirklich, Agent Pender, dass Sie so einer sind, hätte ich aber nicht gedacht.«

47 Diesen Abend ist das Seidenkleid schwarz. Schwarz wie ihre Gesichtsmaske, schwarz wie ihre Stimmung, schwarz wie der Wald, durch den sie geht. Die Frau hat sich auf der Veranda den Sonnenuntergang angesehen, aber es hat ihr keinen Frieden gebracht. Und danach kann sie es nicht ertragen, wieder in das leere Haus zu gehen, weshalb sie sich ein Tuch um die Schultern legt und sich auf den Weg zum Zwinger hinunter macht.

Es ist ein kurzer Fußmarsch, aber bis sie ankommt, ist sie außer Atem – ihre Lungen wurden durch das Feuer schwer in Mitleidenschaft gezogen. Während sie wieder zu Atem zu kommen versucht, vollführen die Hunde ihren gespenstisch lautlosen Freudentanz, um ihr Entzücken über dieses unerwartete Erscheinen zu zeigen (nachts besucht die Frau sie nur selten), dann reihen sie sich für ihre Streicheleinheiten auf. Dr. Cream schließt sich Lizzie an der Spitze der Schlange an. Lizzie ist das älteste, Doc das größte und am wildesten aussehende Tier der Meute, aber unter dem schwarz-braunen Fell schlägt das liebevollste Herz, das man sich nur denken kann. (Außer natürlich, man ist ein Fremder, in welchem Fall einen Doc, wie die anderen, mit dem größten Vergnügen in erstaunlich kleine und zahlreiche Stücke zerreißt, um sie anschließend, die Erlaubnis seines Herrchens oder Frauchens vorausgesetzt, zu verschlingen.)

Als die Frau niederkniet, nimmt Dr. Cream mit ausgestreckten Vorderpfoten die Kotau-Haltung ein und rutscht auf sie zu, um ihre ersten Liebkosungen zu empfangen, während Lizzie sich hinter ihr postiert, um ihre Schnauze unter die rotgoldene Lockenpracht der Frau zu schieben und ihren Nacken zu beschnuppern. Die Frau lässt ihr Kinn auf die Brust sinken; ihr Seufzen ist nicht unähnlich dem Seufzen, das ihr nach ihrer nächtlichen Morphiuminjektion entfährt.

Plötzlich verkrampft sich ihr Körper; sie hebt den Kopf.

»Still«, haucht sie, obwohl die Hunde kein Geräusch machen. Bald ist das unverkennbare Geräusch eines Motors zu hören: Ein Fahrzeug kommt die asphaltierte Zufahrtsstraße herauf, die sich die Ostflanke des Hügels heraufschlängelt. Die Hunde eilen in den Laubengang, um entweder ihr Herrchen zu begrüßen oder lautlos einem Eindringling aufzulauern. Der Strahl zweier Autoscheinwerfer dringt durch die Bäume, deutet je nach dem Verlauf der Serpentinen bald in diese, bald in jene Richtung. Die Frau geht hinter dem Zwinger in Deckung, als der Cadillac auftaucht und vor dem Laubengang anhält. Die Fahrertür geht auf; Ulysses steigt aus. Erleichterung – wilde, manische Freude – durchströmt die Frau. In Gedanken stürmt sie in den Laubengang, um ihm das Tor zu öffnen und sich in seine Arme zu werfen.

Doch dann, kaum einen Herzschlag später, weicht die Erleichterung wilder Wut. »Wie kannst du es wagen!«, haucht sie, immer noch hinter dem Zwinger kauernd, als er ans Heck des Wagens geht und einer schlanken Frau, die Mühe hat, sich auf den Beinen zu halten, aus dem Kofferraum hilft. »Wie kannst du es wagen, mich hier allein zu lassen, um mit irgendeinem Flittchen durch die Lande zu ziehen.«

Und als er das Flittchen nach vorn führt und auf dem Vordersitz Platz nehmen lässt, sieht die Frau mit der Seidenmaske, dass sie blondes Haar hat. Silbrig blondes Haar, nicht einmal annäherungsweise rotblond.

»Wie *kannst* du es wagen!«, zischt sie noch einmal, über alle Maßen erbost. Ihre versehrten Hände versuchen in einem atavistischen Reflex, sich zu Fäusten zu ballen, aber kraftlos gekrümmte Klauen sind alles, was sie zustande bringen.

48 Das Büro des Sleep-Tite war leer, aber aus dem Hinterzimmer konnte Pender Stimmen hören. Er ließ die Klingel auf dem Schalter ertönen, und Wong kam angeeilt.

»FBI, hm?« Er wackelte mit dem Finger. »Sie Wong nicht Wahlheit sagen.«

»Mr. Wong, wieso werde ich das Gefühl nicht los, dass Sie besser Englisch sprechen als ich?«

»Ha ha, seh witzig, was ich jetz füh Sie tun können, wollen Sie Ih Geld zulück? Ich Ihnen das Geld fühs Zimma zulück gebe.«

»Behalten Sie es – ich möchte mit Mr. Ng sprechen.«

»Kenn ich nicht, nie gehölt.« Obwohl Wongs Augen nicht gezuckt hatten, bewegte sich sein Körper kaum merklich in Richtung der Tür, durch die er eben gekommen war.

»Big Nig nennen Sie ihn, glaube ich.« Pender schlenderte hinter den Schalter und auf das Hinterzimmer zu.

»Ich nicht, ich ihn nicht so nennen.« Wong stellte sich hastig vor Pender, aber nicht um ihn aufzuhalten, sondern um ihm voranzugehen. Unangemeldet in Big Nigs nächtliches *Pai-gow*-Spiel zu platzen konnte einen leicht Kopf und Kragen kosten. »Und Sie das liebe auch nicht tun, wenn Ihnen Ih Leben lieb ist.«

Die Tür ging auf, Pender folgte Wong nach drinnen. Sein erster Eindruck war der von Desorientierung – das war nicht die Art von Treffen, in das Pender in Dallas, Texas, zu platzen erwartet hatte. Er wusste nicht einmal, dass es in Dallas überhaupt Chinesen *gab*.

Und die sechs chinesischen Herren, die um den mit Billardtuch bespannten Pokertisch saßen, schienen nicht weniger verblüfft, als Pender aus dem Qualm auftauchte. Ein siebter Mann, ein Hüne von einem dunkelhäutigen Afro-Asiaten in einem Dschungelmuster-Hawaiihemd, der hinten im Raum auf einem Barhocker herumgelungert hatte, sprang auf und griff hinter sich nach seiner Waffe. Doch dann machte Wong, indem er seine Handflächen auf einen imaginären Tisch legte, das »Immer mit der Ruhe«-Zeichen.

Solange Wong und Ng miteinander sprachen, wartete Pender in der Tür. Dann nahm Wong wieder am Spieltisch Platz, während Ng Pender ins Büro folgte, wo ihm Pender das Foto von Casey zeigte.

Ng, der fast so groß und breit wie Pender war, hob die Schultern. »Kenne ich nicht.«

Pender seufzte. »Sehr gut. Sie können sich darauf verlassen, dass ich meine zahlreichen Unterweltkontakte wissen lassen werde, dass Ng absolut dicht hält. Und jetzt erzählen Sie mir schon alles, was Sie über diesen brutalen Haufen Scheiße wissen, bevor ich Ihnen einen Teller Suppe über den Kopf kippe.«

Nicht gerade das, was man sich unter einer affektiven Vernehmung vorstellt, aber Penders Schädel begann wieder zu brummen.

»Suppe? Was meinen Sie damit, Suppe?«

»Buchstabensuppe. Sie wissen schon: FBI, ATF, DEA, IRS, INS ...«

Ng wog seine Alternativen ab. Das dauerte nicht lang – dem FBI-Typen war es allem Anschein nach ernst, und der brutale Haufen Scheiße war nur eine einmalige oberflächliche Bekanntschaft. »Er sagte, er heißt Lee. Er hat eins unserer Mäd... Er hat eine Freundin von mir belästigt. Ich hab ihn verprügelt. Danach waren wir noch einen trinken und haben über Karate geredet. Aber groß kann ich mich nicht mehr an ihn erinnern – das ist schon über ein Jahr her.«

»Dass Sie ihn nicht verprügelt haben, weiß ich bereits«, sagte Pender. »Er hat Sie verprügelt. Das nächste Mal, wenn Sie mir was erzählen, was nicht mit dem übereinstimmt, was ich bereits weiß, kriegen Sie Gelegenheit rauszufinden, wie viel Ärger Ihnen ein übellauniger FBI-Mann machen kann.«

Die Muskelrolle über Ngs massivem Supraorbitalkamm senkte sich vor Konzentration. »Ich habe ihn gefragt, wie er es geschafft hat, mich zu schlagen. Er meinte, Schnelligkeit plus Überraschung ist gleich Kraft.«

»Was sonst noch?«

»Meinte, er könnte einen schwarzen Gürtel haben, bloß hätte er keine Lust gehabt, dem *sensei* in den Arsch zu kriechen.«

»Einen schwarzen Gürtel? In was?«

»Karate. Hat auch erzählt, dass er auf der Highschool gerungen hat, und in der Juvie geboxt.«

Juvie, dachte Pender. Juvenile Hall. Er war also mal in einer Besserungsanstalt gewesen – großartig. »Wo? Hat er gesagt, wo?«

»Ich kann … das heißt, halt, Moment … irgendwo in Oregon? Ja, genau – in Oregon. Ich weiß noch, er hat es wie ›Organ‹ ausgesprochen. Eine Ranch. Hat erzählt, dass er dort einen Trick gelernt hat. Hat ihn sogar bei mir angewendet, diesen Trick. Wir sitzen an der Bar, und er sagt zu mir, sag mir, wenn du so weit bist, dann greife ich dich an, und du wirst es nicht schaffen, mich zu stoppen, auch wenn du weißt, dass der Angriff kommt.

Ich sehe ihn also scharf an, ausgeschlossen, dass *mich* jemand überrumpelt, ich warte seinen Angriff ab. Aber ob Sie's glauben oder nicht, im nächsten Moment – *schwupp!*« Ngs Hand, steif wie eine Kelle, schoss auf Penders Hals zu und stoppte dicht vor seinem Adamsapfel.

Penders Kopf zuckte vergeblich zurück – ihm war klar, dass er bereits an seinem eigenen Blut ersticken würde, wenn Ng vorgehabt hätte, ihn zu töten.

»Wollte mir aber nicht erzählen, wie er das gemacht hat. Sagte nur, ein gewisser Buckley hätte ihm den Trick in der Juvie beigebracht.«

Oho, dachte Pender. »Buckley – ist das ein Vor- oder Nachname?«

»Keine Ahnung. Ich kann mich nur daran erinnern, weil ich auf der Schule mal mit einer gegangen bin, die hieß Chaniqua Buckley.«

Für Penders Zwecke machte es keinen Unterschied. Datenbanken konnten auf beides abgefragt werden. Am nächsten Morgen würde er gleich als Erstes Thom Davies anrufen, ihren Datenbankspezialisten. Dann fiel ihm ein, dass morgen Sonntag war. Nicht, dass das viel ausmachte – er müsste bloß früh genug wach werden, um Thom zu erwischen, bevor er auf den Golfplatz fuhr.

49

Die Wohnzimmertapete hatte ein Muster aus raffiniert verschlungenen dunkelgrünen Ranken auf einem zartrosa hautfarbenen Hintergrund. Eine Messingstehlampe mit einem rosig getönten Glasschirm verbreitete warmes Licht. In der Ecke neben dem gemauerten Kamin tickte eine Standuhr, die auf einem Planwagen von Philadelphia in den Westen gelangt sein könnte; ein handgemachter Schaukelstuhl aus Myrtenholz knarrte in regelmäßigen Abständen.

Nach all den Stunden in Maybellines Kofferraum stellte Irene fest, dass sie über das gemächliche, verlässliche Hin und Her des Schaukelstuhls froh war – zumindest das hatte sie unter ihrer Kontrolle. Trotzdem gingen ihr Maxwells Worte nicht aus dem Kopf. *Willkommen in Ihrem neuen Zuhause, Irene.*

Eine halbe Stunde zuvor hatte er sie mit einer beängstigend dezenten Warnung allein im Wohnzimmer zurückgelassen. »Bleiben Sie hier, machen Sie es sich bequem. Ich muss noch Verschiedenes erledigen, aber wenn Sie diesen Raum verlassen, merke ich es sofort.«

Und nun saß sie also hier, obwohl sie ganz deutlich die Eingangstür hatte zuschlagen hören, als er das Haus verließ. Zum Teil hörte sie auf ihn, weil sie Angst vor ihm hatte, zum Teil, weil sie physisch und emotional am Ende war; aber bis zu einem gewissen Grad wollte sie ihn auch zufrieden stellen oder zumindest nicht gegen sich aufbringen. Das Stockholm-Syndrom, Anfangsstadium, sagte sie sich – seltsam, das eigene Verhalten mit einem Namen belegen zu können, es klinisch zu diagnostizieren und zugleich außerstande zu sein, etwas daran zu ändern.

Also schaukelte und wartete sie, und als sie in der Küche am anderen Ende des Flurs jemanden herumgehen hörte, gratulierte sie sich zu ihrer Zurückhaltung. Anscheinend war es ihm irgendwie gelungen, ins Haus zurückzukommen, ohne dass sie ihn gehört hatte. Hätte sie also das Wohnzimmer verlassen, hätte er es garantiert gemerkt.

Außer natürlich, er war es gar nicht. *Du meine Güte.* Rasch hielt Irene mit den Füßen den Schaukelstuhl an und lauschte angespannt auf die Geräusche aus der Küche, obwohl ihr Herz so heftig klopfte, dass das Pochen in ihren Ohren sie fast übertönte.

Auf jeden Fall machte sich in der Küche jemand zu schaffen. Schlug in einer Glas- oder Keramikschüssel Eier schaumig, brachte in einem Pfeifkessel Wasser zum Kochen, briet etwas Speck an – jetzt konnte sie es riechen. Wenig später hörte sie Schritte, leichte, schlurfende Schritte, die aus der Küche und den Gang entlang zum Wohnzimmer kamen. Irenes Stuhl war dem Kamin zugewandt. Sie spürte, dass hinter ihr jemand war, hörte rauen, mühsamen Atem in der Türöffnung, aber wollte, konnte sich nicht umdrehen.

Dann hörte sie ein Rascheln wie von Seide. Irene hielt den Blick stur auf den runden Teppich zu ihren Füßen gerichtet. Der Rock eines bodenlangen schwarzen Kleides kam in ihr Blickfeld, dann stellte ein Paar fleischloser Klauen, überzogen von einem straffen gefleckten Flickwerk aus glänzendem rosa Narbengewebe und glatter weißer transplantierter Haut, ein Tablett mit Abendessen auf den Schachtisch neben dem Schaukelstuhl.

Und als Irene sich dafür wappnete, die Frau anzusehen, wusste sie irgendwie, dass die Frau sich ihrerseits wappnete, angesehen zu werden.

»Ich dachte, Sie sind bestimmt hungrig.« Die Aussprache war überkorrekt, die Stimme dünn und gedämpft hinter der Operationsmaske, die aus derselben schwarzen Seide war wie das hochgeschlossene Kleid der Frau. Es war unmöglich, ihr Alter zu schätzen: Die Haut um die Ränder der Maske ähnelte geschmolzenem Kerzenwachs, von Tropfen und Graten und Furchen überzogen, und sie hatte die Farbe fleckigen Elfenbeins, allerdings von blau-schwarzem Ruß gestreift. Ihre Augenlider waren offensichtlich operativ wiederhergestellt worden, und ihr herrliches rotblondes Haar war, trotz seines Glanzes und seiner Fülle, ganz offensichtlich eine Perücke aus Menschenhaar.

Du bist Ärztin, schärfte sich Irene ein, während sie sich bemühte, sich ihr Entsetzen nicht anmerken zu lassen. Es ist nicht das erste Mal, dass du Entstellungen siehst. »Danke. Ich bin Irene Cogan.«

Statt sich ihrerseits vorzustellen, streckte die Frau eine ihrer grässlichen Klauen aus, als wollte sie Irene die Hand reichen. Doch als Irene sie ihr schütteln wollte, riss sie sie weg, packte mit ihre skelettartigen Fingern eine Locke von Irenes silberblondem Haar und riss daran.

»Au!«, japste Irene und wich zurück. »Warum haben Sie das getan?«

Die Frau schenkte ihr keine Beachtung. »Ein cleverer Junge, dieser Ulysses«, murmelte sie, während sie im rosigen Licht der Lampe mit dem Buntglasschirm ruhig Irenes Haarwurzeln betrachtete. »Unartig, aber clever. Jetzt essen Sie, und dann zeige ich Ihnen Ihr Zimmer.«

Willkommen in Ihrem neuen Zuhause, dachte Irene, und im selben Moment begann ihre Kopfhaut zu brennen, und plötzliche Tränen trübten ihren Blick.

50 In den Zimmern 15 und 19 des Sleep-Tite Motel kamen und gingen die Huren und Freier. In Zimmer 17 steckte sich Pender seine bis zu 32 Dezibel schalldichten Schaumstöpsel in die Ohren und begann in Gedanken mit der Planung der ersten Computersuche.

Schritt eins: Jugendstrafregister wurden zwar manchmal gelöscht, aber nicht, wenn der Jugendliche auch als Erwachsener straffällig wurde. Gehen wir mal davon aus, dass das bei Buckley der Fall war – eine statistisch vertretbare Annahme. Dann suchen wir als Nächstes nach Straftätern mit dem Vor- oder Nachnamen Buckley, die in einer Jugendstrafanstalt in Oregon waren, und zwar zwischen – Casey war schätzungsweise Ende zwanzig – zwischen 1982 und 1992 …

Schritt zwei: Hoffen wir mal, Schritt eins hat eine zu bewältigende Menge von Treffern erbracht. Denn das war in etwa, wie weit die Zahl der Kandidaten per Computer eingeengt werden konnte: Schritt drei bestünde nämlich in einem persönlichen Gespräch mit jedem Buckley auf der Liste, in der Hoffnung, einer von ihnen würde den Jungen, der Max oder Christy oder Lyssy oder Lee hieß, auf Caseys Karteifoto erkennen.

Das alles würde Zeit, Personal und Glück erfordern, wusste Pender, und selbst wenn es ihm gelang herauszufinden, wer Casey war, stünde er weiterhin vor der nicht gerade leichten Aufgabe, ihn ohne Zuhilfenahme der beachtlichen Hilfsmittel des FBI-Apparates aufzuspüren. Die euphorische Stimmung, die sich nach dem Gespräch mit Ng seiner bemächtigt hatte, verflog schlagartig. An ihre Stelle traten Erschöpfung, Mutlosigkeit und böse Kopfschmerzen.

Ich bin zu alt für diesen Quatsch, dachte Pender. Er ging ins Bad, spülte zwei Vicodin mit einer Hand voll lauwarmem Wasser hinunter, die er unter dem Hahn hervorschaufelte (das Plastikglas behauptete nicht, zu seinem Schutz desinfiziert worden zu sein), nahm die gebundene Schattendruckkopie der Casey-Akte mit ins Bett und schlug sie, während er wartete, dass das Mittel zu wirken begann, aufs Geratewohl auf wie ein wiedergeborener Christ, der in der Bibel Inspiration suchte.

Pender blickte eine Fotokopie der 18 x 24-Hochglanzvergrößerung von Dolores Moon entgegen. Schelmisches Grinsen, lockiges rotblondes Haar. Zierliches kleines Ding mit einer mächtigen Stimme. Geboren in Huntington, Long Island, 12.2.69. Zum letzten Mal gesehen in Sandusky, Ohio, 17.4.97. Dazwischen eine Karriere, die sich gerade unterhalb der Showbusiness-Radargrenze abspielte – ihre letzte Rolle war Snoopy gewesen, in einer Aufführung von *You're a Good Man, Charlie Brown* in Sandusky.

Pender blätterte ein paar Seiten zurück. Tammy Brown. Geboren in Pikeville, Kentucky, 22.9.78. Zum letzten Mal gesehen in Pikeville, 3.7.96. Studentin des Pikeville College (wo sonst?), College-Schwergewichtsmeisterin von Kentucky im Gewichtheben. Keine von diesen gebräunten, waschbrettbäuchigen, anabolikagemästeten Bodybuilderinnen, sondern eine schüchterne, fette, gutmütige, drogenabstinente Christin mit einem runden, von einem Mehrfachkinn gestützten Gesicht wie aus einem Botero-Gemälde. Das genaue Gegenteil von Dolores Moon: massiv, introvertiert und allem Anschein nach jungfräulich. Die zwei Frauen hatten nichts gemeinsam außer ihrem rotblonden Haar und ihrem Pech.

Die Schmerztabletten begannen zu wirken. Pender schloss die Augen, sah die Vision, die ihn seit einigen Jahren in der einen oder anderen Form verfolgt und zum Weitermachen angespornt hatte. Diesmal waren es Dolores und Tammy, die durch das Dunkel zu ihm hochblickten. Und warteten. Auf ihn. Seine Lider gingen flatternd wieder auf, und er zwang sich, ans Ende der Akte zu blättern, zu Caseys vorletztem Opfer – oder vorvorletztem, wenn man Dr. Cogan dazurechnete.

Donna Hughes. Geboren in Sanford, Florida, 20.12.56. Zuletzt gesehen in Plano, Texas, 17.6.98. Casey jagte vorwiegend in den Frühlings- und Sommermonaten, was die Ermittler zu der Annahme geführt hatte, dass er in einer Klimazone lebte, in der die Winter längeren Reisen eher abträglich waren. Pender fragte sich, ob Pastor das wusste. Es konnte helfen, die Suche einzuengen.

»Ich sollte dabei sein.« Mit den Ohrstöpseln hörte sich seine Stimme fremd und weit weg an, als er das laut sagte. »Ich sollte dabei sein – ohne mich erwischen sie ihn nie.«

Aber er war nicht dabei, musste er sich in Erinnerung rufen. Stattdessen saß er hier. In Dallas. Was gleich um die Ecke von Plano war. Und obwohl er wegen des Schmerzmittels kaum mehr einen klaren Gedanken fassen konnte, sah Pender plötzlich mit absoluter Klarheit vor sich, was sein nächster Schritt sein musste.

51

Wut. Leugnen. Verzweiflung. Verhandeln. Akzeptieren. Das sind die Phasen, die der menschliche Verstand durchläuft, wenn er mit der Möglichkeit seines Ablebens konfrontiert wird. Irene Cogan hatte sechsunddreißig Stunden lang zwischen Wut, Leugnen – oder zumindest Dissoziation – und Verzweiflung hin und her gewechselt. Doch jetzt, allein in einem Gästezimmer im zweiten Stock, das sie mit seinem alten Messingbett, der Kommode, dem Nachttisch und dem Schreibtisch aus Ahornholz und dem angrenzenden Bad unter anderen Umständen sicher reizend gefunden hätte, hatte sie das Verhandlungsstadium erreicht.

Sie begann, indem sie sich bei der Mutter Gottes für die Dinge entschuldigte, die sie nach Franks Tod über Ihren Sohn und Seinen Vater gesagt hatte, und dass sie seitdem nicht mehr zur Messe gegangen war. Gleichzeitig machte sie jedoch geltend, sie habe ein anständiger Mensch zu sein versucht, nicht viel gesündigt, zumindest nicht in Taten, und beruflich einer ganzen Menge hilfsbedürftiger Seelen beigestanden (auch wenn sie zugeben musste, dass sie gut dafür bezahlt worden war). Sie versprach der Jungfrau Maria, jeden Sonntag zur Messe zu gehen, wenn Sie für sie Fürbitte leisten würde, und einer der kostenlosen Kliniken in Seaside, Watsonville oder Salinas ihre Dienste unentgeltlich zur Verfügung zu stellen.

So verhandelte Irene in Gedanken, nachdem die Frau die Schlafzimmertür hinter ihr abgeschlossen hatte. Es verschaffte ihr, wenn überhaupt, wenig Frieden. Dann sah sie sich den Inhalt von Kommode und Kleiderschrank an und stürzte in noch tiefere Verzweiflung. Denn in der obersten Schublade der Kommode fand sie Unterwäsche aller möglichen Formen und Größen, BHs von 32C bis 40DD, winzige Etwasse von Bikinihosen und weite Schlüpfer, kurze Söckchen, Kniestrümpfe, Strumpfhosen, alle mit Gebrauchsspuren. Eine ähnliche Größenvielfalt bei den ordentlich zusammengelegten T-Shirts, Pullovern und Blusen in der zweiten Schublade – kleinere Größen links, größere rechts – und bei den Pullovern, Hosen und Jeans in der untersten Schublade.

In dem tiefen, schmalen Kleiderschrank waren Röcke, Kleider und Jacken von Größe 6 bis 16. Auf dem Boden des begehbaren Schranks waren Schnürschuhe, Slipper und Sandalen unterschiedlichster Größen, alle schon getragen. Irene warf die Schranktür zu und trat zurück, dann ließ sie sich schwer aufs Bett plumpsen. Wie viele Frauen hatten zu dieser Kollektion beigesteuert?, fragte sie sich. Gütiger Gott, wie viele Frauen?

Sie sank auf die Knie und begann richtig zu beten, diesmal nicht mit dem Kopf, sondern mit dem Herzen. Gütiger Jesus, ich habe solche Angst. Mutter Gottes, hilf mir, allein stehe ich das nicht durch. Heiliger Geist, gib mir Kraft. Verleih mir Flügel. Hilf mir, Vater unser, der du bist im Himmel, geheiligt werde Dein Name, ich werde mit ganzem Herzen an Dich glauben und Dich nie wieder verlassen. Und selbst wenn Du mich nicht retten kannst, selbst wenn es Teil Deines göttlichen Ratschlusses ist, dass ich hier sterbe, bitte, bitte, *bitte,* steh mir bei. Lass mich hier nicht allein. Jesus. Bitte.

Sie merkte erst, dass sie weinte, als die ersten Tränen auf den Parkettboden tropften. Aber bis dahin war die schlimmste Verzweiflung verflogen. Irene versuchte sich einzureden, dass Jesus ihr geantwortet hatte, aber sie konnte nicht umhin, an etwas zu denken, was einer ihrer Professoren einmal zu diesem Thema gesagt hatte. Die Tröstungen einer Religion erfordern keineswegs die Existenz einer Gottheit, hatte er in einem Seminar erklärt – nur den Glauben an eine solche.

»Trotzdem danke«, sagte sie laut, richtete sich auf und wischte ihre Tränen fort. Und dann, mit neuem Mut, nur halb im Spaß: »Von jetzt an übernehme ich.«

Normalerweise – früher – hatte Irene nicht viel von, wie Esoteriker es nennen, Affirmationen gehalten. Zum Beispiel jeden Morgen in den Spiegel zu sagen: »Ich bin ein strahlendes Wesen«, Dinge in dieser Richtung. Dafür wusste sie als Psychiaterin zu viel über das Unterbewusstsein, wusste, dass jedes Mal, wenn man sagte »Ich bin ein strahlendes Wesen«, das Unterbewusstsein erwiderte: »Bist du nicht«. Hundert Affirmationen am Tag, hundert ›*Bist du nicht*‹s – da konnte man am Ende froh sein, wenn man ein ausgeglichenes Konto hatte.

Aber verzweifelte Situationen erfordern verzweifelte Maßnahmen. Sie dachte sich auf der Stelle eine Affirmation aus: »Ich *werde* am Leben bleiben. Alles andere ist zweitrangig. Ich *werde* am Leben bleiben.«

Und es half. Sie war noch nicht annähernd im Stadium des Akzeptierens, aber wenigstens fühlte sie sich wieder in der Lage zu funktionieren. Sie öffnete noch einmal die Schranktür. Von einem Haken an der Innenseite hing ein bodenlanges ringelblumenfarbenes Baumwollnachthemd. Als sie danach griff, regte sich in ihrem Hinterkopf ein Gedanke, den sie jedoch noch nicht richtig zu fassen bekam – jedenfalls hatte er irgendetwas mit den Kleidern zu tun. Deshalb machte Irene etwas Detektivarbeit, nachdem sie sich ausgezogen und das Nachthemd über den Kopf gestreift hatte; sie überwand sich, die Kommodenschubladen noch einmal zu durchsuchen und sich die Kleider im Schrank genauer anzusehen. Verschiedene Größen, ja; verschiedene Stile ebenfalls. Kleine und große Frauen, jüngere und ältere, schicke Frauen und solche ohne jeden Geschmack.

Aber eines war allen Kleidern gemeinsam: die farbliche Grundrichtung. Warmer Frühling auf der Jahreszeitentabelle. Zarte Töne. Die neutralen Töne waren Kamelhaarbraun, Cremefarben und Grau. Einige richtige Grüns und Goldgelbs, aber keine richtigen Blaus, nur Grünblaus, Türkistöne und Graublaus.

Allerdings nicht gerade die Palette einer Rothaarigen: Die Kleider im roten Bereich des Spektrums waren nicht in den grelleren Tönen, die einer klassischen Rothaarigen gut gestanden hätten. Stattdessen Lachse, Korallen, Kürbisse, Pfirsiche und Rosen, die zarteren Pastelltöne, die sie auch selbst bevorzugt hatte, bevor sie ihr rotblondes Haar silbern getönt hatte.

In Irenes Kopf überschlugen sich die Gedanken, als sie vom Schrank zurücktrat. Die Frauen, die diese Kleider zurückgelassen hatten – waren sie alle rotblond? War das der Grund, weshalb diese schreckliche Gestalt mit der herrlichen rotblonden Perücke ihr ein paar Haare ausgerissen hatte – um sich die Wurzeln anzusehen?

Die Konsequenzen waren undenkbar. Plötzlich bekam Irene unerträgliche Platzangst. Sie wankte zu dem kleinen viergeteilten Schiebefenster, öffnete es, streckte den Kopf hinaus. Als sie die köstliche Bergluft einatmete, erhaschte sie einen Blick auf Maxwell, der über die Wiese auf das Haus zustapfte, den Kopf gesenkt, sein blondes Haar weiß im Sternenlicht.

Ich *werde* am Leben bleiben, sagte sich Irene, während sie den Kopf rasch wieder nach drinnen zog und das Fenster nach unten ließ. Egal, was hier vor sich geht, ich *werde* am Leben bleiben.

Wirst du nicht, erwiderte die kleine Stimme in ihrem Kopf.

52

Für ein Motel, in dem man sich stunden- und tageweise ein Zimmer nehmen konnte, waren die Betten im Sleep-Tite ganz passabel. Um sieben wurde Pender vom Wecker seiner Armbanduhr aus tiefem Schlaf geweckt. Um halb acht rief er Thom Davies an, den aus England stammenden Datenbankspezialisten.

»Morgen, T.D. Hoffentlich habe ich Sie nicht geweckt.«

»Pender? Herrgott noch mal, Mann, es ist Sonntagmorgen halb neun.«

»Hier ist es erst halb acht, und *ich* bin auf.«

»Central Time? Ich dachte, Sie sind in Prunedale.«

»Ich bin in Dallas. Wie ist mein Kontostand in der Gefälligkeitenbank?«

»Ich glaube, Sie schulden mir immer noch mehrere Mittagessen und Ihr erstgeborenes Kind.«

»Würden Sie mir vielleicht Kredit auf mein zweitgeborenes geben?« Er erzählte Davies, wonach er suchte.

»Ich werde das gleich morgen früh nachprüfen.«

»So hatte ich mir das eigentlich nicht vorgestellt.«

»Ed, es ist Sonntagmorgen.«

»Seit seiner Flucht steht seine Mordstatistik auf zwei pro Tag. Den Rest können Sie sich selbst ausrechnen.«

»Und was ist mit Scheißen und Duschen? Reicht die Zeit, um vorher noch zu scheißen und zu duschen?«

»Auf die Dusche könnten Sie vermutlich verzichten«, antwortete Pender. »Ich glaube nicht, dass sonst noch jemand im Büro ist.«

Plano war ein Vorort im Nordosten von Dallas, aber die Stadt war historisch gewachsen und mochte nicht als Teil der Metropole gelten. »Es ist deutlich zu sehen / nach Plano muss man gehen«, stand auf dem Schild der Handelskammer.

Das Hughes-Domizil war ein weißer, mit einem Portikus versehener Bau im Stil alter Pflanzerhäuser im teuren neuerschlossenen Lakeside. Als in der Wolle gefärbter Yankee rechnete Pender halb damit, die Tür von Hattie McDaniels oder Butterfly McQueen geöffnet zu bekommen. Stattdessen erschien auf sein Klingeln eine Latina; Pender fragte sich, ob das ein Fortschritt war.

Das Hausmädchen sagte, Señor Hughes sei nicht zu Hause, aber Pender konnte aus dem Garten Stimmen kommen hören. Er drehte sich um und trat den Rückzug an, ging dann aber um das Haus herum. Und tatsächlich saß Horton Hughes, weißes Polohemd, Köperhose, italienische Slipper, keine Socken, auf einer gepolsterten Liege am Pool und las die Sonntagszeitung. Im azurblauen Wasser hinter ihm schwamm eine braun gebrannte Brünette in einem gut gefüllten weißen Bikini, die nicht viel über zwanzig sein konnte. Weiß gestrichene schmiedeeiserne Stühle standen um einen weiß gestrichenen schmiedeeisernen Tisch, der von einem gelben Leinwandsonnenschirm beschattet wurde.

Hughes blickte auf. »Wer zum Teufel sind Sie?«

»Special Agent Pender, FBI.« Als er seinen Ausweis zückte, wurde Pender bewusst, dass er in seinem zerknitterten Sportsakko und mit seinem notdürftig verbundenen Glatzkopf unter dem blutgefleckten Pepitahut wie tagealte Scheiße aussehen musste.

»Geht's um Donna?«, fragte Hughes. »Haben sie Donna gefunden?«

Pender kam es so vor, als schwänge in Hughes' Stimme ein

seltsam ambivalenter Ton mit, so, als ob er nicht ganz sicher wäre, auf welche Antwort er hoffte, ja, nein, tot, am Leben. Er beschloss, dem Mann auf die Columbo-Tour zu kommen.

»Also, Sir, Mr. Hughes, wir glauben, die Person identifiziert zu haben, mit der sie von hier verschwunden ist. Dürfte ich Ihnen ein paar Fragen stellen?«

»An sich schon«, antwortete Hughes zögernd. »Obwohl wir das doch alles schon zur Genüge durchgekaut haben.«

»Wollen Sie mich der jungen Dame nicht vorstellen?« Pender nickte in Richtung des Mädchens im Pool.

»Das ist Honey.«

Sie drehte sich auf den Rücken und winkte, bevor sie weiter ihre Bahnen schwamm. Pender fragte Hughes, ob Honey seine Tochter sei, und bekam ein angespanntes, dünnlippiges »Nein« als Antwort.

Jetzt begriff Pender, warum Hughes in Hinblick auf seine Frau so zwiegespalten gewirkt hatte – er hatte sie gegen ein neueres Modell eingetauscht.

Auf Hughes' gebrüllte Aufforderung brachte das Hausmädchen eine Porzellantasse mit Untertasse für Pender und schenkte ihm Kaffee ein. Pender setzte sich mit dem Rücken zum Pool und bat Hughes, ihm Donnas Verschwinden zu schildern.

»Glauben Sie, es kommt wirklich etwas dabei heraus, wenn wir das alles noch einmal durchgehen?«, fragte Hughes. »Ich habe der Polizei erzählt, dass ich in dieser Woche damals verreist war. Als ich nach Hause kam, war Donna weg, zusammen mit ihrem Koffer, ihrem guten Schmuck und ihrem Lexus. Seitdem habe ich nichts mehr von ihr gehört.«

»Wissen Sie, welche Kleider sie mitgenommen hat?«

»Ich muss leider gestehen, dass ich nicht allzu sehr auf Donnas Kleider geachtet habe, mal abgesehen davon, dass sie zu viele gekauft hat und dass sie zu teuer waren.«

Zwei aggressive Nicht-Antworten bisher. Pender beschloss, den affektiven Ansatz aufzugeben und etwas Gegendruck zu machen. Obwohl er sich in die überheblichen Reichen einfühlen, sich zum Zweck einer Vernehmung in ihre Haut versetzen konnte, hatte Pender als ein armer Junge aus Cortland auch nichts dagegen, es auf die andere Tour zu versuchen.

»Aber der Schmuck – bei *dem* hatten Sie keine Probleme, sein Fehlen festzustellen?«, fragte er bewusst provokativ.

»Natürlich nicht. Die meisten Stücke habe ich ihr selbst gekauft. Und ich muss sagen, dass ich diesen Ton nicht gutheiße, Agent Prender.«

Oho. »Pender. Gab es irgendwelche Anzeichen, dass Mrs. Hughes bedrückt oder unglücklich war?«

»Nicht mehr als sonst.« Hughes beugte sich vor, als wolle er Pender etwas Vertrauliches mitteilen. »Ich habe nie so getan, als ob wir eine glückliche Ehe hätten, Agent *Pender* – ist das richtig? –, aber wenn Sie's genau wissen wollen, das geht Sie einen feuchten Dreck an.«

»Was ist mit Honey da? Kannte sie Mrs. Hughes?«

Hughes schob seinen Stuhl vom Tisch zurück, sodass die Metallfüße über den gefliesten Boden quietschten, und stand mit herablassender Miene auf. »Dieses Gespräch ist beendet, Agent Pender. Falls Sie weitere Fragen haben, wenden Sie sich –«

Pender ignorierte das großkotzige Getue und nahm einen Schluck aus der Porzellantasse; es war wirklich sehr guter Kaffee. »Hallo, Honey«, rief er dann über seine Schulter – er hatte den Rücken immer noch dem Pool zugewandt.

»Hi, Mr. FBI«, rief das Mädchen.

»Kannten Sie Mrs. Hughes?«

»Klar – sie war die beste Freundin meiner Mama.«

Einen Arm über die Stuhllehne gelegt, drehte sich Pender um. »Weiß Ihre Mama, dass Sie mit dem Mann ihrer besten Freundin schlafen?«

»Klar«, erwiderte Honey. »Sie hat's ja auch getan.«

»Jetzt aber mal halblang«, sagte Hughes.

Pender wandte sich wieder ihm zu. Er konnte das Wasser

von ihrem Körper auf die Fliesen tropfen hören, als Honey hinter ihm schwer atmend aus dem Pool stieg. »Mit *ihr* spreche ich aber wesentlich lieber als mit Ihnen, Mr. Hughes. Glauben Sie, ihre Eltern wären genauso entgegenkommend?«

Das Mädchen tappte über die Fliesen und trocknete mit einem Handtuch ihr langes schwarzes Haar. Die Verbindung aus den gehobenen Armen und den energischen Trockenbewegungen versetzte ihren Busen in eine interessante Bewegung. »Wenn Sie mit Mama sprechen wollen, sollten Sie das möglichst vor ihrem dritten Mimosa tun. Was Daddy angeht, ist er schon so lang weg, dass sie sich nur noch an seinen Namen erinnert, wenn sie ihn auf den Unterhaltsschecks liest.«

»Und wie ist das mit Ihnen, Honey? Haben Sie Mrs. Hughes vor ihrem Verschwinden gesehen?«

Pender blickte auf seine Kaffeetasse hinab, als sie sich das Handtuch zu einem Turban um den Kopf schlang und ganz ungeniert ihr Bikini-Oberteil zurechtrückte. Dann setzte sie sich neben ihn und schenkte sich aus der silbernen Kanne eine Tasse Kaffee ein. Hughes, merklich kleinlauter, setzte sich ebenfalls.

»Sicher, etwa zwei Wochen davor. Und nur zu Ihrer Information, ich habe erst angefangen, Horty hier zu vögeln, als das Bett wirklich ausreichend abgekühlt war.«

Sie war ein verwöhntes kleines reiches Biest, aber Pender fand sie trotzdem sympathisch – wenigstens war sie ehrlich. Ihm fiel eine seltsame Kriminalitätsstatistik ein, die ihm irgendwo untergekommen war: das wohlhabende Plano, Texas, hatte in Amerika 1996 oder 97 – in welchem Jahr genau, wusste er nicht mehr – die höchste Pro-Kopf-Rate an heroinbedingten Todesfällen unter Teenagern gehabt. »Gab es irgendwelche Anzeichen, dass sie eine Affäre hatte?«

»Ich kann es mir nicht vorstellen. Ich meine, ich kann mir nicht mal vorstellen, dass sie es mit Horty gemacht hat. Der Sex kam ihr nicht gerade aus allen Poren. Als ich sie das letzte Mal sah, wusste sie natürlich nichts von Horty und Mama –

nachdem sie die beiden dann allerdings in flagranti ertappt hatte, könnte sie schon etwas auf Männerfang gegangen sein, wo es hier doch zum guten Ton gehört, es sich gegenseitig ordentlich heimzuzahlen.«

»Stimmt das, Mr. Hughes? Hat Mrs. Hughes Sie mit ihrer besten Freundin im Bett erwischt?«

Keine Antwort. Pender drang nicht weiter in ihn. Oh, Donna, dachte er zu der Melodie des alten Richie-Valens-Songs. Kein Wunder, dass du von zu Hause weggerannt bist. Ein Teil von ihm wollte glauben, dass sie mit jemand anderem als Casey durchgebrannt war, aber das war sehr unwahrscheinlich. Wäre sie arm gewesen, na schön, dann hätte sie sich vielleicht abgesetzt und ein Jahr lang nichts von sich hören lassen. Aber sie war alles andere als arm, und Pender hatte die Erfahrung gemacht, dass niemand vor Geld weglief.

Aber *mit* ihm lief schon die eine oder andere weg. »Wenn ich richtig informiert bin, war von keinem von Mrs. Hughes' Bankkonten etwas abgehoben worden, Mr. Hughes. Und von ihren Kreditkarten wurde natürlich auch nichts abgebucht. Hatte sie vielleicht eine andere Geldquelle, die ihr problemlos zugänglich war?«

»Diese Frage habe ich bereits beantwortet«, sagte Hughes.

Oho. Ein dumme Antwort. Eine schuldbewusste Antwort. Für die Ermittlungen brachte es wahrscheinlich nicht viel, aber mehrere der anderen Rotblonden waren mit einer Menge Bargeld verschwunden, die jeweils in entsprechender Relation zu ihren Vermögensverhältnissen stand. »Woher hat sie es genommen, aus einem Wandsafe?«

»Ich weiß nicht, was Sie –«

»Wenn Sie es mir hier und jetzt sagen, verspreche ich Ihnen, es bleibt unter uns. Wenn nicht, freut sich die Steuerfahndung immer, mit dem FBI zusammenzuarbeiten – und umgekehrt.«

»Ja, es war ein Wandsafe.«

»Sehr gut. Mit wie viel ist sie verschwunden?«

»Zwanzigtausend in Hundertern und Zwanzigern, soweit ich das sagen kann.«

»Das reicht vollauf«, sagte Pender, der im Lauf der Jahre einen sechsten Sinn dafür entwickelt hatte, wie weit man bei einer Vernehmung gehen konnte. »Danke für Ihre Kooperation. Und jetzt will ich Ihnen beiden den Sonntag nicht länger verderben. Hier ist meine Karte – wählen Sie die Pagernummer, wenn Ihnen noch etwas einfällt. Und Honey, könnte ich Ihren Nachnamen und die Adresse Ihrer Mutter haben?«

»Comb. Ich wollte sowieso gerade nach Hause – wenn Sie wollen, können Sie mir hinterherfahren.«

»Honey Comb, Honigwabe«, wiederholte Pender amüsiert.

»Unterstehen Sie sich«, sagte das Mädchen. »Ich habe schon jeden blöden Spruch gehört, den es dazu gibt.«

53

Bleib einfach am Leben ...
Irene stieg aus dem Bett und ging ans Fenster. Es war eine schreckliche Nacht gewesen. Schwer zu sagen, was schlimmer war, die unruhigen Phasen albtraumgeplagten Schlafs oder die hellwachen Drei-Uhr-früh-Ängste. Wahrscheinlich Letztere – aus den Albträumen konnte man wenigstens erwachen.

Schließlich hatte sie es allerdings geschafft, einen wackligen Waffenstillstand mit ihrer Angst zu schließen, indem sie sich ständig vor Augen hielt, dass sich bisher das meiste, was sie Barbara gesagt hatte, bewahrheitet hatte. Maxwell wollte ihre Hilfe, und das hieß, er musste sie am Leben lassen. Und wo Leben ist, ist Hoffnung, war das nicht, was alle sagten? Vielleicht ein Klischee, aber eins, an das auch im Bauch zu glauben sie sich noch beibringen musste.

In der Zwischenzeit: Bleib einfach am Leben. Irene teilte die weißen Musselinvorhänge, schob das Fenster hoch, atmete tief ein. Bergluft, Morgentau, saftiges Wiesengras, der Weihnachtsbaumduft der Douglasfichten. Der zweispitzige Berg im Westen war blau-grün und in Nebel gehüllt; das Wiesengras kräuselte sich im Wind, zartgrün mit einem Hauch von schimmerndem Gold.

Und jetzt, bei Tageslicht, konnte Irene einen seltsamen Bau ausmachen, der sich, halb verborgen im hohen Gras der Wiese, etwa hundert Meter vom Haus entfernt befand, nicht weit von der Stelle, wo sie Maxwell vorige Nacht entdeckt hatte. Als sie, um besser sehen zu können, den Kopf aus dem Fenster streckte, sah sie, dass es wie ein in die Erde eingelassenes Gewächshaus von der Größe eines 50-m-Beckens aussah, das mit einer trüben, nur etwa einen Meter über den Boden ragenden Plexiglaskuppel überdacht war.

Dann merkte Irene, dass das Fenster, aus dem sie sich lehnte, nur geringfügig schmaler war als ihre Schultern und dass direkt unter ihr das Dach der mit einem Fliegengitter versehenen Veranda war. Sie studierte den zwei Geschosse hohen Steilabfall und merkte, dass es nichts gab, was sie daran hindern konnte, aus dem Fenster zu klettern und sich an einem Seil aus Laken auf das Dach der Veranda hinabzulassen.

Aber nicht sofort, sagte sie sich. Nicht, bis du eine Möglichkeit gefunden hast, an den Hunden vorbei und über den Elektrozaun zu kommen.

Plötzlich klopfte es. Irene fuhr schuldbewusst zusammen, zog den Kopf wieder nach drinnen und schloss das Fenster, so leise sie konnte. »Augenblick.« Sie fand einen apricotfarbenen Veloursbademantel im Schrank und zog ihn über ihrem Nachthemd an, bevor sie die Tür öffnete.

Es war Max, in einem bunten, mit Hibiskusblüten bedruckten Hawaiihemd und modisch ausgebeulten Bermudashorts. »Guten Morgen, Irene. Haben Sie gut geschlafen?«

Ob ich gut geschlafen habe? Nachdem ich entführt und um ein

Haar vergewaltigt worden bin? Ob ich da gut geschlafen habe? Du verdammter Mistkerl. »Ja, danke. Haben Sie daran gedacht, wegen Bernadette anzurufen?«

Max lächelte beruhigend. »Ich habe gestern Abend das Trinity County Sheriff's Department angerufen. Um eine Verbindung zu bekommen, musste ich mit dem Autotelefon auf den Heuboden der Scheune steigen. Inzwischen befindet sich Bernadette wahrscheinlich längst wieder wohlbehalten im Kreis ihrer Lieben. Wie sieht's mit Frühstück aus?«

»Oh, das wäre jetzt, glaube ich, genau das Richtige.« Zu ihrer Überraschung merkte Irene, dass sie total ausgehungert war. Die gute Nachricht über Bernadette hatte ihren Appetit wiederhergestellt.

Die Küche war holzvertäfelt, mit einem Hartholzboden, einem prächtigen alten Gusseisenherd, der nachträglich mit elektrischen Kochplatten ausgerüstet worden war, und einem alten Amana-Kühlschrank mit runden Schultern. Der Küchentisch war mit einem handbestickten Leinentischtuch gedeckt. Mit einer kurzen Handbewegung wies Maxwell Irene den Platz am Kopfende des Tisches zu, dann öffnete er die Klappe des Backofens und nahm einen Teller mit Rühreiern mit Speck heraus.

»Ich mache Ihnen Toast«, sagte er, als er den Teller vor sie hinstellte. Sie hatte davor kurz geduscht und trug eine rostfarbene Baumwollbluse und weiße Baumwollshorts.

»Darf ich Sie was fragen, Max?«

»Sie dürfen *fragen*.« Er schenkte aus einer altmodischen Kaffeemaschine auf dem Herd zwei Tassen ein, dann setzte er sich Irene gegenüber.

»Wer ist die Frau, die ich gestern Abend kennen gelernt habe?«

»Ah-ah-alles zu seiner Zeit, Ma'am.«

James Stewart. Maxs Imitationen von Prominenten schienen dazu zu dienen, brisanten Themen auszuweichen – von denen die Frau mit der Maske offensichtlich eines war. Irene beschloss, nicht weiter in ihn zu dringen; sie wechselte das Thema. »Die Eier sind hervorragend.«

»Frischere werden Sie kaum kriegen – ich habe sie heute Morgen aus dem Hühnerstall geholt.«

»Essen Sie denn keine?«

»Wir haben bereits gegessen – wir halten uns hier an Farmerzeiten.«

»Was bauen Sie an?«

»*Silver bells and cockle shells and* – Nein, das war ein Scherz. Nur einen großen Gemüsegarten – und die Hühner natürlich.«

Aber Irene hatte in Gedanken bereits den Mother Goose-Reim ergänzt, den Maxwell so abrupt abgebrochen hatte. *Pretty maids all in a row – hübsche Mädchen, alle in einer Reihe.*

Während Irene frühstückte, richtete Maxwell unter den Bäumen hinter dem Haus einen provisorischen Therapieraum ein. Bestens gelaunt schleppte er die Möbel aus dem Keller in den Wald. Seit Jahren träumte er von einer Fusion, von echter Beherrschung der anderen, nicht bloß von sporadischer Kontrolle. Und jetzt stand sein Traum kurz davor, Wirklichkeit zu werden.

Es würde nicht einfach werden, das wusste er – es würde sowohl von ihm wie von Irene Einsatz und Engagement erfordern. Er musste ehrlich zu ihr sein, oder zumindest so ehrlich, wie es die ungewöhnlichen Umstände erlaubten, und er musste ihr Zugang zu den anderen gewähren – und umgekehrt. Aber wenn es die gewünschte Wirkung zeigte, wäre es die Sache auf jeden Fall wert.

Und wenn es nicht klappte? Na ja, zumindest hätten er und die anderen zum ersten Mal in ihrem Leben die Gelegenheit bekommen, ihre Geschichte einer einfühlsamen, verständnisvollen Ärztin zu erzählen. Und danach, egal, was dabei herauskam, konnten sie sich alle die attraktive Dr. Cogan teilen, solange sie eben herhalten würde.

Wir machen hier nur eine Therapie, versuchte sich Irene einzureden, als Maxwell sie den gesprenkelten Weg entlangführte. So was hast du schon tausendmal gemacht.

Dennoch war sie baff, einen Moment desorientiert, als sie das Therapiezimmer sah, das er in einer kleinen Lichtung eingerichtet hatte. Für sie ein gepolsteter Myrtenholzstuhl im Windsorstil, dazu Notizblock und Stift; für ihn eine gepolsterte Redwoodliege und zwischen dem Stuhl und dem Kopfteil der Liege ein kleiner runder dreibeiniger Tisch mit einer Packung Kosmetiktücher und einem Aschenbecher darauf. Ein freudianisches Arrangement in einem jungschen Wald. Und der süße Duft der Fichtennadeln, der pilzige Geruch des Lehms erinnerten sie unvermittelt an den Redwoodwald bei Lucia, an das Kieferngehölz in den Trinities – ihr wurde klar, dass Maxwells sicherer Ort der Wald war.

»Fehlt irgendwas?«, fragte er sie.

»Etwas Wasser vielleicht. Therapie kann eine Arbeit sein, die durstig macht.«

Nachdem er einen Krug und zwei Plastikgläser geholt hatte, legte sich Max auf die Liege. Irene stellte den Windsorstuhl neben seine linke Schulter, schlug die Beine übereinander und wartete, in der einen Hand den Stenoblock, in der anderen einen grünen Uniball-Stift.

Zuerst wusste sie nicht recht, wie sie beginnen sollte. »Glauben Sie, Sie sind schon so weit, um eine weitere Regression zu versuchen?«, fragte sie ihn.

»NEIN!« Max' Ruf hallte durch den Wald, scheuchte Krähen und Eichelhäher von ihren Ästen auf. Dann ruhig, aber mit Nachdruck: »Keine Hypnose mehr.«

Irene spürte die Angst durch ihren Körper strömen – sie war daran erinnert worden, wie verletzlich sie war. Immerhin hatte sie es ohne die üblichen Sicherheitsvorkehrungen mit einem labilen und extrem gefährlichen Multiplen zu tun.

Ganz ruhig, ganz ruhig: »Selbstverständlich brauchen Sie nichts zu tun, was Sie nicht tun wollen, Max. Aber wenn wir hier irgendetwas erreichen wollen, müssen auch die anderen Persönlichkeiten einbezogen werden.«

»Kein Problem – das lässt sich machen.«

»Gut. Wie gesagt, Sie brauchen nichts zu tun, was Sie nicht tun wollen. Aber Sie sollten sich darüber im Klaren sein, dass Hypnose und Regression unverzichtbare Hilfsmittel sein können. Vielleicht können wir später ein paar Grundregeln, ein paar Absicherungen ausarbeiten, mit denen Sie besser leben können.«

»Besser leben«, antwortete Max mit den Hauch eines Lispelns – Irenes altem Lispeln.

Sie ignorierte es. »Da fällt mir gerade etwas ein, Max. Ich verhalte mich so, als ob diese Sitzung die Fortführung eines bereits bestehenden therapeutischen Verhältnisses wäre. In Wirklichkeit ist das jedoch unsere erste Sitzung. Und das heißt, wir müssen vorher noch einen sehr wichtigen Punkt klären.«

Nach einer kurzen Unterredung mit Ish (gemeinsame Bewusstheit, kein Persönlichkeitswechsel) wandte sich Max wieder an Irene. »Ein Vertrag?«

»Ein Vertrag.« Abmachungen in Hinblick auf das Verhalten dienten nicht nur dem Zweck, ungesundem Verhalten Grenzen zu setzen, sondern konnten durch die Festlegung von Verpflichtungen, Belohnungen und Strafen auch dazu beitragen, bei Multiplen, die in der Regel von Missbrauch treibenden Erwachsenen mit fragwürdiger erzieherischer Eignung aufgezogen worden waren, das Verständnis für Ursache und Wirkung zu fördern.

»Das lässt sich machen.« Max schloss die Augen und beriet sich mit Ish und Mose, die ihm den bei DIS-Therapien allgemein gebräuchlichen Vertragstext lieferten. »Okay, hier hätten wir's:

Ich, Max Maxwell, Sprecher aller alters, bekannter wie unbekannter, die das System bilden, das den Körper, bekannt als Ulysses Christopher Maxwell Jr., bewohnt, garantiere hiermit die Rechte und Sicherheit unseres Körpers, die Rechte und

Sicherheit Dr. Irene Cogans, unserer Therapeutin, die Sicherheit von Dr. Cogans Eigentum und die Sicherheit des Eigentums aller alters, einschließlich jeglichen schriftlichen oder auf Band aufgenommenen Materials, das sie Dr. Cogan im Verlauf der Therapie zur Verfügung stellen.«

»Sehr gut. Wie wäre es mit einer Garantie der Rechte sowie der Sicherheit und Würde aller alters?«

»Im Auftrag aller alters, bekannter wie unbekannter, verspreche ich, Rechte, Sicherheit und Würde aller alters zu respektieren.«

»Und haben Sie irgendwelche Vorschläge, was die Konsequenzen im Fall einer Vertragsverletzung angeht?«

»Die verantwortlichen alters werden … achtundvierzig Stunden aus dem Bewusstsein verbannt?«

»Wie wär's mit einer Belohnung für die Einhaltung der Richtlinien?«

Er dachte kurz nach. »Könnten wir später schwimmen gehen? Sie und ich?«

Irene dachte darüber nach. Im Vergleich zu einigen der Dinge, um die er sie hätte bitten können, hörte sich die Einladung zum Schwimmen harmlos an. Und wenn dieser Bau in der Wiese nicht gerade ein überdachter Swimmingpool war, hatte er vielleicht sogar vor, das umzäunte Gelände mit ihr zu verlassen.

»Einverstanden. Was Sie heute Abend noch tun müssen, Sie müssen den mündlichen Vertrag, den wir gerade geschlossen haben, schriftlich festhalten. Dann gehen wir morgen früh das Dokument gemeinsam durch und unterschreiben es beide. Bis dahin – und damit wende ich mich an alle alters, die mich jetzt hören können –, wenn einer von Ihnen mit den Vertragsbedingungen nicht einverstanden ist, muss er sich entweder jetzt zu Wort melden oder sich ansonsten bis morgen früh als von ihnen gebunden betrachten.«

Max schloss die Augen. Er konnte hören, wie in seinem Kopf das entstand, was er den Gruppenlärm nannte. *Lasst ihr ihren Willen,* beschwor er die anderen. *Lasst ihr einfach ihren Willen.* Er öffnete die Augen und drehte den Kopf, blickte über seine Schulter Irene an. »Sieht so aus, als wären wir alle einverstanden.«

»Sehr gut. Dann lassen Sie uns anfangen. Ich kann nur wieder sagen, ich halte eine hypnotische Regression für das Beste, aber falls das für Sie weiterhin nicht in Frage kommt, muss ich darauf dringen, dass ich, wenn Sie mir Ihre Geschichte erzählen, sie der Reihe nach von jedem anderen der beteiligten alters zu hören bekomme und ihre Erfahrungen nicht bloß durch Sie gefiltert erhalte. Wäre das möglich?«

»Solange Sie sie nicht direkt nach ihren Namen fragen. Denken Sie daran, wenn Sie das tun, kehren sie automatisch zu mir zurück.«

»Aber werden sie sich selbst zu erkennen geben? Ich muss wissen, mit wem ich spreche.«

Als Antwort darauf verdrehten sich Maxwells Augen nach oben und nach rechts, und seine Lider flatterten. Als sie wieder aufgingen, waren seine Lippen leicht geschürzt, seine Augenbewegungen rascher.

»Guten Morgen, Dr. Cogan«, sagte er. Es war eine Frauenstimme. Kein Falsett, nicht das modifizierte Julia-Child-Vibrato vieler Transvestiten, sondern eine Frau. »Ich heiße Alicea.« A-*lyss*-ie-ah. »Max möchte, dass ich Ihnen verschiedene Dinge erzähle, die mir als Kind passiert sind. Möchten Sie sie hören?«

»Sehr gern, Alicea. Ich würde sie sehr gern hören.«

Und so begann eine der seltsamsten und entsetzlichsten Geschichten, die Irene Cogan, die es sich zum Beruf gemacht hatte, seltsame und entsetzliche Geschichten anzuhören, je gehört hatte.

54

Es ist das Jahr 1980. Ein Samstagabend. Die neunjährige Alicea versteckt sich in ihrem Zimmer. Oder zumindest würde sie sich gern verstecken können. Sie weiß, was gleich kommen wird – sie hat es schon vorher durchgemacht. In gewisser Weise ist es ihre Aufgabe. Mehr als ihre Aufgabe: ihre Existenzberechtigung.

Als es auf neun Uhr zugeht, verlässt Alicea, nur in Unterhose, das Kinderzimmer und schleicht auf Zehenspitzen zum Schlafzimmer ihrer Eltern am Ende des Gangs. Die Tür ist angelehnt. Sie schlüpft nach drinnen und schließt sie hinter sich, mit der beruhigenden Gewissheit, dass sie von außen nicht geöffnet werden kann – Lyssys Traum liegt schon Jahre zurück, und doch ist das Loch im Türknauf noch immer mit Superglue verstopft.

Am ganzen Körper fröstelnd, zieht Alicea die Unterhose aus (und stopft sich dabei, ohne sich dessen bewusst zu sein, die männlichen Genitalien, von deren Existenz sie nichts weiß, zwischen ihre Beine zurück). Dann stellte sie sich mit fest zusammengepressten Beinen vor den Spiegel, um ihren Körper zu betrachten. Was sie sieht, unterscheidet sich sehr stark von dem, was Christopher sieht, wenn er sich im Spiegel betrachtet. Die Konturen sind runder, als wäre eine Extraschicht Fett unter der glatteren, feuchteren Haut. Und das dunkle Haar ist länger, der Brustkorb länger und schmaler, die Brustwarzen eine Spur größer. Das Beste von allem ist die wundervolle Glätte zwischen den fest aneinandergepressten Oberschenkeln.

Nein, keine Frage – obwohl für das Auge genug von einem Wildfang, um niemanden ihr wahres Geschlecht erkennen zu lassen, ist Alicea ein hundertprozentiges, typisch amerikanisches Dem-Himmel-sei-Dank-für-kleine-Mädchen kleines Mädchen. Und das ist gut so – ihr ist klar, dass das, was sie gleich über sich ergehen lassen muss, vernichtend, absolut unerträglich wäre, wenn sie ein Junge wäre.

Beruhigt kehrt sie in ihr Zimmer zurück. Unten werden die

Erwachsenen lauter – Speed und Alkohol beginnen ihre Wirkung zu tun. Um den Lärm zu übertönen, macht sie ihr Radio an. »Another One Bites the Dust« von Queen. Alicea schwärmt für Freddie Mercury.

Wie immer kommt Mutter ins Zimmer, ohne anzuklopfen. Ihre Augen haben diesen weggetretenen Blick, den sie immer bekommt, wenn sie auf Meth ist, so, als ob die Irisse rechteckig und die Pupillen länglich wären.

»Du bist ja ausnahmsweise schon mal fertig«, sagt ihre Mutter vorwurfsvoll, obwohl Alicea fast immer fertig ist, wenn sie sie holen kommen – manchmal erspart es ihr eine Tracht Prügel.

Die Erwachsenen warten im Keller auf sie. An diesem Abend sind es vier oder fünf. Sie stehen alle im Hintergrund, im Dunkeln, bis auf Carnivean, der unter dem roten Spotlight auf seinem schwarzen Thron sitzt, nackt bis auf die kurzen weit auseinander stehenden Ziegenhörner auf seiner Stirn.

Als Alicea und ihre Mutter unten ankommen, schließt sich ihnen Daddy an. Wie die anderen, mit Ausnahme Carniveans, tragen sie lose weite Gewänder. Sie führen sie vor Carniveans Thron. Mit einer hoheitsvollen Geste, ein bisschen wie die Herzogin in *Alice im Wunderland,* fordert Carnivean Alicea auf, ihre Robe zu öffnen. Sie kommt seiner Aufforderung nach; er betrachtet sie von oben bis unten, so, als hätte er sie nicht schon Dutzende Male zuvor gesehen, nickt zustimmend und steigt die Stufen seines Thrones herab, um sie an der Hand zu nehmen.

Ihre Eltern treten zur Seite; Carnivean führt Alicea zu dem Diwan an der Wand. Sie kniet nieder, beugt sich über das weiche gepolsterte Leder. Er hebt ihren karmesinroten Umhang und schlägt ihn ihr über den Kopf, hüllt sie in ein warmes, unpassend privates, rubinrotes Dunkel. Sie legt ihre Wange auf den Rücken ihrer verschränkten Hände und versucht den Schmerz auszublenden.

Natürlich weiß Alicea, dass Carnivean außerhalb dieses Kellerraums in Wirklichkeit Mr. Wandmaker ist, dem der Harley-

Shop gehört, in dem Daddy arbeitet. Sie weiß auch, dass sie das nie laut aussprechen darf. Mr. Wandmaker hat Daddy aufgenommen, als er ein Waise war, und ihn zum Mechaniker ausgebildet; wo wäre er also ohne ihn? Angezogen sieht er groß und bedeutend aus, aber nackt ist er einfach nur fett, mit einem dicken behaarten Bauch und Hängetitten wie eine alte Frau.

Wenn sie ihn zu ächzen beginnen hört, weiß sie, es ist fast vorüber – und auch, dass gleich das Schlimmste kommt. Denn jetzt legt er sich mit seinem ganzen Gewicht auf sie, und die Schläge beginnen – auf die Pobacken, auf die Rückseite der Oberschenkel, auf die Schultern und den Kopf unter dem Umhang; die Stöße werden tiefer und wilder.

An diesem Abend scheint die letzte Phase kein Ende zu nehmen. Als ihr das Gewicht seines Körpers die Luft aus den Lungen zu pressen beginnt, spürt Alicea in ihrem Kopf ein seltsames Prickeln, ähnlich dem, wenn ihr ein Fuß eingeschlafen ist. Doch unmittelbar bevor sie wegen des Sauerstoffmangels ohnmächtig wird, hört sie in der Dunkelheit eine Stimme – in der Dunkelheit in ihrem Kopf, nicht in der Dunkelheit unter dem Umhang. Eine Männerstimme – aber nicht die Carniveans, nicht die Mr. Wandmakers. Eine irgendwie vertraute Stimme, obwohl sie sie nie zuvor gehört hat.

Alicea?

Ja?

Ich bin bei dir. Ich werde jetzt auf uns aufpassen – ich werde sie das nie wieder mit uns tun lassen.

Wer bist du?, fragt sie.

Nenn mich Max, sagt die Stimme.

55

»Und ich habe mein Versprechen gehalten«, sagte Max und rieb die Fäuste an seinen Schenkeln. »Sie haben das nie mehr mit ihr gemacht.«

Irene erkannte seine Stimme. Den Switch hatte sie übersehen, aber das Erdungsverhalten entging ihr nicht. Aus rein beruflicher Sicht fand sie das alles hochinteressant. Die Geburt eines alters – terra incognita in den Annalen des DIS-Syndroms. »Haben Sie eine Ahnung, von woher Sie gekommen sind, Max? Wo waren Sie, bevor Sie mit Alicea gesprochen haben?«

Amüsiert, kühl distanziert, drehte er sich auf der Liege herum. »Wissen *Sie* das, Irene? Wissen Sie, woher Sie gekommen sind, bevor Sie Sie geworden sind?«

»Nein – aber ich bin kein alter.«

»Als solches sieht sich auch keiner von uns.«

»Da kann ich Ihnen nicht ganz folgen.«

»Dann lassen Sie es mich Ihnen erklären.« Er setzte sich auf und schwang seine Beine lässig über den Arm der Redwoodliege. »Wie definieren Sie ein alter, Irene?«

Sie ratterte es herunter: »Ein dissoziierter Bewusstseinszustand mit einem konstanten Identitätsgefühl und einem charakteristischen Muster von Verhaltensweisen und Gefühlen.«

»Sehr gut. Und so definiere ich es: Ein alter ist, was alle anderen hier drinnen sind. Alle anderen Persönlichkeiten oder Identitäten oder wie Sie sie sonst nennen wollen, die diesen Körper bewohnen – das sind alters. Ich bin genauso nur ich, wie Sie nur Sie sind.«

»Und wenn ich einem von den anderen die gleiche Frage stellen würde?«

»Bekämen Sie die gleiche Antwort: ›Ich bin ich – alle anderen hier drinnen sind alters.‹«

»Interessant.«

»Allerdings.« Max legte sich wieder auf den Rücken. »Ach – und noch was, Irene.«

»Ja?«

»Ich bin mir sehr wohl bewusst, dass Useless und ein paar andere denken, ich bin ein Dämon.«

»Woran liegt das, glauben Sie?«

»Weil ich mit Alicea Kontakt aufnahm, als sie von einem Mann gefickt wurde, der Hörner trug und sich Carnivean nannte.«

»Dieser Name sagt mir nichts.«

»In der Dämonologie ist Carnivean der böse Patron der Lüsternheit, und sein Hauptvergnügen besteht darin, Menschen zu obszönem Verhalten zu verleiten.«

Trotz des warmen Morgens begann Irene zu frösteln. Mit wachsendem Entsetzen merkte sie, dass Max' Verhalten, als er sie am Tag zuvor zu vergewaltigen versucht hatte, auffallende Ähnlichkeiten mit Aliceas Schilderungen ihres Missbrauchs durch Carnivean aufwies. Multiple verinnerlichen ihre Peiniger, um scheinbar Kontrolle über das zu erlangen, was sich ihrer Kontrolle entzogen hatte. Und folglich war es durchaus vorstellbar, dass sich Max auf einer bestimmten Ebene mit Carnivean identifizierte oder ihn verkörperte und *sich* für den bösen Patron von Lüsternheit und obszönem Verhalten hielt.

Gleichermaßen Besorgnis erregend war das hohe Maß an Kontrolle, über das Max bei dem Wechsel zwischen den alters verfügte. Irene konnte sich nicht erinnern, jemals einer multiplen Persönlichkeit begegnet zu sein, welche die alters mit solcher Mühelosigkeit oder solch unheimlicher Sicherheit wechselte. Sie war sich allerdings nicht sicher, was das bedeutete oder welche Konsequenzen es möglicherweise hatte. Im Moment wusste sie nur eins: Einen Multiplen wie Ulysses Christopher Maxwell hatte sie noch nie gesehen.

»Irene? Dr. Cogan?«

»Was? Oh, Entschuldigung.«

»Möchten Sie eine Pause machen?«

»Nein – bitte machen Sie weiter.«

»Okay – aber versuchen Sie, bei der Sache zu bleiben, ja? Ich rede mir hier nicht nur zum Spaß den Mund fusslig.«

Max' erste Handlung, nachdem er von Alicea den Körper übernommen hatte, bestand darin, mit aller Kraft, die er aufbringen konnte, den Kopf nach hinten zu werfen. Ein Knacken, ein Stöhnen, und das Gewicht war nicht mehr auf seinem Rücken. Er riss sich den Umhang vom Kopf und sah über seine Schulter. Wandmaker, eins seiner Hörner abgeknickt, taumelte rückwärts durch den Kellerraum und hielt beide Hände an seine gebrochene Nase, von der dunkles Blut zwischen seinen Fingern hervortroff.

Max wusste noch nicht, wie er ohne die Unterstützung eines anderen alter einen Switch machen könnte. Folglich war es Max, der die mit Abstand schlimmste Tracht Prügel über sich ergehen lassen musste, die der Körper jemals von Ulysses Sr. hatte einstecken müssen, und dann die nächsten vierundzwanzig Stunden ohne Essen oder Wasser unter extremen Schmerzen im Schrank seines Zimmers eingesperrt verbrachte. Er hätte noch länger dort bleiben müssen, aber am Montag musste er in die Schule.

Max wusste, wie er beide negativen Erlebnisse in positive umkehren konnte. Er nutzte die Zeit im Schrank, um die anderen zu überzeugen, dass mit der chaotischen Anarchie, unter der sie bisher gelebt hatten, Schluss sein musste und dass sie alle von dieser Neuerung enorm profitieren würden. Dann sorgte er am Montagmorgen dafür, dass seine geliebte Lehrerin in der vierten Klasse die blauen Flecken bemerkte, die die Prügel hinterlassen hatten.

»Miss Miller war ein Engel – der reinste Engel. Eine dieser Lehrerinnen, in die sich jeder kleine Junge verliebt und die genau so war, wie jedes kleine Mädchen werden will.

Natürlich war ich (damit meine ich natürlich das kollektive Ich) schon lange als begabtes Kind entdeckt worden. Sie ließen mich den Intelligenztest dreimal machen, weil sie das Ergebnis nicht glauben konnten. Schließlich merkten sie auch, dass ich das totale Erinnerungsvermögen hatte. Der Fachbegriff dafür ist Hypermnesie.«

»Diese Hypermnesie – ist das die Funktion eines bestimmten alter? Wissen Sie das?«

»Unser MTE heißt Mose. Er ist total irre. Erinnert sich an alles, versteht nichts.«

»Danke – machen Sie weiter.«

»Angesichts meiner Intelligenz möchte man meinen, jemand hätte sich meiner verstärkt angenommen, aber bis zur vierten Klasse erwarteten alle anderen Lehrer nichts weiter von mir, als dass ich meine Aufgaben machte und den Mund hielt. Aber Miss Miller, sie stellte nicht nur einen erweiterten Lehrplan für mich zusammen, sie gab mir nach der Schule auch Einzelunterricht.«

»Ist mit diesem ›Mir‹ hauptsächlich Max gemeint oder eins der anderen alters?«

»Hauptsächlich Christopher.«

»Dürfte ich mal mit Christopher sprechen?«

»Klar – warum nicht? ... Guten Morgen, Irene.«

Es hatte nur einen Moment gedauert.

»Guten Morgen, Christopher. Freut mich, Sie kennen zu lernen.«

»Oh, wir haben uns bereits kennen gelernt. Im Gefängnis.«

»Ja, ich erinnere mich. Ich glaube, Sie haben mir die Hand geküsst.«

Ein scheues, gewinnendes Lächeln über die Schulter hinweg. »Eine Freiheit, die ich mir herausgenommen habe – aber ich konnte einfach nicht anders.«

»Das ist schon in Ordnung. Und was halten Sie von dem, was hier vor sich geht?«

»Von der Therapie? Was gut für General Motors ist, ist gut für die USA.«

»Da kann ich Ihnen nicht folgen.«

»Was gut für Max ist, ist gut für den Rest von uns.«

»Verstehe.« Einer ihrer Professoren nannte *Verstehe* einmal den Schluckauf des Therapeuten. »Erzählen Sie mir von Miss Miller.«

Er seufzte – das Seufzen eines Liebhabers. »Sie war Ende zwanzig, als ich ihr zum ersten Mal begegnete. Zierlicher Knochenbau. Helle, sommersprossige Haut. Komische Stupsnase. Leuchtend – *leuchtend!* – rotblondes Haar, das sie immer hochgesteckt hatte, so wie es die Frauen vor hundert Jahren trugen. Süße zierliche Figur. Sehr schüchtern, sehr einfühlsam. Man konnte alles, was sie fühlte, in diesen großen grünen Augen sehen – als ich ihr die blauen Flecken zeigte, die ich von den Schlägen davongetragen hatte, nachdem Max Mr. Wandmaker die Nase gebrochen hatte, füllten sie sich mit Tränen. Sie brachte mich persönlich in die Krankenstation der Schule.

Danach ging alles ziemlich schnell. Die Polizei wurde gerufen, meine Eltern wurden am Arbeitsplatz verhaftet und ich ging an diesem Nachmittag mit Miss Miller nach Hause – die Alternative wäre eine vorläufige Unterbringung in einem Heim oder bei Pflegeeltern gewesen oder Schutzhaft in der Juvie, was ich allerdings ihrer Meinung nach als Strafe betrachtet hätte.«

»Verständlicherweise.«

»Verständlicherweise. Wie dem auch sei, Miss Miller wohnte in einem alten viktorianischen Haus, das man von der Schule zu Fuß erreichen konnte.

Sie sagte, wenn ich nicht wollte, bräuchte ich über nichts zu sprechen. Ich sagte, das wollte ich auf keinen Fall. Ich weiß noch, nach der Schule aßen wir Twinkies – sie kaufte sie eigens für mich –, und wir sahen uns im Fernsehen alte Filme an – sie liebte alte Filme –, und ich machte die Schauspieler für sie nach. Nach und nach hatte ich alle alten Filmstars drauf – Bogart, Cagney, Stewart.

Ihr Schlafzimmer war oben, und ein Zimmer auf der anderen Seite des Flurs war frei. Das richtete sie für mich her, aber natürlich konnte ich in dieser Nacht nicht schlafen. Deshalb ließ sie mich bei sich schlafen. Wir sahen in ihrem großen Bett fern und tranken Kakao. Ich erinnere mich noch, wie sie ihr Haar löste. Sie saß in einem langen weißen Nachthemd an ihrem Frisiertisch. Sie hatte mir den Rücken zugewandt, aber sie wusste, dass ich sie beobachtete, als sie die Nadeln herauszog und ihr Haar nach unten fiel. Sie sagte mir über ihre Schulter, dass sie es jeden Abend hundertfünfzigmal bürsten müsste, und bat mich, ihr zählen zu helfen.

Das Mondlicht fiel durchs Fenster und brach sich auf ihrem schönen rotblonden Haar, und als sie die letzten paar Bürstenstriche mich machen ließ, dachte ich, ich müsste vor Glück sterben ...«

Langes Schweigen. Zu lang. »Was passierte dann, Christopher?«

Jetzt kamen die Wörter rasch herausgepurzelt. »Es war nicht ihre Schuld, es war nicht Miss Millers Schuld. Sie hatte keinen Lustgewinn von dem, was passierte, als sie ins Bett kam. *Ich* war es, der darauf bestand, *sie* zu umarmen. Ich schlang meine Arme um sie und klammerte mich an sie wie ein kleines Äffchen, und als sie mich wegzustoßen versuchte, weinte ich und klammerte mich noch fester an sie.«

Er schwieg. Irene wartete einen Moment, dann half sie etwas nach: »Waren Sie erregt?«

»Ja.«

»Hatten Sie einen Orgasmus?«

»Einen trockenen – ich war erst neun.«

»Durch Frikt– Indem Sie sich an ihr gerieben haben?«

»Ich weiß, was Friktionismus ist. Und die Antwort lautet ja.«

»Wusste sie das?«

»Natürlich nicht!«

Es war nicht zu überhören, dass er Miss Miller in Schutz zu nehmen versuchte, aber Irene beschloss, ihn noch nicht darauf anzusprechen. Er beschrieb die Ereignisse, wie er sie als Neunjähriger erlebt hatte. Das war gut – sie wollte sich da nicht einmischen. Wenn die Therapie normal verlief, würde ein Zeitpunkt kommen, an dem sie ihn dazu bringen musste, die Situation aus der Sicht eines Erwachsenen zu betrachten, damit ihm klar wurde, dass ihn als Kind keinerlei Schuld an dem Ganzen traf – dass eine Frau, die einem Jungen seines Alters eine sexuelle Beziehung mit ihr gestattete, und das auch noch in einer so sensiblen Phase, nicht weniger ein Monster war als Maxwells Eltern. Sobald er das einsah, konnte sie ihm helfen, sich mit der Wut und der Ablehnung auseinander zu setzen, hoffentlich, ohne das mörderische alter heraufzubeschwören.

Aber diese Therapie verlief nicht normal – nicht einmal annähernd. Mit etwas Glück, dachte sie, würde sie entkommen oder befreit werden, bevor das der Fall war. In der Zwischenzeit musste sie sich langsam und nonkonfrontativ vorantasten.

»Wie haben Ihre Eltern auf das alles reagiert?«

»Also, schöne Frau, ich schätze, man könnte sagen, meinem Pop war das Ganze ziemlich peinlich. Sobald sie gegen Kaution freikamen, nahm er seine Doppelflinte und jagte meiner Mom eine Ladung Schrot in den Kopf, bevor er sich selbst die Rübe wegpustete.«

Eine John-Wayne-Imitation. Irene spürte, dass er dicht davor stand zusammenzubrechen – trotzdem musste sie ihm die Frage stellen. »Und was hatten Sie für ein Gefühl dabei – dass sich Ihr ganzes Leben änderte, dass Sie Ihre Eltern verloren hatten? Das muss doch furchtbar hart gewesen sein.«

Er drehte sich herum, um sie anzusehen. »Ich hatte ein schlechtes Gewissen, schätze ich«, sagte er mit seiner eigenen Stimme. »Und froh war ich auch. Und ich hatte ein schlechtes Gewissen, weil ich froh war. Ich hatte sie genauso umgebracht, als ob ich selbst abgedrückt hätte. Aber von jetzt an würde es keine Schläge mehr geben, keine Vergewaltigungen, und ich würde auch nicht mehr im Schrank eingesperrt oder im Keller misshandelt. Und ich hatte Miss Miller. Könnten wir jetzt eine Pause machen und schwimmen gehen? Das ist schwerer, als ich dachte.«

»Natürlich. Mir ist nur gerade eingefallen, dass ich keinen Badeanzug mitgenommen habe.«

»Kein Problem«, erwiderte Maxwell. »Ich bin sicher, wir können irgendwo einen für Sie ausgraben.«

56

Zum ersten Mal besiedelt worden war der Hügelkamm in den 60er Jahren von Marihuana-Anbauern, erklärte Christopher Irene, als sie zum Haus zurückkehrten. Zuerst hatten die Hippies in psychedelisch bemalten Schulbussen gewohnt, erzählte er ihr, und mit dem Geld von ihren ersten Sinsemilla-Ernten hatten sie Brunnen gegraben und von der Charbonneau Road eine Stromleitung hochlegen lassen. Sobald sie Strom für Wasserpumpen hatten, konnten sie die nächste Ernte künstlich bewässern und ihren Ertrag verdoppeln.

Nachdem sie plötzlich im Geld schwammen, fällten die Bäume liebenden Hippies widerwillig ein paar Douglasfichten und bauten genau an der Stelle, wo die Bäume gestanden hatten, das Haus. Außerdem kauften sie unten im Tal eine alte Scheune, zerlegten sie und setzten sie auf Scorned Ridge Brett für Brett wieder zusammen, um sie als Trockenschuppen zu benutzen. Leider war in Umpqua County der Sommer zu kurz und der Herbst zu feucht, um das Marihuana ausreichend trocknen zu können, weshalb sie schließlich in der Wiese eine zwei Meter tiefe Grube aushoben, die sie ausbetonierten und mit Plexiglas überdachten.

Das also war des Rätsels Lösung, dachte Irene. Was sie am Morgen in der Wiese entdeckt hatte, war der Trockenschuppen. »Was wurde aus ihnen – den Pflanzern?«

Es war eine große Organisation, erklärte Christopher – zu

groß, selbst für Oregons liberale Drogenpolitik. Ende der 70er Jahre landeten Hubschrauber auf der Pflanzung in der Wiese. Die Hippies konnten entkommen, aber die Ernte wurde verbrannt und das Grundstück beschlagnahmt; als es einige Jahre später versteigert wurde, konnte Miss Millers Vertreter die Holzfirmen gerade noch überbieten.

Das Haus am Waldrand war hoch und schmal wie ein Schweizer Chalet, mit einem spitzen, weit vorspringenden Holzschindeldach. Als sie näher kamen, merkte Irene, dass viele der dunkel gefleckten Kiefernbretter aufgeworfen, verzogen oder sogar gerissen waren.

Maxwell folgte ihrem Blick, las ihre Gedanken. »Sie haben es in frischem Zustand zusammengenagelt«, erklärte er. »Eines Tages werde ich das ganze blöde Ding noch mal neu bauen müssen.«

Die Küchentür ging nach hinten raus in den Wald; Christopher führte Irene um das Haus herum zu der mit einem Fliegengitter versehenen Veranda, von der man über die Wiese hinweg nach Westen blickte.

»Von hier habe ich schon die unglaublichsten Sonnenuntergänge gesehen«, sagte er, als er ihr die Fliegengittertür aufhielt.

»Das kann ich mir gut vorstellen.«

Christopher schloss die Fliegengittertür und eilte weiter, um Irene die massive Haustür aufzuhalten. Dahinter führte ein dunkler, schmaler, holzvertäfelter Gang auf die Rückseite des Hauses, wo sich die Küche befand. Auf der rechten Seite gingen Wohn- und Esszimmer ab, auf der linken führte eine steile Treppe nach oben.

»Ich werde einen Picknickkorb für uns machen«, sagte Christopher. »Ich glaube, die Badeanzüge finden Sie auf dem obersten Bord ganz hinten in Ihrem Schrank. Treffen wir uns in einer halben Stunde hier unten?«

Irene sah auf die Uhr, die außer den Kleidern, mit denen sie zwei Tage zuvor joggen gegangen war, der einzige persönli-

che Gegenstand war, der sich noch in ihrem Besitz befand.
»Dann also bis um eins.«

Das Zittern setzte ein, als sie die Treppe hinaufzugehen begann. Als sie ihr Zimmer erreichte, zitterte Irene so heftig, dass das Messingbettgestell schepperte, als sie sich setzte. Sie dachte an die Opfer langfristiger Traumatisierungen, die sie gesehen hatte. Der stumpfe Blick, die langen Phasen des Schweigens, die plötzlichen, unvermuteten Schüttelanfälle, begleitet von einem totalen Rückzug in sich selbst. Gewiss, sie waren alle noch am Leben, aber das war nicht ganz das, was sie im Sinn gehabt hatte, als sie sich ihre Affirmation, ihr Mantra ausgedacht hatte.

Irene hatte sich immer viel auf ihre rationale Art zugute gehalten. Manchmal war ihr sogar vorgeworfen worden, sie sei zu rational und habe ihre Gefühle zu gut im Griff. Aber tief in ihrem Innern war es ihr nie gelungen, das Gefühl loszuwerden, dass sie, sollte sie sich je gestatten, wirklich loszulassen, in Stücke fliegen würde wie eine kaputte Uhr in einem Cartoon. Es war die Angst vor Schwäche, die sie stark bleiben ließ, die Angst vor dem Auseinanderfallen, die sie zusammenhielt.

Deshalb saß sie auf der Bettkante und schlang die Arme fest um sich, schaukelte hin und her, während sie sich verzweifelt wieder in den Griff zu bekommen versuchte. Es war nur zum Teil die Angst um sich selbst, die sie so dicht an den Abgrund heranführte. Sie empfand auch starkes Mitleid für diesen kleinen Jungen, der so brutal missbraucht worden war, und Wut auf seine Peiniger. Mit dem Mitleid konnte sie ganz gut umgehen – ein guter Psychiater muss in der Lage sein, die Traumata seiner Patienten zur Kenntnis zu nehmen, ohne sie zu verinnerlichen –, aber die Wut machte ihr ziemlich zu schaffen. Irene zwang sich, daran zu denken, dass Lyssys Eltern und Miss Miller wahrscheinlich als Kinder ebenfalls missbraucht worden waren – das traf auf fast alle Erwachsenen zu, die Kinder missbrauchten.

Als das Zittern schließlich aufhörte, durchsuchte Irene die Schrankfächer, bis sie einen pfirsichfarbenen einteiligen Badeanzug mit einem Neiman-Marcus-Etikett fand. Um ihrer geistigen Gesundheit willen, versuchte sie nicht – oder zumindest nicht länger – über die Identität oder das Schicksal seiner vorherigen Besitzerin nachzudenken. Auf diesem Weg lag Panik, wenn nicht Wahnsinn.

In dem kleinen Bad, das an ihr Zimmer grenzte, zog Irene sich aus und probierte den Badeanzug an. Er war ein bisschen zu groß und oben zu weit, aber ihr gefiel, wie er an den Beinen bis zur Hüfte ausgeschnitten war – sie war schon immer stolz auf ihre Beine gewesen. Und als sie in ein Paar weißer Pantoletten aus dem Schrank schlüpfte, musste sie zugeben, dass ihre Fesseln für eine Einundvierzigjährige verdammt gut aussahen. Dann fiel ihr ein, dass sie in der momentanen Situation alles andere als sexuell attraktiv sein wollte – den Kopf über ihre Dummheit schüttelnd, entschied sie sich für Badeschlappen aus Gummi.

Christopher trug ein lavendelblaues T-Shirt und eine verwaschene Jeans – die Farben passten sehr gut zu seinem gebleichten Haar. Er betrachtete sie von oben bis unten, als sie auf die Veranda hinaustrat, und stieß einen anerkennenden Pfiff aus. Sie folgte ihm über die Wiese zur Südwestecke des Grundstücks, wo sich ein Tor im Zaun befand. Sowohl der Zaun wie das Tor waren mit Hochspannungswarnschildern versehen. Irene zuckte zusammen, als Christopher die Hand ausstreckte, um das Tor aufzuschließen – er sagte ihr, sie solle sich keine Sorgen machen, er habe den Strom schon im Haus abgestellt. Sie speicherte die Information in ihrem Kopf – vielleicht würde sie sich eines Nachts als nützlich erweisen.

Hinter dem Zaun führte ein steiler Weg in die Schlucht hinab. Christopher hatte einen Rucksack dabei; den nahm er jetzt auf den Rücken und half Irene beim Abstieg zu dem rasch fließenden Bach. Sie gingen ein Stück am Ufer entlang, bis sie hinter einer scharfen Biegung zu einem breiten ausgewaschenen Becken kamen, das von den überhängenden Zweigen einiger Flussweiden beschattet wurde und in dem die Strömung sehr schwach war. Ein klassischer Badeplatz alten Stils. Christopher hängte den Rucksack an einen Ast und zog sich bis auf eine violette Speedo-Badehose aus.

Es war das erste Mal, dass sie seinen Oberkörper sah – bei seinem Vergewaltigungsversuch hatte er sich nicht die Mühe gemacht, sein Hemd auszuziehen. Sein Körper, der in bekleidetem Zustand schlank, fast zerbrechlich gewirkt hatte, war in Wirklichkeit sehnig, hart, drahtig. Schmale, aber kräftige Schultern und Oberarme, glatte gerundete Brustmuskeln, ein Sechserpack Bauchmuskeln, ein fester kleiner Kugellager-Hintern, glatte muskulöse Schenkel und Waden – wenn der Kerl ein Gramm Fett am Leib hatte, war es nicht zu sehen.

»Wer als Letzter im Wasser ist, ist ein faules Ei«, sagte er und lief geschmeidig am Ufer entlang zu der Biegung im Bachlauf, wo er einen flachen Kopfsprung in das rasch dahinfließende Wasser machte und sich von der Strömung in das Becken treiben ließ.

Irene folgte ihm bachaufwärts, streifte ihre Badeschlappen ab und stakte ins Wasser. Sie war immer schon eine vorsichtige Schwimmerin gewesen, selbst in Swimmingpools, doch die Strömung erwies sich bald als zu stark, um darin zu waten – als ihr das Wasser bis an die Knie reichte, zog es ihr die Füße unter dem Körper weg. Sie fiel, wild um sich schlagend, hintenüber und stieß einen erschrockenen, aber amüsierten Schrei aus, als das Wasser sie mitriss wie bei der Wildwasserfahrt am Santa Cruz Boardwalk.

Sekunden später dümpelte sie auf dem Rücken im ruhigen, sonnengesprenkelten Wasser des natürlichen Pools und blickte zu den filigranen grünen Weidenzweigen hoch, die sich, sanft hin und her schwingend, gegen das ferne Blau des Himmels über der Schlucht abzeichneten.

»Hat es Ihnen gefallen?«, fragte eine Stimme hinter ihr.

Als Irene sich umdrehte, sah sie Christopher im Wasser paddeln. Sein jungenhaftes Gesicht, das in dem vom marmorgrünen Wasser zurückgeworfenen fleckigen Licht nass glänzte, war nur wenige Zentimeter von ihrem entfernt. Seine gebleichten Haare waren nach hinten geklatscht, seine dunklen Augen weich und verletzlich, seine unnatürlich roten Lippen leicht geöffnet, sein Atem schwer.

»Ja, sehr gut sogar.« Auch Irenes Brust wogte, ihre Haut prickelte, und Adrenalin strömte durch ihren Körper. Sie wusste, gleich würde er sie küssen; wie leicht es wäre, ihn zu lassen. Und wahrscheinlich weniger gefährlich, als ihm die kalte Schulter zu zeigen.

Als seine Lippen immer näher kamen, versuchte sie, sich ihr neues Mantra vorzusagen – *bleib einfach am Leben, bleib einfach am Leben, bleib einfach am Leben* –, doch im letzten Moment drehte sich ihr Kopf wie von selbst auf die Seite, und sie bekam den Kuss auf die Wange.

»Ich muss diese Wasserrutsche noch mal ausprobieren«, sagte sie leichthin, drehte sich auf die Seite und paddelte auf das Bachufer zu. Gleichzeitig betete sie wortlos, dass er ihr nicht folgen würde, denn sie wusste, wenn er es täte, müsste sie sich gegen ihn wehren, selbst wenn es sie das Leben kostete.

Und sie verwendete ihr Mantra nie wieder.

57

Nachdem er mit Mrs. Edwina Comb gesprochen hatte, besuchte Pender drei weitere von Donna Hughes' »besten Freundinnen«. In allen drei Fällen Fehlanzeige. Nicht, dass er sich viel erwartet hatte – im Grunde genommen schlug er bloß die Zeit tot, bis Thom Davies sich bei ihm meldete.

Er bekam den Anruf gegen halb sieben Uhr abends im Holiday Inn von Plano, nicht weit von der I-75. Nachdem er sein Zimmer bezogen hatte, hatte er zunächst eine lange heiße Dusche genommen, bei der er seinen verbundenen Kopf mit einer Duschhaube trocken hielt – nach dem Nachmittag mit den asozialen Reichen von Plano fühlte er sich schmutziger als nach der Nacht im Sleep-Tite. Er war gerade in der Bar und hörte einem Pianisten zu, der »Michelle« herunternudelte, als der Pager in seiner Tasche zu vibrieren begann. Er erkannte die Nummer und ging rasch auf sein Zimmer zurück, um zurückzurufen.

»Was haben Sie für mich, T.D.?«

»Jam«, sagte Thom Davies. »Jammety-jam-jam.«

»Helfen Sie mir auf die Sprünge – ist Jam im Davies-Sprachgebrauch gut oder schlecht?«

»Jam ist gut. Jam ist fantastisch. Dreiundvierzig kriminelle Buckleys in Oregon, von denen neunzehn ihre Karriere in Jugendstrafanstalten begonnen haben. Von diesen neunzehn wiederum befinden sich elf, auf fünf verschiedene Einrichtungen verteilt, im Altersrahmen des Gesuchten.«

»Hat einer von ihnen eine Vorstrafe wegen Körperverletzung? Schwere Nötigung, irgendwas in der Richtung?«

Eine Pause, während der Davies zählte. »Sechs.«

»Wie viele befinden sich noch in Haft oder sind auf Bewährung draußen?« Das waren diejenigen, die am leichtesten zu finden wären.

»Fünf von den sechs. Drei in Haft, zwei auf Bewährung draußen. Haben Sie dort ein Faxgerät? Dann faxe ich Ihnen den Ausdruck.«

Pender las von der Plakette am Telefon die Faxnummer des Holiday Inn ab.

»Alles klar dann – ich schicke es gleich los.«

»Danke, T.D. Vielen Dank für alles. Das war mehr, als ich verlangen konnte – dafür bin ich Ihnen echt was schuldig. Tut mir Leid, dass ich Ihnen den Sonntag verdorben habe.«

»Machen Sie sich da mal keine Gedanken. Das ist, wenn

überhaupt, ganz allein meine Schuld. Nach zehn Jahren beim FBI sollte ich eigentlich schlau genug sein, an meinem freien Tag nicht ans Telefon zu gehen.«

58

Etwa um die Zeit, als Pender in Texas den Buckley-Ausdruck bekam, begannen Irene und Christopher in Oregon ihre Sonntagnachmittagssitzung. Das Abendlicht im Therapiezimmer im Wald war golden; der Waldboden speicherte noch die Hitze des Tages, aber von Westen war ein kühler Wind aufgekommen.

»Als wir heute morgen Schluss gemacht haben«, sagte Irene gerade, »hatten Sie mir von Ihrer ersten Nacht bei Miss Miller erzählt. Haben Sie ihn beibehalten, diesen Aspekt Ihrer Beziehung?«

»Noch sieben Jahre. Natürlich änderte es sich, als ich älter wurde. Nachdem ich in die Pubertät gekommen war, fingen wir an, Geschlechtsverkehr zu haben – ich schätze, da war ich etwa zwölf. Inzwischen machte es ihr genauso viel Spaß wie mir, und keiner von uns betrachtete es als Missbrauch. Aber ich war natürlich trotzdem so schlau, in der Schule nicht darüber zu sprechen. Ich wollte, dass es nie ein Ende nähme. Ich ging nicht mit anderen Mädchen aus, sie interessierten mich nicht – ich hatte ja eine Frau. Was Miss Miller angeht –«

»Entschuldigung, Christopher. Wie hieß Miss Miller mit Vornamen?«

»Julia – aber ich habe sie nie damit angesprochen.«

»Warum, glauben Sie, war das so?«

»Keine Ahnung – darüber habe ich mir eigentlich nie Gedanken gemacht.«

»Gut, dann entschuldigen Sie bitte die Unterbrechung. Sprechen Sie weiter – Sie wollten mir gerade etwas über sie erzählen.«

»Nur, dass ich denke – nein, ich weiß – dass sie mich genauso geliebt hat wie ich sie. Wir sprachen darüber, irgendwoanders hinzuziehen und zu heiraten, wenn ich alt genug war. Das hätten wir auch gemacht, wenn … wenn *er* nicht gewesen wäre.«

Seine Fäuste ballten sich; er hatte sich auf der Liege herumgedreht, bis er Irene den Rücken zugekehrt hatte.

»Christopher? Es ist ja gut, Christopher, jetzt ist alles gut«, gurrte sie besänftigend. »Jetzt nehmen Sie erst mal einen langsamen, entspannten Atemzug … So ist es schön. Das ist offensichtlich ein brisantes Thema für Sie. Möchten Sie nicht vielleicht lieber bis morgen Vormittag damit warten? Zwei Sitzungen an einem Tag können sehr anstrengend sein.«

»Nein, machen wir ruhig weiter. Es geht schon wieder. Außerdem müssen Sie jetzt sowieso mit Max sprechen.«

»Schön. Denken Sie nur dran zu atmen – und denken Sie dran, es ist die Vergangenheit. Egal, wer *er* ist, er kann Ihnen jetzt nichts mehr tun.«

Das will ich doch meinen, dachte Max – er hatte den Switch bereits durchgeführt.

Er war Mr. Kronk, der Handwerkslehrer an der Highschool, erklärte Max Irene. Bevor Miss Miller Maxwell kennen gelernt hatte, hatte sie mit Kronk ein kurzes Techtelmechtel gehabt. Aber sie war wesentlich jünger als Kronk. Seine Größe, seine Männlichkeit, der Geruch nach Sägemehl und Maschinenöl, das alles erinnerte sie an ihren verstorbenen Vater, einen Witwer, der sie nach dem Tod ihrer Mutter sexuell missbraucht hatte.

Deshalb hatte Kronk schließlich die Schulsekretärin geheiratet, und Miss Miller konzentrierte sich auf ihren neuen Schützling, der so anders als Kronk und ihr Vater war, wie das ein Mann nur sein und dabei immer noch ein Mann bleiben konnte. (Manchmal, wenn er mit ihr kochte oder Hausarbeiten machte, hatte sie den Eindruck, mit einem kleinen Mädchen zusammen zu sein. Aber Miss Miller erfuhr nie etwas von Alicea, wusste nie etwas von den anderen alters – wie die meisten Multiplen verstand es Maxwell geradezu genial, seine Störung zu verbergen.) Und Miss Miller wäre nie in den Sinn gekommen, dass sie den Jungen genauso missbrauchte, wie ihr Vater sie missbraucht hatte. Jungen waren anders – Jungen hatten Bedürfnisse. Sie drängte sich Ulysses, wie sie ihn immer nannte, nie auf, ganz im Gegenteil.

Miss Miller brauchte weitere sieben Jahre, um zu begreifen, dass auch sie Bedürfnisse hatte – Bedürfnisse, die von einem zunehmend eigenartigeren Jungen, halb so alt wie sie, nicht befriedigt werden konnten. Es wurde immer schwerer, Ulysses in den Griff zu bekommen. Für einen so schmächtigen Burschen war er bereits beängstigend stark, ein hervorragender Ringer und Inhaber eines braunen Gürtels in Karate. Sich den großen, gutmütigen, frisch geschiedenen Kronk gefügig zu machen, war vermutlich ein Klacks dagegen.

Deshalb gab sie dem Jungen zu verstehen, sie werde zwar weiterhin immer für ihn da sein, aber mit *diesem* Teil ihrer Beziehung müsse jetzt Schluss sein. Bald stellte er fest, dass sie ihre Schlafzimmertür vor ihm abschloss. Das Schloss war zwar vom gleichen Typ wie das, das er als Fünfjähriger aufbekommen hatte, aber er widerstand dieser Versuchung, indem er sich einredete, damit leben zu können, dass er sie nicht hatte, solange niemand anders sie hatte. Dann begann sie sich mit Kronk zu treffen; sie blieb die ganze Nacht weg oder, schlimmer, nahm ihn in ihr Schlafzimmer mit.

Für den armen Christopher war es die reinste Hölle, erklärte Max Irene. Er lag dann immer in seinem Zimmer auf der anderen Seite des Flurs im Bett, drückte sich einen Kopfkissenbezug, den er ihr gestohlen hatte, an die Wange, roch den Duft ihres Haars und lauschte der Bettfedernserenade – dem

Pfeifen und Schnauben des alten, dicken Kronk und Miss Millers gehauchten kleinen Schreien –, bis er halb wahnsinnig wurde vor Verlangen, Verlustangst und Eifersucht. Das ging schließlich sogar so weit, dass er nicht mehr herauskommen wollte, wenn er an der Reihe war, den Körper zu übernehmen – er zog die Dunkelheit vor.

Deshalb war es Max, den Kronk und Miss Miller eines verhängnisvollen Abends im Frühling 1987 zum Essen mitnahmen.

»Julia hat mir die Ehre erwiesen, meinen Heiratsantrag anzunehmen«, erklärte Kronk, während sie mit einem gezierten Lächeln ihren neuen Ring bewunderte. Kronk wollte Max klar machen, dass er künftig wie ein Vater zu ihm sein würde. Er malte ihm die Zukunft in den verlockendsten Farben – wie er mit ihm angeln gehen, ihn schreinern lehren und zu Baseballspielen mitnehmen würde.

Na toll, dachte Max. Genau das, was Lyssy sich immer gewünscht hatte – als er fünf war und von seinem richtigen Alten in den Arsch gefickt wurde. Aber für das alles war es jetzt zu spät. Was das System wirklich brauchte, war das, was es von Miss Miller zu brauchen gelernt hatte.

Verletzt, gedemütigt und wütend, wahrte Max das ganze Essen lang tapfer die Fassade. Als sie nach Hause kamen, erklärte er sich sogar bereit, mit ihnen im Wohnzimmer zu sitzen. Sie legten eine alte Dennis-Day-Platte auf, zu der Miss Miller immer mit ihrem Vater getanzt hatte, und Max und Mr. Kronk tanzten abwechselnd Walzer mit ihrer rotblonden Angebeteten.

Doch als sich die zwei Erwachsenen früh in Miss Millers Schlafzimmer zurückzogen, übernahm ein neues alter die Kontrolle über den Körper. Es hieß Kinch. Und obwohl Kinch bei dieser Gelegenheit zum ersten Mal das Kommando übernahm, musste er die ganze Zeit dagewesen sein – oder zumindest, seit sie fünf waren, denn es war von einem Déjà-vu-Erlebnis begleitet, das so intensiv war, dass es fast knisterte, als

Kinch nach unten in die Küche schlich und einen Eispickel aus der Schublade nahm, auf Zehenspitzen wieder nach oben ging und das Schloss von Miss Millers Schlafzimmertür genauso aufbekam, wie Lyssy die Tür zum Schlafzimmer seiner Eltern aufbekommen hatte.

Ah, nur war Kinch nicht Lyssy – und schon gar nicht fünf Jahre alt. Er war sechzehn, Maxwells chronologisches Alter, stark und gerissen und so leise wie eine Katze auf Mäusejagd. Das Zimmer war nur mit Kerzen beleuchtet, aber es waren Dutzende, auf der Kommode, auf dem Schminktisch, auf dem Nachttisch. Vielleicht fanden die Liebenden das Licht romantisch, für Kinch sah es höllisch aus.

»Max?«
»Ja.«
»Könnte ich mit –«
»Glauben Sie mir, Irene, das wäre bestimmt nicht in Ihrem Sinn. Sie haben ihn bereits einmal kennen gelernt – er ist derjenige, der den Officer der Highway Patrol erschossen hat. Wenn Kinch rauskommt, kommen Menschen zu Schaden – und im Moment sind Sie der einzige Mensch weit und breit.«
»Da werde ich mich wohl auf Ihr Wort verlassen müssen. Aber Ihnen ist hoffentlich klar, wenn Kinch in die Fusion einbezogen werden soll, muss ich früher oder später mit ihm sprechen.«
»Vielleicht können wir uns ja etwas einfallen lassen.«
»Das hoffe ich.«

Auf Zehenspitzen schlich Kinch zum Bett und beobachtete ein paar Sekunden lang teilnahmslos, wie Kronks behaarter Arsch sich hob und senkte, hob und senkte. Von Miss Miller konnte er überhaupt nichts sehen. Dann veränderte sie die Haltung ihrer Beine, und die Bettdecke glitt von ihnen und enthüllte ihre schönen, schlanken Beine, die um Kronk geschlungen waren, und ihre hellhäutigen Schenkel waren obszön gespreizt und ihre harten kleinen Fersen trommelten auf den behaarten, wabbligen Arsch, der drauflos rammelte und rammelte und rammelte, bis Kinch es nicht mehr aushielt. Er sprang auf diesen derben, behaarten Rücken – seine Nasenflügel schreckten vor dem Männergeruch zurück – und stieß den Eispickel zwischen Kronks Schulterblätter.

Der große, kräftige Mann stieß einen wilden Schrei aus und versuchte ihn abzuwerfen. Immer wieder stieß Kinch den Eispickel mit genug Wucht in den fleischigen Rücken, um ihn durch das Fleisch, durch die Rückenrippen und die Wirbelsäule ins Herz und in die Lungen zu treiben. Und er stach auch noch zu, nachdem Kronk lange aufgehört hatte, sich zu wehren, stach noch zu, nachdem er die kürzeste und schlaffste Erektion zustande gebracht hatte, die für eine Ejakulation erforderlich war, und zum Höhepunkt gekommen war. Danach war er wieder Max, und zumindest Miss Millers schwache, erstickte Schreie drangen an seine Ohren – er merkte, dass sie vom vereinten Gewicht ihrer Körper zerquetscht zu werden drohte.

Max wälzte Kronks Leiche von ihr und zog den Eispickel heraus. »Es ist alles in Ordnung, Miss Miller«, versicherte er ihr. »Jetzt kümmere ich mich um Sie. Ich werde immer für Sie sorgen. Sie brauchen Kronk nicht – Sie haben ihn nie gebraucht.«

Aber sie hörte nicht auf ihn. Sie stieß ihn von sich und warf sich hysterisch schluchzend auf die Leiche ihres Verlobten und versuchte ihn, obwohl sein Gesicht mit dem blutigen Schaum verschmiert war, den er zuletzt ausgeatmet hatte, mit Mund-zu-Mund-Beatmung ins Leben zurückzuholen. Wütend und angewidert zerrte Max sie von der Leiche und schleuderte sie auf den Boden. Sie richtete sich auf und warf sich wieder über die Leiche, begann Kronks blutige Lippen zu küssen, diesmal, ohne so zu tun, als versuchte sie ihn wiederzubeleben.

Diesmal schleuderte Max sie quer durch das ganze Zimmer,

fest genug, um sie zu betäuben. Aber sie ließ sich nicht abschütteln – sie begann auf das Bett zuzukriechen. Außer sich vor Wut, griff er sich eine der Kerzen vom Nachttisch und begann die Laken in Brand zu stecken, während Miss Miller seine Fußgelenke packte und ihn fortzuziehen versuchte.

Als die Flammen um Kronks Leiche aufzuzüngeln begannen, packte Max Miss Miller an den Handgelenken und zerrte sie auf den Flur hinaus. Mit der Kraft der Verzweiflung riss sie sich los und stürzte ins Schlafzimmer zurück, schnappte sich die Polyesterbettdecke vom Boden und versuchte, damit das Feuer auszuschlagen. Wenige Sekunden später war diese jedoch in Flammen aufgegangen und hatte sich um ihren Kopf und die nackte Haut ihres Körpers geschlungen.

Wild um sich schlagend, taumelte sie zurück. Max warf sie zu Boden und versuchte, die Decke wegzuziehen, aber das Polyester war vom Kopf bis zu den Knien mit ihrer Haut verschmolzen; Haut und Stoff waren unauflöslich miteinander verbunden. Max schlug die Flammen mit den Händen aus.

Über den Wald war violette Stille gekrochen. Irene brachte es nicht über sich, etwas zu sagen. Sie beugte sich vor und legte Maxwell die Hand auf die linke Schulter. Er hob den Arm, um ihre Hand zu tätscheln; sie drehte seine Hand um, um sich seine Narben anzusehen. Wieder staunte sie über die Glätte seiner Handfläche – keine Lebenslinie, keine Liebeslinie, nichts, was einem Handleser gezeigt hätte, wie viele Kinder er bekommen würde.

»Das muss sehr schmerzhaft gewesen sein«, sagte sie.

»Ich war froh über die Schmerzen. Sie lenkten mich von den Schuldgefühlen ab.«

»Haben Sie immer noch Schuldgefühle?«

»Jeden beschissenen Tag meines Lebens.«

»Und die Frau, die ich heute Morgen kennen gelernt habe – die Frau mit den schrecklichen Narben? Ist das Miss Miller?«

Max nickte. »Was für eine Welt, was für eine Welt«, sagte er mit einer hohen, meckernden Stimme.

Die Worte der Bösen Hexe hingen in der reglosen Waldluft.

»Hört sich an wie eine gute Stelle, um mit unserer nächsten Sitzung zu beginnen«, sagte Irene aufmunternd.

»Sie sind der Doktor«, erwiderte Max mit einem verhaltenen Lächeln.

59

Pender musste seine Lesebrille aus dem Drugstore aufsetzen, um das Fax lesen zu können, das Davies ihm geschickt hatte. Es enthielt keine Hintergrundinformationen, keine Schilderungen, nur Namen, Zeitangaben, Personenbeschreibungen, Verurteilungen, Haftstrafen. Davies hatte die Namen der fünf gewalttätigen Kriminellen, die sich entweder in Haft befanden oder auf Bewährung draußen waren, mit einem Marker gekennzeichnet, der auf dem Fax als grauer Balken herauskam.

Unter diesen fünf wiederum zog einer der auf Bewährung Freigelassenen Penders besondere Aufmerksamkeit auf sich, möglicherweise wegen seines ungewöhnlichen Vornamens. Cazimir. Cazimir Buckley, alias Bucky, alias Caz. Afro-Amerikaner, eins achtundachtzig groß, achtzig Kilo, 1970 in Los Angeles geboren. Je genauer Pender die winzige Schrift studierte, desto besser gefiel ihm dieser Buckley. Eine nicht abreißende Kette von Körperverletzungen, die bis in das zarte Alter von zwölf Jahren zurückreichten. Drei Aufenthalte in der Umpqua County Juvenile Facility. Ein Jahr drinnen, einen Monat draußen, ein Jahr drinnen, einen Monat draußen, ein Jahr drinnen, und weiter in die Strafanstalt. Pender las zwischen den Zeilen: Kleines Problem, deine Wut zu bezähmen, Caz? War wahrscheinlich auch kein Zuckerlecken für einen Schwarzen in Umpqua County. Wo immer das war.

Als Buckley achtzehn war, steckten sie ihn nach einer Verurteilung wegen schwerer Körperverletzung mit den schweren Jungs zusammen. Die Körperverletzung musste ziemlich schwer gewesen sein – sie hatten ihm das in Oregon übliche Strafmaß für Totschlag aufgebrummt. Allerdings schien er im Staatsgefängnis gelernt zu haben, mit seiner Wut umzugehen – Pender stellte fest, dass er schon nach sechs Jahren auf Bewährung entlassen worden war; das hieß, er musste sich diesen Straferlass redlich verdient haben.

Gegenwärtig war für Cazimir Buckley der Bewährungsausschuss des Umpqua County zuständig. Warum nicht hier den Anfang machen? Die Vorwahl von Umpqua County bekam Pender vom Operator, die Nummer des Bewährungsausschusses ließ er sich von der Auskunft geben. Dann nahm er sich den Rest des Abends frei und ging wieder in die Bar hinunter, wo er mithilfe seines Freunds Jim Beam zwei Vicodins hinunterspülte – sein Kopf brachte ihn ohne Übertreibung um.

Jim und die Vicodins entpuppten sich als eine brisante Mischung. Für den großen Glatzkopf mit dem karierten Sportsakko, dem Kopfverband und dem zerknautschten, blutbefleckten Hut ging der Abend damit zu Ende, dass er auf der einen Hälfte des Klavierhockers saß und mit dem Pianisten Duette der Everly Brothers sang. Pender übernahm Phil Everlys Part, und sein geschmeidiger Tenor bewältigte die hohen Harmonien mit überraschender Mühelosigkeit. »Bye Bye Love«, »Hey Birddog«, »Wake Up, Little Suzy« – er hatte sogar das ganze Rezitativ von »Ebony Eyes« im Kopf.

Sie beendeten den Auftritt mit »All I Have to Do Is Dream«, worauf Pender einen Zwanziger in das Trinkgeldglas stopfte und auf sein Zimmer zurückwankte. Umpqua County, dachte er, als er aufs Bett plumpste. Wo, zum Teufel, ist Umpqua County?

60 Irene war davon ausgegangen, dass sie mit Maxwell und Miss Miller zu Abend essen würde; stattdessen brachte er ihr ein zugedecktes Tablett aufs Zimmer. Ein winziges Hühnchen, kaum größer als ein Cornwall-Huhn, Ofenkartoffeln, grüne Bohnen und eine Flasche Jo'berg Riesling. Er und Miss Miller müssten etwas Zeit miteinander verbringen, erklärte er ihr. Wenn sie also so freundlich wäre, bis zum nächsten Morgen in ihrem Zimmer zu bleiben …

Das alte Schreibpult stand in der Ecke des Zimmers. Irene zog es ans Fenster und sah beim Essen zu, wie die Sonne hinter der nächsten Hügelkette unterging. Da sie an der Monterey Bay wohnte, war Irene in puncto Sonnenuntergänge nicht leicht zu beeindrucken. Aber dieser konnte sich sehen lassen – er ließ den Himmel in Flammen aufgehen und färbte das grüne Wiesengras golden. Ihr Herz füllte sich, dann leerte es sich in einem heftigen Schwall, der sie in atemloser Verzweiflung zurückließ. Sie hatte bisher nie Heimweh verspürt. Doch jetzt merkte sie, wir ihr das Haus, ihre Freunde fehlten. Sie betete, Barbara möge nichts passiert sein. Und auch dem alten Bill und Bernadette nicht. Sie fragte sich, ob sie ihren Vater und ihre Brüder jemals wiedersehen würde. Sogar ihre junge Stiefmutter fehlte ihr.

Auch um ihre Patienten machte sie sich Sorgen. Lily DeVries – sie hatten noch immer nicht an ihren letzten Durchbruch angeknüpft. Das Mädchen würde es zwangsläufig als einen weiteren Fall betrachten, in dem sie im Stich gelassen und betrogen worden war.

Lass dich nicht unterkriegen, Lily, dachte sie und hob den Kopf, um auf den flammenden Sonnenuntergang hinauszublicken. Dabei fiel ihr Blick auf ihre Spiegelung in der Fensterscheibe.

»Du auch nicht«, sagte sie zu ihrem Spiegelbild. »Lass du dich auch nicht unterkriegen, Irene.« Und obwohl sie nicht besonders hungrig war, zwang sie sich, die Mahlzeit zu Ende zu essen und jeden zweiten Bissen mit einem Schluck Wein hinunterzuspülen, wenn er in ihrem Mund zu Asche wurde.

Es gab keine Bücher oder Zeitschriften in ihrem Zimmer, keinen Fernseher. Irene fühlte sich fahrig, außerstande, sich auf ihre Aufzeichnungen von den Sitzungen mit Max zu konzentrieren. Deshalb beschloss sie, sich an einem Haiku zu versuchen. Auf dem College hatte sie mal eine Haiku-Phase gehabt. Frank hatte ein paar davon mit seinen Pastellkreiden illustriert – welch feiner, zarter Striche seine mächtigen Pranken fähig gewesen waren. Sie und Frank hatten davon gesprochen, eines Tages ein Buch mit ihren Haikus und seinen Zeichnungen herauszubringen, aber daraus war natürlich nichts geworden – das Leben, dann der Tod, waren dazwischengekommen.

Irene schenkte sich ein weiteres Glas Wein ein, schlug eine leere Seite ihres Notizbuchs auf, begann grüne Schnörkel auf den Rand zu kritzeln. Erste Zeile, fünf Silben. Sie sah zum Fenster hinaus, und der Stift begann sich zu bewegen. *Zweizackiger Berg.* Zweite Zeile, sieben Silben: *Schwarz, schroff, verdeckt die Sonne.* Dritte Zeile, fünf Silben: *Und der Bach wird kalt.*

Einladung bei Miss Miller. Abendessen im Speisezimmer, mit dem guten Besteck, dem guten Geschirr, dem Kandelaber auf dem weißen Tischtuch. Umständlich zerlegt Miss Miller mit Messer und Gabel ihr Hühnchen und besteht darauf, dass Ulysses es genauso macht.

Um zu essen, löst sie das untere Band ihrer grünen Gesichtsmaske und schiebt das Essen darunter. Sie trägt nur Seide – ein groberes Material verträgt sie auf dem Narbengewebe nicht. Nach dem Essen machen sie gemeinsam den Abwasch – sie spült, er trocknet ab –, dann gehen sie, sich die vernarbten Hände haltend, zum Hühnerhof am Waldrand.

Freddie Mercury hat seinen Harem bereits vom Hof ins Hühnerhaus geführt. Während Miss Miller das Tor abschließt, sucht Max den Drahtzaun um den Hof nach Öffnungen und den Boden außerhalb des Zauns nach Löchern ab.

Nachdem sie sich vergewissert haben, dass die Hühner eine weitere Nacht vor Waschbären und Füchsen sicher sind, kehren Herr und Herrin von Scorned Ridge ins Haus zurück, und Miss Miller wählt ein Video aus ihrer umfangreichen Sammlung aus. *Casablanca* – sie sehen es mindestens einmal im Jahr gemeinsam an. Die ursprüngliche Fassung, nicht die kolorierte. In der letzten Szene spricht Miss Miller Ilsas Text mit; Max imitiert Rick und ganz am Ende auch Renaud.

Der Vorgang des Zu-Bett-Gehens ist ein sorgfältig choreographiertes Ballett – ein Pas de trois, auch wenn Miss Miller es nie merken wird, wenn Max und Peter, wie das die letzten paar Jahre immer der Fall war, den Switch richtig hinbekommen.

Gemeinsam gehen sie nach oben, jeder auf sein Zimmer. Max duscht, lässt Miss Miller genug Zeit, um sich zu waschen, geht schließlich über den Flur in ihr Zimmer. Sie liegt bereits auf dem Bauch, den Saum ihres Nachthemds über das Gesäß hochgezogen. Er setzt sich auf die Seite des Betts und injiziert ihr eine Ampulle Morphiumsulfat in die linke Pobacke, eine zweite Ampulle in die rechte.

Während sie warten, dass das Morphium zu wirken beginnt, lässt Max den Rolladen herunter, schließt die Fensterläden, zieht die Abdunkelungsvorhänge zu und stopft ein Handtuch unter die Tür, damit vom Flur kein Licht hereindringt. Miss Miller besteht darauf, dass es im Zimmer vollkommen dunkel ist.

Jetzt kommt der knifflige Teil. Max steht an der Tür und vergewissert sich, dass keine Hindernisse auf dem Boden herumliegen, dann kehrt er, die rechte Hand am Türknauf, die linke am Lichtschalter, dem Zimmer den Rücken zu und orientiert sich sorgfältig, bevor er den Switch macht. Abtritt Max, in freiwillige Dunkelheit; auftritt Peter, in Dunkelheit auf der physischen Ebene.

Peter war eins der letzten alters, die entstanden waren. Es war eine schwere Geburt – fast ein Willensakt von Max' Seite.

Peter hat wenige Erinnerungen mit den anderen alters gemeinsam, und keine davon ist visueller Natur. Voll ausgewachsen geboren, achtzehn Jahre alt und dafür bestimmt, so zu bleiben, ist Peter von Geburt an blind. Er hat nie eine Frau gesehen – nie einen Menschen gesehen – und nur einen berührt. Nur einen *kennen gelernt.* Miss Miller. Er kennt dieses Zimmer wie seine Westentasche; sobald er sich orientiert hat, kann er sich darin bewegen wie ein Sehender.

Der blinde Peter findet seinen Weg zum Bett, hilft Miss Miller, sich herumzudrehen und gibt sich große Mühe, ihr nicht wehzutun, als er sich daran macht, sie auszuziehen. Von der doppelten Morphiumdosis ist sie benommen, auf eine ruhige Art aufgedreht. Dank ihrer gedämpften Sinnesempfindungen findet sie die behutsamen, hauchzarten Berührungen erträglich, ja sogar willkommen, und zwar sowohl wegen der emotionalen Befriedigung wie wegen der erotischen.

Nach beträchtlichem Vorspiel dreht sich Miss Miller auf die Seite, weg von Peter, und ermöglicht ihm, sie in horizontaler Lage von hinten zu penetrieren. Oft verhindert das Morphium, dass Miss Miller einen Orgasmus bekommt, aber an diesem Abend verzögert es ihren Höhepunkt nur, um ihn dann allerdings auch zu verlängern. Wenn er hinterher ihr langes weiches Haar streichelt, bis sie eingeschlafen ist, achtet er sorgfältig darauf, es nicht in Unordnung zu bringen.

Dann schläft er ein. In Peters Fall ist es jedoch kein Schlaf, wie wir ihn kennen, sondern nur ein Hinabsinken in eine wärmere, freundlichere Finsternis. Und als er ohne sichtbare Zeichen eines Switch hinüberdämmert, erwacht Max und fühlt sich genauso von post-orgasmischen Endorphinen aufgeputscht, als hätte er gerade selbst einen Liebesakt vollzogen. Er hört Miss Millers steten rasselnden Atem und schlüpft aus dem Bett. Auf halbem Weg zur Tür lässt ihn ihre Stimme mitten im Schritt erstarren.

»Hat es dir gefallen, mein Zuckerjunge?«

Max zuckt im Dunkeln zusammen. »Natürlich.« »Mein Zu-

ckerjunge« ist ein Kosename, den sie nur sarkastisch gebraucht. Er hat bereits ein schlechtes Gewissen – er weiß nur noch nicht, weswegen. Vielleicht will sie ein wenig Lob hören.
»Es war wunderschön.«
Aber das war's wohl nicht – ihr Ton ist immer noch beißend.
»Würdest du es ein andermal gern wieder tun? *Überhaupt* mal wieder?«
»Natürlich.« *Rück endlich raus damit – spann mich nicht so auf die Folter.*
»Machen dir die Sitzungen mit deiner Therapeutin Spaß?«
Das ist es also. »Ich finde sie sehr hilfreich.«
»So sehr, dass du vollkommen vergessen hast, dass du noch über fünf Wochen Hausarbeit nachzuholen hast?«
Oh. »Nein, Ma'am.«

»Warum muss immer ich die ganze Drecksarbeit machen?«, murmelte Alicea rhetorisch, als sie den schweren Kirby wieder in den Keller hinunterschleppte.

Natürlich wusste Alicea ganz genau, warum sie die ganze Drecksarbeit machen musste – außer der alten Frau war Alicea das einzige weibliche Wesen im Haushalt. Zum Glück war sie für ein Mädchen sehr kräftig – sie konnte den Kirby mit einer Hand heben. Und unermüdlich – sie hatte bereits eine Ladung Wäsche gemacht, das Erdgeschoss und den ersten Stock gesaugt und die untere Toilette geputzt. Jetzt lud sie die feuchte Wäsche aus der Waschmaschine in den Trockner, drehte jede Flasche im Weinregal und staubte die Glasvitrine und ihren Inhalt ab.

Bei der letzten Tätigkeit erhaschte sie in der Glasscheibe einen Blick auf sich selbst. Sie bewunderte ihren Oberkörper unter dem zu engen T-Shirt und ertappte sich bei dem Wunsch, es wäre jemand da, um ihn zu bewundern.

Das konnte sie allerdings vergessen – nach dem Cortes-Debakel würde sie Max in Gegenwart von Männern wahrscheinlich nie mehr rauslassen. Alicea fragte sich, ob vielleicht Dr.

Cogan Interesse an anderen Frauen hatte – bei Sturm tut's jeder Hafen, wie Max immer sagte.

Nachdem sie die Vitrine abgestaubt hatte, fand Alicea, sie hätte sich eine Pause verdient, und ging nach oben in die Küche, um sich eine Tasse Kräutertee zu machen. Während sie den Tee ziehen ließ, legte sie, um auszuruhen, den Kopf auf den Küchentisch und merkte bald, wie sie in das Dunkel zurückglitt.

Diese Erfahrung war für die meisten alters gleich. In das Dunkel zu gleiten war wie einzuschlafen. Man träumte nicht, aber wenn man erwachte – entweder weil Max einen rief oder weil das System unter extremem Stress stand –, erinnerte man sich an das, was passiert war, während man geschlafen hatte, als *wäre* es ein Traum gewesen. Und manchmal war man, wenn man erwachte, im Körper, aber meistens war man noch in der Dunkelheit. In letzterem Fall konnte man immer versuchen, sich seinen Weg zurück in den Körper zu erzwingen, aber normalerweise war Max zu stark.

Für Max war es anders. Er suchte das Dunkel nur freiwillig auf, mit Ausnahme der seltenen Fälle, wenn eins der anderen alters gegen seinen Willen Besitz vom Bewusstsein ergriff. Und nur er schlief nie in der Dunkelheit. Das war auch nicht nötig: Max war das alter, das richtig schlief, Max war das alter, das träumte.

Noch ein Unterschied: Max war in der Lage, die anderen aus der Dunkelheit visuell zu überwachen. Von dieser Fähigkeit machte er jedoch selten Gebrauch, da es sowohl Schwindel erregend wie unangenehm war, als betrachtete man das Leben durch den Sucher einer Handkamera oder führe in einem Auto mit, das von jemand, dem man nicht ganz traute, mit zu hoher Geschwindigkeit gefahren wurde.

Und als Max den Kopf hob, um sich mit einer Tasse Kamillentee (den er nicht ausstehen konnte) am Küchentisch sitzend zu finden, erinnerte er sich an alles, was passiert war, während Alicea den Körper unter ihrer Kontrolle gehabt hatte, nicht so, als hätte er es geträumt oder als hätte sie es erlebt, sondern so, als wäre es in einem Film vorgekommen, den er vor kurzem gesehen hatte.

Max' Schlafzimmer war direkt unter dem Irenes im ersten Stock. Als er sich auszog, um sich schlafen zu legen, konnte er sie über sich herumgehen hören. Er stellte sich vor, wie sie sich dort oben auszog, duschte, ins Bett stieg, und stellte fest, dass er sexuell zunehmend stärker erregt wurde – er hatte sogar eine sehr Max-untypische Erektion.

»Jetzt bist du also scharf auf sie?«, sagte er angewidert, gab seinem Penis einen Schlag mit dem Handrücken und sah zu, wie er wackelte. »Wo zum Teufel warst du gestern Nachmittag, als ich dich gebraucht hätte?«

61

Früher hatten FBI-Agenten immer mindestens drei Telefonnummern hinterlassen müssen, um jederzeit erreichbar zu sein. Seit dem Aufkommen von Pagern und Mobiltelefonen wurden die strengen Meldevorschriften allerdings lockerer gehandhabt – nur Thom Davies wusste, dass Pender im Holiday Inn in Plano war. Deshalb war Pender etwas überrascht, als in seinem Zimmer das Telefon zu läuten begann, als er am Montagmorgen, noch mit der Holiday-Inn-Plastikduschhaube auf seinem bandagierten Kopf, aus dem Bad kam.

»Hier Pender.«

»Pender, hier ist Steve Maheu. Ich rufe wegen Mr. McDougal an.«

»Er ist nicht hier«, sagte Pender, nur um Maheu zu ärgern, einen nicht-trinkenden, nicht-rauchenden Mormonen mit Bürstenhaarschnitt. Einer der Vorteile, McDougal schon seit ihrer gemeinsamen Akademiezeit zu kennen, bestand für Pender darin, sich nicht erst mit Steve Two herumschlagen zu müssen, wenn er Steve One sprechen wollte.

»Sie wissen sehr genau, was ich meine. Ich rufe in seinem Auftrag an, auf seine Bitte. Diesmal haben Sie es wirklich verrissen, Pender – Steve hat mich ausdrücklich gebeten, Ihnen zu sagen, dass er nicht Ihre Asche aus dem Feuer holen wird.«

»Aus welchem Feuer?«

»Haben Sie gestern einen Mr. Horton Hughes vernommen?«

»Wir hatten einen netten kleinen Plausch am Pool.«

»Anscheinend fand Mr. Hughes das Ganze nicht so nett. Und anscheinend ist Mr. Hughes auch ein enger Freund *und* ein großzügiger Unterstützer eines Senators aus Texas, der nicht näher genannt werden will. Sehen Sie bereits, wohin das führt, Ed?«

»Zu nichts, Maheu. Zu rein gar nichts. Ich habe eine Vernehmung vorgenommen, das Subjekt war nicht entgegenkommend, ich –«

»Das Subjekt? Sie haben den Angehörigen eines Opfers vernommen.«

»Zum fraglichen Zeitpunkt musste ich ihn nach allen vernünftigen Gesichtspunkten auch als potenziellen Verdächtigen betrachten. Er vögelte die beste Freundin seiner Frau, bevor sie verschwand, und danach die Tochter der besten Freundin seiner Frau. Ich musste ausschließ–«

»Es interessiert mich nicht, wen er gevögelt hat, und werde mich darüber auch auf keine Diskussionen mit Ihnen einlassen, Pender. Sie sind ab sofort von diesem Ermittlungsverfahren ausgeschlossen. Kommen Sie zurück und liefern Sie Ihre Dienstmarke ab, oder schreiben Sie Ihre Pension schon mal in den Wind.«

»Hat McDougal überhaupt schon mit Thom Davies gesprochen? Weiß er, was ich hier habe?«

»Meinen Sie diesen Ausdruck mit dreiundvierzig Berufsverbrechern, von denen einer den Verdächtigen vor einem Dutzend Jahren *vielleicht* flüchtig kannte? Ja, wir waren alle total von den Socken, Ed – damit ist der Fall praktisch schon gelöst. Jetzt schwingen Sie Ihren traurigen Hintern in den nächsten Flieger zurück nach Washington und betrachten sich schon mal als vom aktiven Dienst suspendiert – falls Sie von diesem Moment an jemand in offizieller Funktion auch nur nach der Uhrzeit fragen, entziehe ich Ihnen Ihren Ausweis so schnell, dass Ihnen die Unterhose runterrutscht.«

»Hoppla«, sagte Pender. »Ich kann Sie nicht verstehen. Klingt fast so, als wäre die Verbindung gestör–«

Er machte ein knisterndes Geräusch und legte den Hörer auf, zählte bis zehn, nahm ihn wieder ab und ging ins Bad zurück. Er nahm die Duschhaube ab und senkte den Kopf, um seine Kopfhaut zu untersuchen. Sie war von den abgerundeten Kanten der Handschellen an drei Stellen aufgeplatzt. Zwei der Wunden hatten mit sechs Stichen genäht werden müssen, für die dritte waren sogar acht nötig gewesen. Er konnte sehen, wo sich der letzte Stich des längsten Schnitts gelöst hatte. Das Pflaster, das Anh Tranh angebracht hatte, hielt immer noch, und die chinesische Salbe, die sie aufgetragen hatte, musste der absolute Bringer sein – die zackigen Ränder der Wunde waren bereits zusammengewachsen.

Pender nahm die Dose mit der Salbe, eine Schachtel mit Kompressen und eine Rolle Heftpflaster aus seinem Kulturbeutel, schnitt vier lange Streifen Heftpflaster ab und legte sie mit der klebenden Seite nach oben auf die Chromablage unter dem Spiegel, dann legte er so, wie Annie es gemacht hatte, vier Kompressen überlappend auf sie. Nachdem er sich die Salbe mit dem Zeigefinger direkt auf die Wunden geschmiert hatte, schob er die Hände unter die Konstruktion aus Heftpflaster und Kompressen, hob sie wie ein Priester bei der Wandlung in die Höhe, drehte sie rasch um, sodass sie mit der Unterseite auf seinem Kopf landete, und drückte das Heftpflaster fest.

Dann holte er seinen Hut ins Bad und setzte ihn auf, um das

Heftpflaster so zurechtzuschneiden, dass es nicht mehr zu sehen wäre. Aber der Hut war zu klein. Außerdem war er mit Blutflecken übersät und irreparabel verdrückt. Pender nahm ihn ab und drehte ihn in seinen Händen.

»Hut, du warst ein treuer Freund und Kupferstecher«, erklärte er. »Fast zehn Jahre bist du jetzt durch Dick und Dünn – meistens Dünn – mit mir gegangen. Und jetzt, wo du im Dienst verschlissen worden bist, möchte ich dir den offiziellen FBI-Abschied zuteil werden lassen. Tam ta *tam*, tam ta *tam* ...«

Als der letzte Ton des Zapfenstreichs verklang, ließ Pender den Hut in den Abfalleimer unter dem Waschbecken fallen und betätigte zwecks passender lautlicher Untermalung die Klospülung.

»Und noch etwas«, rief er dem Hut auf dem Weg aus dem Bad zu. »An deiner Stelle würde ich nicht mit dieser Pension rechnen.«

62

In dem zu Irenes Zimmer gehörenden Gästebad fehlte es nicht an Toilettenartikeln und Haarpflegemitteln. Sie konnte unter drei Zahnbürsten auswählen. Noch bis vor kurzem wäre das eine hochproblematische Entscheidung für sie gewesen – Irene hatte nie die Zahnbürste eines anderen Menschen benutzt, nicht einmal die Franks. Doch an ihrem dritten Morgen in Gefangenschaft, ihrem zweiten auf Scorned Ridge, musste sie feststellen, dass sie die erstbeste Zahnbürste benutzte, die ihr zwischen die Finger kam, ohne sich zwanghaft damit zu beschäftigen, dass sie wahrscheinlich einer Toten gehört hatte.

Ihr Verstand war klar und zentriert. Letzte Nacht hatte sie vor dem Einschlafen darüber nachgedacht, was sie tun musste. Wenn die einzelnen alters ihre kollektive Geschichte zu Ende erzählt hatten, musste sie mit Max allein arbeiten. Falls es zu einer Fusion von Identitäten kam, wäre Max das alter, das alles unter Kontrolle hatte.

Doch bevor sie eine Fusion herbeiführen konnte, musste sie mehr über ihn wissen. Ulysses, das ursprüngliche Gastgeberalter, hielt Max für einen Dämon. War es möglich, dass sich Max, obwohl er dies leugnete, auch selbst als Teufel sah? Er litt nicht an paranoider Schizophrenie, aber möglicherweise war er ein Cluster-B-Soziopath mit narzisstischen Tendenzen.

In diesem Fall wäre es moralisch wie beruflich falsch – und für Irene auch persönlich gefährlich –, Max zu noch mehr Macht zu verhelfen. Welche Möglichkeiten sie sonst hatte, war ihr nicht ganz klar – vielleicht sollte sie versuchen, eins der anderen alters zu stärken. Christopher schien ziemlich fest etabliert. Aber solange sie Max' psychische Struktur nicht besser verstand, brauchte sie in dieser Hinsicht noch keine Entscheidung zu treffen.

Nach dem Duschen schlüpfte Irene in ein rosenfarbenes Versace-T-Shirt, für das eine Frau einmal dreißig oder vierzig Dollar hingeblättert haben musste, und in weiße GAP-Bermudas. Als sie die Tür ihres Zimmers öffnete, durchdrang der Duft von frischem Kaffee das Treppenhaus und zog sie in die Küche hinab.

Miss Miller stand mit dem Rücken zum Raum am Herd und bot mit ihren Pantoffeln und dem seidenen Morgenmantel über einem ihrer grünen Kleider ein Bild der Häuslichkeit. Das einzige, was aus dem Rahmen fiel, war das rotblonde Haar: Es war nicht schulterlang, glatt und dünn wie das letzte Mal, als Irene sie gesehen hatte, sondern fiel in dichten, vollen Locken weit auf ihren Rücken hinab.

Verhalte dich ganz normal, sagte sich Irene. Normal, normal, was ist normal? »Guten Morgen, Julia.«

Miss Miller drehte sich zu Irene um. »Guten Morgen, Dr. Cogan.«

Die handgenähte grüne Seidenmaske blähte sich beim Sprechen. Bei Tageslicht konnte Irene sehen, dass die Augenlider darüber Hauttransplantate waren, plumpe Rekonstruktionen. »Haben Sie gut geschlafen?«

»Ich schlafe nie gut.«

»Tut mir Leid, das zu hören. Vielleicht kann ich Ihnen etwas verschreiben.«

»Ich schlafe nicht gern. Im Traum sehe ich mich immer nur selbst – so, wie ich einmal war.«

»Ich verstehe.«

»Das bezweifle ich sehr.«

Die Hintertür ging auf. In einem Hawaiihemd und weiten Shorts kam Max herein. Er trug einen Weidenkorb.

Miss Millers knochiger Brustkorb, bemerkte Irene, begann sich unter dem steifen Mieder des grünen Kleids rasch zu heben und zu senken. Liebe oder Angst?

»Morgen, Irene – fühlen Sie mal.« Er trug den Korb zum Tisch. Er war mit Holzwolle ausgelegt und voll mit frischen Eiern.

Sie berührte eines. »Es ist noch warm.«

»Da können Sie einen drauf lassen«, sagte Maxwell.

»Hüte deine Zunge!«, warnte Miss Miller und wandte sich wieder dem Herd zu.

»Gestern Nacht habe ich da aber keine Beschwerden gehört.« Maxwell gab ihr einen Klaps auf den Hintern.

»Ulysses!« In einem erfreuten, gezierten Ton. Irene fragte sich, ob sie unter der Maske errötete – falls sie erröten konnte.

Die Morgensitzung. Max reichte Irene den Vertrag, den er aufgesetzt hatte. Es war nicht das Geringste daran auszusetzen; nachdem sie der Form halber noch einmal gefragt hatte, ob eins der alters, ob bekannt oder unbekannt, irgendwelche Einwände gegen den Vertrag hätte, und keines Einspruch erhob, steckte sie den Zettel in ihr Notizbuch.

»Möchten Sie da weitermachen, wo wir in der letzten Sitzung Schluss gemacht haben, oder hat sich in der Zwischenzeit etwas ergeben, worüber Sie gern sprechen würden?«

»Ich kann mich nicht mal mehr erinnern, womit wir Schluss gemacht haben«, sagte Max mit einem bescheidenen Grinsen.

»Jemand anderem würde ich das vielleicht abnehmen.«

»Na gut.« Max' Augen verdrehten sich nach oben, die Lider flatterten, und er begann monoton zu sprechen.

»Haben Sie immer noch Schuldgefühle. Jeden beschissenen Tag meines Lebens. Und die Frau, die ich heute Morgen kennen gelernt habe – die Frau mit den schrecklichen Narben. Ist das Miss Miller. Was für eine Welt, was für eine Welt. Hört sich an wie eine gute Stelle, um mit unserer nächsten Sitzung zu beginnen. Sie sind der Doktor.«

Irene wollte das neue alter gerade nach seinem Namen fragen, als ihr Max' Warnung einfiel. Rasch blätterte sie in ihrem Notizbuch zurück, bis sie ihn fand. »Hallo, Mose. Ich bin Dr. Cogan.«

»Irene Cogan, M.D., Derealisationsstörungen bei post-adoleszenten Männern, Journal of Abnormal Psychology. Glossolalie: Dissoziative Trancestörung und Pfingsterfahrung, Psychology Today. Dissoziatives Identitätssyndrom, echt oder simuliert? Journal of Nervous and Mental Diseases.«

»Wie stehen Sie zu dem, was abgeht?«

»Was abgeht. What's Going On. Marvin Gaye. Nummer eins der amerikanischen R&B Top Forty-five, von der Woche, die am siebenundzwanzigsten März neunzehnhunderteinundsiebzig endete, bis zu der Woche, die am vierundzwanzigsten April neunzehnhunderteinundsiebzig endete.«

Irene schrieb die Wörter *fotografisches Gedächtnis* und *Autismus?* neben seinen Namen. »Danke, Mose. Könnte ich wieder mit Max sprechen?«

Ein müheloser Switch. »Ganz schön irrer Typ, dieser Mose«, sagte Max.

»Rechte und Würde aller alter«, mahnte Irene ihn.

»Entschuldigung. Okay – das Feuer. Ich lag ein paar Monate

im Krankenhaus, sie führten drei verschiedene Hauttransplantationen durch, dann ...«

»Entschuldigung, Max. Meines Wissens sind Verbrennungen extrem schmerzhaft. Gibt es im System ein analgetisches alter?«

»Leider nein. Morphium hat geholfen. Und ein rascher Wechsel der Persönlichkeiten. Und wenn alles nichts half, musste Lyssy der Schlappschwanz dran glauben.«

»Darf ich mit Lyssy sprechen?«

»Ich glaube nicht, dass er im Moment zu sprechen ist. Er hat in der Nacht, als wir uns im alten Gefängnis versteckt haben, einen gewaltigen Schreck gekriegt – seitdem habe ich nichts mehr von ihm gehört.«

»Dann vielleicht ein andermal.«

»Vielleicht. Okay – Feuer, Schmerzen, Operationen. Ein paar Monate im Krankenhaus, dann fast ein Jahr in der Umpqua County Juvenile Facility, wo ich auf den Prozess wegen Mordes, Brandstiftung und Mordversuchs wartete. Keine Kaution – ich konnte also nicht weg.

Die Ranch war gar nicht so übel – dort habe ich Hühnerzucht gelernt. Wenn das Licht gelöscht wurde, veranstalteten die Jungs Schaukämpfe. ›Herausfordern‹ nannten sie das. Alles war erlaubt – jeder konnte jeden herausfordern. Und wenn man nicht kämpfte, hatte jeder einen Schlag gegen einen frei.

Dann kommt irgendwann im Sommer mein Anwalt auf die Ranch, um mir mitzuteilen, dass alle Anklagepunkte gegen mich fallen gelassen worden sind. Er sagte, Miss Miller hätte ihre Aussage widerrufen und dem DA erzählt, Kronk hätte sie angegriffen, ich wäre ihr zu Hilfe gekommen und das Feuer wäre aus Versehen ausgebrochen. Ich war nicht sicher, was ich davon halten sollte – ob sie mich zu schützen versuchte, so eine Art Wiedergutmachung, oder ob sie bloß Angst hatte, ich könnte sie wegen dem Sex hinhängen. Davon hatte ich nie jemand was erzählt.

Dann sagte mir der Anwalt, Miss Miller wollte, dass ich zu ihr zurückkäme und wieder mit ihr lebte, und wie ich das fände? Da musste ich nicht lang überlegen: Ich holte meine Sachen aus dem Spind und stieg zu ihm ins Auto. Der einzige, von dem ich mich wenigstens verabschiedete, war mein bester Freund Buckley. Ein Schwarzer aus Compton. Er und ich, wir waren unzertrennlich. Ich war damals schon ziemlich gut in Karate und Ringen – das heißt, eigentlich war das Lee –«

»Darf ich ...«, begann Irene.

Switch.

»... mit Lee sprechen.«

Er war bereits da. Ausgeglichene Körpersprache, irgendwie angespannt und ruhig zugleich. Er hatte die Brust gereckt und pumpte unbewusst mit den Fäusten, bis die Adern an den Unterarmen hervortraten.

»Ich hatte absolut keine Ahnung, wie man auf der Straße kämpft.« Jedes Wort wurde sorgfältig abgewogen, bevor es zwischen Lippen hervorkam, die so fest aufeinander gepresst waren, dass die vollen, geschwungenen Lippen Maxwells zwei dünne, grausame Striche wurden. »Bei unserem ersten Kampf hat mir Bucky ordentlich den Arsch versohlt. Als wir dann Kumpel geworden sind, hat er mir sein Geheimnis verraten. Es hat mir mehr als einmal das Leben gerettet.«

Lee machte eine Pause, um aus dem Glas auf dem dreibeinigen Tisch einen Schluck Wasser zu nehmen. Die Waldtiere hatten sich an die Therapiesitzungen gewöhnt. Ein Eichhörnchen huschte über die trockenen Nadeln; in den unteren Zweigen der Fichten zankten sich Eichelhäher; irgendwo hoch oben im Baldachin des Waldes war ein Specht geräuschvoll an der Arbeit. »Das ist alles, was ich zu sagen habe.«

Als Maxwell das nächste Mal etwas sagte, tat er es als Christopher. Irene war inzwischen vertraut genug mit dem System, um die sanfte, melodische Stimme zu erkennen.

»Ich weiß noch, zuerst war ich ein bisschen durcheinander. Statt in die Stadt zurückzufahren, fuhr der Anwalt nach Osten, in die Berge. Er erzählte mir, Miss Miller hätte Scorned Ridge gekauft, damit wir dort leben könnten. Ich erinnere mich noch, dass ich es etwas eigenartig fand, als er mich bei dieser, dieser *Ruine* rausließ – alles befand sich in verheerendem Zustand, die Gebäude verfallen, die Wiese wild überwuchert. Er stieg nicht mal aus. Drückte mir nur meinen Matchsack in die Hand, rief: ›Alles Gute, Junge‹, und fuhr den Hügel wieder hinunter.«

Christopher schloss die Augen. Irene begriff, dass er wieder dort war und an der asphaltierten Straße stand.

»Ich nehme meinen Matchsack und gehe auf das Haus zu. Die Fliegengittertür hängt nur noch an einer Angel. *Quietsch, quietsch.* Die Eingangstür ist vernagelt. Ich höre sie aus dem Haus nach mir rufen. Ihre Stimme ist ganz anders, aber immer noch sehr … wie *sie*. Sie ist in der Küche, Teewasser kochen. Sie trägt ein altmodisches schwarzes Kleid. Sie dreht sich um. Lieber Himmel, o Gott.«

Irene streckte die Hand aus, legte sie ihm auf die Schulter. Christopher öffnete die Augen, blickte sich wild um, beruhigte sich aber merklich, als er sah, dass es Irene war. Er versuchte es ins Witzige zu ziehen.

»Oh, *Mama!* Ich glaube nicht, dass ich zweimal dahin zurückgehen kann.«

Sie sagte ihm, was sie jedem Patienten gesagt hätte. »Aber das müssen Sie, Christopher. Sie müssen sich der Vergangenheit stellen, um zu merken, dass sie Vergangenheit *ist*. Sie müssen Sie noch einmal durchleben, um an den Ort zu kommen, wo Sie sie als Erinnerung festhalten können, statt sie im Unterbewusstsein weiterhin immer wieder als gegenwärtiges Ereignis zu erleben.«

»Aber sie *ist* ein gegenwärtiges Ereignis«, stöhnte er. »Alles ist ein gegenwärtiges Ereignis. Mose vergisst nie etwas.« Er nahm den Kopf zwischen die Hände und presste seine seltsam glatten Handflächen fest an seine Schläfen.

»Es geht nicht um Vergessen, sondern um Vergeben«, sagte

Irene. »Sie sollen sich verstehen und vergeben. Sie schleppen eine erdrückende Last Schuld mit sich herum.«

Es war Max, der mit dem Kopf zwischen den Händen aufblickte und sarkastisch erwiderte: »Was wissen Sie denn schon, Schwester.«

»Dann klären Sie mich auf.«

»Die Erste hieß Mary Malloy.«

63

Miss Miller hätte das Haus von Handwerkern renovieren lassen können – ihr Vater hatte ihr ein beträchtliches Vermögen hinterlassen –, aber sie wollte niemand um sich haben, der sie ansah, weshalb Maxwell (um die Kollektivbezeichnung zu verwenden) allein arbeitete, wann immer es ging.

Beziehungsweise so allein, wie das ein Multipler sein kann. Mose scannte zwei Handwerksenzyklopädien und Dutzende von Do-it-yourself-Büchern in sein umfangreiches Gedächtnis, und die einzelnen alters verwandelten sich entsprechend ihren Talenten und Interessen nach Bedarf in Zimmerleute, Installateure, Elektriker und Anstreicher. Wenn er doch einmal Handwerker kommen lassen musste, arbeitete Maxwell mit ihnen zusammen – er musste nie jemandem zweimal bei einer Tätigkeit zusehen.

Und er war extrem motiviert. Die ganze Energie, die er sonst in Karate, Ringen, die Kämpfe in der Juvie oder Sex mit Miss Miller gesteckt hatte, richtete er nun auf die Renovierung und arbeitete sieben Tage die Woche von Tagesanbruch bis Einbruch der Dunkelheit. Als der erste Winter näher rückte, war das Haus bewohnbar – nie hatte ihn etwas mit größerem Stolz erfüllt.

Mitte März fuhr Maxwell, als Christopher, zur Old Umpqua Feed Barn, um sich über Hühner beraten zu lassen – er wollte sich nämlich welche zulegen. Hinter dem Ladentisch war Mary Malloy. Ein objektiver Beobachter hätte möglicherweise gemerkt, dass sie eine jüngere Miss Miller war – rotblondes Haar, feine Wangenknochen, rosige Haut, zierlicher Körperbau. Christopher wusste nur, dass er sofort hin und weg war, als er sie sah.

Sie kamen ins Gespräch, und sie sagte, dass sie Hühner mochte, als kleines Mädchen unten auf der Farm selbst welche gehalten hätte. Je länger sie sich unterhielten, desto mehr Gemeinsamkeiten entdeckten sie. Auch Mary war eine Waise. Nach dem Tod ihrer Eltern war sie bei den Zeugen Jehovas untergekommen, von denen eine ganze Gruppe in einem der großen alten Häuser aus der Zeit der Jahrhundertwende unten am Fluss lebte.

Von da an war es immer Christopher, der in die Futtermittelhandlung fuhr. Bei seinem dritten Besuch brachte er den Mut auf, sie zu fragen, ob sie mit ihm ausgehen wollte. Er war achtzehn, aber schüchtern und unerfahren mit Mädchen seines Alters – er war noch nie mit einer ausgegangen. Mary sagte ja, gab ihm aber zu verstehen, dass möglichst niemand davon erfahren sollte. Wenn die anderen Zeugen Jehovas herausfänden, dass sie sich mit jemandem traf, der nicht dem Glauben angehörte, würden sie sie verstoßen. Sie aus ihrer Wohnung werfen und in der Öffentlichkeit schneiden. Sie würde eine Ausgestoßene sein. Es wäre für sie, als verlöre sie ihr Zuhause, ihre Familie und ihre Freunde zur selben Zeit.

Deshalb trafen sie sich auch dann noch heimlich, als sie regelmäßig miteinander auszugehen begannen. Hatten sie sich zum Beispiel ins Kino verabredet, schlich sie sich aus dem Haus und traf sich erst im Kino mit ihm.

In dieser Phase war ihre Beziehung noch unschuldig. Da Maxwell wegen des Missbrauchs in seiner Kindheit (missbrauchte Kinder fühlen sich immer schuldig, als ob sie die ihnen zugefügten Gräuel verdient hätten) und wegen des Todes seiner Eltern nach wie vor von heftigen Schuldgefühlen geplagt wurde, hatte er ein ausgesprochen zwiespältiges Verhältnis zu Sex. Alicea hatte Angst davor, konnte aber trotzdem nicht anders, als sich Männern gegenüber verführerisch zu verhalten. Max hatte, wie Irene befürchtete, neben einer gehörigen Portion Wut Carniveans Vorlieben verinnerlicht. Christopher machte sich für die Verführung von Miss Miller verantwortlich. Und es war sexuelle Eifersucht seitens aller alters gewesen, die zu Kinchs Auftritt, Kronks Tod und dem Feuer geführt hatte.

Was Mary anging, war schon ein Zungenkuss ziemlich gewagt. Deshalb gingen sie es langsam an. Christopher begann, seine Ausflüge in den Ort so zu legen, dass sie auf Marys freien Tag fielen. Sie trafen sich an einem vorher vereinbarten Treffpunkt, und dann fuhr sie mit ihm nach Scorned Ridge, wo sie die Hühner fütterten, im Bach schwammen, vielleicht ein bisschen schmusten – nichts Ernstes.

Die ersten paar Male, als Christopher Mary nach Scorned Ridge mitbrachte, kam Miss Miller kein einziges Mal aus dem Schlafzimmer. Aber er erzählte Mary alles über sie. Das heißt, über den Sex natürlich nicht. Wenn man den Sex wegließ, warf die mit den anderen alters vereinbarte Darstellung der Ereignisse – dass Maxwell seine Pflegemutter heldenmütig vor einem Sexualverbrecher gerettet und sich dabei schwere Verbrennungen zugezogen hatte – ein ziemlich verklärendes Licht auf ihn.

Er und Mary sprachen also über die ganze Geschichte und erklärten sich Miss Millers Verhalten damit, dass sie wegen ihrer Entstellung einfach Hemmungen hatte, sich zu zeigen. Jedenfalls bestand für Mary kein Anlass zu der Annahme, Chrissys Pflegemutter könnte wahnsinnig eifersüchtig sein. Das ahnte auch Christopher nicht. Schließlich hatte Miss M die sexuelle Beziehung zu ihm schon vor dem Feuer beendet; der Gedanke, sie könnte sie in ihrem jetzigen Zustand wieder aufleben lassen wollen, war für ihn im wahrsten Sinn des Wortes unvorstellbar.

Von allen alters ahnte nur der außergewöhnlich reife Max, was in Miss Miller vor sich ging und wozu es führen könnte. Aber Max war ohnehin nicht sonderlich gut auf Mary zu sprechen, da er festgestellt hatte, dass Christophers Persönlichkeit, wenn er verliebt war, stark genug war, um Max' Vorherrschaft über das System zu bedrohen. Er hielt den Mund.

Und schließlich schien Miss Miller doch mit Mary warm zu werden. Wer würde das auch nicht? Mary war wirklich reizend. Als sie Miss M zum ersten Mal sah, zuckte sie kein bisschen zusammen, was ein Zeichen dafür war, dass sie sich entweder eisern im Griff hatte oder die Welt mit den Augen eines Engels sah.

Es war die glücklichste Zeit, die Christopher je erlebt hatte – sogar noch besser als die Zeit, als Miss Miller ihn gerettet und bei sich hatte schlafen lassen. Und als sich seine Beziehung zu Mary vertiefte, setzte eine spontane Remission seiner dissoziativen Störung ein. Solche Remissionen, wusste Irene, waren nicht ungewöhnlich, wenn multiple Kinder erwachsen wurden. Manchmal waren die Remissionen permanent; häufiger traten die Symptome wieder auf, wenn die multiple Persönlichkeit die Dreißig überschritt. Aber davon wusste Christopher nichts – er wusste nur, dass ganze Tage vergehen konnten, ohne dass ein anderes alter Besitz vom Körper ergriff.

Inzwischen hatten er und Mary das Stadium massiven Pettings erreicht. Weiter wollte sie allerdings nicht mehr gehen. Deshalb tat Christopher, was normale, gesunde, naive junge Männer in dieser Situation seit jeher getan haben: Er machte ihr einen Heiratsantrag.

Und sie nahm an. Das hieß, dass sie bald ihren Glauben, ihre Freunde und ihre Ersatzfamilie aufgeben würde. Aber inzwischen hatte sie ja Chrissy – das verlieh ihr die Kraft, auf das alles zu verzichten.

Die zwei jungen Liebenden teilten Miss Miller ihren Entschluss noch am selben Abend mit. Weil Christopher Mary keinen Ring gekauft hatte – er verfügte über kein eigenes Geld –, nahm Miss Miller den Verlobungsring, den Kronk ihr geschenkt hatte, vom Finger und streifte ihn Mary über. Christopher war total von den Socken. Er hätte sich nie gestattet zu glauben, dass ihm jemals solches Glück beschieden würde.

In dieser Nacht schliefen Mary und Chrissy zum ersten Mal miteinander. Er war nicht mehr mit einer Frau zusammen gewesen, seit Miss Miller zum ersten Mal ihre Schlafzimmertür abgeschlossen hatte. Sie liebten sich im Mondlicht. Es war gut. Er war zärtlich. Obwohl sie Jungfrau war, tat es nicht weh, und sie blutete kaum. Nach dem ersten Mal lagen sie, buchstäblich weinend vor Freude, eng umschlungen da, bevor sie noch einmal von vorn begannen. Sie setzte sich auf ihn und ritt ihn, als hätte sie ihr ganzes Leben nichts anderes gemacht, den Rücken durchgebogen, die kleinen weißen Brüste mit ihren Erdbeerspitzen nach vorn gereckt, den Kopf nach hinten geworfen, das Haar im Mondlicht fahl schimmernd.

Wenn das Leben eines Menschen einen Bogen beschreibt, ist das der Zenit von Maxwells. Einen Augenblick später beginnt, in Dunkelheit und Verwirrung, der rapide Abstieg. Von der offenen Tür ein Luftzug. Schritte, das Rascheln von Seide. Ein Geräusch wie von einem dumpfen Schlag. Ein verwirrter Aufschrei. Mary sinkt mit ihrem ganzen Gewicht auf ihn. Er arbeitet sich unter ihr hervor.

»Und wie gefällt es *dir*, junger Mann?«, sagt Miss Miller. Sie steht am Fuß des Bettes. Christopher ist sich undeutlich bewusst, dass Mary neben ihm kniet, sich mit einer Hand aufstützt und mit der anderen unbeholfen hinter sich herumschlägt, als versuchte sie eine ihr Rückgrat hinaufkrabbelnde Biene zu verscheuchen.

Einen Moment versteht er gar nichts. Dann knipst er die Nachttischlampe an und sieht den Griff des Eispickels aus Marys Rücken ragen, und plötzlich versteht er alles.

64 »Guten Morgen?« Alvin Ralphs war nicht ganz sicher, was er von dem großen glatzköpfigen Kerl mit dem Schulterholster und dem Kopfverband halten sollte, der gerade in einem zerknitterten Sportsakko, einer ungebügelten Sansabelt Hose und ausgelatschten Hush Puppies in Alvin's Big Hat Big Man Western Wear Shop in Dallas spaziert kam. Sein Anblick reichte aus, einen Herrenausstatter in Tränen ausbrechen zu lassen.

»Guten Morgen.« Auch Pender war nicht ganz sicher, was er von Alvin Ralphs halten sollte. Alvin brachte es auf knappe eins siebzig, wenn man die Fünf-Zentimeter-Absätze seiner Cowboystiefel und das zwölf Zentimeter hohe Kopfteil seines Stetson mitrechnete. Sein Westernanzug war taubenblau, mit gestickten Passen vorn und hinten, und mit seinen strahlenden Augen und seinen Hängebacken sah er aus (fand Pender) wie ein Kind der Liebe von Little Jimmy Dickens (»Does Your Chewing Gum Lose Its Flavor on the Bedpost Overnight?«) und Droopy Dog aus den alten Trickfilmen von Warner Brothers.

»Was kann ich für Sie tun?« Seine Aussprache war korrekt, sein Ton melodisch – ohne erkennbare Anklänge an seine texanische Herkunft.

»Ich brauche einen Hut.«

»Das kann ich sehen.«

»Und ich dachte, wenn ich schon mal in Dallas bin ...«

»Nicht weitersprechen.« Ralphs hielt wie ein Maler, der den Fluchtpunkt festlegt, seinen rechten Daumen hoch und visierte Penders Kopf darüber hinweg an. »Einundsechzig?«

»Genau.«

Die strahlenden kleinen Augen wurden schmaler. Ralphs spähte noch einmal über seinen Daumen, dann rieb er sich die Backen. Als das Urteil verkündet wurde, geschah es mit der Endgültigkeit einer päpstlichen Bulle: »J. B. Stetson El Patron, Silver Belly White.«

Er verschwand in den hinteren Teil des Ladens, kam mit einer Schachtel zurück, stellte Pender vor einen Dreifachspiegel, stieg auf eine Trittleiter und ließ den El Patron mit feierlichem Ernst vorsichtig auf Penders Kopf nieder, immer sorgsam darauf bedacht, den Hut nicht mit dem Verband in Berührung kommen zu lassen.

»Ich frage Sie, Sir: Kennt sich Alvin Ralphs mit Hüten aus?«

»Auf jeden Fall«, antwortete Pender, der sein Spiegelbild bewunderte – oder zumindest das Spiegelbild des Hutes. »Von der Krempe abwärts sehe ich allerdings beschissen aus, finden Sie nicht auch?«

»Sagen wir mal, vom Hals abwärts, Sir.«

»Man hat mir mal gesagt, ich wäre der am schlechtesten gekleidete Agent in der Geschichte des FBI.«

»Man darf die Hoffnung nie aufgeben«, erwiderte Alvin Ralphs.

65

»Möchtest du ihr den Rest geben, oder sollen wir sie leiden lassen?«, fragt Miss Miller, als das Mädchen, das Christopher liebt, mit dem Gesicht voran auf dem Bett zusammensinkt und dabei in dem Bemühen, den aus ihrem Rücken stehenden Eispickel herauszuziehen, immer kraftloser hinter sich herumtastet. Seine Spitze ist, von der Wirbelsäule abgelenkt, seitlich abgerutscht und hat ihre rechte Niere durchbohrt. Sie verblutet innerlich. »Du kannst mir glauben, mir ist es egal.«

Keine Antwort. Christopher, der gegen das Kopfteil gelehnt auf dem Bett hockt, umschlingt seine angezogenen Beine.

»Ich weiß, was in deinem verschlagenen kleinen Kopf vor sich geht«, fügt Miss Miller hinzu und hebt züchtig den Saum ihres Kleids, als sie sich auf die Ecke des Betts setzt. »Du denkst, es ist noch Zeit, sie zu retten. Trag sie in deinen Armen zum Auto hinunter, fahr sie ins Krankenhaus. Sei ein Held.«

Inzwischen hat Mary begonnen, seinen Namen zu kreischen – *Chrissiie, Chrissiie*. Miss Miller versucht mit ihrer schwachen Stimme das Geschrei, so gut sie kann, zu übertönen. »Aber bevor du das tust, Ulysses, solltest du dir gut überlegen, was passiert, wenn sie es nicht schafft – wenn sie unterwegs stirbt. Was willst du ihnen dann erzählen? Dass *ich* es war? Und wenn ich ihnen sage, du warst es – dass du sie vergewaltigt und erstochen hast?«

»Chrissiie. Chrissiie. Hilf miiir.«

»Wen – entschuldige, *wem* – glaubst du, werden sie wohl glauben, Ulysses?«

Mary, schwächer: »Chrissy es tut so weh Chrissy o Gott was ist los ...«

»Dir oder mir, Ulysses? Der armen, schwachen, entstellten Lehrerin oder dem Jungen, der seinen Samen im Opfer zurückgelassen hat, dem Jungen, der bereits einen Mann mit einem Eispickel getötet hat?«

Christopher hält sich die Ohren zu und versucht, nicht nur die Stimmen der Frauen auszublenden, sondern auch die Kakophonie in seinem Innern – den Gruppenlärm.

»... es tut weh Chrissy es tut so weh hilf mir Chrissy ...«

»Gib ihr den Rest, Ulysses. Eine andere Möglichkeit hast du nicht.«

»... bitte Chrissy o Gott Chrissy diese Schmerzen es tut so weh ...«

Ulysses ... Chrissy ... Ulysses ... Chrissy

»KLAPPE! HALTET ALLE DIE KLAPPE!«

Stille. Stille im Schlafzimmer, Stille im Wald. Mit der fast senkrecht über ihnen stehenden Sonne war der Chiaroscuro-Effekt des gesprenkelten Sonnenlichts intensiver denn je, leuchtend weiße Säulen, wo die Sonne durch das Dach des Waldes drang, dichte schwarze Schatten, wo sie es nicht tat.

Irene Cogan klappte ihr Notizbuch zu und beugte sich vor. »Möchten Sie eine Pause machen?«, flüsterte sie. Maxwell war von ihr abgewandt; ihre Lippen waren wenige Zentimeter von seinem Ohr entfernt.

Sein Kopf bewegte sich langsam nach links, dann nach rechts. *Nein.*

»Sind Sie wirklich sicher?«

Ein Nicken.

»Dann erzählen Sie weiter. Was passiert als Nächstes?«

Langsam drehte er sich zu ihr herum. Sein Blick war stumpf, seine Miene ausdruckslos. »Kinch«, antwortete er. »Als Nächstes passiert Kinch.«

Miss Miller sieht von der Tür aus zu – sie ist ein paar Schritte zurückgetreten, um keine Spritzer abzubekommen. Als Kinch fertig ist, kommt sie wieder zum Bett, beugt sich darüber, hebt, sorgsam darauf bedacht, ihr Kleid nicht mit dem Blutbad in Berührung kommen zu lassen, Marys linke Hand hoch, streift den Ring ab, den sie ihr beim Abendessen gegeben hat, wischt ihn am Zipfel des Lakens sauber, steckt ihn wieder an ihren Finger. Erst dann wendet sie sich Ulysses zu.

»Mach diese Sauerei weg«, trägt sie ihm auf. Dann, als sie sich abwesend an ihre Perücke fasst, kommt ihr noch ein Gedanke. Es ist ein billiges Kunstfaserding, das sie bei der Entlassung aus dem Krankenhaus bekommen hat. »Ach, und heb die Haare für mich auf. Ich glaube, ich werde mich aufs Perückenmachen verlegen.«

66 Ein Multipler zu sein war in vieler Hinsicht wie eine Sportmannschaft mit einer langen Ersatzbank zu sein. Da Christopher abgetaucht und Max nach der traumatischen Morgensitzung erschöpft war, war es Useless – Ulysses, das ursprüngliche Gastgeber-alter –, der die gefragte Aufgabe zugeteilt bekam, in die Stadt zu fahren, um die Vorräte aufzufüllen.

Bevor er wegfuhr, brachte er das Tablett mit dem Mittagessen auf Irenes Zimmer und schloss beim Gehen verlegen die Tür ab. »Zu I-i-ihrer ei-ei-eigenen Sicherheit«, versicherte er ihr. Nicht Jimmy Stewart – Useless hatte sein eigenes Vokalstottern. »Sie sperre i-i-ich au-au-auch ei-ei-ein.«

Irene, die immer noch zu verdauen versuchte, dass es hier oben mindestens zwei psychopathische Mörder gab – Kinch und Miss Miller –, rührte keinen Bissen an. Stattdessen setzte sie sich an das Schreibpult, von wo sie auf die grüne Wiese hinausblickte, und begann ihr Testament zu machen.

> *Ich, Irene Cogan, die ich mich im Vollbesitz meiner geistigen und körperlichen Kräfte befinde, erkläre hiermit Folgendes als mein Testament und Letzten Willen. Mein gesamter materieller Besitz soll zu gleichen Teilen aufgeteilt werden an meinen Vater Edward McMullen, wohnhaft in Sebastopol, und meine Brüder Thomas McMullen, wohnhaft in San José, und Edward McMullen Jr., wohnhaft in Campbell. Nur meinen Schmuck hinterlasse ich meiner lieben Freundin Barbara Klopfman, wohnhaft in Pacific Grove.*

Was sonst noch? Nicht viel vorzuweisen für ein Leben. Nicht, dass das eine Rolle spielte – das Dokument würde höchstwahrscheinlich nie gefunden werden. Vielleicht nach Jahren, wenn sie es gut versteckte. Oder nie, wenn sie es entweder zu gut oder nicht gut genug versteckte. Sie riss die Seite aus ihrem Notizbuch und schob sie unter den aufklappbaren Aufsatz des Schreibpults. Dann ging sie zum Bett, zog die Laken ab und knotete die Enden zusammen. Ab sofort würde sie sich nicht mehr länger vormachen, dass sie gerettet oder durch die Therapie eine wundersame Fusion herbeiführen würde, die Maxwell einsehen ließ, wie verkehrt sein Verhalten war. Dass es Zeit wurde zu fliehen – oder sich zumindest aktiv über eine Fluchtmöglichkeit Gedanken zu machen –, war ihr während der Sitzung dieses Vormittags klar geworden, als Maxwell die grauenhaften Worte gesagt hatte: *Die Erste hieß Mary Malloy.*

Die Erste? Gütiger Gott, die Erste? In diesem Moment hatte sie begriffen, dass er sie nie freiwillig gehen lassen würde – alles, was von ihr übrig bliebe, wären ihr Slip und ihr Sport-BH in der obersten Schublade der Kommode, ihr Tank-Top in der mittleren, ihre Turnhose in der untersten Schublade und ihre Reeboks auf dem Boden des Schranks. Und natürlich ihr Haar auf Miss Millers Kopf, nachdem es zu seiner natürlichen Farbe ausgewachsen war.

Ein Höhenunterschied von fünf Metern vom Fenstersims zum Dach der Veranda. Zwei Laken und zwei Decken, an den Ecken zusammengeknotet und am Bein der schweren Kommode festgebunden, waren mehr als lang genug. Sie war zwar seit dem Turnunterricht an der Highschool nicht mehr an einem Seil geklettert, aber sie konnte Miss Hatton den Mädchen immer noch zurufen hören: *Setzt die Beine ein, Mädchen, setzt die Beine ein, der Herrgott hat sie stärker gemacht als eure Arme.*

In einer Guess?-Jeans und einem langärmligen grünen Pullover zwängte sich Irene, mit den Beinen voran, den Bauch auf dem Fensterbrett, die Schultern zusammengezogen und schräg gestellt, durch die schmale Öffnung. Mit beiden Händen am Fenstersims hängend, hakte sie ihr linkes Bein zweimal um das oberste Laken bis es sich um ihren Rist schlang. Den rechten Fuß auf dem linken, das Seil zwischen Sohle und Rist festgeklemmt, ließ sie das Sims los und hangelte sich langsam nach unten.

Danke, Miss Hatton, dachte sie bei sich, als ihre Füße die Schindel berührten – dann merkte sie, dass es immer noch drei Meter bis zum Boden waren. Sie schlich zur Ecke des geneigten Verandadaches, ließ sich auf den Bauch nieder, rutschte über die Seite, hielt sich an der Aluminiumregenrinne fest, schlang die Beine um das Fallrohr, das am Eckpfeiler des Verandadachs befestigt war, und rutschte ganz nach unten. Als ihre Füße den Boden berührten, trat sie von der Veranda zurück und blickte nach oben, hoch, hoch zum Fenster ihres Zimmers.

Plötzlich wurde ihr bewusst – viel zu spät, um noch etwas daran ändern zu können –, dass sie vielleicht nicht über die nötige Kraft verfügte, wieder nach oben zu klettern, wenn sie bis zu Maxwells Rückkehr keine Möglichkeit fand, vom Grundstück zu kommen.

Zeit, eure Pobacken in Bewegung zu setzen, Mädchen, dachte Irene – noch so einer von Miss Hattons Sprüchen.

Irene, die sich in einem steten Trab fortbewegte, brauchte eine halbe Stunde, um sich darüber klar zu werden, dass ihre erste Vermutung richtig gewesen war – es war nicht einfach, von Scorned Ridge zu entkommen. Der elektrische Maschendrahtzaun lief um das ganze Grundstück, und der Strom war an, wie das frisch verkohlte Kaninchen am Nordwestende der Wiese augenfällig zeigte. Das Tor in der Südwestecke des Grundstücks, das zum Fluss hinabführte, war mit einem rautenförmigen gelben Hochspannungsschild versehen, und die Torflügel des Laubengangs in der Südostecke waren mit einem Vorhängeschloss gesichert; außerdem waren darüber drei Reihen unter Strom stehenden Stacheldrahts angebracht, die an Porzellanisolatoren befestigt waren.

Und als Irene durch das Maschendrahtgeflecht in das gesprenkelte grüne Dunkel des Laubengangs spähte, warteten die Rottweiler auf sie. Sechs von ihnen waren lautlos durch die offene Tür in der Seite des Laubengangs getrabt gekommen –

sie wanderten auf dem begrenzten Raum wie Löwen in einem Käfig auf und ab, die bernsteinfarbenen Augen unverwandt auf Irene geheftet, die durch das innere Tor spähte. Auch als sie sich wieder davon abwandte, ließen sie sie nicht aus den Augen.

Nachdem sie keine Möglichkeit gefunden hatte, das Grundstück zu verlassen, beschloss Irene, die Nebengebäude zu erkunden. Sie trabte die asphaltierte Straße hinauf, die sich durch den Wald schlängelte und nach Norden krümmte, worauf sie dem Hügelkamm folgte, am Haus und am Hühnerstall vorbei, über einen Buckel auf dem Kamm zu einer verwitterten roten Holzscheune mit einem zweigeteilten Schiebetor, einem Betonboden und einem Heuboden am hinteren Ende.

Keine Tiere in der Scheune: Stattdessen waren in den Boxen Fahrzeuge abgestellt. Ein Ford Taurus, ein VW-Käfer, ein blauer Nissan, ein Geo Metro, ein vierzigtausend Dollar teures Lexus-Coupé und in der ersten Box rechts die gute alte Maybelline, das taubenblaue Coupe de Ville. Nur Maybelline und der Lexus hatten Nummernschilder; die aus Texas stammenden Kennzeichen des Lexus waren seit einem halben Jahr abgelaufen. Nachdem sie in einigen der Autos nachgesehen hatte, ohne einen Schlüssel zu finden, kletterte Irene die Leiter zum Heuboden hinauf, wo Hunderte von Büchern, Magazinen und wissenschaftlichen Zeitschriften zu allen nur erdenklichen Themen gestapelt oder scheinbar wahllos durcheinander geworfen waren.

Vollkommen verständlich, dachte Irene, als sie den Heuboden erkundete. Mit einem MTE wie Mose brauchte Maxwell kein Buch zweimal lesen – oder eines, das er bereits gelesen hatte, wiederfinden, um etwas darin nachzuschlagen. In gewisser Weise war der Heuboden ein Abbild von Maxwells Verstand: eine Unzahl willkürlich gespeicherter Fakten.

Enzyklopädien. Geschichtliche Werke. Alte Ausgaben des *Scientific American* oder des *Poultry Journal*. Belletristik: ziemlich viel Joyce – mindestens drei Ausgaben des *Ulysses*. Horrorromane – King, Koontz, Card. Taschenbuch-Krimis mit reißerischen Einbänden. True Crime, hauptsächlich Biographien von Serienmördern: Bundy, Gacy, Jack the Ripper, Thomas Piper, Bela Kiss, Dr. Thomas Neill Cream. *Roter Drache* und *Schweigen der Lämmer*. Stöße von *National Geographics* mit ihrem unverwechselbaren gelben Umschlag. Reisebücher. Spionagethriller. Medizinische Bücher – ein Faksimiledruck der Erstausgabe von *Gray's Anatomy*. Stapelweise Pornohefte, vor allem zum Thema Bondage und Disziplin. Pornographische Taschenbücher, die meisten, ihren Einbänden nach zu schließen, über Vergewaltigung und Inzest, fanden sich unter Handbüchern über Zimmerhandwerk, Möbelschreinerei, Jagd, Perückenmacherei, Metzgerei, Elektroinstallation, Gartenbau.

Und an der Rückwand, unter offenen Holzklappen, die vermutlich einmal zu einer Heurutsche geführt hatten, befand sich, willkürlich verstreut, eine Sammlung psychologischer Bücher und Zeitschriften, die Irenes Bibliothek in den Schatten stellte. Alle Standardwerke, darunter eine wertvolle Erstausgabe von Rorschachs *Psychodiagnostik* und mehrere Handbücher über MMPI und TAT – kein Wunder, dass Maxwell bei diesen standardisierten Tests so gut abgeschnitten hatte.

Es gab auch eine eklektische Auswahl von Zeitschriften und Magazinen. Aus reiner Neugier begann Irene die wissenschaftlichen Fachzeitschriften durchzusehen, um nach Heften zu suchen, die ihre Artikel enthielten, diejenigen, die Mose zitiert hatte.

Eins entdeckte sie sofort: eine Ausgabe des *Journal of Consulting and Clinical Psychology* mit ihrem Artikel über DIS kontra MPS. Daneben, an die Rückwand gelehnt, ein 1997er Heft des *Journal of Nervous and Mental Diseases*.

Und dort in der Ecke war das *Psychology Today*-Heft mit ihrem Artikel über dissoziative Trancestörung und Pfingsterfahrung. Sie blätterte darin, sah ihr Foto in der Autorenspalte.

»Wie man sich täuschen kann«, murmelte sie. Mit Moses

Hilfe hatte Maxwell sie wahrscheinlich sofort erkannt, als er sie zum ersten Mal gesehen hatte.

Als sie wieder die Leiter hinunterkletterte, merkte Irene, dass sie eine unwahrscheinliche, aber ungeheuer wichtige Möglichkeit übersehen hatte. Maybelline! Das Autotelefon! Gütiger Gott, war es möglich, dass er das Telefon im Cadillac gelassen hatte?

Sie sprang den letzten Meter zu Boden und rannte durch die Scheune zu dem de Ville. Kein Schlüssel, aber das Funktelefon war noch in den Zigarettenanzünder gesteckt, die Ladeanzeige ein roter Lichtpunkt im gedämpften Licht der Scheune. Irene hielt den Atem an, nahm das Telefon aus der Station und las den Text auf dem Display. NETZSUCHE ERFOLGLOS.

Dann fiel ihr ein, dass ihr Maxwell am Morgen zuvor erzählt hatte, er hätte auf den Heuboden steigen müssen, um ein Signal zu erhalten. Sie kletterte wieder die Leiter hinauf und versuchte es noch einmal. NETZSUCHE ERFOLGLOS. Sie ging ans andere Ende des Heubodens, lehnte sich sogar aus dem Fenster und hielt das Telefon über ihren Kopf. NETZSUCHE ERFOLGLOS NETZSUCHE ERFOLGLOS NETZSUCHE ERFOLGLOS.

Aber Maxwell hatte ihr versichert, er hätte wegen Bernadette angerufen. Sie erinnerte sich an den letzten Blick, den sie im Rückspiegel auf das schwarzhaarige Mädchen zurückgeworfen hatte und wie es mit geschlossenen Augen reglos auf der Seite gelegen hatte, und begriff plötzlich mit einem Gefühl schrecklicher Beklemmung, dass Maxwell gelogen hatte, dass er Bernadette entweder umgebracht oder liegen gelassen hatte, damit sie verhungerte oder verdurstete. Dann fielen ihr Maxwells rätselhafte Worte ein, als er in Big Sur aus dem Wohnwagen des alten Bill gekommen war: *Zufällig weiß ich, dass der alte Mann gerade zu rauchen aufgehört hat.*

Jede Wette, dachte Irene. Und Barbara? Hatte Maxwell sie auch im Fall Barbaras belogen? Hatte er ihr auch irgendwie den Rest gegeben? Stöhnend fiel Irene auf die Knie und begann das Wenige zu erbrechen, was von dem köstlichen Landfrühstück, das Miss Miller fünf Stunden zuvor für sie gemacht hatte, noch in ihrem Magen war.

67 Da er kein gutes Gefühl dabei hatte, Irene und Miss Miller, obwohl sie in ihren Zimmern eingeschlossen waren, allein auf der Ranch zurückzulassen, erledigte Maxwell seine Besorgungen im Ort so schnell es ging. Es war Useless, der in der Old Umpqua Pharmacy die Medikamente für Miss Miller und eine Flasche Lady Clairol Strawberry Blonds Forever kaufte, im CostCo zweihundert Dollar von Donna Hughes' Taschengeld für die Aufstockung der durch seine lange Abwesenheit geschrumpften Lebensmittelvorräte ausgab und schließlich zur Old Umpqua Feed Barn am Ortsrand fuhr. Es war jedoch Christopher, der den Laden mit Hühnerfutter, Futterzusätzen, kleinen Belohnungen für die Hunde und vier 20-Kilo-Säcken Hundefutter verließ – die vertraute Umgebung, der süße Duft von Heu und Luzerne und das staubige, partikulierte Licht, das durch die hohen Fenster fiel, hatten einen Switch ausgelöst.

Wegen der Haarnadelkurven, die mit dem randvoll beladenen Grand Cherokee zum Teil nur mit Rangieren zu bewältigen waren, dauerte die Rückfahrt auf der Charbonneau Road fast eine Stunde, aber sie machte Christopher ungeheuren Spaß. Nach der langen Vormittagssitzung und einer kurzen Verschnaufpause in der Dunkelheit fühlte er sich erstaunlich gut – energiegeladen, wie neugeboren. Es stimmte also, was in Ishs Büchern auf dem Heuboden stand; es hatte eine kathartische Wirkung, wenn man über seine drückendsten Sorgen sprach.

Es war das erste Mal gewesen, dass er mit jemand anderem als der wenig verständnisvollen Miss Miller über Mary gesprochen hatte, und obwohl es den Büchern zufolge viel zu früh war, um eine vollständige Heilung zu erwarten, hatte er dennoch das Gefühl, das Schlimmste hinter sich zu haben. Außerdem, was wussten Bücher schon über die Mittel und Fähigkeiten eines Spitzen-Multiplen?

Aber selbst ein voll bewusster Ausnahme-Multipler hätte es nicht aus eigener Kraft geschafft. Christopher war klar, dass er seinen neu gefundenen Frieden Irene zu verdanken hatte – er merkte plötzlich, dass er auf bestem Weg war, sich Hals über Kopf in seine Seelenklempnerin zu verlieben.

Und obwohl er wusste, was die Bücher dazu sagen würden – Übertragung –, musste er sich wieder einmal vor Augen führen, dass die Singles, die diese Bücher schrieben, keine Ahnung hatten, wie es war, ein Multipler zu sein. Sich zu verlieben war Christophers Aufgabe. Es stärkte das System, es belebte den Körper.

Außerdem ärgerte es Max ohne Ende – aber das war Max' Problem. Er hätte es kommen sehen müssen – und der Umstand, dass er es nicht gemerkt hatte, war für Christopher ein Zeichen dafür, dass Max' Vorherrschaft schwächer wurde, dass seine lange Tyrannei über das System möglicherweise schließlich ein Ende fand.

Christopher fuhr den Cherokee in das kühle grüne Dunkel des Laubengangs und schloss das Tor hinter sich. Die Hunde kamen, um ihn zu begrüßen; er balgte sich ein paar Minuten mit ihnen und verpasste jedem eine kräftige Abreibung, dann lud er das Hundefutter ab, bevor er das Innentor aufschloss und den Cherokee nach drinnen fuhr.

Nachdem er am Haus die Lebensmittel abgeladen und die zerzauste graue Perücke abgenommen hatte, die er in der

Stadt immer aufsetzte, fuhr er zur Scheune, um den Cherokee abzustellen, und eilte anschließend zum Haus zurück. Beim Verlassen der Scheune bemerkte er einen unangenehmen Geruch, der ihm vorher nicht aufgefallen war – wahrscheinlich ein totes Nagetier –, aber er hatte es zu eilig, seine neue Flamme zu sehen, um sofort nach der Ursache des Geruchs Ausschau zu halten.

Jetzt, wo er wusste, dass er sie liebte, konnte er es nicht erwarten, Irene zu sehen. Er tat so, als hörte er nicht, wie Miss Miller aus ihrem Zimmer nach ihm rief, als er die Treppe, zwei Stufen auf einmal nehmend, hinaufstürmte und an Irenes Tür klopfte. Keine Antwort. Er klopfte lauter, dann drehte er den Schlüssel und öffnete lautlos die Tür.

Sie war nicht da. Ein kurzer Moment der Panik, ein Blick zum schmalen Fenster – dann hörte er das Rauschen der Dusche. Er schlich ins Bad und sah die Konturen ihres schlanken Körpers, die sich durch den halb durchsichtigen Duschvorhang abzeichneten. Seine Erektion drückte gegen seine Hose – es kostete ihn einiges an Willenskraft, den Raum wieder zu verlassen. Schließlich hatte er sich verpflichtet, ihre Privatsphäre nicht zu verletzen, und die Strafe für einen Verstoß gegen diese Abmachung waren achtundvierzig Stunden in der Dunkelheit. Doch so lange wollte Christopher auf keinen Fall von seiner Angebeteten getrennt sein.

Als Irene, von ihrer Entdeckung auf dem Heuboden psychisch geschafft, von der mühsamen Rückkehr in ihr Zimmer körperlich, das Wasser abdrehte und aus der Dusche stieg, hörte sie Maxwell vom Flur nach ihr rufen.

»Komme gleich«, rief sie zurück und schlang sich ein Handtuch um den Oberkörper, ein zweites um den Kopf. Bevor sie die Tür öffnete, sah sie sich noch einmal hastig um, ob auch alles an seinem Platz war – das Fenster geschlossen, Laken und Decken zurück auf dem Bett.

»Ich habe Ihnen was mitgebracht«, sagte Maxwell, als er an

ihr vorbei ins Zimmer trat. Er reichte ihr das Strawberry Blonds Forever. »Bis Ihre natürliche Farbe auswächst.«

Sofort schossen Irene die unterschiedlichsten Erklärungsmöglichkeiten für diese Geste durch den Kopf – bereitete er sie für eine Opferung vor? Für eine Liebesaffäre? Doch schon Christophers nächste Bemerkung verscheuchte alle weiteren Gedanken schlagartig aus ihrem Kopf:

»Wie ich sehe, waren Sie ein unartiges Mädchen.«

Sie erbleichte, wandte sich ab, versuchte ihre Stimme unter Kontrolle zu bekommen. »Wie … wieso?«

Er deutete auf den Schreibtisch am Fenster. »Ihr Mittagessen – Sie haben es nicht mal angerührt.«

68

Der große, glatzköpfige Mann in dem schicken Westernsakko mit den gestickten Passen, in der steifen neuen Wrangler-Jeans und in den blitzenden, mit Silberspitzen versehenen Tony-Lama-Stiefeln tippte an seinen neuen weißen Stetson, als er nach der Landung in Eugene, Oregon, beim Verlassen des Flugzeugs an der Stewardess vorbeiging.

Penders neue Aufmachung war nicht als Tarnung gedacht. Er zählte fest darauf, dass sich das FBI nicht selbst blamieren würde, indem es für einen seiner eigenen Agenten einen BOLO rausließ. Aber wie Alvin Ralphs ganz richtig bemerkt hatte, hatte ein Mann mit einem nagelneuen El Patron gewissen Ansprüchen gerecht zu werden – warum zur Abwechslung nicht mal jemand anderem die Rolle des am schlechtesten gekleideten FBI-Agenten überlassen?

Beim Verlassen des Ladens hatte Pender im Schaufenster sein verwandeltes Spiegelbild betrachtet – inzwischen brachte er es von den Sohlen seiner neuen Stiefel bis zur Spitze seines hohen Huts auf über zwei Meter.

»An deiner Aufmachung sehe ich, dass du ein Cowboy bist«, hatte er leise zu sich selbst gesagt. Die neue Größe war allerdings etwas gewöhnungsbedürftig – als er durch die Terminaltür ging, stieß er sich den Hut vom Kopf.

Das Flugticket hatte Pender mit seiner eigenen Kreditkarte bezahlt. Da er am späten Montagnachmittag, als die übers Wochenende ausgeliehenen Autos zurückgegeben und gewaschen waren, in Eugene eintraf, stand ihm das ganze Angebot zur Auswahl. Er zahlte wieder mit seiner eigenen Kreditkarte, als er sich einen sportlich aussehenden Dodge Intrepid mit gerade genug Bein- und Kopffreiheit für sich und seinen neuen Hut aussuchte, eine Reihe von Straßenkarten kaufte und in Richtung Umpqua County losfuhr.

Es war vollkommen dunkel, als er Umpqua City, den Sitz der County-Verwaltung, erreichte. Während des Goldrauschs in den 50er Jahren des 19. Jahrhunderts gegründet, war Umpqua City, bis das Gold weg war, eine Bergarbeiterstadt gewesen, dann, bis die Wälder dezimiert waren, eine Holzfällerstadt, und jetzt versuchte es, sich als Touristenziel zu etablieren. Pender nahm sich ein Zimmer im Old Umpqua Hotel, einem dreigeschossigen Backsteinbau gegenüber dem Umpqua County Courthouse und schräg gegenüber der Old Umpqua Pharmacy. Nach einer langen Dusche genehmigte er sich im Umpqua Room des Hotels Lachs zum Abendessen – holzvertäfelte Wände, weiße Tischtücher und Kellner mit Ärmelhaltern.

Als Pender auf sein Zimmer zurückkehrte, schaltete er sein Handy und den Pager aus, bevor er ins Bett schlüpfte. Für jemand anderen wäre das wahrscheinlich nichts Außergewöhnliches gewesen, aber in Penders Fall hieß es, dass er zum ersten Mal seit über einem Vierteljahrhundert nicht für das FBI erreichbar war.

69 Irene speiste an diesem Abend allein, in ihrem Zimmer eingeschlossen. Christopher hätte zwar lieber mit ihr gegessen, aber er wusste besser als jeder andere, wie gefährlich es sein konnte, Miss Miller zu lang zu vernachlässigen. So konnte er, als Miss M sich beschwerte, den ganzen Nachmittag in ihrem Zimmer eingeschlossen gewesen zu sein, wenigstens anführen, dass Irene immer noch in ihrem eingeschlossen war.

Die Chancen, dass Miss M an diesem Abend Besuch von Peter bekäme, waren jedoch gleich Null. Christopher hatte andere Pläne für den Körper. Nach dem Essen machten er und Miss Miller gemeinsam den Abwasch, besuchten Freddie Mercury und seine Hühnerschar und saßen zusammen auf der Veranda, um zuzusehen, wie die Sonne hinter Horned Ridge, dem zweigeteilten Gipfel im Westen, unterging.

Doch mit der Sonne verschwand auch Christopher. Irene saß am Schreibpult über ihrem zweiten Haiku, als sie ein leises Klopfen hörte. Nach einem raschen Blick auf ihr Gedicht –

Sonne geht unter
Strawberry Blonds Forever
Ich will nicht sterben.

– schloss sie ihr Notizbuch und schob es unter den Aufsatz des Pults.

»Ja?«

»Ich bin's, Christopher – darf ich reinkommen?«

»Hat das nicht bis morgen Zeit?«

Damit hatte er nicht gerechnet. »Ich wollte Ihnen nur gute Nacht sagen.«

Irene fand, sie konnte ihn jetzt genauso gut auf die Probe stellen wie später. »Dann gute Nacht.«

»Ich möchte reinkommen.«

»Christopher, wir haben einen Vertrag. Sie haben sich bereit erklärt, meine Rechte zu respektieren. Wie Ihnen sicher bewusst ist, kann die DIS-Therapie für den Therapeuten genauso anstrengend sein wie für den Patienten. Ich wäre heute Abend wirklich froh über eine kleine Verschnaufpause – dann kann ich morgen früh frisch und ausgeruht mit Ihnen weitermachen.«

Christopher auf der anderen Seite der Tür war hin und her gerissen. Er verspürte ein fast unwiderstehliches Verlangen, sie Max oder einem der anderen zu überlassen – solange es nicht Lyssy war, hätte er zumindest Zugang zu der Erinnerung. Doch dann merkte er, dass dieser Impuls wahrscheinlich von Max *kam*.

Irene legte ihr Ohr an die Tür – sie konnte ihn atmen hören. »Gute Nacht, Christopher.« Sie versuchte, einen freundlichen, fürsorglichen Ton in ihre Stimme zu legen.

»Gute Nacht, Irene.« Dann, geflüstert: »Bis gleich in meinen Träumen.«

Miss Miller schläft schon halb. Ihre Schlafzimmertür geht auf, dann leise wieder zu. »Ulysses?« Sie taucht aus ihrem Morphiumtran hoch, als er neben ihr ins Bett steigt.

»Psst.« Im Gegensatz zu Max und Peter hat Christopher nicht mehr mit Miss Miller geschlafen, seit er ein kleiner Junge war, aber Irene hat ihm keine andere Wahl gelassen – der Trockenschuppen ist keine attraktive Alternative mehr für ihn.

Miss M liegt auf dem Rücken. Er kann zu viel von dem sehen, was von ihrem unverhüllten Profil noch übrig ist; seine Erektion schrumpft rasch. Hastig schließt er die Augen, stupst sie auf die Seite, sodass sie von ihm abgewandt ist, und zieht ihr das Nachthemd bis zu den Schulterblättern hoch. Ihr Rücken ist als einziger Körperteil nicht von Narben überzogen – als er ihr Rückgrat hinunterstreicht und ihre Backen streichelt, kann er sich mit Mühe einreden, dass es Irenes langes, schlankes Gesäß ist, das er liebkost. Seine Erektion regt sich wieder. Statt den Zauber zu brechen, indem er von hinten in sie einzudringen versucht, biegt er ihn nach oben, klemmt ihn zwischen seinem Bauch und ihrem Hintern ein und beginnt, sich wie wild an ihr zu reiben.

»Oh, Ulysses«, säuselt sie kokett. Sie ist leicht erregt, mit Morphium vollgedröhnt und amüsiert. »Ganz wie in den alten Zeiten.« Sie meint den Friktionismus.

»Psst.« Er bringt sie erneut zum Schweigen – diese Stimme wird alles verderben – und schließt die Augen noch fester, als könnte er dadurch die Stimme ausblenden. »Nicht sprechen. Bitte nicht sprechen.«

Jetzt ist es bis auf das seidige, rhythmische Wispern der Laken still im Raum. Fünf Minuten, zehn Minuten – *wschsch, wschsch, wschsch, wschsch*. Dann ein Stöhnen und es ist vorbei.

»Danke«, sagt Christopher.

Keine Reaktion – nur Miss Millers stete, raue Atemzüge. Sie scheint eingeschlafen zu sein.

»Danke, komm mal wieder vorbei«, antwortet er für sie mit Irenes Stimme, um die Fantasie zu verlängern. Dann lacht er leise, wischt sich am Zipfel ihres Seidennachthemds ab und stiehlt sich, jede weitere Berührung mit diesem schrecklichen Körper sorgfältig vermeidend, rückwärts aus dem Bett.

70

Irene Cogan, die im sonnigen San José aufgewachsen war, stellte fest, dass sie Nebel eigentlich ganz gern mochte – andernfalls ließ man sich nicht in Pacific Grove nieder. Es hatte kaum etwas Schöneres für sie und Frank gegeben, als an einem nebligen Sonntagmorgen mit Kaffee und Zimtbrötchen im Bett zu frühstücken. Zwei Zeitungen, der *Monterey Herald* und die *San José Mercury News* auf dem Deckbett ausgebreitet, für Frank ein stummes Football- oder Baseballspiel im Schlafzimmerfernseher, für Irene klassische Musik aus dem Radio und hinter dem Fenster im Obergeschoss silbriger Nebel, der träge durch die Äste der mächtigen Eiche im Vorgarten strich.

Der Nebel in Scorned Ridge war allerdings eine andere Sache, bedrückend, feucht und kalt und dicht. Als Irene am Dienstagmorgen kurz nach Tagesanbruch die Augen aufschlug, schien er gegen das Schlafzimmerfenster zu drücken, als suchte er eine Ritze, durch die er hereinkommen könnte. Sie zog sich die Decke über den Kopf und versuchte weiterzuschlafen.

Etwas später – wie viel später konnte sie nicht sagen – fand sie sich mit hochgezogenem Nachthemd auf der Toilette sitzend wieder, ohne sich erinnern zu können, ins Bad gegangen zu sein. Sie versuchte sich einzureden, es wäre witzig oder entbehrte zumindest nicht einer gewissen Ironie, dass die DIS-Spezialistin selbst Symptome einer dissoziativen Störung aufwies. Aber das war es nicht – es war ganz und gar nicht witzig.

Es war vielmehr ein Alarmsignal. Die nächste Stunde verbrachte sie über ihrem Notizbuch am Schreibpult und suchte nach einer Schwachstelle, einer Lücke in Maxwells System, die sie sich unter dem Deckmantel der Therapie zunutze machen könnte. Ihren Aufzeichnungen zufolge schien Lyssy das einzige alter zu sein, mit dem Max und die anderen nicht das Gedächtnis teilten.

Aber Max hatte ihr bereits zu verstehen gegeben, dass Lyssy nicht zu sprechen war. Selbst wenn Max log, war an Lyssy nur mittels Hypnose heranzukommen, und dazu wiederum wäre Max' Einwilligung erforderlich. Und selbst wenn es ihr gelang, mit Lyssy Kontakt aufzunehmen, hatte sie es nach wie vor mit einer schwachen, infantilen Persönlichkeit zu tun, die ihr nicht viel nützen würde, wenn sie nicht gerade wusste, wie man den Strom für den elektrischen Zaun abschaltete, was allerdings ziemlich unwahrscheinlich war.

Mose dagegen – Mose wüsste, wie man den Strom abschaltete. Und sagen würde er es ihr auch. Aber im Gegensatz zu Lyssy teilte der MTE das Gedächtnis mit Max – unter Umständen hatten sie sich sogar auf eine Art von Co-Bewusstheit oder Co-Präsenz geeinigt, und wenn dem so war, würde es Max erfahren, sobald Mose es ihr sagte.

Auch Alicea war eine Möglichkeit, wenn es Irene gelang, auf der Ebene von Frau zu Frau eine Beziehung zu ihr aufzubauen. Aber selbst wenn Alicea sich bereit erklärte, Irene zu helfen, konnte ihr Max mühelos den Zugang zum Bewusstsein entziehen.

Christopher allerdings – was hatte Christopher gestern gleich wieder gesagt? Wenn er verliebt war, war seine Persönlichkeit stark genug, um Max' Vorherrschaft anzufechten. Das war auch der Grund, warum Max ihn nicht vor Miss Miller gewarnt hatte.

Wenn er verliebt war. Verliebt. Verliebt ...

Irene fand sich erneut im Bad wieder. Diesmal saß sie allerdings nicht auf dem Klo, sondern stand vor dem Waschbecken und sah abwechselnd auf die Packung Strawberry Blonds Forever auf dem Edelstahlbord und ihr Bild im Spiegel dahinter.

Zum ersten Mal seit Jahren hatte Christopher wieder das Kommando gehabt, als Maxwell einschlief, und er behielt es lange genug, um in REM-Schlaf zu fallen. Am Anfang seines Traums war er mit Mary unten beim Badeplatz. Unter der dunkelgrünen Wasseroberfläche hatte sie das Bikinioberteil für ihn ausgezogen, und von der Kälte waren ihre Brustwarzen schrumplig und hart.

Am Ende des Traums war sie allerdings nicht mehr Mary – irgendwie hatte sie sich in Irene verwandelt. Was Christopher nur recht war. Mit einem friedlichen Lächeln auf den Lippen und einer Erektion, die ihn mehrere Minuten davon abhielt, sich auf den Bauch zu drehen, glitt er aus dem REM-Stadium in Stadium-2-Schlaf.

Aber es war Max, der am nächsten Morgen im Körper aufwachte. Indirekt, so, als hätte er es in einem Film gesehen, erinnerte er sich an alles, was passiert war, als Christopher und Useless und die anderen das Kommando gehabt hatten. Er durchschaute sofort, was los war. Nicht nur Christopher gewann durch die Therapie an Macht und Einfluss, sondern auch die anderen alters schienen durch sie gestärkt zu werden. Genau die gegenteilige Wirkung, die er sich erhofft hatte – er schwor sich, dem einen Riegel vorzuschieben.

»Daraus wird nichts«, murmelte er. »Wäre nämlich äußerst unklug.« Eine dilettantische George Bush-Imitation, nicht auf seinem gewohnten Niveau.

Um zehn Uhr, als es an Irenes Tür klopfte, war der Nebel weggebrannt – ein weiterer Prachttag in den südlichen Cascades.

»Einen Moment.« Irene begutachtete sich im Spiegel, tupfte ihr noch leicht feuchtes rotblondes Haar zurecht und öffnete die Tür. Zuerst konnte sie nicht feststellen, mit welchem alter sie es zu tun hatte, aber egal, welcher von ihnen es war, im ersten Moment war er total von den Socken. Sie half ihm auf die Sprünge: »Na, was sagen Sie?«

Er stieß einen leisen Pfiff aus – er konnte den Blick nicht von ihr losreißen. »Ich glaube, eben sind meine Träume Wirklichkeit geworden.«

Es ist Christopher, entschied sie. Gott sei Dank. »Es ist ein bisschen dunkel geraten, aber wenn es ganz trocken ist, wird es wahrscheinlich noch etwas heller.«

»Es könnte gar nicht besser sein.«

»Danke. Übrigens, ich wollte mich für gestern Abend entschuldigen – dass ich Sie nicht reingelassen habe, um mir gute Nacht zu sagen. Ehrlich gesagt, hatte ich den Eindruck, Sie könnten eine Übertragung durchlaufen, und, na ja, *ganz* ehrlich gesagt, ich habe eine Gegenübertragung durchgemacht.«

»Jetzt werden meine Träume *wirklich* wahr.«

»Wir dürfen es aber nicht ausleben – Ihnen ist doch sicher klar, dass wir es auf keinen Fall ausleben dürfen.«

»Natürlich nicht.«

Sie konnte die Kränkung in seinen Augen sehen. »Zumindest noch nicht«, fügte sie hastig hinzu. »Wir haben noch eine Menge zu tun.«

»Ich verstehe«, sagte er nett. Doch obwohl es Christophers Stimme war, hätte Irene, einen ganz kurzen Moment lang, schwören können, ein flüchtiges Aufflackern von Max' Sarkasmus in diesen gold gesprenkelten braunen Augen bemerkt zu haben.

»Ist seit unserer letzten Sitzung etwas passiert, worüber Sie sprechen müssen?«

An diesem Morgen war es im Wald etwas kühler als an den zwei vorangegangenen Tagen. Maxwell trug einen derben braun-weißen Oaxaca-Pullover über seinem Hawaiihemd und den Shorts. Irene hatte eine kurzärmelige Bluse und eine Segeltuchhose an und dazu eine preiselbeerfarbene Strickjacke aus dem Kleiderschrank.

»Außer dass ich mich in meine Therapeutin verliebt habe?« Er blickte über seine Schulter, bedachte sie mit einem typischen Christopherlächeln.

Irene zwang sich, das Lächeln zu erwidern. »Wir können ja da beginnen, wenn Sie möchten – aber ich müsste Ihnen erst meinen Standardvortrag über Übertragung halten.«

»Sollen wir dann also über etwas sprechen, das passiert ist, als ich in der Stadt war?«

»Ja?«

»Wir müssen einen spontanen Switch gehabt haben – ich glaube nicht, dass es jemand gemerkt hat. Ich fand mich plötzlich in der Old Umpqua Feed Barn wieder.«

»Wo Sie Mary zum ersten Mal begegnet sind.«

»Richtig. Aber was ich Ihnen erzählen wollte – soweit ich mich erinnern kann, war es das erste Mal, dass ich wieder dort war, seit ... seit sie gestorben ist, ohne dass ich von Schuldgefühlen überwältigt wurde.«

»Was haben Sie stattdessen empfunden?«

»Tiefe Trauer. Aber eine friedliche Trauer – als würde ich allmählich anfangen, darüber hinwegzukommen.«

»Hört sich nach einem Fortschritt an. Sonst noch etwas?«

»Spontan fällt mir eigentlich nichts ein.«

»Gut, dann lassen Sie uns weitermachen. Gestern, bevor Sie anfingen, mir von Mary zu erzählen, haben Sie etwas gesagt, wozu ich Sie etwas fragen muss.«

»Ja, was?«

»Sie haben gesagt, Mary wäre die Erste gewesen.«

»Nein, das habe ich nicht gesagt.«

»Ich erinnere mich ganz genau –«

»Das hat Max gesagt.«

»Verstehe. Was, glauben Sie, hat er damit gemeint?«

»Das erkläre ich Ihnen später. Zuerst möchte ich Ihnen etwas schenken.« Aus der tiefen Tasche seines Pullovers holte er ein kleines Päckchen: goldenes Geschenkpapier, zu einem Rechteck gefaltet und mit durchsichtigem Klebstreifen zusammengehalten. »Alles Gute zum Jubiläum.«

»Wie bitte?«

»Sagen Sie bloß, Sie können sich nicht erinnern?« Aufrichtige Enttäuschung, sogar ein Anflug von Ärger.

Verzweifelt durchforstete Irene ihr Gedächtnis. Endlich kam es ihr. »Unser einwöchiges Jubiläum. Heute vor einer Woche haben wir uns kennen gelernt.«

»Ich wusste, Sie konnten es nicht vergessen haben.« Er reichte ihr das Päckchen. »Machen Sie es doch auf. Nur eine Kleinigkeit, die ich Ihnen aus der Stadt mitgebracht habe.«

Sie riss das Papier auf; in ihre Handfläche kullerte ein Paar Smaragdohrringe. Sie waren sehr schön gearbeitet – und, wenn Irene auch nur ein wenig von Schmuck verstand, sündhaft teuer. Ihr wurde sofort klar, dass er sie nicht am Tag zuvor gekauft hatte. Sonst wären sie in einem samtausgekleideten Schächtelchen gewesen. Sie überlegte, wie sie reagieren sollte.

Im normalen Verlauf der Therapie hätte Irene ihm 1) klar

machen müssen, dass an diesem Punkt ihrer Beziehung ein so teures Geschenk unangemessen sei und sie es nicht annehmen könne; ihn 2) behutsam auf seine Lüge, es erst vor kurzem gekauft zu haben, ansprechen müssen und herauszufinden versuchen, warum er diese Lüge für nötig gehalten hatte; und ihn 3) darauf aufmerksam machen müssen, dass er das Thema gewechselt hatte, als sie auf Max' Bemerkung, Mary sei die Erste gewesen, zu sprechen gekommen war.

Aber hier ging es nicht um Therapie – hier ging es ums nackte Überleben. Deshalb dankte sie ihm, so überschwänglich sie konnte, und fummelte die fragezeichenförmigen Golddrähte durch ihre Ohrläppchen, durch ihr eigenes Fleisch, obwohl sie den starken, fast an Telepathie grenzenden Verdacht hatte, dass Maxwell sie von der Leiche ihrer vorherigen Besitzerin entfernt hatte, nachdem er sie zunächst vergewaltigt und dann ermordet hatte.

71

Die gelben Backsteine des Umpqua County Courthouse waren in der ersten Ziegelei des Staates Oregon gebrannt worden, stand auf einer Tafel an der Wand neben der Milchglastür des Umpqua County Probation Department, des Bewährungsamtes – eine Tafel, mit der Pender bestens vertraut geworden war, bis er Penelope Frye endlich Cazimir Buckleys aktuelle Anschrift abgeluchst hatte. Die einsame und genervte Empfangsdame/Sekretärin/Sachbearbeiterin musste ganz allein die Festung halten, da anscheinend alle anderen Mitarbeiter des Bewährungsamts entweder Urlaub hatten oder krank waren.

Das Problem war, erklärte ihm Miss Frye, dass nur Buckleys Bewährungshelfer Mr. Harris sie dazu ermächtigen konnte, persönliche Daten über den auf Bewährung Freigelassenen herauszugeben. Pender löcherte, beschwor, bedrängte und bearbeitete sie, bis sie sich schließlich bereit erklärte, ein paar Telefonate zu führen – aber nur, wenn er sich seinerseits bereit erklärte, draußen auf dem Flur zu warten: Sie bekam schon einen steifen Hals, weil sie ständig zu ihm aufsehen musste.

Deshalb ging er brav auf dem Flur auf und ab und las die Tafel, bis Miss Frye die Tür öffnete, um ihm mitzuteilen, Mr. Harris sei laut Aussagen Mrs. Harris' im Augenblick mit einer Angel in der einen Hand und seinem ersten kalten Budweiser dieses Morgens in der anderen irgendwo mitten auf dem Crater Lake.

Eine weitere Runde des Argumentierens, Bettelns und Beschwörens; ein paar weitere Anrufe; ein weiteres Warten auf dem Flur, bis Miss Frye schließlich jemand auf einer höheren Entscheidungsebene erreichte. Aber zu guter Letzt hatte sich das Auf-und-ab-Gehen und das Gut-Zureden ausgezahlt: Pender verließ das Gerichtsgebäude mit einer Adresse – 304 Britt Street in Umpqua – und der festen Überzeugung, dass die Chinesen nie in den Besitz amerikanischer Atomgeheimnisse gelangt wären, wenn Penelope Frye im Energieministerium für die Sicherheit zuständig gewesen wäre.

Ein wunderschöner Morgen – im Tal hatte es keinen Nebel gegeben. Der Himmel war klar, die Luft kühl, die Berge über der malerischen alten Stadt ansichtskartenperfekt. Pender legte die dreizehn Häuserblocks zur Britt Street zu Fuß zurück – wegen der nagelneuen Stiefel glühten seine Treter, bis er das schöne blaue Haus im viktorianischen Stil erreichte.

Er sah die Adresse noch einmal in seinem Notizbuch nach: Entweder war das Haus Nummer 304 in Appartements oder Wohnungen unterteilt worden, oder Caz Buckley war ziemlich betucht für einen auf Bewährung freigelassenen Häftling. Eingedenk Buckleys Hang zu schwerer Körperverletzung öffnete Pender die Klappe seines Schulterholsters, als er die Eingangstreppe hinaufstieg. Bevor er auf den Klingelknopf drücken konnte, wurde die Tür von einer attraktiven Schwarzen in einem weißen Kittel geöffnet, die das ergrauende Haar unter ihrem Schwesternhäubchen zu einem strengen Knoten zurückgebunden hatte.

»Ja?«

»Ich würde gern Caz Buckley sprechen.«

»Dem Herrn sei Dank«, sagte die Schwester, deren Züge sofort weicher wurden. Sie streckte die Arme aus, um Penders Hand zwischen ihre zu nehmen. »Sie sind der Erste, der ihn besuchen kommt, seit er hier ist. Bitte, kommen Sie rein.«

Ermutigt, aber verdutzt vergaß Pender, sich zu ducken, als er durch die Tür trat, und stieß sich fast den Hut vom Kopf. Als er danach griff, um ihn festzuhalten, lernte er wieder einmal Alvin Ralphs Schneiderkünste zu schätzen – sein altes Sakko hätte garantiert sein Schulterholster zum Vorschein kommen lassen.

Sobald Pender die Diele betreten hatte, wurde ihm alles klar. Auf einem Beistelltisch stand ein Ständer mit verschiedenen Broschüren – *Ich und mein Pflegeheim*; *Die Rechte der Patienten*; *Sie sind nicht allein* –, und an der Wand hing eine Anschlagtafel, auf der Selbsthilfegruppen und Trauer-Workshops aufgeführt waren.

Pender wog kurz seine Möglichkeiten ab und gelangte zu dem Schluss, es wäre unverantwortlich, ein solches Geschenk der Polizeigötter auszuschlagen. »Nur gut, dass ich es noch rechtzeitig geschafft habe. Wie lang hat er noch?«

Die Schwester zuckte die Achseln, ihre übliche Reaktion auf diese spezielle Frage. »Warten Sie doch mal da drinnen.« Sie deutete auf das ehemalige Wohnzimmer. »Ich sehe mal nach, ob er noch wach ist.«

»Ich würde ihn lieber überraschen«, sagte Pender. »Ich möchte unbedingt sehen, was Caz für ein Gesicht macht, wenn er mich sieht.«

»Das darf ich aber eigentlich nicht, Mr. …?«

»Pender. Hören Sie, ich gebe Ihnen mein Ehrenwort: Wenn er schläft, schleiche ich auf Zehenspitzen wieder nach draußen.« Dann blickte er auf seine Stiefel hinab. »Na ja, auf Zehenspitzen vielleicht nicht – ich habe sie mir erst gestern gekauft und muss sie erst noch einlaufen.«

Mit diesem Eingeständnis bezweckte er zweierlei. Zum einen *war* es ein Eingeständnis, und Eingeständnisse wecken Vertrauen. Zum anderen war es eine gute Gelegenheit, sich der Sympathie der Frau zu versichern. Genauso wie Cops wussten auch Krankenschwestern sehr gut, wie es war, wenn einem die Füße wehtaten.

»Na schön, warum eigentlich nicht? Aber nur, wenn Sie mir versprechen, ihn nicht zu wecken …«

»Ehrenwort. Wenn er schläft, setzte ich mich mucksmäuschenstill an sein Bett.«

»Er liegt auf Zimmer 302. Ich bringe Sie nach hinten zum Lift.«

Pender duckte sich durch die niedrige Tür und schloss sie dann leise hinter sich. Das Zimmer war winzig, eine Mansarde. Dem Computerausdruck zufolge war Buckley ein achtzig Kilo schwerer Afro-Amerikaner, aber der Mann im Bett hatte eine ungesunde gelblich graue Hautfarbe und wog nicht viel mehr als vierzig Kilo.

Seine Augen waren geschlossen, sein Atem ging flach. Er schien zu schlafen, aber Pender dachte nicht im Traum daran, das Versprechen zu halten, das er der Schwester gegeben hatte. Neben dem Bett stand ein Holzstuhl; Pender nahm mit dem Hut im Schoß darauf Platz, beugte sich vor und flüsterte dem Sterbenden in sein blumenkohlförmig deformiertes Ohr.

»Cazimir Buckley, glaubst du an ein Leben nach dem Tod?«

»Wer will das wissen?«, flüsterte Buckley, ohne die Augen zu öffnen.

»Pender, FBI.«

Mit der linken Hand, mit der, die nicht am Tropf hing, griff

Buckley nach dem Summer, um die Schwester zu rufen. Pender packte ihn am Handgelenk.

»Ich brauche ein paar Informationen über jemand, mit dem du eine Weile in der Juvie warst.«

»Leck mich«, brachte Buckley mühsam hervor.

»Du stirbst, Caz. Du solltest besser auch was Positives vorzuweisen haben, wenn du vor deinen Schöpfer trittst.«

Buckley hatte nicht die Kraft für ein weiteres *Leck mich*. Stattdessen hob er matt den Mittelfinger der rechten Hand.

»Im Moment bringt es der Kerl im Schnitt auf zwei Morde pro Tag.«

Der Finger.

»Schwarze Frauen.« Zumindest eine Schwarze.

Der Finger blieb trotzdem oben. So viel also zu den Appellen an Buckleys Religiosität, Menschlichkeit oder Rassenzugehörigkeit. Blieb nur noch Eigennutz, womit Pender bei jedem Knastbruder außer einem sterbenden angefangen hätte.

»Hör zu, Caz. Ich mache dir folgenden Vorschlag. Und ich mache ihn dir nur einmal. Wirklich ein lauschiges Plätzchen, an dem du dich da zur Ruhe gesetzt hast. Ich weiß zwar nicht, wie du es geschafft hast, jedenfalls ist das hier ein verdammt guter Platz zum Sterben. Könnte nur sein, dass du so einen guten Platz zum Sterben gar nicht verdient hast. Ich habe bereits mit Mr. Harris geredet, und wenn du nicht hundertprozentig spurst, und zwar beginnend mit meiner nächsten Frage, kann ich deine Bewährung bis morgen Nachmittag aufheben lassen.«

Der erhobene Finger geriet ins Wanken. Buckleys Nasenflügel blähten sich von der Anstrengung, die ihm das Atmen bereitete. Pender fuhr fort: »Du hast die Wahl, Caz. Du kannst selbst entscheiden, ob du hier oder auf der Krankenstation des Staatsgefängnisses sterben willst. Also, hast du mich verstanden?«

Langsam öffnete der ausgezehrte graue Mann die Augen; ihr Weiß war so gelb wie Eidotter. »Er bringt schwarze Frauen um, sagst du?«

»Die letzte hieß Aletha Winkle. Ich habe ihre Leiche gefunden. Er hat ihr den Schädel eingeschlagen, sie mehrmals vergewaltigt, während sie starb, und sie dann mit einem Hackbeil in Stücke gehackt.«

»Hast du ein Foto von ihm?«

Pender zeigte ihm Caseys Foto aus der Verbrecherkartei.

»Kenne ich nicht. In der Juvie, sagst du? Das ist *lang* her, Mann.«

»Er hat gesagt, du hast ihm einen Trick beigebracht, so einen Karatetrick, um einen Gegner zu überrumpeln.«

Buckley sah wieder auf das Foto. Er begann zu lächeln, dann durchfuhr ihn ein heftiger Schmerz.

»Lass meine Hand los«, sagte er. Pender machte den Rufknopf vom Laken ab und brachte ihn außer Reichweite. Aber das war nicht, worauf es Buckley abgesehen hatte. Er fand das schwarze Kästchen, mit der sich der Morphiumtropf bedienen ließ, und drückte mit dem Daumen auf den Knopf.

Pender wartete eine ganze Minute. Er konnte es sich leisten, großzügig zu sein. Jetzt hatte er eine noch bessere Möglichkeit, sich Buckleys Kooperation zu versichern: Er konnte ihm den Morphiumknopf wegnehmen. Der Zweck und die Mittel.

»Geht's dir jetzt wieder besser?«

»Tut weniger weh. High werde ich aber nicht mehr von dem Zeug.«

»Das ist aber schade. Hast du einen Namen für mich?«

»Vielleicht.«

»Na schön, dann lasse ich dich *vielleicht* deinen Zauberknopf da haben, wenn du ihn das nächste Mal brauchst. Also. Über wen reden wir hier?«

»Max. Wir reden über den kleinen Max. Und weißt du, was echt irre an dem Ganzen ist?«

»Was?«

»Dass ich mir diesen ganzen Quatsch, von wegen rückwärts zählen und so, nur ausgedacht habe. Alles erfunden.«

72 Irene flirtete zwar immer noch mit Christopher und ließ ihn reden, wie bezaubernd sie wäre und wie gut ihr Haar die Ohrringe zur Geltung brächte, aber sie merkte, wie sie die Geduld verlor. Es kam ihr so leicht, so verlockend vor, einfach nur dazusitzen und ihn quatschen zu lassen. Dann ein nettes Mittagessen, vielleicht ein kleiner Ausflug zum Schwimmen und eine weitere Travestie von Therapiesitzung. Ein nettes Abendessen. Vielleicht ein Video – die Sammlung im Wohnzimmer konnte sich sehen lassen. Ihr Zimmer war eigentlich ganz gemütlich. Und wenn er auf Sex drang, wäre das auch nicht so schlimm, solange er Christopher blieb. Er war zärtlich – er roch sogar gut. Das bedeutete nicht, dass sie aufgab, sagte sie sich – sie würde bloß versuchen, am Leben zu bleiben, auf ihre Rettung warten.

Aber wie lange noch? Hier handelte es sich um einen extrem labilen Multiplen, der eine labile Beziehung zu … Irene stellte auf die Schnelle eine Differentialdiagnose für Miss Miller: eine Pädophile mit entweder narzisstischen, vermeidenden oder abhängigen Persönlichkeitsstörungen oder allem zusammen, die infolge einer akuten Belastungsreaktion psychotischen Charakter angenommen hatten.

Was futzelst du hier also noch rum?, fragte sie sich. Rumfutzeln – das war einer von Barbaras Ausdrücken. Und es war der Gedanke an Barbara – bitte, Jesus, lass sie noch am Leben sein –, der Irene die Kraft verlieh weiterzumachen.

»Was halten Sie davon, Christopher, wenn wir uns hier wieder an die Arbeit begeben? Ich glaube, die beste Möglichkeit, meine Dankbarkeit für diese wundervollen Ohrringe zum Ausdruck zu bringen, wäre, mit Ihrer Therapie fortzufahren.«

»Meinetwegen gern.«

»Gestern haben Sie etwas gesagt, was ich sehr interessant fand. Sie sagten, dass Sie, als Sie in Mary verliebt waren, Max die Stirn bieten konnten.«

»Richtig.«

»Aber am Sonntag haben Sie gesagt, was gut für Max ist, ist gut für das System. Glauben Sie das wirklich?«

»Nein, aber er glaubt es.« Plötzlich setzte sich Maxwell auf, schwang die Beine über die Seite der Liege, nahm Irene den Stift aus der Hand und legte ihn auf die Lehne ihres Stuhls. Dann drückte er ihre Hand zwischen seine Hände. »Sagen Sie mir, dass Sie mich lieben, Irene – sagen Sie es mir schnell, wenn Sie weiter mit mir sprechen wollen.«

War das ein Trick? War es überhaupt Christopher? Irene spürte, wie sie ein Gefühl ungeheurer Erschöpfung überkam, wie jemand, der sich in einem Schneesturm verirrt hat und nur noch schlafen will, obwohl er weiß, dass Schlaf den sicheren Tod bedeutet. Die Vorstellung, diese drei kleinen Wörter zu diesem Mann zu sagen, war ihr als Therapeutin wie als Frau gleichermaßen zuwider. Aber wenn es Christopher war, musste sie alles in ihrer Macht Stehende tun, ihm zu helfen, die Vorherrschaft über das System, über Max zu behalten.

»Ich liebe dich.« Ihre Stimme hörte sich eigenartig an für sie.

»Küss mich, wenn es wirklich so ist.«

Wer A sagte, musste auch B sagen. Sie gestattete ihm, seine Lippen leicht auf ihre zu drücken.

»Danke«, sagte er. »Und jetzt werde ich dir eine Geschichte erzählen. Aber du musst mir dabei die ganze Zeit die Hand halten und mir in die Augen sehen.«

»Okay.«

»Mit vierzehn fing ich an, Tagebuch zu führen. An jedem Tag, an dem ich die Kontrolle über den Körper hatte, machte ich einen Eintrag. Wenn es zwischen Miss Miller und mir gut lief, konnte man dort drei, vier Einträge hintereinander finden. Wenn wir uns stritten, gab es unter Umständen nur einen pro Woche. Aber dann kam der Tag, an dem das Tagebuch voll war, ich hatte es vollgeschrieben. Als ich mich darauf in meinem Zimmer nach etwas anderem umsah, in das ich schreiben könnte, fand ich ganz hinten im Schrank ein altes

Aufsatzheft – du weißt schon, eins von diesen Dingern mit so einem schwarz-weiß marmorierten Pappumschlag?

Aber als ich es aufschlug, sah ich, dass schon jemand anders ein Tagebuch darin angefangen hatte. Ein Junge, der Martin hieß. Ein Junge, der in diesem Zimmer gelebt hatte. In dieselbe Schule wie ich ging. Dieselben Lehrer hatte wie ich. Mit Miss Miller schlief. Ich war so eifersüchtig, ich hätte platzen können vor Wut.«

»Dann warst du also nicht der Erste?«, sagte Irene leise.

»Das dachte ich zuerst auch. Dann sah ich nach dem Datum. Februar neunzehnhundertzweiundachtzig bis Juni dreiundachtzig.«

»Es war ein alter?«

»Ja, einer von uns. Einer von uns. Aber ich hatte nie etwas von ihm gehört. Deshalb fing ich an, sein Tagebuch zu lesen. Er war fast von Anfang an dagewesen – er war eine der ersten abgespaltenen Persönlichkeiten. Und er hasste Max, er verachtete ihn. Bezeichnete ihn als einen Irren. Er schrieb, er würde das Tagebuch führen, damit wir anderen es fänden. Er schrieb, dass Max der leibhaftige Teufel wäre und versuchen würde, ihn zu vernichten. Und dass Max uns irgendwann alle vernichten würde. Aber wenn wir zusammenhalten würden, könnten wir uns gegen Max behaupten und ihm die Macht über das System entreißen. Nach zehn Seiten brach der letzte Eintrag mitten im Satz ab. Darunter standen in einer anderen Handschrift, Max' Handschrift, die Wörter *Sic Semper Traditor*.«

»So immer ... ?« Weiter kam Irene nicht mit ihrem Medizinerlatein.

»So immer dem Verräter. Wenn es möglich ist, dass ein alter stirbt, dann war Martin tot. Schlimmer als tot – tote Menschen hinterlassen wenigstens Erinnerungen. Aber von Martin war nichts geblieben als dieses Heft.«

Er verstummte, aber seine Augen, nur wenige Zentimeter von denen Irenes entfernt, sagten mehr als tausend Worte: Sie sprachen von Angst, sie flehten um Hilfe.

»Ich verstehe, was du mir sagen willst«, sagte sie. »Du hast Angst, dass es dir genauso ergeht wie Martin, wenn du dich Max zu widersetzen versuchst – obwohl du weißt, es wäre das Beste, was du für das System tun könntest. Aber du solltest dir unbedingt im Klaren darüber sein, dass zwischen dir und Martin ein großer Unterschied besteht.«

Welcher? Seine Lippen bewegten sich lautlos.

»Du hast mich.« Doch im Innersten ihres Herzens hatte sie genauso große Angst, wie Christopher zu haben schien.

73

»Als ich von Compton hier hochkam, um bei meiner Tante zu leben, hatte ich unten im Süden schon in der Juvie gesessen.«

Cazimir Buckleys gelbe Augen waren feucht und verträumt. Zu seinem Trost behielt er den Daumen auf dem Infusionsknopf. Die soziale Interaktion schien ihm zu frischer Energie verholfen zu haben, dachte Pender – oder war ihm die Aussicht auf eine letzte Abrechnung doch nicht so gleichgültig, wie er vorgab?

»Deshalb, in der Juvie hier, Mann, für mich war das wie in so einem, wie nennt man die Dinger gleich wieder, so einem Med Club, Club Med. Große, alte Farm, der erste Gaul, den ich außerhalb vom Fernseher gesehen hab, auf dem kein Cop geritten ist. Die ersten Kühe und Schweine, die ich überhaupt gesehen hab. Und wir haben was Gescheites zu essen gekriegt. So gut habe ich mein ganzes Leben nicht gegessen. Es hat mir nicht mal was ausgemacht, Kuhscheiße zu schaufeln – ist zwar auch Scheiße, aber irgendwie, na ja, saubere Scheiße. Nachts haben sie uns alle zusammen in einen großen Schlafsaal gesperrt, die Vertrauensleute hatten die Aufsicht.

Die Bauernburschen da oben, die hatten noch nicht viele Schwarze gesehen. Ich hab einiges an Prügel eingesteckt, einiges ausgeteilt. Was mir geholfen hat, dass ich nicht total fertiggemacht worden bin, war, dass die Aufpasser eine Regel hatten: Alle Kämpfe immer nur einer gegen einen. Wenn du dich mit einem Typen anlegen willst, dann forderst du ihn nach dem Schlafengehen heraus. Das war unser Ersatz fürs Fernsehen.«

Buckley schloss die Augen, presste den Daumen auf den Infusionsknopf. Während sie warteten, dass das Morphium zu wirken begann, musste Pender eine schwierige Entscheidung treffen. Seine normale Verhörtechnik ließ Abschweifungen zu – manchmal erfuhr man Dinge, die man auf der Autobahn nie erfahren hätte, nur deshalb, weil man eine Nebenstraße nahm. Aber Buckley verließen bereits die Kräfte, und er schien nicht mehr viele Reserven zu haben.

»Max«, half ihm Pender auf die Sprünge. »Erzähl mir von Max.«

Buckleys Augen gingen flatternd auf. »Dazu *komme* ich doch gerade, Mann, dazu *komme* ich doch gerade. Er kam direkt aus dem Krankenhaus in die Juvie, seine Hände waren total verbrannt, musste Handschuhe tragen wegen der Hautverpflanzungen. Eigentlich hatte so ein kleiner Kerl wie er in der Juvie nichts verloren, aber er hatte sonst nirgendwo, wo er hin konnte, und Pflegeeltern wollten ihn keine aufnehmen, weil er den letzten die Bude abgefackelt hat.

So ein schnucklicher kleiner Bursche wie der, da hättst du gedacht, der wird gleich am ersten Abend der Lustknabe von jemand. Aber von wegen, der kleine Scheißer konnte vielleicht kämpfen. Ka-ra-te! Von dem hätte sogar Jackie Chan noch was lernen können. Der erste Typ, der sich mit ihm angelegt hat, den hat der Kleine vielleicht zur Minna gemacht, und er hat nur seine Füße benutzt.

Und dann, als er den Verband runterbekam und seine Hände wieder benutzen konnte, da ist ihm keiner mehr dumm gekommen, da hat ihn *keiner* mehr rausgefordert. Deshalb fing er an, selbst Typen rauszufordern. So, und jetzt nimm mal *mich*, wie ich damals war – damals hat Caz *gern* gekämpft. Und manche Typen, die waren richtig *heiß* aufs Kämpfen. Aber der kleine Max, der *musste* kämpfen.

Irgendwann hat er schließlich mich rausgefordert. Meine Tante, die kam mich besuchen, brachte mir eine Dose selbst gebackener Kekse mit. Max, er meinte, wieso gibst du mir nichts von deinen Keksen ab, Mann? Hier wird alles redlich geteilt, Kumpel. Ich tue so, als ob ich mir vor Angst gleich in die Hosen mache, und sage zu ihm: Hier, Mann, nimm dir meinetwegen so viele Kekse, wie du willst. Und dann, als er beide Hände voll Kekse hat, lange ich zu. Hau ihm die Nase blutig, trete auf ihn ein wie ein Irrer, solang er noch auf dem Boden liegt, weil ich nichts von ihm einstecken will, wenn er wieder hochkommt.

Und jetzt möchte man natürlich meinen, dass nach so was, dass da der Typ eine Gelegenheit abpasst, wo er es einem heimzahlen kann. Aber Max nicht. Von da an war es, als ob er mein bester Freund ist. Folgt mir überall hin wie ein kleiner Hund – wie hast du das *gemacht*, Caz, wie hast du das *gemacht*? Was hätte ich da schon sagen sollen? Dass er warten soll, bis der andere die Hände voll mit Keksen hat und zu gierig ist, um loszulassen? Gottverdammte Scheiße, normal hätte er mich total auseinander genommen, so schlau war er auch. Deshalb habe ich mir irgend so einen Scheiß ausgedacht, dass man von zehn rückwärts zählt und den anderen angreift, bevor man bei eins ankommt. Irgendwann, bevor du bei eins ankommst, solang du dich nicht zu früh entschlossen hast.«

»Also, wenn du mich fragst, Caz, hast du da gar keine so schlechte Idee gehabt«, sagte Pender, der daran dachte, wie schnell Casey – Max – ihn in der Arrestzelle angegriffen hatte.

»*Er* hat das jedenfalls auch gefunden, gottverdammt noch mal. Er hat geübt und geübt – er war zum Beispiel draußen, seine Hühner füttern – Mann, er hat diese Hühner echt gemocht – und auf einmal, wumm! – teilt er aus. Oder er steht in der Schlange zum Essenfassen, wumm! – teilt er aus. Schließlich wurde er so gut, dass auf der Ranch niemand mehr was mit ihm zu tun haben wollte, deshalb haben sie ihn in die Boxmannschaft gesteckt. Absolut unschlagbar, der Typ. Wenn sie ihn nicht rausgelassen hätten, hätte er die Juniorleichtgewicht-Gold Gloves geschafft, vielleicht sogar die Olympiade, ohne Scheiß.«

Buckley drückte wieder auf den Infusionsknopf, aber es war noch nicht genug Zeit verstrichen. »Scheiße«, murmelte er.

»Du hast gesagt, sie haben ihn rausgelassen?«, sagte Pender rasch. »Wie kam es dazu?«

»Wie ich dir erzählt hab, hatte er eigentlich gar nichts in der Juvie zu suchen – hat die ganze Zeit nur auf seinen Prozess gewartet. Aber irgendwann, da ist es der alten Frau, die er abgefackelt hat, wieder besser gegangen, und dann hat sie ausgesagt, er hat sie gerettet – dass der Mann, den Max kalt gemacht hat, dass der sie vergewaltigt hat. Sie hat gesagt, sie hat um Hilfe gerufen, und dann hat ihn Max mit einem Eispickel abgestochen. Und das Feuer war ein Unfall, hat sie gesagt.«

Wieder drückte er mit dem Daumen auf den Knopf. Diesmal klickte es. Buckley schloss die Augen und seufzte vor Erleichterung.

Pender wartete ein paar Sekunden, dann bohrte er weiter. »Kannst du dich noch an ihren Namen erinnern?«

»Nee. Ich weiß nur noch, dass eines Tages Max' Pflichtverteidiger aufgetaucht ist und ihn dahin gebracht hat, wo sie gelebt hat.«

»Hast du ihn seit der Juvie noch mal gesehen?«, fragte Pender.

»Gute Frage.«

Oho. »Wie meinst du das?«

»Letztes Jahr. Ich hab Bewährung gekriegt, wegen meinem Leberkrebs. Mitleidsbewährung nennen sie das, aber es ist einfach nur, dass du am Abkratzen bist und zu schwach, um noch jemand was tun zu können. Sie wollen sich bloß nicht um einen kümmern. Mit dem Krankenhaus im Knast hast du übrigens völlig Recht – Mann, das ist echt ein *Höllen*loch. Wenn ich jemand anders wäre, hätte ich eine Transplantation kriegen können, aber wenn du ein Knacki bist, setzen sie dich nicht mal auf die Liste.

Na ja, jedenfalls, ich war ungefähr einen Monat draußen, hab mir unten am Fluss so ein Pensionszimmer besorgt – meine Tante ist inzwischen gestorben. Schätze, das muss im Juli gewesen sein. Ich komme grade aus dem Drugstore – dem alten in der Jackson Street, gegenüber vom Gericht –, und da sehe ich diesen Typen reinkommen. Ich seh ihn mir ziemlich genau an, weil ich denke, Scheiße, Mann, sieht aus wie der kleine Max, der Typ. Nur dass er zu alt ist, um Max zu sein – schon richtig grau.

Und glaub mir, Mann, er sieht mich auch genau an, grade so, als ob er denkt, der Typ sieht doch aus wie der alte Caz Buckley aus der Juvie, nur dass er viel zu alt ist, um Caz sein zu können. Weil ich nämlich höchstens noch fünfzig, fünfundfünfzig Kilo wiege, ohne Haare und die Haut ganz gelb, so 'ne Farbe wie ein altes Laker-Trikot. Aber er sagt nichts und ich sag nichts. Nur jetzt, wo du sagst, die Cops suchen ihn, war er's vielleicht doch, nur irgendwie verkleidet.«

Buckley war am Ende seiner Kraft. Seine Augen waren wieder zugefallen, und was er flüsterte, war kaum noch hörbar.

»Wie bitte?« Pender musste sich ganz weit vorbeugen, um die letzten paar Wörter verstehen zu können. Sein Gesicht war weniger als dreißig Zentimeter von den gelben Augen entfernt, als sie sich endlich wieder öffneten.

»Sind wir jetzt fertig, du und ich?«, fragte Buckley.

Pender nickte.

»Und du machst keinen Ärger wegen meiner Bewährung?« Er drückte wieder auf den Morphiumknopf.

»Nein.«

»Hilft dir weiter, was ich dir erzählt habe?«

»Ja. Sogar mehr, als du dir vorstellen kannst«, sagte Pender, dem die Stimme zu versagen drohte. Er war nicht sicher, woher die Rührung kam. Es hatte etwas mit dem Sterbenden vor ihm zu tun, bestimmt, aber es war mehr als das. Er wusste, das war sein letzter Fall. Er wusste auch, mit der Information, die Buckley ihm gegeben hatte, konnte er ihn lösen – bald. Es war eine bittersüße Einsicht, fast etwas wie Abschiedsschmerz.

»Gut«, sagte Buckley, als ihm das Morphium wieder Linderung verschaffte. »Wie es so schön heißt: Tu immer das Richtige.«

»Das hast du getan, Caz.« Pender tätschelte Buckleys Schulter. »Kann ich noch irgendwas für dich tun, bevor ich gehe?«

»Ja«, sagte Buckley. »Gib mir den Rufknopf zurück.«

»Oh – Entschuldigung. Hier.«

»Und sag mir Bescheid, wie es ausgeht – du weißt schon, ob du ihn erwischst.«

Das versprach ihm Pender, dann eilte er aus dem Raum. Die Lifttür ging auf, bevor er sie erreichte, und die grauhaarige schwarze Schwester kam, einen Handwagen mit Medikamenten vor sich her schiebend, aus dem Lift.

»Alles in Ordnung?«, fragte sie.

Pender nickte und rückte seinen Stetson zurecht, als er die Liftkabine betrat.

»Kommen Sie wieder?«

Ein weiteres Nicken.

»Aber warten Sie nicht zu lang«, rief sie, als die Lifttür zuging. Sie hoffte, er hatte verstanden, was sie meinte – dass Buckley nicht mehr lang zu leben hatte. Dieser große glatzköpfige Cowboy sah zwar nicht unbedingt so aus, wie man sich jemand vorstellte, der den armen Caz besuchen kommen würde, aber anscheinend standen sie sich nah. Sie hätte schwören können, eine Träne im Auge des Mannes gesehen zu haben.

74 Die Tätigkeit eines Psychiaters erforderte ein gewisses Maß an Schauspielerei. In mancher Hinsicht war eine Therapiesitzung wie eine lange Improvisation. Das Problem war, dass Irene nicht wusste, ob sie als Schauspielerin gut genug war für die Rolle, die sie spielen musste.

Denn je länger sich die Vormittagssitzung hinzog, desto deutlich wurde ihr bewusst, welch hohen Preis sie dafür bezahlten müsste, Christophers Dominanz über Max und die anderen aufrechtzuerhalten. Nicht nur würde sie seine Übertragung aktiv fördern müssen, sie würde auch eine Gegenübertragung vortäuschen müssen. Es genügte nicht, dass Christopher in sie verliebt war – sie musste ihn auch davon überzeugen, dass sie in ihn verliebt war.

»Mein armer Christopher. Nach dem, was Miss Miller Mary angetan hat, muss es sehr schwer für dich gewesen sein, bei ihr zu leben.«

»Nicht wirklich. Ich bin ein paar Monate weggegangen.«

»Wo warst du?«

»Das ist für jemand, der nicht dort war, schwer zu beschreiben. Es ist wie der Ort, an den man sich begibt, wenn man schläft, ohne zu träumen. Die Zeit vergeht nicht.«

»Und als du aufgewacht, als du zurückgekommen bist?«

»Ich schlug am Morgen die Augen auf und war ich.«

»Was glaubst du? War es deine eigene Entscheidung zurückzukommen?«

»Nein. Sie haben mich gebraucht.«

»Sie?«

»Max und Miss Miller.«

»Erzähl.«

»Ich war nur einen Teil der Zeit dabei.«

»Aber du kannst dich an den Rest erinnern? Teilst du mit den anderen das Gedächtnis?«

»Ich erinnere mich nicht direkt daran, aber ich weiß, was passiert ist. Wie in einer Art Traum. Und dann ist da natürlich noch Mose, für die Einzelheiten. Wie wir immer sagen, Mose weiß es.«

»Kommunizierst du direkt mit Mose?«

»Ja.«

»Irgendwelche anderen auch?«

»Ish. Max manchmal.«

»Jetzt?«

»Nein.«

»Erzähl mir, was passiert ist, als du aufgewacht bist, damals – warum haben dich Max und Miss Miller gebraucht?«

»Du wirst mich deswegen hassen.«

»Werde ich nicht – kann ich gar nicht.«

Er rutschte von der Liege, setzte sich auf den Teppich aus Fichtennadeln, streckte dann die Hand nach Irene aus. Sie erhob sich von ihrem Stuhl und setzte sich im Schneidersitz vor ihn.

»Halt meine Hand«, sagte er. »Halt meine Hand und schau mir in die Augen. Und wenn du siehst, dass ich einen Switch mache, küss mich, als würdest du mich lieben.«

»Das werde ich«, sagte Irene und versuchte, nicht so elend zu klingen, wie sie sich fühlte. »Bestimmt.«

»Die Zweite hieß Sandy Faircloth. Es war Miss Millers Idee. Seit Marys Tod waren drei Monate vergangen. Zuerst hatte Max Angst, jemand könnte vorbeikommen und Fragen stellen, aber soweit er anhand der Lektüre der Lokalzeitung sagen konnte, wurde Mary nicht mal vermisst gemeldet. Möglicherweise dachten die Zeugen Jehovas, sie sei einfach durchgebrannt – wer weiß?

Er und Miss Miller wandten sich wieder ihren bisherigen Aktivitäten zu. Er steckte seine ganze Energie in den Wiederaufbau des Hauses, in den Garten, die Hühner und den Bau des elektrischen Zauns, um Raubtiere fern zu halten.

Dann kam ein Tag im August und Max arbeitete im Garten. Miss Miller saß im Schatten und sah ihm zu. Sie hatte ihre neue Perücke auf. Es war heiß und er hatte nur eine abgeschnittene Jeans an. Er hatte einen Ständer, und ehrlich gesagt, es war ihm völlig egal, ob sie es sah oder nicht.

Sie sah es – sie sagte, er sollte sich überlegen, ob er sich nicht nach einer Freundin umsehen wollte. Sagte, ein gesunder junger Mann wie er hätte doch gewisse Bedürfnisse. Zuerst dachte er, sie würde ihn aufziehen, aber sie meinte es ernst. Ich glaube, sie wusste, dass sie ihn nicht für immer einsperren konnte. Sie sagte, wenn er eine andere herbrächte, könnte er sie behalten – solange sie rotblond wäre und er sich nicht zu sehr auf sie einließ, würde sie sich nicht einmischen.

Im Nachhinein kann ich dir ehrlich nicht sagen, ob ich wusste, was sie vorhatten – es wirklich, *wirklich* wusste. Wenn es so war, habe ich es verdrängt, zumindest bewusst. Ich fand mich im Körper wieder. Ich wusste, ich sollte ein Mädchen abschleppen, und ich wusste, sie sollte rotblond sein. Aber im Unterbewusstsein muss ich geahnt haben, dass sie, wenn ich sie einmal hierher gebracht hätte, nicht mehr von hier wegkäme, weil ich erst gar nicht den Versuch unternahm, in Umpqua City oder auch unten in Medford oder drüben in Roseburg ein Mädchen aufzureißen. Stattdessen füllte ich die Gefriertruhe mit ordentlich Vorräten, damit Miss Miller ein, zwei Wochen was zu essen hatte, und fuhr dann bis nach Eugene.

Ich stieg in einem billigen Motel ab und trieb mich vor allem in der Nähe der Universität rum. Ich fiel überhaupt nicht auf unter den Studenten und besuchte sogar ein paar Vorlesungen – es war das Sommersemester. Sandy Faircloth war Sekretärin in Human Resources. Bis auf ihr Haar machte sie nicht viel her. Aber das machte mir nichts. Ich nahm an, es würde meine Chancen erhöhen. Je hübscher sie waren, desto größer die Wahrscheinlichkeit, dass sie schon einen Freund hatten.

Sie rumzukriegen war ein Klacks. Das ist eine Gabe, von der ich erst merkte, dass ich sie hatte, als ich sie einsetzte. Ich fange damit an, dass ich so tue, als würde ich mich in das Mädchen verlieben. Nach einer Weile tue ich es dann tatsächlich. Mich verlieben, meine ich. Obwohl ich auf einer bestimmten Ebene weiß, dass ich es nicht tue. Ergibt das einen Sinn?«

Irene lobbte die Frage zu ihm zurück. »Ergibt es für dich einen Sinn?«

»Ich weiß nicht recht. Aber es passiert jedes Mal. Und dann verlieben sie sich in mich. Das Schwierigste ist, von niemand gesehen zu werden, mich von ihren Freunden und Verwandten fern zu halten. Bei einem verliebten Mädchen ist es ja so, dass sie es aller Welt erzählen will. Mit der Zeit bekam ich auch dieses Problem besser in den Griff. Ich erzählte ihnen, es gäbe jemanden, der mir nachstellt, oder ich wäre beim FBI. Das ist noch so eine Sache mit verliebten Mädchen – sie glauben einem alles.

Bei Sandy machte ich mir nicht mal die Mühe, mir eine Geschichte auszudenken. Sie bekam in ein paar Tagen eine Woche Urlaub. Ich schlug ihr vor, mit mir nach Hause zu kommen, sich anzusehen, wie ich lebte, aber es müsste unser Geheimnis bleiben, sie müsste mir einfach nur vertrauen.

Und das tat sie auch – nicht gerade der hellste Stern am Firmament, meine Sandy. Ich nahm sie hierher mit, brachte sie im Gästezimmer unter und vögelte sie eine Woche lang jede Nacht, dass ihr Hören und Sehen verging – ich oder einer der anderen. Miss Miller hielt sich im Hintergrund.

Schließlich wurde es Zeit für Sandy, wieder nach Eugene zurückzufahren. Aber inzwischen waren wir süchtig. Nicht nach Sandy – nach Sex. Ich persönlich konnte mir nicht vorstellen, wieder so weiterzumachen wie zuvor. Ich versuchte alles. Ich sagte ihr, ich wäre in sie verliebt, dass ich mich umbringen würde, wenn sie ginge. Ich machte ihr sogar einen Heiratsantrag. Es nützte alles nichts – sie hatte inzwischen Angst und war vielleicht nicht mehr ganz so überschwänglich wie zuvor. Sie sagte, es sei vorbei – kein Sex mehr, für Sandy wäre es Zeit, nach Hause zu fahren.

Ich wusste nicht, was ich tun sollte, wie ich mit der Situation umgehen sollte. Deshalb übernahm Max das Kommando. Sie bekam total Panik bei ihm – er prügelte sie. Für ihn war es das erste Mal. Es gefiel ihm – es törnte ihn an. Als er mit ihr fertig war, sperrte er sie im Trockenschuppen ein. Ab da waren die Würfel gefallen. Wir konnten sie schlecht gehen lassen, oder?«

»Verstehe«, sagte Irene und legte gleichzeitig ein Gelübde ab, nie mehr zu einem Patienten *Verstehe* zu sagen, wenn sie überlebte.

»Langer Rede kurzer Sinn, wir hielten Sandy noch ein paar Monate gefangen. Jeder kam mal bei ihr an die Reihe – auch ich, muss ich zu meiner Schande gestehen. Manchmal sah Miss Miller zu. *Das* mochte Sandy überhaupt nicht. Schließlich hörte sie auf, sich zu pflegen; sie hörte auf zu reden, hörte sogar auf zu betteln. Wir mussten sie zwangsernähren, waschen. Der Sex machte keinen besonderen Spaß mehr. Sie lag bloß da – es war, als würde man ein Loch in der Matratze ficken. Ich hatte kein gutes Gefühl bei der Sache, kann ich dir sagen. Nach einer Weile hörte ich damit auf, aber Max und die anderen schien es nicht zu stören.

Dann, eines Abends, waren die beiden, Miss Miller und Max, im Wohnzimmer und spielten Schach. Max fragte Miss Miller, was sie sich zu Weihnachten wünschte. Eine neue Perücke, sagte sie – Mary fing an zu verblassen, deshalb wollte sie eine andere schöne lange rotblonde Mähne, genau so eine wie das Mädchen im Trockenschuppen.

Natürlich war Max klar, dass sie nicht davon redete, dass er ihr eine andere Perücke *kaufte*. Deshalb wusch Max am Heiligen Abend Sandy die Haare und erntete sie mit einem Elektrorasierer. Am Weihnachtsmorgen bekam Miss Miller ihr Geschenk und Kinch seines.«

So wenig Reue, dachte Irene, auch über seine eigenen Taten. Fast war es, als versuchte Christopher, sich in ein denkbar schlechtes Licht zu rücken. Vielleicht versuchte er sie auf die Probe zu stellen. Wenn dem so war, war sie fest entschlossen, den Test zu bestehen. Sie breitete die Arme für ihn aus. Er beugte sich vor und legte seinerseits die Arme um sie. Einen Moment wiegten sie sich beide unbeholfen, dann legte er sich hin und ließ den Kopf in ihren Schoß sinken. Sie streichelte ihm die Stirn.

»Die Dritte hieß Ann Marie Peterson«, begann er.

Ich kann es tun, sagte sich Irene. Ich kann alles tun, was ich tun muss.

75

Fast stieß sich Pender beim Betreten der Old Umpqua Pharmacy wieder den Stetson vom Kopf. Es war wie eine Reise in die Vergangenheit, zurück ins Cortland der frühen 50er Jahre, zum Drugstore an der Ecke Clinton und Main Street. Holzfußboden, Deckenventilator, der Apotheker im weißen Kittel hinter einem hohen Marmorladentisch, der mit alten Arzneimitteltöpfen dekoriert war. Pender hätte ein Wochengehalt darauf verwettet, dass der alte Knabe für die Stadtbewohner »der Doc« war. Fehlte nur noch die Soda Fountain, an der man sich für zehn Cent eine Kirschlimonade kaufen konnte.

»Guten Tag«, sagte der Apotheker. »Was kann ich für Sie tun?«

Pender stellte sich vor, zückte seine Dienstmarke und schob das Karteifoto von Maxwell über den Ladentisch. »Haben Sie den Burschen da in letzter Zeit mal gesehen?«

»Nicht, dass ich wüsste.«

»Sagt Ihnen der Name Max was?«

»Leider nein.«

»Christopher? Lee? Lyssy?«

»Nein, nein und nein.«

»War vor etwa zehn, zwölf Jahren eine ziemlich große Sache in der Presse – ein Feuer, ziemlich brisante Geschichte?«

»Bedaure – ich bin erst vor fünf Jahren von Portland hierher gezogen. Es war schon immer mein Traum, mal so einen Laden zu haben.«

Pender schaltete von amtlich auf leutselig um. »Und wie läuft das Geschäft so?«

»An sich recht gut, bis sie diesen Rite-Aid gebaut haben.«

»Überall das gleiche Lied, was man so hört. Wirklich ein Jammer. Hören Sie, Doc – die Leute hier nennen Sie doch Doc?«

»Einige.«

»Also, Doc, dieser Typ hier, ich weiß, dass er ungefähr vor einem Jahr hier bei Ihnen war. Mein Zeuge sagt, er hat sich verkleidet, sodass er älter aussah – möglicherweise trug er eine graue Perücke.«

»Ach, *er*.«

O-*ho*! Zwei kleine Wörter, und das Universum durchläuft einen Paradigmenwechsel.

»Das ist Ulysses Maxwell. Der Verwalter einer gewissen Julia Miller. Sie leben draußen auf Scorned Ridge, so halb in der Wildnis. Nicht lange, nachdem ich den Laden gekauft hatte, kam er eines Tages her und wollte ihre Morphiumampullen nachfüllen lassen. Natürlich ging das nicht. Ich kann Morphiumsulfat nicht einfach so an jemand rausrücken. Es ist ein Narkotikum der Kategorie Zwei. Ich machte ihm klar, dass er dafür erst eine Reihe von Formularen ausfüllen müsste. Ich kann Ihnen sagen – wenn Blicke töten könnten.

Aber am nächsten Tag kam er mit allen Formularen wieder zurück. Kommt seitdem so etwa jeden Monat vorbei.«

»Wann haben Sie ihn zum letzten Mal gesehen?«

»Gestern Nachmittag, so gegen zwei Uhr. Er hat Miss Millers nachgefüllte Ampullen abgeholt und noch eine Flasche Lady Clairol mitgenommen – Strawberry Blonds Forever, wenn ich mich recht erinnere.«

O-ho. O-Mann-ho. »Haben Sie zufällig seine Adresse in Ihren Unterlagen?«

»Sicher. Einen Moment, ich sehe kurz mal nach.«

Gerade als der Apotheker ins Hinterzimmer verschwand, läutete die Glocke über der Tür, und eine ältere Frau kam herein. Pender tippte zum Gruß an seinen Hut. Er hatte noch nie einen Cowboyhut getragen – er stellte fest, es machte ihm Spaß, an seine Krempe zu tippen. Vor allem jetzt, wo er ein unglaubliches Adrenalin-High hatte und das Gefühl, dass das Schicksal seinen Lauf nahm.

Denn wenn die erstaunliche Glückssträhne, die Pender die letzten drei Tage gehabt hatte – von Anh Tranh zu Big Nig zu Caz Buckley zu Doc zu einer aktuellen Adresse –, auch nicht völlig beispiellos in seiner Karriere war (aber längst wieder mal fällig, wenn man in Betracht zog, dass er mehrere Jahre ohne ein einziges Erfolgserlebnis an dem Fall drangeblieben war), war Pender angesichts der Art, wie sich plötzlich alles so perfekt ineinander fügte, durchaus bereit zu glauben, dass das Schicksal oder die Vorsehung oder Gott oder wie man es sonst nennen wollte ihn für diese spezielle Aufgabe auserkoren hatte.

Wieder einmal erhaschte er einen kurzen Blick auf das mentale Bild der rotblonden Frauen, die in der Dunkelheit auf ihn warteten. Und obwohl Ed Pender bisher noch nicht viele Anzeichen einer Ordnung im Universum entdeckt hatte (ein Berufsrisiko) und schon gar nicht die Hand eines mikromanagenden Gottes, konnte er sich auf einmal nicht mehr des Eindrucks erwehren, dass möglicherweise sein ganzes Leben auf diesen Tag zugesteuert war.

76 Die Dienstagmorgensitzung zog sich bis in den frühen Nachmittag hinein. Als Maxwell vorschlug, eine Pause einzulegen und unten am Fluss ein Picknick zu machen, war Irene zwar nicht begeistert, sagte aber zu. Ihr Badeanzug (oder genauer, wie sie inzwischen wusste, der von Mary Malloy, Sandy Faircloth, Ann Marie Peterson, Victoria Martin, Susan Schlade, Zizi Alain, Gloria Whitworth, Ellen Rubenstein, Dolores Moon, Tammy Brown oder Donna Hughes) hing nach ihrem Badeausflug am Sonntag noch an der Wäscheleine. Sie nahm ihn mit auf ihr Zimmer, um sich dort umzuziehen, während Maxwell das Lunchpaket packte.

Hühnerbrust-Sandwiches mit Grey Poupon, eine Flasche Weißwein und zum Nachtisch Schoko-Ladyfinger. Maxwell packte die Sandwiches und Kekse doppelt ein, zuerst in Alufolie, dann in Plastiktüten, vergaß auch Servietten, Plastikbecher und einen Korkenzieher nicht und ging in den Weinkeller hinunter, um eine Flasche Wein zu holen, die er im Bach kalt stellen wollte, während er und Irene schwammen.

Er machte die Kellerbeleuchtung an und stieg die Treppe hinunter, vorbei an der gläsernen Vitrine mit rotblonden Perücken auf Schaufensterpuppenköpfen, die, um ihr Ausbleichen zu verhindern, im Dunkel des Kellers aufbewahrt wurden. Zwar wurden nur noch wenige Miss Millers Ansprüchen gerecht, aber aus sentimentalen Gründen bewahrten sie von jedem der Mädchen noch eine Perücke auf.

Das Weinregal war hinter der Vitrine. Er entschied sich für einen schönen Ventana Chablis. Er kam von einem Weingut in Monterey County – Irene wüsste das bestimmt zu schätzen. Maxwell steckte die Flasche in seinen Rucksack, ging zum Sicherungskasten, schloss ihn auf und schaltete den Strom für den elektrisch geladenen Zaun aus.

Gut gelaunt stieg er die Kellertreppe wieder hinauf. Ein bisschen Therapie, ein erfrischendes Bad im Bach, ein Picknick, ein bisschen – eine Menge – Sex im Freien mit einer

Frau, die noch im Stadium der Anfangsverliebtheit in Christopher steckte: Was wollte man mehr?

Ein belebendes Bad im Bach, ein köstlicher Lunch, ein kurzes Nickerchen auf dem moosbewachsenen Bachufer, ein letztes Bad. Als er zum Angriff überging, war Irene nicht überrascht. Sie hatte gewusst, dass er kommen würde – sie hatte nur nicht gewusst, wann oder wie, oder ob sie trotz allen guten Zuredens in der Lage wäre, darauf einzusteigen.

Wann war während des letzten Bads im Bach. *Wie* sah folgendermaßen aus: Er kam von hinten an sie herangeschwommen, legte ihr die Hände auf die Schultern und begann ihren Nacken zu küssen. Und zuerst sah es so aus, als *wäre* sie in der Lage, damit umzugehen, sogar dann noch, als er ihr den Badeanzug auf die Taille hinabgestreift hatte und von hinten ihre Brüste zu streicheln begann.

Es ist ein Film, versuchte sie sich einzureden – ein Versuch in absichtlicher Dissoziation. Vom kalten Wasser waren ihre Brustwarzen bereits hart wie Kiesel. Er ist der Hauptdarsteller, und es ist ein Film. Sie wollte sich zu ihm herumzudrehen, aber er hielt sie in der Stellung fest, in der sie sich befand. Bis zu diesem Moment war ihr nicht wirklich klar geworden, wie stark er war. Er packte sie am Handgelenk und zog ihre Hand nach hinten, zu seinem Unterleib hinab. Sein Penis war schlaff und geschrumpft – wegen der Kälte, dachte sie zuerst. Er wollte, dass sie ihn masturbierte. Es war unbequem, so hinter sich und nach unten zu fassen – ihre Schulter tat weh. Wieder versuchte sie sich im Wasser herumzudrehen. Wieder hinderte er sie daran.

Und dann begriff sie plötzlich. Es war nicht Christopher, sondern Max. Schon die ganze Zeit Max. Max, der eine andere seiner verheerend überzeugenden Imitationen zum Besten gegeben hatte – diesmal von Christopher. Es war Max gewesen, dessen Hand sie gehalten hatte, Max, in dessen Augen sie geblickt, dessen rote Lippen sie geküsst und, was das

Schlimmste war, mit dem sie über den Verrat an ihm gesprochen hatte.

Ich bin tot, dachte sie, als sie spürte, wie sein Penis in ihrer Hand steif wurde.

Bin ich nicht, entgegnete eine kleine Stimme in ihrem Kopf – eine dissoziierte kleine Stimme. Und in Befolgung ihrer Anweisungen schob sie ihre Daumen an der Taille unter ihren Badeanzug und steifte ihn ganz nach unten, stieg heraus und beugte sich vor, als wollte sie ihm besseren Zugang verschaffen.

Sie hielt den Atem an, als er sich hinter ihr mit einer Hand in Stellung brachte, während er mit der anderen ihre Brüste befummelte.

»Besorg's mir, Baby«, hauchte sie und warf dann abrupt den Kopf zurück, hörte ein *knack!*, sah ein helles Licht. Der Arm, der sie hielt, wurde schlaff. Sie warf sich nach vorn, trat mit beiden Füßen fest nach seinem Bauch und schwamm auf das gegenüberliegende Bachufer zu.

77

Bevor er die Apotheke verließ, kaufte Pender eine Packung 4 x 10 cm großer Band-Aids-Heftpflaster und eine Nagelschere. Zurück in seinem Zimmer, entfernte er den alten Verband und untersuchte im Badezimmerspiegel seine Kopfverletzungen. Wongs Salbe hatte ihre Wirkung getan. Alle drei Wunden hatten sich geschlossen, ohne Rötungen, ohne Schwellungen. Mit der Nagelschere zog sich Pender die Fäden selbst, strich frische Salbe auf die Narben und machte drei sich überlappende Band-Aids darauf.

Seine nächste Amtshandlung bestand darin, Steve McDougal auf Hotelbriefpapier einen langen Brief zu schreiben, in dem er ihn über die einzelnen Schritte informierte, die er in den letzten paar Tagen unternommen hatte, und zum ersten Mal einen Namen – Ulysses Maxwell – für den bisher nur als Casey bekannten Verdächtigen nannte.

Pender steckte den Brief in einen Umschlag, verschloss ihn, schrieb McDougals Namen und Faxnummer darauf und gab ihn beim Verlassen des Hotels dem Portier. »Haben Sie ein Fax?«

»Klar.«

»Wenn ich bis morgen früh nicht zurück bin, öffnen Sie bitte diesen Umschlag und faxen das Schreiben darin an diese Nummer.«

»Mach ich«, sagte der Portier und steckte den Zwanziger ein, den ihm Pender zusammen mit dem Umschlag gereicht hatte.

»Sollten Sie ihn vorher öffnen, kriegen Sie es mit dem FBI zu tun.«

»Ich werde mich hüten.«

»Sehr gut. Können Sie mir wohl sagen, wie ich in die Charbonneau Road komme?«

»Nein, aber ich kenne jemand, der es kann. Hey Tom«, rief er jemandem hinter Pender zu. »Weißt du, wo die Charbonneau Road ist?«

»Ziemlich weit draußen.« Als Pender sich umdrehte, sah er einen uniformierten Postboten durch die Hoteltür kommen. »Geht fast ein halber Tag drauf, wenn ich da Post hinbringen muss. Was Sie am besten machen, Sie fahren zurück zum Highway und dann ungefähr zwanzig Meilen nach Osten. Halten Sie auf der rechten Seite nach einem Schild Ausschau, wo Horned Ridge Lodge draufsteht. Die Hütte ist schon seit zehn, fünfzehn Jahren geschlossen, aber das Schild steht immer noch da, soviel ich weiß. Und das schmale Sträßchen, das dort abgeht, das ist die Charbonneau Road. Führt zurück zum Highway, östlich der County-Grenze. Was haben Sie für ein Auto?«

»Einen Dodge Intrepid.«

»Dann lassen Sie sich lieber mal Zeit«, sagte der Postbote. »Wenn sie da nicht groß was gemacht haben, seit ich diese Strecke hatte, gibt es auf der ganzen Charbonneau Road kein gerades oder ebenes Stück, das länger ist als Ihr Auto.«

Der Postbote hatte kaum übertrieben. Nachdem er vom Highway abgebogen war, kam Pender im Schnitt nur noch mit fünfzehn Stundenkilometern voran, und selbst da musste er sich schon gewaltig anstrengen. Folglich war der Nachmittag schon ziemlich weit fortgeschritten, als er schließlich auf der linken Seite an der Einmündung einer asphaltierten Einfahrt einen Briefkasten entdeckte.

Er fuhr langsam daran vorbei. Ein Holzzaun, sechs Planken hoch, das Tor mit einem Vorhängeschloss gesichert, dahinter eine asphaltierte Einfahrt, die sich durch die Bäume nach oben schlängelte. Ein Haus war nirgendwo zu sehen; er konnte nicht einmal den Hügelkamm sehen. Das hieß, dass sie ihn wahrscheinlich auch nicht sehen konnten. Die schlechte Nachricht war, dass er über einen Zaun klettern musste und einen langen, steilen Aufstieg vor sich hatte. Die gute Nachricht war, dass er seine Hush Puppies nicht weggeworfen hatte.

Nachdem er an der Einfahrt vorbeigefahren war, hielt Pender nach einer Stelle Ausschau, an der er anhalten könnte. Der Kilometerzähler zeigte weitere fünfhundert Meter an, bis er eine Lichtung erreichte, die groß genug war, um den Intrepid abzustellen.

Er fuhr an die Seite, wechselte die Schuhe, lud die SIG Sauer mit einem fünfzehnschüssigen Magazin (angeblich nur für Polizeiangehörige erhältlich) und lud durch, bevor er die Waffe wieder ins Holster zurücksteckte. (Die SIG war so konzipiert, dass sie mit dem Hahn unten und einer Kugel im Lauf feuerte; als Sicherung diente ein schwer gängiger Abzug.)

Pender schloss den Kofferraum und machte sich zu Fuß auf den Weg zur Einfahrt, kehrte aber fast sofort wieder um, öffnete den Kofferraum wieder und warf seinen neuen Stetson hinein. Ihm war eingefallen, dass der weiße Stetson nicht unbedingt die ideale Tarnung war. Das war natürlich auch sein heftpflasterbeklebter Glatzkopf nicht, aber daran ließ sich im Moment nichts ändern.

78

Nackt krabbelte Irene den Felsabhang auf der anderen Seite des Badeplatzes hinauf. Sie konnte Maxwell spritzend hinter ihr herkommen hören. Das schlammige Ufer war schlüpfrig, die Felsen schleimig. Als sie nach einem überhängenden Weidenzweig griff, rutschten ihr die Beine unter dem Körper weg, und sie fiel mit dem Gesicht voran auf den steilsten Teil des Ufers. Er rannte platschend aus dem Wasser und packte sie am Fußgelenk. Sie riss sich los und suchte mit den Fingern Halt, dann krabbelte sie auf Händen und Knien den Rest des Ufers hinauf.

Sie erreichte den oberen Rand der Böschung, blickte sich verzweifelt um. Überall das Gleiche, in jeder Richtung. Magere Bäume mit weißer Rinde, das Sonnenlicht verrückt schräg einfallend. Bevor sie sich entscheiden konnte, in welche Richtung sie laufen sollte, hatte er sich auf sie geworfen, sodass ihr sein Gewicht den Atem aus den Lungen presste. Sie wälzte sich auf den Rücken. Er rutschte auf ihr nach oben, bis er auf ihrer Brust saß und mit den Knien ihre Schultern niederdrückte. Seine Unterlippe war aufgeplatzt, aber obwohl sie stark blutete, grinste er begeistert; in seiner erhobenen Hand hielt er, bereit zuzuschlagen, einen scharfkantigen Felsbrocken.

»Wir – wir hatten einen Vertrag«, war alles, was ihr einfiel. Sie war wie hypnotisiert von dem Blut, das sein Kinn hinabtroff und auf seine haarlose Brust tropfte. Ihr wurde klar, dass es direkt in ihr Gesicht tropfen würde, wenn er sich vorbeugte. Irgendwie beunruhigte sie das mehr als der Felsbrocken in seiner erhobenen Hand.

»Was redest du da für einen Scheiß?« Er blinzelte langsam, wie ein Krokodil, dann drehte er den Kopf auf die Seite und spuckte einen Mund voll Blut aus. »*Ich* habe keinen Scheißvertrag unterschrieben.«

Es war nicht Max' Stimme. Auch nicht die von Christopher oder Useless oder Lee oder Alicea. Aber sie hatte sie schon einmal gehört. Wann? Wo? Dann kam es ihr. Es war das alter, das den Highway Patrol Officer umgebracht hatte – es war Kinch. *Ich bin tot.*

Bin ich nicht.

Wieder auf Veranlassung dieser schwachen inneren Stimme verlängerte Irene durch eine simple Frage ihr Leben. Zumindest bis auf weiteres. »Wer bist du?«, rief sie laut. »Wie heißt du?«

Bevor Kinch antworten konnte, verdrehten sich seine Augen nach oben und nach rechts, seine Lider flatterten, und dann war wieder Max im Körper. Er ließ den Felsbrocken sinken, rieb ihn, um sich zu erden, an seinem Oberschenkel und warf ihn schließlich weg. Denn egal, was Max sonst alles sein mochte – mit Sicherheit ein Cluster-B-Soziopath, möglicherweise ein aus einem Dämon entstandener Dämon, wenn man an so was glaubte –, war er niemand, der eine perfekte Rotblonde vergeudete, indem er ihr den Schädel einschlug, bevor ihr Haar nicht wenigstens einmal geerntet worden war. Max wusste, wenn Kinch seinen Willen bekommen hätte, hätte ihnen Miss Miller ganz gewaltig die Hölle heiß gemacht.

79 Er hätte nicht sagen können, ob die imposanten Bäume, die ihm die Sonne von der Glatze hielten, Redwoods, Kiefern oder Fichten waren. Nach all den Kurven und Kehren der Charbonneau Road wusste er nicht mehr, ob er sich im Norden, Süden, Osten oder Westen des Hügelkamms befand. Ed Pender wusste nur, dass es heiß war; außerdem taten ihm da, wo er sie sich beim Übersteigen des Tors unten an der Straße aufgeschabt hatte, die Rippen weh, und die Jeans, die er sich gestern in Dallas gekauft hatte, begann zu scheuern.

Pender kamen erste Zweifel, ob es wirklich so eine gute Idee war, sich Maxwell allein vorzuknöpfen. Er merkte, er konnte von Glück reden, wenn seine Kraft überhaupt noch dafür reichte abzudrücken, bis er sich diesen verdammten Berg hinaufgeschleppt hatte. Dieser *gott*verdammte Berg, wie Buckle gesagt hätte. Aber Pender spielte nie ernsthaft mit dem Gedanken umzukehren – jedenfalls nicht, ohne sich hier ein bisschen umgesehen zu haben.

Denn wenn er das Gelände gründlich auskundschaftete, *musste* ihn das Geiselbefreiungsteam um Rat fragen, bevor es reinging. Dann dürfte er sie daran erinnern, dass Maxwell vor kurzem eine Geisel umgebracht hatte, als ihm eine Verhaftung drohte, und sie auf die Wichtigkeit eines in aller Heimlichkeit durchgeführten Überraschungsangriffs hinweisen.

Apropos in aller Heimlichkeit ... Für das letzte Stück des Anstiegs verließ Pender die asphaltierte Straße. Er ging im Schutz der Bäume bergauf, trat sacht auf die trockenen abgefallenen Nadeln, blickte oft zu Boden, um keine Zweige zu zertreten. Der Schweiß lief ihm in Strömen von seinem kahlen Kopf und brannte in seinen Augen. Er befühlte seinen Kopf. Das Heftpflaster war weg, fortgeschwemmt. Er nahm das marineblaue Cowboyhalstuch heraus, das Alvin Ralphs ihm als Dreingabe gegeben hatte, faltete es diagonal und band es sich um die Stirn.

Als Pender den eigenartigen Laubengang und den Zaun

mit den gelben Hochspannungswarnschildern vor sich auftauchen sah, sagte ihm seine innere Stimme, die clevere, er solle umkehren und Verstärkung anfordern.

Ich will mir nur mal kurz dieses Vorhängeschloss ansehen, sagte er sich, als er geduckt die asphaltierte Straße überquerte (als ob ihm das etwas genützt hätte, wenn ihn jemand beobachtete), und wog das billige Vorhängeschloss, mit dem das äußere Tor gesichert war, in seiner Hand. Welcher Idiot, fragte er sich, als er seine Brieftasche herausnahm, gab so viel Geld für einen Sicherheitszaun aus und lud dann praktisch jeden, der einen Dietrich hatte, dazu ein, durch die Vordertür reinzukommen?

Eine Minute später hatte er das Schloss auf, das Tor geöffnet und eine Antwort auf seine Frage bekommen: Es war eine Falle. Aus dem Augenwinkel sah er ein dunkles Huschen. Der siebzig Kilo schwere Rottweiler prallte gegen ihn und riss ihn von den Beinen, sodass seine Brieftasche und sein Dietrich in hohem Bogen durch die Luft flogen. Bei dem Versuch, nach seiner Waffe zu greifen, als er zu Boden ging, landete er unglücklich auf der Seite und rammte sich den Ellbogen in die Rippen, sodass er keine Luft mehr bekam und einen Augenblick lang wie gelähmt dalag.

Paradoxerweise rettete ihm diese vorübergehende Bewegungsunfähigkeit das Leben. Hätte er um sich geschlagen oder zu fliehen versucht, hätte ihn die Hundemeute in Stücke gerissen. Stattdessen umringten sie den Eindringling mit aufgestellten Nackenhaaren und einem tiefen Knurren (aber es war kein einziges Bellen zu hören: Miss Miller konnte Hundegebell nicht ausstehen) und warteten auf einen Befehl ihres Herrchens oder Frauchens, der sie entweder zurückpfiff oder das Zeichen zum Angriff gab.

Dass jedoch weder ihr Herrchen noch ihr Frauchen in der Nähe war, um einen solchen Befehl zu erteilen, und dies auch mehrere Stunden lang nicht sein würde, kümmerte die Hunde nicht. Sie würden warten. Sie würden auf ihr Herrchen oder Frauchen warten, bis die Hölle zu Eis erstarrte, und dann würden sie zu Eis erstarrt weiter warten. Sie waren nämlich brave Hunde; sie waren alle brave Hunde, und sie kannten nur einen Daseinszweck: zu tun, was man von ihnen verlangte.

80

»Max! Wir haben einen Vertrag, Max.«
Er stieg schwer atmend von ihr und setzte sich, vor Nässe triefend, mit nacktem Hintern in einem Rechteck aus Sonnenlicht auf einen warmen Felsen. »Die Therapie ist vorbei, Dr. Cogan.« Er spuckte einen Mund voll Blut aus. »Ab sofort werden wir uns wieder, so gut es geht, ohne Sie durchwursteln müssen.«

»Christopher«, rief sie verzweifelt. »Christopher, ich muss mit dir reden.«

Max presste den Handrücken gegen seine aufgeplatzte Lippe, bis sie nicht mehr so stark blutete. »Machen Sie sich wegen Christopher mal keine Sorgen – ich habe ihm versprochen, wenn er sich benimmt, kommt er auch noch bei Ihnen an die Reihe. Allerdings erst in ein paar Monaten – erst wenn Sie so abstoßend aussehen, dass dieser arme Trottel nicht mal mehr auf die *Idee* kommt, er könnte sich in Sie verlieben.«

»Dann waren Sie es also die ganze Zeit?«

»Erst seit heute Morgen.« Er fasste wieder an seine Lippe – sie blutete immer noch. Der Schmerz war interessant, aber nicht unerträglich. »Kommen Sie, Irene. Ich glaube, es ist langsam Zeit, Sie Ihren neuen Freundinnen im Trockenschuppen vorzustellen.«

»Fahren Sie zur Hölle.«

»Ich komme aus der Hölle«, erwiderte er und hielt sich die Lippe.

Von ihrem Schlafzimmerfenster beobachtete Julia Miller, wie Ulysses und die Neue, die Psychiaterin, splitternackt über die Wiese kamen. Die Psychiaterin bewegte sich stolpernd, die Arme über den Brüsten gekreuzt; Ulysses, der hinter ihr ging, kniff mit dem Daumen und Zeigefinger seiner einen Hand seine Unterlippe zusammen, mit der anderen stieß er die Frau vor sich her, wenn sie ins Stocken geriet. Es sah ganz so aus, als wären die Flitterwochen vorbei.

Es sah auch so aus, als hätte die Neue wieder ihre ursprüngliche rotblonde Haarfarbe.

Gut Ding will Weile haben, dachte Miss Miller, und verließ zum ersten Mal an diesem Tag ihr Schlafzimmer. Ulysses würde seine Haarschneidemaschine brauchen. Sie beschloss, ihm auch eine seiner neuen Schusswaffen zu bringen. Die große.

Eine waagrechte Falltür, plan in den Boden eingelassen. Ein Abstieg eine dunkle Treppe hinunter. Eine weitere Tür, senkrecht. Grelles, diffuses weißes Licht, erstickende Hitze. Zwei Frauen, ausgemergelt wie Überlebende eines Konzentrationslagers, jede mit einer Decke um die Schultern, standen, den Arm um die Taille der anderen gelegt, in der Mitte des Raums. Die Haut der kleineren spannte sich straff über die Backenknochen, die Lippen waren von den Zähnen zurückgezogen – ein Totenkopf, umgeben von einem Nimbus rotgoldener Stoppeln. Die größere hatte etwas mehr Fleisch auf den Knochen und längeres Haar. Aber seine Farbe war bis auf einen grauen Schimmer an den Schläfen die gleiche.

»Erntezeit«, sagte Maxwell und schob Irene auf die zwei Frauen zu. »Macht sie gefälligst sauber.«

Als Max die innere Tür abschloss, ging die Luke über ihm auf. Mit einem Nähkorb über dem Unterarm kam Miss Miller die Treppe herab. Die schalldichte Luke schloss sich automatisch über ihr. Ohne von Max' Nacktheit Notiz zu nehmen, reichte sie ihm den Korb, der neben seiner batteriebetriebenen Panasonic-Haarschneidemaschine seine neue Glock enthielt.

»Miss Miller, Sie sind ein Goldstück.« Max' Unterlippe hatte zu bluten aufgehört, fühlte sich aber spröde an – über dem Spalt hatte sich Schorf gebildet. »Ich wollte gerade zum Haus hoch, um sie zu holen.«

»Was das Haar der Neuen angeht, mache ich mir nicht allzu große Hoffnungen«, sagte sie. »Ich werde sehen, ob sich was damit anfangen lässt, aber du weißt, mir ist ein natürlicher Ton lieber. Da fällt mir ein, Ulysses: Ist dir schon aufgefallen, dass die Alte da drinnen grau zu werden beginnt?«

»Sicher. Ich habe mir bereits vorgenommen, mich heute Abend um sie zu kümmern«, sagte Max. Das entsprach der Wahrheit. Kinch war extrem enttäuscht, dass ihm zuerst Barbara, dann Bernadette und schließlich – das war das Gemeinste – auch noch Irene im letzten Moment vorenthalten worden war. Und ein enttäuschter Kinch war ein wütender Kinch, ein unkontrollierbarer Kinch. Maxwell war sehr deutlich bewusst, dass er dem blutgierigen alter einen Knochen vorwerfen musste. Und wer wäre dafür besser geeignet gewesen als Donna Hughes, die einst so attraktive Texanerin, die inzwischen nur ein zusätzliches hungriges Maul war, das es zu stopfen galt?

»Oh, das finde ich ja wunderbar.« Miss Miller war aufrichtig begeistert. Und hatte sie nicht auch allen Grund dazu? Nachdem Ulysses' lange Abwesenheit und dann die Anwesenheit der penetranten Psychiaterin für einige Unruhe gesorgt hatten, gingen die Dinge auf Scorned Ridge allmählich wieder ihren gewohnten Gang. »Ach übrigens, Liebling, ich wollte zum Abendessen etwas Gemüse mit Reis kochen – wie fändest du das?«

»Schneiden Sie noch ein paar von diesen scharfen Würsten rein, die ich gestern gekauft habe, und die Sache ist geritzt.«

»Die Sache ist *perfekt*«, verbesserte sie seine Wortwahl und begann die Treppe hinaufzusteigen.

»Wegen heute Abend«, rief Maxwell ihr hinterher. »Wollen Sie zusehen?«

»Danke, dass du fragst«, sagte sie und drückte auf den

Knopf, mit dem man die Luke bediente. »Ich bin von der ganzen Aufregung etwas erschöpft. Lass mich mal sehen, wie ich mich nach einem ausgiebigen Mittagsschlaf fühle.«

»Egal, wie Ihre Entscheidung ausfällt – es liegt ganz bei Ihnen.«

»Ich weiß, mein Zuckerjunge. Ich weiß.«

81

Pender hatte fast sein ganzes Leben lang einen Hund gehabt. Er mochte Hunde. Den letzten, einen prächtigen Schäferhund namens Cassidy, hatte er im Zuge der Scheidung verloren – der Verlust des Hauses hatte ihm nicht so viel ausgemacht, aber wegen des Hundes war er immer noch ziemlich verbittert und hatte sich deshalb noch immer keinen anderen zugelegt, obwohl ihm sehr deutlich bewusst war, dass er damit nur sich selbst bestrafte.

Die Rottweiler zu erschießen, würde deshalb nicht ganz einfach werden, und zwar sowohl in emotionaler wie in praktischer Hinsicht. Pender lag auf der linken Seite und hatte die rechte Hand unter dem Revers seines Sakkos. Kaum war er wieder zu Atem gekommen, begann er, die SIG Sauer Millimeter für Millimeter aus dem Holster zu ziehen, behielt sie aber auch noch unter dem Sakko, als er sie ganz heraus hatte – Hunde, die so gut abgerichtet waren wie diese, hatten höchstwahrscheinlich auch gelernt, eine Waffe zu erkennen und deren Träger zu entwaffnen. Langsam drehte sich Pender deshalb auf den Rücken, obwohl instinktiv alles in ihm danach schrie, das genaue Gegenteil zu tun: nämlich sich zu einer Kugel zusammenzurollen, um seinen Unterleib und seine Geschlechtsteile zu schützen.

Warnsignale seitens der Hunde – Knurren und Zähnefletschen.

»Brave Hunde. Ihr seid doch brave Hunde, oder?«, umschmeichelte Pender sie mit seinem samtigen Tenor. Die Mündung der SIG zeigte nach links, aber er musste von rechts nach links zu schießen beginnen, da sonst vielleicht die Hunde rechts von ihm seinen Schussarm zu fassen bekämen. Er glaubte, die Hunde auf der linken Seite lang genug mit dem linken Arm abwehren zu können, um die Waffe herumreißen zu können. »Ganz ruhig jetzt. Nur keine Aufregung. Ich werde euch nichts –«

WUMM. WUMM. WUMM. Die ersten drei erledigte er mit Kopfschüssen, die anderen drei ergriffen die Flucht und rannten winselnd in Richtung Zwinger davon. *So* gut waren sie anscheinend auch wieder nicht abgerichtet, dachte Pender, als er mit ein paar stillen Worten des Danks an die Double Action seiner SIG Sauer aufstand. Dann roch er etwas Verbranntes. Er blickte an sich hinab und sah die kokelnden Durchschusslöcher in seinem neuen Sakko; durch den Mündungsblitz war der blutbespritzte Stoff entzündet worden.

Nachdem er die Glut mit bloßen Händen ausgeschlagen hatte, lief er im Laubengang herum, um Ausweis, Quittungen, Kreditkarten, Notizzettel, abgerissene Fahrscheine und Visitenkarten einzusammeln und was sonst noch aus seiner Brieftasche gefallen war, als die Hunde ihn angesprungen hatten. Dann sah er sich um und überlegte, was er als Nächstes tun sollte.

Auf der einen Seite ein unverschlossenes Tor, das in Sicherheit führte; auf der anderen Seite ein verschlossenes Tor, das zu Maxwell führte. Pender wusste, welche Entscheidung die vernünftige war, aber wieder blendete ihn die Vision von den rotblonden Frauen, die im Dunkeln warteten. Und selbst wenn *sie* ein Wunschtraum waren, sagte er sich, Dr. Cogan war keiner. Wenn er jetzt den Rückzug antrat, was würde Maxwell dann daran hindern, sie zu exekutieren und zu fliehen? Er hatte Geld und Grips – wie viele würden noch sterben, bis sie ihn fassten?

Obwohl er keine Zeit verlieren durfte, hatte Pender bereits kostbare Sekunden vergeudet. Er rannte auf das innere Tor zu und schoss mit der vierten Kugel das Schloss auf – das Überraschungsmoment, nahm er an, hatte er ohnehin bereits verspielt. Dann warf er sich mit der Schulter voran durch das Tor und rannte sofort von der Teerstraße nach rechts, um sich in den relativen Schutz des Waldes zurückzuziehen.

Das erste Gebäude, auf das Pender stieß, war ein verwitterter Schuppen von etwa vier Quadratmetern Grundfläche. Ein Pumpenhäuschen; er konnte das hohe dünne Winseln eines Motors hören und das Wasser in dem tiefen zugedeckten Brunnenschacht riechen.

Er huschte nach drinnen und lauschte. Draußen war nichts zu hören – kein Bellen oder Rufen, keine Schüsse oder Schritte. Wo steckt Maxwell bloß? Er ist doch nicht taub – ist er gar nicht hier? Es war eine verlockende Vorstellung, sich ein paar Minuten in der dunklen Kühle auszuruhen; aber leise schloss Pender die Tür hinter sich und machte sich wieder auf den Weg, immer am Kamm des Hügels entlang.

Zuerst übersah er das Haus fast. Was ihm schließlich in die Augen stach, war das dunkle Dreieck des Dachs, das durch die schwankenden, nach oben gebogenen Fichtenzweige sichtbar wurde. Es war eine kompakte geometrische Form, die hoch oben in den Bäumen schwebte, wo alles andere luftige Anmut und flirrendes Licht war und wo die einzigen anderen geraden Linien die senkrecht aufragenden Baumstämme waren.

Die Bäume als Deckung nutzend, schlich Pender leise auf das Haus zu, bis er eine seltsame Entdeckung machte. In einem Winkel von etwa 45 Grad standen mitten im Wald ein rustikaler Holzstuhl und eine Lattenliege und dazwischen ein dreibeiniger Tisch mit einem Wasserkrug, zwei Plastikgläsern, einem Aschenbecher voller filterloser Kippen und einer Schachtel mit fliederfarbenen Kosmetiktüchern darauf.

Trotz des ungewohnten Ambientes erkannte Pender darin die Nachbildung des Sprechzimmers eines Psychotherapeuten. Ein gutes Omen, ein fantastisches Omen: Es bedeutete mit ziemlicher Sicherheit, dass Dr. Cogan noch am Leben war. Oder es bis vor kurzem gewesen war. Er nahm eine der Kippen – eine Camel – aus dem Aschenbecher, warf sie wieder zurück und folgte dem Pfad durch den Wald zum Haus, einem hohen schmalen Wohngebäude aus dunkel gefleckte, wetterverzogenem Holz.

Er betrat es durch die Hintertür, die in die Küche führte. Auf der Arbeitsplatte Brot, Frühstücksbeutel, ein Messer mit feuchten Spuren von Senf und Mayonnaise. Es sah aus, als hätte jemand ein Lunchpaket gemacht – und zwar vor nicht allzu langer Zeit.

Ein Picknick oder ein Ausflug? Hatte deshalb niemand die Schüsse gehört?

Vor ihm waren zwei Türen, eine offene, die in den Flur führte, und rechts davon eine geschlossene. Wieder hatte Pender diese Vision von den rotblonden Frauen, die in einem Keller warteten: Offensichtlich hatte sein Unterbewusstsein schneller als sein Verstand erfasst, wohin die geschlossene Tür führte.

Er nahm die Waffe in die linke Hand, öffnete die Tür, tastete nach dem Lichtschalter, stieg die Treppe hinunter. Am Fuß der Treppe blickte er nach links – der Waschraum –, dann wandte er sich nach rechts, bog um eine Ecke und sah die gläserne Vitrine mit den vier Borden, auf denen jeweils drei gesichtslose weiße Schaufensterpuppenköpfe standen, von denen bis auf zwei alle Perücken aus Menschenhaar trugen.

Pender stöhnte leise auf, als er seine geheime Hoffnung, seine geheime Vision so grausam, so surrealistisch parodiert fand. Hier waren sie, seine rotblonden Frauen – ein paar erkannte er sogar. Die mit dem Pony, auf dem zweiten Bord von unten, das war Gloria Whitworth, die ihr Haar genauso trug wie auf dem Foto, das ihre Zimmergenossin ein paar Wochen, bevor sie aus Reeford verschwunden war, von ihr gemacht hatte. Die dunklere auf dem obersten Bord, mit den rötlichen Highlights, das war Donna Hughes. Und das dort, auf dem untersten Bord, das war Sandra Faircloth – ihr langes, glattes Haar war sehr stark verblichen in den zehn Jahren, seit sie den Mann ihrer Träume kennen gelernt hatte und mit ihm aus Eugene, Oregon, verschwunden war.

So viel zu Hoffnungen und Visionen. In seiner Karriere als Jäger von Serienmördern, von denen viele unter die Kategorie Sammler fielen, hatte Pender schon wesentlich obszönere und grausigere Schaustücke zu sehen bekommen. Im Vergleich dazu waren diese sogar relativ zahm. Warum war er dennoch so tief erschüttert?, fragte er sich. Weil er an seine optimistische Vision zu glauben begonnen hatte?

Lass dir das eine Lehre sein, Edgar Lee, sagte er sich. Und jetzt schwing deinen fetten Arsch hier raus und wieder den Berg hinunter und hol ein paar richtige Cops, junge Kerle mit klarem Blick und klarem Verstand, die erst schießen und dann Visionen haben.

Dann fiel ihm ein, dass Dr. Cogan vielleicht noch am Leben war. Auf Zehenspitzen schlich er die Treppe wieder hinauf, machte das Licht aus, schloss die Kellertür hinter sich und drückte sich um die Tür, die in den Flur führte. Mit lautlosen Schritten, dank seiner Hush Puppies, begann er die Treppe hinaufzusteigen.

Im ersten Stock hörte er in einem der Zimmer jemand herumgehen. Auf Zehenspitzen schlich er auf die offene Tür zu und spähte gerade in dem Moment um den Türstock, als eine Frau in einem langen grünen Kleid aus einem angrenzenden Zimmer kam und, mit dem Rücken zu ihm, zum Bett ging. Ihr rotblondes Haar war kurz und lockig. Dolores Moon dachte er und machte einen Schritt nach vorn.

Miss Miller drehte sich um; ihre grünen Augen über der Maske wurden größer, aber die operativ wiederhergestellten Lider gingen nicht weiter nach oben. Sie versuchte zu schreien – Pender hatte sie mit zwei Schritten erreicht und legte ihr die Hand auf die Maske. Ein beklemmendes Gefühl – es schien sich keine Nase darunter zu befinden.

»Keine Angst, ich bin vom FBI«, flüsterte er. »Geben Sie keinen Laut von sich. Haben Sie verstanden?«

Ein Nicken. Er nahm seine Hand weg. Sie versuchte wieder zu schreien; wieder drückte er die Hand auf die Maske, wobei er diesmal sowohl ihren Mund bedeckte als auch das Loch, wo sich ihre Nase hätte befinden sollen, sodass sie keine Luft mehr bekam. Sie krallte nach seinem Arm, versuchte ihn zu treten. Er beugte sich so weit zurück, dass er sie vom Boden hochheben konnte, und hielt sie in die Höhe. Eine Weile schlug und trat sie, heftig nach Atem ringend, wild um sich, dann wurde ihr Körper plötzlich schlaff. Er ließ sie aufs Bett sinken und drehte sie herum.

Bitte lass sie von allein weiteratmen, dachte er – er wollte mit dem, was sich unter dieser Operationsmaske befand, keine Mund-zu-Mund-Beatmung machen. Aber das grüne Mieder hob, senkte sich; die Seidenmaske flatterte. Und als sich Pender nach etwas umsah, was er ihr in den Mund stopfen könnte, um sie daran zu hindern, erneut zu schreien, wenn sie zu sich kam, wurde ihm klar, dass er immer noch nicht wusste, ob er ein Opfer gerettet oder eine Komplizin gefangen genommen hatte.

82

Das ist das Ende, sagte sich Irene. Die Flucht, die Ergreifung, der kurze Blick auf ihren eigenen Tod, als die Zeit stehen zu bleiben schien und Kinch mit dem Felsbrocken in seiner Hand zum Schlag ausholte, danach die Tortur, die Schlucht hinaufgezerrt und anschließend über die Wiese getrieben zu werden, und am Ende der stolpernde Abstieg in diese blendend helle, von zwei verdammten Seelen bewohnte Hölle, das alles hatte sie in einen Zustand jenseits aller Erschöpfung, aller Hoffnung, sogar allen Schreckens versetzt – oder zumindest dachte sie das.

Der Raum war zwölf Schritte breit und dreißig Schritte lang und hatte drei Meter hohe Betonwände, einen modrig grünen Teppichboden und ein längliches Kuppeldach aus milchigem Thermoplast. An beiden Enden des Raums waren direkt unter der Decke elektrische Ventilatoren in die Wände eingelassen – einer um Luft anzusaugen, einer um sie abzusaugen.

Ein fünfzig Zentimeter über dem Boden angebrachter Wasserhahn in einer Ecke diente zur Trinkwasserversorgung und anscheinend zum Haarewaschen, denn an der Wand daneben waren mindestens ein Dutzend Flaschen mit Shampoos und Cremespülungen aufgereiht. Keine Seife, nur Unmengen von Shampoo. Der einzige andere sanitäre Einrichtung im Raum, der Abort, war eine türlose, gut einen Quadratmeter große Nische mit einem holzgemaserten Plastiktoilettensitz auf einem hohlen Podest über einer tiefen Grube.

»Hier rüber«, flüsterte die größere der zwei Frauen, die Irene am Ellbogen nahm und zum Wasserhahn zu ziehen versuchte. »Bitte! Es ist wirklich das Beste, wenn Sie einfach tun, was er sagt.«

»Warum?«

»Um sich unnötige Schmerzen zu ersparen«, erklärte die kleinere Frau Irene geduldig und nahm sie am anderen Ellbogen. »Er ist ein wahrer Meister darin, einem Schmerzen zuzufügen.«

Und was Irene nun in den Augen der beiden Frauen sah, die sie behutsam zu dem Wasserhahn in der Ecke zogen, erfüllte sie mit neuem Entsetzen. Was sie dort nämlich sah, war Mitleid – aus Gründen, über die auch nur nachzudenken zu beängstigend war, hatten diese wandelnden Leichen Mitleid mit *ihr*.

Als sie begriff, dass sie wollten, sie solle nackt auf dem Stahlrost niederknien, der unter dem Wasserhahn in den Betonboden eingelassen war, sträubte sich Irene. Selbst zu zweit waren die Frauen nicht stark genug, sie in die Knie zu zwingen; während sie sich mit Irene abmühten, wanderten ihre Blicke immer wieder zu der Tür am anderen Ende des Raums. Als sie aufging, traten sie von Irene zurück.

»Hinknien«, rief Maxwell, der nackt, einen Nähkorb über dem Arm, durch den Raum schritt und mit dem Lauf seiner Pistole auf Irene deutete. Sie kniete nieder.

»Ihr zwei, da rüber.« Er deutete mit der Waffe in Richtung Tür; die Frauen gehorchten, doch statt quer durch den Raum zu gehen, drückten sie sich, ihre Decken an den Hals hochgezogen, in größtmöglichem Abstand von ihm an der Wand entlang, ohne ihm auch nur eine Sekunde den Rücken zuzukehren.

»Halt den Kopf unter den Wasserhahn, schließ die Augen.«

Nach der Angst und dem Schock durch das kalte Wasser kam die Demütigung. Nackt und machtlos auf dem Boden zu knien, weckte in Irene nicht so sehr Wut oder Verzweiflung als vielmehr ein Gefühl totalen Ausgeliefertseins. Keine Gebete mehr, keine Abmachungen, keine Aufmunterungen, keine Pläne. Sie schloss die Augen und ließ den Kopf baumeln, als Max mit einem Griff, so sicher und behutsam wie der ihres Friseurs, ihr Haar mit den Fingern anhob und teilte, um den Schmutz und die Blätter vom Bachufer und die hellgrünen pelzigen Samen des Wiesengrases herauszuspülen.

Unter dem strömenden Wasser ergriff eine seltsame Art von Frieden Besitz von Irene. Und obwohl die Psychiaterin in ihr nicht anders konnte, als ihm einen Namen zu geben – traumatische Dissoziation –, wusste Irene, dass das, was sie gerade erlebte, jeder Klassifizierung und jeder Analyse spottete. Welche Anmaßung, dachte sie, dass sie all die Jahre ihre Patienten in die Realität zurückzuholen versucht hatte. Denn in diesem Nicht-Hier und Nicht-Jetzt war es ihr irgendwie gelungen, sich von den Schmerzen und der unerträglichen Angst zu distanzieren. Die eben noch überwältigenden Emotionen waren zwar weiterhin da, aber weiter weg; immer noch ein Teil von ihr, aber nicht ganz sie.

Und nicht einmal das sanfte Ziehen an ihrer Kopfhaut, als Max ihr zweimal gewaschenes, cremegespültes rotblondes Haar in einer Hand zusammenraffte, oder das enervierende Summen der Haarschneidemaschine, als er es erntete, erreichten Irene an dem Nicht-Ort, an den sie sich zurückgezogen hatte.

83

Nachdem er kurz im Keller gewesen war, um den Strom für den Zaun wieder einzuschalten, eilte Maxwell nach oben, um den Nähkorb mit seiner kostbaren Fracht aus Menschenhaar abzuliefern. Miss Millers Schlafzimmertür war geschlossen; er klopfte leicht dagegen.

»Frau des Hauses!« John Wayne zu Maureen O'Hara in *Der Sieger*, einem ihrer Lieblingsfilme.

Mann des Hauses, hätte Miss Miller antworten sollen. Stattdessen Stille. Er öffnete die Tür und sah, dass sie nicht da, das Bett kaum zerwühlt war. Max ging über den Flur in sein Zimmer, schlüpfte in eine Shorts und ein frisches Hawaiihemd und machte sich auf die Suche nach ihr.

Aber auch oben beim Hühnerstall war Miss Miller nicht. Vielleicht im Zwinger – vielleicht war sie sich ihre tägliche Minimaldosis Streicheleinheiten holen gegangen. Ihre Liebies, wie sie es nannte – es gab nichts Schöneres für Miss Miller, als sich von den Hunden ihre Liebies zu holen. Und auch sie mochten sie. Irgendwie wussten sie, dass sie bei ihr besonders geduldig und behutsam sein mussten – mit ihr balgten sie nie so wild herum wie mit ihm, sondern ließen ihre endlosen Liebkosungen mit schwanzwedelndem Entzücken über sich ergehen.

Schon lange, bevor er den Zwinger neben dem Laubengang erreichte, wusste Max, dass Miss Miller nicht da war. Irgendetwas stimmte ganz und gar nicht. Keiner der Hunde kam an den Zaun gestürmt, um ihn schwanzwedelnd zu begrüßen, nicht einmal Lizzie. Er öffnete das Tor des Zwingers, sah drei Hunde winselnd im Schuppen kauern, überquerte den Hof des Zwingers, trat durch die Seitentür in den Laubengang und starrte fassungslos auf den grässlichen Anblick, der sich ihm dort bot.

Seine drei Leithunde, Jack, Lizzie und Dr. Cream, lagen in ihrem Blut auf dem Asphalt; ihre Hinterköpfe waren weg, einfach davongeblasen, von innen heraus explodiert. Er beugte sich zu Lizzies leblosem Körper hinab, streichelte ihr kurzes, glitschiges Fell. Als er die Hand zurückzog, war sie voll Blut, das durchsetzt war von Knochensplittern und Klümpchen weißlicher Gehirnmasse. Er wischte sich die Handfläche an Lizzies Schwanz ab, der nie mehr wedeln würde. Dann hob er hoch, was von ihrem Kopf noch übrig war, und sah, dass sie von unten in die Schnauze geschossen worden war. Die Schädeldecke war davongeflogen, praktisch atomisiert beim Austritt der Kugel, offensichtlich einem aus unmittelbarer Nähe abgefeuerten Hohlspitzgeschoss.

Aber was für ein Unmensch war zu so etwas imstande? Kaltblütig drei Hunde abzuschlachten? Obwohl Maxwell wusste, dass Polizisten oft extrem durchschlagskräftige Hohlspitzgeschosse verwendeten – Black Talons, Gold Dots, Munition dieses Stils –, konnte er sich nicht vorstellen, dass dieses Gemetzel das Werk von Cops sein könnte. Polizisten brachen keine Vorhängeschlösser auf, um auf anderer Leute Grundstücke zu kommen, ihre Hunde zu erschießen und ihre Lehrerin zu entführen.

Zum ersten Mal, seit die Lichter von Deputy Terry Jervis' Streifenwagen in seinem Rückspiegel zu kreisen begonnen hatten, bekam Maxwell wieder solche Panik, dass er keinen klaren Gedanken mehr fassen konnte. Gruppenlärm, Durcheinander.

»HALTET ALLE DIE KLAPPE!« Sein Ruf füllte den Laubengang; der Gruppenlärm verstummte. »Darum kümmere ich mich.«

Zeit, Detektiv zu spielen. Max untersuchte das Schloss am äußeren Tor: offen, aber unbeschädigt. Er – es musste ein Mann sein: keine Frau würde einem Hund so etwas antun – hatte es aufbekommen, war nach drinnen geschlüpft. Die Hunde hatten den Eindringling genau so, wie sie es gelernt hatten, angefallen, zu Boden gestoßen und festgehalten. Darauf hatte er drei von ihnen erschossen und anschließend das andere Schloss aufgeschossen, um aus dem Laubengang auf das Grundstück zu kommen.

Es musste passiert sein, als Max im Trockenschuppen gewesen war. Der war nämlich schalldicht isoliert – nicht, damit kein Lärm nach drinnen drang, sondern keiner nach draußen. Was für eine gottverdammte Ironie.

Jedenfalls, Miss Miller musste den Eindringling irgendwie überrascht haben ...

Aber das war der Punkt, an dem Max' Szenario keinen Sinn mehr ergab. Falls Miss Miller einen Einbrecher überrascht hatte, wo war sie dann? Einbrecher nahmen keine alten Frauen mit. Sexualverbrecher vielleicht, aber nicht einmal der verzweifeltste Sexualverbrecher würde sich Miss Miller als Opfer aussuchen. Vielleicht hatte er sie umgebracht und die Leiche versteckt. Oder ...

Aus dem Augenwinkel sah Max ein weißes Flattern. Er drehte den Kopf, richtete den Blick auf das Stück Papier, das sich in dem dichten Efeu verfangen hatte, der am Zaun hochwucherte. Es war ein MasterCard-Beleg von – er kniff im schwachen Licht des Laubengangs die Augen zusammen – der Shell-Tankstelle unmittelbar außerhalb von Umpqua City. Und der Name des Kunden war E.L. Pender.

Pender. Dieser dickschädlige Drecksack. Dass doch der Teufel diesen Kerl ein zweites Mal holte. Jetzt war *wirklich* alles eine Frage der Zeit: Max musste herausbekommen, ob Pender sich Miss M geschnappt hatte und Hilfe holte oder ob er noch auf dem Grundstück war. Aber er konnte den Laubengang nicht einfach offen und unbewacht lassen. Deshalb holte er ein sechs Meter langes Stück Hundekette aus dem Zwinger, schlang es mehrmals um das Außentor und den Torpfosten und sicherte es mit einem rostigen alten Vorhängeschloss, dessen Schlüssel schon vor langer Zeit verloren gegangen war. Dann eilte er in den Zwinger zurück, zerrte die drei restlichen Hunde heraus und schloss sie im Laubengang ein.

Falls Pender noch auf dem Grundstück war, dachte Max, war das die einzige Möglichkeit für ihn, von hier wegzukommen. Und wenn der FBI-Mann die restlichen Hunde erschoss, um durch den Laubengang zu kommen, würde Max ihn wenigstens hören und könnte sich von hinten an ihn heranschleichen, wenn er die Kette abmachte. Und dann gnade Gott seiner Seele, denn von Max hätte er keine zu erwarten.

Und wenn Pender nicht mehr auf dem Grundstück war? Dann hieß es, sich das Bargeld zu schnappen und nichts wie weg von hier.

Aber Max war immer schon jemand gewesen, der allem auch eine positive Seite abzugewinnen versuchte. Und die gab es hier, sagte er sich, als er das innere Tor des Laubengangs mit dem Schloss des äußeren hinter sich abschloss und mit der Glock in der Hand die Teerstraße zum Haus hinauftrabte. So sehr ihm das dritte Zuhause fehlen würde, das er jemals gehabt hatte, und so sehr ihm Miss Miller fehlen würde, gelang es ihm fast, sich einzureden, dass das in gewisser Weise vielleicht das Beste war, was ihm überhaupt passieren konnte.

Denn wenn sich das System, das in seiner Gesamtheit als

Ulysses Maxwell bekannt war, nicht mehr ausschließlich nach Miss Miller richten müsste, wäre das System nicht mehr länger darauf beschränkt, ausschließlich rotblonde Frauen aufzureißen, und es wäre auch nicht mehr gezwungen, sie so lange bei Laune zu halten, bis er sie durch halb Amerika nach Scorned Ridge geschafft hatte. Und es müsste auch keine total verängstigten, halbverhungerten Skelette mehr ficken. Dem System stand es frei – wie hatte Jules es in *Pulp Fiction* ausgedrückt? –, seinen Fuß zu setzen, wohin es wollte. Sich jedes Mädchen auszusuchen, das ihm gefiel, und mit ihr zu machen, was er wollte und wann er es wollte.

Hörte sich gar nicht so übel an. Aber zuerst musste Max herausfinden, ob Pender noch auf dem Grundstück war, und zwar schnell. Aber wie? Scorned Ridge war groß, mit Dutzenden von Verstecken. Dann kam ihm eine Idee. Er verließ die Teerstraße und rannte durch den Wald, und dann über die Wiese zum Trockenschuppen.

84

»Ich rufe Doktor Willen. Doktor Lebenswillen.«

Irene, die seitlich auf dem feuchten Teppichboden lag, fuhr mit der Hand über ihre stopplige Kopfhaut, bevor sie die Augen demselben Albtraum öffnete, vor dem sie sie geschlossen hatte. Das ausgemergelte, in eine Armeedecke gehüllte Häufchen Elend, das vor ihr hockte, zeichnete sich scherenschnitthaft gegen das grelle Weiß der Deckenbeleuchtung ab, als es ihr, irgendwelches unsinnige Zeug faselnd, die Hand tätschelte. Resigniert stellte Irene fest, dass ihr die Tröstungen eines traumatischen Rückzugs versagt blieben: Ihr Verstand war bestürzend klar.

Sie setzte sich auf. »Welche bist du?«

»Ich bin Dolores – das ist Donna.«

»Dolores Moon und Donna Hughes.«

»Hat er dir das gesagt?«

»Ich bin seine Therapeutin.« Irene sah sich im Raum um und rang um Fassung. »Das heißt, ich war seine Therapeutin. Er hat unten in Monterey ein Mädchen umgebracht. Ich sollte ein Gutachten über ihn erstellen – er ist aus dem Gefängnis ausgebrochen und hat mich entführt.«

»Und jetzt bist du auch eine von uns Rothaarigen«, erklärte Donna. »Willkommen im Trockenschuppen.«

Dolores fiel ihr ins Wort. »Verstehst du denn nicht, Donna – wenn sie ihn geschnappt haben und wenn er aus dem Gefängnis ausgebrochen ist, wissen sie inzwischen wenigstens, dass es ihn gibt. Wahrscheinlich suchen sie schon nach ihm.« Sie wandte sich wieder Irene zu. »Oder nicht?«, fragte sie voller Hoffnung.

»Das tun sie bestimmt. Sie wissen zwar noch nicht, wer er ist –«

»Oh.« Das klang bestürzt.

»– aber sie sind ihm dicht auf den Fersen«, fügte Irene rasch hinzu. »Samstagvormittag hat er in Nordkalifornien einen Officer der Highway Patrol umgebracht.«

»Welchen Tag haben wir heute?«, fragte Dolores.

»Dienstag, den dreizehnten.«

»Welchen Monat?«

»Juli.«

Eine Pause. Zaghaft stellte Dolores eine letzte Frage: »Welches Jahr haben wir?«

»Neunzehnhundertneunundneunzig.«

Die Echos von Frage und Antwort hallten für alle drei Frauen lange in der Stille des Trockenschuppens nach. Dolores merkte, dass sie sich im dritten Jahr ihrer Gefangenschaft befand – und unabhängig davon, wie die Sache ausgehen würde, wusste sie, es würde ihr letztes sein. Donna wurde bewusst, dass der erste Jahrestag ihres Verschwindens bereits verstrichen war. Sie fragte sich, ob sie immer noch nach ihr suchten. Oder ob sie überhaupt jemand vermisste. Horton sicher nicht, das stand fest. Und auch nicht dieses hinterhältige Luder von Edwina Comb, das vor Ehemännern nicht Halt machte.

Was Irene anging, versuchte sie mühsam, sich an den letzten Resten ihrer Fassung festzuklammern. Nicht mit einem Wort hatte Maxwell am Morgen während seiner endlosen Aufzählung von Gräueltaten angedeutet, eines seiner Opfer sei noch am Leben, geschweige denn, nur wenige hundert Meter entfernt, unter der Erde versteckt. Welches *Jahr* haben wir? O mein Gott, welches *Jahr* haben wir?

Dolores brach das Schweigen. »Hattest du heute schon was zu essen? Wir haben etwas übrig.«

»Nein danke, ich bin nicht hungrig«, antwortete Irene. »Wir haben unten am Bach gepicknickt. Wein. Ladyfinger.«

»Mich hat Christopher auch zum Bach runter mitgenommen, als ich neu hier war«, sagte Donna nachdenklich. »Fütterte mich und vögelte mich bis zur Bewusstlosigkeit. Ich war wahnsinnig glücklich. Endlich, dachte ich – endlich hatte ich meine große Liebe gefunden. Einen Tag später lernte ich Max kennen.«

»Dann wisst ihr also von seinem DIS?« Irene war ein wenig überrascht – wenn Maxwell gewollt hätte, hätte er es ohne weiteres vor ihnen verbergen können.

»Von seinem Deh Iih was?«

»DIS. Dissoziatives Identitätssyndrom. Früher nannte man es Persönlichkeitsspaltung.«

»Ach, das«, sagte Donna. »Klar. Wusste gar nicht, dass sie den Namen geändert haben. Wusste nicht mal, dass es einen Namen dafür gibt – uns war nur klar, dass er total durchgeknallt sein muss.«

»Das allerdings«, sagte Irene. Dann überraschte sie sich selbst – sie musste tatsächlich kichern. Es war entweder ein

Zeichen zurückkehrender geistiger Gesundheit oder beginnender Hysterie. Während sie noch herauszufinden versuchte, was von beidem, flog die Tür auf.

85

»PENDER!« Maxwells Stimme, von irgendwo aus Richtung des Hauses. »PENDER!«

Miss Miller – sie war an Händen und Füßen mit Handtüchern aus dem Bad gefesselt und hatte unter der Gesichtsmaske eine Socke in den Mund gestopft bekommen – trat vergeblich gegen die Dielen des Heubodens. Ein paar Minuten lang hatte Pender mit ihr zu reden versucht, aber da sie nur schreien zu wollen schien, schenkte er ihr – und Maxwell – keine Beachtung mehr und konzentrierte sich stattdessen ganz darauf, am Rand des nach Staub und Erbrochenem riechenden Heubodens eine sechzig Zentimeter hohe und neunzig Zentimeter dicke Barrikade aus Büchern zu errichten. Von dort hatte er einen unverstellten Blick auf das Scheunentor, und zugleich konnte er besser auf Maxwell zielen als dieser auf ihn.

Trotzdem würde es nicht leicht, ihn zu treffen. Die Entfernung bis zum Tor betrug fast zwanzig Meter, und er musste die nach unten geneigte Flugbahn berücksichtigen. Außerdem musste er versuchen ihn zu töten: Es war nicht gesagt, dass er aus dieser Entfernung jemand mit einem Neun-Millimeter-Geschoss, selbst wenn es ein Hohlspitzgeschoss war, außer Gefecht setzen konnte.

Aber zumindest würde sich sein Ziel in der Toröffnung gegen das Licht deutlich abzeichnen. Und selbst wenn Maxwell es schaffte, einen Schuss abzugeben, glaubte sich Pender hinter der fast einen Meter dicken Wand aus Büchern einigermaßen in Sicherheit. Außer natürlich Maxwell rückte mit einer Waffe in der Art einer .357er an.

Hastig fügte Pender der Barrikade eine weitere Lage hinzu – eine ledergebundene Gesamtausgabe von Joyce, Kalats *Biological Psychology*, Barlow und Durands *Abnormal Psychology* und zwölf Bände der *Handyman's Encyclopedia*. Dann stellte er sich auf ein langes Warten ein.

Wenn Maxwell vor Einbruch der Dunkelheit in die Scheune kam, konnte Pender ihn gut aufs Korn nehmen. Wenn nicht, konnte Pender im Schutz der Dunkelheit wieder in die Offensive gehen, während Maxwell draußen nach ihm suchte. Und wenn sie sich vor Tagesanbruch nicht gegenseitig fanden, würde Pender hierher zurückkehren und auf das Geiselbefreiungsteam warten, das McDougal sicher sofort losschicken würde, sobald er Penders Fax erhielt.

Egal, wie es weiterging, Pender fand, seine Chancen standen nicht schlecht – bis er von draußen eine Frau nach ihm rufen hörte.

»AGENT PENDER? ICH BIN IRENE COGAN. MAX SAGT, ER BRINGT MICH UM, WENN SIE NICHT AUS IHREM VERSTECK KOMMEN.«

Das wollte Pender nicht so recht glauben. Maxwell war sicher klar, dass eine tote Geisel keine Geisel war. Pender beschloss zu warten.

»PENDER!« Maxwell. »SCHEINT GANZ SO, ALS HÄTTE ICH SIE UNTERSCHÄTZT – ZUM ZWEITEN MAL. SELBSTVERSTÄNDLICH WERDE ICH MEINE GEISEL NICHT TÖTEN.«

Selbstverständlich nicht, dachte Pender.

»STATTDESSEN WERDE ICH SIE SO LANGE MIT EINEM FEUERZEUG VERBRENNEN, BIS SIE AUS IHREM VERSTECK KOMMEN.«

Verdammte Scheiße. Pender spürte, wie ihm wieder der Schweiß auf der Stirn ausbrach. *Wird denn auch gar nichts einfacher?*

Er nahm sein Halstuch ab und wrang es aus, dann band er es sich wieder um die Stirn. Eine weitere Frage stellte sich: War Dr. Cogan eine richtige Geisel oder inzwischen eine Komplizin? Sie befand sich inzwischen über eine Woche in Maxwells Hand, lang genug, dass sich das Stockholm-Syndrom bemerkbar machen konnte. Vor allem bei einem so charmanten Herzensbrecher wie Maxwell – von den meisten, wenn nicht sogar von allen vermissten Rotblonden wurde angenommen, dass sie aus freien Stücken mit Casey durchgebrannt waren, zumindest anfangs.

Möglicherweise stand Pender in diesem Moment vor der schwierigsten Entscheidung seiner Laufbahn. Er beschloss, noch etwas länger zu warten und zu sehen, ob er anhand des Klangs von Dr. Cogans Schreien feststellen konnte, ob sie tatsächlich gefoltert wurde.

Zweifellos. Der erste war mehr ein Brüllen – ein Schrei aus voller Kehle, mit einigem Lungenvolumen. Aber Pender wusste, das musste noch nichts heißen. Maxwell konnte sie lediglich mit der Androhung zum Schreien gebracht haben – jedenfalls hätte Pender das an Maxwells Stelle getan.

Aber nach dem zweiten Schrei – er wurde höher und tiefer und wieder höher und gurgelte in ihrer Kehle, bevor er in einem aus ganzen Herzen kommenden »O GOTT, NEIN, AUFHÖREN, BITTE AUFHÖREN, BITTE SORGEN SIE DAFÜR, DASS ER AUFHÖRT!« endete – hatte Pender kaum mehr Zweifel. Schuldgefühle und Scham, ja, aber kaum Zweifel.

»LASSEN SIE SIE IN RUHE! ICH BIN IN DER SCHEUNE!«

»HAB ICH MIR FAST GEDACHT!«, rief Maxwell.

»Von wegen«, brummte Pender.

»WO IST MISS MILLER? WEHE, SIE HABEN IHR AUCH NUR EIN HAAR GEKRÜMMT.«

O-ho. »VORERST HAT SIE NICHTS ZU BEFÜRCHTEN – ABER SIE HAT ANGST, UND SIE FEHLEN IHR. GEBEN SIE AUF.«

»GUT ZU WISSEN, DASS SIE HUMOR HABEN, PENDER.«

»Ich versuche mich bei Laune zu halten.« Pender richtete sich hinter seiner Bücherbarrikade ein, stützte den Lauf seiner Pistole auf eine Ausgabe von *Finnegans Wake* und visierte da, wo die zwei Scheunentore zusammentrafen, eine Stelle etwa einen Meter über dem Betonboden an.

»Tut mir Leid, Irene, aber das musste ich tun«, sagte Max, als er sie auf der Teerstraße zur Scheune führte. »Er hat mir keine andere Wahl gelassen.«

An diesem Punkt hätte Irene ebenso wenig etwas erwidern können, wie sie hätte davonfliegen können. Es ließ sich nicht beschreiben, was es für ein Gefühl gewesen war, als Maxwell sie aus dem Trockenschuppen geholt und nackt über die Wiese zum Hühnerstall gezerrt hatte, der sich etwa im Mittelpunkt des ganzen Geländes befand, ihr dann den Arm auf den Rücken gebogen und eine unerträgliche Ewigkeit lang sein Bic-Feuerzeug an den Unterarm gehalten hatte, bis ihr Schrei endlich Agent Penders Ansprüchen in puncto Echtheit gerecht geworden war. In diesem Moment hatte sie die beiden, Maxwell und Pender, mit gleicher Intensität gehasst.

Als sie die Scheune erreichten, zwang Maxwell Irene, das Tor gerade so weit zu öffnen, dass sie durch den Spalt passte, und schob sie, hinter ihr in Deckung gehend, nach drinnen. Da die Scheune nach Westen ausgerichtet war, warf die Abendsonne den lang gezogenen schwarzen Schatten einer vierbeinigen Frau auf den staubigen Betonboden.

Irene blickte zum Heuboden am anderen Ende der Scheune hoch, sah die Barrikade aus Büchern, sah das Schwarz der Pistolenmündung, die auf sie zeigte, sah darüber und dahinter das obere Drittel von Penders kahlem Quadratschädel, um dessen Stirn ein blaues Halstuch geschlungen war. Das war alles ganz und gar nicht so, wie sie es sich vorgestellt hatte.

Auch Maxwell sah den Kopf, hob seine Pistole und gab über Irenes Kopf hinweg einen Schuss darauf ab. Der Knall war ohrenbetäubend. Instinktiv warf sich Irene bäuchlings auf den

Betonboden, sodass Maxwell einen Augenblick lang ohne Deckung war, aber Pender hatte sich bereits hinter seine Barrikade geduckt. Bis er den Kopf wieder hob, hatte Maxwell Irene am Ellbogen gepackt, hinter den blauen Cadillac gezerrt und einen weiteren Schuss zum Heuboden hinauf abgegeben.

Pender feuerte eine Kugel über das Dach des de Ville. Jetzt hatte er noch zehn – eine im Patronenlager, neun im Magazin. Er hatte keine Ahnung, wie viel Schuss Maxwell hatte – oder wie viele Waffen.

»Kommen Sie endlich runter«, rief Maxwell, »oder muss ich sie noch mal brennen?«

Irene, die nackt und mit dröhnenden Ohren auf dem rauen Betonboden lag, starrte zu den Deckenbalken hoch. Wieder überkam sie diese Mischung aus Resignation und Machtlosigkeit. Wenn Pender nach unten kam, würde Maxwell sie beide umbringen. Wenn Pender nicht nach unten kam …

Aber daran durfte sie erst gar nicht denken. Denn sie wusste, ließe man ihr eine Wahl, würde sie lieber sterben, als noch einmal gebrannt zu werden – diese Schmerzen wollte sie auf keinen Fall ein zweites Mal erdulden müssen.

86

»Ihr wehzutun, wird Ihnen nichts nützen, Maxwell«, rief Pender hinter seiner Barrikade hervor. »Ich habe zwar ein weiches Herz, aber nicht vor, Selbstmord zu begehen. Und vergessen Sie nicht, ich habe Miss Miller.«

»Dann werden wir wohl noch eine Weile hier bleiben.«
»So lange auch wieder nicht.«
»Wie meinen Sie das?«
»Wie weit haben Sie das alles schon durchgedacht?«

»Weit genug.« Max' provisorischer Plan sah folgendermaßen aus: Er würde warten, bis es dunkel wurde, dann zum Fuß der Leiter schleichen und sich mithilfe seiner Imitationskünste als Irene ausgeben. *Agent Pender, ich bin's, Dr. Cogan. Ich komme jetzt hoch.*

Max hätte den Überraschungseffekt auf seiner Seite – mit dem älteren, langsameren, dickeren FBI-Mann nahm er es noch allemal auf.

Wenn es dann allerdings vorbei war, würde er sich aus dem Staub machen müssen. Wenn Pender es geschafft hatte, ihn zu finden, konnte auch der Rest des FBI nicht allzu weit sein.

Deshalb, ja, Maxwell hatte alles weit genug durchgedacht.
»Warum fragen Sie?«

»Weil mich interessieren würde, wie Sie mit dem Geiselbefreiungsteam fertig werden wollen, das in ungefähr einer Stunde anrücken wird. So viel Vorsprung haben sie mir nämlich gegeben.«

Max spürte eine bleierne Schwere in seinem Bauch, und in seinem Kopf setzte wieder dieses Gemurmel ein. *Maul halten,* kommandierte er. *Und zwar alle. Ich muss nachdenken.* Was Pender gesagt hatte, klang überzeugend und stand in Einklang mit den bekannten Tatsachen. FBI-Agenten operierten nie allein. Natürlich war die Kavallerie bereits unterwegs. Warum sonst hätte sich Pender darauf eingelassen, sich auf dem Heuboden zu verschanzen?

»Pender?«

»Ich bin immer noch hier.«

»Mal angenommen, Sie quatschen hier nicht bloß Scheiße – warum erzählen Sie mir das?«

»Weil ich bereit wäre, Ihnen einen Handel vorzuschlagen. Wenn allerdings das Geiselbefreiungsteam mal hier ist, ist es dafür zu spät. Dann habe ich keinen Einfluss mehr auf das Ganze. Wenn Sie Dr. Cogan umbringen, erschießen sie Sie. Nicht, dass mir an *Ihnen* viel liegt, aber es ist mein Job, dafür zu sorgen, dass *ihr* nichts zustößt. Deshalb mache ich Ihnen folgenden Vorschlag: Wenn Sie Dr. Cogan unverletzt freilassen, lasse ich Sie hier raus. Miss Miller können Sie mitnehmen oder hier lassen – das ist ganz Ihnen überlassen.«

»Und wie haben Sie sich das genau vorgestellt?«

»Ganz einfach. Sie gehen durch das Tor, durch das Sie reingekommen sind, wieder raus. Das verhilft Ihnen zu einem gewissen Vorsprung – das ist so ziemlich alles, was ich Ihnen versprechen kann.«

»Woher soll ich wissen, dass Sie mich nicht in den Rücken schießen, wenn ich rausgehe?«

»Weil ich FBI-Agent bin und kein bezahlter Killer.«

»Sagen Sie das mal Randy Weaver und diesen armen Teufeln, die sie in Waco gegrillt haben.«

»Aber genau darauf will ich doch hinaus. Das wird nämlich passieren, wenn die Ninjas hier anrücken. Die ganzen kugelsicheren Westen, die ganzen Waffen und Brandgranaten und Hunde und dazu die ganze Aufregung und Hektik. Und überhaupt, *ich* könnte dabei auch draufgehen, und *das* wäre eindeutig nicht in meinem Sinn.«

»Damit haben Sie trotzdem noch nicht meine erste Frage beantwortet. Wieso sollte ich Ihnen glauben, dass Sie mich nicht in den Rücken schießen?«

»Weil im gegenwärtigen politischen Klima« – nach der Entdeckung, dass das FBI gelogen hatte, was den Einsatz von Brandgranaten betraf, wurde Waco gerade wieder aufgewärmt – »die guten alten Zeiten, in denen man Straftäter noch in den Rücken schoss, endgültig der Vergangenheit angehören. Und wenn Sie Miss Miller zurücklassen, was Sie wahrscheinlich sowieso tun wollen, da sie ja kaum in reisefähigem Zustand ist, könnte sie es später vor Gericht bezeugen. Sie ist hier oben, sie kann mich hören.«

»Lassen Sie mich mit ihr sprechen.«

»Das geht im Moment nicht. Ich rühre mich hier nicht von der Stelle.«

»Was sollte mich daran hindern, Dr. Cogan als Schutzschild

zu benutzen und genauso wieder zu verschwinden, wie ich reingekommen bin?«

»Dann versuchen Sie's doch, wenn Sie meinen. Wenn Sie glauben, Sie kommen in einer Stunde weit genug – zu Fuß und mit einer Frau im Schlepptau, während ich Sie unter Beschuss nehme –, dann versuchen Sie's doch. Andernfalls, das wäre mein Vorschlag: Solange Sie Dr. Cogan unverletzt zurücklassen, können Sie hier bis Einbruch der Dunkelheit jederzeit rausmarschieren. Danach werden keine Wetten mehr angenommen.«

»Ich weiß nicht recht. Das muss ich mir erst mal überlegen.«

»Überlegen Sie aber nicht zu lang«, rief Pender. »Schätze, bis Sonnenuntergang ist es noch ungefähr eine Stunde.«

Eine Stunde, dachte Maxwell. Nicht viel Zeit – zumindest für beschränkte Normalsterbliche. Für einen Multiplen seines Kalibers war es mehr als genug. Er wusste bereits, was er tun würde. Der alte Trick hatte ihm seit der Juvie noch jedes Mal nützliche Dienste erwiesen, und er hatte Pender schon einmal damit überrumpelt. Es bestand kein Grund zu der Annahme, dass er nicht noch mal darauf hereinfallen würde.

Trotzdem, es konnte nicht schaden, wenn es noch etwas dunkler wurde. Aber auch nicht zu dunkel – er brauchte genug Licht, um noch zielen zu können.

»Pender!«

Pender sah auf die Uhr. Eine halbe Stunde war vergangen. Das Licht in der Scheune wurde schwächer. »Ja?«

»Aus unserer Abmachung wird nichts – ich traue Ihnen nicht. Aber ich mache Ihnen einen Gegenvorschlag.«

»Ich höre.« Penders Magen knurrte. Zum ersten Mal wurde ihm bewusst, dass er seit dem Frühstück nichts mehr gegessen hatte. Seltsam, dass er es nicht schon früher gemerkt hatte – er war an sich jemand, der es nicht gewohnt war, eine Mahlzeit auszulassen.

»Sie und ich, *mano a mano*. Showdown am OK Corral.«
»Wie stellen Sie sich das denn vor?«
»Sie kommen nach unten, wir zählen von zehn rückwärts und ziehen.«

O-ho, dachte Pender. Vor Jahren, vor der Reeford-Blamage, war er manchmal gebeten worden, an der FBI Academy in Quantico einen Vortrag über »affektive Verhörtechniken« zu halten, bei dem er den Teilnehmern eingeschärft hatte, dass das Entscheidende bei der Lösung eines Falls häufig nicht war, was man wusste oder was man nicht wusste, sondern etwas, das man wusste und von dem der andere nicht wusste, dass man es wusste.

Trotzdem durfte er auf keinen Fall zu bereitwillig einlenken. »Woher soll ich wissen, dass Sie mich nicht erschießen, wenn ich die Leiter runtersteige?«

»Wir stehen beide gleichzeitig auf, jeder die Waffe an seiner Seite, mit dem Lauf nach unten gerichtet. Macht einer von uns frühzeitig eine Bewegung, sieht es der andere.«

»Aber ich bin auf jeden Fall im Nachteil – einhändig eine Leiter runterzuklettern.« Pender tat so, als dächte er weiter darüber nach. »Wissen Sie was, Sie halten Ihre Waffe hinter den Rücken, bis ich unten bin. Einverstanden?«

»Okay«, sagte Maxwell.

Okay, dachte Pender.

Irene wusste nicht, was sie von dem Ganzen halten sollte, außer dass es, ob nun so oder so, bald vorüber wäre und dass ihre Überlebenschancen von null auf fünfzig Prozent gestiegen waren. Kein Kurs, über den sie vor einer Woche sonderlich begeistert gewesen wäre – aber anscheinend hing das alles nur davon ab, wo man gerade stand. Wie alles andere im Leben.

»Dr. Cogan?«
»Ja?«
»Würden Sie bitte langsam bis drei zählen?«
»Jetzt?«

»Ja, jetzt.«

Irene sah Maxwell an. Er nickte.

»Eins. Zwei. Drei.«

Bei drei stand Maxwell auf. Er hielt die Pistole in der linken Hand hinter dem Rücken. Irene richtete sich auf wackligen Beinen auf und spähte über Maybellines Dach, allerdings geduckt, sodass das Auto zwischen Pender und ihrer Nacktheit blieb. Der FBI-Mann stand, die Waffe an seiner Seite, auf dem Heuboden und begann langsam auf die Leiter zuzugehen.

Irene beobachtete Maxwells Hand – sollte er sie bewegen, wollte sie einen Warnschrei ausstoßen, vielleicht sogar versuchen, sie zu fassen zu kriegen. Pender begann die Leiter herunterzusteigen. Mit der linken Hand hielt er sich fest, in der rechten hatte er die Pistole. Um Maxwell im Auge behalten zu können, musste er den Kopf schmerzhaft verdrehen, während seine Zehen nach den Sprossen tasteten.

»So weit, so gut«, rief Maxwell und nahm langsam die Hand hinter seinem Rücken hervor, als Pender unten ankam. Dann, ohne Pender aus den Augen zu lassen: »Irene, könnten Sie von zehn rückwärts zählen – im selben Tempo wie eben?«

»Moment«, sagte Pender ruhig. »Ich würde da vorher gern noch etwas klar stellen – ziehen wir *bei* eins oder danach?«

»Was ist Ihnen lieber?«, fragte Maxwell genauso ruhig.

»Könnte beides problematisch werden. Wie wär's mit drei, zwei, eins, *los*, und wir ziehen bei los.«

»Meinetwegen. Haben Sie verstanden, Irene?«

»Ja.«

»Dann wollen wir mal«, sagte Maxwell mit einer hohen, schrillen Stimme. Irene erkannte sie nicht, wusste aber, es war eine seiner Imitationen.

Das macht er immer, wenn er nervös ist, erinnerte sie sich. Am ersten Tag mit mir war er nervös.

»Zehn«, sagte sie laut und deutlich. Sie hörte ihre Stimme durch die Scheune hallen.

Pender versuchte immer noch zu entscheiden, bei welcher

Zahl er das Feuer eröffnen sollte. Darüber hatte er schon die ganze Zeit, als er die Leiter heruntergeklettert war, nachgedacht. Vor Beginn des Countdown zu ziehen wäre zu riskant gewesen – dazu beobachtete ihn Maxwell zu scharf. Aber Maxwell hatte uneingeschränktes Vertrauen in Buckleys Trick. Sobald der Countdown begann, würde er sich entspannen, weil er sich dann auf vertrautem Gelände befand.

»Neun.«

Zu früh.

»Acht.«

Noch nicht – Nerven wie Drahtseile.

»Sieben.«

Pender ließ sein Handgelenk hochschnellen und feuerte aus der Hüfte. Sieben hörte sich irgendwie genau richtig an.

87

Das Hohlspitzgeschoss traf Maxwell oben in die linke Schulter und riss ihn seitlich herum. Seine Balance und seine Reflexe waren hervorragend. Er konnte sich auf den Beinen halten und schaffte es sogar, selbst einen Schuss abzufeuern, der vom Betonboden abprallte und einen der Pfosten zwischen den Verschlägen streifte, dass die Holzsplitter davonstoben.

Pender schaffte es, innerhalb eines Herzschlags einen zweiten Schuss abzufeuern, verriss ihn aber nach oben. Ein Anfängerfehler – infolge der schlechten Ausgangshaltung durch den Rückstoß der Waffe beim ersten Schuss gehen zweite Schüsse normalerweise zu hoch.

Das kannst du doch besser, sagte sich Pender. Bis auf seinen Verstand bewegte sich alles in Zeitlupe. Er hatte das Gefühl, jede Menge Zeit zu haben. Trotzdem überkompensierte er beim dritten Schuss nach unten. Die Kugel durchschlug Maxwells Knie, als dieser gerade versuchte, die schwere Glock von seiner zu nichts mehr zu gebrauchenden linken Hand in die rechte zu wechseln. Die Pistole flog in hohem Bogen durch die Luft, aber obwohl sich sein Knie in einer Explosion aus feinem rotem Dunst aufgelöst hatte, schaffte es Maxwell noch halb, aus der Scheune zu hopsen, bevor er zu Boden fiel.

Da lag er nun halb innerhalb, halb außerhalb der Scheune auf dem Rücken und blickte in den rosaroten Sonnenuntergangshimmel hinauf. Die SIG mit gestrecktem Arm von sich haltend, den Zeigefinger halb um den Abzug gekrümmt, näherte Pender sich ihm vorsichtig. Als er ihn erreichte, sah Pender, dass er noch bei Bewusstsein war und dass keine seiner Wunden notwendigerweise tödlich war. Wirklich schade. Er kniete neben Maxwell nieder und hielt ihm den Lauf der SIG an die Stirn, sodass er sie sehen und spüren konnte.

»Schöne Grüße von Caz Buckley«, sagte Pender leise. »Ach, und ich soll dir von ihm ausrichten, dass er dich nie richtig gemocht hat.«

Als die Schießerei begann – Irene hatte nicht gesehen, wer damit angefangen hatte –, hatte sie sich auf den Boden geworfen und war unter Maybelline gekrochen. Sie wunderte sich über sich selbst, wie ruhig sie war. Eine Woche früher, wusste sie, wäre sie entweder hysterisch oder wie gelähmt gewesen. Stattdessen wartete sie, bis die Schüsse verstummten, und kroch erst unter dem Auto hervor, als sie Penders Hush Puppies ihr Blickfeld durchqueren sah.

Sie stand auf, sah Pender in der Toröffnung links neben Maxwell niederknien und ihm die Pistole an die Stirn drücken. »Nein!«, stieß sie hervor. »Was tun Sie da?«

»Nur den Gefangenen in Gewahrsam nehmen«, antwortete er und begann hastig, mit seiner freien Hand den Bund und die Taschen von Maxwells Shorts nach einer zweiten Waffe abzutasten, dabei immer darauf bedacht, dem aus dem verletzten Knie spritzenden Blut auszuweichen. In diesem Moment war sich Pender nicht einmal selbst sicher, ob er vorgehabt hatte, Maxwell aus nächster Nähe eine dritte Kugel in den Kopf zu jagen. Wahrscheinlich nicht: Obwohl er ziemlich in Rage war, hatte er nicht vergessen, dass Pulververbrennungen an Maxwell und Schmauchspuren an ihm selbst ein hundertprozentiges Indiz gewesen wären.

Irene näherte sich ihnen voller Angst, doch als sie Maxwells Wunden sah, gewann ihre ärztliche Ausbildung die Oberhand.

»Schnell, geben Sie mir Ihr Tuch.« Sie kniete neben Pender nieder und hielt den Daumen auf Maxwells heftig blutende Oberschenkelarterie.

Pender warf einen Blick in ihre Richtung, schickte, obwohl er schon zuvor gemerkt haben musste, dass sie nackt war, einen zweiten hinterher und zog hastig sein zerrissenes, verschwitztes, durchlöchertes, blutbespritztes, versengtes Dreihundert-Dollar-Sakko aus, um es ihr über die Schultern zu legen. Es hing bis zum Boden.

»Ihr Halstuch«, sagte sie noch einmal.

»Wofür?«

»Ich muss eine Aderpresse machen.«

»Wofür?«

»Um die Blutung zu stoppen.«

»Ach so – klar.« Zögernd, fast widerstrebend, nahm Pender sein Halstuch ab und reichte es Irene. Einen abgekoppelten Augenblick lang konnte sich Pender nicht vorstellen, warum sie Maxwell das Leben retten wollte. Aber natürlich mussten sie ihn am Leben zu halten versuchen. Wie würden sie sonst etwas über das Schicksal all der rotblonden Frauen erfahren? Es sei denn ...

»Dr. Cogan, als Sie beide zusammen waren, hat er Ihnen da etwas über die anderen rotblonden Frauen erzählt?«

»Über alle.«

»Ihre Namen und alles?«

»Ihre Namen und alles. Ich habe sie in meinem Notizbuch. Halten Sie hier den Daumen drauf.« Sie ließ ihn auf die Schlagader drücken, während sie den Knoten machte. Erst als die Blutung aufgehört hatte, steckte sie die Arme durch die Ärmel von Penders Sakko und knöpfte es zu.

»Wie viele?«

»Insgesamt zwölf«, antwortete Irene.

»Wisniewski eingerechnet?«

»Wisniewski eingerechnet.« Irene stieg über Maxwell und kniete nieder, um seine Schulterwunde zu untersuchen. Sie sah nicht besonders schlimm aus. Doch als sie einen Streifen Stoff von dem blutigen Hawaiihemd riss und es in die Einschusswunde stopfte, erinnerte sie sich aufgrund ihrer Notarztdienste in Palo Alto, dass die Austrittswunden immer schlimmer waren. Sie ersuchte Pender, Maxwell hochzuheben, um seinen Rücken untersuchen zu können. Es gab keine Austrittswunde; die Kugel musste noch in ihm stecken.

Max stöhnte, als sie ihn wieder nach unten ließen – sein außergewöhnlicher Verstand arbeitete immer noch, obwohl er spürte, wie seine Willenskraft nachließ und in den friedlichen, rosaroten Himmel emporschwebte.

»Nur keine Aufregung«, sagte Irene, als sie ihn zu Boden ließen. »Es ist alles okay – entspannen Sie sich einfach.« Eine blonde Locke war in Maxwells Stirn und in sein Auge gefallen; sie strich sie ihm behutsam zurück. »Wir müssen ihn ins Krankenhaus bringen«, sagte sie zu Pender.

»Wollen Sie das wirklich?«, flüsterte er. »Ihn am Leben halten, auf das Risiko hin, dass er eines Tages wieder frei kommt?«

Sie sah ihn ausdruckslos an.

Immer noch flüsternd, fuhr Pender fort: »Wissen Sie, wie Sie sterben sollten? Als Nummer dreizehn?«

»Was –« Sie wollte ihn fragen, was das für einen Unterschied machte, aber irgendetwas in seiner Miene hielt sie davon ab. »Nein, weiß ich nicht.«

Penders Augen füllten sich mit Bedauern über das, was er gleich tun würde. Im Lauf der Jahre hatte er es sich zur Gewohnheit, fast zu einer Religion, gemacht, die Gräuel, die er gesehen hatte, für sich zu behalten, zumindest gegenüber Zivilisten, einschließlich seiner damaligen Frau. Es hatte dazu beigetragen, dass seine Ehe in die Brüche ging. Aber die meisten Menschen konnten in der Welt, die Pender bewohnte, nicht leben. Und jetzt musste er die arme Dr. Cogan, die in seinem riesigen ruinierten Sakko und mit ihrem geschorenen Kopf wie ein ausgesetztes Kind aussah, da hineinziehen. Sie voll mit der Nase reintunken.

»Zuerst mal hätte er Sie vergewaltigt, mehrmals, in jeder nur erdenklichen Körperöffnung und jeder nur erdenklichen Stellung. Er hätte sie gefesselt, kostümiert, geschlagen, gefoltert, penetriert und alle möglichen Gegenstände in sie eingeführt, immer und immer wieder, und das alles in einem Zustand zunehmender Raserei, die schließlich in ihrem Tod geendet hätte. Wenn sie Glück gehabt hätten, hätten Sie schon bald das Bewusstsein verloren – nicht, dass er deswegen früher Schluss gemacht hätte – oder Sie wären versehentlich gestorben, infolge eines Schädelbruchs zum Beispiel oder wegen innerer Blutungen oder Asphyxie.«

Wenn das Glück ist, dachte Irene, möchte ich nicht wissen, was Pech ist. Aber sie machte keine Anstalten, ihn aufzuhalten. Sie hatte ihn gern so nah bei sich – er bedeutete Sicherheit, er bedeutete Geborgenheit. Sie wusste, nichts von dem, was er ihr erzählte, durfte irgendwelche Auswirkungen auf ihren hippokratischen Eid haben. Genauso wusste sie aber auch, dass sie ihn zu Ende anhören musste.

»Doch wenn Sie das Pech gehabt hätten, mit einer robusten Konstitution – oder einem starken Überlebenswillen – ausgestattet zu sein, hätte es mit einem Messer geendet.«

Penders Gedanken kehrten in das Schlafzimmer des kleinen Ranchhauses in Prunedale zurück. *Harriet Weldon zieht das Laken zurück, das Maxwell den toten Frauen bis zur Hüfte hochgezo-*

gen hat. Einer der Ermittler hält den Atem an, ein anderer stöhnt. Der Fotograf macht eine Blitzlichtaufnahme; das plötzliche grellweiße Aufleuchten brennt das Bild in Penders Gedächtnis ein. Wie viel Messerstiche waren nötig, um die Geschlechtsteile einer Frau auszulöschen, sie bis zu solcher Unkenntlichkeit zu zerstören, fragt er sich. Hundert? Tausend?

»Agent Pender?«

Mit vagem Erschrecken stellte Pender fest, dass er über Maxwell stand. »Entschuldigung. Ich war grade in Gedanken ganz woanders. Das Ganze muss mich doch mehr mitgenommen haben, als ich dachte. Wo war ich stehen geblieben?«

»Ein Messer?«

»Ach ja. Ein Messer. Ein richtig solides Schlachtermesser – stabil genug, um nicht kaputtzugehen, wenn es durch einen Knochen – den Beckenknochen – gerammt wird, immer und immer wieder, bis nur noch eine blutige –«

»Nicht mehr. Bitte.« In Irenes Kopf drehte sich alles. Einen Augenblick lang fürchtete sie, vornüber auf Maxwell zu kippen. Pender legte den Arm um sie.

»Kinch«, sagte sie, als er sie etwa einen Meter von Maxwell entfernt wieder in eine sitzende Haltung brachte.

»Was?«

»Kinch – so heißt das alter, das die Frauen zerstückelt.«

»Lassen Sie es mich also tun?«

»Was tun?«

»Die Aderpresse lockern.«

Irene dachte darüber nach. Sie dachte länger und intensiver darüber nach, als sie sich sogar selbst eingestehen wollte. Am Ende war es nicht ihr hippokratischer Eid, der den Ausschlag gab, sondern die Tatsache, dass sie in den über zehn Jahren, die sie sich auf dissoziative Störungen spezialisiert hatte, von keinem Multiplen gehört hatte, der auch nur annähernd so war wie Maxwell, geschweige denn einen solchen behandelt hatte. Er war eine Klasse für sich. Die Gelegenheit, ihn zu studieren, von ihm zu lernen, führte langfristig vielleicht zu wichtigen Erkenntnissen für die Behandlung und das Verständnis von DIS, von denen Opfer wie Lily DeVries profitieren könnten. Gegen diese Aussicht kamen ihre Angst und ein dumpfer Wunsch nach Rache nicht an. Sie schüttelte den Kopf.

Erschöpft stand Pender auf. »Gibt es im Haus ein Telefon? Mein Handy funktioniert hier nicht.«

»Nein, ich glaube, ich sollte bei Donna und Dolores bleiben.«

Einen Moment schaltete Pender nicht – dann durchlief sein Universum, zum zweiten Mal an diesem Tag, einen Paradigmenwechsel. »Was haben Sie da gerade gesagt?«

»Donna und Dolores – ich sollte bei ihnen bleiben, bis der Krankenwagen kommt.«

»Donna Hughes und Dolores Moon? Sie sind noch am Leben?«

»Wussten Sie das denn nicht?«

Nein, wollte Pender sagen. Dann merkte er, dass er – dass er es irgendwie die ganze Zeit gewusst hatte. Er hatte es nur nicht immer geglaubt.

88

Nachdem Maxwell die Psychiaterin aus dem Trockenschuppen gezerrt hatte, drückten sich Donna und Dolores, sich gegenseitig die Hände haltend, am Luftschacht neben dem Wasserhahn aneinander. Eine Ewigkeit verstrich.

»Bald ist alles vorbei«, sagte Dolores.

»So oder so«, erwiderte Donna.

Das war genau die Wendung, die Dolores durch den Kopf gegangen war, obwohl sie es nicht hatte aussprechen wollen. »Weißt du, woran ich die ganze Zeit denken muss?«, fragte sie Donna.

Wieder hatten sie denselben Gedanken. »Tammy?« Nachdem sie in der letzten Woche von Max' Abwesenheit fünf Tage lang nichts zu essen bekommen hatte, hatte sich Tammy Brown unter dem Kaltwasserhahn selbst ertränkt, während die anderen beiden geschlafen hatten. Das konnte nicht einfach gewesen sein. Sie hatten sie am nächsten Morgen auf dem Abflussgitter gefunden, ihr Körper kalt, ihre Haut kieselglatt und fest wie die eines Delphins, ihre offen stehenden Lippen blau. Und nachdem Donna den Wasserhahn zugedreht hatte, sahen sie, dass Tammys offener Mund randvoll mit klarem dunklem Wasser war, wie ein abgrundtiefer Teich, der gleich über seine schmalen blauen Ufer treten würde.

»Wenn sie nur ein bisschen länger ausgehalten hätte.« Maxwell war noch am selben Abend angekommen, hatte ihre Leiche in den Abort geworfen und einen Eimer Kalk darüber gestreut.

Eine weitere Ewigkeit verging. Es wurde dunkel – dann war es dunkel. Sie hatten aufgehört, sich die Hände zu halten. Dolores hatte den Rücken an der Wand, mit dem Blick zur Tür. Sie hörten die Außenluke aufgehen. Die Ewigkeit, die zwischen dem Öffnen der Außenluke und dem Öffnen der Innentür verging, war, obwohl sie nur aus Schritten und Schlüsselklirren bestand, die längste aller Ewigkeiten. Dolores' Herz pochte so heftig gegen ihre Rippen, dass sie dachte, es würde jeden Moment zerspringen.

Dann ging die Tür auf, und ein großer, blutbespritzter, glatzköpfiger Mann mit einer batteriebetriebenen Laterne erschien. Die Psychiaterin neben ihm hatte die Arme voller Kleider.

Das alter, das unter dem Namen Max bekannt war, war sich seiner Natur oder seiner Herkunft nie ganz sicher gewesen. Der Umstand, dass ihn die anderen alter als eine Art Dämon betrachteten, kam ihm natürlich sehr gelegen und hatte ihm geholfen, Useless und Christopher die Herrschaft über das System zu entreißen. Aber für ihn selbst war die Möglichkeit, dass er eine Inkarnation Carniveans war, lediglich eine Mutmaßung, die auf die Begleitumstände seines ersten Auftritts zurückging, auf das perverse Vergnügen, das er an Aktivitäten fand, welche die anderen als verwerflich oder böse betrachteten, und auf die unleugbare Überlegenheit des Systems, und zwar nicht nur im Vergleich mit anderen Multiplen, sondern auch mit der menschlichen Rasse generell.

Selbst wenn es nur ein Zufall war, vielleicht auch eine willkürlich erfolgte Mutation, ließ sich dennoch nicht ganz ausschließen, dass ein evolutionärer Sprung, wie er ihn darstellte, das Ergebnis dämonischer Besessenheit war.

Deshalb schaffte es Max, als er in das Dunkel zurückglitt, wieder einmal, sich einzureden, dass das Ganze auch seine gute Seite hatte. Wenigstens brauchte er sich wegen der Hölle keine Gedanken zu machen. Wenn sie existierte, saß er im Vorstand; wenn nicht, ging damit Vergessen einher und das Ende der unerträglichen Schmerzen, die er jetzt erduldete. Und egal, wie die Sache ausging, würde das Rätsel seiner Herkunft bald gelöst.

Aber kaum hatte Max diesen Zustand inneren Friedens erreicht, wurde er durch das Geräusch von Miss Millers Stimme wieder herausgerissen. Obwohl sie an Armen und Beinen immer noch fest – und schmerzhaft – gefesselt war, hatte sie es irgendwie geschafft, sich auf ihrem unverletzten Rücken über den Heuboden zu schleppen und den Knebel aus dem Mund zu bekommen.

»Ulysses?«, rief sie.

Max öffnete die Augen, sah, dass die Nacht hereingebrochen war. Welch ein Himmel, welch ein Himmel! »Hier unten bin ich. Er hat mich niedergeschossen.«

»Ich habe es gehört.«

»Ich glaube, ich muss sterben.«

»Ach, das denkst du jedes Mal, wenn du dir den Zeh anstößt. Weißt du noch, als du zwölf warst und Grippe hattest? Ich habe dir schon aus wesentlich schlimmeren Klemmen geholfen, junger Mann. Und jetzt komm endlich hier rauf und binde mich los.«

»Jetzt seid ihr in Sicherheit«, redete Irene beruhigend auf die zwei Frauen ein, obwohl sie sich fragen musste, ob eine von ihnen, sie eingeschlossen, sich jemals wieder wirklich in Sicherheit fühlen könnte. Im Moment, war ihr klar, litten sie alle an einer akuten Belastungsreaktion, dem Vorläufer einer posttraumatischen Belastungsreaktion, bei der neben allen Symptomen von Letzterer massive dissoziative Symptome wie selektive Amnesie, affektive Abstumpfung und Derealisation auftraten. Aber ihre eigenen Probleme tat Irene mit einem Achselzucken ab – schließlich war sie nicht nur die am wenigsten Betroffene der drei, sondern auch Psychiaterin. »Es ist vorbei – ihr seid frei. Er kann euch nichts mehr tun.«

Sie wiederholte weitere Variationen dieses Themas, als sie Donna Hughes auf die Beine half, ihr half, die Arme durch die Ärmel einer orangefarbenen Bluse zu stecken, sie stützte, als sie in eine Shorts stieg, und sie die Treppe hinauf auf die mondbeschienene Wiese hinausführte. Kurz darauf kam Pender mit Dolores Moon in den Armen aus der Luke; sie hielt immer noch die Decke um sich geschlungen und wollte sie nicht hergeben, obwohl ihr Irene eine Auswahl von Kleidern gebracht hatte, bei denen es sich, ihrer Größe nach zu schließen, um ihre eigenen hätte handeln müssen.

Irene selbst war wieder in die preiselbeerfarbene Strickjacke, die kurzärmelige Bluse und die weiße Segeltuchhose geschlüpft, die sie angehabt hatte – war es wirklich erst diesen Morgen gewesen? Die Zeit hatte aufgehört, viel Bedeutung zu haben – sie erkannte darin ein dissoziatives Symptom.

Pender stellte die kleine Dolores ab und legte den Arm um sie, um sie zu stützen. Sie lehnte sich an ihn und drehte sich mit seiner Hilfe um einhundertachtzig Grad, sodass sie dem zweigezackten Berggipfel im Westen den Rücken zukehrte und dem Haus am Rand der Wiese und dem Vollmond dahinter zugewandt war, der über dem dicht bewaldeten Kamm des Hügels aufging.

»Was für ein Anblick«, sagte sie.

Pender sah auf sie hinab, dann zum Mond hinauf. Neben ihm standen Irene und Donna. Sie hatten sich, um sich gegenseitig zu stützen, die Arme um die Taille gelegt.

»Allerdings«, stimmte er ihr zu. Möglicherweise litt auch er unter einer leichten akuten Belastungsreaktion – er kam nicht an seine Emotionen heran, sie waren zu groß und zu tief. Es war, als hätte er diesen Vollmond nie zuvor gesehen, als wäre er auf einem Planeten mit einem vollkommen anderen Himmel gelandet.

Ein geringerer Mann, ein einzelner Mann, hätte es nie in die Scheune geschafft, geschweige denn, praktisch einarmig und einbeinig und fast verblutet, zum Fuß des Heubodens. Dazu war die Mitarbeit aller alter außer Lyssy und dem autistischen Mose nötig. Jeder von ihnen kam mal an die Reihe, dann glitt er in das Dunkel zurück. Am Ende war nur noch der blinde Peter übrig, um den Körper die letzten paar Meter voranzubewegen.

»Wo ist die Leiter?«, rief er – bis zu diesem Augenblick hatte er nur das Terrain von Miss Millers Schlafzimmer gekannt. »Ich kann nichts sehen.«

Was war bloß los mit dem Jungen?, dachte Miss Miller, wieder verärgert. Durch das Mondlicht, das durch die offenen Fensterläden des Heubodens fiel, war es doch in der Scheune eindeutig hell genug. Immer noch auf dem Rücken liegend, stemmte sie ihre Schultern gegen die Bücherbarrikade, die Pender errichtet hatte, und begann gegen sie zu drücken, um an den Rand des Heubodens zu kommen und ihn zu der Leiter zu lotsen.

Ein Taschenbuch traf Peter am Hinterkopf. Verdutzt und verwirrt, versuchte er sich mit seinem unverletzten Arm vor dem Bücherhagel zu schützen, während er unter den Überhang des Heubodens kroch, um dort Deckung zu suchen.

»Alles in Ordnung?«, rief sie, als sie ihn vor Schmerzen ächzen hörte. Keine Antwort. Aus Sorge, sie könnte ihn versehentlich verletzt haben, stemmte sie sich erneut mit Rücken und Schultern gegen die Barrikade, zog die Beine an, bis die Fersen die Oberschenkel berührten, und stieß sich mit aller Kraft nach hinten.

Ursprünglich hatte Pender vorgehabt, die Frauen ins Haus zu bringen, den Schlüssel für den Cherokee zu suchen oder das Anlasserkabel kurzzuschließen, die restlichen Hunde zu erschießen, falls sie Ärger machten, in Richtung Stadt zu fahren, bis sein Handy funktionierte, dann wieder nach Scorned Ridge zurückzufahren und auf die Krankenwagen oder die Rettungshubschrauber und das Spurensicherungsteam zu warten. Ein Geiselbefreiungsteam wäre nicht mehr nötig, aber wie er das FBI kannte, würden sie wahrscheinlich trotzdem eins schicken, zusammen mit einem Kamerateam, einfach wegen des imageförderlichen Bildmaterials.

Dabei hatte er jedoch nicht berücksichtigt, dass ihn keine der zwei ursprünglichen Geiseln außer Sichtweite lassen würde. Dr. Cogan zählte nicht für sie – sie war nur eine weitere Frau in einer langen Reihe von Rotblonden. Deshalb trug er, so erschöpft er auch war, die kleine Dolores Moon in den Armen zur Scheune, während Donna und Irene, die sich immer noch gegenseitig die Arme um die Taille gelegt hatten, hinter ihm hertrotteten.

Irene, die manchmal Donna stützte, manchmal von ihr gestützt wurde, wurde das traumartige Gefühl nicht los, dass Maxwells Körper verschwunden wäre, wenn sie zur Scheune kamen.

Es war so ein überwältigend eigenartiges Gefühl – und es hinterließ so einen tiefen Eindruck in ihrer Psyche –, dass sie schon genau wusste, was sie hinter der Kuppe sehen würde, als Pender die Anhöhe einen Moment vor ihr erreichte, einen Fluch murmelte, Dolores absetzte, seine Waffe zog, den Frauen zurief, hier auf ihn zu warten, und dann den Abhang zur Scheune hinuntertrabte.

Oder genauer: Sie wusste, was sie nicht sehen würde. Maxwell lag nicht mehr im offenen Tor der Scheune, wo sie ihn nur fünfzehn oder zwanzig Minuten zuvor, scheinbar bewusstlos, zurückgelassen hatten. Wo er gelegen hatte, sah sie jetzt nur eine Blutlache, die schwarz im Mondlicht schimmerte, und Pender, der sich mit der Pistole vor seiner Brust seitwärts in die Scheune drückte.

Wenige Sekunden später tauchte er winkend wieder auf und rief, Irene solle zu ihm kommen. Gefolgt von Donna in Shorts und orangefarbener Bluse und Dolores in ihrer Decke, die sich gegenseitig stützten, eilte sie die abschüssige Teerstraße hinab.

Pender wartete mit der Laterne unter dem Heuboden, wo Miss Miller auf einem Haufen Bücher lag. Ihr Kopf stand in einem unmöglichen Winkel vom Rumpf ab. Irene stieß mit dem Fuß eine ledergebundene Ausgabe der *Dubliner* und mehrere Bände der *Handyman's Encyclopedia* beiseite und kniete neben ihr nieder. Sie hob Miss Millers von Narben überzogenes Handgelenk und fühlte nach ihrem Puls, dann blickte sie zu Pender auf und schüttelte den Kopf.

Pender nickte. Dann hob er die Laterne höher, sodass ihr Licht auf Maxwell fiel, der in der dunkelsten Ecke der Scheune auf dem Rücken lag.

Irene eilte zu ihm, untersuchte die Aderpresse, zog sie eine Spur fester an.

Er wimmerte: »Mami«, und hob die Hand, um ihre Wange zu streicheln.

Sie wollte ihn fragen, wie er hieß, überlegte es sich dann aber anders. Die kindliche Stimme, die schlaffe Kieferpartie, das ovale Gesicht und die großen Augen verrieten ihr alles, was sie wissen musste.

»Hallo, Lyssy«, sagte sie leise.

»Mami, ich hab solche Schmerzen.« Er sah an ihr vorbei auf

Pender, der über ihnen stand und die Laterne hielt. »Der Mann da hat mir wehgetan.«

»Das wollte er nicht«, sagte Irene. »Und er wird dir auch nicht mehr wehtun.«

»Versprichst du mir das? Drei Finger aufs Herz?«

»Drei Finger aufs Herz.«

89

Der Hubschrauber kam beim ersten Tageslicht über Horned Ridge geknattert und setzte auf der Wiese von Scorned Ridge auf, um ein Spurensicherungsteam mitsamt mehrerer leichenschnüffelnder Hunde auszuspucken. Pender wartete auf sie. An der aufmerksamen Art, in der sich sogar der ASAC aus Portland jeden seiner Vorschläge anhörte, konnte er erkennen, dass alles vergessen und vergeben war. E. L. Pender hatte sich buchstäblich über Nacht vom Ausgestoßenen zum Musteragenten gemausert.

Pender war sich über die Verantwortung im Klaren, die mit dieser neuen Einschätzung einherging: Er zog für die Pressekonferenz, die wenige Stunden später abgehalten wurde, eine blaue Windjacke an, auf der in dreißig Zentimeter hohen gelben Buchstaben FBI stand, und dankte, ohne eine Miene zu verziehen, den Sheriff's Departments des Umpqua und Monterey County für ihre Kooperation.

Pender war sich auch im Klaren darüber, dass mit der Verantwortung, die seine neue Rolle als Musteragent mit sich brachte, auch Vergünstigungen einhergingen. Alle wollten ein Stück von Dr. Cogan – das FBI, die California Highway Patrol, drei Sheriff's Departments und die in Windeseile eintreffenden Fernseh- und Zeitungsreporter –, aber nach der Pressekonferenz machte er sich seinen neu gewonnenen Einfluss zunutze, sie vor ihnen zu schützen, indem er darauf bestand, sie persönlich in ihrem Krankenzimmer zu vernehmen.

Die Aufgabe, die Familien der Opfer zu benachrichtigen, überließ er allerdings jemand anderem. Das, und der Rest der Nachuntersuchungen, sollte nicht sein Problem sein – er würde ins FBI-Hauptquartier zurückkehren, wo er McDougal seine Dienstmarke aushändigen und als Held, mit voller Rente, aus dem Dienst scheiden würde. Auch seine Waffe würde er abgeben. Je unerfreulicher die Waco-Ermittlungen wurden, umso fester war das FBI entschlossen, diesen raren Publikumserfolg hochzuspielen: Der Direktor wollte Penders SIG Sauer P226 im FBI-Museum ausstellen.

Was Penders sonstige Zukunftspläne anging, hatte er unter anderem vor, seinen Ruhestand in vollen Zügen zu genießen, sich vielleicht einen Beraterjob bei einer privaten Sicherheitsfirma zuzulegen (ein weiterer Vorteil, wenn man Musteragent war) und ganz entschieden daran zu arbeiten, sich ein Handicap unter zwanzig zu erspielen.

Vorher hatte Pender allerdings in Umpqua City noch etwas zu erledigen.

Er konnte die Folgen der Anstrengungen vom Vortag in seinen Oberschenkeln spüren, als er die Eingangstreppe des Sterbehospizes hinaufstieg und klingelte. Dieselbe würdige grauhaarige Schwester, die ihm gestern geöffnet hatte, kam an die Tür. Sie begrüßte ihn mit hochgezogenen Augenbrauen. Inzwischen wusste jeder im Staat Oregon, wer er war.

»Sie hätten mir sagen sollen, dass Sie vom FBI sind«, sagte sie vorwurfsvoll.

»Hätten Sie mich dann zu Caz gelassen?«

»Auf gar keinen Fall.«

»Dann wären mehr Menschen gestorben. Hören Sie, ich habe Caz versprochen, vorbeizukommen und ihm zu sagen, wie es ausgegangen ist. Ist er wach?«

Sie senkte den Blick, schüttelte den Kopf.

Pender begriff sofort. »Das tut mir Leid.«

Als die Schwester aufblickte, schwammen Tränen in ihren Augen. Pender dachte, man würde sich an den Tod gewöhnen, wenn man in einem Sterbehospiz arbeitete – aber vielleicht gewöhnte man sich nur an die Tränen.

»Vor ein paar Stunden«, sagte sie. »Ich bin gerade mit ihm fertig geworden. Möchten Sie ihn sehen?«

»Ich behalte ihn lieber so in Erinnerung, wie er war«, sagte Pender. Das war natürlich Quatsch – nachdem er kurz nach Tagesanbruch im Abort neben einer Reihe von Skeletten Tammy Browns halb verweste Leiche entdeckt hatte, fand Pender, er hatte bereits sein Quantum Leichen für diesen Monat gesehen. Für dieses Jahr. Für dieses Jahrtausend. »Ich hoffe, mein Besuch hat ihm nicht geschadet.«

»Ganz im Gegenteil«, sagte die Schwester. »So friedvoll wie nach Ihrem Besuch habe ich ihn noch nie gesehen. Er wollte mir nicht erzählen, worüber Sie beide gesprochen haben, aber egal, was es war, es hat ihm geholfen loszulassen. Das ist hier etwas Gutes.«

»Das freut mich«, sagte Pender und tippte an seinen Hut. Dafür war dieser Hut wirklich gut. »Kümmern Sie sich weiter so gut um Ihre Leute.«

»Natürlich«, sagte sie. »Das ist mein Job.«

Darüber dachte er nach, als er die Treppe hinunterging. »Meiner auch«, sagte er zu sich selbst. »Zumindest war er das.«

Zurück im Umpqua General Hospital stellte Pender fest, dass der Medienzirkus inzwischen auf Hochtouren lief. Der halbe Krankenhausparkplatz war von Fernsehfahrzeugen zugeparkt. Auf dem Rasen sprossen die Mikrowellen-Schüsseln. Am Eingang belagerten Reporter die Empfangsdame, und ein Kamerateam interviewte die freiwillige Helferin, die Donna und Dolores das Frühstück gebracht hatte.

Pender nickte dem Sheriff's Deputy vor Irenes Tür zu. Sie stand am Fenster, in Chirurgengrün, und spähte durch die Vorhänge auf den Trubel unten auf dem Parkplatz hinab. Pender reichte ihr eine FBI-Windjacke und eine marineblaue FBI-Mütze.

»Fühlen Sie sich dafür wirklich schon bereit? Wenn Sie sich noch etwas länger ausruhen wollen, sagen Sie mir nur Bescheid.«

»Nein, ich will es hinter mich bringen«, antwortete sie und setzte die Mütze auf ihren geschorenen Kopf. »Der Gedanke, dass sie ganz allein da oben liegt, ist mir unerträglich.«

Pender schleuste Irene auf demselben Weg nach draußen, auf dem er sie hereingebracht hatte, durch die Krankenhausküche. Ein besonders ehrgeiziger Journalist entdeckte sie und versuchte, Irene ein Mikrophon unter die Nase zu halten, als sie in den Intrepid stieg, der an der Laderampe stand. Pender verpasste ihm einen Bodycheck, dass er fast bis zur kalifornischen Grenze flog.

Als sie zur Highschool kamen, konnten sie schon von Osten den Hubschrauber anfliegen sehen. Pender fuhr am Schulgebäude vorbei direkt auf das Football-Feld. Gerade als der Hubschrauber auf der Fifty-Yard-Linie aufsetzte, hielt Pender in der Endzone an, sprang aus dem Auto, trabte auf die Beifahrerseite und öffnete Irene die Tür.

»Ihr Hubschrauber wartet, Madame«, überschrie er den Rotorenlärm und reichte ihr die Hand.

»Danke, sehr freundlich, mein Herr«, erwiderte Irene, seinen galanten Ton aufgreifend. Ihr wurde bewusst, dass sie ein bisschen flirteten – sie fragte sich, ob sie sich dabei geschickt anstellte.

Sie ertappte sich dabei, dass sie sich unwillkürlich duckte, als sie neben Pender auf den Hubschrauber zulief, ihre linke Hand in seiner, mit der rechten ihre Mütze festhaltend. Sie hatte sich immer schon gefragt, warum Leute den Kopf einzogen, wenn sie auf einen Hubschrauber zurannten, dessen Rotoren sich vier bis fünf Meter über dem Boden befanden. Jetzt wusste sie es – man konnte einfach nicht anders.

Als sie den Hubschrauber erreichten, stellte sich Irene, einem spontanen Impuls nachgebend, auf die Zehenspitzen und drückte Pender einen Kuss auf die Wange.

»Ich verdanke Ihnen mein Leben«, schrie sie ihm ins Ohr.

»Kein schlechter Schwanengesang, nicht wahr?«, brüllte er zurück, als er ihr in den Hubschrauber half.»Passen Sie gut auf sich auf.«

»Sie auch.«

Durch das gewölbte Fenster beobachtete Irene, wie Pender sich umdrehte und übertrieben geduckt wegtrabte. Seine FBI-Windjacke war vom Luftzug der Rotoren aufgeblasen wie ein leuchtend blauer Spinnaker, und er klammerte sich an seinen weißen Stetson, als hinge sein Leben daran.

An seinem Wagen drehte sich Pender um und winkte, und als der Hubschrauber abhob, nahm er den Hut ab und schwenkte ihn hin und her. Der Anblick seines in der Sonne glänzenden Schädels entlockte Irene ein Lächeln. Sie war eine zu gute Psychologin, um nicht zu wissen, dass die Anziehung, die der dicke, alte FBI-Mann auf sie ausübte, mehr Übertragung als romantische Verliebtheit war. Er war Frank, er war ihr Vater, er war Geborgenheit, er war ein Fels – trotzdem konnte sie es kaum erwarten, Barbara Klopfman von ihrer kleinen Schwärmerei zu erzählen.

Der Gedanke an Barbara, die sie fast als tot aufgegeben hatte, hatte dieselbe Wirkung auf Irene wie eine Dosis Muntermacher – biochemischer Sonnenschein. Zum ersten Mal lief für Irene alles nach Wunsch – plötzlich merkte sie, dass ihre Gebete erhört worden waren. Ich habe es geschafft, sagte sie sich. Ich bin am Leben geblieben.

Dann fiel ihr das letzte Haiku ein. Strawberry Blonds Forever, dachte sie und nahm ihre FBI-Mütze mit dem großen Schild ab, um sie hinter dem Hubschrauberfenster in einem weiten Bogen zu schwenken, während die hünenhafte Gestalt auf dem leuchtend grünen Sportplatz unter ihr rasch kleiner wurde.

Natürlich wusste Irene, dass dieses euphorische Gefühl nicht lang anhalten konnte. Früher oder später würde sie alles einholen. Wahrscheinlich früher – der Hubschrauber flog Irene nach Trinity County, wo ein Suchtrupp aus Sheriffs und Park Rangers darauf wartete, von ihr zu Bernadette Sandovals Leiche geführt zu werden.

Aber im Moment fühlte sie sich lebendig, wirklich lebendig, und offen für alle Möglichkeiten, und das war mehr, als sie vor acht Tagen hätte sagen können, an dem Morgen, als der Häftling in dem orangefarbenen Overall und mit den Ketten um Hände und Füße zum ersten Mal in das Vernehmungszimmer des Monterey County Jail in der Natividad Road geschlurft gekommen war, wobei ihm eine Strähne nussbraunen Haars jungenhaft in die Stirn fiel.

Epilog

Etwas mehr als ein Jahr später stellte Irene Cogan, die gerade in einem Hotelzimmer frühstückte, beim Zappen erschrocken fest, dass Dolores Moon in Good Morning Portland interviewt wurde.

Es war nicht überraschend, Dolores im Fernsehen zu sehen – ein paar Wochen nach ihrer Rettung war sie in *Dateline* gewesen, und die Lesereise für ihr Buch hatte sie mit einem längeren Auftritt in der *Today Show* begonnen. Aber es war ein erstaunlicher Zufall, dass sie sich am selben Tag in derselben Stadt aufhielten. Irene rief beim Sender an und hinterließ ihren Namen und ihre Telefonnummer. Fünf Minuten später läutete das Telefon.

»Hallo?«

»Irene, was machst du denn in Portland?«

»Hallo, Dolores. Bis vor fünf Minuten habe ich noch zugesehen, wie du für dein Buch Reklame gemacht hast.«

»Wie war ich?«

»Ich würde es auf jeden Fall kaufen – und das, obwohl ich weiß, wie es ausgeht. Hättest du Lust, heute Abend mit mir essen zu gehen?«

»Liebend gern, aber ich muss in einer Stunde nach Seattle fliegen. Nein – nach San Francisco. In Seattle war ich gestern.« Dolores lachte. Es war gut, sie lachen zu hören. »Und wenn die Lesereise vorbei ist, habe ich ein Vorsprechen für die Rolle der Eponine in einer Westküsten-Tournee von *Les Mis*. Entführt zu werden ist anscheinend gut für die Karriere.«

»Das freut mich für dich. Wie schläfst du in letzter Zeit?«

Eine lange Pause. »Mit den Lichtern an und einer ordentlichen Dosis Valium. Du weißt ja, wie es ist.«

»Es wird besser werden.«

»Ich weiß.« Rascher Themawechsel – bei diesem blieb Dolores nicht gern lang. »Und wie kommst du mit *deinem* Buch voran?«

»Das ist übrigens der Grund, warum ich in Portland bin. Ich

brauche ein letztes Gespräch mit ihm, um die ganze Geschichte für das Buch zum Abschluss bringen zu können. Und für mich auch.«

»Er ist hier?« Dolores versuchte gar nicht erst, ihre Bestürzung zu verbergen.

»Miss Miller hat ihm ein beträchtliches Vermögen hinterlassen. Nachdem er für verhandlungsunfähig erklärt wurde, hat er sich in eine Privatklinik verlegen lassen – ziemlich luxuriös, soviel ich gehört habe.«

»Wenn ich das gewusst hätte, hätte ich auf keinen Fall zugelassen, dass sie Portland auf den Tourneeplan setzen. Schon das bloße Wissen, im selben *Bundesstaat* zu sein wie er, hat mich ganz schön belastet.«

»Du brauchst wirklich keine Angst zu haben. Er ist in einer geschlossenen Anstalt, hundertprozentig sicher.«

»Für mich ist nur *tot* hundertprozentig sicher. Alles andere ist bloß Pipifax.«

»Das kann ich gut verstehen – das kann ich sogar sehr gut verstehen. Ich sehe dem Treffen mit ihm auch mit gemischten Gefühlen entgegen. Mit *sehr* gemischten Gefühlen – was mit ein Grund dafür ist, warum ich es tun muss.«

»Lieber du als ich. Hör zu, Irene, ich muss jetzt los. Denn inzwischen möchte ich meinen Flieger auf *gar* keinen Fall mehr versäumen.«

»Also dann, es war schön, mal wieder von dir zu hören – und vor allem, dass du so munter klingst. Ruf mich doch einfach an, wenn du gerade mal Zeit hast. Und viel Glück für *Les Mis* – das heißt, Hals- und Beinbruch.«

»Dir auch. Bye.«

»Bye.«

Irene legte den Hörer auf die Gabel zurück. Mit dem Flugzeug von hier wegzufliegen hörte sich sehr verlockend an. Aber es war mit einigem Aufwand verbunden gewesen, das Gespräch mit Maxwell genehmigt zu bekommen – sie hatte dafür nicht nur die Zustimmung seiner Anwälte einholen müssen, die auch seine Vormunde waren, sondern auch die seines Arztes und der Leitung des Reed-Chase Institute. Wenn sie jetzt einen Rückzieher machte und es sich später wieder anders überlegte, bekam sie diese Genehmigung möglicherweise nicht noch einmal.

Nach einem kurzen aufmunternden Zwiegespräch mit dem Spiegel – sie war wieder silberblond – packte Irene ihre Reisetasche. An der Tür war eines dieser »Haben Sie etwas vergessen?«-Schilder. Sie konnte nicht anders, sie musste sich einfach brav umdrehen und im Zimmer umsehen. Dabei stellte sie fest, dass sie ihre Geldbörse auf dem Bett hatte liegen lassen. Sie konnte sich nicht mal erinnern, sie aus der Handtasche genommen zu haben – anscheinend wollte ihr Unterbewusstes dieses Gespräch *wirklich* nicht führen.

Seit sie unten am Bach diese schwache Stimme in ihrem Kopf gehört hatte, die Stimme, die ihr gesagt hatte, sie solle Kinch nach seinem Namen fragen, schenkte sie ihrem Unterbewusstsein wesentlich mehr Beachtung. Aber sie ließ sich nicht von ihm herumkommandieren. Ein weiteres aufmunterndes Zwiegespräch – du musst es wissen, sagte sie sich; du wirst dich besser fühlen, wenn du es *weißt* – und schon hatte sie ihre Geldbörse geholt und war zur Tür hinaus, bevor sie es sich wieder anders überlegen konnte. Oder umgekehrt.

Das Reed-Chase Institute war ein zweigeschossiger beiger Bau, der etwas zurückversetzt in einer freundlichen, baumgesäumten Straße stand. Dr. Alan Corder, ein gut aussehender, sportlicher Mann mit federndem Gang und kräftigem Haarwuchs holte Irene im Foyer ab. Er war etwa so alt wie Irene, aber schmeichelhaft respektvoll. Er erzählte ihr, alles gelesen zu haben, was sie über DIS veröffentlicht hatte, einschließlich ihres jüngsten Artikels über Maxwell im *Journal of Abnormal Psychology*, und fragte sie, ob sie ihm die Ehre erweisen würde, mit ihm zu Mittag zu essen, um über den Fall zu sprechen.

Trag noch ein bisschen dicker auf, dachte Irene – aber sie nahm die Einladung an. Corder führte sie einen langen Flur hinunter und durch eine abgeschlossene Tür, dann fuhren sie mit einem Lift nach oben und traten durch eine Tür, die er öffnete, indem er einen Code in eine Tastatur eintippte. Die geschlossene Station war absichtlich im hinteren Teil des Gebäudes untergebracht, erklärte ihr Corder. Auf diese Weise waren von der Straße aus die vergitterten Fenster nicht zu sehen.

»Damit halten wir uns die NIMBYs vom Hals.«

»Ich verstehe«, sagte Irene. Ein NIMBY war jemand, der nichts dagegen hatte, dass der Staat Hochsicherheitsgefängnisse oder Nervenheilanstalten baute – nur nicht in meinem Garten (Not In My Back Yard).

Corder nahm Irene in den Sicherheitsbereich mit, ließ sie eine Haftungsverzichterklärung unterschreiben und führte sie dann einen breiten Gang hinunter, der in einem angenehmen Lachston gestrichen war.

»Hat sich sein Zustand in irgendeiner Weise verändert, seit ich letzte Woche mit Ihnen gesprochen habe?«, fragte sie.

»Nicht im Geringsten. Er ist ein Musterpatient. Wären da nicht seine Vorgeschichte und diese gerichtliche Verfügung, hätte er sich seine Entlassung aus der geschlossenen Abteilung längst verdient.«

Irene legte Dr. Corder die Hand auf den Arm und hielt ihn in der Mitte des Gangs abrupt an. »Auf gar keinen Fall«, sagte sie und sah ihm zur Unterstreichung ihrer Worte in die Augen. »Nie, nie, nie, nie, nie.«

»Ich kann verstehen, wie Sie darüber denken.«

»Mit mir hat das überhaupt nichts zu tun.«

»Natürlich nicht. Aber warten Sie noch damit, sich ein Urteil zu bilden, bis Sie mit ihm gesprochen haben. Ich glaube, Sie werden positiv überrascht sein. Und keine Sorge, wir – entweder ich selbst oder einer der Wärter – werden Sie die ganze Zeit durch das Guckloch beobachten.«

In der letzten Tür auf der rechten Seite des Flurs, die in einem blauen Pastellton gestrichen war, in Maybellines Farbe, war in Augenhöhe eine Einwegscheibe eingelassen. Irene gestattete sich nicht, nach drinnen zu sehen. Sie hatte Angst, sie könnte die Nerven verlieren, wenn sie ihn sah. Corder tippte einen Code in die Tastatur ein, und die trügerisch massive Tür öffnete sich auf lautlosen Angeln.

Auf den ersten Blick war es ein normales, gemütlich aussehendes Wohnheimzimmer. Schreibtisch, Kommode, Bett. Hellblaue Wände. Aber ein geübtes Auge wie das Irenes brauchte nicht lange, um die Anomalien zu entdecken. Das Bad war in einer offenen Nische – keine Tür. Die Scheiben des Sprossenfensters, durch das man auf den Garten des Instituts hinausblickte, waren aus Drahtglas, der Fensterhebel nur aus Gründen der Optik vorhanden – das Fenster ließ sich nicht öffnen. Die Platte der Kommode war gepolstert, die Ecken abgerundet; an Stelle von Schubladen, die sich schließen ließen, hatte sie offene, zurückversetzte Borde. Auch die Ecken des Schreibtischs waren gepolstert und abgerundet, und sowohl der Schreibtisch als auch der Schreibtischstuhl waren am Boden festgeschraubt. Keine Lampen – die Leuchtkörper befanden sich hinter Milchglasscheiben, die in die Decke eingelassen waren.

Maxwell, der einen blauen Pyjama mit weißer Paspelierung trug, saß mit dem Rücken zur Tür am Schreibtisch und zeichnete mit Wachsmalkreiden. Er drehte sich um. »Hallo, Doktor Al«, trällerte er mit einer munteren Fiepsstimme.

»Guten Morgen, Lyssy. Kannst du dich noch an Dr. Cogan erinnern?«

»Ich glaube schon.« Aber in den gold gesprenkelten braunen Augen war kein Wiedererkennen, nur Wachsamkeit: eine altersgemäße Reaktion für einen wohlerzogenen Fünfjährigen, der keine Ahnung hatte, wer Irene war, aber intelligent genug war, um zu begreifen, dass sie ihn nicht fragen würden, ob er sich an jemand *erinnern* könnte, wenn er dem Betreffenden nicht schon mal begegnet war.

»Hallo, Lyssy. Was malst du da? Darf ich es mal sehen?«

»Es ist ein Bild von Missy.« Er hielt das braune Blatt Papier hoch. Irene ging durch den Raum und nahm es ihm aus der Hand. Es war eine im Strichmännchenstil gezeichnete Frau mit einem vereinfacht dargestellten dreieckigen Kleid und langem Haar. Langem schwarzem Haar, stellte Irene erleichtert fest.

»Sehr schön«, sagte Irene und gab ihm die Zeichnung zurück. »Wer ist Missy?«

»Meine Freundin.«

Seine Beschäftigungstherapeutin, artikulierte Corder stumm. Dann, an Maxwell gewandt: »Lyssy, Dr. Cogan würde sich gern ein paar Minuten mit dir unterhalten. Ist dir das recht?«

»Ich schätze schon. Nur …« Schüchtern bedeutete er Corder, sich zu ihm herabzubeugen. Dann flüsterte er ihm etwas ins Ohr.

»Natürlich«, sagte Corder. »Könnten Sie bitte kurz draußen warten, Dr. Cogan?«

Irene verließ das Zimmer, schloss die Tür hinter sich und beobachtete durch die Einwegscheibe, wie Maxwell, den Arm um Doktor Corder gelegt, um sich abzustützen, zum Bett hüpfte; dabei schlackerte sein rechtes Pyjamabein unter dem Knie lose herum. Irene zuckte zusammen. Bis zu diesem Moment hatte sie die Amputation völlig vergessen. Da sie sich wie eine Voyeurin vorkam, wandte sie sich ab. Ein paar Minuten später ging die Tür auf und Corder erschien. »Sie haben ihn ganz für sich allein.«

Maxwell wartete gleich hinter der Tür auf sie. Irene hatte nicht damit gerechnet, ihm so rasch so nah zu sein. Sie beschloss, die Sache sofort in die Hand zu nehmen. »Dann also noch mal hallo, Lyssy. Nimm doch Platz.«

Er humpelte zum Bett und setzte sich darauf. Es war kein schlimmes Humpeln, nur ein leichtes Hinken mit einem verstärkten Hüftschwung.

»Du gehst sehr gut«, sagte Irene. Sie setzte sich an den Schreibtisch, schob seine Wachsmalstifte und den Zeichenblock beiseite, nahm Notizbuch und Diktaphon aus ihrer Handtasche und legte beides auf den Schreibtisch.

»Erst habe ich Krücken gebraucht, zuerst. Dann einen Stock. Aber inzwischen brauche ich nicht mal mehr den. Sie haben Beine, mit denen man richtig laufen kann. Wenn ich brav bin, kriege ich eines Tages eins, und dann kann ich bei der Olympiade für Leute mit einem Bein mitmachen. Wenn ich brav bin und die Leute keine Angst mehr vor mir haben.«

»Oh? Haben die Leute denn Angst vor dir?«

»Einige schon, glaube ich. Im alten Krankenhaus haben sie mich immer angeschnallt.«

»Weißt du, warum sie das gemacht haben?«

»Ich glaube schon.«

»Warum?«

»Fragen Sie Doktor Al – der weiß es.«

»Ich würde es aber gern von dir hören. Ich möchte wissen, was *du* denkst.«

»Weil es vor langer Zeit mal einen bösen Mann gab, der in meinen Körper reingekommen ist und sich als mich ausgegeben hat und ein paar Leuten schlimme Sachen angetan hat.«

»Ich verstehe. Und wo ist dieser böse Mann jetzt?«

»Der Polizist hat auf ihn geschossen, und dann ist er weggegangen.«

»Kannst du dich noch an irgendetwas von ihm erinnern?«

»Ich weiß nur noch, dass ich in so einem dunklen Gefängnis war, und ich hatte Angst, und er ließ mich dort zurück, und da war so ein toter Vogel auf dem Boden. Ist da meine Stimme drauf?«

Irene drückte auf Stop. »Ja. Möchtest du sie mal hören?« Sie drückte auf den Rückspulknopf, dann auf die Wiedergabetaste.

»... *so ein toter Vogel auf dem Boden. Ist da meine Stimme drauf?*«

»Das bin doch nicht ich«, sagte Maxwell. »Bin das ich?«

»Das bist du. Wenn man seine Stimme auf einem Tonband hört, denkt man immer, sie hört sich ganz anders an.«

»Wie kommt das?«

»Weil du sie von außen hörst statt von innen.« Damit hatte er Irene eine passende Überleitung geliefert. »Übrigens, Lyssy, hörst du manchmal andere Stimmen in deinem Kopf?«

»Meinen Sie, wie die von dem bösen Mann?«

»Genau, wie die von dem bösen Mann.«

Er blickte in seinen Schoß. »N-E-I-N bedeutet nein. Und wenn ich welche höre, muss ich es sofort Doktor Al oder einer der Schwestern oder sonst jemand sagen, drei Finger aufs Herz.« Dann sah er verschlagen auf – erkennbar verschlagen. »Richtig?«

»Absolut«, sagte Irene. »Hättest du Lust, ein kleines Spiel mit mir zu spielen?«

»Absolut«, wiederholte er mit seiner fiepsigen Stimme. Der Klang des Wortes schien ihm zu gefallen. »Ab-so-lut.«

»Also, es geht folgendermaßen. Ich werde dir drei Fragen stellen, und du musst sie wahrheitsgemäß beantworten. Weißt du, was *wahrheitsgemäß* bedeutet?«

»Ich bin doch kein Baby mehr.«

»Das weiß ich – ich muss mich nur noch einmal extra vergewissern. Aber jetzt noch eine wichtige Spielregel – die ganze Zeit, wenn ich dir die Fragen stelle, und die ganze Zeit, wenn du antwortest, musst du mich direkt ansehen. Du darfst nicht wegsehen oder dein Gesicht verbergen oder sonst etwas. Glaubst du, das kannst du?«

»Viel zu einfach«, sagte er verächtlich.

»Dann dürfte es dir nicht schwer fallen. Also, die erste Frage.« Irene deutete auf ihre Augen. »Sieh genau hierher.« Ihre Blicke trafen sich. »Wie alt bist du?«

»Fünf. Eins zwei drei vier fünf.«

»Sehr gut. Zweite Frage: Was ist dein Lieblingseis?«

»Schokolade.«

»Großartig. Dritte Frage: Wie heißt du?« Die letzte Frage war natürlich die einzige, die zählte.

»Lyssy. L Y S S Y«, erklärte er stolz, ohne den Blick von ihr abzuwenden. »Habe ich jetzt gewonnen?«

»Natürlich.« Kein Nach-oben-Zucken der Augäpfel, kein Flattern der Lider, kein Erdungsverhalten, keine Veränderung der Stimme, kein Anzeichen von Stress oder innerem Kampf.
»Was? Was habe ich gewonnen?«
Irene schaltete das Diktaphon aus und steckte es zusammen mit ihrem Notizbuch in die Handtasche. Dann kramte sie darin herum und holte ein Päckchen Trident ohne Zucker heraus. »Kaugummi.« Sie kam sich ein wenig manisch vor, als sie das sagte. »Der erste Preis ist ein Päckchen Sugarless Trident Original Flavor. Zahnärzte empfehlen ihren Patienten Trident ohne Zucker.«
»Coo-ool«, sagte Lyssy. »War das alles? Sind wir jetzt fertig?«
»Ich glaube schon«, sagte Irene und stand auf. »Ich glaube, wir sind jetzt endlich fertig.« Sie hängte den Riemen ihrer Handtasche über ihre Schulter, ging zum Bett, gab Lyssy seinen Preis.
Er riss das Päckchen hastig auf, packte zwei Stücke aus, schob sie sich beide in den Mund. »Kommst du mich wieder mal besuchen?«, fragte er sie mächtig kauend.
»Eines Tages vielleicht, Lyssy.« Sie ging zur Tür, die sich wie durch einen geheimen Zauber öffnete. »Ich lebe sozusagen ziemlich weit weg.«
»Schade«, sagte er. »Du bist nett.«
In der Tür drehte sich Irene um. »Oh, vielen Dank, Lyssy. Du bist auch sehr nett.« Sie machte einen Schritt rückwärts; die Tür schloss sich.
»Und?«, fragte Dr. Corder strahlend.
»Ich bin beeindruckt«, sagte Irene und trat an die Einwegscheibe, um hindurchzusehen. Maxwell saß immer noch reglos auf dem Bett; nur seine Kiefer mahlten mit regelmäßigen Bewegungen auf seinem Kaugummi herum.
»Aber nicht hundertprozentig überzeugt?«
»Zweimal auf jemand hereinzufallen wäre unverzeihlich. Und einmal bin ich bereits auf ihn hereingefallen, Dr. Corder.«
»Bitte sagen Sie Al zu mir, Dr. Cogan.«

»Und Sie Irene zu mir.«
»Mit dem größten Vergnügen.« Er hielt ihr den Arm hin.
»Und wie sieht es jetzt mit unserem Mittagessen aus?«
»Prima Idee.« Irene nahm seinen Arm, und gemeinsam schlenderten sie den lachsfarbenen Gang hinunter. Flirteten sie?, fragte sie sich. Auf jeden Fall hoffte sie es.

Ulysses Maxwell saß weitere zehn Minuten reglos auf dem Bett. Als er sicher war, dass sie gegangen waren, spuckte er den Kaugummi auf den Boden. Dann änderte sich seine Haltung drastisch. Er ließ die Schultern sinken und krümmte den Hals, legte dabei den Kopf leicht auf die Seite.
»›Oh, vielen Dank, Lyssy‹«, sagte er laut. Er artikulierte die Worte sorgfältig, fast überkorrekt, mit der Vorderpartie seines Mundes und sprach mit dem Anflug eines Lispelns – Irenes Lispeln. »›Du bist auch sehr nett.‹«
Er stand auf, ging mit einem Bruchteil des Hinkens, das er sich für Irene zugelegt hatte, zu seinem Schreibtisch, setzte sich und warf mit dem schwarzen Wachsmalstift rasch die Umrisse einer nackten Frau auf das oberste Blatt des Blocks. Kein Strichmännchen diesmal: Sie lag in einer abgewandelten Odaliskenstellung, die Hände hinter dem Kopf verschränkt, die kleinen Brüste keck gereckt. Dann legte er den schwarzen Stift in die Schachtel zurück und nahm verschiedene andere Farben heraus: Pfirsich, Melone, Rotorange, Orangerot, Apricot und Nelke. Damit brachte er in dem Dreieck zwischen ihren schlanken Schenkeln als Erstes einige spärliche Schamhaare an, dann eine üppige Pracht schulterlangen rotblonden Kopfhaares.
»Viel besser.« Er bewunderte sie kurz, dann riss er das Bild in schmale Streifen und die Streifen in winzige Fitzel, bevor er sie in den Papierkorb warf. »Dieser Prinzessin Diana-Ton hat überhaupt nicht zu deinem Teint gepasst. Miss Miller hätte ihn unmöglich gefunden.«